Hobbit
Presse
Klett-Cotta

DANIEL ILLGER

SKARGAT

2

DAS GESETZ
DER SCHATTEN

Klett-Cotta

Hobbit Presse
www.hobbitpresse.de
© 2016 by J. G. Cotta'sche Buchhandlung
Nachfolger GmbH, gegr. 1659, Stuttgart
Alle Rechte vorbehalten
Printed in Germany
Umschlaggestaltung: Birgit Gitschier, Augsburg;
unter Verwendung mehrerer Motive von Shutterstock
Karten: © wunderlandt.com, Veronika Wunderer
Gesetzt von r&p digitale medien, Echterdingen
Gedruckt und gebunden von CPI – Clausen & Bosse, Leck
ISBN 978-3-608-94969-8

Dabei wissen wir ja:
Auch der Hass gegen die Niedrigkeit
Verzerrt die Züge.
Auch der Zorn über das Unrecht
Macht die Stimme heiser.

                      Bertolt Brecht

Für schwarze Einhörner

INHALT

AUF DEM PFAD DES SCHWARZEN LICHTS ...
WAS BISHER GESCHAH

Ihr wollt wissen, was damals geschah? Wie es begonnen hat, und wie es endete? Wer lebte und wer sterben musste?

Nun gut, dann setzt euch, haltet den Mund und hört zu.

Ich sage: Es begann mit Mykars Geburt. Ich sage das, obwohl es nicht wirklich stimmt. Denn ihr wisst vielleicht schon, dass der wahre Anfang einer jeden Geschichte tief in den Klüften der Zeit verborgen ist. Ebenso, wie jedem Ende ein weiteres Ende folgt. Aber irgendwo muss ich anfangen. Also noch einmal: Es begann mit Mykars Geburt.

Eigentlich war er ein gewöhnlicher Junge. Er hätte ein Leben führen können, das sich in nichts von dem der übrigen Kinder des Dorfes – ganz recht, eures Dorfes – unterschied. Doch sein Unglück war, dass er in einem Jahr der Bösen Ernte geboren wurde. Ein Jahr der Bösen Ernte, das heißt: ein Jahr der Angst. Man hat Angst vor dem Hunger, Angst vor Hitze und Kälte, Angst vor der Zukunft. Es gibt Leute, die suchen dann jemanden, der dafür bezahlen soll, dass sie so viel Angst haben – als würde die Angst verschwinden, wenn da einer ist, der noch mehr Angst hat als man selbst. Irgendwie einigte man sich darauf, dass Mykar dieser Jemand sein sollte. Man schimpfte ihn Skargat-Kind und sagte, er sei im Zeichen der bösen Gottheit geboren. Man begegnete ihm mit Verachtung und Abscheu. Selbst seine eigenen Eltern hegten wenig Liebe für ihn.

Ich bin sicher, jeder von euch weiß, wie es ist, wenn man sich mit anderen zerstritten hat. Plötzlich fühlt man sich ganz allein, so als ob es auf der großen, weiten Welt niemanden gäbe, mit dem man reden könnte. Schön ist das nicht, oder? Jetzt stellt euch vor, das ganze Leben wäre so.

Nun, trotz allem hatte Mykar Glück. Nicht das ganze Leben war so. Er hatte nämlich einen Freund: Cay, den Sohn des Elaah-Geweihten Illiam. Im Dorf verstand keiner, warum sich Cay mit dem Skargat-Kind abgab. Ich weiß nicht, ob die Leute ihn liebten. Jedenfalls respektierten sie ihn. Vielleicht hatten sie auch Angst vor ihm. Denn Cay war anders. Er fürchtete nichts und niemanden. Alles, was er anpackte, gelang ihm. So sah man ihn im Dorf. Es mag sein, dass er tatsächlich so war. Selbst denjenigen, die ihn gut kannten und an seiner Seite kämpften, ist er ein Rätsel geblieben.

Aber jetzt greife ich vor. Man soll immer schön der Reihe nach erzählen, nicht wahr? Ich will also vorerst nur dies über Cay sagen: Dass er Mykar gerne hatte. Er wurde nicht nur sein Freund, sondern auch sein Beschützer. Er sorgte dafür, dass die anderen Kinder ihn in Ruhe ließen. Und er sorgte dafür, dass etwas Freude in Mykars Leben kam. Doch das konnte nicht von Dauer sein.

Cay war ja ein paar Jahre älter als Mykar. Bald kam es so weit, dass ihn sein Vater mitnahm, wenn er Fahrten übers Land antrat. Denn Illiam hegte den Wunsch, dass Cay sein Nachfolger würde – ein Elaah-Geweihter wie er. Für Mykar bedeutete dies, dass er wieder oft allein war. Und das Alleinsein ist gefährlich, wenn einem die Leute übel wollen. Das wusste Mykar aus bitterer Erfahrung. Also sah er zu, dass er dem Dorf so oft als möglich fernblieb.

Bei seinen Streifzügen entdeckte er einen merkwürdigen Ort: eine Lichtung im Wald, auf der die Ruine einer Hütte stand und an deren Rand eine gewaltige Linde wuchs. Mykar gefiel die Lichtung. Hier fand er eine Zuflucht. Und er fand eine neue Freundin: Danje. Um genau zu sein: Er fand ihre Knochen. Denn Danje war bereits seit einem Jahrzehnt tot, als Mykar sie kennenlernte. Sie war ein Hexenmädchen, das mit seinen Eltern und seiner Schwester auf der Lichtung im Wald gelebt hatte. Eines Nachts war etwas Furchtbares geschehen: Danje, ihr Vater und ihre Mutter wurden auf grauenvolle Weise ermordet; nur ihre Schwester entkam.

O ja, ich weiß, wer die Tat verübte. Ich weiß es nur zu gut. Auch das gehört zu der Geschichte, die ich zu erzählen habe.

Noch aber sind wir bei Mykar und Danje. Gewiss fragt ihr euch, wie es sein kann, dass ein kleiner Junge und ein totes Mädchen sich befreunden? Nun, die beiden waren einsam, und eins erkannte sich in der Einsamkeit des anderen. Sicher, Mykar lebte, Danje nicht. Aber es gab eine Macht auf der Lichtung, die verband, was sonst getrennt bleiben muss. Diese Macht war die Linde. Sie hatte einen dunkelroten Stamm und ein leuchtendes Blätterkleid. Selbst wenn es windstill war, umgab sie etwas wie ein leises Rauschen oder *flüsternde Stimmen. Und sie grünte auch im tiefsten Winter, wie Mykar bald herausfand. Von nun an kam er nämlich fast täglich auf die Lichtung.*

Was es mit der Linde auf sich hat? Ich verspreche euch, dieses Geheimnis beizeiten zu lüften. Noch aber soll es ein Geheimnis bleiben – was wäre schon eine Geschichte ohne Geheimnisse?

Ich rede, als wollte ich scherzen. Eigentlich aber ist mir nicht nach Scherzen zumute. Denn nun muss ich etwas sehr Trauriges erzählen. Es geht um Alva. Sie war Cays Verlobte. Ich habe das Mädchen nie kennengelernt, doch man sagt mir, sie sei voller Liebe gewesen. Allein es war ihr nicht vergönnt, ihre Liebe weiterzuschenken. Eines Sommertages – da war er zwölf Jahre alt – fand Mykar sie im Wald. Sie war geschändet und ermordet worden; hier, wo wir jetzt sitzen, kam der Tod zu ihr. Mykar sah noch, wie die drei Täter davonritten. Doch er hatte keine Ahnung, wer die Männer waren. Gelähmt stand er da und starrte die tote Alva an. Die Mörder hatten ein Zeichen in ihre Brust geschnitten: eine Blume oder ein Stern oder ein Maul. Das Zeichen schien seine Form zu verändern, während Mykar es betrachtete. Er spürte, dass es etwas Böses war. Entsetzt eilte er zurück ins Dorf, um Hilfe zu holen.

Geschah, was geschehen musste? Oder was niemals hätte geschehen dürfen? Wenn ich auf die Vergangenheit zurückblicke, kommt es mir manchmal vor, als wäre da kein Unterschied.

Tatsache ist, dass Brogar, Alvas Vater, von dem Wahn ergriffen wurde, Mykar, das Skargat-Kind, hätte seine Tochter auf dem Gewissen. Weder Illiam noch Cay konnten ihn daran hindern, den Unschuldigen totzuprügeln. Gemeinsam mit den anderen Männern des Dorfes traf Brogar den Entschluss, Mykar im Wald zu verscharren – denn sie dachten, er wäre tot. Damit beauftragten sie Ordalf, den Säufer. Als Ordalf merkte, dass Mykar noch lebte, ergriff ihn ein solcher Schrecken, dass er die Beine in die Hand nahm und den Sterbenden allein zurückließ. Mykar wusste, dass der Tod nahe war; und er schleppte sich zu der Lichtung im Wald, wo ihn Danje und die immergrüne Linde erwarteten.

Was nun folgte, ist schwer zu erzählen und noch schwerer zu begreifen, selbst für mich, die ich eine Menge von diesen Dingen verstehe. Alles, was ich sagen kann, ist, dass sich die Linde entschloss, Mykar zu beschützen. Sie nahm ihn zu sich, ließ ihn in den Boden sinken, hüllte ihn in eine Rüstung aus dunkler, feuchter Erde. So ruhte er. In einem Zustand zwischen Leben und Tod, Zeit und Ewigkeit, Diesseits und Jenseits ruhte er. Sieben Jahre währte sein Schlaf – er endete erst, als Cay in Not geriet.

Cay war lange verschwunden gewesen; niemand wusste, wo er hingegangen war und was er dort getan hatte. Nach seiner Rückkehr in die Windmarken trat er jedenfalls als Handwerker in den Dienst des Grafen Erwig von Nordwiesen. Er führte ein ruhiges, zurückgezogenes Leben. Vielleicht wäre das immer so weitergegangen. Doch eines Tages wurde er beschuldigt, Rudrick, den Sohn des Grafen, getötet zu haben. Man wollte Cay in die Perle bringen und ihm dort den Prozess machen. Daran, dass er verurteilt werden würde, konnte kein Zweifel bestehen. Denn wenn ein armer Schlucker des Mordes an einem Adligen bezichtigt wird, geht es für ihn niemals gut aus.

Mykar spürte, dass Cay in Gefahr war. Er wusste noch nicht, was geschehen war. Aber er wusste, dass sein Freund litt. Da kam er zurück. Wie leicht ist das gesagt! Aber stellt euch vor: Jemand ist sieben Jahre lang aus der Welt verschwunden. Vielleicht erinnert er sich an sein eigenes Leben nur noch wie an die Geschichte eines anderen. Vielleicht will er sich auch überhaupt nicht erinnern. Und dann zerrt etwas an ihm: Liebe und Hass, Trauer und Reue. Diese Gefühle sind so stark, dass er gar nicht anders kann als zurückzukehren. Ja, er muss zurückkehren.

Mykar war also wieder da. Nun war er kein kleiner, schwacher Junge mehr. Er hatte sich verwandelt. Auch wenn man es ihm nicht ansehen konnte: Er hatte ein Stück Tod mit zurück ins Leben gebracht – eine machtvolle Dunkelheit, die nur darauf wartete, aus ihm hervorzubrechen.

Und sehr bald schon war es so weit. Denn als Mykar durch den Wald irrte und versuchte, sich wieder in die Welt einzufinden, stieß er plötzlich auf eine Frau. Der Name der Frau war Scara. Sie war die Magd von Justinius von Hagenow, Sohn des Baron Gernot, der ihn verstoßen hatte. Justinius und Scara hausten auf einem verfallenen Landsitz und waren in dieser Nacht von Meuchlern überfallen worden, die Justinius' Bruder Edmund gedungen hatte. Nun schaut nicht so entsetzt. Unter Adeligen ist es üblich, dass Geschwister einander einkerkern, vergiften oder enthaupten lassen. Es war allerdings nicht die Gier nach Gold oder Macht, die Edmund dazu trieb, seinem Bruder den Tod zu wünschen. Auch er hatte Angst.

Angst vor wem? Hört zu, dann erfahrt ihr es.

Ich habe gesagt, dass Mykar im Wald auf Scara stieß. Das stimmt nicht ganz. Vielmehr stieß er auf Scara und gleichzeitig auf ein paar der Meuchler, die sie töten und verscharren wollten. Doch Mykar sorgte dafür, dass die Meuchler selbst ihr Grab fanden. Dann eilte er mit Scara zum Gutshof. Die zwei kamen gerade rechtzeitig, um Justinius aus den Händen der Häscher zu retten. Nachher blieb Mykar auf dem Landsitz – obgleich man nicht sagen kann, dass er und der Hausherr Freunde wurden.

Mykar und Scara hingegen ... nun, die beiden mochten sich. Was Scara wirklich dachte und fühlte, ist schwer zu sagen. Auf ihre Art war sie ein ebenso großes Rätsel wie Cay. Die einen hielten sie für verrückt. Die anderen waren der Meinung, sie sei überaus klug und hellsichtig. Ihre Verrücktheit wäre dann eine Posse gewesen, die sie der Welt vorspielte. Sicher ist, dass sie Mykar helfen wollte. Sie war es auch, die Justinius davon überzeugte, ihn in die Perle zu begleiten, um Cay vor der Hinrichtung zu bewahren.

Zunächst aber kehrte Mykar in das Dorf zurück, wo er sein kurzes, trauriges Leben verbracht hatte. Hier erfuhr er, dass Cay beschuldigt wurde, den Grafensohn Rudrick getötet zu haben. Und hier erfuhr er, dass seit Alvas Ermordung sieben Jahre vergangen waren. Sein Vater war gestorben. Und auch einige der Männer, die damals über sein Schicksal entschieden hatten, lebten nicht mehr.

Wie es sich wohl anfühlt, zu erfahren, dass man sieben Jahre lang in der Erde gewesen ist? Ich vermute, dass Mykar tief in Grübeleien versunken war, als ihm der Rabe begegnete. Es war schon dunkel, und Mykar befand sich auf dem Rückweg zum Landsitz, als er das Gekrächze hörte. Er merkte bald, dass es kein gewöhnlicher Rabe war, der ihn da auf sich aufmerksam gemacht hatte. Es schien, als wolle ihn der Rabe irgendwohin führen. Mykar ließ sich führen – er ahnte wohl, dass es wichtig war, sich diesem merkwürdigen Vogel anzuvertrauen. Der Rabe flog also von Baum zu Baum, und Mykar eilte hinter ihm her, bis die beiden an eine Kreuzung kamen. Ihr kennt die Kreuzung, sie ist nicht weit von hier. In der Zeit, von der ich erzähle, standen dort drei windschiefe Galgen und die Ruinen einer Kapelle. Das heißt, bei Tag war es so. Jetzt, in der Nacht, waren die Galgen ins Riesenhafte gewachsen, und an die Stelle der Ruinen war ein kleines Häuschen getreten. Bei dem Häuschen han-

delte es sich um eine Gespensterschenke – den Gasthof Zum Fröhlichen Toten.

Ganz recht, eine Gespensterschenke. Ihr wisst vielleicht aus den Geschichten eurer Mütter oder Großmütter, dass es ein Geisterreich gibt. Das Geisterreich liegt zwischen dem Diesseits und dem Jenseits; manch einer muss darin Aufenthalt nehmen, ehe er weiterziehen kann. Meistens, weil ihn noch etwas an sein vergangenes Leben bindet. Vielleicht kann er nicht verzeihen, sich selbst oder anderen, oder ihm ist nicht verziehen worden. Vielleicht will er aber auch gar nicht verzeihen und ist darauf aus, den Lebenden vom Grabe her Leid zuzufügen. Da gibt es viele Möglichkeiten.

Mykar jedenfalls stellte in dieser Nacht fest, dass er nunmehr Teil beider Welten war: jener der Menschen und jener der Gespenster und Spukwesen. Im Fröhlichen Toten lernte er den Elenden Ede kennen. Ede war ein Wiedergänger, der sozusagen im Geisterreich steckengeblieben war. Seit hunderten von Jahren schon. Er schien einiges über Mykar zu wissen und erklärte ihm, dass er Danjes Schädel mitnehmen sollte, wenn er in die Welt hinausging. Warum das so wichtig war, verriet er Mykar nicht. Er gab ihm allerdings zu verstehen, dass er ihm dies – und noch viel mehr – sehr wohl verraten könnte; vorausgesetzt Mykar seinerseits würde ihm einen kleinen Gefallen tun.

Sowohl Ede als auch der Rabe werden noch eine Rolle in meiner Geschichte spielen. Jetzt ist es aber Zeit, dass wir – Was? Neinnein, wo denkt ihr hin! Der Rabe gehörte natürlich nicht Ede! Wer hätte je davon gehört, dass ein Spukwesen so einen prächtigen Raben besessen hätte! Der Rabe gehörte natürlich einer Hexe. Übrigens war sein Name Jacomo. Ein schöner Name, nicht wahr? Davon später mehr. Lasst uns jetzt zu Justinius und Scara zurückkehren.

Mittlerweile hatte Scara ihren Herrn davon überzeugt, Mykar zu helfen. Wie sie das geschafft hat? Ganz einfach. Sie musste ihm nur sagen, wer der Adelige war, den Cay angeblich ermordet hatte. Justinius kannte Rudrick von Nordwiesen nämlich. Er kannte ihn schon viele Jahre, seit sie gemeinsam an der Kriegerakademie zu Mandris gewesen waren. Und er wusste, dass Rudrick ein wahrer Teufel war. Schließlich hatte er immer wieder versucht, Justinius dazu zu verleiten, sich an seinen Lieblingsvergnügungen zu beteiligen; das waren Folter, Mord und Schändung.

16

Beginnt ihr, etwas zu ahnen? Vielleicht ahnt ihr richtig, wir werden sehen.

Ich greife jetzt ein wenig vor, aber ihr solltet wissen, warum Justinius sofort bereit war, mit Mykar und Scara in die Perle zu reisen, als er den Namen Rudrick von Nordwiesen hörte. Es ist so, dass Justinius selbst noch eine Rechnung mit ihm offen hatte. Rudrick und seine Freunde – adelige Mordbuben wie er – hatten eine Frau, die Justinius liebte, zugrunde gerichtet. Sie hieß Glenna und war die Tochter eines alten Veteranen aus dem sogenannten Großen Krieg gegen Iskrien. Ich will euch die Einzelheiten ersparen, wie sie gestorben ist. Wichtig ist vor allem, dass Justinius versucht hatte, Rudrick und seine Freunde zur Rechenschaft zu ziehen für das, was sie Glenna und vielen anderen angetan hatten. Seinem Vater aber war das alte ahekrische Blut wichtiger. Er ließ Justinius in den Kerker werfen, um zu verhindern, dass er Rudrick anklagte.

Findet ihr das gerecht? Nein, oder? Kein Wunder, dass Justinius eine große Bitterkeit im Herzen trug. Noch heute hört man manchmal, er sei ein unflätiger Trunkenbold gewesen, der von einem Missgeschick ins nächste stolperte. Aber das ist nicht wahr. Glaubt mir, ich weiß es. Er war ein guter, ehrenhafter Mann. Und er hat niemals aufgegeben – auch dann nicht, als die Not am größten war.

Aber so weit sind wir noch lange nicht. Jetzt sind wir erst mal auf dem Weg in die Perle. Die Reise verlief ereignislos, und bald waren Justinius, Mykar und Scara in der Hauptstadt der Windmarken angekommen. Sie hatten einen Plan gefa- Wie bitte? Woher Justinius wusste, dass Rudrick seine Glenna auf dem Gewissen hatte? Nun, von ihm selbst. Rudrick hat seine Verbrechen offen bekannt. Warum er das getan hat? Geduldet euch noch ein wenig, ihr werdet es bald erfahren.

Also, Justinius, Mykar und Scara hatten einen Plan gefasst, um Cay zu retten. Der Plan sah vor, dass Justinius um eine Audienz beim Dorn, dem weitgerühmten Herrscher der Perle, bitten würde. Vielleicht könnte er einen Aufschub der Hinrichtung erwirken. Mykar wollte sich derweil in den Großen Thaala-Tempel einschleichen, wo – auch das hatte er herausgefunden – Rudrick von Nordwiesen aufgebahrt war. Von Ede wusste er, dass sich Rudricks Geist möglicherweise in der Nähe seines Leichnams aufhalten würde. Mykar hoffte, von dem Ermordeten selbst zu erfahren, wer ihn auf dem

Gewissen hatte. Dass Cay unschuldig war, stand für Mykar außer Frage. Er konnte sich nicht vorstellen, dass sein Freund ein solches Verbrechen begangen hätte.

Was genau Justinius und Mykar während ihrer ersten Nacht in der Perle erlebten, weiß ich nicht. Was ich weiß, ist, dass ihr Plan gründlich schiefging. Justinius sah damals ziemlich heruntergekommen aus und sein Versuch, beim Dorn vorzusprechen, endete damit, dass er übel verprügelt wurde. Und was Mykar betrifft: Der musste erleben, dass die Dunkle Göttin keineswegs geneigt war, solche wie ihn und Danje in ihr Heiligtum einzulassen. Die beiden trafen auf einen machtvollen Bann, der sie in die Flucht schlug.

Nun sah es so aus, als ob Cay endgültig verloren wäre. Doch ganz unerwartet kam Hilfe. Bei seinen verzweifelten Streifzügen durch die Perle begegnete Mykar einer Frau namens Vanice Devecraux. Vanice stammte von der Insel Enjahla – diese Insel liegt in der mygherischen Meerenge, falls euch das etwas sagt – und war die Tochter eines reichen und mächtigen Handelsgeschlechts. Da sie obendrein sehr schön war, gehörte sie eigentlich einer ganz anderen Welt an als Mykar: einer Welt des Glanzes und des Wohllebens. Doch in ihrem siebzehnten Jahr, kurz nachdem sie ihr Blütenfest begangen hatte, kam ein furchtbares Unglück über Vanice. Plötzlich quälte sie der unwiderstehliche Drang, verwestes Fleisch zu essen. Ja, ihr habt richtig gehört: verwestes Fleisch. Und zwar am besten Menschenfleisch.

Ich denke, ich muss nicht viele Worte darüber verlieren, was das für Vanice bedeutete. Sie war davon überzeugt, verflucht zu sein. Mehr noch, sie gab sich selbst die Schuld an ihrem Unglück. Also floh sie von ihrer Insel, ließ ihr ganzes bisheriges Leben hinter sich und flüchtete in die Schatten der Welt. Auf ihren ziellosen Reisen kam sie auch in die Perle. Vielleicht erzähle ich euch später mehr von ihr. Für den Moment ist wichtig, dass Mykar von Anfang an wusste, wie es um Vanice stand. Denn er begegnete ihr auf dem Friedhof der Perle und sah dabei zu, wie sie an einer Leiche nagte.

Was ihn dazu bewogen hat, Vanice um Hilfe zu bitten, kann ich nicht sagen. Es muss eine jener rätselhaften Ahnungen gewesen sein, die uns manchmal den Weg weisen, wenn wir durch die Dunkelheit unserer Hoffnungslosigkeit irren. Auch warum sich Vanice sofort bereit erklärte, Mykar beizustehen, kann ich nicht sagen. Aber ich vermute, dass das, was Mykar über Cay erzählte, ausgereicht hat, ein Licht in ihrem Herzen zu entzünden. Und ich weiß, dass Vanice dieses Licht so dringend ersehnte, wie jemand, der in den schwarzen Wintern des äußersten Nordens gefangen ist, den Aufgang der Sonne herbeiwünscht.

Bald stellte sich heraus, dass sie tatsächlich in der Lage war, Mykar zu helfen. Sie hatte Verbindungen zu den Thaala-Geweihten der Perle und kannte einen geheimen Weg ins Innere des Tempels, der durch die Tunnel unterhalb des Friedhofs führte. Außerdem besaß sie genug Gold, um Justinius anständige Kleidung und ein Pferd zu verschaffen. Bei einem erneuten Versuch, zum Dorn zu gelangen, würde er also so aussehen, wie sich das für einen Adeligen gehörte.

Zu Beginn der zweiten Nacht, die sie in der Perle verbrachten, war Justinius schon so weit hergestellt, dass er seine Einkäufe tätigen konnte. Zugleich machten sich Mykar und Vanice auf den Weg in den Thaala-Tempel. Aber wieder einmal kam alles anders. Denn in der Nähe des Marktplatzes sah Justinius plötzlich seinen Bruder. Er merkte sofort, dass Edmund etwas im Schilde führte. Heimlich folgte er ihm und entdeckte zu seiner Überraschung, dass auch Edmund zum Thaala-Tempel wollte. Justinius stellte seinen Bruder zur Rede und erfuhr, dass ihn Rudrick einige Wochen vor seinem Tod besucht hatte – ja, Justinius' Bruder gehörte zu Rudricks Freunden, auch wenn er selbst wahrscheinlich keine der Frauen angerührt hatte. Bei seinem Besuch kündigte Rudrick seinen baldigen Tod an. Das schien ihn aber nicht zu stören. Im Gegenteil: Er war bester Dinge und verlangte von Edmund, dass er eine geheimnisvolle Flüssigkeit über seinen Leichnam schütten sollte. Und er drohte ihm schreckliche Strafen an für den Fall, dass er versagen würde.

Justinius bekam Mitleid mit seinem Bruder, trotz allem, und beschloss, sich zunächst mit dieser Erklärung zu begnügen. Er nahm Edmund die Flüssigkeit ab, die Rudrick ihm gegeben hatte, und begleitete ihn zu dem Ort, wo die Leiche seines Feindes aufgebahrt war. Als Adelige benutzten die beiden – anders als Mykar und Vanice – natürlich den Haupteingang und ließen sich von einem Geweihten zu Rudrick führen. Es stellte sich heraus, dass Rudricks Leichnam mit rätselhaften Zeichen bemalt war. Justinius wusste damals nicht, dass diese Zeichen dazu dienten, Rudrick im Tod zu halten; und zu spät begriff er, dass ihn sein Bruder betrogen hatte. Edmund schnitt dem Geweihten vor Justinius' Augen die Kehle durch: In Wahrheit war Blut die Flüssigkeit, die Rudricks toten Körper benetzen sollte. Das Blut gab ihm die Kraft, sich aus den Ketten zu befreien, die Thaalas Schweiger für ihn geschmiedet hatten.

Mykar und Vanice stürzten in den Saal, gerade als Edmund den Geweihten getötet hatte. Im Gegensatz zu Justinius und seinem Bruder konnten sie sehen, wie Rudrick in einer neuen, machtvollen Gestalt aus seiner Leiche hervorbrach. Er rannte los, schleuderte Mykar und Vanice zur Seite und floh durch die Tunnel. Die beiden fassten sich schnell und verfolgten Rudrick. Schließlich kam es auf dem Friedhof der Perle zum Kampf. Doch Rudrick war nun nicht mehr allein. Eine Handvoll Geisterreiter kamen ihm zu Hilfe. Sie führten grausame Jagdwaffen und galoppierten auf Dämonenrössern über den Nachthimmel. Mykar und Vanice konnten diese Übermacht nicht besiegen. Rudrick und die Geisterreiter entkamen.

Unterdessen war es Justinius gelungen, seinen Bruder aus dem Tempel herauszubringen. Erneut stellte er ihn zur Rede. Edmund hatte seine Angst nicht vorgespielt. Aus Angst vor Rudrick hatte er den Geweihten ermordet. Und aus Angst vor ihm hatte er versucht, Justinius zu töten. Rudrick hatte nämlich noch mehr von Edmund verlangt: Nicht nur das Blut des Geweihten, auch das seines Bruders sollte an seinen Händen kleben. Edmund wollte niemanden töten. Deshalb war er froh, dass Mykar diese Pläne durchkreuzt hatte. Doch seine Angst vor Rudrick war so groß, dass er es nicht gewagt hatte, ihm die Erfüllung seines anderen Wunsches zu verwehren. Justinius verpasste seinem Bruder ein paar Maulschellen und ließ ihn dann ziehen.

Am nächsten Tag ging Justinius wieder zum Dorn. Ihm wurde tatsächlich eine Audienz gewährt, und der Herrscher der Perle erlaubte ihm sogar, mit Cay zu sprechen. Doch da stand das Urteil längst fest: Mykars Freund würde als Frevler wider die Götterordnung hingerichtet werden. Dennoch suchten Justinius und Vanice die Zelle des Verurteilten auf.

Und nun endlich fanden sie die Antworten auf ihre Fragen. Allein das waren andere Antworten, als sie es sich gewünscht hätten. Cay bekannte, dass er Rudrick getötet hatte. Denn Rudrick war der Mörder von Alva – er hatte das Verbrechen begangen, für das Mykar hatte büßen müssen. Dies wusste Cay von dem Grafensohn selbst. Er hatte ihm geschildert, was er mit Alva gemacht hatte; so lange, bis sich Cay auf ihn gestürzt hatte.

Aber warum hatte Rudrick das alles erzählt? Warum hatte er sein Leben derart leichtfertig aufs Spiel gesetzt? Fast, als wollte er getötet werden …

Vanice begann zu ahnen, was der Grund für Rudricks wahnwitziges Verhalten war. Sie, die Verfluchte, hatte seit ihrer Flucht von Enjahla auf der Grenze zwischen den Welten gelebt. Weder gehörte sie wirklich zu den Menschen, noch zu den Nachtgestalten; so sah sie es. Und um das dunkle Geschick, das ihr Leben zerstört hatte, besser zu verstehen, hatte sie sich bemüht, so viel wie möglich über die Welt der Dämonen, Gespenster und Spukwesen in Erfahrung zu bringen. Nun erwies sich dieses Wissen als hilfreich.

Ihr kennt die Geschichten um Skargats Jäger? Die Wilde Horde, der Zug der wütenden Toten, geführt vom Schwarzen Jäger, einem König im Reich der Schatten. Ihr wisst, dass die Horde in bestimmten Nächten auszieht, um auf die Jagd nach Seelen zu gehen? Was die Geschichten aber nicht verraten, ist, dass es Männer gibt, die alles daransetzen, in die Horde aufgenommen zu werden. Denn für manche ist der Fluch ein Segen. Um sich dieser Jagdgesellschaft würdig zu erweisen, muss man nicht nur ein schändliches Leben geführt haben, sondern auch aus freien Stücken einen ehrlosen Tod sterben. Man muss seinen Namen opfern; alles, was man je gewesen ist.

Und genau das haben Rudrick und seine Freunde getan. Die Geisterreiter, die ihm auf dem Friedhof der Perle zur Seite standen und mit ihm in den Nachthimmel hineingaloppierten, waren Reiter der Horde. Unterwegs im Auftrag des Schwarzen Jägers, um einen der Seinen heimzuholen.

Übrigens stimmt es nicht ganz, was ich eben gesagt habe. Von Rudricks vier Spießgesellen hatten zwei den Tod gewählt. Die beiden anderen, Laghras vom Hohen Teich und Radulf von Rodingen, hatten sich in irgendeinem Loch verkrochen. Das wusste Justinius. Was er leider nicht wusste, war, wo genau sie steckten. Vielleicht könnten Laghras und Radulf etwas über Rudricks Pläne verraten? Wenn man nur an sie herankäme …

Aber seht nur, wie lange ich gesprochen habe. Die Sonne geht bald unter, und sicher werdet ihr schon daheim erwartet. Wir wollen ja nicht, dass euch der Vater mit dem Riemen prügelt, weil ihr gebummelt habt!

… Nun, wenn ihr denn unbedingt wollt, erzähle ich noch ein wenig weiter. Aber ich fasse mich kurz, denn ich bin eine alte Frau und will nicht im Dunkeln durch den Wald stolpern.

Also, Mykar blieb nichts anderes übrig, als den Tod seines Freundes zu bezeugen. Gemeinsam mit Vanice, Justinius und Scara war er auf dem Ascheberg, der Richtstatt der Perle, als Cay auf dem Scheiterhaufen verbrannt wurde. Er sah ihn sterben. Und er schwor, Rache an Rudrick und seinen Spießgesellen zu üben. Ganz gleich, ob sie diesseits oder jenseits des Grabes standen.

Doch wie sollte er das tun? Auch die Antwort auf diese Frage kannte Vanice. Es ist nämlich so, dass die Nachtgestalten bestimmte Gesetze befolgen müssen; ganz wie wir Menschen. Wenn ein Spukwesen ein anderes töten will, braucht es dafür eine Erlaubnis. Die Erlaubnis bekommt es von Dämonen, Prinzipale genannt, die Gespensterversammlungen vorstehen. Mykar, der ja auch Teil jener Nachtwelt war, musste also zu einer Gespensterversammlung gehen und die Erlaubnis einholen, Rudrick den Garaus zu machen. Das tat er denn auch.

In einer mondlosen Nacht fanden sie sich alle im Fröhlichen Toten ein: Mykar, Vanice, Justinius und Scara. Dank der Flüssigkeit, die Edmund von Rudrick bekommen hatte, konnte auch Justinius die Gespenster sehen; dazu war sie nämlich in Wirklichkeit da. Und zu sehen gab es einiges. Ich kann euch sagen, es ging drunter und drüber in dieser Nacht! Ich weiß das, denn auch ich war dort. Der Prinzipal erschien und gab Mykar die Erlaubnis, um die er gebeten hatte. Doch dann stürmte der Schwarze Jäger herein und verlangte von dem Dämon, dass er seine Entscheidung widerrufe. Der Prinzipal aber lachte nur und zog sich in seine Welt zurück. Daraufhin erklärte der Schwarze Jäger, er hätte keine andere Wahl, als Mykar zu töten – denn er wollte nicht zulassen, dass einer der Seinen starb.

Ehe es zwischen den beiden zum Kampf kam, tauchte aber noch jemand anderes auf: Aiona, die Königin der Schwarzen Hexen. Aiona hatte Rudrick schon lange im Auge gehabt. Sie wusste um seine Verbrechen, die ja auch ihre Schwestern bedrohten. Schließlich leben die meisten Hexen nicht anders als Bäuerinnen, Jägersfrauen oder Köhlerinnen. Erinnert ihr euch an das grauenvolle Zeichen, das Rudrick in Alvas Brust geschnitten hatte? Nun, Alva war nicht die Einzige, die noch im Tod geschändet worden war. Aiona berichtete, dass Rudrick jede der Frauen, deren Leben er nahm, auf diese Weise entstellt hatte. Damit hatte er sie zu einer Opfergabe gemacht – einem Opfer, einer

Gabe für die Macht, der er in Wahrheit diente. Diese Macht war nicht von unserer Welt. Sie war etwas Böses, das weder zum weißen noch zum schwarzen Licht gehörte.

Natürlich glaubte der Anführer der Horde kein Wort von dem, was Aiona sagte. Hätte er ihr geglaubt, er hätte einsehen müssen, dass es für ihn keinen Grund gab, Rudrick zu beschützen. Denn niemand kann zwei Herren dienen; und wenn sich der Grafensohn in Wahrheit einem jenseitigen Bösen verschworen hatte, dann waren die Horde und der Schwarze Jäger nur Mittel zum Zweck für ihn.

Aber, wie gesagt, das wollte der Herr Jäger nicht einsehen. Und so wäre es vielleicht doch zum Kampf zwischen ihm und Mykar gekommen, wenn sich nicht plötzlich Prinz Gereon, der älteste Sohn von Kaiser Winand, eingemischt hätte. Ihr habt richtig gehört: der ahekrische Thronerbe hielt sich in der Gespensterschenke Zum Fröhlichen Toten versteckt! Warum er das tat? Ganz einfach: Das Böse, von dem Aiona gesprochen hatte, gab es wirklich. Es war bereits nach Ahekris gekommen und hatte die Stadt in eine Hölle verwandelt. Prinz Gereon war gezeichnet von allem, was er erlebt und durchgestanden hatte. Aufs entsetzlichste abgemagert, siech und elend und mehr als nur halb wahnsinnig war er! Doch ihm war die Flucht gelungen. In den Schatten hatte er Schutz vor einem dunkleren Schatten gesucht. Und er bestätigte die Worte der Hexe.

Was tut man, wenn man derartige Neuigkeiten erfährt?

Nun, der Schwarze Jäger gab vor, noch immer nicht zu glauben, was er gehört hatte. Doch er verzichtete darauf, Mykar herauszufordern, stampfte nur wütend davon. Was die anderen betrifft, die waren ratlos. Das galt für Justinius und Vanice und Scara. Es galt auch für Aiona. Nur Mykar wusste, was er zu tun hatte. Das Böse war ihm gleichgültig. Alles, was er wollte, war Rache. Und der Elende Ede sagte, er könnte ihm zu seiner Rache verhelfen. Die Antwort, wie Rudrick zu besiegen sei, hätte etwas mit der Linde auf der verwunschenen Lichtung zu tun. Und mit Danje. Doch ehe Mykar erfahren würde, was er wissen wollte, müsste er Ede einen Gefallen tun. Der Gefallen bestand darin, quer durchs Ahekrische Reich zu wandern, ans Beskalische Meer, in eine Stadt namens Donost, und dort den Hafenmeister Ludger zu töten. Warum das für Ede so wichtig war, verschwieg er.

Mykar aber war auch das gleichgültig. Noch in derselben Stunde brach er auf. Was aus den anderen wurde, schien ihn nicht zu kümmern. Die Rache an Rudrick, das war nun Mykars ganze Welt.

Und Justinius, Vanice und Scara? Nun, die drei erfuhren noch weitere Neuigkeiten in dieser Nacht. Aiona erklärte, dass sie Danje kannte. Sie war es, die sie und ihre Eltern getötet hatte – als Folge einer Fehde zwischen Schwarzen und Weißen Hexen. Sie war es auch, die den Raben Jacomo geschickt hatte. Das allerdings, um Mykar zu helfen …

Ob Aiona die Schurkin in meiner Geschichte ist? Nein, das würde ich nicht sagen. Sie hat mehr Gutes als Schlechtes bewirkt, denke ich, und sich alles in allem nicht übel geschlagen. Aber von ihr und dem, was der Nacht der Gespensterversammlung folgte, erzähle ich euch beim nächsten Mal mehr. Morgen um die dritte Mittagsstunde? Gut, ich werde da sein.

Ach ja, eines noch. Ein paar Tage später machte Vanice einen Spaziergang in der Gegend des verfallenen Landsitzes. Da kam eine Kutsche die Reichsstraße entlang. Und was meint ihr, wer durchs Fenster nach draußen blickte? Cay! Genau, derselbe Cay, der jämmerlich auf dem Scheiterhaufen zugrunde gegangen war – vor Vanice' Augen! Da hat sie bestimmt einen gewaltigen Schreck bekommen, als sie ihn in der Kutsche sah! Sie hatte sich in einen Todgeweihten verliebt; und plötzlich erwies sich, dass der Todgeweihte lebte.

Wie das angeht, dass jemand verbrannt wird und dann in Kutschen fährt? Nun, morgen verrate ich es euch.

PROLOG

Wie konnte es nur so weit kommen?
Die Frage – immer wieder dieselbe Frage. Egreeo wusste nicht, wie oft sie ihn gepeinigt hatte. Hundert Mal, tausend Mal. Hundert und tausend Mal. Längst war nichts mehr von ihm übrig als diese Frage. Sein ganzes Trachten und Sinnen war eins geworden mit ihr. Sein ganzer Schmerz.

Wie konnte es nur so weit kommen?

Auch an Egreeos letztem Morgen drehte sich sein Denken in endlosen, sterbensmüden Kreisen um das Gestern und das Heute: das Verlorene und das Verhöhnte; die Schuld und die Reue und der Schrecken, der die Welt verschlang. Seine Welt und die von allen Menschen, die jemals sein Herz berührt hatten.

Wie konnte es nur so weit kommen?

Er stand am Fenster seines Studierzimmers und sah der Sonne dabei zu, wie sie über den Rand des Horizonts kletterte. Vor vielen Jahren schon hatte man ihm Gemächer weit oben im nordöstlichen Turm zugewiesen, wie es sein Wunsch gewesen war. Die wenigsten hatten verstanden, warum er diese Wohnung auch dann noch behielt, als er die unzähligen Stufen, die er zu bewältigen hatte, nurmehr mit gekrümmtem Rücken und gichtigen Gliedern hinaufhumpeln konnte. Doch seine Zimmer verfügten über drei Fenster, die in drei Himmelsrichtungen wiesen; sie boten einen Ausblick, für den Egreeo – dessen Augen von dem Verfall des Greisenalters verschont worden waren – die tägliche Mühsal gerne in Kauf nahm.

Es war dieser Ausblick, der ihn immer wieder aufs Neue gelehrt hatte, die Welt zu lieben.

Wandte er sich nach Norden, sah er die Taimatan-Berge und die Ausläufer der Liliensümpfe. Im Westen schaute er über die Stadt hinweg und konnte an klaren Tagen die stolzen, harschen Wälder der Mark Brandenwall erkennen. Im Osten schließlich erblickte er, zwischen zwei anderen Türmen hindurch, den Zentir, der auf seinem Weg zum Meer die karge Ebene durchschnitt, die sich zwischen der Reichsgrenze und Mandurien erstreckte. All diese Schönheiten boten sich ihm in tausenderlei Gestalt dar: Wenn der Wind schwere Sturmwolken übers Land peitschte; wenn der Schnee wirbelte und die Wildnis noch leerer und stiller machte; wenn die Sonne ungehindert ihre Strahlen zur Erde sandte und die Luft so rein war, dass man meinte, die fernste Ferne mit den Fingerspitzen berühren zu können.

Und die Schönheiten der Dunkelheit überboten noch jene des Lichts: Sah er in klaren Nächten durch das Nordfenster, dann eröffnete sich ihm der Blick auf einen Sternenhimmel, weit wie die Ewigkeit selbst. Wurde Egreeo von Schlaflosigkeit geplagt – und seit langem kannte er keinen friedvollen Schlummer mehr –, so sagte er sich, dass das Grauen, das ihn heimsuchte, irgendwann einmal vergessen wäre. Und dass es dann noch immer Menschen gäbe, die den Blick zum Himmel richten und in den Sternen den Abglanz ihrer eigenen Seele erkennen würden.

Das war sein ganzer Trost. Die letzte Hoffnung, die ihm geblieben war.

Egreeo stützte sich auf dem breiten, gemauerten Fenstersims ab. Bald schon würde er dem Ruf seines Schülers und Herrn folgen müssen. Aber vorher blieb ihm Zeit, Abschied zu nehmen von der Stadt, die im blauen Dämmer vor ihm lag und ein halbes Jahrhundert lang seine Heimat gewesen war.

Noch heute vermochte er in seinem Herzen die Verwunderung zu finden, die ihn ergriffen hatte, als er Ahekris zum ersten Mal betrat. Natürlich wusste Egreeo nicht mehr mit Gewissheit zu sagen, was er von der Kaiserstadt erwartet hatte. Ganz sicher jedoch nicht dies: eine Ansammlung bunter Holzhütten, die sich über viele Meilen hinzog. Die Häuser waren meist einstöckig und in Rot, Blau, Blassgelb oder Ockerbraun gestrichen. Sie hatten spitze Giebeldächer, ruhten auf Steinfundamenten und waren ohne erkennbare Ordnung übers Land verteilt. Manchmal standen ein, zwei Handvoll Hütten dicht aneinandergedrängt; manchmal war der Abstand zwischen den Gebäuden so groß, dass die Leute Gärten und Felder rund um ihr Heim angelegt hatten. Ja, es gab Gärten und Felder, Wiesen und Weiden – wo Pferde, Kühe und Ochsen grasten – und sogar Wald in Ahekris! Von wenigen Pflasterstraßen abgesehen, verbanden Wege aus gestampfter Erde die einzelnen Höfe und Ansiedlungen. Zahllose Tümpel und Teiche überzogen das Stadtgebiet, so wie winzige Warzen die Leiber der Kröten bedeckten, die in jenen Gewässern lebten.

Egreeo erinnerte sich gut daran, wie er den Ring der Schutzwälle und Palisadenzäune durchschritten hatte, der Ahekris umgab, und einen Moment innehielt, um die merkwürdige Stadt zu betrachten. Konnte es sein, dass *das* die kaiserliche Residenz war? Vermutlich war diese Frage schon vielen Besuchern vor ihm durch den Kopf gegangen. Aber da bestand kein Zweifel. Denn am Nordrand von Ahekris erhob sich der Kaiserpalast. Wie ein vom Himmel gefallener Komet ragte das gewaltige Gebäude über dem flachen Land und den bunten Hütten auf: fremd, fast widersinnig in dieser Umgebung.

Und auch daran erinnerte sich Egreeo: dass er später oft darüber nachgegrübelt hatte, ob diese schlichte, abgeschiedene Geruhsamkeit vielleicht der Grund dafür war, dass selbst Gelehrte wie er nur eine unklare Vorstellung von der Wirklichkeit der Reichshauptstadt hatten. Sie passte so wenig zu den Geschichten, die Ahekris umflorten.

Mandris war der kalte Prunk von Marmorpalästen, eine Geometrie säulengesäumter Prachtstraßen; die Perle atmete die Poesie des Unvollendeten; Syrathanis barg ein Gewirr aus steilen, engen Gassen, wo das Leben in Lumpen tanzte; Ahekris hingegen war – die Legende seiner Gründung.

Zum Wesen der Legenden gehörte, ein unentwirrbares Gespinst aus Wahrheit und Lüge zu weben. Diese hier machte keine Ausnahme. Egreeo hatte nie vermocht – bis heute nicht –, das Geheimnis ganz zu durchdringen, welches die ahekrische Reichsgründung umgab. Eines aber begriff er bei seinen Studien in der kaiserlichen Bibliothek, begriff es allzu gut: So wie im Herzen des Labyrinths das Schwarze Einhorn wohnte, zierten Krone, Zepter und Hermelinmantel ein blutiges Greuel.

Es zeigte die verzerrten Züge des größten Helden, den Ebera jemals gekannt hatte.

Und wie so oft dachte Egreeo auch jetzt, da er am Fenster stand und den Sonnenaufgang betrachtete, an jene Legende. Mit einem gequälten Widerwillen, einer bitteren Zwanghaftigkeit dachte er an sie; als wäre in ihr – irgendwo zwischen Traum und Stolz und Niedergang – die Antwort auf seine Frage verborgen, jene *eine* Frage: *Wie konnte es nur so weit kommen?*

Bald vierhundert Jahre war es her, dass Elgart in der Ödnis der späteren Windmarken geboren wurde. Der Gründer des ahekrischen Reiches kam als Sohn wohlhabender Bauern zur Welt; er war eines von dreizehn Kindern, so hieß es. Früh lief er von zuhause fort. Er verdingte sich als Söldner, bot seinen Schwertarm an wie eine Hure ihren Schoß, soff und fluchte und prügelte sich einem frühen, einsamen Grab entgegen. Dann, eines Nachts, hatte er im Traum eine Vision. Er sah sich selbst als Aussätzigen, die Haut schwarz von Fäulnis und Eiter; und er begriff, dass jedes einzelne der Geschwüre und Pusteln, die seinen Leib verwüsteten, eine der Sünden war, die er in seinem Leben begangen hatte.

Da wurde Elgart von Angst und Reue ergriffen. Er fiel auf die Knie und flehte die Götter an, sie möchten ihm vergeben. Er betete und betete, während die Würmer schon begannen, ihn aufzufressen. Zunächst antwortete ihm nur Stille. Doch dann wurde er von gleißendem Licht erfasst. Und eine Stimme sprach: »So wie ich dich reinige, wirst du mein Land reinigen!« Das Licht wurde zu Feuer; es umhüllte und verbrannte ihn. Und in der Qual der Flammenbrunst begriff er, dass es Elaah selbst war, der sich ihm offenbart hatte.

Als er am Morgen erwachte, wusste Elgart, wozu er berufen war.

Damals war Mandurien ein mächtiges Reich, das sich über die Gebiete erstreckte, die heute zu Ahekrien und Gythania gehören. Aber Hartrad, der letzte mandurische König, hatte sich von seinen Beratern zum Hochmut verführen lassen. Sein Versuch, die Steppen des hohen Nordens – mit ihren unermesslichen Vorräten an Kohle, Erz und Gold – dem iskrischen Einfluss zu entreißen, endete in einer Katastrophe. Nach einer Dekade des Krieges waren die Schatzkammern leer. Eine Hungersnot verheerte das Land. Viele Tausend Männer waren gestorben, viele Tausend Frauen verwitwet, viele Tausend Kinder verwaist. Und noch immer flatterte das iskrische Banner über ungezählten Festungen und den Minen und Bergwerken, die sie bewachten. Endlich befahl der König den Rückzug. Zu spät, wie sich bald herausstellte. Denn seine erschöpften, gedemütigten Armeen waren zu schwach, um dem neuen Feind zu begegnen, der das Land nun bedrohte.

Die Warek – die man in jener Zeit freilich nicht so nannte – erkannten die Schwäche Manduriens. Lange, bevor man Hartrad die Krone aufs Haupt gesetzt hatte, waren sie vor dem iskrischen Vormarsch nach Süden geflohen. Am Ende suchten sie Schutz in den gewaltigen Wäldern, die damals als Bollwerk zwischen den Mächten des Nordkontinents dienten. Kaum ein Mensch hatte je seinen Fuß in dieses dunkle Tannicht gesetzt. Und dort, in der Wildnis, vollzog sich eine Verwandlung. Aus den friedlichen Hirten, die nicht einmal versucht hatten, das Land ihrer Väter gegen die iskrischen Eroberer zu verteidigen, wurden grausame, räuberische Krieger. Nun überfielen die Warek die Siedlungen, die ihren Wäldern am nächsten lagen. Sie mordeten, plünderten, schändeten und brandschatzten. Je mehr Blut sie vergossen, desto mehr Blut begehrten sie. Unaufhaltsam zogen sie nach Süden, der Hauptstadt entgegen.

Indessen saß König Hartrad in seinem Palast, rang die Hände, betrank sich bis zur Besinnungslosigkeit und tat – nichts. Es schien nur eine Frage der Zeit, bis Mandris fallen würde.

Doch dann kam Elgart. Er scharte Männer um sich. Zunächst

zehn. Dann hundert. Schließlich tausend. Seine Männer, das waren Säufer, Schläger, Diebe, Hurenböcke, Hungerleider. Kaum einer hatte je ein Kettenhemd getragen oder ein Schwert geführt. Mit diesem zerlumpten Zug trat Elgart den Warek entgegen.

Während die Soldaten von König Hartrad ihre verbliebenen Stellungen räumten und Chaos und Panik um sich griffen, marschierte er nach Norden.

Während sich diejenigen, die das Reich hätten beschützen sollen, gemeinsam mit Bauern, Fischern und Handwerkern hinter den Mauern von Mandris verschanzten, suchte er den Kampf. Und tat das Unmögliche.

Elgart schlug sie zurück, die Horden der blutgierigen Wilden. Obwohl die Seinen hoffnungslos in der Unterzahl und miserabel ausgerüstet waren. Diejenigen, die mit ihm zogen, berichteten später, ihr Anführer habe keine Angst gekannt. Kein Zaudern und kein Wanken. Er sei in die Schlacht gegangen, als wäre sein Fleisch aus Stahl geschmiedet. Und tatsächlich war es, als könnten ihm die Äxte, Speere und Bögen seiner Feinde nichts anhaben. So stark war Elgarts Wille, so erbarmungslos seine Zuversicht, dass diejenigen, die ihm folgten, gar keine Wahl hatten, als zu siegen. Und das taten sie.

Anfangs sprach man von der »Armee der Bettler« und ihrem »Lumpengeneral«. Dann, als das ahekrische Reich bereits geschmiedet und Elgart zum Kaiser von Göttlichen Gnaden gekrönt war, fand man einen anderen Namen für jenen gänzlich unwahrscheinlichen Kriegszug. Es war ein geziemender Name, der Gelehrten und Barden gleichermaßen gefiel; ein Name, den man mit großem Federschwung niederschreiben konnte und der zu ehrfurchtsvollem Flüstern ebenso wie zu Triumphgesängen einlud. *Der Marsch der Tausend*, so nannten sie das Ereignis, mit dem die Morgenröte Ahekriens hereinbrach.

Allein Elgart war nicht zufrieden damit, die Warek zu vertreiben. Im Lauf der Zeit fand er heraus, dass seine Feinde ihre fremden, nichtswürdigen Steppengötter mitgebracht hatten. Sie riefen

Wesenheiten an, die sie als Feuermutter, Erdkönig oder Windreiter bezeichneten; Wesenheiten, die Odhan Talangan, Uular Angh oder Unach Agar Ba-at hießen. Wenn sie zu diesen Wesen sprachen, bedienten sie sich eines kehligen Singsangs, dessen Klang ausreichte, um Elgart vor Wut erbeben zu lassen.

Da begriff er, was Elaah in Wahrheit von ihm verlangt hatte, in jener Nacht, als er sich seiner Sündhaftigkeit und Schwäche erbarmte. *So wie ich dich reinige, wirst du mein Land reinigen!* – der Auftrag der höchsten Gottheit hatte nicht darin bestanden, Mandurien vor dem Ansturm der Warek zu retten. Nein, das war nur der Anfang gewesen; etwas Nebensächliches, beinah Zufälliges. Worum es wirklich ging, war, Ebera im Glauben an Elaah zu einen und alles auszumerzen, was Falschheit, Ketzerei, Götzendienst war!

So kam es, dass Elgart eines Tages – da hatte er bereits mehr Land erobert, als König Hartrad je beherrscht hatte – sämtliche Gefangenen zusammentrieb, die er über viele Schlachten und Scharmützel hinweg und bei manchem Überfall auf Feindessiedlungen gemacht hatte. Er fragte die Warek, ob sie bereit wären, ihren falschen Göttern abzuschwören und von nun an Elaah zu dienen. Aber seine Gefangenen taten, als verstünden sie nicht, was man von ihnen wollte; als wüssten sie nicht einmal, was »Götter« und was »Glaube« bedeuteten. Elgart sah, dass diese stinkenden, erbärmlichen Kreaturen es wagten, ihn, nein: Elaah!, zu verhöhnen, und wurde von heiligem Zorn ergriffen. Er ließ die Wilden niedermachen, Männer und Frauen, Greise und Kinder, ohne Ausnahme, ohne Gnade.

Der Ort, an dem dies geschah, war eine kleine, unbedeutende Garnison im Nirgendwo. Doch Elgart, der spürte, dass er jetzt endlich den Willen der höchsten Gottheit tat, befahl, dass hier eine Stadt errichtet werden sollte. Nicht irgendeine Stadt; die Hauptstadt des Reiches, das er erschaffen würde. Während er loszog – aus den tausend, die ihm anfangs folgten, waren längst Zehntausende geworden –, um Könige und Fürsten seinem Willen zu unterwerfen, verscharrte die Besatzung jenes verlorenen Außenpostens die Leichen der Warek. Und während die Lande, durch die Elgarts Armee marschierte, im Licht der Scheiterhaufen erglühten, hallten Axthiebe durch die schier endlosen Wälder, welche die Ebenen des Nordens bedeckten und der zukünftigen Stadt den Namen gaben; nach dem altmandurischen Wort für Birke: *Ahégrai*.

Das war sie, die Legende von Elgart dem Unbesiegten. Hatte es sich wirklich so zugetragen, wie sie erzählte? Wer vermochte das zu sagen? Sicher war, dass es im heutigen Ahekris einen großen Platz gab, den *Platz des Opfers*. Die Einwohner der Stadt dachten, der merkwürdige Name des Platzes rühre daher, dass um ihn herum die Tempel standen, in denen Elaah, Sorin, Hekir und Thaala angebetet wurden. Egreeo wusste es besser. Er wusste, dass Ahekris auf den Knochen der Hingeschlachteten erbaut war.

Von seinem Fenster aus konnte er ihn sehen, diesen Platz. Er wunderte sich, dass ihm die Stadt dennoch so sehr ans Herz gewachsen war, dass er sie um keinen Preis hätte verlassen mögen. Selbst dann nicht, wenn seine mürben Glieder es zugelassen hätten.

Damals, als Kaiser Bechtol der Vierte ihn gerufen hatte, waren seine Gefühle freilich anderer Art gewesen. Egreeo hatte nicht die geringste Neigung verspürt, das Kloster Winderling zu verlassen, in dem er seit seinem dreizehnten Jahr lebte. Er war als jüngster Sohn eines einfachen Ritters geboren, dessen Gut bei Tygart lag. Von frühester Kindheit an hegte er eine Begeisterung für Philosophie und Naturkunde, die seinem Vater unheimlich war. Und als er heranwuchs, regte sich der Wunsch in ihm, Sorin zu dienen. Da er keinerlei Befähigung zur Kriegskunst erkennen ließ und es schwer genug war, ein Auskommen und geeignete Frauen für seine Brüder zu finden, zeigte sich der alte Ritter geneigt, diesen Wunsch zu erfüllen. Was lag also näher, als Egreeo in die Obhut der Mönche zu geben, die am Rand der Fokris-Berge ein weithin bekanntes Kloster bewohnten? Die Adeligen der Gegend schickten dem Kloster manchmal Wagen mit Wein, Bier oder Getreide, und als sein Vater das nächste Mal eine Schenkung machte – zwischenzeitlich waren einige Briefe zwischen ihm und dem Vorsteher des Klosters hin- und hergegangen –, begleitete Egreeo die Diener auf ihrer Fahrt.

Längst verblasst war die Erinnerung an den Landsitz, wo er seine Knabenjahre verbracht hatte, an die Wälder und Seen, die ihm als Erstes den Zauber von Elaahs Schöpfung offenbarten; längst verblasst auch die Erinnerung an den Vater, die Mutter, die Brüder und Schwestern. Doch noch immer spürte Egreeo die Aufregung und Freude, die ihn ergriffen hatten, als die düster-ehrwürdigen Mauern von Winderling aus dem Frühlingsnebel aufragten und die Ochsen begannen, den Wagen hügelan zur Pforte des Klosters zu ziehen. Ja, Aufregung und Freude! Die Vorstellung, den Rest seines Lebens zurückgezogen hinter jenen Mauern zu verbringen, hatte keine Beklemmung in seinem Herzen erweckt, keine Furcht vor Versäumnissen.

Und tatsächlich waren die zwanzig Jahre, die er auf Winderling lebte, eine gute Zeit gewesen. Egreeo lernte, die Geborgenheit des Konvents zu lieben. Tagaus, tagein, winters wie sommers widmete er sich dem Gebet, dem Studium der Bücher und der Natur – Pflanzen und Tiere, Winde und Gestirne faszinierten ihn gleichermaßen –, den gelehrten Diskussionen mit seinen Brüdern, der Arbeit im Garten und in der Küche; und nicht eine Stunde war vergeudet! Bald schon begann er, eigene Abhandlungen zu verfassen, und bald schon wurde er eingeladen, andere Klöster und Tempel zu besuchen, um seine Erkenntnisse weiterzugeben.

Eine dieser Reisen führte ihn sogar nach Dohlravan, zum benorischen König. Dort durfte er die Hofmedizi in der Heilwirkung von Steinschweiß unterweisen – ein graues Kraut mit bläulichen, tropfenförmigen Blüten, das am Felsen wuchs und, wie Egreeo durch Zufall herausgefunden hatte, selbst fortgeschrittene Entzündungen hemmte, sodass manch ein Kranker mit dem Leben davonkam, manch einem Verwundeten die Amputation erspart blieb. Und eine seiner Schriften, in welcher er der Frage nachging, ob die

Untersuchung von Phänomenen aus dem Tier- und Pflanzenreich – etwa die Art, wie Bienen ihre Waben bauen – Aufschluss über die göttliche Ordnung verhieß, wurde von Kibeidon, dem großen gythanischen Philosophen, einer wenngleich kritischen Antwort gewürdigt.

Natürlich freuten Egreeo diese Erfolge. Zugleich jedoch spürte er, dass in ihm die Versuchung wuchs, auf seine weniger begnadeten Brüder hinabzublicken. Er erschrak vor der eigenen Hoffart; inständig bat er Sorin um das Geschenk der Demut. Dann aber erhielt er einen Brief, verfasst von des Kaisers eigener Hand, in dem Bechtol ihn aufforderte, nach Ahekris zu kommen: Prinz Winand, der Thronerbe, hatte sein drittes Lebensjahr vollendet und benötigte einen Lehrer.

Trotz allem hätte sich Egreeo nie träumen lassen, dass die Kunde seines Ruhmes bis in die Hauptstadt vorgedrungen wäre. Es kam ihm vor, als wollten die Ewigen sein Ringen um Genügsamkeit verspotten. Gerne hätte er dem Kaiser zurückgeschrieben, es müssten sich doch geeignetere Männer für diese höchst ehrenvolle Aufgabe finden lassen. Aber natürlich widersprach man nicht dem Wunsch einer Majestät von Göttlichen Gnaden. Also bereitete sich Egreeo schweren Herzens darauf vor, Winderling zu verlassen. Nur um eine Gunst bat er den Kaiser: Er möge ihm erlauben, die Reise nach Ahekris allein anzutreten, als wandernder Mönch.

Egreeo wusste, dass die Wanderung, die er im Sinn hatte, manchen Monat dauern würde und voller Gefahren war. Deshalb war er erstaunt, als Bechtol ihm seine Bitte gewährte, unter der Bedingung, er möge später einen Bericht über seine Erlebnisse abfassen. Damit wäre Egreeos Reise ein Dienst an seinem Schüler. Schließlich versprachen jene Aufzeichnungen unvergleichliche Erkenntnisse über das Reich, das Winand einmal zu regieren hätte.

Es kam, wie der Kaiser erhofft hatte. Obwohl er viele Kilometer auf Wagen und Kähnen zurücklegte, dauerte Egreeos Reise über ein halbes Jahr. Doch er traf wohlbehalten in der Hauptstadt ein; den Rucksack voller Pergamentrollen, auf denen er während der vergangenen Monate Gedanken und Beobachtungen notiert hatte. Sein Bericht, den er *Ahekrische Wanderungen* nannte, fand Verbreitung in Bibliotheken von Benorien bis zum Beskalischen Meer und wurde tatsächlich zur Lieblingslektüre des heranwachsenden Thronerben.

Egreeos Herr war zufrieden mit ihm; und er selbst war zufrieden mit seinem Los. Am Anfang vermisste er Winderling und die nebelverhangenen Hügel, die es umgaben. Bald jedoch erspürte er in den Ebenen, Wäldern und Sümpfen des Nordens eine fremde Schönheit, die seine Seele ganz eigentümlich berührte. Als hätte er eine Heimat wiedergefunden, die so lange verloren gewesen war, dass er nichts mehr von ihr wusste. Und diese unbekannte Heimat warf Licht in eine Kammer seines Herzens, die bislang dunkel geblieben war: Am kaiserlichen Hof entdeckte Egreeo seine Neigung zur Geselligkeit. Ganze Stunden verbrachte er im Gespräch mit Stallknechten und Köchen, mit Mägden und Schmieden, mit dem Kämmerer und dem Waffenmeister, ohne sich je zu langweilen. Bechtol selbst begegnete ihm mit Respekt, der sich allmählich in Freundschaft wandelte. Dasselbe galt für Annlyn, seine Gemahlin. Und Winand, der der einzige Sohn des Kaiserpaars blieb, war alles, was ein Lehrer sich wünschen konnte.

Als der Thronerbe dann mit siebzehn Jahren Manith heiratete – Tochter aus einem Fürstenhaus, das seit Generationen die Entscheide des mandurischen Adelsrats bestimmte –, war es für Bechtol eine Selbstverständlichkeit, dass Egreeo auch den Söhnen seines ersten Schülers als Lehrer und Erzieher dienen würde. Zunächst kam Gereon. Dann die Mädchen: Annlyn, Lumea und Islah, mit denen Egreeo weniger zu tun hatte (und die Ahekris, wie er mit Erleichterung dachte, nun längst schon verlassen hatten, um in den Burgen und Schlössern ihrer Männer zu residieren). Schließlich, nach fünf kinderlosen Jahren – Winand trug mittlerweile die Kaiserkrone –, wurde Kylion geboren.

Kylion.

Bereits als Säugling war er anders. Viele Krankheiten plagten ihn. Husten schüttelte seinen winzigen Körper; Fieber zehrte ihn aus.

Mehr als einmal schien es, als würde Thaala das Leben beanspruchen, das Elaah doch gerade erst geschenkt hatte.

Allein, Kylion starb nicht. Er wuchs zu einem stillen Kind heran, das kaum je lachte, so wie er als Säugling kaum je geweint oder geschrien hatte. Selbst in den frühen Jahren haftete ihm etwas Entrücktes an; irgendwie spürte man, dass dieser Junge wenig zu schaffen hatte mit der alltäglichen Betriebsamkeit des Kaiserhofs und den Freuden und Nöten gewöhnlicher Menschen. In seinem Blick – er hatte die großen, grünen Augen seiner Mutter – lag stets eine wehmütige Verwunderung, als könnte er nicht begreifen, was ihm mit der Geburt widerfahren war; als plagte ihn die dunkle Ahnung, dass da ein Irrtum vorlag, dass er eigentlich keinen Platz hatte auf der Welt.

Dieses Fremde und Abgekehrte sorgte dafür, dass Kylion nicht viele Freunde hatte. Manche hielten ihn für hochmütig; andere fürchteten sich schlicht vor ihm.

Egreeo hingegen liebte den jüngsten Sohn des Kaisers mit ganzem Herzen.

Und es erfüllte ihn mit Dankbarkeit zu sehen, dass die Götter dem Jungen, als wollten sie einen Ausgleich schaffen, einen Geist geschenkt hatten, der wie ein Edelstein im Licht funkelte.

So zerbrechlich Kylions Körper war, so stark war sein Verstand. Es gab keine Art von Wissen, das er nicht begehrte. Nichts langweilte oder überforderte ihn. Den Dreiweg, die Grundlagen von Grammatik, Dialektik und Rhetorik, meisterte er mühelos. Auch auf dem Vierweg von Arithmetik, Geometrie, Musiktheorie und Astronomie schritt er leichtfüßig voran. Er teilte Egreeos Leidenschaft für die Erkundung des nächtlichen Firmaments; und noch heute dachte der Gelehrte mit dankbarer Zärtlichkeit – dankbare Zärtlichkeit, trotz allem! – an die vielen Stunden zurück, die er und sein Schüler damit zugebracht hatten, selbst die entlegensten Sternbilder, etwa den Wasserträger oder die Zopfflechterin, mit Fernrohr und Himmelskarte zu bestimmen.

Winand wusste, dass sein Jüngster niemals Turniere gewinnen

würde. Aber er war sich sicher, dass da ein großer Philosoph unter seinem Dach heranwuchs. Jemand, von dessen Werken vielleicht noch in vielen hundert Jahren die Rede sein würde. Egreeo sah keinen Grund, dem Kaiser zu widersprechen.

Die Hingabe, mit der sich Kylion seinen Studien widmete, hatte indessen ihren Preis. Er zählte noch keine zehn Jahre, als furchtbare Kopfschmerzen ihn heimzusuchen begannen. Während die gleichaltrigen Söhne der Adeligen, die am Hof lebten, sich im Schwertkampf und im Reiten übten, war er tagelang ans Bett gefesselt. Die Fenster seines Schlafgemachs mussten verhängt werden, und die Diener huschten wie Diebe durchs Dunkel, wenn sie unaufschiebbare Verrichtungen zu tätigen hatten. Nur Schwärze und Stille konnte Kylion in diesem Zustand ertragen.

Die Leiden seines Schülers bedrückten und bekümmerten Egreeo. Doch es gab nichts, was er tun konnte. Seine Kunst scheiterte ebenso an dem rätselhaften Gebrest wie jene der Hofmedizi.

Oft fehlte Kylion die Kraft, sein Lager zu verlassen, nachdem die Schmerzen abgeklungen waren. Dann setzte sich Egreeo zu dem Jungen und las ihm vor, Märchen und Sagen, stundenlang. Am liebsten hörte er Geschichten von Zauberern und Hexen; von schwarzer und von weißer Magie; von Flüchen und Beschwörungen, Geistern, Gespenstern und jenseitigen Mächten. Diese Vorliebe wollte Egreeo nicht recht gefallen. Doch da es so wenig gab, was dem Kranken eine Freude bereitete, stellte er seine Bedenken zurück. Halbe Nachmittage verbrachte er in der Bibliothek, um seinen Vorrat an Schauergeschichten wieder aufzufrischen.

Später dann, als die Kopfschmerzen immer häufiger kamen, immer länger anhielten und immer qualvoller wurden, halfen auch die wüsten Erzählungen um Spukwesen und Dämonenwerk nichts mehr. Da wurde Kylion von einer tiefen, sanften Traurigkeit ergriffen. Oft fragte er Egreeo nach dem Tod. Er wollte wissen, was genau geschah, wenn einer in Thaalas Nacht eintrat, und was die Seelen zu tun hatten auf der Suche nach der ewigen Heimat: Galt es, Prüfungen zu bestehen? Mussten sie ihre Tugend oder Weisheit unter Beweis stellen? Und wenn man es dann schaffte, Elaahs Lichte Auen zu erreichen – wie war das? Erlebte man einen endlosen Frühling, ohne Kälte, Krankheit, Hunger, Leiden und Einsamkeit?

Natürlich hatte Egreeo keine Antwort auf diese Fragen. Er versuchte, Kylion zu erklären, dass es ein Geisterreich gab, wo die Toten im Grunde das Dasein fortsetzten, welches sie zu Lebzeiten geführt hatten. Sie übten verschiedene Handwerke aus, mussten bestimmten Regeln und Gesetzen folgen; ja, sie hatten sogar Gasthäuser, in denen sie ihresgleichen trafen. Aber auch das Geisterreich war diesseits der Pforte zu Thaalas Schattenlanden gelegen. Von dort hatte keine Kunde je die Lebenden erreicht.

Egreeo spürte, dass seine Versuche, Kylion die Grenzen allen Menschenwissens aufzuzeigen, die Traurigkeit im Herzen des Jungen noch vergrößerten. Für ihn war »Ich kann nichts darüber sagen« gleichbedeutend mit »Es gibt nicht«. Still bei sich schien er davon überzeugt, dass die große Heilung, die Elaahs Gnade bedeutete, etwas war, das sich seine Eltern und sein Lehrer ausgedacht hatten, um ihm das Sterben zu erleichtern. Da war jetzt ein Vorwurf in Kylions Blick. Er bezichtigte die Gesunden der Lüge.

Vielleicht war das der Grund, weshalb Egreeo sich darauf einließ, etwas an seinem Schüler zu versuchen, das er verabscheute und für schlimmsten Aberglauben hielt, übler als jedes Hexenwerk; eine Form der Heilkunst, die diesen Namen nicht verdiente, die ihm vielmehr hohnsprach, auf die manche Gelehrte am Hof aber dennoch große Stücke hielten: Blutmedizin.

Egreeo war dabei, als man die Leichen von den Galgen schnitt. Er war dabei, als aus dem Fleisch und den Knochen und dem Samen der Gehenkten – allesamt reuige Mörder – eine Salbe gekocht wurde. Und er selbst war es, der den abgezehrten Leib Kylions mit dieser Salbe einstrich. Als alles getan war, saß er noch lange bei dem schlummernden Jungen. Er fuhr ihm durch die feinen, rotblonden Haare und betrachtete sein Gesicht, das im Schlaf noch zarter aussah als im Wachen; dabei kämpfte er mit den Tränen.

Zu der Scham und der Demütigung gesellte sich alsbald die

Schande. Denn die Blutmedizin tat eine Wirkung, die seiner eigenen Kunst versagt geblieben war: Kylion kam wieder zu Kräften. Zumindest so weit, dass er aufstehen und kleine Wanderungen durch die Gänge des Palasts unternehmen oder sich für eine Weile auf einen Balkon setzen und von der Sonne bescheinen lassen konnte. Zumindest so weit, dass seine Faszination für das Unheimliche und Übernatürliche erneut erwachte.

Dieses Mal aber war etwas anders.

Kylion zeigte sich nicht länger zufrieden damit, Sagen und Märchen zu lauschen. Nun langweilten ihn die Geschichten. Er bat seinen Lehrer, ihm die Wahrheit hinter den Erzählungen zu zeigen. Egreeo sollte für ihn in die kaiserliche Bibliothek gehen und dort nach Zauberbüchern suchen.

Zunächst weigerte sich der Gelehrte. Er weigerte sich nicht nur, er wurde sogar wütend auf seinen Schüler. Eine Sache war, sich an alten Schauergeschichten zu ergötzen; eine ganz andere, im vollen Ernst die Schwarzen Künste zu üben. Nicht, dass er um Kylions Seelenheil gebangt hätte. Für Egreeo stand fest, dass diese Laune zwar dumm und verwerflich, letztendlich aber harmlos war. Zwar wusste er, dass es tatsächlich Magier gab. Er wusste aber auch, dass es Jahre und Jahrzehnte des Studiums brauchte, um die Fertigkeiten zu lernen, derer man bedurfte, um wirkliche Macht zu erlangen. Die nämlich kam niemals aus den Zauberkundigen selbst; sie kam von den Wesenheiten, die jene ihrem Willen unterwarfen. Das waren Geister und Gespenster. Vielleicht Kobolde und Feen. Mag sein Dämonen, wenn ein wahrhaft Ruchloser am Werk war. Aber selbst die allerkleinste Beschwörung konnte nur von einem Meister gewirkt werden.

Nein, Egreeo hegte keinerlei Sorge, dass Kylion Unglück über sich oder andere bringen würde, wenn er ein wenig in Grimoires blätterte. Doch es empörte ihn, dass sich ein leuchtend-klarer Geist, dem die Gesetze der Logik bislang das größte Abenteuer gewesen waren, derart vergeudete. An etwas, das entweder der reine Mummenschanz oder aber ein schändlicher Verstoß gegen die Götterordnung war.

Doch anstatt seine neu erwachten Kräfte nun auf eine Arbeit zu richten, die der Mühe wert war, welkte Kylion wieder dahin. Schlimmer noch: die Gesundheit des Jungen brach jetzt völlig zusammen, als hätte ihn nur die Hoffnung darauf, einmal ein Zauberer zu werden, am Leben erhalten. Schon wurde eine Thaala-Geweihte gerufen, um Kylions weltmüde Seele auf ihre Reise vorzubereiten. Egreeo jedoch war keineswegs bereit, den geliebten Prinzen aufzugeben. Seine Hartherzigkeit gegenüber dem, was ihm jetzt kindliche Neugier zu sein schien, reute ihn bitterlich. Und er eilte in die Bibliothek, um Bücher zu suchen, die vielleicht einen Funken Freude – und damit Lebenswillen – in Kylion entzünden könnten.

Zu seinem Erstaunen wurde er schnell fündig.

Denn als Elgart sich anschickte, mit Feuer und Schwert die Ketzerei in seinem neugeschaffenen Reich auszumerzen, hatte er offenbar angeordnet, das verbotene Wissen Eberas zu sammeln – wahrscheinlich in der Erwartung, den Feind umso besser vernichten zu können, wenn er ihn erforscht hätte. Es gab also innerhalb der kaiserlichen Bibliothek eine zweite, verborgene Bibliothek, von deren Existenz Egreeo bislang nichts gewusst hatte. Als er dem Seneschall jedoch von seiner Not erzählte und bekannte, dass er hoffte, Kylions Leben zu retten, wenn er ihm Zauberbücher brachte, öffnete sich die Tür zu jener Schatzkammer des Geheimen und Geächteten.

Egreeo hatte keine Zeit, sich lange in der verborgenen Bibliothek aufzuhalten. Er hegte auch nicht den geringsten Wunsch dazu. Ein erster Blick bestätigte ihm seine Erwartungen. Was es hier zu finden gab, waren vor allem Kritzeleien auf schlechtem Pergament. Die Verfasser der Schriften waren vermutlich kleine Händler oder Handwerker gewesen. Sie vermischten die Weisheit von Kräuterfrauen mit landläufigem Aberglauben und einem bemitleidenswerten Halbwissen. Und ihre Absicht war mitnichten, sich in Skargats Dienste zu stellen oder das schwarze Licht zu verherrlichen. Nein, die angeblichen Ketzer und Nekromanten hatten Weltlicheres im Sinne: Sie suchten zu ergründen, wie man Stein in Gold umwandelt oder gaben Anleitung zum richtigen Gebrauch einer Wünschelrute. Und das Einzige, was sie beschwören wollten, waren hilfreiche Gnome, die Brot backten, Wäsche wuschen oder Reparaturen an Haus und Hof durchführten.

Neben derlei Albernheiten gab es aber doch einige Grimoires, die den Namen verdienten: schwere Bücher, gebunden in dunkles, mit rätselhaften Zeichen versehenes Leder. Selbst Egreeo konnte nicht alles lesen, was in diesen Büchern geschrieben stand. Wenn er sie aufschlug, fiel sein Auge auf arkane Symbole, die er nicht zu entschlüsseln vermochte, okkulte Sprüche, deren Sinn ihm verborgen blieb. Ja, etwas an den Grimoires war fremd und machtvoll. Egreeo begriff, dass er es hier wahrhaftig mit Zauberbüchern zu tun hatte. Und ein Gefühl von Unbehagen durchdrang ihn, als er die Werke auswählte, die er seinem Schüler bringen wollte.

All das war jetzt sieben oder acht Jahre her. Wenn Egreeo zurückblickte, dann war ihm, als hätte er jene Zeit wie ein Schlafwandler durchschritten. Oder wie jemand, der von einer seltsamen Krankheit befallen ist, die den Geist betäubt und die Sinne benebelt. Wie oft hatte er sich gesagt, dass es so nicht weiterging; dass er etwas tun, dass er jetzt endlich handeln müsse. Das Unbehagen, das sein Herz ergriffen hatte, wurde zu brennender Sorge; die Sorge zu Angst, die Angst zu Grauen. Die Angst drohte ihn zu ersticken. Schwer wie ein Felsblock legte sich das Grauen auf seine Seele.

Und doch erhob sich Egreeo jeden Tag von seinem Lager und lebte sein Leben, aß und trank, las und schrieb, plauderte und lehrte und lachte. Obwohl sein Leben – so wie das Leben aller, denen Ahekris Heimat war – längst schon von einer brüllenden, tosenden Schwärze zermalmt worden war; einer brüllenden, tosenden Schwärze, die mucksmäuschenstill ihr Zerstörungswerk vollzog.

Bis heute wusste er nicht, wann und wie es begonnen hatte.

Kylion freute sich sehr, als er ihm die Grimoires brachte. Und tatsächlich überlebte er. Zwar plagten ihn weiterhin die Kopfschmerzen; zwar musste er noch immer viele Stunden in einer künstlichen Nacht verbringen. Aber er überlebte.

War es das? Sollte sich Egreeo wünschen, dass sein Schüler gestorben wäre? Oder war Kylion selbst nur ein zufälliges Gefäß, und an seiner Statt hätte sich das Böse – ja, das Böse; allein, was hieß das? Woher kam dieses Böse? Was wollte es? Konnte es das überhaupt: wollen, verlangen? – ebenso gut jemand anderen suchen können?

Irgendwann fing Kylion an, sich selbst zu verletzen. Mit einem Messer zog er blutige Striemen über seinen hageren Körper: die Arme, die Beine, später Brust und Bauch. Egreeo, der jeden Tag bei dem Prinzen saß, bemerkte, was da vor sich ging. Wie hätte es anders sein können? Aber er sagte niemandem etwas. Auch den Hofmedizi, die nach Kylion sahen, konnten die blutigen Laken, die Wunden und Narben nicht verborgen bleiben. Warum schwiegen sie? Und was war mit Winand und Manith? Was mit Gereon? Was mit Annlyn, Lumea und Islah? Waren sie mit Blindheit geschlagen? Wollten sie nicht sehen, dass etwas Entsetzliches von ihrem Bruder Besitz ergriffen hatte? Denn es blieb ja nicht bei den Schnitten. Egreeo hatte keine Ahnung, woher ein ewig kränkelnder Junge die Kraft nahm, seine Haut mit Kerzenfeuer zu versengen, bis sie von eiternden Brandblasen überzogen wurde. Doch Kylion tat genau das.

Sein geliebter Schüler war besessen davon, sich selbst in eine Ruine aus Fleisch und Blut zu verwandeln.

Sie alle wussten es – die Gelehrten und Diener, die Eltern und Geschwister.

Sie alle wussten es. Aber sie lebten, als wüssten sie nichts. Niemand verlor ein Wort darüber, was sich in der Stille und Einsamkeit des Krankenzimmers ereignete. Niemand stellte Kylion zur Rede. Niemand versuchte, die Antriebe hinter seinem Handeln zu entschlüsseln. Niemand hinderte ihn daran, sich mit Stahl und Flamme zu martern.

Das galt auch für Egreeo selbst. Er kam nicht einmal auf den Gedanken, Kylion die Grimoires wegzunehmen. Wobei er sich heute fragte, ob das etwas geändert hätte. Denn er konnte nicht glauben, dass es auf der Welt einen Zauberspruch oder eine Beschwörung gab, die die Macht hatte, jene Verwandlung zu bewirken, die sich dann vollzog.

Sie betraf nicht länger nur seinen Schüler.

Als wäre Kylions Krankenzimmer eine schwärende Verletzung im Leib des Hofs, der Stadt, breitete sich von dort eine Fäulnis aus, ein seelischer Wundbrand, der langsam um sich griff, bis er ganz Ahekris zersetzte.

Es begann mit Kleinigkeiten. Die Menschen im Palast wurden ein wenig unfreundlicher und unglücklicher. Egreeo sah jetzt öfters, wie Kammerdiener oder Zofen ihre Untergebenen schlugen, ohne dass ihm der Grund für diese Behandlung ersichtlich war. Immer häufiger geschah es auch, dass Männer und Frauen, ganz gleich, ob sie hohe oder niedere Ämter innehatten, plötzlich in Tränen ausbrachen. Sie wurden von Schluchzen geschüttelt, waren die Untröstlichkeit selbst. Fragte man sie aber, was ihnen solchen Kummer bereitet hatte, wussten sie keine Antwort.

Egreeo begriff zum ersten Mal – begriff es und begriff es doch auch nicht –, dass etwas in einem tiefen, existentiellen Sinn nicht stimmte, als er an einem schönen Sommertag die Leiche fand. Der Bedienstete lag mitten im Palast; in einem Gang, den Egreeo benutzte, wenn er einen etwas abgelegenen Kräutergarten aufsuchen wollte. Ihm war der Schädel eingeschlagen worden. Ein breiter Sonnenstrahl fiel schräg über ihn und ließ die Blutlache, die sich unter ihm ausgebreitet hatte, matt erglänzen. Noch heute wusste Egreeo, was er damals gedacht hatte: *Irgendjemand wird sich schon darum kümmern.* Das war sein Gedanke gewesen; dann war er weitergegangen.

Als er den Gang etwa eine Woche später wieder betrat, lag der Tote immer noch da. Fliegen umschwirrten ihn. Verwesungsdünste hingen in der Luft. Sein Fleisch war gebläht und begann, sich zu schwärzen. Längst war das Blut unter ihm getrocknet; jetzt umgab stinkender Schleim den Leichnam. Egreeo würgte. Er musste den Ärmel gegen Mund und Nase drücken, um atmen zu können. Aber alles, was ihm durch den Kopf ging, war: *Das ist ja merkwürdig.*

43

Bald war es nicht mehr so merkwürdig. Da fand man öfters Tote in den Gängen des Palastes. Sie verrotteten dort, bis nur noch Skelette übrig blieben.

Im folgenden Jahr – oder vielleicht auch im Jahr darauf –, als der Sommer zurückgekehrt war, spazierte Egreeo eines Nachmittags durch den riesigen Markt, der nahe dem Hafen gelegen war. Der Markt hatte Holzwände und ein Holzdach, das von Holzpfeilern getragen wurde. Er brannte manchmal ab, wurde aber stets wieder aufgebaut. Er war Egreeos Lieblingsort in Ahekris. Fischer, die den Zentir befuhren, boten ihre Waren hier ebenso feil wie Seeleute, die vom Beskalischen Meer herkamen. Auch die Bauern aus dem Umland der Stadt errichteten ihre Stände in den Markthallen, um Obst und Gemüse, Getreide und Fleisch zu verkaufen. Egreeo liebte es, durch den Markt zu spazieren; er freute sich an dem Stimmengewirr, dem aufregenden Durcheinander der Düfte, der Buntheit der Menschen. Manchmal kostete er eine Süßspeise, jetzt im Sommer etwa gezuckerte Dickmilch mit Beeren oder Teigrollen, aus denen geschmolzene Butter und Honig troffen. Manchmal trank er einen Schluck Wein oder eine Tasse Tee und ließ sich von den Händlern mit Gerüchten und Geschichten aus aller Welt versorgen.

Er genehmigte sich gerade ein Gläschen von einem süßen, grüngoldenen Wein, der in der Gegend von Syrathanis gekeltert wurde und den er zum ersten Mal kostete, als es geschah. Ein Mann zückte ein Messer und rammte es dem Nächststehenden in den Bauch. Egreeo drehte sich um, den Pokal in Händen, den Geschmack des Weines auf der Zunge. Er war nicht der Einzige, der die Szene betrachtete. Doch die meisten Marktbesucher setzten ihre Erledigungen fort, als wäre nichts passiert. Die Klinge bohrte sich erneut in den Leib des Verwundeten, der verzweifelt um Hilfe schrie. *Man müsste etwas unternehmen*, dachte Egreeo. Und trank noch einen Schluck – der Wein hieß *Tramánt* und schmeckte mit jedem Augenblick besser –, während der Unglückliche rückwärts in einen Stand krachte und inmitten von buntbemalten Tonkrügen und -bechern zu Boden fiel.

Jetzt endlich griffen zwei Männer ein. Der eine trat dem Verwundeten gegen den Kopf, wieder und wieder; der andere beugte sich nieder und riss ihm die Eingeweide aus der Wunde.

Egreeo wandte sich ab und bezahlte seinen Wein. Er kaufte noch eine Flasche, denn er gedachte, dem Mundschenk seine Entdeckung ans Herz zu legen. Seines Wissens zählte der *Tramánt* nämlich nicht zu den Tropfen, die am Hof vorrätig waren, und er konnte sich vorstellen, dass auch Winand seine Freude an dem süßen Rebensaft hätte.

Im Herbst dann sah er, wie eine Magd zuschanden wurde. Er hatte den Tag über am Rand der Liliensümpfe verbracht und Schwärme von Zugvögeln bei ihrem wundersamen Himmelstanz beobachtet: Sie umkreisten einander in großen Wirbeln, schlossen sich zusammen, flatterten wieder auseinander, schlossen sich erneut zusammen, traten dann endlich ihre Reise an. Sein Kopf war so voll der herrlichen Bilder, dass er zunächst nicht fassen konnte, was vor sich ging, als die Magd zu Boden gezerrt wurde. Sie trug einen Korb voller Einkäufe und befand sich wohl auf dem Heimweg. Diejenigen, die sie überfielen, waren ein Mann und eine Frau. Sie zerrissen ihre Kleider, kratzten und quetschten ihre Brüste, schlugen wild auf ihren Schoß ein, bis sich der Mann schließlich auf sie stürzte. Was Egreeo am meisten verblüffte, war, dass das alles ganz still vonstatten ging. Weder die Täter noch ihr Opfer gaben ein Geräusch von sich.

Auch diesmal kümmerten sich die Leute nicht groß um den Vorfall. Sie gingen ihrer Wege, hielten ein Schwätzchen oder genossen die Abendsonne, einen Bierkrug in der Hand. Egreeo furchte die Brauen, rieb sich die Stirn und dachte: *Das ist nicht richtig, hier stimmt etwas nicht.*

Doch es dauerte bis zum nächsten Frühling, ehe er verstand, was in Wahrheit aus Ahekris geworden war. Wieder einmal befand er sich auf dem Weg zur Markthalle. Es war um die Mittagszeit. Er hatte bereits einige Stunden damit zugebracht, einem aufgeweckten Fürstensohn die iskrischen Vergangenheitsformen beizubringen, und war guter Dinge. Doch dann sah er die Kinder. Sie waren auf einem Platz zusammengekommen, den kornblumenblaue Hütten umstanden. Hier gab es eine Wiese, ein paar Bäume, einen schlichten Steinbrunnen und Holzbänke. Egreeo mochte den Ort; auch die Kinder mochten den Ort. Er hatte sie oft schon hier spielen sehen. Heute spielten sie mit Nägeln und Eisenstangen und einem Jungen, der noch kleiner war als sie selbst.

Egreeo drehte sich um, taumelte zur nächsten Hauswand und erbrach sich. Eine Frau, die ein paar Schritte von ihm entfernt Teppiche klopfte, warf ihm einen fragenden Blick zu. Vielleicht sprach sie auch zu ihm. Aber er konnte sie nicht hören. Er war sich sicher, dass er niemals wieder etwas anderes hören würde als das *Nein!*, das seinen Kopf zersprengte.

An diesem Tag verstand Egreeo, dass er in der Hölle lebte. Ihm war, als hörte er jetzt erst die Schreie, die durch die Gänge des Palasts und die Straßen der Stadt gellten. Ihm war, als sähe er jetzt erst die verstümmelten Leichen, die die Wege der Lebenden säumten, unbegraben, unbetrauert. Ihm war, als bemerkte er jetzt erst all die Weinenden, Wimmernden und Brabbelnden, die wie verlorene Seelen zwischen den bunten Holzhäusern herumirrten oder in den Teichen standen, halbnackt, bis zur Hüfte im Wasser versunken, und sich die Gesichter zerschnitten.

Ja, Ahekris war die Hölle. Und das Schlimmste war, dass die Menschen ihren Geschäften nachgingen, den alltäglichen Freuden frönten und über die alltäglichen Sorgen klagten, als ob der blutiggrelle Wahnsinn, der ihre Stadt zugrunde richtete, nichts Beunruhigenderes oder Ungewöhnlicheres wäre als ein Schnupfen.

Das war das Böse.

Mit einer schneidenden, unbarmherzigen Klarheit sah Egreeo, dass das Böse nach Ahekris gekommen war.

Er sah, verstand, begriff es. Und wartete darauf, dass sich die Dinge zum Besseren wandten.

Dann wurde Kaiser Winand von einer Krankheit ergriffen, die ihn bei lebendigem Leib verfaulen ließ. Anfangs versuchten die Medizi, ihn zu heilen. Nach einer Weile gaben sie auf und beschlossen, den ahekrischen Regenten in seine Gemächer zu sperren.

Dann beging Kaiserin Manith Selbstmord. Sie stürzte sich aus einem Turmfenster. Ihr Leichnam blieb liegen, wo er auf das Pflaster des Innenhofs geschlagen war. Irgendwann begannen Blumen aus dem verfaulenden Fleisch zu sprießen.

Dann ergriff Gereon die Flucht. Es war unbegreiflich, woher dieser vergnügte, etwas einfältige Lebemann die Kraft genommen hatte, Ahekris zu verlassen. Wie hatte er es geschafft, sich zu widersetzen? Welcher Gott war bei ihm gewesen? Egreeo wusste nicht, ob er es empörend oder ermutigend finden sollte, dass ausgerechnet Gereon vermocht hatte, sich dem Bann zu entziehen, der über der Hauptstadt lag. Er, der niemals auch nur das geringste Verständnis dafür aufgebracht hatte, was es bedeutete, die Kaiserkrone zu erben.

Aber das spielte jetzt sowieso keine Rolle mehr. Denn nun waren sie tot oder gebrochen oder verwandelt: all die Männer und Frauen, die Egreeo ein Menschenalter lang auf seinen Wegen begleitet hatten. Alle, denen er Lehrer oder Freund gewesen war, mit denen er gestritten und geplaudert, Freude und Ärger geteilt hatte. Alle, die er auf seinen Spaziergängen zerstreut gegrüßt hatte, nur um ihre Gesichter gleich darauf wieder zu vergessen. Alle, die eine heimliche Sehnsucht oder gereizten Unwillen in seinem Herzen erweckt hatten.

Egreeos Leben gab es nicht mehr. Ebenso wenig, wie es seine Stadt noch gab.

Und nun war seine Zeit gekommen.

Er fragte sich, warum Kylion so lange gezögert hatte, ihn zu rufen. Er saß ja bereits seit über einem Monat auf dem Thron. Da sein Vater und sein älterer Bruder gewissermaßen ausfielen, entsprach es der Ordnung der Dinge, dass er die Krone trug. Auch wenn Egreeo nicht glaubte, dass jemals zuvor ein Kaiser ganz ohne Zeremoniell und Feierlichkeit seine Herrschaft angetreten hatte. Das freilich war den Umständen geschuldet … den Umständen …

Jedenfalls hatte Kylion bis jetzt gewartet, um nach ihm zu schicken. Das kränkte Egreeo ein wenig. Andererseits hatte auch er seit über einem Jahr nicht mehr das Krankenzimmer seines ehemaligen Schülers aufgesucht. Ja, so lange hatte er kein Wort mit Kylion gewechselt. Im Moment fiel es ihm schwer, sich daran zu erinnern, warum er die Besuche eingestellt hatte. Aber möglicherweise war dies der Grund, weshalb Egreeo erst am vorangegangenen Abend in das Ratszimmer bestellt worden war. Möglicherweise war Kylion enttäuscht oder verärgert. Doch was immer der zarte, gebrechliche Junge, der nun die Geschicke des ahekrischen Reiches bestimmte, von ihm wollte – das Leben, wie Egreeo es gekannt hatte, wäre unwiderruflich vorbei, wenn er dem Ruf folgte.

Dessen war er sich sicher.

Die Sonne hatte bereits ein Stück Himmel erklommen; gerade nahm die Sägemühle ihre Arbeit auf. Schon hallte das Krachen von Holz durch die klare, stille Morgenluft, und Egreeo wusste, dass er sich fertigzumachen hatte. Er wandte sich vom Fenster ab und ging mit schweren Schritten zu seinem Ankleidezimmer.

Am ahekrischen Hof war es Brauch, dass die Inhaber der Hohen Ämter, der Kämmerer, der Marschall, der Seneschall, der Mundschenk, der Brotmeister, der oberste Kapellan und der kaiserliche Lehrer, um die dritte Morgenstunde zu Beratungen mit ihrem Herrn zusammenkamen. Zur selben Stunde begann das tägliche Sägen. In Ahekris, wo – abgesehen vom Kaiserpalast und den Häusern der Adeligen, die hinter seinen Mauern lebten – alles aus Holz war, gab es nichts Wichtigeres als diese Arbeit. Egreeo wusste noch, dass er anfangs geglaubt hatte, er werde sich niemals an den Lärm der Mühle gewöhnen. Denn das Sirren und Surren der Sägeblätter war, wenn der Wind ungünstig stand, bis in die hintersten Winkel der Stadt zu hören.

Das zweite Geräusch, das ihn, da war er sich sicher gewesen, über kurz oder lang in den Wahnsinn treiben würde, war das Quaken der Frösche. Wenn die unzähligen Kaulquappen, die jedes Frühjahr in den ahekrischen Teichen und Tümpeln schwammen, herangewachsen waren, hallte Nacht für Nacht ein kaum fasslicher Lärm durch die Stadt. Im Verbund mit der drückend-schwülen Luft, die vom Sumpf herüberwehte, und der Heerschar von Stechmücken, die Ahekris in der warmen Jahreszeit heimsuchten, machte die Krötenmusik jeglichen Schlummer unmöglich. Zumindest war das Egreeos Befürchtung gewesen; und tatsächlich hatte er während seines ersten Sommers in der Kaiserstadt – den Göttern sei's geklagt! – ständig mit der Übermüdung zu kämpfen gehabt.

Umso verwunderter war er gewesen, als er ein, zwei Jahre später feststellte, dass er die Sägemühle und die Frösche gar nicht mehr richtig hörte. Was er für einen unerträglichen Radau gehalten hatte, war nurmehr ein Summen und Rauschen am Rande seiner Wahrnehmung; kaum störender als das Pfeifen, das beim Atmen manchmal in seiner Nase entstand.

Egreeo hatte lange den Wunsch gehegt, die Beobachtungen, die er an sich selbst gemacht hatte, zum Anlass für eine Studie zu nehmen. Vielleicht ließe sich an den ahekrischen Fröschen und Sägen zeigen, dass die äußere und innere Welt unter gewissen Umständen gleichsam ineinanderflossen – dass sie dann eine harmonische Einheit bildeten, die das, was sonst störend und vielleicht sogar bedrohlich gewesen wäre, in sich einfügte.

An diese Studie, die nun freilich ungeschrieben bleiben würde, dachte Egreeo, während er sein Ankleidezimmer betrat. Er kniff die Augen zusammen, um sich im Halbdunkel zu orientieren. Dann nahm er seine Robe. Sie war von einem dunklen Blau. Mit Goldfäden waren die altmandurischen Wörter für *Wahrheit* und *Weisheit* sowie der Elaah-Kreis und der Ahekrische Stern in den Stoff gestickt. Die Robe war das Zeichen seiner Amtswürde als kaiserlicher Lehrer – ein schönes Stück. Aber mit seinen gichtgekrümmten Gliedern musste sich Egreeo sehr plagen, bis er sie über den Kopf gezogen hatte. Die Mütze mit den zwei Zipfeln, auch sie dunkelblau und goldbestickt, war da schon leichter handhabbar.

Dennoch fragte er sich, wo sein Kammerdiener stecken mochte. Schließlich war er ein alter Mann und hatte sich in seinem Leben wahrlich das Recht darauf erworben, Hilfe beim Ankleiden zu bekommen! Aber wo war dieser Diener? Und wie war gleich sein Name? Egreeo hatte ihn seit Tagen nicht gesehen …

Da fiel ihm auf, dass jetzt auch in seinen Gemächern verwesende Leichen lagen. Es waren zwei an der Zahl. Man konnte sie leicht übersehen in dem Durcheinander von zerrissenen Schriftrollen, zerfledderten Büchern, zertrümmerten Tischen und Stühlen. Er erinnerte sich, dass kürzlich eine dickliche, nicht mehr ganz junge Frau zu ihm gekommen war. Sie hatte geweint und ihn um Hilfe angefleht. Was dann geschehen war, vermochte er nicht zu sagen … Hatte sie ihm das Essen gebracht? Das Stück Fleisch, das jetzt mit einer gräulichen Fettschicht überzogen war? Und was war mit dem Becher Apfelwein, in dem Schimmel schwamm?

Egreeo war wohl bekannt, dass den Menschen, wenn sie in den Herbst ihres Lebens eintraten, die ferne Vergangenheit wieder nah wurde, das Gestern hingegen in Dunst und Nebel verging. Dennoch verwirrte es ihn, wie undeutlich die Geschehnisse der letzten Wochen waren.

Es war doch hoffentlich nicht so, dass sein Verstand mürbe wurde?

Nachdenklich kratzte er seinen Backenbart. Doch da war kein Bart, sondern etwas Feuchtes und Klebriges. Er nahm seine Hand weg und sah, dass sie blutig war.

»Bei Elaahs Gnade …«, murmelte Egreeo und wandte sich dem Spiegel zu.

Einige Sekunden lang betrachtete er sein Bild in dem staubigen, verfleckten Glas.

Dann musste er lachen.

Eigentlich war es gar nicht komisch, was er sah. Aber irgendwie erheiterte es ihn dennoch.

Jemand hatte die Haut von seiner rechten Gesichtshälfte geschabt, bis auf den blutigen Knochen, hatte ihm das Auge ausgestochen und eine Goldmünze in die Höhle gedrückt – und er hatte es nicht einmal gemerkt.

TEIL I

Zu banger Not der Greis erwacht
Über die Heide heult der Wind
In der Wiege schreit das Kind
Wen küsst Thaala heute Nacht?
Benorisches Schlaflied

I

MORGENSTUND

Justinius

Mit den Hühnern aufstehen – das war mein Wahlspruch.
Nun ja, eigentlich war er eher: mit den Schnapsdrosseln abstürzen. Aber was soll's.

Jedenfalls wälzte ich mich aus dem Bett, kaum dass es dämmerte. Streckte und reckte mich. Planschte ein bisschen in meiner Waschschüssel herum. Hüpfte in meine Kleider. Das alles nahm – von gelegentlichem Seufzen und Bibbern unterbrochen – kaum zehn Minuten in Anspruch.

Wieder einmal hatte ich eine Nacht hinter mich gebracht, ohne mich zu besaufen. Wieder einmal hatte ich darauf verzichtet, Stühle und Schemel zu zerschlagen. Vor lauter Stolz hätte ich mich beinah wieder ins Bett gelegt. Aber natürlich ging das nicht. Denn ich hatte einiges zu tun. Jawohl, das hatte ich. Also schritt ich zur Zimmertür. Öffnete sie schwungvoll. Und trat schwungvoll auf den Korridor hinaus.

Im ersten Stock war noch alles dunkel. Aber aus der Küche fiel Licht in die Eingangshalle. Und noch ehe ich die Treppe erreicht hatte, stieg mir der Duft von frischem Brot in die Nase. Seit in diesem Haus ein paar Diener arbeiteten, die den Namen verdienten, entstammte das Backwerk nicht länger Scaras Wahn. Ich ging die Treppe hinunter, durchquerte die Halle und betrat die Küche. Hier war es nicht nur heller, sondern auch wärmer als in den übrigen Räumen, wo sich der Nachtfrost an den Wänden festgekrallt hatte.

Ulla holte gerade Brotlaibe aus dem Ofen. Als sie mich sah, stellte sie den Holzschieber zur Seite und verneigte sich.

»Guten Morgen, Euer Hochwohlgeboren!«

»Guten Morgen, Ulla«, erwiderte ich. »Mach nur weiter!« Ich hatte mir angewöhnt, in einem gönnerhaften Tonfall mit den Dienern zu reden. Das förderte die Verdauung und half bei Fußpilz.

»Wie Euer Hochwohlgeboren wünschen.«

Die gute Frau fuhr damit fort, ihre Brote auf der Tischplatte zu reihen. Schließlich lebten wir jetzt zu sechst auf dem Landsitz – Rhalana, Schlappi, Lorenz und Kornelius sowie die neu erworbenen Hühner, Kühe und Schweine nicht mitgerechnet –, und da musste eine Menge Essen rangeschafft werden. Das störte Ulla aber nicht. Sie war eine grauhaarige, stämmige Bäuerin, die zehn Kinder durchgefüttert hatte. Jetzt, da die Verantwortung für den Hof in den Händen ihres ältesten Sohnes lag, hatte sie begonnen, sich zu langweilen. Da kam es ihr gerade recht, dass Scara nach helfenden Händen für die Reparaturen am Herrenhaus suchte. Und als Vanice ihr vorschlug, den Winter über auf dem Landsitz zu arbeiten, ging Ulla freudig auf das Angebot ein – und brachte gleich ihren Mann Egbert mit, der fast ebenso gut zu gebrauchen war wie sie selbst.

Manchmal trank ich ein Bier in der Küche. Ich lehnte den Rücken gegen den warmen Stein des Ofens, sah Ulla dabei zu, wie sie Teig knetete oder Gemüse für den Eintopf schnippelte, und ließ mir ihre Lebensgeschichte erzählen. Auch jetzt hätte ich nicht übel Lust gehabt, mir einen Krug zu zapfen und dem einen oder anderen dörflichen Schwank zu lauschen.

Aber, wie gesagt, ich hatte zu tun. Also ging ich zur Tür, die auf den Hof hinaus führte. Nahm nur schnell einen Wecken vom Vortag, um das Grummeln meines Magens zu befriedigen. Trat dann hinaus ins Freie.

Der Morgen war grau. Dunkelgrau, um genau zu sein. Aus dem schweren, wolkenverhangenen Himmel fiel Nieselregen. Nebelschwaden krochen über die Felder und wickelten sich um die Äste der Bäume, die in diesem Jahr schon früh ihre Blätter verloren hatten. Der wilde Wein, der die Hauswände überwucherte, war zu bräunlichen Ranken verkümmert. Hier und da bedeckte eine dünne Eisschicht die Pfützen, die sich im Matsch gebildet hatten.

Ja, ein harter Winter erwartete uns.

Immerhin hatte der Landsitz nicht länger die Anmutung einer zu groß geratenen Gruft. Verglichen mit den Zeiten, als ich und Scara allein in dem alten Gemäuer gehaust hatten, ging es mittlerweile zu wie auf dem Marktplatz der Perle. Das Muhen der Kühe drang an mein Ohr, unterlegt mit dem wilden Gegacker der Hühner und dem behaglichen Grunzen der Schweine.

Egbert hatte einen kleinen Pferch und ein Gehege für das Federvieh gebaut. Er war gerade dabei, Weizen-, Gerste- und Hirsekörner auszustreuen. Diese durchaus ehrbare Tätigkeit schien ihm ein gewisses Vergnügen zu bereiten.

Durch die offene Stalltür konnte ich den Rücken von Stane erkennen, dem dritten Diener, der aber – soviel ich wusste – weder mit Ulla verwandt noch verschwägert war. Er hockte auf einem Schemel und machte sich im Licht einer Talglampe am Euter einer rotfelligen Kuh zu schaffen. Dampfende Flüssigkeit spritzte aus den Zitzen in einen Holzeimer.

Den Leuten zuzusehen, wie sie für das Wohlbefinden ihres Herrn werkelten, war eine Freude, die man sich öfters gönnen sollte.

Vor allem, wenn man selbst der Herr war.

Sogar Scara zeigte seit ein paar Wochen zarte Ansätze zur Nützlichkeit. Man sah sie jetzt öfters mal fegen und staubwischen. Außerdem ging sie Egbert und Stane bei der Versorgung des Viehs zur Hand. Und manchmal fuhrwerkte sie sogar in der Küche herum. Vielleicht fühlte sie sich durch Ullas Fleiß bei ihrer Ehre als Magd gepackt, wer weiß.

Auch an diesem Morgen war sie nicht untätig. Sie hatte Wasser aus dem Brunnen geschöpft, das sie nun in Krüge und Kannen umfüllte. Dabei beugte sie sich sehr weit vor, sodass sich mir ihr umfängliches Hinterteil aufs Anmutigste entgegenreckte, während ich in ihre Richtung stapfte. In solchen Momenten wusste ich nie, ob ich ihr einen Klaps oder einen Tritt geben sollte.

Ich verzichtete auf beides. Stellte mich neben sie. Sagte: »Gib mir mal den Krug da, Scara. Ich habe Durst.«

Scara drehte sich zu mir um. »Hallo Justinius. Wie ich sehe, bist du schon wach.«

»Ja, das siehst du. Bist ein kluges Mädchen.«

Ich nahm ihr den Krug aus der Hand und trank. Das Wasser war so kalt, dass es an meinen Zähnen schmerzte.

Unterdessen hatte mich Egbert bemerkt. Er schenkte mir ein stummeliges Grinsen und winkte. »Ich hoffe, Ihr habt wohl geruht, Euer Hochwohlgeboren!«, rief er.

»Übrigens wäre es an der Zeit, dass du dir wieder angewöhnst, mich als deinen Herrn und Meister anzureden«, sagte ich zu Scara. »Du gibst den anderen sonst ein schlechtes Beispiel.«

»Was heißt ›wieder‹? Habe ich das denn je gemacht?«

»Nein, hast du nicht. Aber erinnere mich nicht zu oft daran. Das könnte dir schlecht bekommen.«

Scara zog ein bekümmertes Gesicht. »Ich würde dir ja gerne den Gefallen tun, Justinius. Aber leider geht das nicht. Man schuldet den Göttern größeren Gehorsam als den Menschen, weißt du.«

Ich drückte ihr den Krug in die Hand. »Ich werde unterwegs darüber nachdenken, was genau das für eine Beleidigung war. Und dir nachher eine knallen.«

»Unterwegs? Heißt das, du machst wieder diese Sache?«

»Ja, ich mache wieder diese Sache. Du kannst derweil eine andere Sache machen. Nämlich Frühstück.«

Ich wandte mich ab und ging zum Hoftor. Im Stall war Stane weiterhin mit Melken beschäftigt. Er erleichterte jetzt eine schwarz-weiß-gescheckte Kuh. Der schien das gut zu gefallen. Ich dachte, dass man als Kuh ein schönes Leben hätte. Im Sommer dürfte man über die Weide hüpfen. Wenn es kalt wurde, machte man es sich im warmen Heu gemütlich. Zwischendurch ließ man sich von einem Bullen beglücken. Und dann das Wiederkäuen. Eigentlich taten Kühe ja den ganzen lieben Tag lang nichts anderes als Fressen und Verdauen. Da konnte man schon neidisch werden.

Ich schüttelte den Kopf über die Ungerechtigkeit der Welt. Verließ den Landsitz. Reckte und streckte mich noch einmal. Und lief los.

Seit zehn Tagen hielt ich es so. Ich stand früher auf als je zuvor, wenn man von meiner Zeit an der Kriegerakademie absah. Zog eine alte Hose, ein nicht minder altes Wollhemd sowie ausgelatschte Stiefel an. Trotzte Müdigkeit und Kälte.

Trainierte.

Zunächst war Laufen dran. Dann Schwertübungen. Zwischendrin ein stärkendes Frühstück und ein Krug Bier. Im Anschluss ein paar Becher Wein. Den Teil mochte ich am liebsten. Das Laufen konnte ich hingegen nicht ausstehen. Jeden Tag verfluchte ich mich, dass ich mir diesen Schwachsinn in den Kopf gesetzt hatte.

Heute war es besonders schlimm. Die frostige Luft brannte mir in den Lungen, und meine Beine waren so schwer, als hätte ich die Nacht durchgesoffen. Dafür schwang sich meine Wampe behende von links nach rechts und sorgte dafür, dass ich mich wie ein einziger großer Wackelpudding fühlte.

So keuchte und schwabbelte ich, während ich der Hügelkette entgegentrottete, die sich nördlich meines Landguts erhob. Weggefährten hatte ich keine. Kein Viehwagen fuhr. Kein Bauer arbeitete in den Feldern. Nur eine Handvoll Krähen hockten im Geäst einer Buche und krächzten um die Wette.

Der Nebel ließ die Vogelrufe hohl und dumpf klingen. In diesem Dunst schien die Welt noch trüber, als sie es sonst an einem verregneten Herbstmorgen zu sein pflegte. Trüber und einsamer.

Ich lauschte also auf meinen schweren Atem und meine platschenden Schritte und versuchte, nicht daran zu denken, wie weit es noch bis zu den Hügeln war. Dort gab es zwei, drei Bauernhöfe. Über die Hänge und Anhöhen verstreuten sich Schafe, die bei jedem Wetter grasten und blökten und das Land mit Köteln sprenkelten.

Anfangs hatte ich schon nach ein paar hundert Metern schlappgemacht. Das beschämte mich derart, dass ich den Dienern nicht unter die Augen treten wollte. Ich bin dann noch eine Stunde über die Felder spaziert, und als ich zum Landsitz zurückkam, rannte ich das letzte Stück, um einen angemessen erschöpften Eindruck zu machen. Aber nachher musste ich mich anstrengen, um nicht loszuheulen. Ich dachte an die Zeiten zurück, als ich voller Saft und Kraft gewesen war, stark wie ein Bär, schnell wie ein Hengst. Ich fühlte mich verkrüppelt.

Bald ging es jedoch besser. Da schaffte ich schon die halbe Strecke. Und jetzt lief ich, bis ich die Schafe erreicht hatte. Wenn sie unterbrachen, was immer sie gerade taten, und mich mit stumpfem Blick anglotzten, oder aber – je nach Laune – panisch das Weite suchten, durfte ich umdrehen.

Ich lief und lief. Schnaufte und hechelte. Bis ich schließlich eine Bauernkate passierte, aus deren Schornstein weißgrauer Rauch in den düsteren Himmel quoll, und den schmalen Pfad erreichte, der in die Hügel hinaufführte. Bald darauf stellte ich fest, dass heute ein Fluchttag an der Reihe war. Mir wurde richtiggehend warm ums Herz, als ich die wegpreschenden Wollknäuel sah.

»Bis morgen!«, ächzte ich und trat den Rückweg an.

Der war noch weniger lustig als die erste Hälfte der Strecke. Vielleicht hatte ich es übertrieben. Ein wenig Ruhe würde mir gut tun. Mal wieder ein paar Stunden lang die Wand anstarren und die Eier schaukeln. Aber ich war noch immer zu fett und zu schlapp. Und mir lief die Zeit davon. Vier Tage, dann war sie da.

Das Fest von Mingas Verhüllung – die zweite Nacht der Toten.

Ich wusste nicht, was Rudrick plante. Aber ich wusste, *dass* er etwas plante.

Es war ja recht unwahrscheinlich, dass er sich aus Jux und Tollerei der Wilden Horde angeschlossen hatte. Oder weil er dem Schwarzen Jäger gerne mal die Hörner tätscheln wollte. Wenn man Prinz Gereon glaubte, hatte er etwas ganz anderes im Sinn. Etwas, das so ungefähr aufs Ende der Welt hinauslief. Oder wenigstens auf Berge von abgehackten Köpfen und mit Eingeweiden gepflasterte Straßen. Ein großer Spaß eben. Ganz nach Rudricks Geschmack.

Wobei die Frage natürlich war, *ob* man dem Prinzen Glauben

schenken wollte. Schließlich bestand kein Zweifel, dass Seine Hoheit den Verstand verloren hatten. Und »den Verstand verloren« war noch eine zurückhaltende Beschreibung. Aber darum ging es ja gerade. Denn was hatte Gereon in den Wahnsinn getrieben? Was hatte seinen Körper und seine Seele verwüstet? Wenn ich an das Grauen dachte, das sich in seinen Blick gefressen hatte, an die Maske von Entsetzen und Verzweiflung, die seine Züge verzerrte, ganz gleich oder er kreischte oder weinte, lachte oder wimmerte – dann kannte ich die Antwort.

Ein namenloses Böses war drauf und dran, über Ebera herzufallen.

Der Satz klang ungefähr so bescheuert wie: Der geflügelte Dunghaufen zupfte die Laute.

Allein, was war, wenn es stimmte?

Dann würde im Frühling vielleicht nichts von alldem mehr da sein: nicht die Windmarken mit ihren Hügeln und Wiesen. Nicht mein Landgut. Kein Herrenhaus, kein Brunnen, kein Stall. Kein Diener, keine Kuh, kein Melkeimer. Ja, vielleicht nicht einmal der Frühling selbst.

Bei allen Höllen, es mussten sich doch irgendwo edle Recken finden lassen, die seit Jahren ihre Schwerter und Rüstungen polierten, um für einen solchen Fall bereit zu sein! Die auf weißen Rossen dahergeritten kommen würden, das Licht der Morgensonne im Rücken, und ganz genau wussten, was zu tun war!

Aber bislang fehlte jede Spur von solchen Helden. Bislang waren da nur Vanice, Mykar und – die Götter seien uns gnädig – Scara.

Und ich. Justinius von Hagenow, frisch aus dem Schnapskrug gekrochen und schon bereit, Krone und Reich zu retten.

Also biss ich die Zähne zusammen und trottete weiter.

Wie immer gab es etwas, das mir Kraft schenkte, wenn ich glaubte, keinen Schritt mehr zu schaffen: der Gedanke an Glenna. Daran, wie Rudrick und seine Kumpane das Mädchen gequält und verhöhnt und in den Selbstmord getrieben hatten. Im Wachen und Schlafen verfolgte mich diese Vorstellung – sie ließ mich vor Zorn erbeben.

Ich konnte nichts mehr für Glenna tun. In Wahrheit hatte ich niemals etwas für sie tun können. Doch das hieß nicht, dass die Sache erledigt war. Nicht, solange Rudrick, Bero, Radulf, Laghras und Gerrik ihr Unwesen trieben, diesseits oder jenseits des Grabes.

Außerdem gab es Glennas Vater, Gelfrat von der Thann.

Und es gab ihre kleine Schwester. Mir war wieder eingefallen, wie sie hieß.

Ihr Name war Tanya.

Ich wollte verdammt sein, wenn Rudrick auch sie erwischte.

2

EIN WEG VON VIELEN MEILEN

Mykar

Der Wald, in den mich Ede geführt hatte, war tatsächlich ein Gespensterwald. Mit dem Ende der Nacht verschwand er. Stattdessen sah ich Wiesen, Weideland, hier und da Bäume: Eichen und Ulmen, Eschen, Buchen und Ahorn. Sie standen vereinzelt oder in kleinen Gruppen.

Nicht nur der Wald, auch die Straße verschwand. Sie löste sich auf, als der Morgen graute. Es kam vor, dass ich einem Feldweg folgen konnte. Meist jedoch musste ich mir selbst einen Pfad suchen.

Bald gab es nur noch wenige Höfe und Bauernkaten. Weit und schwer wölbte sich der Himmel über der Ödnis der Windmarken. Kaum ein Sonnenstrahl drang durch die Wolken; unablässig fiel der Regen; immer wieder kamen kalte Böen von den Hügeln im Norden herab.

Das Land war leer, als hätten Mensch und Tier es geflohen.

Aber ich wusste, was ich zu tun hatte.

Ich musste nach Osten gehen. Ich musste eine Stadt namens Donost finden, die am Beskalischen Meer gelegen war. Und ich musste einen Mann töten – Ludger, den Hafenmeister –, der in dieser Stadt lebte. Das war es, was Ede mir aufgetragen hatte.

Also ging ich nach Osten. Mich zu orientieren, war nicht schwer. Jenseits der Hügel erhoben sich die Fokris-Berge. Immer wieder löste sich der Dunst so weit auf, dass ich ihre Gipfel erkennen konnte. Alles, was ich zu tun hatte, war, einen Fuß vor den anderen zu setzen. Wenn ich erschöpft war, legte ich mich ins feuchte Gras. Ich schlief einige Stunden. Ich erwachte und marschierte weiter.

So vergingen die Tage. Und ich begann zu ahnen, dass aus den Tagen Wochen werden würden, bis ich am Ziel wäre.

Manchmal wunderte ich mich. Hätte ich nicht Angst haben müssen, allein in der Wildnis? Doch ich hatte keine Angst. Und ich war ja auch nicht allein. Danje war bei mir. Seit mir die Linde ihren Tod gezeigt hatte, sprach sie wieder. Es war nicht viel, was sie sagte. Aber ich fühlte ihre Nähe. Und jetzt endlich verstand ich ihren Schmerz. Ihren Schmerz und ihren Hass. Ich hatte geschworen, dass die Hexe Aiona bezahlen würde für das, was sie Danjes Familie angetan hatte: mit ihrem Blut und ihrem Leben würde sie bezahlen. Ich würde sie nicht noch einmal entkommen lassen.

Danje glaubte mir.

Wir waren wieder zusammen – so, wie wir es immer hätten sein sollen.

Es kam vor, dass ich von ihr träumte. Sie trug dann ein grünes Wollkleid und schlammverkrustete, braune Lederstiefel. Wie das Mädchen, dem ich unterwegs zur Perle begegnet war. Aber Danjes rote Haare und ihre Sommersprossen waren jetzt ihre eigenen. Nicht mehr die der Gänsehirtin.

Was mir zu schaffen machte, war der Hunger. Während der ersten Tage spürte ich ihn kaum. Wenn ich durstig wurde, trank ich Regenwasser. Nach Essen verlangte mich nicht. Doch das änderte sich schnell. Was sich nicht änderte, war die Leere des Landes. So weit das Auge reichte, erblickte ich keinen Bauernhof. Da waren kein Hirte und kein Schäfer. Ich musste hungern.

Außerdem wurde es kälter. In den Morgenstunden überzog jetzt Frost das Gras. Regen und Graupel wechselten einander ab. Einmal hörte ich seltsame Geräusche. Ich blieb stehen und versuchte zu begreifen, was ich da hörte. Mir wurde klar, dass es das Klappern meiner Zähne war. Da musste ich lachen. Dann packte mich Wut. Sollte ich sterben, bevor ich das Meer erreicht hatte? Das durfte nicht sein.

Ede hatte versprochen, mir zu sagen, was ich wissen musste.

Er würde mir verraten, wie ich Rudrick töten konnte.

Ich blickte auf die Schleier von Nebel und Regen, die das Land verhüllten. Ich sah all die vielen Meilen, die mich von meinem Feind trennten. Ich sah die Dunkelheit und die Kälte und die Leere.

Ich marschierte weiter.

Ich war nun fast eine Woche unterwegs. Ich schien von innen her zu gefrieren. Ich versuchte, nachts wach zu bleiben. Ich versuchte, nicht anzuhalten. Doch meine Hände und Füße waren erstarrt. Immer wieder knickten meine Beine unter mir weg. Bald würde ich nur noch kriechen.

Mit fühllosen Fingern hielt ich Danje fest. Sie hatte Angst um mich. Das fand ich schön.

Als die Dämmerung kam, entdeckte ich Rauch. Er stieg hinter einem Bühel auf. Ich biss die Zähne zusammen und schleppte mich die Anhöhe empor. Auf der anderen Seite lag ein kleiner See. Um den See herum gab es Hütten und Höfe, ein Wäldchen und Felder. Da waren Männer und Frauen, die zwischen verschiedenen Gebäuden hin- und hergingen; sie fütterten das Vieh, holten Holz und Wasser. Ich war noch nie so froh gewesen, das zu sehen.

Ich stolperte und rutschte den Hügel hinab und ging auf das nächstgelegene Haus zu. Ich klopfte an die Tür. Mir war, als müssten meine Knöchel brechen wie vertrocknete Stöckchen. Ein Mann mit einem langen, graugelben Schnurrbart öffnete mir. Er betrachtete mich misstrauisch und sagte kein Wort. Meine Lippen waren taub; ich konnte nicht sprechen. Aber ich hatte bereits eines von Vanice' Goldstücken hervorgeholt. Das hielt ich ihm jetzt hin.

Die Augen des Mannes weiteten sich.

»Bei Elaahs Gnade ... Was wollt Ihr?«, murmelte er.

Ich nahm alle Kraft zusammen. »Hunger ...«, krächzte ich.

Ich hatte Glück. Es gab auf dem Hof ein Knechtzimmer, das niemand nutzte. Dort wurde ich untergebracht. Ich legte mich ins Bett, wickelte mich zitternd in die Decken und wartete darauf, dass meine Glieder auftauten. Im Zimmereck stand ein metallener Rundofen. Alle paar Stunden kam eine Bäuerin und legte Holz nach. Die Frauen brachten mir auch einen Kartoffel-Kürbis-Eintopf, in dem dicke

Stücke Räucherspeck schwammen, und heiße Honigmilch, der sie Schnaps beigegeben hatten. Erst nach Stunden kehrte die Wärme in meinen Körper zurück – zunächst schmerzten meine Hände und Füße, dann juckten und kribbelten sie –, und ich begriff, wie erschöpft ich war. Als ich einschlief, war es noch hell; als ich erwachte, war es wieder hell. Danje lag die ganze Zeit an meiner Seite. Ich hatte sie aus dem Tuch geholt, hielt sie aber unter der Decke verborgen.

Insgesamt blieb ich drei Tage auf dem Hof. Ich stellte fest, dass blutige Blasen meine Fußsohlen überzogen. Meine Zehen und Fersen waren aufgescheuert. Vanice hatte mir zwar neue Kleidung besorgt, aber natürlich nicht daran gedacht, Stiefel zu kaufen, die mir wirklich passten. Nun brauchte ich dringend neues Schuhwerk. Meine Stiefel waren nicht nur zu groß für mich. Nähte waren geplatzt, das Leder eingerissen und ein Absatz gebrochen.

Auch hier hatte ich Glück. Die Bauern gaben mir mit Wolle gefütterte Stiefel, die wie für mich gemacht waren. Dazu gaben sie mir einen schweren, mit Wolfsfell besetzten Umhang, warme Unterwäsche, einen Wollschal, Winterhandschuhe und einen Sack mit Vorräten: Schwarzbrot, ein scharfer Hartkäse, ein großes Stück Räucherspeck, gekochte Eier, getrocknete Äpfel und Pflaumen, ein Fruchtbrot und eine Tonflasche mit Kirschbrand. Schließlich gaben sie mir ein Messer, mit dem ich Brot und Fleisch schneiden konnte.

Ich nahm an, dass sie so großzügig waren, weil sie ein schlechtes Gewissen hatten. Sie behielten den Goldgulden. Ich bekam nicht einmal ein Kupferstück wieder. Aber ich ließ das auf sich beruhen. Als ich weiterzog, war ich ausgeruht und besser für die Reise gerüstet. Das war alles, was zählte.

Erst als ich den See umrundet hatte, fiel mir auf, dass die Bauern während meines Aufenthalts keine zehn Sätze mit mir gewechselt hatten.

3
SCHWERTER UND WAMPEN

Justinius

Das Beste am Laufen war das Gefühl danach. Die Zufriedenheit, wenn man es überstanden hatte. Ich ging noch ein wenig im Hof umher. Wischte mir den Schweiß von der Stirn. Wartete darauf, dass sich mein Herzschlag verlangsamte. Von Egbert und Stane war nichts mehr zu sehen. Auch Scara hatte sich ins Haus verfügt. Ich lauschte auf das Gackern der Hühner. Ein gelegentliches Grunzen und Muhen.

Dann, als ich mich beruhigt hatte, betrat ich die Küche. Das war das Zweite, was mir am Laufen gefiel: Es sorgte dafür, dass man auf eine gute Art hungrig wurde. Und mittlerweile gab es ja – Blondlöckchen sei Dank – alles, was man brauchte, um so einen Hunger zu stillen. Auf meinem Teller lagen einige Scheiben frisches Brot, drei Räucherwürste, ein großes Stück Käse. Auch ein Krug Bier stand bereit. Das sollte für den Anfang reichen.

Nachdem ich mich gestärkt hatte, ging ich auf mein Zimmer. Dort warteten meine Rüstung, mein Schild und mein Übungsschwert auf mich. Im Zuge der Aufräum- und Reparaturarbeiten waren sie wieder aufgetaucht, etwa eine Woche vor der Gespensterversammlung. Damals, als Scara und ich den Ort unserer Verbannung erreichten, hatte ich die Truhe in dem halbverfallenen Nebengebäude abgestellt, wahrscheinlich betrunken, und dort vergessen. Zwei der Bauern, die Vanice angeheuert hatte, fanden den ganzen Krempel, als sie den Landsitz nach Brauchbarem absuchten. Wie durch ein Wunder hatten sowohl die Waffe als auch das Rüstzeug ihr Jahr in der Kiste gut überstanden – immerhin war ich so umsichtig gewesen, sie in Rohleder und Tuch einzuwickeln, ehe ich alles entrümpelte. Hier und da war zwar ein Kettenglied eingerostet gewesen. Aber nach einer sorgsamen Behandlung mit Ölstein und Lappen glänzte das Metall, als wäre es gerade aus der Schmiede gekommen. Oder doch fast.

Zu Beginn hatte ich nur mit Kettenhemd und Schwert trainiert. Mir war klar, dass ich tagelang ausfallen würde, wenn ich mich überanstrengte. Also hatte ich es langsam angehen lassen. Ich stellte jedoch fest, dass mein Körper nach wie vor wusste, was er tat. Die Arme und Beine erinnerten sich an alles. Ebenso die Schultern und Hüften. Die Hände, Finger und Füße.

Wie man stehen musste. Wie man Schwert und Schild hielt. Wie man zuschlug.

Bald schon ging ich auch nachmittags an meine Übungen. Und nach einer Woche trainierte ich in voller Rüstung. Beim ersten Mal war mir schwarz vor Augen geworden – ich hatte zu lange durch das geschlossene Visier geatmet. Die Beine knickten unter mir weg. Ich sank auf die Knie. Brauchte einige Momente, bis ich mich wieder hochrappeln konnte. Ärgerte mich über meine Dummheit. Und war froh, dass Scara gerade nicht in der Nähe war.

Doch das kam nicht wieder vor.

Als ich jetzt meine Rüstung anlegte, fühlte sich jedes einzelne Teil vertraut an. Wie etwas, das zu mir gehörte. Zuerst kamen das wollene Unterzeug und der wattierte Waffenrock. Dann Kettenhemd und -hose. Die schweren Stiefel mit den Stahlkappen. Das Gorget, das ich mit Lederriemen an den Kragen des Kettenhemds schnallte. Der Visierhelm, den ich am Gorget befestigte. Schließlich die Panzerhandschuhe. Ich nahm den eisenbeschlagenen Schild, der mich bis zu den Knien hinab schützte, und griff mir mein Übungsschwert.

Solcherart ausgestattet, verließ ich das Zimmer. Stapfte die Treppe hinab. Ging zum Speisesaal. Stane war damit beschäftigt, ein Feuer im Kamin zu entzünden. Als er mich sah, unterbrach er seine Arbeit. Betrachtete mich ergeben und murmelte einen Gruß. Ich nickte ihm würdevoll zu. Stapfte weiter. Hinter dem Speisesaal lagen die Gesinderäume und ein kleines Anrichtezimmer. Von da aus konnte man die Terrasse betreten, die hinter dem Haus lag. Dann waren es nur noch ein paar Schritte bis in den verwilderten Garten.

Dort gab es einen halb eingestürzten Steinpavillon und einen ausgetrockneten Zierbrunnen, den allerlei Unkraut überwucherte. Dazu ein pittorcskes Durcheinander von Obstbäumen, an denen noch ein paar leicht verschrumpelte Äpfel hingen, und Kornblumen, die der Kälte bislang widerstanden hatten. Und natürlich mein Trainingsplatz.

Mein Trainingsplatz – niedergetrampeltes Gras und ein wuchtiger Schrank aus Eichenholz. Man erstarrte nicht unbedingt vor Ehrfurcht, wenn man das sah. Aber ich vermutete, dass sich schon irgendwo ein Philosoph finden ließe, der etwas davon schwadronieren würde, wie das Große oftmals aus kleinen Anfängen entstand.

Nun, an guten Tagen bildete ich mir ein, dass meine Wampe schon deutlich geschrumpft war.

Also stellte ich mich vor dem Schrank auf. Klappte das Visier herunter. Rollte die Schultern. Nahm Haltung an. Legte los.

Zu den Dingen, die ich auf der Kriegerakademie zu Mandris gelernt hatte, gehörte die Einsicht, dass Kämpfen im Grunde genommen eine unsagbar öde Angelegenheit ist. Zugegeben, man konnte leicht mal ein Auge dabei verlieren, oder vielleicht ein Bein, und sich alle möglichen Knochen brechen. Mitunter starb man auch, schon klar.

Die Frage war allerdings, was man zu tun hatte, wenn man sein Leben und am besten sämtliche Gliedmaßen behalten wollte. Und da waren die Lektionen der Waffenmeister von niederschmetternder Eindeutigkeit. Es ging nicht darum, geschwind zwischen drei, vier Gegnern hindurchzutänzeln, oder sich an Kronleuchtern über das Kampfgeschehen zu schwingen. Es ging auch nicht darum, sich im letzten Augenblick unter einem Hieb wegzuducken und dabei herumzuwirbeln, sodass man den Schurken, der sich von hinten angeschlichen hatte, im Hochkommen durchbohren konnte.

Das war etwas für die feuchten Träume kleiner Jungs.

Worum es ging, war, die verfickten Schläge zu üben. Hundertmal.

Tausendmal. Zehntausendmal. Bis man sich vor Langeweile und Erschöpfung am liebsten selbst entleibt hätte. Und wieder von vorne anzufangen. Tagein, tagaus. Über Wochen und Monate hinweg.

Dann, und nur dann, hattest du eine Chance, in einem ernsthaften Kampf zu bestehen. Wenn die Klinge nicht gezogen wurde, damit einen die holde Jungfer mit dem entzückenden Stupsnäschen anhimmelte. Sondern um jemandem den Schädel zu zertrümmern. Denn nur dann wusstest du, was zu tun war, ohne eine Sekunde nachdenken zu müssen. Dafür hattest du nämlich keine Zeit, wenn es hart auf hart ging. Selbst wenn du dir nicht vor Angst in die Hosen machtest.

Und falls man je so weit kam, dass man sämtliche Grundfiguren des Angriffs und der Verteidigung so sicher beherrschte, wie man zu atmen verstand – und zwar auch, wenn einem Staub und Blut die Augen verklebten, Waffengeklirr, Pfeilsausen, Kampf- und Todesschreie die Luft zerrissen und drei Wehrknechte zugleich auf einen losstürmten –, durfte man vielleicht anfangen, über Pirouetten und Kronleuchter zu sinnieren.

Vielleicht hätte auch ich so gut werden können.

Bin ich aber nicht.

Und deshalb hieß es für mich: Schildstoß, Stich nach vorne, Stich seitlich, Hieb von unten, Hieb von oben. Schildstoß, Stich nach vorne, Stich seitlich, Hieb von unten, Hieb von oben. Schildstoß, Stich nach vorne, Stich seitlich, Hieb von unten, Hieb von oben. Schildstoß, Stich nach vorne …

So ging es in einem fort, während der Nieselregen auf mich niederfiel und sich der Nebel durch das Gestrüpp des Gartens wand. Ich brachte den Schrank zum Wanken, wenn ich den Schild gegen ihn rammte. Bohrte die Schwertspitze in seine Tür. Schlug Kerben in seine Verzierungen. Die Holzsplitter flogen und der Schweiß floss in Strömen. Meine Muskeln schmerzten. Ich hechelte wie ein verdurstender Hund …

Schildstoß, Stich nach vorne, Stich seitlich, Hieb von unten, Hieb von oben.

Nach einer Weile brachte mir Ulla einen Krug mit angewärmtem Brunnenwasser. Ich öffnete das Visier. Achtete darauf, nicht zu viel auf einmal zu trinken. Und das Zeug nicht hinunterzuschütten. Dann machte ich weiter …

Schildstoß, Stich nach vorne, Stich seitlich, Hieb von unten, Hieb von oben.

Für ernsthafte Fortschritte brauchte man natürlich einen menschlichen Gegner. Am besten einen gleichwertigen. Dummerweise war grade keiner zur Hand. Vielleicht sollte ich Stane demnächst mal einen Stock in die Hand drücken und ihn dazu auffordern, mir das Ding um die Ohren zu hauen. Aber was hieß da ›demnächst‹? Rudrick würde mir wohl kaum den Gefallen tun, mit seinen Teufeleien zu warten, bis ich mir die Jahre des Elends aus dem Leib geschunden hatte. Wie viel Zeit blieb mir? Eine Woche? Ein Monat? Oder doch nur bis zur Nacht der Toten?

Schildstoß, Stich nach vorne, Stich seitlich, Hieb von unten, Hieb von oben.

Als ich das nächste Mal eine Pause machte, nutzte ich die Gelegenheit, um nach Vanice zu sehen. Ich ging auf die rechte Seite des Hauses, wo ihre Zimmer gelegen waren, und hob den Blick. Obwohl es so düster war, dass man hätte meinen können, die Sonne wäre irgendwo am Rand der Welt steckengeblieben, brannte hinter Vanice' Fenstern kein Licht. Sie hätte ja auch die Gelegenheit nutzen können, um sich auf ihrem verdammten Söller zu drapieren und mir liebreizend zuzulächeln.

Aber Pustekuchen!

Überhaupt hatte man in den letzten Tagen wenig – um nicht zu sagen: rein gar nichts – von unserer blondgelockten Schönheit gesehen.

Ich fragte mich, was sie die ganze Zeit über trieb. Vielleicht war sie vor dem Spiegel in solche Verzückungen geraten, dass sie beschlossen hatte, eine Ode auf ihre Wimpern zu dichten. Oder auf ihre schönen, spitzen Fingernägel.

Nicht, dass ich etwas dagegen gehabt hätte. Schließlich hätte ich ohne sie den halben Winter damit verbringen müssen, Mäuse zu fangen. So wie die Dinge standen, konnte ich meine Kräfte auf weit Sinnvolleres verwenden. Da hatte Vanice, als die Urheberin dieses Glücks, das Recht, jeden beliebigen Unfug zu treiben. Aber Mingas Verhüllung rückte unerbittlich näher. Jetzt waren es nur noch dreieinhalb Tage, und wir hatten bislang kein einziges Wort darüber verloren, was wir tun wollten, um Rudrick und seinen Kumpanen Einhalt zu gebieten. Ganz zu schweigen von der Frage, wie wir dem Bösen begegnen würden, das sich angeblich in der kaiserlichen Residenz eingenistet hatte.

So ging es nicht weiter. Wimpern hin, Fingernägel her.

Ich kehrte zu meinem Trainingsplatz zurück. Schritt über die Terrasse zum Haus. Betrat das Anrichtezimmer. Holte tief Luft und bellte: »SCARA! Komm mal her! Aber SCHNELL!«

Nach erstaunlich kurzer Zeit tauchte meine verblödete Magd auf.

»Du hast gerufen, Justinius?«

Ich stützte mich auf mein Schwert. »Hast du irgendwann mal mit Vanice gesprochen?«, fragte ich.

»Irgendwann schon. Kürzlich nicht. Das liebe Mädchen hält seine Tür und sein Herz verschlossen.«

»Nun, dann werden wir sie wohl öffnen müssen. Zumindest die Tür. Ihr Herz kann sie für sich behalten.«

»Da stellt sich natürlich die Frage, ob man Tür und Herz trennen kann.«

»Nein, diese Frage stellt sich ganz eindeutig nicht. Du wirst jetzt deinen Hintern die Treppe hoch bewegen und bei ihr anklopfen. Wenn sie nicht gerade im Sterben liegt, soll sie uns bitteschön beim Abendessen mit ihrer Anwesenheit beehren, damit wir darüber reden können, wie es jetzt weitergeht.«

Scara faltete die Hände vor dem Bauch. »Und wenn das liebe Mädchen doch im Sterben liegt?«

»Dann soll sie trotzdem runterkommen. Wir haben ja mittlerweile herausgefunden, dass so ein bisschen Tod kein Hinderungsgrund dafür ist, seine Nase in alle möglichen Angelegenheiten zu stecken.«

»Meinetwegen. Ich schaue, was sich machen lässt. Wäre das alles?«

»Das wäre alles.«

Scara drehte sich um und ging hüftschwingend ihrer Wege. Auch ich drehte mich um. Bezog erneut beim Schrank Position. Schwang nicht die Hüften. Dafür das Schwert. Wieder. Und wieder. Und wieder.

Schildstoß – Gerrik.

Stich nach vorne – Laghras.

Stich seitlich – Radulf.

Hieb von unten – Bero.

Hieb von oben – Rudrick.

4
AN DER GRENZE

Mykar

In den nächsten Tagen war das Wetter wärmer. Die Sonne schien, und die Luft schmeckte nach Frühling. Manchmal nieselte es. Dann spannte sich ein zarter, beinah unsichtbarer Regenbogen über den Himmel. Ich schwitzte in meinen warmen Sachen. Ich beschloss, den Wolfsumhang über der Schulter zu tragen. Auch die Stiefel zog ich aus. Das feuchte Gras und die kühle Erde taten meinen Füßen wohl. Sie waren noch immer wund.

Ich kam jetzt wieder öfters an Höfen und kleinen Siedlungen vorbei. Aber ich mied die Bauern. Ich war froh, mit Danje allein zu sein.

Im Norden erhob sich noch immer das Fokris-Gebirge. Würde es überhaupt jemals aufhören? Vielleicht zog es sich von einem Rand der Welt zum anderen. Allerdings war ich mir nicht sicher, ob die Welt einen Rand hatte. Wenn ja, was lag wohl dahinter?

Bald kehrte der Herbst zurück. Zuerst brachte er dunkle Wolken und kalte Windböen, Regen und Nebel. Dann kamen Graupel, Nachtfrost und noch mehr Nebel. Ich war dankbar für den Wolfsumhang – obwohl er stank, wenn er nass wurde –, die warmen Stiefel und Handschuhe. Dennoch fror ich. Meine Füße und Beine schmerzten; ebenso wie meine Hände und mein Rücken. Manchmal war ich zum Sterben müde. Ich wollte vor Danje verbergen, wie ich mich fühlte. Ich wollte stark und zuversichtlich sein, damit auch sie stark und zuversichtlich sein konnte. Doch sie ließ sich nicht täuschen. Meine Verzagtheit machte ihr Kummer. Wieder einmal schämte ich mich vor ihr.

Mittlerweile waren wir schon zwei Wochen unterwegs. Ich fragte mich, ob ich das Meer vielleicht verpasst hatte. Im Stillen gestand ich mir ein, dass ich nicht wirklich wusste, was ein Meer sein sollte. Es hatte etwas mit Wasser zu tun, soviel war klar. Vielleicht war es ein großer See? Aber wie groß? Groß genug, dass ich es unmöglich übersehen konnte?

Meine Zweifel wuchsen mit jedem Tag. Als wir schließlich an den Fluss kamen, dachte ich zunächst, wir hätten unser Ziel erreicht. Schon von weitem hatte ich ihn gehört: ein sachtes Rauschen zunächst, das sich langsam zu einem ohrenbetäubenden Getose steigerte, bis es die Luft schier zum Bersten brachte. Ich dachte, nur das Meer könne so lärmen, und begann zu laufen. Doch dann sah ich, dass ein Fluss meinen Weg kreuzte – ein Fluss, den ich unmöglich überqueren konnte.

Der Herbstregen hatte ihn so sehr anschwellen lassen, dass er über seine Ufer getreten war. Wenn man sich ihm auf fünfzig Schritte näherte, versank man im Schlick. Kalter Matsch saugte an meinen Stiefeln; gurgelnde Tümpel umschlossen meine Waden.

Hastig wich ich zurück und betrachtete die schäumenden, brodelnden, tobenden Wassermassen. Vom Gebirge her kamen sie und rollten mit Gewalt nach Süden. In ihrem Lauf hatten sie alles mitgerissen. Ich sah entwurzelte Bäume, Wagenräder, Holzbalken, die Kadaver von Kühen und Pferden, einmal den Haarschopf einer Ertrunkenen.

Ich konnte nicht schwimmen. Aber war es überhaupt möglich, gegen die Wut dieses Flusses zu bestehen?

Ich hatte keine andere Wahl, als von meinem Plan abzuweichen. Der Weg nach Osten war versperrt. Ich wandte mich nach Süden und folgte dem Lauf des Flusses. Dabei hielt ich einen Abstand von ein-, zweihundert Metern. Ich hatte Angst, dass die Wasser nach mir greifen und mich wegzerren würden, wenn ich unachtsam wäre oder von Müdigkeit überwältigt würde.

Während der nächsten Tage war das Tosen des Flusses mein stetiger Begleiter. Immerhin strömte er nicht schnurgerade in die südliche Richtung, sondern machte bald eine Biegung, die ihn weiter nach Osten führte. Mir fiel ein, dass ich irgendwann gehört hatte, alle Flüsse würden früher oder später ins Meer münden. Natürlich konnte ich nicht sagen, ob das stimmte. Doch ich setzte meine Hoffnung jetzt darauf, dass ich schlussendlich ans Ziel gelangen würde, wenn ich mich an den Fluss hielt.

Schon am nächsten Morgen zerschlug sich diese Hoffnung. Denn das Land wurde nun so sumpfig, dass ich noch weiter von dem Fluss zurückweichen musste, wenn ich meine Reise fortsetzen wollte. Zuerst ging ich nach Süden. Dann nach Südwesten. Ich verlor den Weg, den ich eigentlich hätte nehmen sollen, immer mehr aus den Augen. Das war nicht mein einziges Problem. In den letzten Tagen hatte es so viel geregnet, dass meine Kleidung überhaupt nicht mehr trocknete. Und meine Vorräte gingen zur Neige. Ich fror. Ich war hungrig. Meine Kräfte schwanden. Wenn ich Fieber bekäme, wäre es vorbei mit mir.

Dann erreichte ich die Straße. Das war eine breite, gepflasterte Straße, die an beiden Seiten eine Mauer aus Feldsteinen säumte. Ich war mittlerweile zu weit im Süden, als dass ich mich noch an den Fokris-Bergen hätte orientieren können. Aber mir schien, dass die Straße von Westen nach Osten lief. Wenn ich auf ihr entlangschritte, würde ich mich meinem Ziel wieder annähern. Das war gut. Und natürlich würde ich sehr viel schneller vorankommen als in dem Sumpfland beim Fluss. Auch das war gut.

Ich freute mich trotzdem nicht. Denn die einzige Straße dieser Größe, die ich je gesehen hatte, war die Reichsstraße.

Warum hatte mich Ede in einen Wald geführt, der sich im Morgengrauen auflöste, und mir einen Weg gewiesen, der mich nach Nirgendwo führte? Warum hatte er mir nicht gleich gesagt, dass ich der Reichsstraße folgen sollte? Dann wäre ich schon vor über einer Woche an dem Ort angekommen, wo ich mich jetzt befand.

Nicht zum ersten Mal kam mir der Verdacht, dass Ede mich verhöhnt hatte. Vielleicht hatte er sich die Geschichte von dem Dämon und dem Mädchen Charis einfach ausgedacht. Vielleicht wusste er nicht das Geringste über die Linde auf der Lichtung und was mich mit ihr verband. Oder schlimmer noch: Er war ein Spießgeselle Rudricks, der mich in die Irre führte.

Ich wusste nicht mehr, was ich glauben sollte.

Aber was konnte ich tun, außer weiterzugehen?

Auch am folgenden Tag änderte sich das Wetter nicht: Regen und Graupel, Wind und Kälte. Ich begegnete keinem anderen Reisenden. Kein Wirtshaus lag am Weg. Danje verlor die Lust, sich umzusehen – es gab auch wenig zu entdecken außer Nebel und kargen Weiten. Allerdings war sie längst nicht so mutlos wie ich. Alles in allem gefiel ihr unsere Reise nicht schlecht. Den Fluss mit seinen brodelnden Wassern hatte sie so aufregend gefunden, dass sie noch immer davon erzählte. Deshalb freute sie sich, als wir zu der Brücke kamen.

Die Brücke war aus Stein. Sie ruhte auf mächtigen Pfeilern, die Bögen bildeten, unter denen der Fluss hindurchrauschte. Dichter Nebel hüllte das jenseitige Ufer ein, sodass ich es kaum zu erkennen vermochte. Aber ich schätzte, dass die Brücke an die zweihundert Meter überspannte. In der Perle hatte ich gesehen, was für gewaltige Bauwerke die Menschen schufen: die Türme und Paläste in den Vierteln der Wohlhabenden, der große Thaala-Tempel, die Feste des Dorn. Dennoch betrat ich die Brücke mit einem mulmigen Gefühl. Es war mir unvorstellbar, wie ein Haufen Steine tagein, tagaus der Macht eines wildgewordenen Flusses widerstehen konnte. Bald sah ich aber, dass ich mir keine Sorgen hätte machen müssen. Ich merkte nicht einmal den Unterschied zur Reichsstraße, so fest und sicher stand die Brücke. Trotzdem war ich froh, als ich das andere Ufer erreicht hatte. Der Wind kam mir doppelt so schneidend vor, während ich über die Brücke ging.

Hier allerdings erwartete mich eine Überraschung. Die Brückenmauern endeten nämlich in zwei niedrigen, rechteckigen Wachtürmen. Und aus dem Nebel tauchte ein Tor auf, das den Weg versperrte. Verwundert trat ich an das Tor heran. Es war mehr als mannshoch und aus schwerem Eichenholz gezimmert. Ich blickte mich um. Auf dieser Seite des Tors hatten die Türme keinen Eingang. Allerdings war an der Mauer zu meiner Linken eine Bronzeglocke befestigt. Sie hing an einem Metallarm, und man musste an einer Kette ziehen, um sie zum Läuten zu bringen. Das tat ich. Ein-, zwei-, dreimal ließ ich die Glocke klingen. Ich war erstaunt, wie hell, klar und durchdringend sie im Nebel tönte; fast erschreckte ich mich. Dennoch geschah zunächst nichts. Ich stand beim Tor und wartete, während der Wind den Glockenschwengel gegen den Metallmantel trieb, sodass ein leises Bimmeln über die Brücke hallte, wie ein Echo, das aus immer größerer Ferne herüberwehte.

Schließlich wurde eine Guckluke in der Tür geöffnet. Ein hageres Gesicht erschien. Der Wächter war offenbar erstaunt, als er mich sah. Vielleicht, weil ich ein unüblicher Reisender war. Vielleicht auch, weil sich bei diesem Wetter überhaupt jemand draußen herumtrieb. Aber seine Stimme war streng, als er sagte: »Sorin mit Euch! Wer seid Ihr und was wünscht Ihr?«

Ich hatte mir angewöhnt, die untere Hälfte meines Gesichts mit dem Wollschal zu verhüllen, den mir die Bauern gegeben hatten. Ehe ich antwortete, zog ich den Stoff weg. »Mein Name ist Mykar. Ich bin auf der Reise«, sagte ich dann.

»Das sehe ich. Auf der Reise wohin?«

»Zum Beskalischen Meer.«

»Zum Beskalischen Meer? Allein? Zu dieser Jahreszeit?«

Ich nickte.

»Macht Ihr Scherze? Das sind doch über siebenhundert Meilen! Das werdet Ihr niemals schaffen, ehe der Winter hereinbricht! Ihr habt ja nicht einmal ein Pferd!«

»Sie-sie-siebenhundert Meilen?!«, stammelte ich.

»Ja.«

Bei der Vorstellung, vielleicht noch die zweifache Strecke von dem zurücklegen zu müssen, was ich bisher bewältigt hatte, schnürte sich mir der Hals zu. Aber ich hatte mich schnell wieder gefasst. »Das ist egal. Werdet Ihr mich durchlassen oder nicht?«, sagte ich.

»Wie Ihr wollt. Der Brückenzoll beträgt einen Silbergulden«, entgegnete der Wächter. Ich konnte das Schulterzucken in seiner Stimme hören. Wahrscheinlich hatte er keine Lust, noch länger in der Kälte zu stehen.

Schweigend reichte ich dem Mann ein Goldstück. Er nahm es entgegen, ebenfalls ohne ein Wort zu sagen, und verschwand. Kurz darauf hörte ich ein Knarren und Rumpeln. Dann öffnete sich das Tor.

Ich trat auf die andere Seite. Hier gab es nicht nur ein Wachhaus, sondern auch einen großen Gasthof, der bestimmt mehrere Dutzend Reisende beherbergen konnte. Gegenwärtig sah ich nur eine Reisekutsche auf dem Hof stehen. Zwei Knechte waren gerade dabei, die Pferde in die Stallungen zu führen, die ebenfalls zu dem Gasthof gehörten. Die Flanken der Tiere dampften. Ich konnte mir vorstellen, wie sehr sie sich nach Wärme sehnten.

Unterdessen hatte der Wächter die Torflügel geschlossen. Mit einem Schnaufen legte er den mächtigen Riegel vor. Dann wandte er sich erneut mir zu. Er öffnete einen Beutel und zählte neun Silbermünzen ab.

»Hier!«, sagte er. »Die Götter mit Euch und gute Reise!«

Ich nahm das Geld. »Warum muss man hier zahlen, um weiterzugehen?«, fragte ich.

Nun betrachtete mich der Mann mit einem Blick, als ob ich schwachsinnig wäre. »Ihr habt soeben die Grenze zwischen den Windmarken und Mandurien übertreten«, sagte er – und fügte mit einem spöttischen Lächeln hinzu: »Willkommen in der Schatzkammer Ahekriens!«

»Oh«, machte ich.

5

HUNGER

Vanice

Ich stolperte durch die Nacht. Es war dunkel, kein Mond schien. Das Dickicht war nahezu undurchdringlich. Die Bäume und Büsche waren riesig. Sie alle hatten Dornen. Mein Kleid war zerrissen; blutige Striemen kreuzten sich über meinen nackten Armen und Beinen. Um mich herum war Wald, nichts als Wald – eine fremde, feindselige Wildnis.

Ich hatte keine Ahnung, wo ich mich befand. Ich wusste auch nicht, wie ich hierhergekommen war. Noch, wohin ich mich wenden musste, um der Gefahr zu entrinnen.

Jemand verfolgte mich. Das war alles, was ich wusste. Jemand, der mich unter keinen Umständen in die Hände bekommen durfte.

Also lief ich weiter, kämpfte mich durch die Ranken, die mit der wollüstigen Gier eines ausgehungerten Liebhabers nach mir griffen. Die ganze Zeit über war mir klar, dass ich träumte. Ich erinnerte mich gut daran, dass ich solche Träume schon öfters gehabt hatte. Meistens fand ich mich dann in der Villa meiner Familie wieder, dem Stammsitz der Devecraux. Morgennebel waberte über die Hügel, und mit dem Nebel kam etwas Schreckliches, das mich durch endlose Gänge hetzte: endlose, mit klebrigem Schleim überzogene Gänge, die es in dem Haus, das ich seit meiner frühesten Kindheit kannte, niemals gegeben hatte und die alles, was mir vertraut und heimisch war, aufs grässlichste verwandelten. Für gewöhnlich endeten diese Träume damit, dass ich im Arbeitszimmer meines Vaters Zuflucht fand.

Noch nie hat mich mein Verfolger erwischt.

Das war ein Gedanke, der mich beruhigte, während ich in dem boshaften Wald meinen Weg suchte. Warum sollte es dieses Mal anders sein? Doch etwas *war* anders. Und das lag nicht an dem Schauplatz des Traumes. Nein, *ich* hatte mich verändert. Entsetzen packte mich, als ich begriff, dass ich gefangen werden *wollte*.

Als hätte mir diese Einsicht die letzte Kraft geraubt, verlor ich das Gleichgewicht. Ich rollte eine Böschung hinab, die einen Augenblick zuvor – da war ich mir sicher – noch nicht da gewesen war, und landete auf einer Lichtung. Kaum zu Atem gekommen, stellte ich fest, dass ich irgendwo unterwegs mein Kleid verloren hatte und jetzt völlig nackt war. Fast hätte ich aufgelacht: Das war nun wirklich plump! Allerdings blieb mir das Lachen im Halse stecken. Denn plötzlich ertönte ein furchtbarer Lärm.

Etwas brach mit Macht durchs Unterholz. Es war hinter mir her. Bald würde es da sein.

Ich wollte aufstehen und fliehen. Allein, meine Beine waren wie gelähmt. Ich krallte meine Fingernägel in die Erde und versuchte, mich zum Rand der Lichtung zu ziehen. Vielleicht konnte der Wald nun zu meinem Verbündeten werden und mich vor den Blicken des Verfolgers schützen? Aber ich war nicht schnell genug. Obwohl die Luft nach Sommer duftete, überzog Frost das Moos. Als ich das sah, wusste ich, dass ich nicht mehr allein war.

Ich drehte mich um und erblickte – den Schwarzen Jäger.

Da stand er, der riesenhafte Anführer der Horde, mit seinen drei Hörnern und seinen wilden Haarflechten, seinem grausamen Jagdspieß und seinem Umhang aus Dornenranken.

Langsam kam er auf mich zu.

Ich war verwirrt. Ihn hatte ich nicht erwartet. Ich war mir sicher, dass es nicht der Schwarze Jäger war, der mich in meinen Träumen durch das Haus meiner Mädchenjahre gehetzt hatte. Ganz unerwartet befiel mich ein anderer Zweifel: Waren das denn wirklich Träume gewesen? War es nicht vielmehr ein Teil von *diesem* Traum, dass ich mir einbildete, jene Morgen geträumt zu haben, an denen der Nebel kam und meine Welt verwandelte? War nicht in Wahrheit dies der

Schatten gewesen, der auf meinem ansonsten sorglosen Kinderdasein lag – die stetige, nur halb ins Bewusstsein dringende Angst davor, dass der Nebel bald zurückkehren könnte, und mit ihm das Grauen, das auf mich lauerte?

Der Schwarze Jäger öffnete seinen Umhang und all diese Fragen waren vergessen. Zwischen seinen Beinen ragte sein Glied auf. Es war gewaltig; an der Spitze hingen ein paar Tropfen dunklen Samens.

Ich begriff nun, was der Anführer der Horde von mir wollte.

Und ich … ich wollte es auch.

Ich stützte mich auf die Ellbogen und blickte dem Schwarzen Jäger in die Augen. »Komm«, flüsterte ich und spreizte die Beine.

Doch nun liege ich nicht mehr auf einer Waldlichtung, sondern in meinem Kinderzimmer. Ich trage ein weißes Seidenkleid; ich habe es bis über die Hüften hochgezogen. Ich sehe das dunkle Dreieck zwischen meinen Beinen; ich bin kein kleines Mädchen mehr. Meine buntbemalten Alabasterpuppen umgeben mich. Sind es wirklich *meine* Puppen? Etwas stimmt nicht mit ihnen. Sie sind größer als ich, und sie stieren. Ich fürchte mich vor den Puppen. Aber ich weiß, dass ich nicht allein bin.

Ein Mann liegt neben mir.

Es ist Cay.

Er lächelt mich an. Er streicht mir durch die Haare und über die Wange. Auch ich lächle. Cay küsst meinen Mund, meinen Hals, meine Brüste. Ich schließe die Augen und seufze. Ich öffne die Augen und umarme Cay. Ich sehe, dass meine Krallen verschwunden sind. Jetzt habe ich einfach Fingernägel, so wie alle anderen Frauen. Ich bin glücklich wie noch nie zuvor in meinem Leben.

»Komm«, flüstere ich Cay ins Ohr.

Er legt sich auf mich. Es tut gut, sein Gewicht zu spüren. Leidenschaft überkommt ihn; er greift mir in die Haare, dringt heftig in mich ein. Ich stöhne, schlinge meine Beine um ihn, umfasse seine straffen Pobacken, drücke meinen Unterleib gegen den seinen.

Cays Bewegungen werden schneller, wilder. Wieder stöhne ich. Wir küssen uns. Seine haarigen Beine reiben an der Innenseite meiner Schenkel. Ich will ihn haben. Heute, morgen, alle Nächte meines Lebens.

Ich erwachte von meinem eigenen Lustgewimmer. Ich hatte eine Hand zwischen die Beine geschoben, mein Nachthemd war schweißnass, und ich zitterte am ganzen Körper.

Einige Momente durchströmte mich noch das Glück, das mir der Traum geschenkt hatte. Mir war, als könnte ich Cays Umarmungen spüren, seine Haare und seine Haut riechen.

Aber dann ebbte die Erregung ab. Ich hatte einen schalen Geschmack im Mund; Schmerz pochte hinter meinen Schläfen. Der Morgen war von einem beklemmenden Grau, und die Götter allein wussten, wo Cay steckte. Jedenfalls nicht in meinem Bett.

Ich rollte mich auf den Rücken. Ich musste mir eingestehen, dass ich nicht länger träumte. Ich sehnte mich danach, mich wieder von den Gespinsten meiner Einbildung umfangen zu lassen. Denn die Wirklichkeit war so trostlos, dass ich die wachen Stunden kaum ertragen konnte.

Es hatte angefangen, als ich Cay sah – oder ihn zu sehen glaubte.

Der Hunger war wiedergekommen.

Schlimmer als je zuvor.

Ich erinnerte mich noch daran, wie ich Mykar erzählt hatte, dass manchmal eine lange Zeit verging, ohne dass mich das Verlangen nach verwestem Fleisch packte. Ihm gegenüber hatte ich von Wochen und Monaten gesprochen, wenn ich nicht irrte. In Wahrheit meinte ich natürlich, dass ich den Hunger besiegen könnte, ein für alle Mal – dass ich ihn vielleicht sogar schon besiegt hätte.

Ja, ich war allzu bereit gewesen, mich dieser Illusion hinzugeben. Dabei war es natürlich nichts weiter als das: eine bittere, erbärmliche Illusion. Die Götter hatten durchaus nicht die Absicht, mich zu erlösen, nur weil ich einmal versucht hatte, etwas außer mir selbst und meinem Elend zu sehen.

Viel eher waren sie geneigt, mich für meine Anmaßung zu strafen: dafür, dass ich mir eingebildet hatte, ich könnte etwas Gutes tun; dafür, dass ich mir eingebildet hatte, ich könnte jemand anderes sein.

Und dann, als Cay (oder jemand, der aussah wie er) an mir vorbeifuhr, in einer kleinen, schmucklosen Kutsche auf dem Weg nach Irgendwo, war alles zusammengebrochen. Ich war wieder dort, wo ich immer gewesen war: in der *Maccicha* von Enjahla, an einem glühenden Sommernachmittag, gebeugt über einen toten Hund, auf dem schon die Würmer wimmelten, sabbernd und geifernd vor Hunger.

Das war der einzige Ort für mich. Meine ganze Welt, mein ganzes Dasein. Unauslöschlich eingebrannt in einen Augenblick, der sich fortsetzen würde, bis die Sterne vom Himmel fielen.

Ein paar Tage lang hatte ich mich noch beherrscht. Justinius und Scara gegenüber tat ich so, als wäre alles in Ordnung mit mir. Ich nahm an, dass zumindest er den Mummenschanz geglaubt hatte. Dann, eines Nachts, wurde es zu viel für mich. Ich stahl mich aus dem Haus, während alles schlief, schlich zu dem nächsten Friedhof – in solchen Stunden konnte ich die Toten meilenweit riechen – und buddelte eine Leiche aus. Dabei stellte ich mich geschickt an; ich hatte sogar einen Spaten mitgenommen und schüttete das Grab wieder zu, als ich fertig war. Und ich aß nicht zu viel, sodass ich am nächsten Morgen keinen Anfall bekam.

Allein, das half mir nichts. Denn der Hunger blieb. Ebenso gut hätte ich einen Krug Buttermilch und ein Stück Brot zu mir nehmen können. Das war noch nie passiert. Bislang hatte mir das Leichenfleisch immer Erholung verschafft, einen Aufschub gewährt.

Jetzt war es anders. Bedeutete dies, dass es zu Ende ging mit mir? Würde ich mich verwandeln? Würde ich bald an Xras Seite im Palast der Toten sitzen und gurgelnde Zischlaute von mir geben, während ich den Unterirdischen dabei zusah, wie sie Eintöpfe aus Verwestem anrührten?

Manchmal sehnte ich mich danach, dass es schon so weit wäre; danach, dass ich nicht mehr aller Welt vorspiegeln müsste, ich sei eine Dame; danach, dass ich mich endlich ganz und gar meiner Verworfenheit überlassen könnte.

Wie zum Hohn hatte noch einmal für kurze Zeit die Sonne geschienen. Das Wetter war warm, fast spätsommerlich gewesen; auch in der Nacht, als ich auf den Friedhof ging. Dann kam die Dunkelheit lichtloser Tage, und mit ihr Frost und Graupel.

So wie die Welt der Starre des nahenden Winters verfiel, sank ich in eine abgründige Niedergeschlagenheit. Jetzt hatte ich bereits seit Tagen nichts gegessen, obwohl mich der Hunger unentwegt peinigte. Und seit Tagen hatte ich mit niemandem gesprochen, obwohl ich mich vor dem Alleinsein fürchtete. Alles, was ich tat, war, im Bett zu liegen, die Decke anzustarren und auf den Schlaf zu warten.

Meine Träume waren gut. Früher hatte ich mich nur selten an meine Träume erinnern können; nun aber blieben sie bei mir, nachdem ich die Augen geöffnet hatte. Dafür war ich dankbar.

In meinen Träumen gab ich mich der rohen Lüsternheit des Schwarzen Jägers hin, ebenso wie Cays zärtlich-wilder Leidenschaft. Meine beiden Geliebten. Sie nahmen mich an den verschiedensten Orten, in verschiedenerlei Gestalt; sie hätten Berge und Wüsten überquert und Dutzende Männer getötet, um den Schweiß von meinen Schenkeln zu lecken. Ich war ihre ganze Welt.

Manchmal kroch etwas Bedrohliches und Unheimliches in diese Träume. Manchmal war da Angst. Manchmal Schmerz. Immer aber durfte ich früher oder später die größte Freude erfahren, die ich kannte: mich aufzulösen in mir selbst und für die Ewigkeit eines Herzschlages ganz verlorenzugehen.

Ich wusste nicht, wie lange ich schon dalag und in die verregnete Düsternis hinausblickte, als es an meiner Zimmertür klopfte. Vermutlich waren bereits Stunden vergangen, seit ich erwacht war. Zwischendurch hatte ich das Geschnaube und Geschrei gehört, das Justinius von sich gab, während er mit seinem Schwert auf den armen, alten Schrank eindrosch. Aber ich hatte den Eindruck, dass nun schon lange Stille herrschte.

Jedenfalls klopfte es, und ich wusste sofort, wer da geklopft hatte. Selbst Scaras Klopfen hatte etwas Ironisches.

»Ja, bitte?«, rief ich und gab mir Mühe, einigermaßen aufgeräumt zu klingen.

»Hallo, mein liebes Mädchen. Ich hoffe, du hast gut geschlafen?« Die Stimme klang dumpf durch das Holz.

»Danke, das habe ich.«

»Und du fühlst dich auch wohl?«

»Sicher«, behauptete ich.

»Das ist schön. Justinius möchte nämlich, dass wir uns heute Abend gemütlich zusammensetzen und ein wenig plaudern. Ich vermute, es geht um den Mann mit den Hörnern und den armen Jungen. Vielleicht auch um die Dame mit den Bändern im Haar. Wobei ich vorziehen würde, sie und ihren Vogel aus dem Spiel zu lassen.«

Ich übersetzte mir Scaras Worte und musste zugeben, dass Justinius recht hatte. Bei dem Gedanken daran, das Bett zu verlassen, wurde mir beklommen zumute; die Welt jenseits meiner Decken war ein Gewicht, das ich nicht zu schultern vermochte. Ich wollte schlafen und träumen – immer nur schlafen und träumen. Doch selbst in meinem Zustand war mir klar, dass wir nicht mehr allzu lange untätig bleiben konnten.

»Gut, Scara, ich komme!«

»Da freue ich mich aber! Ohne dich wäre es nur halb so nett! Allerdings darfst du nicht vergessen, dir vorher die Haare zu bürsten, oder doch zu kämmen.«

Ich atmete tief ein und aus. »Nein, keine Sorge.«

»Noch nie hat ein Vogel in gekämmten Haaren genistet, musst du wissen. Ich lasse dir einen Becher Gewürzwein vor der Tür, und Fleisch mit Kartoffeln vom gestrigen Abendbrot, an dem du ja nicht teilzunehmen beliebtest.«

»Danke, Scara.«

»Übrigens – du besitzt doch eine Bürste?«

»Mh-hm, das tue ich.«

»Und auch einen Kamm?«

»Auch einen Kamm.«

»Dann ist ja alles gut.«

Ich wartete, bis Scaras Schritte verklungen waren. Dann erhob ich mich. Wie ich befürchtet hatte, war ich unsicher auf den Beinen. Kurz wurde mir schwarz vor Augen. Ich musste mich an den Bettpfosten abstützen, während ich mich zur Tür des Ankleidezimmers vortastete. Ich hatte den Dienern nicht erlaubt, meine Gemächer zu betreten, während ich der Trübsal frönte. Schon lange brannte kein Feuer mehr in dem Kamin. Die Luft war klamm und roch nach alter Asche. Gegen die Fenster pladderte der Regen. Ich fröstelte.

Ein paar weitere zittrige Schritte, und ich hatte den Schminktisch erreicht. Noch ein Schritt, und ich stand vor meinem Spiegel. Der Spiegel hatte einen kunstvoll geschnitzten, vergoldeten Rahmen und war so groß, dass ich mich von Kopf bis Fuß in ihm erkennen konnte. Ich hatte unbedingt so einen Spiegel haben wollen; er war ganz oben auf der Einkaufsliste, die ich Justinius mitgegeben hatte, als er zurück in die Perle ritt. Und zusammen mit Töpfen, Kesseln und Pfannen, Porzellangeschirr, Kristallpokalen und silbernen Kerzenständern, vielfarbig geflochtenen Wandbehängen, Maktabar-Teppichen und seidigem Bettzeug war er etwa eine Woche nach der Gespensterversammlung geliefert worden. Die Einkäufe füllten zwei Wagen. Sie hatten ein Vermögen gekostet und mussten von vier Reitern bewacht werden. Alles, damit ich mich fühlen konnte wie ein Geschöpf des Lichts und des Wohllebens.

Jetzt wünschte ich, ich hätte mich mit dem kahlen Mauerwerk begnügt.

Ich trug ein halbdurchsichtiges Nachthemd, das mir vor manchem Jahr von einem Liebhaber geschenkt worden war. Ich konnte mich nur mit Mühe an das Gesicht dieses Mannes erinnern; sein Geschenk aber hatte ich behalten. Skargat wusste, wieso ich es ausgerechnet jetzt angezogen hatte – als wollte ich mich dadurch bereitmachen für die Heimsuchung meiner Träume.

Aber mein Spiegelbild stimmte nicht. Meine Hüften waren absurd breit. Die Haut an meinem Bauch erschlaffte bereits, und meine Scham war ein obszön wucherndes Gestrüpp. Mein Körper hatte sich verzerrt; überall war etwas zu viel oder zu wenig; alles schien aufgedunsen oder geschrumpft, gebläht oder ausgezehrt.

Auch mein Gesicht tröstete mich nicht. Es war so grau und fahl. Um meinen Mund zeigten sich harte Falten. Meine Augen waren tief eingesunken. Nicht einmal meine Haare wollten mir gefallen. Ich hatte sie zu lange nicht gewaschen. Jetzt sahen sie tatsächlich aus wie der Brutplatz einer Amselfamilie; und abgesehen davon brauchten sie dringend eine Behandlung mit Kalkwasser.

Am liebsten wäre ich in Tränen ausgebrochen. Ich hatte mich doch immer auf meine Schönheit verlassen können! Was blieb von mir, wenn ich nicht mehr schön war?

6
DER WAHRHEIT DIE EHRE

Vanice

Ich musste allen Mut zusammennehmen, um das Zimmer zu verlassen. Ich hatte mir ein dunkelblaues Samtkleid ausgesucht, in dem ich mich einigermaßen sicher fühlte; meine noch feuchten Haare hatte ich zu einem Zopf gebunden. Unter normalen Umständen wäre ich davon ausgegangen, ein durchaus erfreulicher Anblick zu sein. Heute aber fürchtete ich, die Diener würden sich betreten abwenden, wenn sie mich sahen. Von dem Gewürzwein war mir schwummerig geworden – das Fleisch und die Kartoffeln hatte ich nicht herunterbekommen –, doch ich hätte einen ganzen Krug geleert, wenn so viel dagewesen wäre.

Im Korridor traf ich niemanden. Ich ging die Treppe hinab. Auch die Halle war leer. Offenbar machten sich Ulla, Egbert und Stane anderswo zu schaffen. Vom Hof aber hörte ich Geräusche. Ich öffnete das Eingangsportal und trat auf die Freitreppe hinaus. Dort, unter dem säulengestützten Vordach, stand Scara. Sie sah Justinius dabei zu, wie er ein Fass den Hof hinauf und hinab rollte. Dabei zog sie eine sorgenvolle Miene und schüttelte etwa alle zehn Sekunden den Kopf. Justinius seinerseits warf ihr beinah ebenso oft gereizte Blicke zu. Ich hatte den Eindruck, dass das schon eine Zeitlang so ging.

»Ist alles in Ordnung, Scara?«, fragte ich, indem ich an ihre Seite trat.

»Mein liebes Mädchen, bitte schau dir Justinius an«, entgegnete sie, ohne sich nach mir umzudrehen.

Ich tat, wie mir geheißen, konnte aber nichts Besonderes entdecken. Justinius' Kleider und Haare waren von dem Regen durchnässt, der in großen, kalten Tropfen fiel. Sein Rücken war gekrümmt und sein Atem bildete graue Wölkchen. Das Fass knirschte und rumpelte, und an den Stellen, wo der Hof nicht mit Steinplatten ausgelegt war, versanken Justinius' Stiefel bis zu den Knöcheln im Matsch. Als er mich entdeckte, unterbrach er seine Arbeit und hob die Hand zum Gruß.

Ich lächelte ihn an. Es war ein Lächeln der Erleichterung. Wenn ich wirklich so scheußlich ausgesehen hatte, wie ich befürchtet hatte, dann wäre Justinius doch etwas anzumerken gewesen. Vielleicht hätte er eine Grimasse von angewidertem Erstaunen oder verächtlichem Mitleid gezeigt. Oder er hätte den Blick hastig wieder abgewandt.

Ich war mir ziemlich sicher, dass sich viele Männer klammheimlich freuten, wenn eine schöne Frau nicht mehr gar so schön war. Aber das hieß noch lange nicht, dass sie ihr verziehen.

»Was ist mit Justinius?«, fragte ich.

»Er rollt ein Fass über den Hof.«

»Aber das macht man doch so, wenn man sein Kettenhemd wäscht, oder nicht?«

»Ein Kettenhemd ist aus Eisen.«

»Ich weiß. Deshalb wäscht man es ja auf diese Weise.«

Scara schüttelte wieder einmal den Kopf. »Mein liebes Mädchen, ich mache mir Sorgen um dich. Vielleicht sollten wir dir die Haare schneiden.«

»Was hast du nur heute mit meinen Haaren? Schau her, ich habe sie eigens gewaschen und gekämmt. Wegen der Vögel.«

»Daran hast du recht getan. Allerdings rollt Justinius trotzdem ein Fass über den Hof. Und bei ihm kann es nicht an den Haaren liegen.«

»Nun, er macht das doch nicht zum ersten Mal. Er will eben nicht, dass die Sachen rosten.«

»Ist es denn besser, man schlägt seinen Kopf jeden Tag gegen die Wand, anstatt einmal in der Woche?«

Ich hob die Augen. Aber jenseits der Mauern des Landsitzes verbarg ein diesiges Tuch die Welt; es reichte vom Boden bis in den Himmel hinein.

»Das ist ein seltsames Gespräch, Scara«, sagte ich.

»Ich fürchte, das liegt daran, dass du ein bisschen seltsam bist, mein liebes Mädchen.«

»Danke. Das hilft mir weiter.«

»Man muss der Wahrheit die Ehre geben. So ist das nämlich.«

»Wenn du es sagst.«

»Aber vielleicht tröstet es dich zu wissen, dass es auch Leute gibt, die mich seltsam finden.«

Ich horchte auf. »Ja, wirklich?«

»In der Tat. Sie denken, ich bin verrückt.«

»Aber ... da irren sie sich?«

»Selbstverständlich.«

»Und du erzählst mir das, weil es sein könnte, dass sich die Leute auch in mir irren, wenn sie sagen, ich bin seltsam?«

»So ungefähr. Wobei das Problem natürlich darin besteht, dass ich es ja bin, die gerade gesagt hat, dass du seltsam bist. Und da ich mich eigentlich nie irre, heißt das wohl, du bist wirklich seltsam.«

»Ja, das macht Sinn.«

»Nun, immerhin hast du noch nicht angefangen, Fässer über den Hof zu rollen.«

»Weißt du, Scara, ich würde wirklich eine Menge dafür geben, wenn ich wüsste, was du ernst meinst, und was ein Witz sein soll.«

»Das ist ganz einfach. Ich mache niemals Witze.«

»Wenn das so ist, verstehe ich wohl einfach nicht, was du mir sagen willst.«

»Eines Tages wirst du mich verstehen, mein liebes Mädchen.«

»Du machst dir keine Vorstellung davon, wie ich mich auf diesen Tag freue.«

Damit war unser Gespräch beendet. Wir standen schweigend nebeneinander und sahen Justinius dabei zu, wie er sich mit dem Fass abmühte. Zu meiner Überraschung stellte ich fest, dass ich mich etwas besser fühlte. Es ging doch nichts über eine Unterhaltung mit Scara, wenn man sich den Kopf geraderücken lassen wollte.

Schließlich war Justinius fertig. Er rollte sein Fass unter den Vorsprung des Säulendaches, öffnete es, holte das Kettenzeug – Hemd, Hose, Kragen und Handschuhe – zwischen den Kieseln hervor und kam zu uns.

»Geht es Euch gut, Vanice?«, fragte er. »Man hat länger nichts von Euch mitgekriegt.«

Ich spürte, dass Justinius mich gerne ansah; so gerne, dass es ihm selbst ein bisschen unangenehm war. Ich hätte ihn umarmen können. »Ja, es geht mir gut«, erwiderte ich. »In den letzten Tagen war mir unwohl, aber das ist vorbei.«

»Umso besser. Es wird nämlich allerhöchste Zeit, dass wir unsere nächsten Schritte planen. Die zweite Nacht der Toten naht.«

»Ich weiß.«

»Schön. Ich wäre auch erstaunt gewesen, wenn Ihr das alles vergessen hättet … Ich ziehe mich jetzt um und mache einen Ausritt mit Rhalana. Nach dem Abendessen reden wir dann.«

»Bist du sicher, dass deine Kuh bei diesem Wetter nicht im Stall bleiben sollte?«, warf Scara ein.

Justinius ignorierte sie.

»Ihr haltet das jetzt jeden Tag so, oder?«, fragte ich. »Ihr macht Eure Schwertübungen und geht reiten?«

»Ja. Und vorher laufe ich noch.«

Ich war erstaunt. »Ihr lauft?«

»Ja, bis zu den Hügeln und zurück.« Er wies mit dem Kopf in Richtung Norden; dabei bemühte er sich, ein selbstzufriedenes Lächeln zu unterdrücken.

»Davon habe ich gar nichts mitbekommen«, sagte ich.

»Nun, mein liebes Mädchen, du brauchst deinen Schlaf. So ein zartes Geschöpf sollte sich schonen, findest du nicht auch, Justinius?«

Der ignorierte sie noch immer. »Es ist vielleicht nicht viel«, sagte er zu mir gewandt. »Aber es ist besser als alles, was ich seit Jahren getan habe.«

Jetzt, da ich Justinius aus der Nähe betrachtete, bekam ich den Eindruck, dass er sich sehr verändert hatte seit der Nacht der Gespensterversammlung. Vielleicht lag es aber auch an meinen Träumen, oder an dem Hunger, dass ich nun ein Kribbeln im Bauch verspürte beim Anblick seiner starken Arme und Schultern, seiner breiten Brust, die sich deutlich unter dem klitschnassen, weitgeöffneten Hemd abzeichnete ... Er hatte nach wie vor eine kleine Wampe, aber eigentlich störte mich das gar nicht ...

Ich wandte die Augen ab, ein wenig zu schnell, und sagte mir, dass ich aufpassen musste, ihn nicht zu verführen.

Dann sagte ich mir, dass Scara recht hatte: Ich war wirklich etwas merkwürdig. Vor kaum einer Stunde hatte ich bitterlich meinen Verfall beklagt; nun war ich schon wieder überzeugt davon, jeden Mann spielend um den Finger wickeln zu können.

»Ich finde nicht, dass das wenig ist«, murmelte ich.

»Nun ja, es ist ein Anfang. Also, bis später.« Justinius verschwand mit seinem Kettenzeug im Haus.

Ich wartete darauf, dass Scara meinen Kommentar kommentieren würde. Aber das tat sie nicht. Ohne ein weiteres Wort zu verlieren, folgte sie ihrem Herrn.

Kurz zögerte ich; dann ging ich den beiden hinterher.

7
ALT UND NEU

Die Luziera

Die Luziera war alt. So alt, dass sie nicht mehr wusste, ob es eine Zeit gegeben hatte, in der sie etwas anderes gewesen war als die Luziera. So alt, dass sie nicht mehr wusste, ob es überhaupt eine Zeit gegeben hatte, in der sie nicht gewesen war.

Sie hatte gesehen, wie Reiche aufstiegen und fielen. Sie hatte gesehen, wie sich Herrscher aus dem Staub erhoben, sturmgleich durch die Jahre wirbelten, die ihnen gegeben worden waren, um dann wieder im Staub zu versinken.

Sie hatte die Herrschaft von Krieg und Seuche erlebt. Bitterste Armut, grausige Not. Und sie hatte Wohlstand erlebt, so groß, dass die Bettler zu Festmählern luden. Nichts hatte die Vögel je daran gehindert, in den Bäumen zu singen, wenn der Frühling kam. Nichts hatte die Einsamen je daran gehindert, ungeliebt zugrunde zu gehen.

Sie erinnerte sich daran, wie Riesen die Wälder durchstreiften und mit turmhohen, schwarzbeschuppten Ungeheuern rangen, damals, als die Sonne und der Mond und die Sterne jung waren. Jedes dieser Wesen hätte die Macht gehabt, ein Heer zu zerschmettern – doch heute lebten sie allein in Ammenmärchen weiter. Sie hingegen war noch da. Viele Namen hatte sie gehabt. Viele Geschichten rankten sich um sie. Es hieß, sie sei die eine Frau, die Thaala vergessen hatte. Es hieß, sie sei eine mächtige Magierin, die den Göttern allzu ähnlich wurde. Sie hätte nicht sagen können, ob eine dieser Geschichten stimmte. Es war ihr gleichgültig.

Sie war die Luziera. Sie konnte die Wahrheit der Herzen sehen. Sie konnte die Türen der Geisterwelt öffnen und verschließen. Sie konnte Seelen in die Dunkelheit bannen. Wen sie mit ihrem Kochlöffel schlug, der starb. Wen sie mit ihrem Messer durchbohrte, der lebte. Wem sie aber mit ihrer Sichel des Herz herausschnitt, der – verlosch.

Die Luziera wusste um ihre Macht. Aber auch dies war ihr beinah gleichgültig. Sie hatte mehr Menschen ins Jenseits, ins Nachtreich und in den Abgrund geschickt, als sie zählen konnte. Die Gespenster und Spukgestalten, Werwesen und Nachtmahre erzitterten vor ihr. Allein, was hatte sie davon? Irgendwann, so hatte sie festgestellt, wurde alles langweilig. Alles wiederholte sich. Alles verbrauchte sich. Leben und Tod, Liebe und Hass. Zeit und Vergänglichkeit. Ja, vielleicht sogar die Hölle selbst.

Sie sehnte sich nach etwas Neuem.

Vielleicht war das der Grund, weshalb sie Rudrick von Nordwiesen in der Horde begrüßt hatte. Obwohl ihr klar war, dass sie ihn eigentlich hätte verwerfen müssen. Schließlich hatte sie ihm ins Herz geblickt. Und sie wusste: Der Grafensohn war bereit, seinen Namen zu opfern und der schwarze Rudrick zu werden – bereit zu gehorchen war er nicht. Zumindest nicht dem Herrn Jäger.

Die Luziera konnte den Herrn Jäger gut leiden. Aber sie wurde seiner überdrüssig. Bei ihm war immer alles Gesetz und Regelwerk: In dieser Nacht durfte man ausreiten, in jener nicht. Wenn der Nordwind ging, musste man nach Süden ziehen, unter keinen Umständen nach Westen. Und sogar zu den Hochzeiten der Finsternis, wenn die Toten und Nicht-Lebenden ungehindert durch die Lande streiften, sollte gelten: Ein Mann, der die alten Bräuche befolgte oder im Licht seiner Götter Zuflucht suchte, war unantastbar.

Die Luziera hätte jederzeit mit einem Dämon getafelt. Doch wenn sie sich ausmalte, dass der Herr Jäger die nächsten paar Jahrhunderte so weitermachen wollte, packte sie bleicher Schrecken. Damals – wie lange war das her! – hatte sie sich ihm aus einer Laune heraus angeschlossen. Er war nicht einfach ein Wiedergänger gewesen, der ziellos durch die Nacht irrte. Nein, er hatte an etwas geglaubt und war überzeugt davon gewesen, dass er eine Aufgabe zu erfüllen hatte. An dem Glauben und den Überzeugungen des Herrn

Jäger hatte sich in all der Zeit nichts geändert. Genau das war das Problem. Denn die Laune der Luziera war längst verflogen. Sie brauchte ein neues Spiel.

Da kam Rudrick gerade recht.

Im Vertrauen hatte ihr der Anführer der Horde davon berichtet, wie es auf der Gespensterversammlung im *Fröhlichen Toten* zugegangen war. Offenbar war es Aiona gelungen, den Grafensohn zu durchschauen. Das kluge Hexlein wusste, was auch die Luziera wusste: dass Rudrick einer Macht diente, die nicht von dieser Welt war und sich einen feuchten Kehricht um sämtliche Regeln und Gesetze scherte, ganz gleich, ob sie Menschen, Götter oder Dämonen erlassen hatten. Und dank Prinz Gereon wusste Aiona darüber hinaus, dass jene Macht bereits begonnen hatte, sich in Ahekris einzunisten. Nun mochte der Herr Jäger keine Hexen, weder die schwarzen noch die weißen, und schon deshalb war es für ihn Ehrensache, nicht ein einziges Wort von dem zu glauben, was Aiona sagte.

Die Luziera bestärkte ihn in dieser Ablehnung. Wie sie ihn auch darin bestärkt hatte, allein in den *Fröhlichen Toten* zu gehen, nachdem Rudrick ihm offenbart hatte, dass es ein merkwürdiger Wiedergänger namens Mykar auf ihn abgesehen hatte, der früher ein Bauernjunge gewesen war und der Gegend entstammte, in welcher Groleks Gasthof lag. Schon damals war ihr allerdings aufgefallen, dass der Herr Jäger gar nicht allzu genau wissen wollte, was es mit den Rachegelüsten dieses Mykar auf sich hatte. Vielleicht ahnte er doch mehr von Rudricks wahren Absichten und Zielen, als er zugestehen wollte. Vielleicht ahnte er sogar, dass sie, die Luziera, ihn betrogen hatte, als sie ihm sagte, Rudrick würde der Seine werden, wenn er ihn in die Horde aufnahm. Ja, sie hatte ihn betrogen und sie würde ihn wieder betrügen.

Aber dies war eben das Elend mit dem Herrn Jäger: dass jemand ihn hintergehen könnte, ihn, den unbesieglichen Anführer, dessen Wort Gesetz war – unvorstellbar! Dass jemand es wagen könnte, sich gegen ihn aufzulehnen, seine Regeln zu hinterfragen – undenkbar!

Der Schwarze Jäger wähnte sich seiner Sache so sicher, hielt seine Wahrheiten für so unerschütterlich ... Wie öde war das alles! Ja, es machte einfach keinen Spaß mehr mit ihm.

Daran dachte die Luziera, während sie neben Rudrick auf den Eingang der Kapelle zuschritt. Es war das erste Mal, dass er sich einem Befehl des Herrn Jäger offen widersetzte. Denn wenn es nach ihrem Anführer gegangen wäre, hätten Rudrick und die anderen Geisterreiter brav in der alten Klosterruine bleiben sollen, die nun schon seit Wochen ihr Quartier war. »Heute Nacht ruhen wir!«, hatte der Herr Jäger gesagt, nachdem die Horde aus dem Nichts entlassen worden war, das sie gefangen hielt, solange die Sonne am Himmel stand. Ihm selbst freilich stand der Sinn durchaus nicht nach Ruhe. Vielmehr war er allein mit Garoy, der in wölfischer – oder gar hündischer – Treue zu seinem Anführer hielt, in den Wald gegangen, um zu brüten. Das machte er in letzter Zeit öfters, und die Luziera nahm an, dass es für ihn in der Tat allerhand zu brüten gab.

Rudrick seinerseits wartete, bis der Schwarze Jäger die Ruine verlassen hatte, stand dann auf, ging zu einem der Gespensterpferde und schwang sich in den Sattel. Alle Augen waren auf ihn gerichtet, aber er sagte kein einziges Wort. Wirklich bemerkenswert war, was dann geschah: Einige andere Reiter – Arnwald und Reimar, Clas und Eorl und Melchar – erhoben sich ebenfalls von ihren Lagern, gingen zu ihren Pferden und machten sich zum Ausritt bereit. Auch sie sprachen nicht.

Die Luziera kicherte in die Stille hinein, und nachdem Rudrick mit seinen Gefährten in den dunklen Himmel galoppiert war, beschloss sie, ihm zu folgen. Das tat sie selten. Meist blieb sie beim Lager, wenn die Horde ausritt. Die nächtlichen Unternehmungen des Herrn Jäger waren allzu vorhersehbar geworden; wenn die Luziera die Augen schloss, den Stimmen lauschte, die sie unablässig aus den Abgründen der Welten anwehten, und ihren Träumen nachhing, passierte ihrer Meinung nach Aufregenderes. Doch das hier war etwas anderes. Noch nie hatte es einer der Geisterreiter gewagt, sich einem Befehl seines Anführers zu widersetzen. In all den Jahren war dies kein einziges Mal vorgekommen. Ja, heute geschah, wonach sie sich so sehr gesehnt hatte.

Etwas Neues.

Sie war bereits lange vor Rudrick und den anderen bei der alten, schlichten Kapelle angekommen. Für die Luziera war es leicht: Zeit und Raum hatten keine Bedeutung für sie. Es war wohl möglich, so dachte sie manchmal, dass nicht nur Thaala sie vergessen hatte, sondern auch jene unergründlichen Mächte, die das Gewebe der Wirklichkeit wirkten. Jedenfalls wusste sie, wo Rudrick in jener Nacht hinwollte. Sie wusste auch, wie sie an diesen Ort gelangte. Und sie musste nur einen Schritt tun, um ihn zu erreichen.

Nun war sie hier. Die Kapelle stand auf einem niedrigen Hügel, inmitten eines Friedhofs, der ebenfalls schon Jahrhunderte hatte kommen und gehen sehen. Die meisten Elaah-Kreise waren aus Stroh geflochten; manche waren kürzlich erneuert worden, andere hatten sich halb aufgelöst im Wind und im Regen. Auch die Kapelle selbst war halb verwittert: ein flacher, moosbewachsener Steinbau mit einer schweren, säulengesäumten Holzpforte, über der sich ein spitzer, weit vorragender Giebel erhob, in den das Zeichen der höchsten Gottheit eingemeißelt war. Etwas Licht drang durch die Türritzen, und die Luziera meinte, einen leisen Singsang aus dem Inneren zu hören.

Sie sah sich um: Am Fuß des Bühels lag ein Dorf; in einiger Entfernung, auf einem anderen, größeren Hügel, erhob sich ein Schloss. Hinter den Wolken lugte der Mond hervor; sein bleiches Licht fiel auf die Zinnen und Türme. Sowohl im Dorf als auch im Schloss waren einige Fenster hell erleuchtet. Doch die Luziera wusste, dass niemand, der noch wachen mochte, die Reiter erkennen konnte, die nun nahten. Sie kamen aus den Lüften herab und ließen ihre weißen Pferde zwischen den Gräbern halten. Dann stiegen sie ab und gingen auf die Kapelle zu.

Im Gegensatz zu den anderen Geisterreitern – die schon reichlich Gelegenheit gehabt hatten, sich an die Luziera, ihre Launen und ihre furchteinflößenden Fähigkeiten zu gewöhnen – war Rudrick überrascht, als er sie sah. Er musterte sie mit einem forschenden, vielleicht gar lauernden Blick.

»Ich hätte nicht gedacht, dass Ihr uns begleiten würdet«, sagte er.

»Ich bin eben neugierig.«

»Und dass der Schwarze Jäger geboten hat, dass wir im Kloster bleiben, kümmert Euch nicht?«

»Kümmert es dich denn?«

»Ich muss tun, was ich tun muss.«

Die Luziera kreischte vor Vergnügen. »Er muss tun, was er tun muss!« Sie wandte sich an die anderen Geisterreiter. »Habt ihr das gehört?«, fragte sie.

Zunächst schwiegen sie, Arnwald und Reimar, Clas und Eorl und Melchar. Dann sagte Clas: »Wir haben gehört.«

»Und das Wort eures Anführers ist euch gleichgültig?«

Dieses Mal sprach niemand.

»Oho! Was ist das?« Die Luziera sah Rudrick in die Augen. »Ein geschwätziges Schweigen! Ein *überaus* geschwätziges Schweigen! Was hast du nur mit ihnen angestellt, mit diesen braven Buben?«

Rudrick zuckte die Schultern. »Ich habe ihnen nur eine Frage gestellt.«

»Und die lautet …?«

»Warum.«

»Tatsächlich! Nur eine Frage. Eine klitzekleine Frage. Klitzeklein und rutschig dazu. Das macht sie gefährlich. Schon mancher hat sie übersehen, ist darüber gestolpert und hat sich den Hals gebrochen.«

Wieder zuckte Rudrick die Schultern. »Wenn Ihr es sagt. Werdet Ihr mich tun lassen, was ich zu tun habe?«

»Was hast du denn zu tun? Nein, sag nichts … Lass mich raten! Du willst – du willst deinen Freund Bero von Luchterbruch befreien!«

»Woher … wisst Ihr das?«, fragte Rudrick verblüfft.

»Der Name kam durch die Luft gesegelt. Hat mich gestreift wie ein Windhauch. Da habe ich ihn aufgeschnappt.«

Arnwald hatte einen Schritt nach vorn gemacht. Er legte seinem neuen Anführer eine Hand auf die Schulter. »Wir sollten uns beeilen, Rudrick. Wir wissen nicht, wann der Jäger zurückkommt.«

»Nein, wie ist das komisch!«, lachte die Luziera. »Ihr wollt den Aufstand – aber so, dass es keiner merkt!«

»Niemand will den Aufstand!« Hastig widersprach Reimar; dabei zitterte seine Stimme ein wenig. »Wir wollen einfach … auch einmal tun, was *wir* wollen!«

»Ihr wollt tun, was ihr tun wollt? Einfach nur das? Ist das denn nicht das Herz des Aufstands – tun wollen, was man will? Nun gut, ich lasse euch. Erst aber möchte ich noch etwas über diesen Bero wissen. Darf ich bitten, Rudrick?«

Die Luziera merkte wohl, dass es Rudrick keineswegs gefiel, wie sie mit ihm sprach. Sein schwarzes Gespenstergesicht schien noch schwärzer zu werden, als er grimmig die Brauen zusammenzog. Aber er gehorchte. »Nun gut … Was genau möchtet Ihr wissen?«

»Nur so viel, dass es nicht langweilig wird.«

»Zu Lebzeiten war Bero mein Gefährte.« Rudrick sprach sehr langsam, schien jedes Wort zu prüfen. »Er tat, was ich tat. Er brachte dieselben Opfer dar. Zuletzt ließ er sich umbringen. Aus freiem Willen starb er einen ehrlosen, gewaltsamen Tod. Hinterrücks traf ihn ein Pfeil. Ich hatte erwartet, dass er auch jenseits des Grabes mein Gefährte sein würde, doch es kam anders.« Er wies mit dem Kopf in Richtung des Schlosses auf dem Hügel. »Das dahinten ist Schloss Luchterbruch. Seit vielen Jahren steht ein Geweihter namens Hindrik im Dienst der Familie. Er hat bereits die Elaah-Weihe von Graf Ottel, Beros Vater, vollzogen. Jetzt ist er längst ein Greis. Man könnte meinen, er wäre einfach ein alter Trottel. In Wahrheit aber ist er sehr klug und … findig. Das macht ihn gefährlich. Schon seit langem weiß er, was ich, Bero und unsere Gefährten getan haben. Und was unsere Absicht bei all dem war. Er hat versucht, Graf Ottel gegen uns aufzubringen. Das gefiel dem Grafen nicht, aber er hat Hindrik weiterhin geduldet. In Anerkennung seiner Dienste, wie er sagte. Wie dem auch sei, Beros Leiche wurde jedenfalls hierhin gebracht …«, nun hob Rudrick die Hand und zeigte auf die Kapelle, »… und klammheimlich sorgte Hindrik dafür, dass er im Tod bleiben würde. So, wie es die Thaala-Geweihten in der Perle mit mir taten. Aber anders als ich hatte Bero nicht das Glück, dass jemand kam, um ihn zu befreien. Seit Monaten liegt er jetzt in seinem Sarg und verrottet. Es ist an der Zeit, dass sich das ändert. Ich weiß, dass Hindrik an jedem Elaah-Tag in die Kapelle kommt und die ganze Nacht betet. Er wird also auch heute Nacht hier sein. Und sein Blut wird Bero befreien. Ich hoffe, ich habe Euch nicht gelangweilt?«

»Nein, ganz und gar nicht! Ich freue mich, dass du zu deinen Freunden hältst. Bist ein guter Junge.«

Rudrick sah zur Seite. Es gelang ihm nicht, ein gereiztes Schnauben zu unterdrücken. »Wollen wir gehen?«, fragte er, indem er die Luziera wieder anblickte.

»Aber sicher …« Sie grinste fröhlich und machte eine einladende Handbewegung. »Nach dir, wenn ich bitten darf!«

8
SPÄTER BESUCH

Vanice

Als das Abendessen beendet war – es hatte gepökelte Schweineschulter, Grünkohl und gestampfte Kartoffeln gegeben –, setzten wir uns am Kamin des Speisesaals zusammen. Egbert und Stane schleppten zwei der schweren, hochlehnigen Stühle zur Feuerstelle, während Ulla, die uns wie immer aufgewartet hatte, das Geschirr wegtrug. Scara pflegte die Mahlzeiten gemeinsam mit den männlichen Dienern in der Küche einzunehmen, beteiligte sich aber nie am Decken oder Abräumen des Tisches. Als alles fertig war, kam sie mit ihrem Strickzeug hereinspaziert und nahm auf dem Kaminsims Platz.

Nun hockten wir da, Justinius, Scara und ich. Obwohl den ganzen Tag über ein Feuer im Speisesaal gebrannt hatte, war die Luft kühl und feucht. Ich hüllte mich in den fellbesetzten Hausmantel, den ich wohlweislich angezogen hatte, und blickte in die knisternden Flammen. Mir war, als hätte ich zugleich zu viel und zu wenig gegessen; ich war nach wie vor hungrig, fühlte mich aber dumpf und träge. Ich wusste nicht, wie ich beginnen sollte.

Justinius schnaufte gelegentlich und rutschte geräuschvoll auf dem Stuhl herum. Neben ihm stand ein Fässlein Bier, und er war bereits beim dritten Krug angelangt. Das änderte allerdings nichts daran, dass er an diesem Abend eine große Ernsthaftigkeit ausstrahlte; es wirkte, als würde er um einen bedeutenden Entschluss ringen.

Scara hingegen machte nicht den Eindruck, als müsste sie mit irgendetwas ringen. Sie strickte und summte und war offenbar rundum zufrieden mit sich. Wieder einmal musste ich an unseren

Besuch bei Mykars Mutter denken. Justinius wusste immer noch nichts von dem kleinen Spaziergang, den Scara und ich an jenem Morgen – das war jetzt auch schon über eine Woche her – unternommen hatten, und ich fragte mich, wie sie ihm beibringen wollte, dass sie Frau Maeva zu einem Besuch auf dem Landsitz eingeladen hatten, zu einem gemütlichen Plausch bei Tee und Glühwein.

Allerdings war das nun wirklich nicht meine vordringliche Sorge.

Da mir meine eigene Rammdösigkeit langsam unangenehm wurde, griff ich nach meinem Buch. Es war noch immer Haitons *Die Reise des Kalimikes*. Gerade war ich an eine der berührendsten Stellen gekommen: Kalimikes trauert um seine Geliebte Shadia, die ihm durch Feindestrug geraubt worden ist. Ich wollte ein paar Seiten lesen, in der Hoffnung, dass die Wortmacht des großen numerischen Dichters auch meine Zunge lösen würde, aber die Buchstaben verschwammen vor meinen Augen.

Ich war drauf und dran, Kopfschmerzen vorzuschützen und ins Bett zu flüchten, als mich Justinius erlöste. »Habt Ihr schon mal vom Stern der Mitternacht gehört, Vanice?«, fragte er.

»Nicht dass ich wüsste«, gab ich zur Antwort, nachdem ich mich kurz gesammelt hatte. »Was soll das sein?«

»Keine Ahnung. Deshalb frage ich ja. Der Dorn hat davon gesprochen.«

»Hm ... mir fällt gerade ein, dass Ihr noch gar nicht erzählt habt, wie Eure Audienz gelaufen ist.«

»Da gibt es nicht viel zu erzählen. Wir haben kurz über Cay geredet. Dann hat er mich gefragt, ob ich diesen Stern der Mitternacht kenne. Als ich verneinte, sagte er, ich solle nach Norden schauen und lernen. Was immer das bedeutet.«

»Nun, vielleicht bedeutet es, dass er Euch für würdig hält, in irgendeinen geheimen Orden einzutreten?«, sagte ich. Aus alter Gewohnheit hätte ich dabei beinah ein kokett-spöttisches Lächeln aufgesetzt.

»Ja, kann sein. Ich möchte bloß wissen, wo dieser geheime Orden war, als Rudrick all die Frauen umgebracht hat.«

»Gehörte der Dorn denn auch zu den Adeligen, die Rudricks Verbrechen vertuschen wollten?«

»Nein … wahrscheinlich nicht. Ich vermute, die von Nordwiesen, von Rodingen und vom Hohen Teich – und wie sie alle heißen – haben es lange Zeit geschafft, den Dorn darüber zu täuschen, was in den vergessenen Winkeln der Windmarken vor sich ging. Es ist ja nicht so, dass Rudrick die Leichen mitten in der Perle abgeladen hätte. Und wenn ein Bauer beim Dorn vorsprechen und Gerechtigkeit für seine ermordete Tochter verlangen wollte – nun, dann haben unsere hochehrwürdigen Familien Mittel und Wege gefunden, ihn daran zu hindern. Selbst Gelfrat von der Thann ist das passiert.«

»Gelfrat von der Thann? Das ist Glennas Vater, nicht wahr? Der alte Veteran?«

»Ja.«

»Gut. Wenn Ihr also meint, dass wir dem Dorn trauen können – werdet Ihr seinem Ratschlag folgen?«

»Dass ich nach Norden schauen und lernen soll?«

Ich nickte.

»Wie gesagt, vorher müsste ich noch wissen, was bei allen Höllen das bedeuten soll.«

»Ahekris liegt nördlich der Perle.«

»Eher nordöstlich, aber gut. Meint Ihr, der Dorn wollte darauf hinaus?«

»Es könnte doch sein, oder?«

»Ja, es könnte sein. Aber das hilft uns auch nicht weiter.« Justinius straffte sich. »Ich habe viel nachgedacht, Vanice. Das mit dem jenseitigen, namenlosen Bösen, das über Ebera herfallen will, das kriegt man nicht wirklich in den Kopf, oder?«

»Mir geht es da genauso wie Euch. Zumal es ja wahrhaft nicht an alltäglichem, ganz diesseitigem Bösen mangelt. Dennoch denke ich, dass wir die Worte von Prinz Gereon ernst neh-«

»Ich nehme sie ernst. Ich nehme sie sogar verdammt ernst. Ihr dürft nicht vergessen, dass ich gesehen habe, was Rudrick mit seinen Opfern gemacht hat. Das Zeichen, das er in ihr Fleisch geschnitten hat. Zugegeben, ich habe es nur ein einziges Mal gesehen. Aber das hat auch gereicht. Ihr könnt mir glauben, das ist etwas Böses. Und es ist ganz sicher weder alltäglich noch diesseitig.«

»Ich habe nichts dergleichen gesehen. Aber dennoch fürchte ich, dass Prinz Gereon die Wahrheit spricht.«

»Da bin ich ganz eurer Meinung«, ließ Scara verlauten, die bislang weder ihr Stricken noch ihr Summen unterbrochen hatte. »Der arme Junge würde nie lügen.«

»Na, wenn sogar Scara das sagt, ist die Sache ja klar. Allerdings frage ich mich, was bei Sorins Weisheit aus all dem folgt? Soll ich etwa nach Ahekris reiten, freundlich beim Kaiser anklopfen und mich erkundigen, ob er noch lebt? Oder einen Brief an den Adelsrat von Mandris schicken und sie auffordern, mal eine Kompanie Soldaten hochzuschicken?«

»Ihr könntet zum Dorn gehen und ihm alles erzählen, was wir in Erfahrung gebracht haben.«

Justinius ließ einige Sekunden verstreichen, bevor er mir antwortete. »Ja, das könnte ich tun«, sagte er schließlich. »Ich denke, ich *werde* auch genau das tun. Aber erst muss ich etwas anderes erledigen.«

Ich war überrascht. »Aha – und das wäre?«

»Morgen früh reite ich zu Gelfrats Landgut.«

»Wie bitte? Wieso das denn?«

»Weil ich vermute, dass die Gerüchte stimmen.«

»Welche Gerüchte? Ich verstehe nicht …«

»Die Gerüchte, dass Gelfrat selbst den Pfeil angelegt hat, durch den Gerrik von Felsenkamm gestorben ist. Und wenn das so sein sollte, dann ist Rudrick auf Rache aus.«

»Meint Ihr denn nicht, dass Rudrick Wichtigeres zu tun hat?«, entgegnete ich. »Gerade wenn es stimmt, dass er … dass er diesem Bösen dient.«

»Das ist schon möglich. Aber ich weiß es eben nicht. Und das reicht nicht. Das reicht einfach nicht.« Justinius sah mich eindringlich an. »Rudrick hat Glennas Leben zerstört. Das konnte ich nicht verhindern. Ich konnte nicht einmal dafür sorgen, dass er für seine Verbrechen zur Rechenschaft gezogen wird. Damit muss ich leben. Doch ich werde nicht zulassen, dass er Gelfrats Familie noch mehr Leid zufügt. Deshalb werde ich morgen zu ihm reiten. Ich werde ihm sagen, warum seine Tochter in Wahrheit sterben musste. Und ich werde bei ihm bleiben, bis die Nacht der Toten vorbei ist. Das schulde ich ihm.«

Scara hatte aufmerksam zugehört, während Justinius sprach. Jetzt widmete sie sich wieder ihrer Strickarbeit.

»Und was ist, wenn Rudrick wirklich vorhat, den alten Mann zu strafen?«, fragte ich.

»Dann werde ich ihm beistehen.«

»Wie wollt Ihr das anstellen?«

»Ich habe keine Ahnung. Aber wenn ich zeitig aufbreche, haben wir noch zwei Tage und zwei Nächte, um uns vorzubereiten. Irgendetwas wird uns schon einfallen.«

»Und wenn nicht?«

»Was ist das für eine idiotische Frage, Vanice? Wollt Ihr, dass ich hier sitze und den Daumen in den Arsch stecke?«

»Ich habe Euch schon mal gesagt, dass uns Euer Daumen nicht weiterhelfen wird, was immer Ihr mit ihm tut. Das ist ja meine Sorge. Ich sehe einfach nicht, dass Ihr eine Chance habt, mit Rudrick fertig zu werden.«

»Ich dachte, Ihr seid zuversichtlich, dass es Scaras Vogelscheuche mit den Geisterreitern des Schwarzen Jägers aufnehmen kann?«

»Scaras Vogelscheu- … ach so, Ihr meint Mykar. Ja, ich halte das in der Tat für möglich. Wobei ich nicht weiß, ob es am Platz ist, hier von Zuversicht zu sprechen. Abgesehen davon gibt es einen kleinen Unterschied zwischen Euch und Mykar. Ich fürchte, es stimmt, was die Hexe gesagt hat: Mykar gehört zu den Gespenstern und Spukwesen.«

»Allerdings hat die Dame mit den Bändern im Haar auch gesagt, sie würde uns ihren Vogel vorbeischicken«, versetzte Scara. »Wenn ich nicht irre, hat kein Vogel bei uns angeklopft. Das ist natürlich kein großer Verlust, aber wenn die Dame mit den Bändern im Haar in diesem Fall das eine sagt und ihr Vogel das andere tut, könnte es ja sehr wohl sein, dass sie sich geirrt hat, was unseren Mykar betrifft.« Justinius schüttelte gereizt den Kopf. »Wie immer redest du einen götterverdammten Schwachsinn! Aiona hat gesagt, dass sie ihren Raben schickt, wenn etwas geschieht, von dem wir wissen sollten. Sie hat nicht gesagt, dass das Viech öfter mal bei uns vorbeischaut, um zu überprüfen, ob wir uns auch alle brav hinter den Ohren waschen!«

»Also meiner Meinung nach hat sie gesagt, dass sie ihren Vogel in jedem Fall schicken würde, weil sie ja wissen wollte, was wir uns alles Schönes ausdenken.«

»Ja, aber deiner Meinung nach sind Pferde auch Kühe und nichtsnutzige Mägde die Herrinnen der Welt! Falls du es noch nicht gemerkt haben solltest: Deine Meinung taugt höchstens dazu, die Felder zu düngen!«

»Moment, wartet mal!«, rief ich, ehe die beiden so richtig in Schwung kamen. »Selbst wenn die Hexe nicht vertrauenswürdig sein sollte – dass Mykar nicht einfach ein Bauernjunge ist, der sich eine Weile im Wald versteckt hat, ist uns doch allen klar.« Ich wandte mich an Justinius. »Es ging mir auch gar nicht um Aiona. Ich habe das nur erwähnt, um Euch davor zu warnen, Euch Hals über Kopf in einen Kampf mit Rudrick zu stürzen!«

»Ich stürze mich in gar nichts, Vanice! Ich habe Euch meine Gründe genannt, weshalb ich Gelfrat helfen will. Wenn sie Euch nicht überzeugen, ist es nicht zu ändern.«

»Ich kann gut verstehen, warum Ihr ihm helfen wollt, ich frage mich nur, ob Ihr nicht etwas überlegter vorgeh-«

In diesem Moment hämmerte jemand gegen die Eingangstür, und ich hatte die absonderliche Vorstellung, Aionas Rabe würde seinen auf Klingengröße gewachsenen Schnabel in das Holz hacken.

Kurz darauf hörten wir schwere, eilige Schritte. Wahrscheinlich war es Stane; seine Kammer lag unmittelbar bei der Halle.

»Wer da?«, rief er.

Ich konnte die Antwort auf die Frage nicht verstehen, war aber ziemlich erstaunt – und auch angespannt. Denn wenn sich jemand bei diesem scheußlichen Wetter aufgemacht hatte, um im Dunkeln über schadhafte Straßen zu galoppieren (das Klopfen klang so gehetzt, dass ich mir kaum vorstellen konnte, unser Besucher sei zu Fuß gekommen), dann musste er ein wirklich dringendes Anliegen haben.

Justinius und ich tauschten rätselnde Blicke; sogar Scara sah verdutzt aus.

Stane eilte in den Speisesaal. Er verneigte sich vor Justinius. »Euer Hochwohlgeboren! Da ist jemand an der Tür!«

»Ach wirklich, Stane. Ich dachte, eine Mücke hätte einen Hustenanfall gehabt. Sag mir lieber, wer es ist!«

»Der Mann behauptet, er ist Euer Bruder, wenn Euer Hochwohlgeboren erlauben!«

»Edmund? Was zur Hölle hat Edmund denn hier verloren?«

»Das würde ich auch gerne wissen«, sagte ich.

»Na, dann lass ihn mal rein. Es wäre doch überaus unhöflich, sein eigen Fleisch und Blut im Regen stehen zu lassen!«

Stane verneigte sich erneut und ging, um den Befehl seines Herrn auszuführen.

Kurz darauf wurde der Riegel der Eingangstür mit einem hallenden Krachen zurückgelegt. Ein Knarren ertönte, als die Tür aufschwang.

»Schnell! Aus dem Weg! Ich muss zu Justinius!«, schrie unser Gast. Er schrie tatsächlich – so als müsste er sich über ein lautes Stimmengewirr hinweg Gehör verschaffen. Ich hatte Edmund nur einmal gesehen, wenige Augenblicke lang, und ich war mir nicht mehr sicher, ob ich ihn überhaupt sprechen gehört hatte. Aber dieser Auftritt passte zu dem Eindruck, den ich von Justinius' Bruder gewonnen hatte.

»Mein Herr … das geht nicht! … Ihr könnt doch nicht!« Offenbar war Stane überrumpelt von dem Drängen des nächtlichen Besuchers.

Hastige Schritte erklangen; Stiefel und Holzschuhe knallten auf Steinplatten.

Dann stolperte Edmund in den Speisesaal. Beinahe fiel er über seine eigenen Füße, so sehr hetzte er sich.

»Verzeiht, Herr! Ich konnte ihn nicht aufhalten!«, rief Stane und rang die Hände.

»Justinius! Du musst mir helfen!«, schrie Edmund. Er rang ebenfalls die Hände.

Justinius stand auf. »Schon gut, Stane!«, sagte er an den Diener gewandt. »Bring uns einen Krug Wein und leg dich dann ins Bett.«

»Justinius, du musst mir helfen!«, schrie Edmund wieder.

»Das sagtest du bereits«, entgegnete Justinius. Nun sah er seinen Bruder an. »Was verschafft mir die Ehre deines Besuchs, Edi? Hatten wir nicht vereinbart, dass du wartest, bis ich zu dir komme? Oder hast du es vor Sehnsucht nicht mehr ausgehalten? Das ist natürlich überaus rührend, aber –«

Edmund trug dunkle Reiterkleidung. Sein Mantel troff vor Nässe und war ebenso wie seine Stiefel schlammbespritzt. Er riss sich den Hut vom Kopf und fuchtelte damit herum. »Jetzt ist keine Zeit für Scherze! Es geht um Leben und Tod! Mehr noch: Es geht um meine Seele!«

Justinius streckte sich und gähnte herzhaft: »Na, wenn's weiter nichts ist, hat es ja Zeit bis morgen früh!«

»Bitte, Justinius! Ich bin verloren, wenn du mir nicht hilfst!«, wimmerte Edmund. Er ließ seinen Hut fallen und brach in Tränen aus.

Der Anblick machte mich betroffen. »Vielleicht solltet Ihr Euren Bruder erst anhören, ehe Ihr Euch über ihn lustig macht, Justinius«, sagte ich, indem ich mich langsam erhob.

»Ich höre mir sein Gejammer schon seit Jahrzehnten an, und es ist noch nie etwas dabei rausgekommen. Aber von mir aus. Also, was ist passiert, Edi?«

»Noch ist nichts passiert … aber es wird bald etwas passieren …«

»Aha, und was wird passieren? Droht der Herr Baron wieder gesund zu werden? Wie betrüblich!«

»Nein! Es geht um Rudrick!«

Das war keine große Überraschung. Justinius sah auch nicht sonderlich überrascht aus, als er sagte: »So, unser alter Freund Rudrick? Was für ein Zufall – wir hatten gerade von ihm gesprochen und uns gefragt, wann wir wieder von ihm hören.«

Edmund schniefte. Er wischte sich die Augen und flüsterte: »Er ist hinter mir her! Er will mich holen!«

»Woher wollt Ihr das wissen?«, fragte ich.

Er blickte mich so verdattert an, als wäre ich soeben aus dem Boden gewachsen. »Ich weiß es … i-ich spüre ihn! E-er belauert mich! Es macht ihm Spaß, mich zu quälen! Oh, bei Elaahs Gnade, ich halte das keine Sekunde mehr aus! Die Angst! Die Angst! Hilf mir, Justinius, um unserer Mutter willen!«

Justinius' Bruder tat mir leid, auch wenn ich keine Freundschaft für ihn empfand. »Vielleicht bildet Ihr Euch nur ein, dass es Rudrick auf Euch abgesehen hat«, sagte ich. »Was in jener Nacht im Thaala-Tempel geschehen ist, reicht aus –«

»Nein, nein! Das ist es nicht! Ich *weiß*, dass er hinter mir her ist! Er will mich strafen, weil ich versagt habe! Ich habe seine Befehle nicht ausgeführt! Ich habe –«

»Richtig, das hätte ich beinah vergessen!«, warf Justinius ein. »Du solltest mich ja töten! Rudrick ist also sauer auf dich, weil ich nicht so freundlich war, plangemäß abzukratzen? Ich bin untröstlich, Bruderherz, wirklich!«

Edmund stampfte mit dem Fuß auf. »Justinius!«, kreischte er. »Ich habe dir gesagt, jetzt ist keine Zeit für Späße! Bald ist die Nacht der Toten! Zwei Nächte nur noch! Zwei Nächte! Dann wird er kommen, um mich zu holen! Was wird dann nur?«

Justinius fasste sich ans Kinn und machte ein nachdenkliches Gesicht. »Nun, da gibt es verschiedene Möglichkeiten. Entweder er schneidet dir das Herz heraus und isst es. Oder er schneidet dir das Herz heraus und verbrennt es. Oder er –«

»Justinius! Bitte!«

»Du hast recht. Wir wollen nicht übertreiben. Vielleicht hackt er dir auch nur den Kopf ab. Aber weißt du was, Edi? Was immer er tut, du hast es verdient.«

»Hast du denn gar kein Mitleid! Wir sind doch Brüder!«, flehte Edmund.

»Mitleid? Mit dir? Wohl kaum.«

»Dann hilf mir, damit ich dir helfen kann! Du willst Rudrick doch zur Strecke bringen, nicht wahr? Das wolltest du doch schon damals, als Vater dich in den Kerker geworfen hat, oder? Ich kann dir dabei helfen!«

»Du willst mir helfen? Dass ich nicht lache! Du elender Feigling bist doch zu –«

»Ich weiß, wo sich Laghras versteckt hält!«, rief Edmund.

»Wie bitte?«, platzte ich heraus.

»Ach, und woher willst du das wissen? Hat er dir eine Brieftaube geschickt, um dich zu einem gemütlichen Abend mit Vergewaltigung und Blutopfer einzuladen?«

Ich sah in Justinius' Augen dieselbe Anspannung, die auch ich empfand. Fast wäre mir entgangen, was Edmund über den Baron von Hagenow gesagt hatte.

»Nein! Nein! Es war so: Bevor Laghras untergetaucht ist, ist er zu mir gekommen. Das war noch, ehe wir uns in der Perle gesehen haben, kurz nach Rudricks Besuch. Er hatte Angst, ebenso wie ich, und wollte mich überreden, mit in sein Versteck zu kommen. Er dachte, dass wir zu zweit größere Chancen hätten.«

Justinius schnaubte verächtlich: »Sieh einer an, ich wusste gar nicht, dass dich eine derart innige Freundschaft mit Laghras verbindet! Eine schöne Geschichte, regelrecht ergreifend. Es gibt nur ein Problem bei der Sache. Ich glaube dir nämlich kein Wort. Oder kannst du mir erklären, warum du hier bist, wenn Laghras dir so großzügig angeboten hat, du könntest dich zusammen mit ihm verkriechen?«

»Ich will nichts mehr mit all dem zu tun haben!«, rief Edmund. »Ich schwöre es bei allen Göttern, Justinius! Ich – ich habe gebetet … Das Blut, die Gewalt, all das Böse … ich wollte es nie! Nie!«

Mittlerweile war Stane mit dem Wein gekommen. Er füllte eilends vier Pokale und ließ uns dann alleine.

»Es könnte etwas an der Geschichte Eures Bruders dran sein«, sagte ich zu Justinius, als der Diener verschwunden war.

Der runzelte die Stirn, nahm einen Pokal und trank einen großen Schluck; einen zweiten Pokal reichte er Edmund. »Hier, bevor du mir noch zusammenbrichst.«

Mit zittrigen, schwarzbehandschuhten Fingern nahm sein Bruder den Wein.

»Wie wäre es, wenn Ihr uns etwas mehr verraten würdet?«, schlug ich vor. »Vielleicht ist Justinius dann eher bereit, Euch Glauben zu schenken.«

»Ich werde euch den Ort erst verraten, wenn ihr mir bei Elaahs heiligem Namen schwört, dass ihr alles tun werdet, um mich zu beschützen!«, sagte Edmund mit erstaunlich harter Stimme. »Aber eines kann ich euch sagen: Er liegt am Fuß des Fokris-Gebirges.«

»Das ist ziemlich groß«, sagte ich.

»Eben«, erwiderte Justinius' Bruder und zeigte den Anflug eines listigen Lächelns.

»So kommen wir nicht weiter …«, seufzte ich.

»Was mich betrifft, ich schwöre gerne, dass ich alles tun werde, um den lieben guten Edmund zu beschützen!«, verkündete Scara.

Justinius rollte die Augen. »Erstens hat dich keiner gefragt und zweitens wollte dich der liebe gute Edmund abmurksen lassen, falls dir das entgangen sein sollte!«

»Man darf nicht so nachtragend sein, mein Kleiner.«

»Mein Kleiner? Geht das etwa schon wieder los, in Dreidämonsnamen!?«

»Wie bitte, du bist ihr *Kleiner*?«, gluckste Edmund. Auf einmal schien er alles recht witzig zu finden, und ich fragte mich, ob die Furcht vor dem Bösen ihn vielleicht auf ähnliche Weise gebrochen haben könnte wie Prinz Gereon.

»Halt dein verdammtes Maul und hör zu!«, fuhr Justinius ihn an. »Denn was ich jetzt sage, werde ich nur einmal sagen. Also: Ich schwöre, bei Elaahs Gnade, dass ich dich gegen Rudrick und die Horde beschützen und verteidigen werde, wenn du mir hilfst, Laghras zur Strecke zu bringen. Ebenso schwöre ich, dass ich dir jeden einzelnen Knochen im Leib breche und dir anschließend die Haut abziehe, wenn du mich anlügst oder zu betrügen versuchst! Hast du das verstanden?!«

Nun hatte Edmund plötzlich wieder Tränen in den Augen: »Danke, Justinius! Danke!«, hauchte er mit vor Rührung belegter Stimme. Einen Moment lang dachte ich, er wollte uns verspotten. Aber offenbar war seine Gerührtheit echt.

»Gut, dann schwöre auch ich, dass ich alles tun werde, was in meiner Macht steht, um Euch zu beschützen«, sagte ich. Für mich war es leicht; ein Schwur bedeutete mir nichts.

»Das hätten wir also«, knurrte Justinius. »Und jetzt raus mit der Sprache, Edmund – wo versteckt sich dein alter Freund Laghras?«

Justinius' Bruder nahm eine würdevolle Haltung an, ehe er sagte: »In einem Städtchen namens Dreieichen. In der Burg des Junkers Rhun von Ketten.«

»Na, das war doch nicht so schwer!«, flötete Scara. »Es tut immer gut, sich auszusprechen.«

»Und was jetzt?«, fragte ich Justinius.

»Jetzt überlegen wir uns, wie wir an diesen Dreckskerl rankommen. Was sonst?«

»Aber zunächst einmal sollten wir uns eine Mütze voll Schlaf gönnen, mein Kleiner!«, sagte Scara und hob mahnend den Zeigefinger. »Du hast in letzter Zeit viel erlebt und brauchst Ruhe.«

»Nicht so schnell!«, warf ich ein. »Ich würde gerne noch etwas mehr über dieses Dreieichen erfahren, ehe wir uns voneinander verabschieden.«

»Nun, nach allem, was man hört, ist die Stadt ziemlich wohlhabend«, sagte Justinius. »Sie liegt am Ende des Melchertals. Dort beginnt die einzige Passstraße, die durch die Fokris-Berge führt. Egal, ob man von Süden nach Norden oder von Norden nach Süden reist, an Dreieichen kommt man nicht vorbei. Viel mehr weiß ich auch nicht. Du, Edi?«

»Ich war nie dort«, antwortete Edmund und zuckte die Schultern.

»Und der Junker von Ketten, was ist mit dem?«

»Die von Ketten sind eine der ältesten Adelsfamilien Ahekriens«, sagte Justinius, »aber im Lauf der Zeit ziemlich runtergekommen. Rhun ist der Letzte seines Namens. Und wahrscheinlich wird seine Linie mit ihm enden. Denn seit er seine Frau Belinda verloren hat, lebt er völlig zurückgezogen. Er hat niemals wieder geheiratet, und wenn man den Gerüchten glaubt, war er die meiste Zeit sowieso zu besoffen zum Vögeln.«

Ich wollte sagen: *Ihr kennt Euch da wohl aus.* Stattdessen fragte ich: »Weiß man, wie die Frau gestorben ist?«

»Das war eine üble Geschichte. Belinda war mit ihrem Mann auf dem Weg zu irgendeinem Ball oder einer Hochzeit. Die beiden wurden überfallen, und die Räuber töteten Belinda. Sie war schwanger, und angeblich hat sich Rhun die Schuld an ihrem Tod gegeben, weil er darauf bestand, die Reise noch nach Einbruch der Dunkelheit fortzusetzen. Die Sache ist schon über zwanzig Jahre her. Ich kann nicht sagen, ob die Geschichte stimmt. Fest steht jedenfalls, dass Rhun ein verbitterter alter Mann ist, und wenn Laghras bei ihm Unterschlupf gefunden hat, wird er ihn kaum freiwillig herausgeben.«

Ich nahm mir einen Weinpokal. »Schön, nun wissen wir also immerhin, wo sich einer von Rudricks Kumpanen versteckt hält«, sagte ich, nachdem ich getrunken hatte. »Das ist ein Anfang. Was meint Ihr, Justinius, solltet Ihr nicht vielleicht Eure Pläne überdenken?«

»Nein, das denke ich nicht«, erwiderte er.

»Was für Pläne?«, sagte Edmund.

»Morgen reite ich zum Gut von Gelfrat von der Thann.«

»Gelfrat von der Thann? Glennas Vater? Was willst du denn da, bei allen Göttern?«

Justinius warf ihm einen finsteren Blick zu.

Sein Bruder senkte die Augen und murmelte: »Aber – aber du hast doch geschworen ... dass du ... dass du mich beschützen würdest ...« Irgendwie schaffte er es, dabei zugleich zerknirscht und vorwurfsvoll zu klingen.

»Ja, das habe ich. Das heißt aber nicht, dass ich dir jetzt von morgens bis abends Händchen halte. Außerdem hast du mir noch nicht geholfen, Laghras zu erledigen. Nach allem, was ich weiß, könnte er genauso gut in einer Piratenhöhle auf den Baligna-Inseln hocken wie in Dreieichen.«

»Und was wird dann aus mir, wenn du weg bist? Ich kann unmöglich auf unsere Burg zurückkehren. Die Diener scharwenzeln von morgens bis abends um Vater herum, und ich bin ganz allein ... Was willst du überhaupt bei Gelfrat? Es gibt doch wohl Dringlicheres als —«

Er unterbrach sich, als Justinius' Blick noch ein wenig finsterer wurde.

»Warum bleibt Ihr nicht einfach hier?«, fragte ich. »Rudrick wird kaum vermuten, dass Ihr ausgerechnet bei Eurem Bruder Unterschlupf gefunden habt. Schließlich seid Ihr ja nicht unbedingt ... nun ...«

»Sagt es ruhig, meine Dame! Er hasst und verachtet mich!«, klagte Edmund.

»Ein wahreres Wort hast du nie gesprochen«, sagte Justinius.

Sein Bruder gab Geräusche von sich, die irgendwo zwischen Fiepen und Heulen zu verorten waren, und raufte sich die Haare. Ich hatte noch niemals gesehen, wie sich jemand wirklich und wahrhaftig die Haare raufte; einige Sekunden betrachtete ich ihn fasziniert.

»Es gibt noch eine andere Möglichkeit, Edmund«, sagte ich dann. »Ihr könntet mich begleiten.«

»Euch begleiten, Vanice?«, fragte Justinius. »Wohin?«

»Ich habe mir gedacht, dass es hilfreich sein könnte, vor der Nacht der Toten noch einmal mit Prinz Gereon zu reden. Wir wissen ja nicht, wie lange er in Groleks Schenke bleiben wird. Oder in welchem Zustand er sich befindet.«

Die Erwähnung des ahekrischen Thronfolgers hatte dafür gesorgt, dass Edmund seine Haare wieder in Ruhe ließ. »Prinz Gereon?«, rief er. »Aber wa-«

»Halt die Schnauze, Edi!«, blaffte Justinius. »Du hast bisher nicht das Geringste kapiert, jetzt hat es auch noch ein paar Minuten Zeit … Ihr wollt also noch einmal mit Prinz Gereon reden, Vanice. Und was erhofft Ihr Euch davon?«

»Er ist der Einzige, der wirklich weiß, was in Ahekris vor sich geht. Zugegeben, die Chance, dass ich jetzt mehr aus ihm herausbekomme, ist ziemlich gering. Dennoch ist es den Versuch wert.«

»Falls er überhaupt noch lebt.«

»Ich teile Euren Zweifel, Justinius. Aber ich denke, wir haben alle genug gezweifelt und genug Zeit verschwendet. Wir sollten jetzt handeln!«, erklärte ich in entschiedenem Tonfall, während ich zugleich die Sehnsucht danach verspürte, mich im Bett zu verkriechen.

Plötzlich musste ich an die Träume denken, in denen mich der Schwarze Jäger heimsuchte. Ich sah seine gewaltige Männlichkeit; schmeckte seinen dunklen, brennenden Samen; spürte die zügellose Begierde, die er in mir erweckte. Eine jähe Scham packte mich: Woher kamen sie nur, dieses Verlangen, diese Besessenheit …

»Wollt ihr mir nicht endlich sagen, wovon ihr redet, in Elaahs Namen? Ist Rudrick etwa bei der Horde? *Die* Horde – Skargats Jäger?! Und was hat Prinz Gereon mit all dem zu tun?«

Edmunds schrille, überspannte Stimme riss mich aus meinen Gedanken; ich war ihm dankbar dafür.

»Morgen, Edi, morgen!«, sagte Justinius und klopfte seinem Bruder auf die Schulter. »Wir haben heute Abend wirklich genügend Worte verloren.«

»Aber was soll ich denn jetzt tun, wenn du zu Gelfrat reitest?«

»Nun, entweder hast du die Ehre, die holde Vanice in den Gasthof *Zum Fröhlichen Toten* zu begleiten, oder du vertraust dich Scaras Fürsorge an. Was könnte es Schöneres geben?«

»Der Gasthof *Zum Fröhlichen Toten*? Was ist das denn je-«

»Ich sagte doch: morgen!«

Mit diesen Worten leerte Justinius seinen Pokal und stellte ihn auf dem Tisch ab. Dann drehte er sich um und machte Anstalten, den Speisesaal zu verlassen. Ich verspürte keinerlei Bedürfnis, Edmund noch länger Gesellschaft zu leisten, und wandte mich ebenfalls zum Gehen. Auch Scara legte ihr Strickzeug zusammen und erhob sich vom Kaminsims.

»He! Wartet! Ihr wollt mich doch wohl nicht so stehenlassen!?«, rief Edmund.

Ich lächelte ihn entschuldigend an, sagte aber nichts.

»Und wo soll ich schlafen? Ich kann mich doch nicht auf den Boden legen!«, jammerte Edmund, als ihm auch sonst niemand Antwort gab.

»Bei Schlappi ist bestimmt noch ein Plätzchen frei«, erklärte Justinius, ohne den Kopf zu wenden.

»Wer ist Schlappi?«, fragte sein Bruder, der nun offensichtlich restlos verwirrt war.

Scara schüttelte tadelnd den Kopf. »Mein lieber guter Edmund«, sagte sie, »wer Schlappi nicht kennt, wird nie zu den Weinbergen finden.«

9
SCHECKE UND RECKE

Mykar

Der Wächter verabschiedete sich mit knappen Worten und kehrte eilig in sein Häuschen zurück. Dass ich zum ersten Mal in meinem Leben die Windmarken verlassen hatte, war ihm gleichgültig. Danje hingegen konnte kaum an sich halten vor Begeisterung. Auch sie war noch nie so weit gereist. In ihren Augen waren wir zwei Abenteurer, denen aufregende und wundersame Dinge bevorstanden. Sie hatte leicht reden; sie wurde getragen. Doch ich freute mich an ihrer Freude. Und ich freute mich auch, dass ihr Hass auf die Hexe Aiona für den Moment vergessen war.

Ich warf noch einen Blick auf das verschlossene Grenztor, wandte mich dann ab und ging zum Eingang des Gasthofs. Über dem Eingang war ein großes Holzschild an der Mauer befestigt. Darauf waren mit roter Farbe einige verschnörkelte Buchstaben gemalt. Sie prangten über einer grauen Brücke, die sich ihrerseits über ein blaues Wasser spannte. Mir gefiel das Schild nicht schlecht. Es hatte etwas Einladendes. Natürlich konnte ich die Buchstaben nicht lesen. Ich nahm jedoch an, dass der Gasthof *Zur Brücke* hieß. Auch das gefiel mir – dass er so einen einfachen, beruhigenden Namen hatte.

Jetzt, da Ruhe in Aussicht stand, wurde mir klar, dass meine Kräfte längst schon aufgebraucht waren. Meine Füße wollten mich nicht mehr tragen. Ich musste essen und trinken. Vor allem aber musste ich schlafen.

Dennoch wartete ich, bis zwei Bedienstete, die Koffer aus dem Stauraum der Kutsche geholt hatten, mit ihrer Last im Inneren verschwunden waren, ehe auch ich die Herberge betrat.

Der Schankraum war so dunkel, dass ich einige Sekunden kaum die Hand vor Augen sah. Es gab einen großen Kamin. Aber das Feuer in ihm war bis auf die Glut niedergebrannt. Ein trüber, rötlicher Schein fiel über die Sitzbänke und Tische, die nah am Kamin standen. Der restliche Raum blieb in Schatten gehüllt. Schon von draußen hatte ich gesehen, dass sämtliche Läden geschlossen waren. Jetzt erkannte ich, dass man die Innenseite der Fenster außerdem mit Fellen verhängt oder mit Öltuch abgedichtet hatte. Der Wirt rechnete wohl nicht damit, in den kommenden Wochen und Monaten viele Reisende zu empfangen.

Ich trat an die Theke und sah den Dienern dabei zu, wie sie die Koffer eine Treppe hochschleppten. Die Treppe wurde von einem Lichtschimmer erhellt, der aus dem ersten Stock kam. Von dort hörte ich auch Stimmen. Vielleicht hatten es die Herrschaften, die in der Kutsche angereist waren, vorgezogen, die Mahlzeit auf ihren Zimmern einzunehmen. In dem Fall würde ich mich eine Weile gedulden müssen, bis ich mit dem Wirt sprechen konnte. Ich lehnte mich also mit dem Rücken an die Theke und wartete. Schon bald begann ich zu frieren. Es war, als ob mein Körper auskühlte – so wie ein Kamin auskühlt, wenn das Feuer in ihm endgültig erloschen war. Die kleinste Bewegung tat mir weh. Zugleich war ich so müde, dass mir im Stehen die Augen zufielen.

Tatsächlich nickte ich ein. Die schweren Schritte des Wirts, der die Treppe hinuntergepoltert kam, weckten mich. Ich schreckte hoch und rieb mir die Lider.

Der Wirt war groß und breit. Er hatte eine Stirnglatze. Dafür fielen an den Seiten seines Schädels schwarze, lockige Haare hinab. Und ein schwarzer Bart bedeckte fast seine ganze Brust. Obwohl es kalt war im Schankraum, trug der Wirt nur ein dünnes Hemd, dessen Ärmel er bis über die Ellbogen hochgekrempelt hatte. Am eindrücklichsten fand ich allerdings die Nase des Mannes. Sie war riesengroß und knollig wie eine Kartoffel.

»Bei allen Göttern, *noch* ein Gast! Heute lächelt mir das Glück!«, rief er, als er mich erblickte.

»Sorin mit Euch!«, sagte ich.

»Und mit Euch!«, erwiderte der Wirt. »Ihr seht so aus, als hättet Ihr einen langen Weg zurückgelegt!«

»Ja, ich komme aus der Perle.«

»Die Perle! Ah, da werde ich ganz wehmütig! Ich bin in der Perle aufgewachsen. Jetzt habe ich sie schon lange Jahre nicht gesehen, aber noch immer vermisse ich die süße Luft das Daar-Tals!«

Davon, dass die Luft in der Perle besonders süß gewesen wäre, hatte ich nichts gemerkt. Und eigentlich hatte ich auch keine Lust auf eine Unterhaltung. Alles, wonach es mich verlangte, war ein warmer Eintopf und ein Bett. Danje sah die Sache anders. Sie wollte, dass wir ein wenig mit dem Wirt plauderten. Ich fügte mich ihrem Wunsch.

»Warum habt Ihr die Perle verlassen?«, fragte ich.

Mittlerweile war der Wirt hinter die Theke getreten. »Eine Frau. Was sonst?«, entgegnete er und lächelte versonnen.

Ich wunderte mich, was wohl aus der Liebe des Wirtes geworden war, und überlegte, ob es angemessen wäre, danach zu fragen. Aber der Mann sprach schon weiter. »Nun, stärkt Euch erst mal!«, sagte er. Dann drehte er sich um. Er füllte eine klare Flüssigkeit in zwei Tonstamper und zapfte Bier in zwei hölzerne Humpen.

»Auf Euer Wohl! Möge Eure Straße immer geradeaus führen!«, rief der Wirt, indem er mir einen Stamper reichte. Wir stießen an und tranken. Der Schnaps war scharf und kühl. Mit einem wohligen Brennen breitete er sich in meinem Bauch aus.

»Ah … ein echter Rachenputzer, was!?« Er grinste breit.

Ich grinste ebenfalls. Tatsächlich fühlte ich mich mit einem Mal besser. Der Kirschbrand, den mir die Bauern gegeben hatten, war längst geleert. Aber nachdem er mich durch manche fröstelige Stunde begleitet hatte, hatte ich Gefallen am Schnaps gefunden. Außerdem kam ich dem schwarzbärtigen Wirt anscheinend nicht sonderlich merkwürdig vor; das tat mir wohl.

»Und wohin führt Euch die Reise?«, fragte der Wirt, nachdem er den Stamper auf der Theke abgestellt hatte.

»Nach Donost.«

»Oh, das ist aber weit! Fast siebenhundert Meilen!«

»Ich weiß.«

»Was wollt Ihr denn da, wenn ich fragen darf?«

»Ich habe einen Onkel in Donost. Ich will – ich will ein neues Leben anfangen.«

»Ich möchte Euch nicht zu nahe treten, aber hätte das nicht bis zum Frühling Zeit gehabt? Wenn der Winter kommt und es mit den Schneestürmen losgeht, kann es sein, dass Ihr da draußen kein neues Leben findet, sondern einen sehr einsamen Tod.«

»Ich weiß«, wiederholte ich. »Aber sagt mir, der Fluss ... wie heißt er gleich?«

»Das ist der Nantis.«

»Der Nantis ... also, wohin fließt der Nantis?«

»Tja, zunächst geht's durch die Friedmarschen. Dann macht er eine Biegung und fließt nach Osten, geradewegs auf das Meer zu, durchs nördliche Mandurien und vorbei an den Rhaln-Bergen.«

»Und könnte man ... könnte man auf ihm fahren?«

»Eigentlich schon. Aber jetzt, wo der Winter naht ... und bei dem dauernden Regen und dem Hochwasser ... Hm, ich weiß nicht. Außerdem müsstet Ihr Euch dann ziemlich oft einen anderen Schiffer suchen. Ich bezweifle, dass auf dem Fluss viele unterwegs sind, deren Boot für so eine weite Reise taugt ... oder die ihr Heim für so lange Zeit verlassen wollen.«

Ich trank einen Schluck Bier. Es schmeckte gut, herb und erfrischend. Trotzdem sank mein Herz. »Dann werde ich wohl laufen müssen ...«, murmelte ich.

Mir war, als würden mir überall kleine Münder wachsen. Und all diese Münder würden aufjaulen in Erwartung des kommenden Schmerzes. Natürlich bildete ich mir das Gejaule ein. Dennoch reichte es, um mir den Schädel zu sprengen. Sogar Danje bekam Mitleid mit mir – was sie nicht daran hinderte, auch den nächsten hundert Kilometern Ödnis freudig entgegenzusehen.

»Nicht unbedingt! Vielleicht kann ich Euch helfen ...« Der Wirt klopfte mir ermunternd auf die Schulter.

»Mir helfen? Wie das?«, fragte ich überrascht.

»Dafür bräuchtet Ihr natürlich etwas Geld …«

»Geld? Ich habe Geld!«

Zum ersten Mal huschte ein Anflug von Misstrauen über das bärtige Gesicht des Wirtes. »Hm … mehr als ein paar Silbergulden müssten es allerdings schon sein …«

Ich holte ein Goldstück hervor und legte es auf den Tresen. Wenn es so weiterging, würden Vanice' Münzen nicht mehr lange reichen. Aber ich hätte alles gegeben, um mir noch einen mehrwöchigen Fußmarsch durch Regen und Graupel zu ersparen.

Der Wirt strahlte jetzt: »Ein Hammer! Dass ich so einen mal wieder sehe!« Er nahm die Münze, begutachtete sie kurz und legte sie wieder auf die Theke.

Dann wandte er sich an mich: »Was haltet Ihr davon: Ich gehe mal und schaue, was ich in der Küche für Euch finde. Während Ihr esst, mache ich Wasser heiß und bereite ein Bad vor. Ihr könnt Euch waschen und schlafen, und wenn Ihr wieder bei Kräften seid, besprechen wir die Angelegenheit in Ruhe. Na, was meint Ihr?«

Genau darauf hatte ich gehofft. »Einverstanden«, sagte ich und steckte die Münze wieder ein.

Der Wirt hob seinen Humpen, und wir stießen erneut an.

Die nächsten Tage waren gut. Ich durfte zweimal ein heißes Bad nehmen. Der Badezuber war so groß, dass ich die Beine ausstrecken konnte. Und ich bekam ein Stück Seife, das nach Blumen duftete. Ich liebte das Gefühl, ins warme Wasser zu sinken, die Augen zu schließen und an nichts zu denken. Ich liebte es auch, mich mit der Seife einzureiben. Das schäumte, wie ich es noch nie erlebt hatte. Nur tat mir leid, dass im Zuber kein Platz war für Danje. Das heißt, Platz wäre schon gewesen. Doch ich traute mich nicht, sie mitzunehmen. Ich hatte Angst, dass der Wirt sie bemerken würde. Außerdem kam es mir unschicklich vor, zusammen mit ihr zu baden.

Mein Zimmer war im ersten Stock gelegen. Es hatte ein Fenster, das nach Süden wies. Das brachte mir wenig, weil der Fensterladen wie im Erdgeschoss geschlossen und die Öffnung mit Öltuch verhängt war. Aber der Wirt versicherte mir, dass man im Sommer einen schönen Blick auf blühende Wiesen, das Flussufer und die Wasser des Nantis hatte. Die meiste Zeit lag ich im Dunkeln und schlief. Es gab ein großes Bett mit einer Federdecke und einer mit Daunen gefüllten Matratze. Leider war das Bett zu weich für mich. Ich musste mich auf den Boden legen. Wenn ich nicht schlief, aß und trank ich. Der Wirt bereitete mir Eintöpfe zu: Kartoffel- und Erbseneintöpfe, mit Würsten und Räucherspeck. Die Eintöpfe schmeckten herrlich; das Bier und der Schnaps schmeckten ebenfalls herrlich. Der Wirt brachte mir die Mahlzeiten aufs Zimmer, als hätte er einen hohen Herrn zu Gast. Manchmal dachte ich, dass es schön wäre, wenn alles so weitergehen könnte: Danje und ich und die stille, friedvolle Dunkelheit.

Natürlich wusste ich, dass das unmöglich war. Und so wartete ich gespannt darauf, was für einen Vorschlag mir der Wirt unterbreiten würde. Als ich erfuhr, dass er mir ein Maultier verkaufen wollte, war ich zunächst enttäuscht. Die Wahrheit war, dass ich niemals auf einem Pferd gesessen hatte. Als ich ein Junge war, gab es nur wenige Pferde bei uns im Dorf – die meisten davon im Besitz von Alvas Familie –, und ich war der Letzte, dem man erlaubt hätte, ein so kostbares Tier zu berühren. Auch von Kühen, Ochsen und Eseln wurde ich ferngehalten.

Ich erklärte dem Wirt, dass ich nicht reiten konnte. Doch er lachte nur. Ein Maultier sei etwas anderes als ein Pferd. Maultiere seien viel ruhiger, weniger scheu, ausdauernder und meistens sehr gutmütig. Jeder könne auf einem Maultier reiten. Vor allem gelte dies für das Maultier, das er anzubieten habe. Der Wirt erläuterte, man erkenne ein gutes Maultier daran, dass es die Nase vorrecke und die Ohren anlege; das sei ein Zeichen von Gelassenheit und Stärke. Ein solches Maultier würde nie bocken oder beißen. Und es sei ohne weiteres in der Lage, seinen Reiter mitsamt Gepäck zehn Stunden am Tag zu tragen.

Ich konnte meine Zweifel nicht verhehlen. Der Wirt ließ sich davon allerdings nicht aus der Ruhe bringen. Er führte mich in den Hof und zu den Ställen. Bei der Gelegenheit sah ich, dass er keineswegs alleine war. Es gab Söhne und Töchter: Sie führten ein paar Handvoll Schafe und Ziegen auf die Wiesen hinter dem Haus und fütterten die Schweine und Hühner. Und es gab eine Frau. Der Wirt nannte sie Rilge. Sie hatte gerade Wäsche gewaschen und nutzte die Gunst der Stunde – es war der erste sonnige Tag seit Wochen –, um die Hemden und Hosen, die Unterkleider und das Bettzeug im Hof zum Trocknen aufzuhängen. Sie war fast einen Kopf größer als ich und sehr hager. Doch sie lachte mich an, als ob ich ein Freund wäre. Ihre Augen waren leuchtend hell, und nun konnte ich mir vorstellen, dass der Wirt für sie die Perle verlassen hatte.

Rilge war es auch, die mich nach meinem Namen fragte; das hatte ihr Mann nie getan.

»Ich bin Mykar«, sagte ich und erfuhr im Gegenzug, dass der Wirt Meyk hieß.

Zu dritt gingen wir in den Stall und begutachteten das Maultier. Es war ein schönes Tier, nicht zu groß und nicht zu klein. In der Tat machte es den Eindruck, als wäre es mit sich und der Welt im Reinen. Davon, dass es die Schnauze auffällig vorstreckte, bemerkte ich zwar nichts. Aber was hieß das schon? Der Wirt sattelte das Maultier für mich, und ich durfte zwei Runden im Hof reiten. Zu meiner Überraschung fühlte sich das gut an.

Noch am selben Tag wurde ich der Besitzer von Schecke. Meyk und Rilge nannten das Maultier so, weil es ein scheckiges Fell hatte. Mir schien diese Namenswahl einleuchtend. Danje hingegen kam aus dem Lachen nicht mehr heraus, als ich ihr davon erzählte. Sie verkündete, sie würde mich von jetzt an nur noch »Recke« nennen – ihr Recke auf Schecke. Dann wollte sie wissen, wie viel ich für das Maultier bezahlt hatte. Ich sagte ihr, dass der Wirt für das Zimmer, unsere Verpflegung, Schecke, Sattel und Saumzeug sowie Packtaschen und Reiseproviant insgesamt einen Goldgulden und sechs Silberstücke verlangt hatte.

Ich war der Meinung, das sei ein gutes Geschäft. Doch Danje ließ mir das nicht durchgehen. Sie behauptete, ich sei übers Ohr gehauen worden. Ich erkundigte mich, wie sie darauf kam, das beurteilen zu können. Schließlich war sie nur ein kleines Mädchen und hatte ihr ganzes Leben im Wald verbracht. Auch mein Einwand brachte Danje zum Lachen. Immerhin sei sie eine Hexe, sagte sie, und Hexen wüssten allerhand. Bei nächster Gelegenheit würde sie mir zeigen, wie man feilschte.

Ich war ein wenig gekränkt, weil Danje mich verspottete. Andererseits gefiel es mir, dass sie so frech und fröhlich war. Ich stellte mir vor, wie ihre Schultern beim Lachen bebten, wie ihr die roten Haare ins Gesicht fielen und sie vor lauter Vergnügtheit nach Luft schnappen musste – und einen Herzschlag lang war mir, als stände sie vor mir im Zimmer, und ich könnte die Hände ausstrecken und sie berühren.

10
GUTE FRAGEN

Vanice

Am nächsten Morgen bat ich Justinius in meine Gemächer. Um genau zu sein: Ich sagte Ulla, sie möge ihm ausrichten, dass ich ihn zu sehen wünschte. Das tat sie auch. Justinius bestand allerdings darauf, seinen Lauf zu absolvieren, ehe er mit mir redete. Offenbar war es ihm ernst mit seinen Vorbereitungen. Dagegen konnte man natürlich nichts sagen; wobei ich Zweifel hatte, ob ihm Muskelkraft und Waffenfertigkeiten viel nützen würden, wenn es wirklich zu einem Kampf gegen Rudrick oder die Reiter der Horde kam.

Aber das war ja der Grund, weshalb ich noch einmal das Gespräch mit ihm suchte. Ich wollte ihm helfen, damit er seinerseits Gelfrat von der Thann und seiner Familie helfen konnte – und allein die Möglichkeit, dass Rudrick auf Rache an dem alten Veteranen aus war, ließ jede mögliche Hilfe geboten erscheinen; zugleich musste ich vorsichtig sein, nicht zu viel über mich zu verraten. Es wäre kaum förderlich gewesen, wenn Justinius gewusst hätte, dass ich auf dem besten Weg war, mich in eine verhutzelte Kreatur mit grünlich-grauer, lederiger Haut und spitzen Zähnen zu verwandeln.

Also nutzte ich die Wartezeit, um mir zurechtzulegen, was ich sagen würde. Etwas Überzeugendes wollte mir nicht einfallen, und ich war meiner eigenen Verstellungen reichlich überdrüssig. Andererseits war es nicht so wichtig, dass Justinius mir glaubte. Für mich zählte nur, dass er nicht darauf kam, was in Wahrheit mit mir los war.

Schließlich klopfte es an meine Tür. Ich begrüßte Justinius und führte ihn in mein Studierzimmer. Das war zugegebenermaßen ein recht hochtrabender Name. Bislang zeugten nur ein zu zwei Dritteln

124

gefülltes Bücherregal, ein Schreibtisch und viel leeres Pergament von der hehren Bestimmung des Zimmers. Doch mir gefiel der Gedanke, ein Studierzimmer zu haben, obwohl ich von Tag zu Tag weniger Hoffnung hegte, dass ich es jemals als solches nutzen würde.

Immerhin hatte ich den Raum nicht nur mit unerfüllten Wünschen vollgestopft, sondern dafür gesorgt, dass zwei Ledersessel darin Platz fanden. Die Sessel standen bei dem kleinen Kamin, in dem – Ulla sei Dank – bereits seit Stunden ein Feuer knisterte, und als wir uns setzten, spürte ich die Wärme an meinen Beinen und Händen.

»Also, Vanice, was gibt es?«, fragte Justinius, nachdem er es sich gemütlich gemacht hatte.

»Ich wollte ein paar Dinge mit Euch klären, bevor Ihr aufbrecht.«

»Schön, dann klärt mal.«

»Um ehrlich zu sein, würde ich Euch gerne etwas zeigen … Aber es ist nicht leicht, darüber zu sprechen.«

Justinius schien überrascht von meiner Ehrlichkeit. »Aha … da bin ich aber gespannt …«, sagte er.

»Es hilft ja alles nichts!«, seufzte ich, indem ich aufstand. »Kommt mit, ich zeige Euch, worum es geht.«

Er erhob sich ebenfalls, und gemeinsam gingen wir zum Schreibtisch.

»Was seht Ihr hier?«, fragte ich und zeigte auf die – zumindest für seine Augen – leere Tischplatte.

»Was ich sehe? Tja … einen Tisch? Ein paar Staubflocken, die anmutig durch die Luft trudeln?«

»Ihr seht noch mehr. Ihr wisst es nur nicht.«

Er runzelte die Stirn und betrachtete mich misstrauisch. »Ist alles in Ordnung, Vanice? Habt Ihr Euch vielleicht ein bisschen viel Glühwein gegönnt? Ich dachte immer, ich wäre hier der Säufer …«

»Ich bin nicht betrunken, Justinius. Streckt doch mal Eure Hand aus.«

»Und wohin soll ich sie ausstrecken? Nach oben, unten, links, rechts? Oder soll ich Euch vielleicht ins Näschen zwicken?«

»Die Tischplatte – bitte berührt die Tischplatte.«

Seine Stirn blieb gerunzelt; er tat aber, worum ich ihn gebeten hatte. Plötzlich stieß er einen Schrei aus und zog seine Hand zurück, als hätte er sich verbrannt; zugleich taumelte er einen Schritt nach hinten.

Ich hatte das erwartet. »Versteht Ihr jetzt, was ich meine?«, fragte ich mit ruhiger Stimme.

Nun stand Entsetzen in Justinius' Blick geschrieben. »W-w-was ist das?«, keuchte er.

»Ihr seid etwas bleich geworden. Soll ich Ulla bitten, uns einen Becher heißen Kräutertee zu machen?«

Justinius rang um seine Fassung. Er fuhr mit den Händen über sein Wams, als wollte er Schmutz abstreifen. »Ihr habt meine Frage nicht beantwortet, Vanice …«, sagte er in gepresstem Ton.

»Auf dem Tisch liegt eine Gespensterwaffe, ein großes Jagdmesser«, entgegnete ich. »Es gehörte dem Geisterreiter, den Mykar und ich auf dem Friedhof der Perle getötet haben. Ihr könnt es nicht sehen, aber Ihr könnt es berühren. Das ist, weil es nicht wirklich zu unserer Welt gehört und doch ein Teil von ihr ist.«

»Ich verstehe …«, murmelte Justinius. »So wie in der Nacht, als Rudricks Geist aus seiner Leiche brach. Ihn habe ich auch nicht gesehen, sehr wohl allerdings, wie er Euch durch den Raum schleuderte.«

Ich verspürte nicht die geringste Lust, mich eingehender mit dieser Erinnerung zu beschäftigen. »Ja«, sagte ich, »ganz genau. Es ist sehr schwer, zu begreifen, wie etwas da sein kann und zugleich nicht da ist. Man wird verrückt, wenn man zu lange darüber nachdenkt.«

Justinius schüttelte unwillig den Kopf: »Verschont mich mit dem Tiefsinn! Ich bin schon zufrieden, wenn Ihr mir erklärt, warum Ihr mir dieses … Messer zeigen wolltet. Abgesehen davon natürlich, dass Ihr mir strenggenommen überhaupt nichts gezeigt habt.«

»Das ist ganz einfach, Justinius. Ihr wollt zu Gelfrat von der Thann reiten und ihm die Wahrheit über den Tod seiner Tochter sagen, richtig? Und wenn Rudrick auf Rache sinnt, wollt Ihr dem alten Veteranen beistehen, oder? Schön – aber was ist, wenn Euch Gelfrat nicht glaubt? Wie wollt Ihr ihn von Euren Worten überzeugen? Und wenn Rudrick wirklich vorhat, das Gut derer von der Thann zu überfallen – wie wollt Ihr Euch gegen ihn zur Wehr setzen? Ich finde es sehr achtbar, dass Ihr Euch im Schwertkampf übt, aber seid Ihr Euch sicher, dass Ihr Rudrick überhaupt mit einer irdischen Klinge verletzen könnt? Versteht mich nicht falsch: Ich will nicht beschwören, dass Ihr es *nicht* könnt. Ich weiß es einfach nicht. Sollten meine Befürchtungen zutreffen, habt Ihr Euch allerdings Eurem Feind ausgeliefert – und werdet nicht das Geringste tun können, um Gelfrat zu retten.«

»Hm …« Er brummte nachdenklich. »Ihr meint, ich soll dieses Gespenstermesser mitnehmen … als Beweis, dass ich mir die Geschichte mit Rudrick und der Horde nicht einfach ausgedacht habe? Und als Waffe, wenn in der Nacht der Toten irgendwelches Kroppzeug auf uns losgeht?«

»Ja, so ungefähr.«

»Ich muss zugeben, das klingt gar nicht dumm. Ein Jammer nur, dass Gelfrat das Messer nicht wird sehen kö- … Ach so, Skargats Lebertran.«

»Daran hatte ich auch gedacht.«

Justinius nickte. »Danke, Vanice. Ich glaube, das könnte gehen. Wobei Ihr mir auch einfach hättet sagen können, was da auf dem Tisch liegt. Aber sei's drum … Übrigens, wollt Ihr, dass ich Euch etwas von dem Zeug dalasse?«

»Von Skargats Lebertran? Wieso das denn?«

»Na ja, Ihr habt dem lieben guten Edmund doch angeboten, Euch in die Gespensterschenke zu begleiten. Meint Ihr nicht, dass das etwas witzlos wäre, wenn er sich gar nicht an Groleks illustrer Gästeschar erfreuen kann?«

»Da habt Ihr recht«, gab ich zu. »Ich muss mir zwar noch überlegen, ob es wirklich eine gute Idee ist, Euren Bruder zu Grolek mitzunehmen, aber sicher ist sicher.«

»Gut. Dann werde ich ein paar Tropfen von Skargats Lebertran umfüllen und Scara geben, bevor ich losreite. Meiner Erfahrung nach sollte das reichen … So, dann wäre auch das erledigt. Eine Sache würde ich aber gerne noch wissen …«

»Ja?«

»Warum habt Ihr das Messer nicht Mykar gegeben? Ich weiß zwar nicht, was genau er vorhat, vermute aber, dass er was zum Geisterpieksen bestimmt gut gebrauchen kann, oder was meint Ihr?«

Ich hatte geahnt, dass Justinius diese Frage stellen würde. Dass Mykar mich beinah den hungrigen Leichnamen überlassen hätte, wollte ich ihm nicht sagen. Es schien mir aber ebenso wenig geraten, ihm meine Besorgnis zu verschweigen. »Mykar hat eine dunkle Seite«, begann ich. »Ich nehme an, das ist nichts Neues für Euch. In der Nacht, als wir gegen Rudrick und die Geisterreiter kämpften, ist diese Seite fast übermächtig geworden. Ich fürchte, es könnte sie noch weiter verstärken, wenn er eine Gespensterwaffe führte.«

»Wie der Herr so's Gescherr. Nur andersrum.«

»Ganz genau.«

»Lustig, das von Euch zu hören. Habt Ihr mir nicht in Groleks Schenke lang und breit erklärt, Mykar sei nicht böse?«

»Er ist auch nicht böse. Sehr wohl kann es sein, dass er Böses *tut*. Vielleicht war es ein Fehler, Mykar das Messer nicht zu geben. Aber ich habe Angst um ihn. Weniger um sein Leben als um seine Seele.«.

»Ich habe vor allem Angst um seine Füße. Hat der Kerl eigentlich irgendeine Ahnung, wie weit es nach Donost ist? Nun, wenn er ein halbes Gespenst oder ein Dreiviertel-Geist ist, hilft ihm das ja vielleicht dabei, im Spätherbst von den Windmarken ans Beskalische Meer zu marschieren, ohne zu verhungern oder zu erfrieren … Übrigens, wie wir gerade von dunklen Seiten sprechen: Was hat es eigentlich auf sich mit Euch und den Leichenfressern der Perle? Aiona sagte, Ihr hättet sie in den Kampf gegen die Horde gezogen. Ich bin mir nicht sicher, ob ich weiß, was Leichenfresser sind. Will das vielleicht auch nicht allzu genau wissen. Allerdings würde mich doch interessieren, was Ihr mit diesen Kreaturen zu schaffen habt.«

Auch diese Frage hatte ich erwartet. »Ihr erinnert Euch an das Gespräch, das wir vor Eurer Audienz beim Dorn geführt haben.«

»Jedes Gespräch mit Euch ist mir unvergesslich, meine Dame.«

»Die Galanterie wäre überzeugender, wenn Ihr dabei nicht so übellaunig dreinschauen würdet, Justinius. Jedenfalls wollte ich Euch sagen, dass Ihr recht hattet: Ich bin zwar auf Enjahla geboren, aber keine Fischertochter.«

»Ein Jammer. Ich dachte, dieses Enjahla muss wahrlich eine Insel der Seligen sein, wenn dort selbst die Fischertöchter so aussehen wie Ihr.«

»Da muss ich Euch enttäuschen. Ich entstamme dem Handelsgeschlecht der Devecraux. Die Devecraux sind eine der Großen Familien, die den Stadtrat von Raban beherrschen.«

Justinius pfiff durch die Zähne. »Das erklärt einiges«, sagte er. »Was es allerdings nicht erklärt, ist, was es mit Euch und den Leichenfressern auf sich hat.«

»Das kann ich Euch sagen. Als ich noch beinah ein Mädchen war, musste ich von Enjahla fliehen, weil ich …«

»Ja?«

»Weil ich mich in einen Leichenfresser verliebt hatte.«

»Ihr habt Euch in einen Leichenfresser verliebt?«

Ich verzog keine Miene. »So ist es«, bestätigte ich.

»Als Ihr noch fast ein Mädchen wart?«

Ich nickte.

»Ihr habt also Eure Siebensachen gepackt, dem Herrn Papa und der Frau Mama im Stillen Lebewohl gesagt, habt Euch dann bei Nacht und Nebel aus dem Haus geschlichen und seid dem Ruf Eures Herzens gefolgt.«

»Ja.«

»Und Euer Herz rief Euch zu einer Kreatur, die auf Friedhöfen haust und verwestes Fleisch verschlingt.«

»Ja. Die Liebe war nicht von Dauer, aber aus diesem Grund kenne ich die Leichenfresser der Perle.«

»Und Ihr seid ganz sicher, dass Ihr nicht zu tief ins Glas geschaut habt, Vanice? Mit Verlaub, das ist der größte Quatsch, den ich in meinem ganzen Leben gehört habe. Ich hätte es Euch noch eher abgenommen, wenn Ihr mir gesagt hättet, Ihr wäret selbst eine Leichenfresserin.«

Ich schluckte. »Eine lachhafte Vorstellung«, sagte ich mit tonloser Stimme.

»Allerdings. Fast so lachhaft wie die Vorstellung, dass Ihr mit einem Modermann Händchen haltend und turtelnd zwischen den Grüften entlang spaziert.«

»Es ist die Wahrheit.«

»Wisst Ihr was? Ich glaube, Ihr seid so sehr daran gewöhnt, zu lügen, dass Ihr gar nicht mehr zwischen Wahrheit und Lüge unterscheiden könnt.«

Ich gab mir Mühe, verletzt auszusehen. »Ich habe keine Ahnung, womit ich Euer Misstrauen verdient habe, Justinius. Ich habe Euch nicht angelogen.«

»Nein. Natürlich nicht. Ich böser, verleumderischer Mann. Hoffentlich habt Ihr wenigstens die Wahrheit gesagt, was das Messer des Geisterreiters betrifft.«

»Das habe ich. Bitte nehmt es mit, wenn Ihr zu Gelfrat reitet.«

»Werde ich. Keine Sorge. Es ist jetzt auch langsam Zeit, dass ich mich auf den Weg mache. Wir beide haben uns sowieso nicht mehr viel zu sagen, wie mir scheint.«

»Ich sehe, dass ich Euch verärgert habe«, sagte ich mit zittriger Stimme. »Ihr tut mir unrecht.«

»Aber sicher. Ich werde den Ritt zu Gelfrat nutzen, um mich in Zerknirschung zu üben.« Er wies mit dem Kopf auf die Tischplatte. »Vielleicht könntet Ihr mir das Ding noch in einen Lappen wickeln, ehe Ihr in Tränen ausbrecht. Offenbar ist es für Euch ja nicht unsichtbar. Das kommt wohl auch von dem Techtelmechtel mit dem Leichenfresser.«

Ich murmelte etwas Zustimmendes.

Justinius kratzte sich am Kinn. »Nicht auszudenken, was passieren würde, wenn man ein Schäferstündchen mit einem Dämon hätte«, sinnierte er. »Wahrscheinlich könnte man dann mit einem Furz die Windmarken entvölkern.«

»Ihr solltet keine Scherze über Dämonen machen.«

»Wie kommt Ihr darauf, dass das ein Scherz war? Übrigens fällt mir jetzt doch noch etwas ein, worüber wir reden sollten.«

»Und das wäre?«

»Rudrick.«

»Was ist mit ihm?«

»Ich habe noch einmal nachgedacht. Bislang sind wir immer davon ausgegangen, dass er in der Nacht der Toten zuschlagen würde. Können wir uns da wirklich so sicher sein?«

»Nun, *Ihr* seid davon ausgegangen, dass er in der Nacht der Toten zuschlagen wird. Meinerseits habe ich Zweifel, dass ihm die Rache an dem alten Veteranen so wichtig ist, um Zeit darauf zu verschwenden. Aber abgesehen davon: Wann sollte er sonst zuschlagen?«

»Was weiß ich? Heute, morgen, in einer Woche …«

»Ich habe Euch doch erklärt, dass sich auch die Geister und Spukwesen an bestimmte Regeln halten müssen. In den beiden Nächten der Toten sind die meisten Regeln aufgehoben, ebenso wie in den elf Nächten vor Elaahs Lichtfest. Deshalb hat ja alle Welt Angst vor diesen Nächten. Wie Ihr wisst, verachtet der Schwarze Jäger die Gesetze, denen die anderen Gespenster folgen. Aber die Horde hat ihre eigenen Gesetze – die Gesetze, die der Herr der Jagd ihr gibt.«

»Ich erinnere mich. Im Gespenstergasthof hat er ständig von diesem Herrn der Jagd gefaselt. Damit meint er Skargat, oder?«

»Ja. Die Seelen der Törichten und Ruchlosen – das ist die Beute des Schwarzen Jägers. Er sammelt sie und übergibt sie dem Herrn der Jagd. So heißt es wenigstens. Dabei war ich natürlich auch nicht.«

»Schön. Und was hat das jetzt damit zu tun, ob Rudrick in der Nacht der Toten oder sonst wann zuschlägt?«

»Der Schwarze Jäger ist schon seit Jahrhunderten der Anführer der Horde. Nach einer so langen Zeit ranken sich natürlich viele Geschichten um ihn. Da mag eine Menge Unsinn dabei sein; ein gemeinsamer Zug der Geschichten ist aber, dass sie die Ehrhaftigkeit des Schwarzen Jägers betonen. Sein Opfer ist eben nur würdig, wenn es dem Gesetz des Herrn der Jagd folgt. Und dieses Gesetz scheint zu verlangen, dass die überkommenen Bräuche geachtet werden.«

»Hm … ich wusste gar nicht, dass Skargat so ein Ausbund an Tugend ist.«

»Warum der Herr der Jagd von seinen Dienern verlangt, dass sie bestimmte Regeln befolgen, weiß kein Mensch. Das ist aber auch nicht entscheidend, Justinius. Entscheidend ist, dass der Schwarze Jäger seinen Reitern nur in den Nächten der Toten und den Dunkelnächten, also den elf Nächten vor Elaahs Lichtfest, freie Hand lässt. In dieser Zeit darf die Horde jeden holen, der ihr begegnet. Eine bessere Gelegenheit, um ein paar alte Rechnungen zu begleichen, wird Rudrick nicht bekommen.«

»Aber was heißt ›begegnet‹?«, fragte Justinius. »Gelfrat wird die Nacht der Toten ja wohl kaum zu einem Waldspaziergang nutzen – so blöd dürfte selbst Edmund nicht sein.«

In seiner Stimme klang leise Hoffnung. Es tat mir sehr leid, dass ich ihn enttäuschen musste. »Nun, ich fürchte, das ist in der Tat nur ein Wort«, sagte ich widerstrebend. »In Wahrheit darf die Horde in diesen Nächten auch in Häuser eindringen und Höfe überfallen.«

»Verdammte Scheiße!«, zischte Justinius.

»Deshalb versammeln sich die Bauern auf dem Dorfplatz und singen und tanzen bis zum Morgengrauen ums Feuer, während ein Geweihter über ihnen wacht. Das ist, um die bösen Geister fernzuhalten. Die andere Möglichkeit ist, daheim zu bleiben und die Nacht im Gebet zu verbringen. Man stellt etwas zu essen und zu trinken vor die Tür – hier in den Dörfern wohl meistens Bier und Brot oder Grütze – und hofft, dass diese Gabe die umherziehenden Toten besänftigt. Hat man auf der Burg Eures Vaters nichts von alldem getan?«

»Doch. Aber ich dachte immer, dieses ganze Zeug wäre was für alte Weiber. Und damit hatte ich auch recht, zumindest insofern, als es die Toten ja nicht zu scheren scheint, ob man ihnen was zu fressen und zu saufen hinstellt.«

»Es schert sie schon. Für gewöhnlich nehmen sie die Geschenke an und lassen die Leute, die ihnen Respekt erwiesen haben, in Frieden. Das gilt auch für die Horde.«

»Jetzt verstehe ich überhaupt nichts mehr! Das heißt, ich muss Gelfrat einfach dazu bringen, seine Speisekammer auszuräumen, und alles ist in schönster Ordnung?«

»Ich glaube, der Schwarze Jäger würde einem Haus, das die Toten ehrt, in der Tat den Frieden lassen. Wie gesagt: für ihn ist das eine Frage der Ehre.«

»Na, dann ist ja alles in Ordnung. Auf ein paar Schinken und Bierkrüge wird Gelfrat wohl verzichten können.«

Ich schüttelte den Kopf.

»Leider ist es nicht so einfach, Justinius. Denn um die Nacht der Toten gebührend zu begehen, teilt sich die Horde in mehrere Züge auf, die mit den Nachtwinden ziehen und von der Perle bis Mandris Schrecken verbreiten. Dabei führt der Schwarze Jäger den Hauptzug, während Reiter, die hoch in seiner Gunst stehen, mit kleineren Gruppen auf die Jagd gehen. Der Schwarze Jäger erteilt diesen Reitern eine Vollmacht. Sie dürfen an seiner Statt Entscheidungen treffen und Befehle geben.«

»Und Ihr meint wirklich, Rudrick hat es in so kurzer Zeit zum Anführer eines Zuges gebracht?«

»Das kann ich nicht sagen. Aber unmöglich wäre es nicht, bei allem, was er bereits getan hat. Und auch wenn er noch keinen eigenen Zug anführt, heißt das nicht, dass Ihr Euch in Sicherheit wiegen könnt. Falls Rudrick mit einer der kleineren Gruppen reitet, müsste er schließlich nur deren Anführer für seinen Racheplan gewinnen. Und ich würde meine Hand nicht dafür ins Feuer legen, dass alle Geisterreiter dieselbe Achtung vor dem Gesetz haben wie der Schwarze Jäger.«

»Auch wenn es das Gesetz Skargats ist?«

»Ihr habt es doch mit eigenen Augen gesehen: der Schwarze Jäger war nicht bereit, das Wort des Prinzipals gelten zu lassen, und der Prinzipal hat den Schwarzen Jäger verhöhnt. Wir schlagen uns ja auch die Köpfe darüber ein, was es heißt, den Willen der Götter zu tun. Warum sollten die Dinge bei den Nachtgestalten und Spukwesen einfacher liegen als bei uns Menschen?«

Justinius schnaufte einmal, senkte dann den Blick und betrachtete die Holzdielen vor seinen Füßen. »Ich war wohl ein bisschen voreilig, als ich sagte, mir würde schon etwas einfallen, wie ich Rudrick aufhalten könnte. Irgendwie hatte ich mir vorgestellt, er würde allein kommen und nicht gleich die halbe Horde mitschleppen … Verdammt, gibt es denn gar nichts, was ich tun kann …?«

»Doch, ich denke schon. Wenn Ihr Gelfrat davon überzeugt habt, dass Ihr die Wahrheit sprecht, könntet Ihr versuchen, einen Geweihten auf das Gut zu holen. Der Segen Elaahs kann die Geisterreiter in ihre Schranken weisen.«

Justinius hob die Augen. »Glaubt Ihr das wirklich? Nach Glennas Tod hat mir Gelfrat erzählt, dass sie sehr fromm war, ständig gebetet hat und in den Tempel gerannt ist. Da scheint Elaahs Segen nicht viel genutzt zu haben …«

»Zugegeben, es fällt mir schwer, daran zu glauben, dass sich die Götter um unsere Sorgen und Nöte scheren. Aber die Bauern wissen schon, warum sie sich in den Nächten der Toten in den Dörfern versammeln, wo es einen Geweihten und einen Tempel gibt. Irgendetwas beschützt sie – und was sollte es sonst sein, wenn nicht Elaahs Segen?«

»Das Feuer und die Lichter vielleicht? Oder der Umstand, dass so viele von ihnen auf einem Haufen hocken? Was weiß ich … Nun, was soll's. Ich muss jetzt jedenfalls los.«

»Seid Ihr sicher, dass Ihr das tun wollt, Justinius?«

»Ja. Das bin ich.«

»Trotz allem?«

Er nickte ernst.

»Dann kann ich Euch nur alles Gute wünschen.«

»Danke. Es wäre doch ein Jammer, wenn Ihr meine liebliche Stimme heute zum letzten Mal gehört hättet.«

11
WOLLEN UND HABEN

Die Luziera

Der alte Geweihte erwartete sie in der Krypta unterhalb des schmucklosen Gebetsraumes. Offenbar konnte er die unerwünschten Besucher sehen und hören. Als Rudrick und seine Geisterreiter die steinerne Wendeltreppe hinabkamen, unterbrach er seinen Gesang. Mit beiden Händen umfasste er den hölzernen Elaah-Kreis, der an seinem Hals baumelte.

»Ich wusste, dass Ihr kommen würdet«, sagte Hindrik.

Seine Stimme war brüchig. Aber nicht die Furcht machte sie brüchig, sondern das Alter. Tatsächlich schien sich der Geweihte nicht zu ängstigen. Er lächelte sogar. Die Luziera erlaubte sich, einen Moment über dieses Lächeln nachzudenken. Sie kam zu dem Schluss, dass es ein Lächeln des Einverständnisses war; hier fügte sich jemand in das Unvermeidliche. Allerdings hatte Hindrik durchaus nicht die Absicht, sich kampflos zu fügen. Er begann zu beten, so wie Rudrick den Fuß der Treppe erreicht hatte.

Und nun verstand die Luziera auch, was er gemeint hatte, als er sagte, der Geweihte wirke zwar wie ein Trottel, sei aber gefährlich. Hindriks Gesicht war so verschrumpelt, dass es einem alten Apfel ähnelte. Die Überbleibsel eines schmutziggrauen Haarschopfs standen wirr von seinem Schädel ab. Er hatte die eingefallenen Wangen und die strichdünnen, fahlen Lippen des Mummelgreises. Doch er verfügte über eine Waffe, eine mächtige Waffe: seinen Glauben. Ja, dieser Elaah-Geweihte glaubte an das Licht, zu dem er betete; felsenfest und unverbrüchlich glaubte er. Also waren seine Gebete keine leeren Worte, kein hohles Gebrabbel.

135

Rudrick spürte es als Erster. Er hatte bereits einige Schritte auf Hindrik zu gemacht. Nun stockten seine Bewegungen. Der Zweifel ergriff ihn – und streckte die spitzen Finger sofort nach den anderen Geisterreitern aus, nach Arnwald und Reimar, Clas und Eorl und Melchar. Allesamt zauderten sie; Reimar und Eorl wichen sogar zurück, bis zum Treppenfuß.

Es war, als hätte sich die Luft in der Krypta verändert. Als würde sie sich verdichten und verhärten, bis sie wie Gewichte oder Fesseln an den Gliedern der Geisterreiter und ihrem neuen Anführer hing. Da halfen auch die grausamen Jagdwaffen wenig, die sie gezückt hatten, Messer und Spieß, Säbel und Beil und Speer. Denn wonach hätten sie schlagen sollen? Den Geweihten erreichten sie nicht. Der stand beim Steinsarkophag, in dem Bero von Luchterbruch ruhte – oder vielmehr: Rudricks Freund wimmerte im Gefängnis seines verrottenden Leibes; die Luziera konnte ihn hören –, stand da und betete. Dabei hielt er die Hände gefaltet und den Blick gesenkt. Seine Augen waren geschlossen. Man hätte meinen können, er wäre allein in einer Stunde der stillen Andacht. Unberührbar schien er; geschützt durch eine unsichtbare Rüstung.

Und vielleicht hätte es gereicht. Vielleicht hätte die Kraft, die ihm sein Gott geschenkt hatte, genügt, um die Geisterreiter in die Flucht zu schlagen, um sie zu vertreiben, beschämt und gedemütigt wie Lausbuben, die der Bauer vom Hof jagt …

Wenn nicht die Luziera gewesen wäre. Sie bemerkte wohl, dass die Krypta nicht mehr derselbe Raum war wie noch einige Augenblicke zuvor; ihr entging nicht, dass Hindriks Gebet etwas verändert hatte. Allein … was scherte es sie?

Die Luziera trat an den alten Geweihten heran und tippte ihm auf die Schulter. Da unterbrach er sich. Langsam hob er den Kopf, noch immer mit geschlossenen Augen. Dann erst sah er sie an. Sofort schwand alle Hoffnung aus seinem Blick.

Hindrik tat der Luziera leid. Sie mochte ihn. Wenn sie es recht bedachte, mochte sie ihn sogar lieber als den Herrn Jäger oder Rudrick. Aber da konnte man nichts machen. Sie hob bekümmert die Schultern. Indem sie dies tat, stellte sie fest, dass sie zur jungen Frau geworden war. Sie spürte, wie die Wärme sich in ihrem Körper ausbreitete; als würde tatsächlich Blut durch ihre Adern fließen. Sie hätte gerne gewusst, ob Hindrik noch über genügend Saft und Kraft verfügte, um sie eine Liebesstunde lang zu beglücken. Doch auch dafür war es zu spät.

Die Geisterreiter hatten sich schnell wieder gefasst. Sie packten den alten Geweihten, schleiften ihn zum Sarkophag, wuchteten den schweren Steindeckel zur Seite. Da lag Beros Leichnam. Die Verwesung hatte ihn gezeichnet; weißes Gewimmel bedeckte ihn. Doch nach wie vor hielt ihn der Bann gefangen, den Hindrik gewirkt hatte. Es gab nur einen Weg, ihn zu lösen. Und mit Bedauern sah die Luziera, wie Rudrick sein Messer nahm und dem Greis, der ihn beinah bezwungen hätte, die Kehle durchschnitt, sodass sich sein Blut über den vermodernden Kadaver ergoss.

Bis zuletzt hatte sich der alte Geweihte gut gehalten. Er hatte weder gebettelt noch gefleht, weder gewinselt noch geschrien noch mit seinen Mördern gerungen. Er war stolz und schweigsam gestorben. Die Luziera fand das rührend.

Rudrick selbst machte eine weniger eindrucksvolle Figur, als er mit ansehen musste, was dann geschah. Zwar hatte er sein Ziel erreicht: Der Geweihte war überwunden. Und der Bann, der seinen Freund gefangen gehalten hatte, war gebrochen. Doch Bero war zu lange im Tod gewesen. Kein wilder, kraftstrotzender Nachtkrieger brach aus dem Leichnam hervor, um sich einen Platz in der Horde zu erstreiten. Nein, ein fadiger, halb zerfließender, nahezu durchsichtiger Schatten kroch über den Rand des Sarkophags, fiel dann zu Boden, hilflos wie ein verkrüppeltes Kind. Mit einer quälend langsamen, zittrigen Bewegung streckte Bero die Hand aus. »Hilfe …«, brachte er hervor, und so leise klang es, als hätte oben im Gebetsraum ein Mäuschen gefiept.

Rudricks Gesicht verzerrte sich vor Entsetzen und Ekel.

»Hilfe …«, wiederholte Bero.

Da riss Rudrick dem Geisterreiter, der ihm zur Linken stand, das

Beil aus der Hand und schlug auf seinen Freund ein. Drei Hiebe, und von Bero war nichts als schwarzer Schleim übrig.

Wie erstarrt waren die Geisterreiter, Arnwald und Reimar, Clas und Eorl und Melchar, sie wagten nicht, sich zu rühren. Rudrick hatte die Zähne gefletscht; hasserfüllt betrachtete er die schmierige Lache zu seinen Füßen.

In die Stille hinein brach das schallende Gelächter der Luziera.

Rudrick kehrte in finsterer Stimmung von seinem Ausflug zu der Familiengruft derer von Luchterbruch zurück. Während der folgenden Nächte sprach er wenig; meist saß er stumm da und brütete. Die Luziera fand, dass er darin schon dem Herrn Jäger glich, der ebenfalls schlechte Laune hatte und düster vor sich hin starrte.

Ja, es ging nicht gerade lustig zu in der alten Klosterruine.

Wie so oft, wenn sie nichts Besseres zu tun hatte, ließ sich die Luziera von den Stimmen entführen, verlor sich in ihren Träumen.

Wenn sie träumte, wanderte die Luziera durch die Zeiten: Sie besuchte Schlachtfelder, Folterkammern und Städte, die im Würgegriff Xynadras erstickten; sie war bei den Königen, wenn die Dolche der Meuchler blitzten, und bei den geschassten Geliebten, wenn sie den Giftbecher leerten; sie erfreute sich an den Tränen, dem Blut und dem Schmerz – dem ganzen großen Theater des menschlichen Strebens, dem endlosen Ringelreihen von Angst und Begehren. Die Luziera wusste niemals, ob sie in die Vergangenheit oder die Zukunft reiste oder etwas bezeugte, das gerade jetzt geschah, irgendwo auf Ebera oder Qheezan. Manchmal befiel sie die Ahnung, dass sie die Orte kannte oder vielleicht einmal gekannt hatte, die sie im Traum besuchte. Manchmal vermutete sie sogar, dass sie selbst einen Anteil an dem Schrecklichen gehabt haben mochte, was sich vor ihren Augen abspielte.

In diesen Tagen nun geschah etwas, das recht unüblich war: Ein Traum wiederholte sich, mehrmals hintereinander – und eine der Stimmen, die sonst so gerne säuselten, wisperten, stammelten, erzählten, wollte sie geradezu zwingen, sich diesem Traum zuzuwenden; schrie sie an, dass es nichts Wichtigeres gäbe, als ihn zu träumen. Was aber hatte es auf sich mit dem Traum? Sie sah einen halbnackten Mann, der inmitten eines Gemetzels kniete, umgeben von Dutzenden blutigen Leibern. Viel mehr konnte die Luziera nicht sagen, denn das Bild, das sich ihr zeigte, war undeutlich und verschwommen: War da ein Feuer, oder nicht? Spielte sich das Geschehen im Wald ab, oder am Fuß eines Gebirges, oder in einem Burghof? Sie wusste es nicht.

Der Kniende gefiel ihr jedenfalls nicht schlecht. Es war ein Hüne mit schulterlangem, dunkelblondem Haar; sehr kräftig, mit einer kleinen Wampe. Niemand, den die Luziera von der Bettkante gestoßen hätte.

Noch interessanter als der Mann selbst aber war seine Gesellschaft. Die Luziera hätte schwören können, die verschwommenen Umrisse einiger Geisterreiter inmitten der Gemordeten zu erkennen – und von Rudrick, dem schwarzen Rudrick, der vor seinem Gefangenen stand, ein Messer in der Hand.

Wollte er den Hünen niederstrecken? Wahrscheinlich wollte er das. Aber da war noch mehr. Und dieses Andere, Unerwartete machte die Sache so spannend: Denn sie spürte etwas Sehnsuchtsvolles in Rudrick, ein Verlangen, in dem sich Hass und Zärtlichkeit berührten. Ja, er hegte eine Art Liebe für den Mann, der da vor ihm kniete und seinen Tod erwartete.

Diese Einsicht brachte die Luziera ins Grübeln. Sie grübelte noch immer, als sie Rudrick das nächste Mal bei einer seiner Unternehmungen begleitete.

Etwa eine Woche war vergangen seit der Nacht, in der Bero von Luchterbruch und der alte Elaah-Geweihte Hindrik gestorben waren. Wieder hatte sich der Herr Jäger mit seinem Schoßwolf Garoy in die Einsamkeit zurückgezogen. Wieder nutzte Rudrick die Gelegenheit, um seine eigenen Pläne ein Stück weit voranzutreiben. Dieses Mal fragte er selbst die Luziera, ob sie ihn begleiten wollte. So höflich, beinah ehrerbietig fragte er sie, dass sie es nicht übers Herz brachte, ihm seinen Wunsch abzuschlagen.

Nicht lange danach fand sie sich auf einer großen, in Mondlicht gebadeten Lichtung irgendwo im Mahrwald wieder. Erstaunt stellte sie fest, dass es Rudrick gelungen war, seine Anhängerschaft zwischenzeitlich zu verdoppeln: Nicht nur Arnwald und Reimar, Clas und Eorl und Melchar hatten ihn begleitet, sondern noch eine Handvoll weiterer Geisterreiter. Offenbar hatte Rudrick in der vergangenen Woche doch ein bisschen mehr getan, als griesgrämig und schweigsam zu brüten.

Auch in dieser Nacht ging es darum, dass Rudrick wünschte, einen seiner alten Freunde in die Horde zu bringen. Neben ihm stand ein Wiedergänger, einer der dürren, spitzigen Schatten, die das Totenreich zuhauf bevölkerten. Rudrick hatte einen Arm um die – fand wenigstens die Luziera – eher erbarmungswürdige Gestalt gelegt und sprach zu den Geisterreitern, die sich um ihn versammelt hatten.

»Das hier ist Gerrik von Felsenkamm!«, sagte Rudrick. »Im Leben war er mein Gefährte – er soll es auch im Tod sein!«

»Ein Hoch auf den Bund des schwarzen Rudrick!«, rief Eorl, und die anderen Geisterreiter stimmten ein.

Die Luziera wusste nicht, was der Bund des schwarzen Rudrick sein sollte, vermutete aber, dass es etwas mit Kameradschaft im Bösen und anderen schönen Dingen zu tun hatte.

»Er hat den Preis bezahlt! Aus freien Stücken hat er den ehrlosen Tod gewählt!«, fuhr Rudrick fort. »Doch sein Lohn wurde ihm verweigert! Der Schwarze Jäger hat ihn nicht in unsere Runde aufgenommen!«

Die Luziera hob die Hand: »Warte!«, sagte sie.

Tatsächlich unterbrach sich Rudrick.

Nun trat die Luziera vor. Langsam ging sie auf den hageren Schatten an Rudricks Seite zu. »Ich erinnere mich nicht an ihn. Sollte ich vergessen haben, dass er seinen Namen gegeben hat? Aber das kann nicht sein. Denn wen ich erwähle, der ist erwählt. Der Herr Jäger weiß das.«

»So ist es«, bestätigte Rudrick. »Und deshalb habe ich Euch gebeten, heute Nacht mit mir zu kommen. Denn der Schwarze Jäger und Garoy haben ihm nicht erlaubt, sich der Prüfung durch Euren Blick zu unterziehen, meine Dame! Sie verscheuchten ihn, als er darum bat, Euch entgegentreten zu dürfen.« Er hob seine Stimme. »So war es doch, oder?«, rief er.

Zustimmendes Gemurmel wurde laut.

Rudrick wandte sich wieder an die Luziera. »Ich frage mich, mit welchem Recht der Schwarze Jäger meinen Freund abgewiesen hat. Es ist doch Eure Aufgabe, zu bejahen oder zu verwerfen.«

»Allerdings«, sagte die Luziera lächelnd.

»Also hat sich der Schwarze Jäger über sein eigenes Gesetz hinweggesetzt! So wie er uns dauernd Regeln und Verbote gibt, die er selbst nicht einhält. In jener Nacht, als Gerrik die Horde aufsuchte, müsst Ihr geträumt haben, meine Dame. Aber jetzt seid Ihr hier. Alles, worum ich Euch bitte, ist, meinen Freund einer gerechten Prüfung zu unterziehen.«

Rudrick hatte ruhig und respektvoll gesprochen. Zugleich jedoch schwang in seiner Stimme eine Selbstgewissheit mit, die der Luziera verriet, dass er keinen Zweifel daran hegte, wie die Prüfung ausgehen würde. In seinem Sinn nämlich. Sie fühlte sich versucht, Rudrick den Rücken zuzudrehen und wieder in die Klosterruine zu gehen. Allein um ihn daran zu erinnern, wer er war – und vor allem, wer *sie* war.

Dann jedoch musste sie lachen. »Ich soll ihn prüfen? Gerne prüfe ich ihn!«, sagte sie und trat noch näher an Gerrik von Felsenkamm heran.

Die ganze Zeit über hatte der Wiedergänger mit unbewegter Miene an der Seite seines Freundes gestanden. Seine Züge waren angespannt, angstvoll. Aber da war noch etwas anderes: eine Sicherheit und Stärke, die, das sah die Luziera sofort, eine Leihgabe waren; eine Leihgabe Rudricks. In dem Augenblick, da sie dies erkannte, offenbarte sich ihr das ganze Leben des Gerrik von Felsenkamm.

Mit Mühe unterdrückte sie ein Gähnen.

»Ich bin die Luziera«, sagte sie stattdessen. »Und wer bist du?«

Der Wiedergänger zwang sich dazu, ihr in die Augen zu sehen: »Ich bin Gerrik von Felsenkamm«, sagte er. »Und bereit, meinen Namen zu geben.«

Kurz betrachtete ihn die Luziera. Sie sah seine spillerige Gestalt. Sie sah seine krummen, spitzen Finger. Sie sah das blässliche Leuchten in seiner Brust …

Sie zog ihre Sichel und schlug zu, bohrte die Klinge mitten in jenes grüne Glimmen, welches das Herz des Gespenstes war.

Gerrik stieß einen Schrei aus, gellend, zerplatzte dann und fiel als schwarzer Schleim auf den Waldboden.

Die Luziera wandte sich Rudrick zu und schüttelte bedauernd den Kopf. »Nö«, sagte sie. »Taugt nicht.«

Er war fassungslos, der Ärmste, brachte kein Wort heraus. Manchen Geisterreitern erging es ähnlich; andere hingegen wirkten eher betreten. Wahrscheinlich hatten sie geahnt, dass es kein glücklicher Einfall war, die Luziera herauszufordern.

Rudrick hatte sich schnell wieder gefasst, das musste man ihm lassen. In seinem Blick brannte kalte Wut, als er die Luziera ansah.

»Ich respektiere Eure Entscheidung …«, presste er hervor.

»Da hast du wenig Wahl«, säuselte sie.

»… auch wenn ich mir gewünscht hätte, dass Ihr Euch nicht zum Büttel des Schwarzen Jägers machen würdet!«

Nun kicherte die Luziera. »Darum geht es nicht.« Sie legte einen Arm um Rudricks Schulter; er wollte sich ihr entziehen, das spürte sie – doch er bewegte sich keinen Fingerbreit. »Du hast die falschen Freunde, Schnuckelchen. Darum geht es.« Sie kicherte wieder. »Lass mich dir von einem Traum erzählen, den ich neulich gehabt habe …«, begann sie fröhlich.

12
ERINNERUNGEN

Justinius

So weit das Auge reichte, erstreckte sich das Hügelland. Grün-braun. Gelegentlich ein grauer Tupfer, wo Steine oder Felsbrocken verstreut lagen. Nebel stieg aus den Senken und Einbuchtungen auf und waberte in dichten Schwaden über den Boden. Manchmal drang das Plätschern irgendeines Rinnsals, das seinen Weg zwischen den Gräsern hindurch suchte, an mein Ohr. Und manchmal stieß Rhalana ein Schnauben oder Wiehern aus. Aber die wenigen Geräusche klangen dumpf und hohl. Und meistens war es sowieso still.

Wir waren jetzt bereits seit einigen Stunden unterwegs. Nach der ziemlich merkwürdigen Unterhaltung mit Vanice – schön wie der Frühlingsmorgen, doppelzüngig wie die kaiserlichen Gewandmacher – hatte ich das Gespenstermesser eingepackt, meine Rüstung angelegt, Rhalana gesattelt und gezäumt und war ohne weitere Umschweife losgeritten. Ach ja, zwischendurch hatte ich mir noch Scara geschnappt und das Nötige mit ihr geklärt. Sofern man mit Scara überhaupt etwas klären konnte.

Ich hatte die Straße nach Norden genommen, die ich auch bei meinen täglichen Läufen entlanghechelte. Bald waren Rhalana und ich in die Hügel gelangt. Vorbei an meinen Freunden, den Schafen, und den wenigen Höfen und Hütten, die sich hier noch finden ließen.

Dann wurde es einsam. Kein Wanderer, kein Reiter kreuzte unseren Weg. Ich ritt jetzt querfeldein. Der Himmel war schwer mit Wolken behangen. Nur selten bekam man eine Ahnung davon, wo sich die Sonne gerade befinden mochte. Doch ich kannte die Gegend und wusste mich zu orientieren. Schließlich war ich nicht weit von hier geboren und aufgewachsen. Hatte den größten Teil meines an Abenteuern und Heldentaten so reichen Lebens in dieser Einöde verbracht. Traurig, aber wahr: die götterverlassenen Hügel, Ebenen und Wälder im Schatten der Fokris-Berge, die sich Windmarken schimpften, waren alle Heimat, die ich hatte.

Immerhin kamen wir gut voran. Rhalana genoss es, mal wieder tüchtig die Hufe zu schwingen. Und wenn die Erde einigermaßen eben war und nicht zu viel Geröll herumlag, ließ ich sie nach Herzenslust laufen. Ich schätzte, dass wir Gelfrats Thannhof noch vor Sonnenuntergang erreichen würden. Zwischendurch rasteten wir an einem kleinen See. Rhalana trank und graste. Ich führte sie ein wenig am Zügel herum, ließ sie dann wieder trinken. Mir selbst genehmigte ich einige Schlucke Bier und Brot mit Trockenfleisch.

Nicht lange danach ging das Hügelland in eine Hochebene über. Wir passierten einige Dörfer, von denen keines den Eindruck machte, als gäbe es einen Grund, dort zu halten – außer vielleicht, man legte es darauf an, vor Trübsinn zu verschmachten. Die Luft war unterdessen deutlich kühler geworden. Ich hüllte mich in meinen Fellumhang und betrachtete missmutig das Gebirge. Für einen Reiter waren es noch mehrere Tagesreisen bis zum Fuß des Fokris-Massivs. Doch die himmelstürmenden Wälle und Gipfel waren jetzt schon so nahe herangerückt, dass mir jene wohlbekannte Beklommenheit ans Gemüt griff, die ich immer in der Nähe des Gebirges empfand.

Nach einer weiteren Rast, bei der ich Rhalana einen Apfel und ein paar Möhren verfütterte, kam der Wald in Sicht. Er bestand aus Kiefern, Fichten und Tannen und bedeckte ein Gebiet von vielen Meilen. Meines Wissens hatte der Wald keinen Namen. Aber hätte er einen gehabt, es wäre sicherlich etwas Klangvolles wie »Nachtforst« oder dergleichen gewesen. Denn duster war er, der Wald. Schwarz und dräuend standen die Bäume nebeneinander, wie eine Schlachtreihe gewaltiger Krieger, die erstarrt und versteinert waren in der Erwartung eines Feindes, der einfach nicht kommen wollte.

Ich hatte keine große Lust, in dieses finstere Gehölz hineinzureiten. Doch irgendwo da drinnen lag Gelfrats Gut – und dort wartete eine Aufgabe auf mich.

Auch jetzt, da der Winter nahte, hatte der Wald den herben, zugleich leicht süßlichen Geruch nach Kiefernnadeln, Tannenzapfen und Harz. Kaum hatte sich seine Phalanx hinter uns geschlossen, schien es noch einmal dunkler und kälter zu werden. Ganz sicher wurde es stiller. Der Boden war mit vorjährigen Baumnadeln bedeckt. Sie bildeten einen Teppich, der Rhalanas Hufschläge dämpfte. Weich, fast zaghaft klangen sie jetzt.

Anfangs war der Weg einigermaßen eben. Bald jedoch hob und senkte er sich, als würde man über die Buckel riesenhafter Untiere reiten, die vor vielen Jahren hier verendet und nun schon längst unter Moos und Erde begraben waren. Manchmal wurde der Weg so schmal, dass ich aufpassen musste, nicht mitsamt Rhalana in den Bach zu stürzen, der ein paar Klafter unter mir durch die schattige Tiefe plätscherte. Manchmal kam es auch vor, dass abgestorbene oder von Herbststürmen entwurzelte Bäume ihn versperrten. Oder der Weg verzweigte sich, führte einen Hügel hinauf oder hinab oder verschwand in einem zugewucherten Tobel.

Wenn ich Glück hatte, würde mir rechtzeitig einfallen, wohin ich Rhalana zu lenken hatte. Wenn nicht, bekam ich die Gelegenheit, die Schönheiten des Nachtforsts – ich entschied, von meinen Vorrechten als Adelsspross Gebrauch zu machen und das Gehölz so zu taufen – noch ausgiebiger zu beschauen.

So kamen wir voran, Rhalana und ich. Langsam, aber sicher. Da blieb es nicht aus, dass ich mich an die vorigen Male erinnerte, als ich auf diesem Weg geritten war.

Über zwei Jahre waren seitdem vergangen. Aber meine Erinnerungen waren nicht von der Art, dass man sie so schnell wieder loswurde.

Ob man wollte oder nicht.

Beim ersten Mal war ich von Burg Hagenow hergekommen. Ich hatte erfahren, dass Glenna wieder aufgetaucht war, war in den Sattel gesprungen und hatte, so schien es mir jetzt, erst wieder Luft geholt, als ich den Thannhof erreichte. Gelfrat empfing mich. Seine Augen waren voller Dankbarkeit gewesen. Damals hatte er noch nicht alle Illusionen in Bezug auf den alten ahekrischen Adel verloren, und es freute ihn, dass jemand aus unseren Kreisen kam, um seiner Familie beizustehen.

Mein zweiter Besuch verlief etwas anders. Wieder war ich auf der Burg meines Vaters gewesen, als die Nachricht eintraf. Die Nachricht von Glennas Selbstmord – davon, dass sie sich erhängt hatte. Wieder hatte ich mein Pferd beinah zuschanden geritten in dem verzweifelten und ganz und gar vergeblichen Wunsch, Glenna nahe zu sein. Doch dieses Mal wollte mich der alte Veteran nicht sehen. Ein Diener dankte mir in seinem Namen für mein Mitgefühl und meine Anteilnahme. Aber Gelfrat zog es vor, mit seiner toten Tochter alleine zu sein.

Meine Erinnerungen an diese beiden Besuche waren allesamt qualvoll. Das Schlimmste waren allerdings die wenigen Minuten, die ich in Glennas Krankenzimmer verbracht hatte. Der Raum war dunkel gewesen. Ein paar Kerzen brannten. Sonnenlicht gab es keins. Alle Fenster waren mit schwerem Tuch verhängt. Mir kam das widersinnig vor, ja sogar empörend. Schließlich hatte es Glenna mit letzter Kraft geschafft, einer unsagbar grauenvollen Schwärze zu entrinnen. Das wusste ich. Der alte Veteran hatte mir gesagt, dass seine Tochter im Keller irgendeiner Ruine gefangen gehalten worden war. Darüber, was Rudrick und seine Kumpane mit ihr gemacht hatten, verlor er kein Wort.

Sein Schweigen bestätigte meine schlimmsten Befürchtungen. Auf das, was dann geschah, hätte mich ohnehin nichts vorbereiten können.

Ich war Glenna nicht oft begegnet. Nur bei drei oder vier Gelegenheiten, auf diesem und jenem Ball, der in den Sommermonaten des Vorjahrs gehalten worden war. Nein, ich war ihr nicht oft begegnet. Aber es hatte gereicht. Ihre dunklen Haare und ihre hellen Augen, ihr Lachen – kein Mädchen von altem Blut hätte es je gewagt, so fröhlich und unverschämt zu lachen – und die Gewohnheit, beim Zuhören den Kopf leicht schief zu legen … Für mich hatte es hundertmal gereicht.

An einem dieser Ballabende hatte ich sie unversehens allein angetroffen. Während die Klänge von Laute, Gambe und Schalmei, die Stimmen und das Gelächter der übrigen Gäste an unsere Ohren drangen, standen Glenna und ich auf einem Balkon von Schloss Luchterbruch – nicht ahnend, dass Bero, der erstgeborene Sohn Graf Ottels, einer ihrer Peiniger werden würde –, standen da, unter einem sternenhellen Sommernachtshimmel, tranken Wein aus goldenen Pokalen und plauderten. Und am liebsten hätte ich nach dem Himmelstuch gegriffen, es hinabgezogen und zusammengefaltet und in Glennas Hände gelegt.

Ich erinnerte mich längst nicht mehr, worüber wir an jenem Abend gesprochen hatten. Aber wenn ich eine Stunde meines Lebens auswählen dürfte, eine einzige nur, um in sie zurückzukehren und sie wieder und wieder zu erleben – die Götter wissen, dass es diese wäre.

Das war mir auch damals schon klar gewesen, als ich das Krankenzimmer betrat. Und selbst damals hätte ich Gelfrat von der Thann um die Hand seiner Tochter gebeten, wenn ich es gewagt hätte. Doch in Wahrheit war Glenna wohl bereits gegangen, als ich sie wiedersah. Das Leid, das sie hatte erdulden müssen, war zu viel gewesen. Ihre Seele war zerbrochen. Oder vielleicht hatte sie sich aufgelöst, wie Rauch, und war aus ihrem Körper geflohen. Zurück blieben nur Schmerz und Wahnsinn. In ihren erloschenen Augen, der Erstorbenheit ihres Blicks, war es zu erkennen. So standen der alte Veteran und ich an Glennas Krankenbett und sahen auf ihr ausgezehrtes Gesicht und die entsetzlich mageren Arme hinab, die über der Bettdecke gefaltet und von schlecht verheilten Wunden und Brandspuren gezeichnet waren. Niemand sprach. Niemand bewegte sich. Ein Gefühl von Hoffnungslosigkeit und Ohnmacht drohte mich zu überwältigen. Ich wusste, dass ich Rudricks Triumph vervollständigen würde, wenn ich mich der Verzweiflung überließ.

147

Aber ich fand nicht die Kraft, an irgendetwas anderes zu glauben als an diese Hoffnungslosigkeit und Ohnmacht.

Vielleicht wären Gelfrat und ich einfach so stehengeblieben, am Bett des Mädchens, und hätten darauf gewartet, dass sie und wir und das ganze Haus zu Staub zerfielen. Doch plötzlich kam Leben in Glenna. Es war noch weit schrecklicher als die wächserne Lähmung, die ihr bislang angehaftet hatte. Denn sie sprang auf, so heftig, dass Gelfrat und ich zurückwichen, begann zu lachen, laut und schrill und furchtbar, riss sich das Nachthemd und den Verband vom Leib, alles innerhalb weniger Sekunden, während wir uns immer noch nicht rühren konnten, und zeigte mir das Zeichen, die Blutblume zwischen ihren Brüsten, den höhnischen Stern, das verschlingende Maul, jenes unfassliche, grausame Zeichen, als wäre es eine in hartem Kampf erstrittene Beute, ein Schatz, den sie übermächtigen Gegnern abgerungen hatte, zeigte es und lachte noch lauter – und brach zusammen.

Was danach geschehen war, wusste ich nicht mehr. Alles, woran ich mich erinnerte, war, dass ich irgendwann auf einer Bank vor dem Haus saß und weinte und schluchzte, so heftig, dass meine Schultern bebten. Wie ein kleiner Junge, der durchgeprügelt worden ist, obwohl er gar nichts angestellt hat ...

Rhalana stieß ein ängstliches Wiehern aus und schüttelte die Mähne. Ich zuckte zurück. Schüttelte mich meinerseits. Die Gegenwart traf mich völlig unvorbereitet. So, als hätte mir jemand ein in Eiswasser getränktes Tuch um die Ohren geschlagen. Mit einem Mal war ich wieder in dem düsteren Wald, zwischen Kiefern und Föhren, auf dem schmalen, holprigen, von Nadeln und Tannenzapfen bedeckten Pfad.

Einen Moment dachte ich, Räuber hätten mir aufgelauert und wären im Begriff, hinter den Baumstämmen hervorzustürmen. Aber da war niemand. Rhalana hatte mich nicht vor knüppel- und messerschwingenden Schurken gewarnt. Ich selbst war es, der sie aufgeschreckt hatte. So verhält es sich nun mal mit Pferden: Sie wissen immer genau, wie es dir geht und was du fühlst. Je besser sie dich kennen, desto weniger kannst du ihnen vormachen. Und wenn sie merken, dass du Kummer oder Sorgen oder Angst hast, dann bekommen auch sie es mit der Angst zu tun.

Ich zwang mich dazu, tief ein- und auszuatmen. Zog sachte am Zügel, bis Rhalana stehenblieb. Beugte mich dann vor, streichelte sie und flüsterte ihr beruhigende Worte ins Ohr. Wünschte, jemand wäre gekommen und hätte dasselbe mit mir gemacht. Vielleicht würde sich ja irgendwo in diesem elenden Wald eine Meise finden, die herbeigeflattert käme und mir zuzwitscherte, dass alles gut wird.

Mittlerweile war der Nachmittag herangerückt. Die Dämmerung nahte bereits. Mir blieben noch zwei oder drei Stunden, bis es dunkel wurde. Ich straffte mich, gab Rhalana die Sporen und ritt weiter, so zügig es der von Wurzeln überwachsene Weg erlaubte.

Im selben Moment schoss mir eine weitere Erinnerung durch den Kopf. Als ich zum zweiten Mal zu Gelfrats Thannhof geritten war, hatte ich irgendwo im Nachtforst einen falschen Weg eingeschlagen. Es war ein schwüler Spätsommertag gewesen. Selbst im schattigen Waldzwielicht war die Luft heiß und drückend. Dennoch – und obwohl der Pfad keineswegs für einen Galopp geeignet war – trieb ich mein Pferd unablässig an, sodass seine Flanken schäumten und ihm der Speichel aus dem Maul spritzte. Ich wusste, dass Glenna tot war. Aber ich sah ihren schlaffen Körper vor mir, wie er an dem Seil baumelte, mit dem sie sich erhängt hatte. Und ich bildete mir ein, ich könnte ihr helfen, irgendwie, wenn ich nur schnell genug zum Gut ihres Vaters gelangte.

Als ich begriff, dass ich mich verirrt hatte, war es bereits zu spät. Ich hatte keine Ahnung, wie ich wieder auf den richtigen Weg zurückfinden sollte. Vor Wut und Verzweiflung hätte ich aufschreien mögen. Da sah ich einen Wagen hügelab fahren. Es waren Köhler. Sie kamen von ihren Meilern her, die sie in der Tiefe des Waldes errichtet hatten, um die naheliegenden Dörfer mit Kohle zu beliefern. Gerade löste sich ihr Wagen aus einem verschatteten Wegstück. So grell war die Sonne, die sie nun beschien, dass die Männer eine Hand hoben, um sich gegen das Licht zu schützen, und die Ochsen, die den Wagen zogen, ein Grunzen ausstießen. Das verkohlte Holz, das sie geladen hatten, rauchte in der Hitze. Ich war heilfroh, als ich die Köhler erblickte. Gewiss wussten sie, wie ich zum Thannhof gelangte. Eilig ritt ich in ihre Richtung. Einer der Männer – ein Graubart, der einen schmutzigen, zerfledderten Strohhut trug – rief den Göttergruß, obwohl ich noch einige Dutzend Schritte entfernt war.

»Zum Thannhof! Ich muss zum Thannhof!«, brüllte ich.

Da fing das Holz Feuer. Über dem Wagen zuckten Flammen auf, fast durchsichtig in der flirrenden Luft, und ehe ich begriffen hatte, was geschah, brannte die Ladung der Köhler lichterloh. Die Ochsen versuchten, dem Feuer, das sie hinter sich spürten, zu entfliehen. Einer der Männer mühte sich, sie im Zaum zu halten, während der andere hastig nach den Wassereimern langte, die an der Seite des Wagens befestigt waren, und die Kohle zu löschen suchte.

Ich war den Flammen mittlerweile schon so nahe gekommen, dass mein Pferd in Panik geriet. Laut wiehernd bäumte es sich auf, und um ein Haar wäre ich aus dem Sattel geflogen. Einige Augenblicke lang sah ich den Köhlern bei ihrem aussichtslosen Kampf gegen das Feuer zu. Dann wendete ich das Pferd und galoppierte zurück in die Richtung, aus der ich gekommen war.

13
NUR EINE RICHTUNG

Mykar

Meyk und Rilge waren ins Freie getreten, um mich zu verabschieden. Ich hatte Schecke bereits gesattelt. Die Vorräte für die Reise – Schwarzbrot, Trockenfleisch, Hartkäse, ein wenig Dörrobst, einen Weinschlauch, ein Krüglein mit Pflaumenbrand – hatte ich in den Packtaschen verstaut. Auch Danje war in einer der Taschen verborgen, sicher in Tuch gewickelt. Ich war bereit zum Aufbruch.

Dennoch freute mich, dass der Wirt und seine Frau noch ein wenig mit mir plaudern wollten. Ich sagte mir, dass die Zeit nicht drängte. Der Morgen war kaum zur Hälfte vorbei. Und auch heute schien die Sonne. Ihr Licht war klar und kalt. Keine Wolke stand am Himmel. Zwar hörte man das Rauschen des Nantis, der von den Regenfällen der vergangenen Wochen angeschwollen war. Doch drohten uns weder Schauer noch Graupel. Danje und ich hatten Glück. Wir würden gut vorankommen. Ich konnte es mir leisten, ein paar Worte mit Meyk und Rilge zu wechseln.

Das alles stimmte. Zugleich stimmte es nicht. Denn die frühe Stunde war ebenso wenig wie das gute Wetter der Grund, weshalb ich die Abreise hinauszögerte. In Wahrheit wollte ich den Gasthof – tatsächlich hieß er *Zur Alten Brücke*, wie ich mittlerweile herausgefunden hatte – überhaupt nicht verlassen. Ich wollte hierbleiben; hier, mit Danje.

In der Stille unseres Zimmers war es weit weg, das Dunkle und Schwere, das wir erlebt hatten: Cays Flammentod auf dem Scheiterhaufen, Rudrick und die Horde, Ede und seine Geheimnisse, die Linde auf der Lichtung und die Toten, die sie behütete … All diese

151

Dinge waren im Zwielicht jener Ferne verschwunden, die auch Justinius' Landsitz, die Windmarken und die Fokris-Berge längst schon meinem Blick entrückt hatte. Ich wünschte, sie wären dort geblieben: der Glimmer eines vergangenen Schmerzes, dessen Nachleuchten den Horizont erhellte wie die letzten Strahlen der untergegangenen Sonne. Doch mir war klar, dass sie zurückkehren würden, unsere Schatten und Gespenster: Sie würden auf Danje und mich niederfahren, aus allen Himmelsrichtungen, mit der Gewalt von Sturmböen, und uns fortreißen, und wir würden dieser Wut nichts entgegenzusetzen haben: als ob wir kleine Steinchen oder Zweiglein wären, Herbstlaub oder tote Blätter.

Unsere einzige Hoffnung bestand darin, uns im ersten Stock von Meyks Herberge zu verstecken. Das wusste ich. Aber wir würden weiterreisen. Auch das wusste ich.

Also bedankte ich mich, als mir der Wirt und seine Frau alles Gute für die Reise wünschten. Also stieg ich in den Sattel, mühsam und ungelenk. Also versuchte ich, zum Abschied ein Lächeln und freundliche Worte zu finden.

»Ich hoffe, das Hochwasser wird Euch keine Schwierigkeiten machen«, sagte ich, weil mir nichts Besseres einfiel.

Meyk schüttelte den Kopf. »Das ist nichts Besonderes. So ist's eigentlich jedes Jahr einmal. Entweder im Herbst nach dem Regen, oder im Frühling, wenn der Schnee schmilzt. Daran sind wir gewöhnt. Da muss noch eine Menge passieren, eh wir unsere Sachen packen und in die Hügel flüchten.«

»Ah«, sagte ich und merkte, dass ich sonst nicht mehr viel zu sagen hatte. Meine Stimme klang verzagt, als ich hinzufügte: »Dann ist es ja gut. Wenn jetzt nur nicht zu wenig Gäste kommen …«

»Wisst Ihr, ein paar ruhige Monate sind gar nicht schlecht«, antwortete Rilge fröhlich. »Da können wir uns mal wieder um das Haus kümmern. Ihr müsstet sehen, wie es hier im Sommer zugeht. Manchmal stellen wir Tische im Hof auf, um alle Leute bewirten zu können. Dann machen wir ein Feuer und hängen einen großen Kessel drüber und schmeißen alles Fleisch und Gemüse rein, was wir finden.«

Ich stellte es mir vor: das Lachen der Gäste in einer duftig-warmen Nacht, den Widerschein der Flammen auf ihren verschwitzten Gesichtern, das Klappern des Tongeschirrs, das Glucksen von Wein und Bier, wenn Krüge und Humpen nachgefüllt wurden ... Ich spürte einen Stich im Herzen.

»Nun, also dann ... lebt wohl!« Ich hob die Hand und zog leicht am Zügel.

Auch der Wirt und seine Frau winkten. »Lebt wohl! Mögen die Götter Euch beschützen!«, rief Meyk.

»Und schaut vorbei, wenn Ihr wieder in der Gegend seid!«, sagte Rilge.

»Ja, das werde ich!«

Schecke schnaubte und drehte sich um. Bald darauf waren wir von neuem auf der Reichsstraße unterwegs. Als wir einige hundert Meter zurückgelegt hatten, ließ ich das Maultier anhalten. Ich beugte mich vor, holte Danje aus der Tasche und legte sie zwischen meine Beine auf den Sattel. Vorsichtig öffnete ich das Tuch, sodass sie hinausschauen konnte. Dann ritten wir weiter. Ich fürchtete, Danje könnte ins Rutschen geraten und zu Boden fallen. Doch das geschah nicht. Ab und zu musste ich sie kurz festhalten oder umdrehen, wenn sie in die andere Richtung schauen wollte. Das war alles.

Kurz bevor der Gasthof außer Sicht geriet, blickte ich noch einmal über die Schulter. Plötzlich fiel mir ein, worüber ich mit dem Wirt und seiner Frau hätte sprechen können, um die Abreise aufzuschieben. Die ganze Zeit hatte ich mich gefragt, was der Grund dafür war, dass es nur auf der mandurischen Seite des Flusses ein Zollhäuschen gab.

Danje unterbrach meine Gedanken: *Ich schlage vor, wir machen es so, mein Recke – du reitest ein wenig auf Schecke, und wenn du dann berühmt bist, gehen wir zum Dorn und fragen ihn. Wie wäre das?* Sie zwinkerte mir lustig zu, als sie das sagte.

Natürlich hatte Danje mitbekommen, dass ich bekümmert war und mir Sorgen machte, was die Zukunft bringen mochte. Aber davon wollte sie nichts wissen. Sie hatte sich in den Kopf gesetzt, dass wir ein herrliches Abenteuer erleben würden. Damit war die Sache für sie erledigt.

Ich ärgerte mich über Danje. Zugleich schmeichelte es mir, dass sie mich ihren Recken nannte. Gegen meinen Willen musste ich kichern.

Vielleicht erlaubt der Dorn dir ja auch, selbst ein Zollhäuschen zu bauen und dort einzuziehen. Dann könntest du dein ganzes Leben lang in deiner Wachstube hocken und darauf warten, dass jemand kommt und vor dir einen Buckel macht. Das würde dir doch bestimmt gefallen, oder?, spöttelte Danje.

»Halt den Mund, sonst werfe ich dich in den Fluss!«, sagte ich in strengem Tonfall.

Dann lachten wir beide.

Zunächst schien es, als würden sich Danjes Erwartungen bestätigen. Das gute Wetter blieb uns treu. Und die Reichsstraße führte durch einen Landstrich, der weit weniger einsam und verödet war als alles, was wir bislang auf unserer Reise gesehen hatten. An den Ufern des Nantis gab es zahlreiche Fischerdörfer. Sie lagen im Schatten von felsigen Hügeln, die sich weit ins Landesinnere zogen. Die Hügelhänge waren mit Föhren und Lärchen bewachsen. Manchmal, wenn die Sonne besonders hell schien, war es, als würden die Bäume von innen her leuchten in Grün und Gelb und Rot.

Dieser Abschnitt der Reichsstraße war recht belebt. Wanderer, Händler und Bauern zogen durch die Dörfer. Manchmal musste ich Danje wieder in die Satteltasche packen, um sie vor neugierigen Blicken zu schützen. Jeden Tag kamen wir an mehreren Gasthöfen und Relaisstationen vorbei, in die wir hätten einkehren können. Das war gut. Ich spürte, dass ich meine Kräfte bald brauchen würde und freute mich, wenn wir nachts ein Dach über dem Kopf hatten.

In den Herbergen gab es jetzt häufig Fisch: gekocht oder gedünstet, geräuchert oder gebraten. Ich hatte in meinem Leben kaum je Fisch gegessen. Das Fleisch war weiß oder rosa, manchmal gelblich. Es konnte weich oder fest sein, fett oder mager. Alles in allem schmeckte Fisch eigenartig, und ich wusste nicht, was ich mit den kleinen, spitzen Knochen anfangen sollte, die darin steckten. Ich fürchtete, sie würden sich mir in die Kehle bohren, und ich müsste ersticken. Doch schon am zweiten Abend erbarmte sich eine Schankmagd meiner Not. Sie zeigte mir, wie man die Gräten entfernte.

Ich stellte fest, dass Fisch viel leckerer war, wenn man ihn richtig aß. Gebraten mit Speckkartoffeln war er fast so gut wie die Eintöpfe von Meyk und Rilge. Noch besser fand ich die gesottenen Flusskrebse, die man allabendlich zum Fisch bekam. Sie wurden in einem Weinsud gekocht, dann mit geschmolzener Petersilienbutter übergossen. Die Krebse sahen zwar zum Fürchten aus, und man musste ihre Schale mit den Händen aufbrechen, ehe man an ihr Fleisch herankam. Das schmeckte dafür herrlich süß. Ich konnte gar nicht genug davon bekommen.

Nach einer Weile bemerkte ich, dass die Leute hier anders redeten als in der Gegend, wo ich geboren worden war. Das heißt, sie sprachen zwar Ahekrisch. Es war aber nicht *mein* Ahekrisch. Viele Wörter klangen merkwürdig bei ihnen – weicher und langgezogen und irgendwie auch schief. Manchmal verstand ich überhaupt nicht, was sie sagten. Erst jetzt wurde mir klar, dass auch Justinius und Vanice ein anderes Ahekrisch redeten als ich. Ich vermutete, dass die beiden es komisch fanden, wie *ich* sprach. Vielleicht hatte auch Cay, als Sohn eines Elaah-Geweihten, das Ahekrisch der Hohen Herren benutzt, und es war mir nur nie aufgefallen. Das war eine Vorstellung, die mich traurig machte.

Als ich einmal begonnen hatte, über diese Dinge nachzugrübeln, kamen mir immer mehr beunruhigende Gedanken. Ich wusste ja, dass man nicht überall auf der Welt Ahekrisch sprach. Bislang hatte dieses Wissen aber keinerlei Bedeutung für mein Leben gehabt. Jetzt änderte sich das. Ich fragte mich, wie lange es dauern würde, bis ich an die Grenzen des Kaiserreichs kam. Hatte Ede nicht gesagt, Donost gehöre noch zu Ahekrien? Ich konnte mich nicht mehr erinnern. Aber falls dem nicht so sein sollte: Was würde ich tun, wenn ich in ein Land kam, dessen Sprache ich nicht verstand? Wie würde ich dann meinen Auftrag erfüllen?

Danje versuchte, mich zu beruhigen. Sie erklärte mir, es sei gar nicht so schwer, eine fremde Sprache zu lernen. Zum Beispiel hätte sie selbst Forkkra gelernt. Und wenn sie das schaffte, obwohl sie doch nur ein kleines Mädchen war, das sein ganzes Leben auf einer Lichtung im Wald verbracht hatte, sollte ich, der Recke Mykar, es erst recht hinkriegen.

Ich errötete und beeilte mich zu fragen, was dieses Forkkra für eine Sprache war. Ich hatte das Wort noch nie gehört. Danje erklärte mir, dass in den Teilen Ahekriens, die heutzutage »Nordmark« und »Windmarken« genannt wurden, früher alle Menschen Forkkra geredet hätten. Früher: das hieß, als es eben noch kein Ahekrien gab. Damals beteten die Bauern zu der Erdgöttin Lemarah, der ja heute noch nach jeder Ernte Dankaltäre errichtet wurden. Elaah und Hekir und so – Danje sagte wirklich »und so« – waren dagegen neue Götter. Sie kamen aus dem Süden und wurden misstrauisch beäugt. Nur die Reichen konnten etwas mit ihnen anfangen.

Dann aber begann die Herrschaft des Blutigen Elgart. Wer sich zu Lemarah bekannte, wurde erschlagen oder endete auf dem Scheiterhaufen. Nur im Verborgenen konnte die Erdgöttin noch verehrt werden. Die Hexen waren ihre Priesterinnen und Priester. Nach Elgarts Tod hofften die Leute auf bessere Zeiten. Aber sie wurden bitter enttäuscht. Denn diejenigen, die dem ersten Kaiser auf dem Thron nachfolgten, waren ebenso schlimm wie er, vielleicht gar schlimmer. Denn sie verbaten obendrein die Alte Zunge. Wer von einem Geweihten oder Soldaten dabei ertappt wurde, auch nur einen Satz Forkkra zu reden, musste mit dem Kerker rechnen.

So verging die Zeit, und langsam vergaßen die Menschen, was die Sprache ihrer Väter und Mütter gewesen war; die einzige Sprache, die wirklich zu ihrem Land gehörte: dem weiten, wilden Land, das sie geboren hatte und ihnen täglich Sonne und Regen und Wind schenkte. Wiederum waren es die Hexen, die das Geheime Wissen bewahrten. Bis heute lernten und lehrten sie Forkkra. Wenn sie sich zu ihren Versammlungen und Festen trafen, kam kein Wort Ahekrisch über ihre Lippen.

Das war Danjes Geschichte. Mir wollte nicht recht gefallen, wie sie über die Geweihten sprach: Illiam, Cays Vater, war immer gut zu mir gewesen. Dennoch hörte ich ihr gerne zu. Ich war davon beeindruckt, wie viel sie wusste. Ich selbst wusste fast überhaupt nichts. Ich konnte nur staunen, wenn mir jemand erzählte, was er alles gelernt hatte. Aber zumindest eines war mir aufgefallen. Ich fragte Danje, ob die Fokris-Berge etwas mit ihrem Forkkra zu tun hatten. Da strahlte sie. Ja, es sei nämlich so, dass das ganze Land früher Forkkris geheißen habe.

Ich nickte.

Dass mir »Windmarken« besser gefiel, behielt ich für mich. Auch dass ihre Geschichte nicht dazu angetan war, mich zu beruhigen, sagte ich ihr nicht.

Trotz aller Grübeleien war es eine angenehme Reise. Der Wirt hatte nicht gelogen, was Schecke betraf. Wir zwei hatten keine Schwierigkeiten miteinander. Ruhig und beständig setzte das Maultier einen Huf vor den anderen. Manchmal schien mir, als würden wir sehr langsam vorankommen. Aber dann blickte ich mich um und stellte fest, dass wir schon wieder ein paar Kilometer zurückgelegt hatten.

Ich mochte, wie Schecke aussah. Mir gefielen das helle Maul, die langen Ohren und das braunweiße Fell. Ich mochte auch, dass Schecke so lustige Geräusche von sich gab: Manchmal iahte er wie Schlappi; manchmal wieherte er, dass es fast wie bei Rhalana klang – nur leiser und sehr tief. Außerdem fand ich bald heraus, dass er, wenn ihm etwas besonders gut gefiel, ein lautes, fröhliches Mööööh machte. Und Schecke gefiel eine ganze Menge. Er war fast so redselig wie Danje und hatte ständig etwas zu sagen. Zwar verstand ich ihn nicht. Doch ich war mir sicher, dass wir gute Freunde werden würden. Es war wirklich schön, mit Schecke zu reisen.

Die Probleme hatten nichts mit ihm zu tun, sondern mit mir. Manchmal vergaß ich fast, dass ich nicht reiten konnte, so gutmütig war das Maultier. Mein Körper aber erinnerte mich daran, wie wenig Zeit ich bislang im Sattel verbracht hatte. Früher hatte ich blutige Blasen an den Füßen gehabt. Jetzt waren meine Schenkel und mein Hintern aufgescheuert. Ich brauchte eine Weile, bis ich die Schmerzen bemerkte. Dann gab es Stunden, in denen ich meinte, ich könnte sie nicht mehr aushalten.

Natürlich stimmte das nicht. Ich hielt alles aus.

Ich erinnerte mich an die Nacht vor Cays Hinrichtung. Daran, wie ich versucht hatte, ihn zu befreien. Wie viele Schergen des Dorn waren durch meine Hand gestorben? Vier, fünf? Sie hatten mich nicht aufhalten können. Aber gegen den Sternträger war ich machtlos gewesen. Seine Klinge hatte meinen Arm und mein Bein zerschlitzt. Ich war vor ihm auf die Knie gefallen. Doch am nächsten Tag hatte ich nichts mehr von den Verletzungen gespürt.

Ja, da war noch etwas anderes geschehen, in jener Nacht. Auch daran erinnerte ich mich: eine armselige Kellerschenke; ein Einäugiger und ein altes Weib, das wie ein Mädchen gekleidet war. Eine Handvoll Säufer und ich. Und Blut … so viel Blut …

Skargat-Kind!

Plötzlich wusste ich wieder, warum ich hier war. Nicht, um Fisch zu essen oder fremde Sprachen zu lernen. Nicht, um auf einem Maultier die Grenzen des ahekrischen Reichs zu erkunden. Nein, ich war hier, weil mir Ede ein Versprechen gegeben hatte. Wenn ich für ihn mordete, würde er mir sagen, was ich tun musste, um Rache zu üben.

Rudrick – es ging um Rudrick. Darum, ihn zu töten, zu vernichten, auszumerzen. Ihn und seine Spießgesellen, Verbündete, Freunde. Die ganze Wilde Horde und den Schwarzen Jäger, wenn es sein musste.

Dann würde ich auch Danje und ihre Familie rächen können. Die Hexe Aiona würde um ihr Leben flehen, bevor ich mit ihr fertig war; um ihr Leben, und um ihren Tod.

Zum ersten Mal machte Schecke einen klagenden Laut.

Eine Weile schwieg Danje. Ich hatte sie wohl verschreckt. Sie

wollte nicht daran erinnert werden, weshalb wir unsere Reise angetreten hatten und was unser harrte. Auch ich hatte das nicht gewollt. Wenn es nach mir gegangen wäre, hätten wir uns im Gasthof
Zur Alten Brücke verkrochen, bis die Würmer die Deckenbalken zer-
nagten.

Aber die Schatten und Gespenster waren zurückgekehrt, wie ich
vorhergesehen hatte. Sie waren zurückgekehrt, und ich begrüßte
sie mit offenen Armen.

Ja, unser Weg führte nur in eine Richtung.

Ich konnte ihn klar vor mir sehen – bis zum Ende.

14
DAS FEST DES VETERANEN

Justinius

Die Dämmerung war hereingebrochen, als ich den Thannhof erreichte. Das Licht trübte sich ein, nach und nach verblassten die wenigen Farben, die der Tag gekannt hatte. Alles wurde noch grauer. Bald würde es schwarz sein.

Gelfrats Gut stand auf einer gewaltigen Rodung. Im Lauf vieler Jahre hatten die Bauern dem Wald Dutzende Morgen Land abgetrotzt. Und es war gutes Land. Ein kleiner Fluss strömte quer durch die Schwende. Der Boden war eben und fruchtbar. Und der Nachtforst bot den Jägern reiche Beute.

Ja, der Dorn hatte Glennas Vater wirklich ehren wollen, als er ihm das Lehen irgendeines kleinen Ritters übertrug, dessen Name längst verloschen war. Wenn ich nicht irrte, hatte sich der Herrscher der Windmarken mit eigenen Augen davon überzeugen können, was Gelfrats Schwertarm taugte. Jedenfalls hieß es, die beiden hätten im Großen Krieg gegen Iskrien manche Schlacht gemeinsam geschlagen. Seit' an Seit', sozusagen. Mit blitzender Waffe und blinkender Rüstung. Oder umgekehrt. Wahrscheinlich hatte irgendwer irgendwann einmal Lieder darüber gedichtet, die heute noch in den Schankräumen kaisertreuer Wirte gesungen wurden.

Ich wandte den Kopf zur Seite und spuckte aus. Warum in Dreidämonsnamen stimmte mich der Gedanke an Gelfrats Heldentaten so bitter? Es war ja nicht seine Schuld, dass Glenna elendig zugrunde gegangen war. Wahrscheinlich hätte er den Thannhof und seinen Junker-Titel und zehn Jahre seines Lebens dazu gegeben, wenn er seine Tochter noch einmal hätte lächeln sehen dürfen.

160

Meine Zähne begannen zu schmerzen, so fest knirschte ich mit ihnen.

Langsam durchquerte ich ein Dorf. Stille. Leere Wege. Ein wenig Lichterschein. Ich ritt über eine Holzbrücke. Lauschte auf das Murmeln des Flusses unter mir. Dann kam noch ein Dorf. Dann eine Straße, sogar gepflastert, die zwischen Feldern hindurch auf den Thannhof zuführte. Dann hatte ich mein Ziel erreicht.

Gelfrat hatte mir einmal erzählt, dass er seinen Besitz in einem Zustand vorgefunden hatte, der jeglicher Beschreibung spottete. Damals – es war der Abend, an dem ich Glenna kennenlernte – lebte ich noch auf der Burg des Herrn Baron und konnte herzlich über das Ärgernis lachen, dem sich der alte Veteran da ausgesetzt gesehen hatte. Denn auch Gelfrat selbst lachte darüber. Er hatte nämlich die Gelegenheit genutzt, das Gut von Grund auf neu zu errichten. So, wie es seinen Vorstellungen und Wünschen entsprach.

Und was er sich wünschte, war ein altahekrischer Wehrhof.

Das war die Ironie an dem Ganzen, die böse, niederträchtige Ironie: Gelfrat glaubte an Ahekrien. Er glaubte an den Kaiserthron, an Elgart den Unbesiegten, an den Marsch der Tausend und den göttlichen Auftrag, Ebera im Namen Elaahs zu einen. Er glaubte, dass die unzähligen Kriege gegen die Warek und Iskrien im Zeichen der Treue zu diesem Auftrag gestanden hatten. Und er wäre jederzeit bereit gewesen, einen Berg von Leichen zu besteigen, um ganz oben die Flagge mit dem Ahekrischen Stern in das faulende Fleisch zu rammen, sodass alle Welt sehen konnte, was der Lohn war, wenn man den Streitern für das Gute, Wahre und Schöne in die Suppe spuckte.

Tatsächlich hielt sich Gelfrat selbst für einen dieser Streiter. Und er wollte, dass man das auch mitbekam. Also ließ er seinen Gutshof befestigen, als stünde er irgendwo in den Grenzlanden des ahekrischen Reiches, wo jeden Tag mit einem schwungvollen Warek-Überfall zu rechnen war und man reichlich Gelegenheit hatte, für die Wahrheit zu sterben.

Ein Palisadenzaun umfriedete das Gut. Die einzelnen Pfähle hatte man angespitzt und obendrein eine Grube ausgehoben, die an der Außenseite des Zauns entlanglief. Es gab auch ein schönes, robustes Tor, das von zwei hölzernen Wachtürmen flankiert wurde. Auf diesen Wachtürmen standen Männer in Lederharnischen und Fellumhängen. Einer davon rief mich an, als ich etwa auf zehn Schritte an das Tor herangekommen war.

»Hekir mit Euch, Fremder! Was ist Euer Begehr?«

Das tönte so aufrichtig und anständig, dass ich mich versucht fühlte, den Wächter auf einen Krug Bier einzuladen.

Ich antwortete: »Hekir mit Euch! Mein Name ist Justinius von Hagenow. Ich wünsche, den Junker Gelfrat von der Thann zu sehen!«

Meine Stimme hatte einen kräftigen Klang. Zuversichtlich, aber nicht herausfordernd. Ein wenig angerauht, wie sich das gehörte. Wahrscheinlich hatte auch der Wächter nicht übel Lust, mir ein Bier auszugeben.

»Wartet einen Moment, Euer Hochwohlgeboren!«, kam umgehend zurück.

»Ich warte!«, bestätigte ich überflüssigerweise. Vielleicht hatte ich einfach noch mal hören wollen, wie diese kernige Kriegerstimme, die zufällig mir gehörte, in die Dämmerung hineinschallte.

Während ich wartete, tätschelte ich Rhalanas Flanke. Suchte den Himmel nach dem aufgehenden Mond oder ein paar hübschen Sternen ab. Fand nur dunkelgraue Wolken, so dicht und undurchdringlich wie der Bart eines Gefangenen, der die letzten paar Jahre in einer lauschigen Oubliette verbracht hat.

Nun, für den Fall, dass ich Rudrick und das namenlose Böse überlebte, sollte ich mich als Poet versuchen.

Schließlich rief der Wächter: »Gelfrat von der Thann erwartet Euch, Euer Hochwohlgeboren!«

Dann öffneten sich die Torflügel, und ich ritt los. Wenige Sekunden später war ich am Ziel. Und fragte mich, warum zur Hölle ich derart versessen darauf gewesen war, hierherzukommen. Denn alles, woran ich denken konnte, war die tote Glenna. Ich hatte schon ein paar

Male das Vergnügen gehabt, die Leichen von Gehängten zu sehen. Um nichts in der Welt wollte ich mir Glenna so vorstellen. Aber natürlich war gerade das der Grund, warum ich sie mir so vorstellen *musste*: das dunkel-verfärbte Gesicht, die geschwollene Zunge, die hervorquellenden, blutigen Augen …

Ich fiel fast vom Pferd, als das wütende Gebell ertönte. Wieder war ich in meinen Erinnerungen und meinem Kummer versunken – wenn das so weiter ging, würde Gelfrat die nächsten zwei Tage damit verbringen, mir Schnupftücher zu reichen, anstatt sich auf Rudricks Gespensterpack vorzubereiten.

Zum Glück sorgten die Hunde dafür, dass ich ins Hier und Jetzt zurückfand. Das waren große, schwarze, zottelige Biester mit Nietenhalsbändern. Sie kläfften, als wollten sie den Palisadenzaun zum Einsturz bringen, und schienen ganz wild darauf, mich in Stücke zu reißen, sodass die Männer, die sie führten – wie die Torwächter trugen sie schicke Lederharnische –, einige Kraft aufwenden mussten, um ihre götterverdammten Köter zurückzuhalten. Alles in allem gelang ihnen das aber ganz gut. Nachdem ich Rhalana ein wenig gestreichelt hatte, um zu verhüten, dass sie ihrerseits übermütig wurde, konnte ich mich also in Ruhe umsehen.

Viel verändert hatte sich nicht auf dem Thannhof. Soweit ich das auf den ersten Blick zu erkennen vermochte, hatte sich eigentlich überhaupt nichts verändert. Das Hauptgebäude bestand – ganz die altahekrische Gutsherrenart – aus einer einzigen, langgezogenen Halle. Hier wurde gekocht, gegessen und gefeiert. Hier wurden im Winter die Wettkämpfe ausgetragen, mit denen sich die Männer kriegstauglich hielten: Messer- und Axtwurf, Ringen, Schwertduelle. Hier beriet sich der Junker mit seinen Vertrauten. Wenn jemand verheiratet wurde, fand hier die Hochzeit statt. Wenn jemand starb, wurde hier die Leiche aufgebahrt. Und die Kinder der Dienerschaft spielten hier, zwischen den Tischen und Bänken aus schwerer Eiche.

Zu beiden Seiten des Langhauses schlossen unmittelbar Nebengebäude an, in denen die Schlafräume für die Herrschaften und das Gesinde untergebracht waren. Dann gab es eine Schmiede, Stallungen, einen Kornspeicher, ein Vorratslager, eine kleine Brauerei – eben alles, was man benötigte, um zu überleben, wenn man in einer feindseligen Wildnis auf sich allein gestellt war. Wobei ich zugeben musste, dass sich der Thannhof auch hier, am Rande der weniger feindseligen als vielmehr sterbenslangweiligen Windmarken, nicht schlecht machte.

Obwohl es bereits Abend war, herrschte rege Betriebsamkeit. Diener und Mägde eilten zwischen den Gebäuden hin und her. Ein Widerschein von rötlich-flackerndem Licht drang aus der Schmiede, und der sauerscharfe Geruch stieg mir in die Nase, der entstand, wenn unreines Metall verarbeitet wird. Das war allerdings nicht das Einzige, was ich roch. Vor allem war da der Duft von gebratenem Fisch und Fleisch, von gekochtem Wirsing und Kraut und frisch gebackenem Brot. Ich wusste zwar nicht, was bei Gelfrat üblicherweise auf den Tisch kam, vermutete aber, dass ich da in eine größere Feierlichkeit hineingeplatzt war. Zu welchem Anlass wohl ein Fest gegeben wurde? Ich sah mich nach einer Magd um, die mir eine Antwort auf diese Frage geben könnte. Doch da erblickte ich den alten Veteranen selbst. Er war gerade im Gespräch mit einer Handvoll Knechten gewesen, die ihre Last – Fässer, die verdächtig so aussahen, als würden Wein und Bier in ihnen schwappen – nun in Richtung des Haupthauses trugen, während Gelfrat auf mich zuschritt.

Ich stieg aus dem Sattel, nahm die Zügel und ging meinerseits dem Hausherrn entgegen. Er war eine wuchtige, beinah ehrfurchtgebietende Erscheinung. Obwohl er schon sechzig Winter gesehen hatte, war nichts Greisenhaftes an ihm. Sein volles, weißes Haar war zu einem Zopf geflochten, so wie ihn Elgarts Gefährten auf dem Marsch der Tausend angeblich getragen hatten. Sein Bart war eckig geschnitten, auch dies im Einklang mit irgendeinem altahekrischen Kriegerbrauch, und ebenfalls lang und weiß. Sein Gesicht zeigte die Spuren von Sonne, Wind und Regen. Es hatte die Farbe von gegerbten Häuten, was die breite, bleiche Narbe, die sich quer über seine Stirn zog und bis zu den Wangenknochen hinabreichte, noch deutlicher hervortreten ließ. Er trug hohe Stulpenstiefel, eine braune

Wildlederhose, ein braunes Wildlederhemd, weit aufgeknöpft, und darüber eine Fellweste. An seinem breiten Gürtel baumelten ein Langdolch und ein Jagdmesser.

Kein Zweifel: Wenn man Gelfrat so sah, konnte man sich mühelos vorstellen, wie er seinerzeit auf dem Schlachtfeld triumphiert hatte.

Plötzlich jedoch kamen mir Zweifel ganz anderer Art: Was, wenn ich mich geirrt hatte? Vielleicht war mir Gelfrat gar nicht wohlgesonnen … Vielleicht gab er mir die Schuld am Tod seiner Tochter … Vielleicht hielt er mich für einen Jammerlappen und Feigling …

Doch da lächelte er mich an. Seine bräunlichen Zähne wirkten sehr dunkel inmitten des weißen Bartes. Aber sein Lächeln war warm und herzlich.

»Hekir mit Euch, Justinius!«, sagte er und streckte die Hand zum Kriegergruß aus.

»Und mit Euch, Gelfrat!«, erwiderte ich, indem ich sein Handgelenk umfasste.

»Ihr ehrt mein Haus mit Eurem Besuch.«

»Ich danke Euch, dass Ihr mich unter Eurem Dach willkommen heißt. Aber sagt … wird auf dem Thannhof heute Abend ein Fest gefeiert?«

Der alte Veteran sah mich verwundert an. »Natürlich wird heute Abend ein Fest gefeiert, Justinius. Deshalb seid Ihr doch hier!«

Vermutlich stand auch mir die Verwirrung ins Gesicht geschrieben. »Deshalb bin ich hier? *Weshalb?* Ich meine – ich verstehe nicht …«

»Habt Ihr denn meine Einladung nicht bekommen?«

»Eure Einladung?«

»Im Frühling habe ich einen Boten zur Burg Eurer Familie geschickt. Ich habe Euren Vater eingeladen, Euren Bruder, Eure Schwestern und natürlich Euch.«

Meine Verwirrung steigerte sich zur Verstörung. »Ihr habt *meinen Vater* zu Eurem Fest eingeladen? Wie bitte –«

Es gelang mir mit Müh' und Not, ein *Seid Ihr noch bei Trost?* zu unterdrücken. Das änderte jedoch nichts daran, dass sich Gelfrats Miene verfinsterte. Seine Stimme klang deutlich kälter und leicht knirschig, als er sagte: »Selbstverständlich habe ich den Baron Gernot von Hagenow eingeladen. Das gebieten Ehre und Anstand. Aber nach allem, was ich höre, ist Euer Vater schwer erkrankt. Ich nehme an, das ist der Grund, weshalb ich niemals eine Antwort auf meine Einladung erhalten habe.«

Unter gewöhnlichen Umständen hätte es mich zum Lachen gereizt, die Wörter »Ehre« und »Anstand« im selben Atemzug wie den Namen meines Vater zu hören. Doch die Umstände waren keineswegs gewöhnlich. »Ihr wisst also nichts davon …«, sagte ich langsam.

Die Falte, die sich zwischen Gelfrats buschigen Augenbrauen bildete, war so tief, dass man einen Silbergulden hätte hineinschieben können. »Wovon weiß ich nichts, Justinius? Wenn Ihr etwas zu sagen habt, dann redet offen mit mir, von Mann zu Mann.«

»Genau das habe ich vor. Es gibt sogar eine ganze Menge, worüber ich mit Euch reden muss. Ganz offen, von Mann zu Mann, und am besten sofort. Lasst uns an einen Ort gehen, wo wir uns in Ruhe unterhalten können. Glaubt mir, es ist wichtig.«

Der alte Veteran betrachtete mich nachdenklich. »Ich glaube Euch, Justinius. Wir werden reden. Aber nicht jetzt. Seht nur, die letzten Strahlen der Sonne schwinden. Das heißt, dass das Fest eröffnet werden muss. So ist es Brauch.«

Ich schluckte schwer. »Gelfrat, hört mich an … Was ich Euch zu sagen habe, ist wichtiger als jedes Bankett. Wenn alles überstanden ist, können wir feiern.«

Meine Stimme klang so leise und ruhig, wie sich das bei jemandem gehört, der kurz davor steht, aus der Haut zu fahren. Gelfrat konnte kaum entgangen sein, dass ich ihn am liebsten angeschrien hätte, und halb erwartete ich, dass er mir eins auf die Schnauze geben würde. Aber der alte Veteran blieb ganz ruhig. Mehr noch, etwas Zärtliches, Trauervolles sank in seine Augen. »O nein, Justinius, Ihr irrt Euch. Nichts ist wichtiger als dieses Bankett.«

»Wie? Was redet Ihr da, bei allen Göttern? Nichts ist wi-« Plötzlich zog sich mein Magen zusammen. »Sagt mir ... was wird überhaupt gefeiert?«

»Was gefeiert wird? Das Blütenfest meiner Tanya. Das wird gefeiert.«

Ich nahm noch eine Taube aus der Schüssel. Betrachtete sie missmutig. Sie war in Honig gebraten, die goldgelbe, knusprige Haut glänzte vor Fett. Eigentlich hätte ich ein Dutzend von den Viechern verschlingen können. Eigentlich. Ich riss einen Schenkel ab. Biss hinein. Nahm einen großen Schluck von dem rötlichen, rauchig-süßen Starkbier, mit dem einer der umhereilenden Diener soeben meinen Humpen gefüllt hatte. Freute mich, dass es immer noch schmeckte. Obwohl ich bereits für zwei gezecht hatte.

Viel anderes blieb mir auch nicht übrig.

Denn das Ganze war ziemlich unerträglich.

Nicht, dass der alte Veteran ein schlechter Gastgeber gewesen wäre. Nach einer dicken Brotsuppe, die mit Käse überbacken war, hatte es geräucherte Forelle auf Speckwirsing gegeben. Dann die gebratenen Tauben, wahlweise mit Kastanien oder Backpflaumen gefüllt. Dazu Rotkraut, in Wein gekocht, mit Nelken und Wacholderbeeren gewürzt, sowie Erdäpfelklöße, die in Rahm schwammen, oder eher ertranken. Auch hatte ich ein überaus wohlgenährtes Spanferkel erspäht, das seit längerem über dem Feuer röstete.

Nein, heute Abend würde niemand hungrig heimgehen. Und das wünschte ich den Leuten auch nicht. Ich hatte nämlich schon deutlich widerwärtigere Gesellschaften erlebt. Gelfrat hatte zum einen wohlhabende Bauern und Händler eingeladen, die den umliegenden Dörfern entstammten. Einmal mehr zeigte er sich darin ganz als der altahekrische Patriarch, der seine Untergebenen als Teil einer großen Familie betrachtet, über die er mit strenger, aber gerechter Hand herrscht. Dann gab es einige Vertreter des Landadels. Keine glanzvollen Namen. Ganz im Gegenteil. Meine Familie war nun wirklich nicht sonderlich bedeutend. Doch hier wurde ich behandelt, als ob ich der Kaiser persönlich wäre. Dementsprechend hatte ich mir erlaubt, die Namen der Gutsbesitzer und Ritter, mit denen ich bekannt gemacht worden war, gleich wieder zu vergessen.

Am eindrücklichsten fand ich die Freunde Gelfrats. Er hatte sie mir als »alte Waffengefährten« vorgestellt: Helden aus dem Großen Krieg gegen Iskrien, die, wie er, für ihre Verdienste mit einem Lehen belohnt worden waren und ihre Tage nun auf zugigen Burgen und einsamen Gütern fristeten. Allesamt waren das große, breitschultrige Kerle mit üppigen Bärten und schütterem Haupthaar, der ein oder anderen Narbe in der Fresse, harten Stimmen und harten Blicken.

Ich unterhielt mich eine Weile mit dem Ritter Marius von Grünkamm, der die längsten Ohrenhaare und die kratzigste Stimme hatte, die mir je untergekommen waren, und obendrein über einen schier unglaublichen Durst verfügte. Ich hatte immer gedacht, auf diesem Gebiet würde mir so schnell niemand etwas vormachen. Aber Gelfrats Kriegskumpel hatte schon mehrere Krüge Starkbier in sich reingeschüttet, ehe die Suppe aufgetischt wurde.

Unsere Unterhaltung war denn auch sehr lustig. Der Herr Ritter gab Geschichten aus dem Soldatenleben zum Besten: Beispielsweise erzählte er mir von einem iskrischen Offizier, der während der legendären Schlacht am Kamir-See in einen regelrechten Blutrausch verfallen war und noch um sich schlug, als ihn seine Gegner bereits ein halbes Dutzend Mal durchbohrt hatten. Marius behauptete, dass er nur deshalb mit dem Leben davongekommen sei, weil der Blindwütige im letzten Moment, bevor er ihm den Schädel einschlagen konnte, auf seinen eigenen Därmen ausgerutscht war und sich im Fallen die Axt in den Hals gehauen hatte. Ich glaubte Marius kein Wort. Das war aber auch nicht nötig, weil ihn seine eigenen Geschichten derart begeisterten, dass er beim Lachen über den halben Tisch Bier und Sabber verteilte.

So weit, so unterhaltsam.

Der Grund für meine schlechte Laune war aber auch nicht in Speis' und Trank oder der Tischgesellschaft zu suchen. Sondern in der Jubilarin. Vom dem Moment an, als mich Gelfrat in die lange Halle geführt hatte und ich seiner Tochter erstmals ansichtig wurde, wusste ich nicht mehr, ob ich lachen oder weinen, mich über die Frechheiten der Götter empören oder vor Dankbarkeit auf die Knie sinken sollte.

Tanya war eine zweite Glenna. So lagen die Dinge. Schlicht und einfach. Sie hatte dieselben Haare, lang, glatt, dunkel. Dieselben großen, hellen Augen. Dasselbe Lachen. Sogar dieselbe Art, den Kopf beim Zuhören leicht schräg zu legen. Und selbstverständlich war sie ihrer Schwester wie aus dem Gesicht geschnitten.

Oder bildete ich mir das nur ein?

Wusste ich überhaupt noch, wie Glenna wirklich ausgesehen hatte?

Jedenfalls saß das Mädchen da, in einem züchtigen blauen Kleid, einen Kranz aus blauen Herbstblumen auf dem Kopf, und strahlte, dass man weder Lampen noch Fackeln oder Kerzen benötigt hätte, um die Halle licht zu machen.

Mal verspürte ich den unwiderstehlichen Drang, Tanya mit Küssen zu bedecken und ihr Liebesschwüre ins Ohr zu hauchen. Mal wollte ich sie schütteln und rütteln und ihr klarmachen, dass die Nacht der Toten nahte und wir Dringlicheres zu tun hatten, als ihrer erblühten Weiblichkeit zu gratulieren. Mal wollte ich einfach aufstehen und das Weite suchen. Mit einem Wort: Es war zum Kotzen.

Wir hockten auf einem mit Wolfsfellen ausgelegten Podest am Ende der Halle. Hier hatte Gelfrat die Ehrengäste plaziert. Er selbst saß zur Rechten seiner Tochter. Den Stuhl zu seiner Linken, den Stuhl der toten Mutter, hatte er freigelassen. An den Seiten des Tisches folgten seine Waffenbrüder samt Frauen, so es welche gab. Ein paar hatten auch Söhne in heiratsfähigem Alter mitgebracht. Ich selbst war gleich neben dem leeren Stuhl untergebracht. Wenn ich mich vorbeugte, konnte ich Gelfrat die Hand tätscheln. Doch das half mir überhaupt nichts. Denn ich hatte nicht die geringste Ahnung, wie ich zu ihm durchdringen sollte. Er trank wenig, sprach wenig und lächelte unentwegt. Immer wieder warf er Tanya gerührte Blicke zu. Der Stolz auf seine schöne, fröhliche Tochter ließ ihm die Vaterbrust schwellen. Ich war mir sicher, dass er nichts über Rudrick und die Wilde Horde hören wollte. Und ich konnte ja kaum anfangen, indem ich sagte: »Übrigens, ich fürchte, in zwei Nächten wird man versuchen, Euch und Tanya umzubringen.«

Freilich war er nicht der Einzige, dem der Sinn danach stand, einige sorgenfreie Stunden zu genießen. Die ganze Halle barst vor Heiterkeit. An der langen Tafel zu unseren Füßen, wo die gewöhnlichen Gäste saßen, wurde geschlemmt und gezecht, dass sich die Balken bogen. Der mit Sägemehl bestreute Boden war von Wein-, Bier-, Soßen- und Sahnespritzern bedeckt. Dröhnendes Männerlachen und quiekendes Frauenlachen wechselten einander so schnell ab, dass man hätte meinen können, da wäre ein Wettstreit im Gange. Und zu allem Überfluss gab es noch ein paar Musikanten, die mit Laute und Flöte gegen den Lärm anspielten, was der Güte ihrer Darbietung auch nicht unbedingt zuträglich war.

Die Jubilarin selbst schwebte auf einer Wolke der Glückseligkeit. Es war ihr offenbar egal, ob sie schwieg oder redete, solange sie sich schön und bewundert fühlen konnte. Und bei allen Göttern, das konnte sie. In meinen bittersten Momenten fragte ich mich, ob Gelfrat seine Ehrengäste dafür bezahlt hatte, dass sie Tanya so anhimmelten. Selbstverständlich hatte ich es den Abend über vermieden, mehr als unbedingt nötig mit dem Mädchen zu reden. Obwohl ihr Vater sie mir beinah auf den Schoß gesetzt hatte. Aber leider gingen sogar dem Ritter Marius irgendwann die Geschichten aus. Oder um genau zu sein: Nach einer Weile beschloss er, der Gerechtigkeit halber nun auch die übrigen Gäste mit seinen Mord-und-Totschlag-Anekdoten zu beglücken.

Sowie die Ohrenhaare in eine andere Richtung wedelten, wandte sich Tanya zu mir – als hätte sie nur auf diesen Augenblick gewartet.

»Sagt, Herr von Hagenow, Ihr seid doch sicherlich weit gereist, oder?«, begann sie mit zuckerwassersüßer Stimme, und zu meinem Entsetzen begriff ich, dass sie allen Ernstes vorhatte, ihre Konversationskunst an mir zu erproben.

»Es geht so …«, grummelte ich.

Bedauerlicherweise ließ sich Tanya durch meinen knurrigen Tonfall nicht einschüchtern. »Ihr seid zu bescheiden!«, lachte sie. »Mein Herr Vater hat mir erzählt, dass Ihr auf der Kriegerakademie zu Mandris wart.«

Jeder Vollidiot, der mit einem Geldsack unterm Kopfkissen geboren ist, war auf der Kriegerakademie zu Mandris, wollte ich sagen. Doch Gelfrat kam mir zuvor.

»Das ist richtig, Tochter. Und zwar in einer Zeit, als das noch etwas bedeutete«, verkündete er. Fast als hätte er meine Gedanken gelesen.

»Ja, ich war in Mandris. Aber eigentlich nirgendwo sonst«, änderte ich meine Taktik.

Vergeblich.

»Oh, wie ich Euch beneide!«, rief Tanya. »Ich war noch nicht einmal in der Perle! Erzählt doch, wie ist Mandris? Bestimmt wunderschön, oder?«

Ich sah ein, dass ich mich nicht an diesem Gespräch vorbeimogeln konnte. Lehnte mich zurück. Seufzte. Trank einen Schluck Bier. Beugte mich wieder vor. Rieb mir das Kinn. Sagte: »Nun, zunächst einmal ist Mandris natürlich groß. Sehr groß sogar.«

»Wie groß?«, fragte Tanya mit Eifer.

»Das ist gar nicht so leicht zu beantworten. Mandris ist ja nicht nur sehr groß, sondern auch mächtig alt und im Lauf der Zeit immer weiter gewachsen. Ursprünglich war es kleiner als die Perle. Es gibt da noch die Alte Stadt, aber da wohnen heutzutage nur ein paar Reiche und Adlige.«

»Aber das ist nicht alles.«

»Nein, ganz im Gegenteil. In Grunde ist die Alte Stadt ein einziger großer Palast. Darum herum wurden dann mehrere Erweiterungen errichtet. Immer ein Ring, der sich um den anderen legt, wie bei einer Zwiebel. Irgendwann ist die Stadt dann so groß geworden, dass man keine Mauer mehr bauen konnte, um die äußersten Viertel zu sichern. Deshalb sagte ich, dass man schwer bestimmen kann, wie groß Mandris eigentlich ist. Die Dörfer, die früher im Umland der

Stadt lagen, sind mittlerweile auch alle Teil von ihr, und das geht immer so weiter.«

Tanya legte die Stirn in grüblerische Falten. »Es ist schwer, sich das vorzustellen«, sagte sie.

»Ja«, bestätigte ich. »Das ist es wirklich. Ich war da und tue mich trotzdem schwer damit.«

»Aber schön ist Mandris?«, fragte sie noch einmal.

Gerade kamen zwei Mägde zu uns, um die restlichen Tauben und das zugehörige Geschirr abzuräumen. Ich wartete, bis sie fertig waren, und ließ mir von einem dritten Diener Bier nachschenken. Dann erwiderte ich: »Ich weiß nicht recht. Mandris ist ein Ort der Gegensätze. Dort sind es nur wenige Schritte vom Licht in die Dunkelheit, vom Reichtum in die Armut, vom Leben in den Tod.«

Ohne es zu wollen, hatte ich Gelfrat angesehen, während ich sprach. Außerdem hatte ich schon wieder einen poetischen Anflug gehabt, wie ich überrascht feststellte. Vielleicht sorgte das ständige Training ja dafür, dass auch in meinem Geist etwas passierte. Das war aber möglicherweise nicht das Schlechteste. Zumindest schienen meine Worte Gelfrat berührt zu haben. Mit einem Mal schaute er sehr ernst drein. Als wäre ihm der jähe Einfall gekommen, dass das, was für Mandris galt, ja ebenso wohl für den Thannhof gelten mochte.

Tanya hingegen reagierte auf meine unheilschwangeren Worte mit dem entzückten Erschrecken, das man empfand, wenn einem die Amme von den Ogern erzählte, die im nahegelegenen Wald hausten und ganz versessen auf Kinderfleisch waren. »Oh, das klingt ja unheimlich!«, rief sie aus. »Davon müsst Ihr mir mehr erzählen!«

»Nun, in Mandris herrschen recht rauhe Sitten«, begann ich. »Die Herren der Stadt mögen es gar nicht, wenn ihnen beim Lustwandeln so ein stinkender Bettler in die Quere kommt. Das heißt, die Ar-«

Gelfrat fiel mir ins Wort: »Erlaube, Tanya, dass ich den Herrn von Hagenow kurz entführe«, sagte er. »Ich muss etwas mit ihm besprechen.«

Das Mädchen sah ihren Vater überrascht an. Überrascht und wenig beglückt. »Jetzt, Vater? Aber er wollte mir doch –«

»Marius, du kennst dich doch in Mandris aus? Wie wäre es, wenn du Tanya davon erzählst, was du in der Stadt erlebt hast?« Gelfrat sprach mit einer Stimme, als würde er keine Frage stellen, sondern einen Befehl erteilen. Er sah seine Tochter nicht an.

Der Ritter unterbrach seine bluttriefende Geschichte und wandte sich dem Freund zu. »Ob ich Mandris kenne?«, knarzte er. »Wie meine Hosentasche! Habe dort manche Schlacht geschlagen. In den Tavernen und Betten!«

Marius lachte so laut über seinen Witz, dass die restlichen Gäste in Hörweite gar keine andere Wahl hatten, als mitzulachen. Sogar Tanya stimmte mit einem verschämten Kichern ein.

Ich nutzte die Gelegenheit, um mich unauffällig von meinem Platz zu erheben. Gelfrat war bereits aufgestanden und strebte dem Ausgang der Halle zu. Er achtete nicht darauf, ob ich ihm folgte.

»Woher der Sinneswandel, Gelfrat?«, fragte ich, als ich den alten Veteranen eingeholt hatte.

Er blieb stehen. Betrachtete kurz seine vergnügt lärmende Gästeschar. Drehte sich dann zu mir um. »Im Krieg habe ich einmal gesehen, wie ein Soldat bei seinem sterbenden Kameraden wachte«, sagte er langsam.

»Und?«

»Ein Schwerthieb hatte ihm das Bein halb abgetrennt. Aber er hatte nicht begriffen, was mit ihm geschehen war. Er wusste nicht einmal, dass er verwundet worden war. Jeder konnte sehen, dass er starb. Nur er nicht.«

»Ja. Das soll es geben. Was hat das mit uns zu tun?«

»Der Blick, den Ihr mir eben zugeworfen habt, als Ihr von Mandris erzählt, hat mich an den Soldaten erinnert, der nicht wusste, wie er seinem Kameraden sagen sollte, dass es mit ihm zu Ende ging.«

Ich presste die Lippen zusammen und nickte. »Ob Ihr es glaubt oder nicht, so ähnlich habe ich mich tatsächlich den ganzen Abend über gefühlt.«

»Gut. Lasst uns gehen.«

»Und wohin gehen wir?«

Gelfrat sah mir in die Augen. »Wir wollen die Toten ehren«, sagte er und wandte sich ab.

15
DIE ZERBROCHENEN SCHLÜSSEL

Justinius

Die Gräber waren schlicht und unauffällig: Zwei Elaah-Kreise im Schatten einer Eiche. Nichts anderes als die Namen der Toten waren in den Stein gemeißelt. Ich hatte nicht gewusst, dass Glennas Mutter *Mirje* geheißen hatte.

Zunächst beteten wir. Weder Gelfrat noch ich machten viele Worte. Dann standen wir eine Weile lang da, schweigend, im Schein der Fackel, die der alte Veteran mitgebracht hatte. Nach der stickigen, verrauchten, von Schweiß und Bierdünsten geschwängerten Luft in der Halle kam mir die Nacht sehr kalt vor. Die flackernden Flammen der Fackel blendeten meine Augen, sodass es war, als schwebten die Gräber auf einer winzigen Lichtinsel, inmitten eines Meeres aus Schwärze. Und ruhig war es auch. Zwar bellten die Wachhunde, die ihre Aufgabe sehr ernst zu nehmen schienen, ständig irgendetwas an. Und der Lärm, den die Feiernden im Langhaus erzeugten, ließ mich an einen Haufen wild gewordener Hühner denken. Aber das alles war sehr weit weg.

Manchmal wird es zu viel. Das Herz will nicht mehr fühlen. Der Verstand will nicht mehr denken. Die Seele wird müde. Sie fühlt sich abgenutzt und verbraucht und will ruhen. Einfach nur ruhen. So erging es mir jetzt.

Doch die Nacht der Toten nahte. Unaufhaltsam. Ohne Erbarmen. Ohne Aufschub.

Ich gab mir einen Ruck. »Warum habt Ihr mich hierher gebracht?«, fragte ich.

»Es geht doch um Glenna, oder?«, entgegnete der alte Veteran.

175

»Ja …« Ich zögerte. Sagte schließlich: »Ihr wart es, der Bero von Luchterbruch und Gerrik von Felsenkamm getötet habt, oder?«

»Sie sind durch meine Hand gestorben«, bestätigte Gelfrat.

»Ich habe Euch noch gar nicht zu dieser Tat beglückwünscht.«

»Da gibt es nichts zu beglückwünschen. Sie haben es mir zu leicht gemacht. Ich hatte auf einen Kampf gehofft. Ich wollte sie überwinden, sie zerschmettern. Aber Bero und Gerrik sind einfach in ihren Tod gelaufen. Der eine ist allein ausgeritten, der andere hat sich von der Jagdgesellschaft getrennt. Als hätten sie es darauf angelegt, dass der Tod sie findet.«

Als ich nichts sagte, fuhr er fort: »Außerdem ist mir Rudrick entwischt. Ich schwöre Euch, Justinius, seit dem Tod meiner Tochter ist keine Stunde vergangen, in der ich nicht davon geträumt habe, wie ich diesem … diesem widerwärtigen Hundsfott das Schwert in die Brust rammen würde. Das war alles, was mich aufrecht gehalten hat. Das und meine Tanya. Und dann entwischt mir dieses Schwein. Stirbt, ehe ich einen Weg finde, an ihn heranzukommen. Ich schäme mich nicht, Euch zu sagen: Es war eine bittere Stunde, als ich von Rudricks Tod erfuhr.«

»Ich glaube, ich weiß, was Ihr meint.«

Gelfrat schüttelte den Kopf. »Und auch hier wieder … Sein Tod schien so … so läppisch. Lässt sich einfach von einem Bauern umbringen. Wie war der Name des Jungen … Cay?«

»Cay. Ganz genau.«

»Dieser Cay hatte wohl auch eine Rechnung mit Rudrick offen. Wisst Ihr etwas darüber?«

»Rudrick hat Cays Verlobte auf dem Gewissen. Cay selbst stand im Dienst des Grafen von Nordwiesen. Irgendwann hat Rudrick ihm erzählt, was er getan hat.«

Der alte Veteran starrte mich an. »Was sagt Ihr da, Justinius?«

»Ihr habt mich gehört.«

»Also … also wollte er *wirklich*, dass man ihn tötet?!«

»Ja, das wollte er. Das ist der Grund, weshalb ich heute Abend hier bin und unbedingt unter vier Augen mit Euch sprechen wollte.«

»Ich verstehe nicht, worauf Ihr hinauswollt.«

»Bald werdet Ihr verstehen. Zunächst einmal solltet Ihr wissen, dass ich versucht habe … Glenna Gerechtigkeit zu verschaffen.« Meine Stimme begann zu zittern. »Als alles herauskam, wollte ich … wollte ich zum Dorn reiten. Ich war mir sicher, dass es Rudricks Vater und den anderen gelungen war, die Sache vor ihm geheim zu halten. Aber … aber es ging nicht. Ich habe es nicht geschafft.«

Gelfrat legte mir eine Hand an den Oberarm. »Ich erinnere mich, Justinius. Ihr habt mir damals gesagt, dass Ihr beim Dorn vorsprechen würdet, nachdem ich auf dem Weg zur Perle überfallen worden bin. Ich erinnere mich, dass wir uns auf Euren Wunsch hin im Wald trafen, wie zwei Verschwörer. Doch dann seid Ihr krank geworden. Ihr wart monatelang bettlägerig, und später habe ich nie wieder von Euch gehört.«

»Nein, Gelfrat … Ich war nicht krank …« Mühsam brachte ich die Worte hervor. »Mein Vater hat sich diese Krankheit ausgedacht, um die Wahrheit zu vertuschen.«

»Die Wahrheit? Wovon redet Ihr?«

»Nun, Ihr habt ja damals schon geahnt, dass die Räuber, die Euch auf der Reichsstraße überfielen, vom Grafen von Nordwiesen gedungen worden waren. Von ihm oder von den Vätern der Kumpane Rudricks.«

»Das ist richtig. Und das glaube ich auch heute noch.«

»Ihr glaubt ganz richtig. Was Ihr nicht wusstet, ist, dass der Baron von Hagenow mit diesen feinen Herren gemeinsame Sache gemacht hat.«

Es tat mir weh, den Schmerz in Gelfrats Augen zu sehen. Mein Herr Vater war immer gut darin gewesen, salbungsvolle Reden auf die Größe des Kaiserreichs zu halten, die das Gemüt eines Mannes erwärmen mussten, der jahrzehntelang durch Blut, Dreck und Scheiße gekrochen war, um ebendiese Größe zu verteidigen und zu mehren. Jetzt begriff der alte Veteran, dass auch dies eine Lüge war. Auch der Baron von Hagenow hatte eine ganz andere Vorstellung von den ahekrischen Tugenden als er. Vielleicht fragte er sich langsam, was eigentlich von der Idee übrig blieb, in deren Dienst er sein Leben gestellt hatte. Ich war mir ziemlich sicher, dass es ihm schwerfallen würde, die Antwort zu ertragen.

»Ja, Gelfrat. Es ist wahr. Die von Hagenow sind kein bisschen besser als die von Nordwiesen, die von Luchterbruch, die vom Hohen Teich und wie sie alle heißen. Um zu verhindern, dass der Dorn erfährt, wie es um die Söhne unseres altehrwürdigen Adels bestellt ist, hat mich mein Vater in den Kerker geworfen und erst neun Monate später wieder herausgelassen.«

»Das stimmt nicht.«

Ich verzog das Gesicht. War ebenso verwirrt wie verärgert. »Doch, Gelfrat, das stimmt! Macht die Augen auf, verdammt noch mal! Der Baron von Ha-«

Nun lächelte der alte Veteran. Sein Lächeln war wie ein Stich ins Herz. »Nein, das meine ich nicht«, sagt er. »Ich meine, dass die von Hagenow besser sind, weil Ihr besser seid. *Ihr*, Justinius. Ihr habt Anstand. Ihr habt Ehre. Ihr seid ein wahrer Ritter.«

Ebenso gut hätte mir Gelfrat ins Gesicht spucken können. »Nein! Nein!«, schrie ich. »Nein, bei allen Höllen! Als die neun Monate um waren, habe ich meinen Vater auf den Knien angefleht, mich freizulassen! Gebettelt und gewinselt habe ich! Da hat er gewusst, dass ich nur ein kläffender Köter bin, der ihm niemals gefährlich werden könnte! Wisst Ihr, was dann passiert ist? Er hat mich von seiner Burg gejagt! Und ich habe mich lebendig in einer götterverdammten Ruine begraben lassen, wo sich der jüngste Bruder meines Vaters vor fünfzehn Jahren aufgehängt hatte! Es fehlte nicht viel, und ich hätte es ihm gleichgetan. Alles, was ich im letzten Jahr gemacht habe, war saufen, saufen, saufen! So sieht es aus mit Ehre und Anstand!«

Meinem Ausbruch folgte tiefe Stille.

Offenbar hatten das Starkbier und die Tauben ihre Wirkung getan, vielleicht noch mit tatkräftiger Unterstützung des Spanferkels. Jedenfalls drang aus der großen Halle kaum ein Laut an unsere Ohren. Und sogar die Wachhunde hatten Ruhe gegeben.

Gelfrat betrachtete mich mit festem Blick. Er lächelte noch immer.

»Das alles mag so sein, wie Ihr sagt. Jetzt verstehe ich auch, wie Rudrick von Tanyas Blütenfest erfahren hat. Einer der Euren muss ihn darüber unterrichtet haben, Euer Vater oder einer seiner Diener. Aber was Ihr über Euch gesagt habt, Justinius ... Hört zu: Jeder stürzt einmal. Aber so wahr Hekir der Herr der Klingen ist: Was zählt, ist, ob man wieder aufsteht. Ihr seid wieder aufgestanden. Und jetzt seid Ihr hier. Also sagt, was Ihr zu sagen habt, und lasst uns darüber reden, was zu tun ist.«

Ich erwiderte Gelfrats Blick. Dachte über seine Worte nach. Spürte, wie ich langsam zur Ruhe kam.

»Gut«, sagte ich.

Im selben Moment rätselte ich darüber – wie ich es in den vergangenen Stunden und Tagen unzählige Male getan hatte –, was ich ihm eigentlich erzählen sollte. Das Bündel mit dem Gespenstermesser und Skargats Lebertran hielt ich in den Händen. Ich hatte mich auf dem Zimmer, das Gelfrat mir zuwies, frisch gemacht und das Bündel dann mit zum Festmahl genommen. Während Suppe, Forelle und Tauben an mir vorbeizogen, hatte ich es brav auf dem Schoß liegen gehabt. Wollte ja nicht, dass Marius von Grünkamm oder sonst ein lustiger Geselle Skargats Lebertran mit einem Humpen Starkbier verwechselte. Im Grunde musste ich Gelfrat einfach zeigen, was ich bei mir trug. Und dann – wenn er das Messer erfühlt, von der Bewandtnis der bräunlichen Brühe erfahren und meine Geschichte gehört hatte? Vanice hatte gesagt, ein Geweihter Elaahs könnte helfen. Ich nahm an, Blondlöckchen wusste, wovon sie redete. Also musste ein Geweihter her. In der Zeit, die uns bis zur Nacht der Toten blieb, galt es außerdem, Gelfrats Männer über die drohende Gefahr zu unterrichten. Eine Taktik auszuhecken. Vielleicht die Befestigungen zu verstärken. Natürlich würden wir Tanya an einen sicheren Ort bringen. Wenn wir Glück hätten, böte der Tempel des Elaah-Geweihten ein Versteck für sie. Das Beste wäre wahrscheinlich, auch die Frauen, Kinder und Greise vom Thannhof wegzubringen, und überhaupt alle, die keine Waffe führen konnten ...

Plötzlich nahm ich etwas wahr, ganz am Rande meines Bewusstseins. Es war ein kleines, störendes Geräusch. Wie ein leises Scharren oder Schaben. Kaum hörbar zunächst, wurde es von Sekunde zu Sekunde lauter …

Dann wusste ich, was es war.

Ich packte Gelfrat, rüttelte ihn, brüllte: »Was habt Ihr da gesagt?!«

Der alte Veteran schlug meine Hände weg. »Justinius! Habt Ihr den Verstand verloren?«

»Was Ihr gesagt habt, will ich wissen!«

»Dass Ihr sagen sollt, was Ihr zu sagen habt, damit wir bespre-«

»Nein! Nein, bei allen Höllen! Über Rudrick!«

»Nun, dass ich jetzt verstehe, woher er von Tanyas Blü-«

»Rudrick weiß von Tanyas Blütenfest!?«

»Ja, einige Wochen vor seinem Tod hat er einen Boten mit einem Brief vorbeigeschickt. Darin hat mich Rudrick dazu beglückwünscht, dass mein kleines Mädchen jetzt zur Frau gereift ist. So hat er es ausgedrückt. Und er hat sich erkundigt, ob ich etwas dagegen hätte, wenn er in der Nacht der Feier vorbeikäme, um ein Geschenk zu überreichen. Stellt Euch vor, was für eine Unverschämtheit! Natürlich habe ich nicht geantwortet und – Justinius?«

Da war ich schon losgerannt.

Durch den dunklen Garten rannte ich zum Hauptgebäude, zum Fest, zu den Lichtern. Aber wie still es war … wie still … die Hunde bellten nicht mehr …

Mein erster Gedanke galt Edmund. Ich schwor, bei allen Göttern und allen Dämonen, dass ich ihn töten würde, wenn ich ihn das nächste Mal sah. Daran, dass er der Verräter war, zweifelte ich keinen Augenblick.

Dann dachte ich an Tanya. An ihre kindliche Freude über die eigene Schönheit. So viel Leben. So viel Zukunft.

Und ich flehte: *Bitte … lasst mich nicht zu spät sein … bitte … bitte …*

Dann fiel mir der Traum ein, den ich in der letzten Nacht gehabt hatte. Oder war das schon länger her? Wochen, Monate, Jahre? Ich war an einem Ort, den ich nicht erkannte. Doch ich wusste, dass es die Burg derer von Hagenow war. Der Stammsitz meiner Familie. Ich war in einer Galerie. Endlos lang war sie, grell beleuchtet. Unzählige Türen gingen von ihr ab. Ich hatte einen gewaltigen Schlüsselbund. Ich war glücklich, dass ich all diese Türen würde öffnen können. Zugleich erschrak ich. Es gab so viele von ihnen, wie sollte ich da die richtige Wahl treffen? Doch als ich die erste Tür aufsperren wollte, zerbrach der Schlüssel im Schloss. Dasselbe geschah bei der nächsten Tür. Und der übernächsten. Und der darauf. Alle Schlüssel zerbrachen. Einer nach dem anderen. Die Einzelteile fielen zu Boden. Niemand würde sie je zusammenfügen.

Zuletzt blieb nur ein Schlüssel übrig. Ein Schlüssel und eine Tür.

Und ich wusste nicht, wovor ich mehr Angst hatte: davor, dass auch der letzte Schlüssel zerbrach. Oder davor, dass sich die Tür öffnen würde.

16
DAS BLUT DER ANDEREN

Justinius

Mit einem Schrei stieß ich die Pforten zur großen Halle auf. *Wo sind die Wachen?*, dachte ich. *Müssten hier nicht Wachen sein?* Ich stolperte ins Innere. Und erstarrte. Alles war … so, wie ich es verlassen hatte. Die Bauern und Händler, Ritter und Junker hatten sich mittlerweile über das Spanferkel hergemacht. Auf den Tellern türmten sich die abgenagten Knochen von Ferkel und Tauben sowie die Forellengräten. Da waren Stimmengewirr, Gelächter, Gemurmel. Hier und da wurde noch nach Herzenslust geschmatzt. Zugegeben, es ging jetzt ein bisschen leiser und verhaltener zu. Aber sonst …

Hatte ich mich geirrt?

Ich spürte, wie mich ein Gefühl unendlicher Erleichterung durchströmte. Also hatte sich Rudrick nur einen üblen Scherz erlaubt. Nichts weiter. Nur das. Zugleich empfand ich Misstrauen gegenüber meiner Erleichterung. Irgendwie passte das so gar nicht zu Rudrick: einer Laune nachgeben, Witze machen, sich dann ins Fäustchen lachen. Die Erleichterung verschwand. An ihre Stelle trat wieder die Angst.

Ich schritt die Tafel ab. Langsam, vorsichtig. Dabei sah ich mich in der Halle um. Nirgends konnte ich ein Anzeichen dafür entdecken, dass etwas nicht stimmte. Marius von Grünkamm unterhielt sich mit Tanya. Oder um genau zu sein: der Kerl hatte einen Arm um ihre Schulter gelegt und krächzte ihr ins Ohr. Sein Gesicht war dabei so nah an dem ihren, als wollte er sie abschlecken. Vermutlich hätte er genau das gern getan, der alte Lustmolch. Das Mädchen fühlte sich offenbar nicht gerade wohl dabei, dass der Freund ihres

Vaters so sehr auf Tuchfühlung gegangen war. Bemühte sich aber, eine damenhafte Haltung zu wahren.

Waren die Zudringlichkeiten eines kahlköpfigen Ritters alles, was ihr an diesem Abend drohte?

Ich ging weiter. Schritt für Schritt.

Tatsächlich waren da auch zwei Wachen. Sie standen am unteren Ende der Tafel und plauderten gemütlich, während sie sich ein Starkbier schmecken ließen. Ich fragte mich, ob es zur altahekrischen Vorstellung von Pflichterfüllung gehörte, nach Belieben seinen Posten zu verlassen, oder ob Gelfrat den beiden die Erlaubnis gegeben hatte, sich ein wenig an der Feier zu beteiligen.

Noch ein Schritt. Und noch einer.

Ich blickte in die Gesichter. Die Köpfe der Männer und Frauen waren gerötet. Von der Hitze und dem Bier. Die Haare klebten am Schädel. Hier und da waren Gürtel gelöst, Hosen aufgeknöpft worden. Eine Bäuerin zog am Ausschnitt ihres Kleides, als bekäme sie keine Luft mehr. Ein umgestoßener Humpen. Soßenreste auf den Tellern. Weit aufgerissene Münder. Vor Fett glänzende Finger, die nach ein paar übrig gebliebenen Schweinerippen griffen. Zähne, die das Fleisch von den Knochen rissen.

Was sollte ich tun? Um Hilfe rufen? Die Gäste aus der Halle jagen? Die Wachen aufscheuchen? Und dann? Wohin sollten wir gehen? Was sollte ich ihnen sagen? Welche Gefahr konnte ich ihnen nennen?

Plötzlich sah ich es. Dort hinten, bei der Fackel. Wie ein Schatten, der nicht da ist, wo er hingehört.

Mein Herz schlug bis zum Hals. Mein Hemd war schweißnass. Ich griff nach meinem Schwert. Ich fand es nicht. Es lag auf dem Zimmer, zusammen mit Schild, Helm und Kettenhemd. Natürlich, man ging nicht waffenstarrend zu einem Festmahl … Meine Finger verkrampften sich. Was jetzt? Das Gespenstermesser! Ja, ja! Noch immer hielt ich das Bündel umfasst. Schnell jetzt, schnell …

Während ich versuchte, mit meinen zittrigen Händen das Tuch zu öffnen, starrte ich die Fackel an. War da etwas? Oder nicht? Ich wusste es nicht … wusste es nicht … Nein, ich hatte mir etwas eingebildet. Ohne Skargats Lebertran konnte ich Rudrick und die Geisterreiter ja ohnehin –

Mit einem Mal begann der Feuerkreis, sich zu verändern. Als wären die Flammen kleine, aufgeschreckte Lebewesen, die in alle Richtungen strebten. Dann zerriss das Licht, riss in Fetzen, die mit rasender Geschwindigkeit auseinanderwirbelten. Ich hörte mich selbst schreien, und die Fackel und die Mauer und die Tafel und die Feiernden und die ganze Halle lösten sich in Schwärze auf.

Der Schlag hatte mich am Hinterkopf getroffen. Ich landete mit dem Gesicht voran in einem angebissenen Kloß und zermatschtem Rotkohl, während mein Schrei in einem Dutzend weiteren ein Echo fand. Hastig wischte ich mir die Essensreste aus dem Gesicht. Versuchte, auf die Beine zu kommen. Jemand klammerte sich an mir fest und riss mich beinah zu Boden. Es war ein dicker Händler mit fröhlichem Gesicht. Er war so schnell gestorben, dass seine Züge noch immer den behaglichen Ausdruck eines Mannes zeigten, dessen größte Sorge es ist, seinen gut gefüllten Bauch noch weiter zu stopfen.

»Nein!«, brüllte ich.

Etwas prallte gegen mich, und ich stürzte wieder auf den Tisch, rücklings dieses Mal. Der Bauer, der auf mir lag, starrte mich glubschäugig an. Seine Zähne waren krumm und schief, sein Atem roch nach Bier und Fleisch, und Blut strömte aus einer klaffenden Wunde in seinem Schädel. Der Sterbende röchelte etwas. Doch ich stieß ihn zur Seite. Rappelte mich hoch. Taumelte zum Podium. Ich stolperte über zerbrochenes Geschirr und zerbrochene Leiber. Meine Füße platschten in Lachen von Bier und Soße, Rahm und Blut.

»Justinius!«

Es war Marius. Er streckte die Hand nach mir aus, obwohl er wissen musste, dass ich ihn nicht erreichen konnte. Unsere Blicke trafen sich. Sein Mund war weit aufgerissen, und dann öffnete sich ein zweiter Mund, weiter unten, grinsend, rot und furchtbar, und der Ritter zuckte und zappelte, während das Grinsen jenes zweiten

Mundes immer breiter wurde, immer röter, immer grausamer, bis ich dachte, gleich würde ein schallendes Hohngelächter aus ihm hervorbrechen. Stattdessen fiel Marius um und rührte sich nicht mehr.

»Nein!«, brüllte ich wieder.

Dann sah ich Tanya. Eine unsichtbare Gewalt hatte sie an den Haaren gepackt und schleifte sie über den Boden. Hilflos wand sie sich in dem Griff. Dabei schrie sie, schrie und schrie. Schrill, panisch. Sie wurde zu einer der Seitentüren gezerrt, die aus der Halle hinaus in die Nebengebäude führten, wo die Schlafgemächer und Gesindezimmer lagen. Schon öffnete sich die Tür. Schon verschwand sie im Dunkel dahinter.

Die Tür war keine zehn Schritte von mir entfernt. In wenigen Sekunden konnte ich dort sein.

Ich rannte los. Sprang über einen umgestürzten Stuhl. Stieß einen Fliehenden zur Seite. Ignorierte das qualerfüllte Winseln, das an mein Ohr drang. Fast hatte ich es geschafft.

Hallo, Justinius.

Rudricks Stimme. Ein Wispern an meinem Ohr. Im selben Moment blieb mein Fuß an etwas hängen. Die Wucht meiner eigenen Bewegungen schleuderte mich in die Luft. Ich flog. Schlug hart auf. Schlitterte über den Boden. Knallte mit dem Kopf gegen die Wand. Der Saal zerplatzte in grellen Farben. Ich stand, noch ehe ich wieder richtig sehen konnte. Stöhnte. Taumelte zur Tafel. Griff mir einen Kerzenständer, der nicht umgefallen war.

Wohin willst du, alter Freund?

Das geisterhafte Flüstern. Dumpf und hohl. Wie das Echo eines Albtraums. Mit meiner freien Hand schlug ich zu. Traf ins Leere. Natürlich.

»Meine Tochter! MEINE TOCHTER!«

Ich riss den Blick herum. Gelfrat stand am Ende der Tafel, nah bei der Eingangspforte. Um ihn ein blutiges Durcheinander. Die überlebenden Gäste und Diener stürzten auf den Ausgang zu. Kreuz und quer in der Halle verstreut lagen die beiden Wächter und wohl zwei

Dutzend der Bauern und Händler, Ritter und Junker, mit aufge-schlitztem Hals, durchbohrtem Brustkorb oder zertrümmertem Schädel lagen sie da, zwischen Stühlen und Bänken, gesplitterten Schüsseln und Tellern. Die Arme des alten Veteranen waren ausge-breitet. Dunkle Röte überzog sein Gesicht, und vor Anstrengung traten die Adern an seiner Stirn und seinem Hals hervor, dick und geschwollen. Gelfrat rang mit gespenstischen Gegnern. Er schaffte es nicht, sich ihrem Griff zu entwinden.

Ich wandte den Blick ab. Taumelte zur Tür. Vor meinen Augen schwang sie auf.

Bitte. Tu, was du nicht lassen kannst.

Dieses Mal hatte Rudrick lauter gesprochen. Seine Stimme klang jetzt fester, körperhafter. Und ich meinte, undeutliche Umrisse zu erkennen. Als hätte jemand begonnen, eine menschliche Gestalt in die Luft zu zeichnen.

Ich hielt den Leuchter vor mich, in Richtung der Umrisse. Eine lächerliche Waffe. Doch ich hatte keine andere. Rudrick ließ mich gehen. Rückwärts stolperte ich durch die Tür.

»Tanya!«, rief ich.

Ein Hilfeschrei antwortete mir.

Der Gang lag im Dunkeln. Licht kam allein von meinen Kerzen. Hastig sah ich mich um. Boden, Wände und Decke waren aus Holz. Es gab eine Handvoll Türen, die zu den Gesindezimmern führten. Wieder ein Schrei. Über mir hörte ich Gepolter. Einen Schlag, als ob etwas Schweres umgestürzt wäre. Sie hatten Tanya nach oben ge-bracht! Aber warum … warum?

Beeil dich, Justinius. Vielleicht kannst du ihr noch helfen.

Ich stieß ein ersticktes Geheul aus. Wieder war die Stimme an meinem Ohr gewesen. Ich fuhr zusammen und sprang zur Seite. Rudrick lachte. Ich schlug nach ihm. Dieses Mal traf ich. Er lachte nur umso vergnügter.

Sollte er lachen. Ich musste Tanya finden.

Ich hetzte den Gang entlang. Die Bohlen unter meinen Füßen

ächzten und knarrten. Da war eine Treppe. Ich nahm zwei, drei Stufen auf einmal. Schon war ich oben. Wieder ein Gang. Wieder Dunkelheit. Doch aus einem Zimmer kam Licht.

Jetzt schrie Tanya nicht mehr. War ich zu spät? Das durfte nicht sein …

Ich rannte auf das Licht zu. Der Luftzug brachte die Hälfte meiner Kerzen zum Verlöschen. Ich ließ den Leuchter fallen. Rannte weiter. Mit jedem Schritt wuchs meine Angst. Ein Gedanke schoss mir durch den Kopf: Es war, als müsste ich noch einmal den Raum betreten, in dem die zerstörte Glenna lag. Das, was Rudrick und seine Kumpane von ihr übrig gelassen hatten. Und dann begriff ich: *Sie hatten Tanya in das Zimmer ihrer Schwester gebracht.* Jenes Zimmer, wo ich die Blutblume, den bösen Stern, gesehen hatte. Jenes Zimmer, wo sich die Frau, die ich liebte, erhängt hatte.

Ich wollte das Gespenstermesser zücken. Von Skargats Lebertran trinken. Wusste, dass die Zeit zu kämpfen gekommen war. Doch meine Finger griffen ins Leere. Da war kein Bündel, das ich hätte öffnen können. Erst jetzt wurde mir klar, dass ich es verloren hatte, als mich Rudrick zu Fall brachte. Es lag irgendwo in der Halle. Ich hatte es verloren. Und gedacht, ich würde es bei mir tragen.

Wie war das möglich?

Während ich keuchend in der Türöffnung stehen blieb, schien mir das die wichtigste aller Fragen zu sein. *Justinius der Säufer. Justinius der Versager. Justinius der Jammerlappen.* Mein wahres Maß. War dies die Antwort? Würde es jemals eine andere geben?

Tanya kämpfte noch. Sie baumelte am Deckenbalken, würgte, röchelte, strampelte mit den Beinen, versuchte verzweifelt, Halt zu finden, zerrte an der Schlinge, die sich um ihren Hals zugezogen hatte. Ich stürzte zu ihr. Umklammerte ihre Hüften. Hob sie an.

»Ich bin da! Ich bin da!«, stieß ich hervor.

Etwas ruhiger wurden Tanyas Bewegungen. Sie wusste, dass sie nicht mehr allein war. Und einen Augenblick lang glaubte ich, dass es wahr war. Dass wir tatsächlich eine Chance hatten.

Dann hörte ich sie. Ihre Schritte, ihr Flüstern. Dumpf und hohl, wie aus dichtem Nebel. Sie kamen. Sie schlossen einen Kreis um mich. Kamen näher und näher.

Noch fester umschlang ich Tanya. Als wäre sie es, die mich retten müsste. »Nein«, wimmerte ich.

Sie schlugen mir in den Magen, in die Nieren. Ein Fußtritt traf mein Steißbein. Ich schrie, fiel auf die Knie. Stand wieder auf. Wieder Schläge. Wieder Tritte. Wieder fiel ich.

Ich wurde gepackt und weggezerrt.

»NEIN!«, brüllte ich.

Sie hielten meine Arme fest. Jemand fasste mich am Kinn. Drehte meinen Kopf so, dass ich Tanyas Todeskampf mit ansehen musste. Und ich sah. Sah das Bett, in dem Glenna gelegen hatte. Sah die Kerzen, die Rudrick hatte entzünden lassen, Dutzende von ihnen. Sah den wilden, grausamen, schauerlichen Tanz, den die Schatten der Sterbenden, vielfach gebrochen im In- und Gegeneinander der Lichter, an den Zimmerwänden vollführten. Sah das Mädchen selbst. Ihre letzten Sekunden.

»Nein …«, schluchzte ich. Und schloss die Augen.

Der Gestank des Todes erfüllte die Luft. Ich konnte nicht mehr. Ich wollte aufgeben. Doch mein Körper wehrte sich, als würde er nicht mehr meinem Willen gehorchen. Ich schrie. Schlug um mich. Irgendwie gelang es mir, mich loszumachen. Ich wollte weg, nur noch weg. Weg von Tanya, die vor einer Stunde noch glücklich gewesen war, voller Hoffnung und Freude, und jetzt erschlafft am Seil hing. Weg von dem Hochfest des Bösen, zu dem Rudrick das Bankett des alten Veteranen gemacht hatte. Weg von der Halle und den Toten und dem Thannhof. Nur weg.

Ich lief davon. Und die Gespenster ließen mich laufen. Ich konnte kaum die Hand vor Augen sehen. Doch ich lief. Schon hatte ich die Treppe erreicht. Mit wenigen Sätzen wäre ich unten im Gang. Dann hätte ich es fast geschafft. Ich würde fliehen. Später hätte ich alle Zeit der Welt, mich zu hassen und zu verachten.

Wieder stellte mir Rudrick ein Bein. *Hoppla!*, rief er, während ich kopfüber die Treppe hinunterpolterte. Ich knallte gegen die Stufen, überschlug mich, einmal, zweimal, fiel geradewegs hinein in die erbarmungsvolle Leere der Ohnmacht.

17
SCHATTENKAMPF

Justinius

Die Bewusstlosigkeit währte nicht lange. Als ich meine Augen aufschlug, war ich wieder in der Halle. Ich stand am Fuß des Podests. Zwei der Spukwesen hatten mich gepackt. Ihr Griff hielt mich aufrecht. Einige Schritte von mir entfernt kniete Gelfrat. Inmitten der Leichen und Trümmer kniete er. Sein Wildlederhemd war zerrissen und blutgetränkt. Sein Zopf hatte sich gelöst, wirr hingen ihm die Haare ins Gesicht. Der alte Veteran starrte den Boden zu seinen Füßen an. Auch bei ihm standen zwei geisterhafte Bewacher. Die Vorsichtsmaßnahme war allerdings überflüssig. Ich las es in Gelfrats Augen: Was in dieser Nacht auf dem Thannhof geschehen war, hatte ihn gebrochen. Er war nur noch ein Greis, der alles verloren hatte.

Dann sah ich Rudrick. Das heißt, ich konnte ihn nicht wirklich sehen. Aber die Umrisse waren deutlicher geworden, irgendwie körperhafter. Auch die übrigen Nachtgeister konnte ich jetzt besser erkennen. Ich fragte mich, woran das lag. Vielleicht waren sie durch ihre Taten – das Blut, das sie vergossen, die Leben, die sie genommen hatten – ein Stück weit in unsere Welt eingedrungen. Vielleicht verhielt es sich auch umgekehrt, und ich stand schon mit einem Bein im Totenreich.

Letztlich war das natürlich gleichgültig. So, wie die Dinge lagen, war eigentlich alles gleichgültig.

Rudrick bemerkte, dass ich die Augen geöffnet hatte. *Ah, Justinius, da bist du ja wieder!*, rief er aus. *Wie lange haben wir uns nicht mehr richtig unterhalten? Das muss Jahre her sein, nicht wahr?*

Jeder Fingerbreit meines Körpers tat weh. Mein Herz war in

Scherben. Meine Seele hatte sich in ein Mauseloch verkrochen. Aber es reichte noch, um auszuspucken. Genau das tat ich. Ein schöner, großer Schleimklumpen landete vor Rudricks Gespensterfüßen.

Hm, etwas anderes hätte ich auch nicht erwartet. Aber ich will trotzdem sagen, was ich zu sagen habe. Weißt du, es gibt einiges, worüber ich gerne mit dir sprechen würde. Zum Beispiel würde mich sehr interessieren, was es mit deinen Freunden auf sich hat. Diesem Jungen – Mykar heißt er, wenn ich nicht irre –, oder der blonden Frau. Leider ist dafür heute keine Zeit. Heute soll es nur um eines gehen. Und zwar um einen kleinen Gefallen, den du mir erweisen könntest. Er streckte den Arm aus, wies auf Gelfrat. *Du könntest einen alten, nutzlosen Mann für mich töten. Das ist doch nicht zu viel verlangt, oder?*

Ich war überrascht. Nicht von Rudricks Ansinnen. Seit ich begriffen hatte, dass er mich erst mal am Leben lassen wollte, war mir klar gewesen, dass er eine Teufelei aushreckte. Und selbstredend war es ganz nach seinem Geschmack, mich zum Henker Gelfrats zu machen. Nein, was mich überraschte, war seine Stimme. Genauer gesagt, ihr Klang. Rudrick versuchte, boshaft und überlegen-spöttisch daherzukommen. Eigentlich seine leichteste Übung. Dennoch gelang es ihm nicht, nicht wirklich. Andere Töne mogelten sich in seine Rede – drängende, beinah sehnsüchtige Töne.

Was hatte das zu bedeuten? War es möglich, dass er mich immer noch nicht aufgegeben hatte? Dass er nach wie vor hoffte, mich auf seine Seite ziehen zu können? Vielleicht glaubte er, dass ich mich selbst verlieren würde, wenn ich den Vater von Glenna und Tanya ermordete. Dass ich mich verlieren und dann der Schwärze überlassen würde, so wie er es getan hatte.

Wenn das zutraf, war ich nicht völlig machtlos. Es würde nicht genug sein, um mit heiler Haut davonzukommen. Doch vielleicht konnte ich Rudrick bluten lassen, bevor ich zur Hölle fuhr.

Auch Gelfrat schien etwas zu spüren. Er hob den Kopf. Unsere Blicke trafen sich, und ich sah ein Funkeln in seinen Augen. Da erkannte ich, dass ich mich geirrt hatte. Der alte Veteran hatte noch einen Kampf in sich.

»Vergiss es, Rudrick!«, knurrte ich und mühte mich, meine Gedanken und Gefühle verborgen zu halten.

Offenbar gelang mir das.

Ich wusste, dass du mir so antworten würdest, seufzte Rudrick. *Du bist allzu vorhersehbar. Das warst du schon immer … Hör zu, ich könnte den Alten vor deinen Augen töten. Ganz langsam. Willst du das? Außerdem haben wir nicht das ganze Pack erwischt. Ein paar von ihnen irren draußen durch die Nacht. Vielleicht gemeinsam mit ein paar Mägden oder Knechten und ihren Bälgern. Wir könnten Jagd auf sie machen. Würde dir das gefallen?*

»Du glaubst doch wohl nicht im Ernst, dass ich dir diesen Quatsch abnehme? Wenn du auf die Jagd gehen willst, tust du das sowieso. Egal, ob ich dir gehorche oder nicht. Und Gelfrat hast du ohnehin schon alles angetan, was du ihm antun konntest. Ob ich ihn schnell töte, oder du ihn langsam, macht für ihn auch keinen Unterschied mehr.«

Rudrick betrachtete mich nachdenklich. Auf einmal sah ich sein Gesicht ganz klar vor mir. Dann lächelte er. *Du hast recht, Justinius. Es geht also nur um uns beide. Umso besser.* Noch während er sprach, drehte er sich zu der Tafel um und nahm eines der Messer, mit denen beim Festmahl das Fleisch geschnitten worden war. Er prüfte die Klinge, indem er mit einem Daumen über die Schneide fuhr. Seufzte wieder. *Dir ist klar, dass du hier nicht gewinnen kannst – oder, Justinius?*, fragte er.

Ich lachte ihn aus. »Du willst ein bisschen an mir herumschnippeln? Nur zu! Das hat Edi auch schon probiert. Und weißt du, was es ihm gebracht hat? Einen feuchten Trollfurz!«

Ich bin nicht dein Bruder, flüsterte Rudrick.

Nein, das war er nicht. Er hielt sich nicht mit Firlefanz auf. Ließ mir das Wams und das Hemd herunterreißen. Und ging schwungvoll ans Werk.

Als er mir einen Streifen Haut vom rechten Oberarm abzog, heulte ich vor Schmerz. Als er dasselbe am linken Oberarm tat, fiel ich erneut in Ohnmacht. Als ich wieder zu mir gekommen war und Rudrick sich anschickte, an meiner Brust weiterzumachen, bedurfte es von meiner Seite aus keiner großen Schauspielkunst, um einen Zusammenbruch vorzutäuschen.

»Nein! Bitte nicht!«, flehte ich unter Tränen. »Ich tue alles, was du willst!«

Rudrick gab den Nachtgeistern, die meine Arme gepackt hatten, ein Zeichen. Sie ließen mich los. Meine Beine knickten unter mir weg. Ich würgte Galle aus. Zitterte und schwitzte. Mühsam stand ich wieder auf. Das Blut lief mir über die Arme. Doch ich spürte die Wunden nicht.

Es war an der Zeit, diese Sache zu einem Ende zu bringen.

Siehst du, Justinius, ich habe dir doch gesagt, dass du nicht gewinnen kannst. Hier, nimm! Rudrick reichte mir einen Humpen Starkbier. Ich trank. Dann gab er mir etwas anderes. Ich sah die schwarze, gebogene Klinge aufscheinen und wieder verschwinden, als wäre da ein Flirren in der Luft. Es war eine Sichel. Als ich sie nahm, strömte furchtbare Kälte in meine Adern.

»W-was soll ich damit?«, krächzte ich.

Wieder zeigte Rudrick auf Gelfrat. *Töte ihn. Schneide ihm das Herz heraus. Sofort.*

Schwankend ging ich los. Vier oder fünf Schritte würde ich brauchen, um den alten Veteranen zu erreichen. Eins, zwei … Verstohlen blickte ich um mich. Sofort entdeckte ich das Bündel mit dem Gespenstermesser und Skargats Lebertran. Dieses Mal hatte ich Glück: Als ich durch die Luft segelte, war es auf den Tisch gefallen. Niemand hatte es beachtet. Es war zum Greifen nah. Drei, vier … Ich dachte, dass soeben wahrscheinlich die letzte Minute meines Lebens angebrochen war. Fünf … Dann dachte ich überhaupt nichts mehr.

Und vergiss nicht, es muss das Herz sein!, hörte ich Rudrick hinter mir.

Ich blieb vor dem alten Veteranen stehen. Die Spukwesen hatten ihn auf die Beine gezogen und seine weißbehaarte Brust entblößt. Er reckte das Kinn vor und sah mir in die Augen. Ich erwiderte den Blick.

»Es tut mir so leid«, sagte ich leise.

»Gedenkt meiner Töchter«, entgegnete Gelfrat.

Ich nickte.

Und schlug zu.

Die Spitze der Sichel bohrte sich tief in den Hals des Gespenstes. Es stieß einen gurgelnden Schrei aus, noch immer fern und entrückt. Ich ließ die Waffe los. Wirbelte herum. Sprang aus dem Stand. Landete krachend auf der Tafel. Packte das Bündel. Rollte mich zur Seite. Tonsplitter und Knochen bohrten sich in meine Haut. Kurz fühlte ich etwas Weiches, Totes unter mir. Dann war ich wieder auf den Beinen.

Nun trennte mich die lange Tafel von Rudrick und den Nachtgeistern. Und von Gelfrat. Der hatte sich die Sichel gegriffen. Gerade hieb er nach seinem zweiten Bewacher. Von dem Gespenst, das ich mit der schwarzen Klinge getroffen hatte, war nichts mehr zu sehen.

»Gelfrat! Kommt!«, rief ich.

Doch der alte Veteran gab mir keine Antwort. Er schien mich nicht zu hören. Er stieß einen Kampfschrei aus. Und griff erneut an. Die Sichel fand ihr Ziel, ein unirdisches Todesgeheul erklang; schrill und quälend und doch leise wie ein Liebesschwur.

Ich zögerte. Fragte mich, ob ich Gelfrat irgendwie erreichen könnte. Doch zwei der Spukwesen waren auf die Tafel gesprungen. Ihre schweren Schritte brachten das Holz zum Zittern und ließen das verbliebene Geschirr klirren und scheppern. In wenigen Sekunden hätten sie mich erreicht.

Ich rannte zur nächstgelegenen Tür. Riss sie auf, lief hindurch. Ich war jetzt in dem Gebäude, wo sich mein Schlafgemach befand. Dort wartete meine Rüstung auf mich. Aber die konnte lange warten. Meine Gegner waren mir zu dicht auf den Fersen.

Wieder stürzte ich zur erstbesten Tür. Dahinter befand sich das Zimmer irgendeines Knechts. Ein schmales Bett, auf dem Arbeitskleidung lag. Ein Schrank, ein Tisch, ein Schemel. Ich versuchte, nicht daran zu denken, wo sich der Bewohner dieses Zimmers befand. Und was mit ihm geschehen sein mochte. Stattdessen schlug ich die Tür zu. Legte hastig den Riegel vor.

Ich machte mir keine Illusionen darüber, wie lange ich meine Verfolger damit aufhalten würde. Mir blieben nur wenige Augenblicke, um mich auf den Kampf vorzubereiten. Ich warf das Bündel auf den Tisch. Öffnete das Tuch. Griff mir die Phiole mit Skargats Lebertran. Schickte ein Dankgebet an Elaah, dass das Fläschchen heil geblieben war. Zog den Stöpsel heraus und trank. Ich erschauderte von Kopf bis Fuß, als mir das eisigkalte, brennendheiße und teuflisch scharfe Zeug die Kehle hinabfloss. Im selben Moment begann die Dunkelheit um mich herum, sich zu verändern. Alle Gegenstände – die Ecken und Kanten und Flächen –, ja selbst die finstersten Ecken und Winkel erglommen, als ob ein höllenschwarzes Licht in ihnen wohnen würde. Ein höllenschwarzes Licht, das nun endlich hervorbrechen durfte. Ich erinnerte mich nicht daran, dass Skargats Lebertran eine solche Wirkung gehabt hatte, als ich zum ersten Mal davon trank. Zumindest nicht gleich. Das kam erst, als ich der Geistergesellschaft begegnet war, die sich auf dem Weg zum *Fröhlichen Toten* befand. Vielleicht hatte ich jetzt einen größeren Schluck genommen?

Ich hatte keine Zeit, darüber nachzudenken. Denn schon rammten meine Verfolger gegen die Tür. Bereits beim ersten Schlag knirschte der Riegel. Beim zweiten splitterte er. Mehr noch: Es riss die ganze Tür aus den Angeln. Mit lautem Krach knallte sie zu Boden, dass der Staub in alle Richtungen wirbelte.

Zum ersten Mal stand ich einem Geisterreiter der Horde gegenüber, Auge in Auge. Ein feistes Grinsen breitete sich auf seinen Zügen aus, als er mich erblickte. Hatte wohl schon gefürchtet, ich hätte die Fensterläden aufgerissen, meine Wampe durch die Öffnung gewuchtet und die Flucht ergriffen.

Natürlich hatte er keine Ahnung, dass auch ich *ihn* sehen konnte. Seine schwarze, in Felle gehüllte, schartige und gesplitterte Gestalt. Seine grausige Fresse, von schwarzen Haaren wie dicke, pelzige Würmer umrahmt. Und das furchtbare Beil, das er in Händen hielt.

Ich umfasste den Griff des Gespenstermessers mit beiden Händen. Ich brüllte. Warf mich nach vorne, brüllend, sah, wie sich Erstaunen und Entsetzen auf den Zügen des Nachtjägers ausbreiteten, rammte das Messer in seinen Leib, bis zum Schaft, brüllend, spürte, wie sich die Zähne und Haken der schwarzen Klinge in das schwarze Fleisch bohrten. Nun brüllte auch der Geisterreiter. Er brüllte vor Schmerzen. Und zerplatzte in einem Schwall schwarzen Schleims.

Auch der zweite Verfolger war zu überrascht davon, dass sich seine Beute zur Wehr setzte, um sich rechtzeitig verteidigen zu können. Ich hieb ihm die Klinge in den Arm, und er ließ seinen Spieß fallen. Doch ehe ich den Todesstoß anbringen konnte, hatte er sich wieder gefasst. Seine Faust traf mich unter dem Kinn, ein schneller, grader Schlag, der mich von den Beinen holte. Ich knallte mit dem Rücken auf den Boden. Einen Moment lang war ich benommen. Einen Moment nur – und schon zu viel.

Der zweite Geisterreiter war über mir. Er fletschte die Zähne. Stürzte sich auf mich. Schloss seine Hände um meinen Hals. Ein glühendroter Schleier senkte sich vor meinen Augen nieder. Mir war, als müsste mein Kopf bersten. Doch ich hatte das Messer nicht losgelassen. Mit aller Kraft stieß ich zu. Die Klinge bohrte sich in die Wange des Geisterreiters. Zertrümmerte seine Zähne, zerschlitzte seine Zunge. Er jaulte auf. Sein Griff lockerte sich. Wieder stieß ich zu. Dieses Mal rammte ich die Klinge in sein Ohr.

Schwarzer, heißer Schleim ergoss sich über mich. Ein Gestank nach Aas und Moder umfing mich. Mit dem Handrücken wischte ich mir die klebrige Flüssigkeit aus dem Gesicht. Zugleich griff ich nach dem Tisch, um mich auf die Beine zu ziehen.

Der nächste Gegner stand bereits im Türrahmen. Er sah, was mit seinen Kumpanen geschehen war. Zögerte, mich anzugreifen. Aber hinter ihm folgte noch ein Geisterreiter. Und dahinter ein weiterer.

Und irgendwo dahinter Rudrick.

»Tötet ihn nicht! Ich will ihn lebend!«, hörte ich ihn rufen. Dieses Mal klang seine Stimme wie die eines lebenden, atmenden Mannes. Und sie erbebte vor Wut.

Wenn die Nachtjäger zu mehreren auf mich losgingen, hatte ich keine Chance. Meine Muskeln brannten bereits vor Erschöpfung. Einen könnte ich noch mitnehmen. Vielleicht zwei. Würde es reichen, um an Rudrick heranzukommen?

Nun, es gab nur einen Weg, das herauszufinden. Ich bückte mich, hob das Beil auf, nahm es in die Rechte und ging langsam auf meinen Gegner zu.

In diesem Moment erklang ein Schrei. Gelfrats Todesschrei. Ich stellte mir vor, wie der alte Veteran gegen eine Übermacht von Feinden kämpfte. Ich stellte mir vor, wie er schlussendlich erlag. Wie er ein letztes Mal zuschlug, dann zu Boden ging, aus einem halben Dutzend Wunden blutend. Und wie er sterbend die Gesichter von Glenna und Tanya vor sich sah.

Da kam ich zu mir.

Gedenkt meiner Töchter. Ich hatte kein Versprechen gegeben, keinen Schwur geleistet. Doch das änderte nichts. Ich hatte eine Aufgabe zu erfüllen. Einen Dienst an den Toten zu leisten. Das Einzige, was ich noch tun konnte, war, für ein wenig Gerechtigkeit zu sorgen.

Indem ich Rudrick zur Strecke brachte.

Nicht, indem ich mich umbringen ließ.

Ich schleuderte das Beil. Darin war ich nicht gut. Aber der Wurf erfüllte seinen Zweck. Der Geisterreiter, der in der Tür stand, riss schützend die Arme hoch, als die Klinge auf ihn zusauste, wich zurück und prallte gegen seine Kumpane.

Ein kleines Durcheinander. Nichts, was meine Gegner lange aufhalten würde. Ich konnte nur hoffen, dass ein paar Sekunden Vorsprung genug wären. Dafür, die Läden zu öffnen, hatte ich keine Zeit. Glücklicherweise gab es auf dem Thannhof große Fenster. Ich warf mein ganzes Gewicht gegen das Holz. Mit Getöse brach es. Halb überschlug ich mich in der Luft. Der Aufprall war hart. Schmerz durchfuhr meine Schulter und meine Seite. Stöhnend rappelte ich mich auf.

Da griff einer der Geisterreiter in meine Haare. Riss meinen Kopf zurück.

»Du entkommst uns nicht!«, zischte er.

Ohne nachzudenken stach ich zu. Die schwarze Klinge bohrte sich in den Unterarm des Spukwesens. Ein Kreischen, und ich war frei. Ich hatte keine Waffe mehr. Die Phiole mit Skargats Lebertran lag noch immer auf dem Tisch im Knechtzimmer. Doch ich war frei.

Ich rannte um mein Leben. Sah immer geradeaus. Meine Beine wollten nicht mehr. Kein Teil von mir wollte noch. Ich keuchte, zitterte. Aber die Nachtluft kühlte meinen Schweiß und meine Wunden. Das tat wohl. Es hatte zu schneien begonnen, ganz leicht nur. Auch die Berührung durch die winzigen Flocken tat wohl.

Ich konnte es schaffen. Wenn ich den Stall erreichte, konnte ich es wirklich schaffen. Jeder wusste, wie schnell Kutasier waren. Auf Rhalana würde die Flucht gelingen. Die Nacht war dunkel, doch das störte mich nicht. Und die nächsten Dörfer waren nicht weit entfernt. Gewiss gab es in einem von ihnen einen Elaah-Tempel. Dort würde ich Schutz finden.

Wie war es möglich, dass sich Vanice und ich derart geirrt hatten? Von wegen Nacht der Toten! Rudrick schien gewusst zu haben, dass er mich unter den Gästen von Tanyas Blütenfest finden würde – wer hatte ihm das verraten? Ich hatte die Entscheidung, Gelfrat aufzusuchen, doch erst vor wenigen Tagen getroffen! Und was, bei Elaahs Gnade, hatte es mit dieser verfluchten schwarzen Sichel auf sich?

Über all diese Fragen würde ich nachdenken, wenn ich in Sicherheit wäre.

Die Geisterreiter stießen ein wildes Geheul aus. Sie hatten die Verfolgung aufgenommen. Ich rannte noch schneller. Auf einmal ging es ganz leicht. Ja, ich hatte nicht umsonst trainiert.

Ich konnte es schaffen …

Gleich würde ich die Hausecke erreichen. Dann musste ich den Vorplatz des Hauptgebäudes überqueren und an der Schmiede vorbei zu den Stallungen laufen.

Ich konnte es schaffen …

Schon bog ich um die Ecke …

Und blieb jäh stehen.

Vor dem Langhaus erwartete mich der Schwarze Jäger. Ein Lichtschimmer fiel auf seine drei gebogenen Hörner und den gewaltigen Spieß, den er in Händen hielt. Zu seiner Rechten hockte der riesige, weiße Wolf. Er starrte mich aus Blutaugen an und stieß ein tiefes, drohendes Knurren aus. Zu seiner Linken stand ein altes, verhutzeltes Weib. Sie stützte sich auf einen knorrigen Stab und kicherte vergnügt, als sie mich erblickte.

Die drei waren nicht allein. Ein Dutzend Geisterreiter hatten sich hinter ihnen aufgestellt. Sie hockten auf weißen Pferden mit roten Augen und glühenden Hufen, aus deren Fell sich Zacken bohrten. Ich sah auch den schwarzen, keilförmigen Jagdwagen, in dem der Anführer der Horde fuhr.

Ein richtiges Großaufgebot. Allein mir zu Ehren.

Ich stand da. Atmete schwer. Hinter mir hörte ich die Triumphschreie meiner Verfolger. Jetzt hatten sie mich. Es war vorbei.

Ich sah den Schwarzen Jäger an. Sein Blick war ruhig und fest. Doch ich spürte, dass der Zorn in ihm brodelte.

»Justinius von Hagenow«, sagte er.

18
DAS ALTE GESETZ

Die Luziera

Es hatte zu schneien begonnen. Fein und dünn fielen die Flocken. Sie fielen, während Rudrick und seine Kumpane ihr kleines Blutbad anrichteten; fielen, während die Überlebenden – diejenigen, die Beil und Säbel, Speer und Spieß gerade noch entronnen waren – verzweifelt in die Nacht hinaus flohen.

Die Luziera ließ sie fliehen. Sie wusste, dass die angstverzerrten Gesichter niemals wieder so lachen würden, wie sie es noch vor wenigen Stunden gekonnt hatten. Das war, so schien ihr, doch ein angemessener Preis dafür, zu Gast bei Gelfrat von der Thann gewesen zu sein.

Anstatt sich an dem Gemetzel zu beteiligen, legte sie den Kopf zurück, blickte in den dunklen Himmel empor und betrachtete die Schneeflöckchen, wie sie aus den unsichtbaren Wolken herabtrudelten und in die Lichter hineinsanken, die den Hof des Gutes erhellten. Die meisten von ihnen lösten sich auf, ehe sie den Boden erreichten.

Bald waren die Schreie verstummt, das Gelärme verklungen. Die Sterbenden waren verendet; die Überlebenden stolperten jetzt wohl durch die Felder, oder sie rannten über die Pflasterstraße, auf der Suche nach Zuflucht und Hilfe. Abgesehen von dem wilden Wiehern der Pferde, die die Angst und den Tod rochen, war es still.

Lange anhalten würde sie nicht, die Stille. Rudrick hatte den Bogen überspannt. Es war eine Sache, sich mit einer Handvoll Geisterreitern für ein paar Stunden davonzuschleichen. Etwas ganz anderes war es, die Abwesenheit des Anführers der Horde zu nutzen, um selbst zur Jagd zu blasen – obendrein so kurz vor der Nacht der Toten. Das wusste die Luziera. Und Rudrick wusste es auch.

Der Schwarze Jäger kam, gerade als die Lustbarkeiten im Haupthaus von neuem begonnen hatten. Dort drinnen brüllte jemand wie am Spieß. Vermutlich war es Justinius von Hagenow. Er war wohl nicht gewillt, mitzuspielen. Das überraschte die Luziera nicht: Sie hatte geahnt, dass Rudricks Plan – der Plan, zu dem sie selbst ihn bewogen hatte – kaum aufgehen würde. Freilich war das in ihrem Sinn. Sie war schon immer der Meinung gewesen, dass es erst dann wirklich lustig wurde, wenn ein großes Durcheinander ausbrach.

Ob Rudrick und der Herr Jäger das auch so sahen?

Dieses Mal reichte es dem Anführer der Horde. Er hatte die Faxen dicke, wie man so sagt. Das konnte die Luziera schon daran erkennen, dass kein Hörnerschall sein Erscheinen ankündigte. Eigentlich war dies nicht die Art des Herrn Jäger. Auch die Hunde waren in der Ruine geblieben, und selbst die Geisterpferde gaben kaum einen Laut von sich. Dass die Horde nahte, ließ allein der Wind erahnen, der sie begleitete – ein Wind, der in dieser Nacht so kalt wehte, als hätte ihn der Zorn des Schwarzen Jägers gefrieren lassen.

Die Luziera drehte sich nicht um. Sie wartete, bis der Herr Jäger seinen Wagen verlassen hatte und, gewiss von Garoy begleitet, an ihre Seite getreten war. Wie immer stank der Wolf, als hätte er sich in einer Grube voller verwesender Leichen gewälzt, und der Schwarze Jäger verströmte einen Geruch nach Waldmoder. Die Luziera lächelte: Es hatte auch etwas Schönes, all das Vertraute.

»Was geht hier vor?«, grollte der Schwarze Jäger.

»Wenn du das immer noch nicht weißt, bist du vielleicht nicht der Anführer, für den du dich hältst«, erwiderte die Luziera, nachdem sie darauf gelauscht hatte, wie Justinius von Hagenow ein weiteres Mal vor Schmerz aufschrie.

Der Schwarze Jäger beugte sich zu ihr herab und fletschte die Zähne: »Du wagst es, Vettel?!«

»Vettel? Was für Töne! Was für Töne!«

»Der schwarze Rudrick widersetzt sich meinen Befehlen!«, zischte der Anführer der Horde. »Mehr noch: Er bricht das Gesetz der Jagd! Ein Ausritt in dieser Nacht – undenkbar! Und du bist dabei! Du und ein Dutzend meiner Reiter!«

»Ah, du weißt ja doch, was vorgeht! Warum fragst du mich dann?«

»Ich will es aus deinem Mund hören – der Verrat, den du begangen hast!«

»Verrat? Habe ich dich verraten? Hast du dich nicht selbst verraten? Seit Wochen treibst du dich allein herum, fast jede Nacht geht das so. Seit der Gespensterversammlung, nicht wahr? Was du da über Rudrick erfahren hast, gefällt dir nicht. Und jetzt steckst du in der Klemme, hängst zwischen Fels und Stein. Ihn töten geht nicht gut an, denn er ist dir ja verschworen, und wenn du ihn tötest, weiß jeder, dass der Schwur nichts wert ist. Lässt du ihn aber machen, läuft's auf dasselbe hinaus, denn dann bezeugt Rudrick durch seine Taten, dass der Schwur nichts wert ist. Was tust du also? Nichts! Gar nichts! Und ist das nicht der größte Verrat – ein Anführer, der es aufgegeben hat, zu führen?«

Die Miene des Schwarzen Jägers war, wenn möglich, noch finsterer geworden, während die Luziera sprach. Doch er sah ihr in die Augen, und seine Stimme zitterte nicht, als er entgegnete: »Damit ist es vorbei. Ich weiß, was ich zu tun habe. Ich werde meinen Geisterreitern zeigen, was geschieht, wenn sich jemand meinen Befehlen widersetzt.«

»Recht so, recht so!«, sagte die Luziera und lächelte. Dann wandte sie sich an den riesigen weißen Wolf, der neben dem Anführer der Horde kauerte. »Was meinst du, Garoy?«, fragte sie.

Der Wolf senkte die Blutaugen, und es gelang ihm, in all seiner gewaltigen Größe so auszusehen wie ein geprügelter Köter. Indem er den Blick wieder hob, knurrte er: »Der schwarze Rudrick muss bezahlen!«

»Recht so«, wiederholte die Luziera.

Zugleich begann in der Festhalle ein Lärm der anderen Art. Ein gurgelndes Todesröcheln ertönte. Dann Krachen und Scheppern. Jemand rief: »Gelfrat! Kommt!« Dann ein Kampfschrei.

Der Anführer der Horde war verwundert: »Wie? Ist der schwarze Rudrick immer noch nicht fertig?«, fragte er.

»Oh«, kicherte die Luziera, »fertig ist er schon – nur nicht so, wie er wollte!«

»Was bedeutet das?«

»Das bedeutet, dass er einen alten Freund dafür gewinnen wollte, sich seiner Sache anzuschließen. Ich habe ihm dafür eigens meine Sichel geliehen. Du weißt schon: Wer jemanden der Verdammnis überantwortet, verdammt auch sich selbst. So Sachen eben. Aber etwas scheint nicht nach Wunsch gelaufen zu sein. Da habe ich mich wohl geirrt – habe den armen Rudrick schlecht beraten. Was meinst du, Herr Jäger?«

Das Kichern der Luziera steigerte sich zu einem fröhlichen Lachen.

»Ein alter Freund? Was für ein alter Freund?«

Sie erlaubte sich, einige Momente verstreichen zu lassen, ehe sie antwortete: »Nicht nur ein alter Freund von Rudrick. Auch von dir!«

»Was? Wovon redest du?«

»Du hast mir doch von der Nacht der Gespensterversammlung erzählt. Von deinem Händel mit dem Dämonen, der Hexe Aiona und anderen Störenfrieden …«

»Andere Störenfriede? Du meinst …«

Ein Mann lief um die Hausecke. Es war der Hüne aus dem Traum der Luziera. Sein Oberkörper war nackt und blutig; sein Haar von Schweiß verklebt. Er trug keine Waffe. Doch auch schwarzes Gespensterblut hatte ihn bespritzt.

Keuchend blieb der Mann stehen, als er den Schwarzen Jäger und sein Gefolge erblickte.

Die Luziera sah, wie seine Augen leer wurden – leer von Hoffnung und Träumen. Wie oft hatte sie das schon erlebt? Zuletzt bei dem alten Elaah-Geweihten Hindrik. Jedes Mal aufs Neue hatte es etwas Erhebendes, und vielleicht auch Trauriges, dieses Verlöschen eines Herzens.

»Justinius von Hagenow«, sagte der Anführer der Horde.

Er ballte die Fäuste.

Justinius schwieg. Was hätte er schon erwidern sollen? Der Schnee fiel jetzt dichter. Schwere, weiße Flocken, die seine roten Wunden bedecken und verbergen wollten.

Dann kamen die Verfolger. Ihr Triumphgeheul erstarb, als sie den Schwarzen Jäger sahen. Fast so still wie Justinius standen sie da – Rudrick und seine Geisterreiter. Aber nicht ein Dutzend waren es. Nein, sieben nur. Offenbar hatte Rudricks Rache ihren Preis gefordert. Und es war Justinius, der den Preis eingetrieben hatte.

Der Schwarze Jäger trat einen Schritt vor. Er hielt seinen gewaltigen, furchtbaren Spieß umfasst und sah Rudrick in die Augen. Der Wolf war an seiner Seite.

Auch Rudrick trat vor. In seiner Hand ein Speer.

Schweigend starrten sie einander an, der alte und der neue Anführer. In diesem Moment schien sich keiner von beiden darum zu kümmern – oder es auch nur zu wissen –, dass Justinius von Hagenow nur wenige Meter entfernt stand.

»Was hast du getan?«, fragte der Schwarze Jäger schließlich. Seine Stimme war leise und ruhig.

»Gelfrat von der Thann war mein Feind. Er hat es gewagt, seine Hand gegen mich zu erheben. Dafür hat er bezahlt«, antwortete Rudrick in derselben Weise.

»Ohne meine Erlaubnis bist du ausgezogen …«

»Was ich hier tue, geht dich nichts an.«

»Ohne meine Erlaubnis hast du meine Reiter mitgenommen …«

»Sie kamen aus freien Stücken.«

Der Schwarze Jäger senkte seine Stimme zu einem Flüstern. »Sie kamen aus freien Stücken? Sie kamen an einen Ort, den sie nie hätten betreten dürfen. Um etwas zu tun, das sie nie hätten tun dürfen. Die Nacht der Toten naht. Und die drei Nächte vor jener Nacht sind der Ruhe geweiht. So will es das Gesetz. Das Gesetz des Herrn der Jagd. Meines Herrn – und deines.«

Noch immer starrten der Schwarze Jäger und Rudrick einander an. Justinius war auf die Knie gesunken. Er zitterte vor Schmerz und Erschöpfung; doch er schien den Blick nicht abwenden zu können von den beiden Spukwesen, die hier miteinander rangen – die miteinander rangen, ohne sich zu rühren; und nun auch, ohne ein Wort zu sagen. Den Geisterreitern ging es nicht anders als dem Menschlein, das eigentlich ihre Beute hätte sein sollen. Sie harrten auf den Ausgang des stummen, stillen Kampfes, der sich vor ihren Augen zutrug. Garoy legte die Ohren an und senkte die Rute; seine Lefzen bebten. Noch nie hatte die Luziera eine solche Angst innerhalb der Horde gespürt. Jede Sekunde zerbrach in der schneedurchwehten Nachtkälte wie eine Statue, die in den Dreck gestürzt wird. Sie allein frohlockte.

Endlich sprach Rudrick. Drei Worte, die alles entschieden.

»Nicht mein Gesetz«, sagte er.

»ES GIBT KEIN ANDERES GESETZ! MEIN GESETZ IST DAS GESETZ DER HORDE!«, brüllte der Schwarze Jäger, indem er sich mit der Faust an die Brust hieb.

Nun trat Eorl vor – oder war es Melchar? »Doch, es gibt ein anderes Gesetz«, sagte er. »Ein neues Gesetz. Es heißt Freiheit.«

»DU WAGST ES!«, donnerte der Schwarze Jäger.

Und schleuderte seinen Spieß.

Die Klinge bohrte sich in die Brust des Geisterreiters, riss ihn von den Beinen, warf ihn nach hinten, keilte in die Wand des Gutshauses, blieb zitternd stecken, während um sie herum schwarzer Schleim gegen die Holzbalken spritzte.

Einige der Gespenster stießen Schreckenslaute aus. Garoy winselte leise. Die Luziera klatschte vor Freude in die Hände.

»So ergeht es allen, die mir nicht gehorchen!«, schrie der Schwarze Jäger. Er breitete die Arme aus und drehte sich einmal im Kreis, langsam, selbstgewiss, damit die Seinen sehen konnten, wer er war: ihr Herr und Anführer, dem sie bedingungslos folgen würden. Dann wandte er sich wieder seinem Gegner zu. »Komm her, schwarzer Rudrick! Komm her und knie nieder! Schwöre, dass du mir von nun an gehorchen wirst, solange das Jagdhorn klingt, solange die Nacht währt! Schwöre – und vielleicht werde ich dir verzeihen!«

Rudrick trat an den Schwarzen Jäger heran. Er rammte seinen

Speer vor ihm in den Boden. Kurz betrachtete er den Anführer der Horde, als wollte er noch einmal Maß nehmen an ihm, betrachtete die drei langen, gebogenen Hörner, die aus seinem Schädel ragten, den Umhang, gewirkt aus Dornenranken, die ganze mächtige, schwarze Gestalt.

Dann rief er: »Ich widersage dir, Jäger! Du bist nicht mein Anführer! Dein Herr ist nicht mein Herr! Dein Gesetz ist nicht mein Gesetz! Fortan werde ich dir nicht mehr folgen! Ich fordere dich heraus! Kämpf mit mir! Kämpf mit mir, und es wird sich zeigen, wem das Recht zukommt, die Horde zu führen!«

Damit hatte der Schwarze Jäger nicht gerechnet. Er wich zurück, als könnte er damit das Unfassbare ungeschehen machen.

Aber Rudrick streckte die Hand aus, zeigte auf ihn, der über Hunderte von Jahren hinweg der unumstrittene Anführer der Horde gewesen war, und rief erneut: »Ich fordere dich heraus, Jäger! Nimmst du die Herausforderung an?«

Ein wollüstiger Schauer überlief die Luziera. Es war so weit. Als würde ein neuer Mond aufgehen und neue Sterne blinken in der endlosen Nacht, die ihr Dasein war. Sie drehte sich zu Justinius um. Ihr war, als könnte er allein es würdigen, das Unerwartete und Ungeahnte.

»Hast du gehört? Hast du das gehört?«, fragte sie eifrig und scherte sich nicht darum, wie laut ihre Stimme klang in dem Schweigen, das sich nach Rudricks Worten über den Hof des Landguts gesenkt hatte.

Doch Justinius von Hagenow hörte nicht.

Er war umgefallen – irgendwann im Lauf der letzten Minuten, als alle Augen auf Rudrick und den Schwarzen Jäger gerichtet waren –, ganz still und leise, lag nun da, in dem Schnee, der sich wie feines Tuch über den Boden breitete und bald auch ihn einhüllen würde.

Ein Jammer!, dachte die Luziera. *Ein neues Zeitalter bricht an, und ausgerechnet jetzt musst du sterben.*

19

DER SCHWARZE HIMMEL

Mykar

Wir folgten dem Nantis, bis er eine Kurve machte. Er floss in südöstliche Richtung weiter, wo er sich in der Ferne verlor. Die Reichsstraße wurde nun über einen Damm geführt. Ich sah, was der Grund dafür war: Wir kamen in ein Sumpfgebiet. Das mussten die Friedmarschen sein – Justinius hatte den Namen erwähnt, als er mir die Geschichte der Perle erzählte.

Bislang hatte ich die Reise langsam angehen lassen. Die Tage waren kurz, und ich wagte nicht, nach Einbruch der Dunkelheit zu reiten. Nun aber wuchs die Ungeduld in mir. Da war jetzt etwas Harsches und Drängendes. Ich trieb Schecke an. Ihm war das recht. Es hatte ihn verunsichert, den Zorn in mir zu spüren; aber nur für kurze Zeit. Auch Danje war wieder guter Dinge. Sie hatte allerdings keine Lust, sich damit zu beschäftigen, weshalb wir in Wahrheit die Windmarken verlassen hatten. Sie wollte sich einfach an ihrem Abenteuer freuen. Und ich brachte es nicht übers Herz, sie darauf hinzuweisen, dass sie diejenige gewesen war, die mich immer wieder zur Rache angehalten hatte. So war es doch, oder etwa nicht?

An die Stelle des Flussrauschens, das uns während der letzten Tage begleitet hatte, trat nun Stille. Zu beiden Seiten der Straße erstreckte sich, so weit das Auge reichte, ein Gebiet, das von zahllosen Teichen, Tümpeln und Bächen durchzogen war. Dazwischen wuchsen allerlei Büsche, Kraute und Gestrüpp. Wo der Boden fester war, ragten Gruppen dürrer Erlen in den Himmel auf. Auch heute schien die Sonne. Ihre Strahlen brachen sich in den blauschwarzen Wassern, und manchmal ging ein Glitzern und Funkeln über das

Sumpfland, als würde das Licht in wildem Tanz durch die Welt wirbeln.

Bis zum Abend begegneten uns keine Reisenden. Ich konnte auch nirgendwo eine Siedlung entdecken. Wenn ich mich umblickte, sah ich nur die flachen, feuchten Ebenen. Dann jedoch veränderte sich die Gegend: Es gab nun weniger Gewässer, dafür schier endlose Wiesen – ich stellte mir vor, dass sie während des Sommers in den Farben tausender Blüten leuchteten –, aus denen sich hier und da ein Bühel erhob. Wir kamen wieder an Dörfern vorbei. Sie waren zu beiden Seiten der Reichsstraße errichtet worden und machten keinen allzu ärmlichen Eindruck.

In einem dieser Dörfer fanden wir Unterkunft. Wir waren jetzt fünf Tage unterwegs. Wenn ich mich recht erinnerte, hatte Justinius gesagt, die Friedmarschen lägen nahe bei Mandris, und ich vermutete, dass wir die Stadt morgen erreichen würden. Ich hatte keine Vorstellung, was uns dort erwartete. Dass Mandris die größte Stadt des ahekrischen Reiches war, wusste ich. Aber nachdem ich die Perle gesehen hatte, beeindruckte mich das nicht weiter. Danje hingegen war sehr aufgeregt. Sie hatte einen großen Hunger nach der Welt. Sie hoffte, dass ihre Augen festlich schmausen würden, wenn wir Mandris besuchten.

In der Nacht schlug das Wetter um. Ich erwachte davon, dass Regentropfen gegen die Holzläden prasselten. Nachdem ich eine Weile lang in die Dunkelheit gestarrt hatte, schlief ich wieder ein. Doch als ich bei Tagesanbruch erwachte, goss es noch immer in Strömen. Das änderte natürlich nichts daran, dass wir weiterziehen mussten. Ich stärkte mich mit einem Frühstück aus Rührei und geräucherter Forelle. Dann holte ich Schecke aus dem Stall. Bereits nach wenigen Minuten troff sein Fell vor Nässe. Aber das Maultier ließ sich die Laune nicht von dem schlechten Wetter verderben. Man hätte meinen können, es bekam überhaupt nichts davon mit, dass ihm die Tropfen um die Ohren peitschten.

Mir fiel es schwerer, heiter zu bleiben. Denn mit dem Regen waren harsche Winde und eisige Luft gekommen. Bald war der Mantel aus Wolfsfell ebenso durchnässt wie mein Kapuzenumhang. Die feuchte Kälte drang mir in die Knochen; ich bibberte. Doch ich hatte mir vorgenommen, dass wir erst rasten würden, wenn wir Mandris erreicht hatten. Also zogen wir über die leere, von grauem Dämmer umhüllte Reichsstraße unserem Ziel entgegen.

Gegen Mittag ließ der Regen nach. Dafür war ich dankbar. Doch dann geschah etwas Unheimliches und Unerklärliches: Während der Himmel im Norden, Süden und Westen aufhellte, schien im Osten eine riesige schwarze Wolke aus dem Boden emporzusteigen, die bald den halben Horizont verhängte. Es war, als ob sich der Schlund der Niederhöllen aufgetan hätte, um die hungrige Finsternis auszuspeien, in der Skargat und seine Geißeln hausten.

Einen Augenblick lang dachte ich, die dunkle Wolke müsse Rudricks Werk sein, und er würde auf mich warten, dort in der Schwärze. Grauen griff mir an die Seele. Im nächsten Moment allerdings bemerkte ich, dass Schecke kein bisschen eingeschüchtert war von dem Himmelsdräuen. Mit seiner üblichen Gelassenheit trabte er auf die Wolke zu. Das milderte meine Angst.

Danje war allerdings nicht annähernd so entspannt wie das Maultier. Furchtsam blickte sie der Dunkelheit entgegen. Ich fragte sie, ob sie lieber in der Satteltasche weiterreisen wollte. Das gefiel ihr indessen noch weniger als die schwarze Wolke. Sie erklärte, dass sie sich stundenlang hatte nassregnen lassen, um nichts zu versäumen. Da werde sie bestimmt nicht vor ein bisschen Rauch flüchten. Denn das wäre es ja wohl, was wir am Himmel erblickten: Rauch.

Ich nickte zu ihren Worten. Im Stillen fragte ich mich jedoch, was es für ein Feuer sein musste, das so viel Rauch hervorbrachte.

Die Gegend wurde hügliger. Da waren jetzt viele kleine Anhöhen und Senken. Die Straße stieg an und fiel ab, bog mal in diese, mal in jene Richtung. Letztlich lief sie aber immer auf die schwarze Wolke zu. Ich bemerkte, dass es wieder mehr Höfe gab. Sie hockten zwischen den Buckeln und Erdwällen. Bald wurden sie zu Siedlungen. Dörfer, darunter einige recht große, begannen sich links und rechts der Reichsstraße auszubreiten. Zwischen ihnen waren Seen aufs Land getupft. Das war schön. Ich wusste gar nicht, wie ich den Anblick mit der gewaltigen, dunklen Wolke übereinbringen sollte, die immer noch den Himmel vor uns verdeckte.

Wäre ich nicht ich gewesen, hätte ich vielleicht die anderen Reisenden gefragt, was es mit der Wolke auf sich hatte. Denn ganz plötzlich – so schien es mir – waren da wieder Reisende. Sogar viele von ihnen. Ich hatte die Straße noch nie so belebt gesehen. Schecke musste Ochsengespanne überholen oder ihnen ausweichen, wenn sie uns entgegenkamen. Manchmal, wenn zwei Gespanne einander passierten und es eng wurde auf der Straße, stießen die Tiere mit den Hörnern gegeneinander. Dann schüttelten sie sich und stießen ein unwirsches Muhen aus. Es vermischte sich mit dem Knarren und Rumpeln der Wagen, auf denen sich Kisten, Körbe oder Fässer stapelten, dem Geklapper zahlloser Hufe und dem Glockenbimmeln der fahrenden Buden, zu denen die umherziehenden Händler ihre Karren ausgebaut hatten.

Ja, es wäre ein Leichtes gewesen, jemanden über die Wolke auszufragen. Aber mir wurde schwindelig vor lauter Menschen. Ich brachte kein Wort heraus. Zum Glück war Schecke durch nichts aus der Ruhe zu bringen. Er fand seinen Weg ganz ohne mein Zutun. Ich war vollauf damit beschäftigt, Danje festzuhalten. Ich hatte sie wieder in dem Tuch verborgen. Und auf einmal war mir, als könnte es leicht geschehen, dass sie aus dem Sattel fiele und von den Hufen der Ochsen zertreten würde.

Immerhin schienen die Bauern, Händler und Handwerker nicht der Meinung zu sein, dass aus der schwarzen Wolke ein Übel auf sie herabkommen würde. Ganz beruhigte mich das aber nicht. Denn die Luft hatte jetzt einen rauchigen Geschmack angenommen. Manchmal biss sie beim Atmen in den Lungen, sodass ich husten musste. Und ein feiner Dunst hing über dem Land, obwohl es mittlerweile Nachmittag war und ich den Eindruck hatte, dass in dieser Gegend seit längerem kein Schauer mehr niedergegangen war. Vielleicht ritten wir wirklich geradewegs in ein riesiges Feuer? Vielleicht hatten sich die Leute hier an das Feuer gewöhnt, so wie ich mich in meiner Kindheit daran gewöhnt hatte, dass mich niemand mochte?

Dann zog sich der Himmel zu, und es begann tatsächlich zu regnen. Der Regen fiel in dicken, kalten Tropfen. Unablässig, unnachgiebig fiel er. Bald war ich wieder völlig durchnässt und verfroren. Dass das Wetter sich verschlechtert hatte, änderte aber nichts daran, dass die Straße überaus belebt war. Im Gegenteil: Ich hatte den Eindruck, dass von Minute zu Minute mehr Menschen auf ihr unterwegs waren. Auch die Siedlungen reihten sich immer dichter aneinander. Ich hätte nicht mehr sagen können, wo ein Dorf endete und das andere begann. Aber die Dörfer waren nun hässlich. Die Hütten waren krumm und schief zusammengezimmert. Manchmal standen sie so dicht beieinander, dass ich dachte, sie wollten sich gegenseitig stützen. Um sie herum gab es keine Straßen oder Plätze. Nur ein einziges, von Unrat übersätes Schlammfeld. Ein paar Gestalten huschten durch den Regen. Kinder spielten im Dreck. Aber sie waren fast so dürr und spitzig wie die Schatten, die den Gasthof *Zum Fröhlichen Toten* besuchten.

Am schlimmsten war der Gestank. Das Herbe und Rauchige in der Luft wurde fast völlig überlagert von einer beißenden Fäule. Nach den Wochen, die Danje und ich in der Einsamkeit eines weiten, verödeten Landes verbracht hatten, war das alles zu viel, viel zu viel: die Menschen und der Schmutz und die Armut. Am liebsten hätte ich Schecke gewendet und wäre, so schnell seine Hufe uns trugen, zurück zu Meyk und Rilge und ihrer behaglichen Herberge galoppiert. Doch ich ritt weiter geradeaus. Der Schwärze entgegen, die nun schon fast über uns war, umlagert nun von zahllosen anderen schweren, grauen, wüst sich ballenden Wolken.

Und dann sah ich es. Zuerst dachte ich, was ich erblickte, wäre eine mit fremdartigen, riesenhaften Bäumen bewachsene Hügelkette, die sich, von Nebel verhangen, bis zum Horizont erstreckte. Und ich dachte, dass diese Bäume in einem geheimnisvollen, unmöglichen Feuer brannten. Denn der Rauch schien geradewegs aus ihnen aufzusteigen.

Dann erschienen Häuser zwischen den Dunstschleiern. Die Reichsstraße verzweigte sich in schmalere Wege, von denen einige mit grobem Stein gepflastert waren. Bald darauf kamen wir durch ein Tor. Nun gab es mehr Gebäude aus Stein. Mauern umfriedeten enge Höfe und Gärten. Ich erkannte die Läden von Seilern und Riemenschneidern. Darin wurde noch gearbeitet, beim Licht trüber Funzeln. Der Gestank nach menschlichem Auswurf ließ nach. Der Geruch von Rauch wurde wieder stärker.

Und ich begriff, dass wir Mandris längst schon erreicht hatten. Abertausend Kamine und Schlöte hatten die schwarze Wolke hervorgebracht. Sie waren es auch, die den Wrasen erzeugten, der im Umkreis vieler Meilen über den Boden waberte. Die fremdartigen Bäume waren die höhergelegenen Gebäude, vielleicht die Paläste und Türme der Reichen. Ich war jetzt nahe genug, um zu erkennen, dass einige von ihnen aus einem helleren – vielleicht sogar weißen – Stein gefertigt waren. Doch ihre Fassaden waren von Streifen und Schlieren überzogen, als hätten die Häuser schwarze Tränen geweint.

Das war Mandris. So weit das Auge reichte. In jede Richtung.

Ich hatte mich geirrt. Meine Tage in der Perle – sie hatten nichts getan, um mich auf Mandris vorzubereiten. Im Vergleich zu Mandris war die Stadt des Dorn kaum mehr als das Dorf, in dem ich meine Kindheit verbracht hatte.

Ich konnte nicht begreifen, woher all die Männer und Frauen kamen. Ich konnte ihr Leben nicht begreifen: Was taten sie? Wo fanden sie Essen und Trinken? Wie gelang es ihnen, nachts einzuschlafen?

Trotz der Kälte und des Regens brach mir der Schweiß aus. Nur mit Mühe konnte ich atmen; schwer und schmerzend sog ich die Luft ein. Bei dem Gedanken daran, weiter in diese Stadt hineinzureiten, überkam mich Angst. Das war eine andere Angst als die vor den Jungen, die mich in Brennnesselgebüsche geworfen und mit Stöcken geschlagen hatten. Eine andere Angst auch als jene, die ich um Cay gehabt hatte – damals, es schien schon lange her, als ich noch geglaubt hatte, ich könnte ihm helfen. Es war die Angst, die ich empfunden hatte, als Thaalas Bann uns traf: die Angst vor einem endlosen Sturz in schwarze, eisige Verlassenheit.

Danje und ich, wir waren so klein. Kleiner als Staubkörner. Der Regen würde uns wegspülen, der Rauch würde uns verschlucken. Wir würden in einer Steinritze enden, irgendwo an einer bröckeligen Hausfassade, gemeinsam mit anderen verlorenen Staubkörnern. Niemand würde uns jemals dort finden. Wir könnten uns nur an der Hand fassen und darauf warten, dass wir still vergingen.

Nein, wir waren zu klein für diese Stadt.

Und ich spürte, dass Mandris uns nicht wohlgesinnt war.

Danje ging es genauso wie mir. Als sie verstand, dass wir unser Ziel bereits erreicht hatten, wollte sie unbedingt aus dem Tuch gewickelt werden. Natürlich schlug ich ihr den Wunsch nicht ab; ich konnte ihr ja nichts abschlagen. Aber als sie dann sah, an was für einen Ort wir gekommen waren, wurde ihr schrecklich bang zumute. Auch sie fühlte, dass wir uns in Mandris hoffnungslos verlaufen würden und durch grausame, endlose Straßen irren müssten, bis wir selbst zu schwarzem Rauch wurden. Danje flehte mich an, sie von hier wegzubringen. Und das tat ich.

Glücklicherweise behielt Schecke einen kühlen Kopf. Sei es, dass er sich auf früheren Reisen schon in den Schlund dieses Ungeheuers vorgewagt hatte; sei es, dass sein unerschütterliches Maultierwesen nicht einmal durch die rohe Gewaltsamkeit von Mandris zu beeindrucken war – jedenfalls reckte er die Nüstern vor, als ich ihn nach Süden führte, und suchte und fand einen Weg durch das Stadtlabyrinth.

Durch enge Gassen und über breite Straßen ging es. Vorbei an Plätzen, wo Dutzende leerer, verrammelter Buden standen. Vorbei an Baugerüsten, die sich in müde, traurige Häuser krallten. Vorbei an einer Unzahl von Männern und Frauen in Umhängen, Kapuzenmänteln, Kopftüchern und Hüten.

Die Nacht brach bereits herein, als wir Mandris verließen. Doch wir hielten nicht inne. Wir ritten weiter, bis sogar Schecke vor Müdigkeit zu murren begann. Da tat mir bereits jeder Fingerbreit meines Körpers weh. Nur die Angst vor der Stadt, die wir soeben verlassen hatten, hielt mich im Sattel. Irgendwann fanden wir auf eine große Straße zurück. Ich wusste, dass das nicht die Reichsstraße sein konnte. Aber sie war genauso breit und sicher wie diese.

Dann, als es nicht mehr anders ging, suchten wir uns ein Nachtquartier. Und wir hatten Glück. In der mond- und sternlosen Dunkelheit brannten Lichter. Wir erreichten eine Herberge. Ich taumelte in den Schankraum. Nie hatte es mir so gut getan, ein Kaminfeuer, Braten und Bier zu riechen. Ich gab dem Stallburschen ein paar Kupferstücke mehr, damit er Schecke besonders gut versorgte. Mir selbst gönnte ich ein Krüglein heißen Kräuterschnaps.

Später, ich war schon fast eingeschlafen, sprach Danje noch einmal. Ich hatte ein großes Zimmer mit einem Doppelbett bekommen. Sie lag auf dem Kissen neben mir. Aus dem Schankraum klangen die Stimmen der letzten Gäste zu uns herüber. Anscheinend ging es lustig zu. Ständig lachte jemand. Das wirkte wie ein Schlaflied auf mich. Ich hatte gerade die Augen geschlossen und mich auf die Seite gewälzt, als Danje sagte: *Nicht wahr, wir müssen niemals wieder nach Mandris zurück?*

Ich drehte mich auf den Rücken und betrachtete sie. Ich konnte sie nicht sehen. Denn in dem Zimmer brannte kein Licht, und die Läden waren geschlossen. Aber irgendwie sah ich sie doch.

»Nein«, sagte ich und lächelte.

Dann legte ich Danje auf meine Brust. Ich streichelte sie. Ich wusste, ich würde süße Träume haben.

TEIL II

Ich sag immer: Ob es Einhörner gibt oder nicht,
ist mir eigentlich schnuppe.
Aber ich will, dass ihr die Viecher wiehern hört,
wenn ich von ihnen singe.

Petzlar der Bunte, Barde aus Tagur

I

KEINE VERWENDUNG

Vanice

Nachdem Justinius gegangen war, versuchte ich, mich wieder Haitons *Die Reise des Kalimikes* zuzuwenden. Doch ich hatte kaum eine Handvoll Seiten gelesen, als ich von einer bitteren Traurigkeit befallen wurde.

Ich fragte mich, ob Justinius' Vorwurf, ich sei so sehr an die Lüge gewöhnt, dass ich sie nicht mehr von der Wahrheit unterscheiden könne, zutraf. Und ich musste mir eingestehen, dass er nicht unrecht hatte. In meiner Kindheit war mir das Leben wie ein einziger, langer Frühlingstag vorgekommen: Ich war schön; ich kannte keine Sorgen; ich wurde von allen geliebt. Es war mein Geburtsrecht, glücklich zu sein. Heute drängte sich mir eher der Vergleich mit dem Herbstdämmer vor meinem Fenster auf: Alles war kalt und einsam. Ich hatte mich selbst verloren, irgendwo im Nebel, und ich wusste nicht, wie ich mich jemals wiederfinden sollte. Bei allen Göttern, ich wusste nicht einmal, ob ich mich wiederfinden *wollte*.

Plötzlich war mir, als würde sich mein Herzschlag verlangsamen und meine Haut zu Eis erstarren. Panik ergriff mich. Ich wusste, dass ich sterben würde, wenn ich nicht sofort etwas fühlte. Ich riss mir die Kleider vom Leib, warf mich aufs Bett, griff mir zwischen die Beine. Doch meine Träume hatten mich in einem überreizten Zustand zurückgelassen. Mein Geschlecht blieb trocken und verschlossen. Ich brauchte Hilfe. Jemand musste kommen, musste kommen und mich küssen und berühren. Das war meine einzige Rettung! Ich wäre aus dem Zimmer gerannt, nackt wie ich war, hätte mir Edmund oder Stane oder sogar Egbert gegriffen und in mein Bett gezerrt – aber meine Angst war mittlerweile so groß, dass ich mich nicht mehr bewegen konnte.

Ich schnappte nach Luft. »Bitte … bitte …«, röchelte ich.

Niemand hörte mich.

Warum ließen mich alle allein? Warum wollten sie mir nicht helfen?

Ich begann zu weinen. Doch noch immer kam niemand.

Später schlief ich ein.

Ein Klopfen an meiner Zimmertür weckte mich. Es war Ulla. Sie fragte, ob ich zum Abendessen in den Speisesaal kommen wollte. Ich sagte ihr, dass ich mich nicht wohl fühlte und bat sie, mir Brot, Käse und Trockenfleisch sowie zwei Krüge mit Wasser und Wein zu bringen.

Mittlerweile war es dunkel. Ich hatte den ganzen Nachmittag verschlafen. Müde war ich trotzdem. Ich machte ein Feuer an. Das kostete mich einige Mühe – ich war einfach gewohnt, bedient zu werden –, aber ich schaffte es.

Ich leerte den Weinkrug, und als ich hinreichend betrunken war, versuchte ich, wieder einzuschlafen. Erst jetzt wurde mir bewusst, dass ich mich gar nicht richtig von Justinius verabschiedet hatte.

Ich schämte mich; zugleich bereitete mir die Vorstellung, dass ich ihn enttäuscht hatte, ein gewisses Vergnügen.

Am nächsten Morgen hatte ich Kopfschmerzen. Doch ich bildete mir ein, gut und vor allem traumlos geschlafen zu haben. Beim Zubettgehen war mir die Vorstellung, der Schwarze Jäger – oder Cay – würden in der Nacht zu mir kommen, mit einem Mal unerträglich erschienen, und ich war heilfroh, dass sie mich verschont hatten. Allerdings war der Hunger noch einmal schlimmer geworden. Ich spürte, dass ich ihn nicht mehr lange aushalten würde. Vielleicht konnte mir Grolek helfen? Schließlich war es möglich, dass er häufiger Gäste hatte, die der Hunger nach Leichenfleisch umtrieb.

Wenn ich im Wirtshaus *Zum Fröhlichen Toten* kein Glück hatte, würde ich zu dem Friedhof zurückkehren müssen, wo ich beim letzten Mal gegessen hatte. Dieser Friedhof gehörte zu einem Dorf, das einige Kilometer östlich von Mykars Geburtsort gelegen war; ich hatte ihn bei einem Spaziergang entdeckt und sogleich festgestellt, dass er einige Vorteile bot. Er lag nämlich etwas abgeschieden von den übrigen Häusern des Dorfes und war zudem an drei Seiten von Wald umgeben, also weitgehend vor Blicken geschützt.

In jedem Fall musste ich daran denken, genügend Knochen mitzubringen, wenn ich Groleks Schenke besuchte. Ich hatte noch meine Schulden aus der Nacht der Gespensterversammlung zu begleichen und wollte unter keinen Umständen riskieren, dass mir der Wirt ein Mahl verweigerte, weil ich ihm nicht geben konnte, was er verlangte.

Um die Mittagszeit schaffte ich es, aufzustehen. Ich wusch mich, zog mich an und schminkte mich ein wenig. Dann begab ich mich in den Speisesaal. Wie immer knisterte ein Feuer im Kamin; allerdings war der Tag so trüb, dass der Raum dennoch in Schatten versank. Edmund saß an der Tafel. Er war allein, und wahrscheinlich lag es nicht nur an der Größe des Saales, dass er so verloren wirkte. Neben ihm stand ein Weinkrug auf dem Tisch. Er hielt einen Becher in der Hand und starrte mit glasigem Blick in die Flammen; seine Schultern hingen. Ich vermutete, dass er schon eine ganze Weile so dasaß – und seinen Becher zwischenzeitlich mehrmals gefüllt hatte.

»Guten Tag, Edmund. Wie geht es Euch?«, begann ich, nachdem ich an ihn herangetreten war.

Er sah auf. »Oh ... guten Tag, Ve- ... Va- ... Wie war gleich Euer Name?«

»Vanice«, sagte ich lächelnd.

»Also ... guten Tag, Vanice!« Er machte Anstalten, sich zu erheben, kam dann aber anscheinend zu dem Schluss, dass ich der Mühe doch nicht wert sei. Stattdessen goss er sich Wein nach.

»In diesem verdammten Haus muss man sich um alles selber kümmern!«, sagte er und trank einen Schluck.

Sein Gejammer ärgerte mich. Schließlich hatte selbst ich es hinbekommen, Feuer in meinem Kamin zu machen. »Sogar um den Wein?«, fragte ich in spöttischem Tonfall.

Zu meinem Bedauern war Edmund unempfänglich für Ironie, zumindest in seinem jetzigen Zustand. »Sogar um den Wein!«, klagte er. »Und stellt Euch vor: Justinius hat mich tatsächlich im Stall schlafen lassen! Bei dem Esel! Und dieses verrückte Weib hat auch noch so getan, als ob das eine Ehre wäre! Für mich, wohlgemerkt, nicht für den Esel!« Seine Aussprache war leicht schlurrend; das hinderte ihn aber nicht daran, sich mit jedem Satz mehr zu ereifern. »Und dann, um den Beleidigungen die Krone aufzusetzen, ist er einfach weggeritten!«

»Wer? Der Esel?«

»Nein! Mein Bruder natürlich! Jetzt weiß ich so viel wie zuvor … Aber vielleicht könnt Ihr mir ja helfen. Sagt, Vanice, was wisst Ihr über Rudrick? Was meinte Justinius, als er sagte, er würde mich vor Rudrick *und* der Horde beschützen? Und was, bei Elaahs Gnade, hat Prinz Gereon mit all dem zu schaffen? Warum erklärt mir niemand etwas? Bin ich denn kein Mensch? Habe ich nicht um Entschuldigung für meine Fehler gebeten?«

»Nun, wenn Ihr wollt, kann ich Euch auf dem Weg zum *Fröhlichen Toten* so einiges erzählen. Ihr begleitet mich doch?«

Er lachte verächtlich: »Ich? Euch begleiten? Bin ich denn wahnsinnig! Keinen Fuß werde ich in einen Gespenstergasthof setzen!«

Ich war froh, dass mir Edmund nicht am Rockzipfel hängen würde. Dennoch blickte ich kurz zur Seite, als müsste ich eine Enttäuschung verwinden und wollte nicht, dass er meinen inneren Kampf bezeugte. Ich schaffte es sogar, einen feuchten Schimmer in meine Augen zu bringen. »Das tut mir leid«, sagte ich leise. »Ich hatte gehofft, ich würde auf Euch zählen können.«

Ich wusste selbst nicht, warum ich dieses Schauspiel aufführte. Irgendwie kam es mir lustig vor; zugleich wollte ich wirklich nicht, dass mich Edmund in den *Fröhlichen Toten* begleitete. Sogar bei jemandem, der weit weniger verunsichert und verwirrt war als Justinius' Bruder, hätte man unmöglich vorhersagen können, wie er auf den Anblick schwarzäugiger Babys, die mit fahlgelben Wölfen zechten, reagieren würde. Darüber hinaus sah ich keinerlei Sinn darin, mit ihm über Rudrick oder Prinz Gereon zu sprechen – von dem namenlosen Bösen, das Ahekrien bedrohte, ganz zu schweigen –, und erwartete auch nicht, dass er mir bei meinem Besuch irgend von Nutzen sein konnte; selbst wenn ihn Groleks Gäste nicht aus der Fassung brachten.

Doch als ich Edmund wieder ansah, wurde mir klar, dass ich etwas berührt hatte, was bislang in den Tiefen seiner Seele verborgen gewesen war oder sich versteckt gehalten hatte, nun aber an die Oberfläche drängte. Schatten von Schmerz und Verlangen huschten über sein Gesicht, und er betrachtete mich mit einem habsüchtigen Blick, als er sagte: »Oh, ich hatte ja keine Ahnung, dass Ihr so fühlt. Natürlich könnt Ihr auf mich zählen.«

Edmund hatte leise gesprochen, fast flüsternd; indessen war mir, als könnte ich sehen, wie die Worte zu dunklen, schweren Glocken anwuchsen, die donnerten, dröhnten und hallten.

»Danke. Ich wusste doch, dass Ihr mich nicht im Stich lassen würdet«, entgegnete ich und lächelte Edmund an. Er erwiderte das Lächeln, und ich begriff, dass ich einen Fehler gemacht hatte.

Ich wandte mich ab, Edmunds Blicke im Rücken, und ging zur Küche. Wie erwartet traf ich dort Ulla an, die schon wieder damit beschäftigt war, irgendein Grünzeug zu zerschnippeln und auf den Ofen zu stellen. Nachdem wir uns begrüßt hatten, bat ich sie, mir ein Essen zuzubereiten. Sie freute sich darüber, dass ich auf den Beinen war und Appetit hatte, und machte sich schwungvoll an die Arbeit. Ich konnte Ullas Herzhaftigkeit nur schwer ertragen. In meiner Verfassung beneidete ich alles und jeden – einfach dafür, dass sie nicht ich waren.

Ich sah zur Seite und entdeckte einen zusammengeknüllten Haufen schwarzen Stoffs auf der Ofenbank. Es war der Mantel, den ich Mykar gekauft hatte. In der Nacht der Gespensterversammlung hatte er es ja vorgezogen, seinen zerschlissenen Kapuzenumhang zu tragen, und offenbar war Ulla der Mantel (oder vielmehr sein Besitzer) so unheimlich, dass sie ihn nicht einmal hatte anfassen wollen.

»Entschuldige, Ulla, hast du eine Verwendung für diesen Mantel?«, fragte ich.

Sie warf einen kurzen Blick in Richtung Ofen, widmete sich dann aber wieder eilig ihren Pfannen und Töpfen.

»Nein, gnädge Frau … Keine Verwendung.«

»Ah, dann nehme ich ihn. Einverstanden?«

»Wie die gnädge Frau wünschen.«

Ich strich langsam mit den Fingern über den schwarzen Stoff. »Was ich wünsche und was nicht, hat wenig damit zu tun«, murmelte ich.

»Wie meinen die gnädge Frau?«, rief Ulla mit lauter Stimme, so als stände ich zwei Dutzend Schritte von ihr entfernt.

»Nichts, Ulla. Ich meine gar nichts«, erwiderte ich und stellte fest, dass ich noch immer lächelte.

2
OFFENE GEHEIMNISSE

Vanice

Die Nacht war diesig und wolkenverhangen. Ein schneidender Wind ging über die Felder, auf denen der Winterweizen spross; er zerrte an den Bäumen, bog sie und brachte ihr Holz zum Knarren. Im Licht der Sturmlaterne konnte ich manchmal sehen, wie Blätter an Edmund und mir vorübertrieben und in der Dunkelheit verschwanden.

Ich trug ein warmes, weinrotes Kleid; darüber eine hüftlange Wildlederjacke; darüber Mykars Mantel; außerdem eine Fellmütze (Handschuhe hatte ich keine; mit meinen Krallen war es schwer, da etwas Passendes zu finden). Dennoch fror ich. Aber das war mir recht, da mich die Kälte einigermaßen zu mir brachte. Zumindest kam es mir vor, als könnte ich wieder klar denken.

Daraus folgerte allerdings nicht, dass ich wusste, was ich tat. Zum Beispiel hätte ich nicht sagen können, warum ich mich für den schweren, schwarzen Lodenmantel entschieden hatte. Mykar war nicht viel größer als ich und von eher schmächtiger Statur, daher passte mir der Mantel recht gut. Sehr damenhaft war er allerdings nicht. Möglicherweise war das sogar der Grund dafür, warum ich dieses Kleidungsstück gewählt hatte. Denn je länger ich mich in Edmunds Gesellschaft befand, desto weniger hegte ich den Wunsch, seine Phantasie in dieser Hinsicht anzuregen.

Während wir durch die Nacht gingen, jeder mit einer Laterne ausgerüstet, bemerkte ich das eine ums andere Mal, wie er mir aus den Augenwinkeln Blicke zuwarf, in denen ein wildes Begehren brannte. An und für sich war das nichts, was mich aus der Fassung brachte.

Schließlich hatte sich mein Leben die meiste Zeit um wenig anderes gedreht (Männerfleisch und Leichenfleisch, und die Götter wussten, dass ich mich manchmal schwer tat, den Unterschied zu benennen); das Problem bestand darin, dass ich Edmunds Begehren nicht begriff. Heute Mittag hatte er sich nicht einmal an meinen Namen erinnert. War es möglich, dass ich mit einer einzigen, unvorsichtigen Bemerkung ein solches Feuer entfacht hatte?

Wahrscheinlich ging es gar nicht um mich. Auch das war ich gewohnt. Doch ich hatte nicht vergessen, dass Edmund bereit gewesen war, sowohl seinen Bruder als auch Scara zu opfern, um sein eigenes Leben zu retten. Wer konnte schon sagen, was er wirklich von mir wollte? Wäre ich gerade aus einer Gruft gekommen, frisch gemästet an Verwesem, hätte ich mir keine Sorgen machen müssen. Dann durchströmte mich eine Kraft, die ein Erbteil des Fluchs war, der mich zugrunde richtete; dann wurde ich selbst mit einem Geisterreiter des Schwarzen Jägers fertig. Jetzt allerdings war ich nur eine Frau mit einem weichen, erschöpften Körper – und einem wenig vertrauenswürdigen Begleiter.

»Ihr verachtet mich, nicht wahr?« Beinah wäre ich zusammengezuckt, so unvermittelt kam Edmunds Frage.

»Wie – wie kommt Ihr denn darauf?« Obgleich es mir nicht leichtfiel, versuchte ich, ihm gerade ins Gesicht zu sehen.

»Alle verachten mich! Warum nicht auch Ihr?« Er stieß ein verzweifeltes Lachen aus. Das Verlangen war aus seinem Blick geschwunden. Meine Seele war zwar kein ruhiges, klares Wasser, aber sogar mich überraschte die Heftigkeit der Stürme, die Edmunds Gemüt zu erschüttern schienen.

»Ich habe es mir abgewöhnt, fremde Leute mir nichts, dir nichts zu verachten«, erklärte ich. »Außerdem – wie kommt Ihr darauf, dass die anderen so über Euch denken?«

Er schüttelte verzagt den Kopf. »Das ist nicht meine Schuld. Es ist wegen Justinius. Er hat verhindert, dass ich zu dem geworden bin, der ich hätte sein können.«

»Ah. Und wie hat er das angestellt?«

»Er war schon als kleiner Junge so … laut und … lärmend … und heftig. Aber früher, früher hat er obendrein geglaubt, er wäre ein Liebling der Götter. Als wir Kinder waren, wollte er immer irgendwelche idiotischen Geschichten von Drachentötern und Basiliskenbezwingern hören. Und er war felsenfest überzeugt davon, dass er selbst so ein Held werden würde. Dabei weiß jedes Kind, dass es weder Drachen noch Basilisken gibt! Und auch keine Helden!«

»Es gibt so allerhand auf der Welt, täuscht Euch da nicht. Aber davon abgesehen, wieso hat es Euch denn das Leben vergällt, dass Justinius ein Held werden wollte?«

»Wieso? Ganz einfach, weil er *nicht* wollte, dass *ich* einer werde! Er hat mich gegen die Wand gedrückt. Gegen die Wand – jawohl! Niedergetrampelt hat er mich! Als wäre er … als wäre er ein Schlachtross! Versteht Ihr? Ich hatte einfach keinen Platz neben ihm. Erst als er aus Mandris zurückkam, hat er sich geändert. Da hat er dann begriffen, dass er nichts Besonderes ist. Dass wir alle nichts Besonderes sind. Dadurch wurde es allerdings auch nicht besser. Jahrelang hat er nur gesoffen und gehurt, könnte Ihr Euch das vorstellen?«

»Ja, das kann ich.«

Unversehens besann sich Edmund seiner guten Manieren. »Oh … verzeiht meine Ausdrucksweise …«, sagte er kleinlaut.

»Ich versuche, nicht in Ohnmacht zu fallen«, entgegnete ich. »Ihr wart gerade beim Saufen und Huren, nicht wahr?«

»Ja …«, er räusperte sich. »Wisst Ihr, ich hätte auch gerne mal über die Stränge geschlagen. Aber wieder ist mir Justinius zuvorgekommen. Auch da war kein Platz neben ihm …«

»Seid Ihr nicht zu streng mit Eurem Bruder? Ich glaube Euch gern, dass es nicht immer einfach war mit ihm. Er und ich, wir haben auch unsere Schwierigkeiten. Trotz allem denke ich, dass Justinius jemand ist, der … der sich müht, das Richtige zu tun.«

»Das Richtige tun? Ha!« Edmund lachte erneut. »Das Richtige – bestimmt! Für sich selbst! Für sich selbst und niemanden sonst!« Plötzlich fasste er mich am Arm. »Seht Ihr! Ich habe doch gewusst, dass Ihr mich verachtet! Genau wie alle anderen!«, zischte er.

Erschrocken riss ich mich los. »Was redet Ihr denn da?! Habt Ihr den Verstand verloren?«, rief ich.

»O nein, Vanice, ich durchschaue Euch! Ihr habt mich gebeten, angefleht habt Ihr mich, mit Euch mitzukommen und Euch zu beschützen! Und ich … ich bin Euch in diese … diese widerwärtige Nacht gefolgt! Aber eigentlich wollt Ihr mich gar nicht dabeihaben – eigentlich wollt Ihr *ihn*!«

Edmund stand mit weitaufgerissenen Augen da; er hatte die Hand ausgestreckt und zeigte auf mich. Einen furchtbaren Moment lang hatte ich das Gefühl, als hätte ich das alles schon einmal erlebt.

»Was redet Ihr da!?«, wiederholte ich. »Ich bin Euch dankbar, dass Ihr mich begleitet habt! Allein im Dunkeln, mit dem Wind und dem Nebel … da hätte ich mich ja zu Tode geängstigt. Glaubt mir, ich –«

»Ihr seid seine Geliebte! Gebt es zu!« Er machte einen Schritt auf mich zu – noch immer reckte er seinen lächerlich langen Zeigefinger in meine Richtung –, und ich wich zurück, sodass die Lichter unserer Laternen über den feuchten, dunstverhangenen Boden zuckten.

Zugleich wurde ich wütend. »Edmund, Ihr seid nicht mehr bei Trost!«, rief ich.

Drohend baute er sich vor mir auf. »Gib es zu! Er hat dich gefickt!«, zischte er.

Ich starrte ihn an. Mein Mund klappte auf. Er starrte zurück. Seine Hände waren zu Fäusten geballt. Er schnaufte, als wäre er gerade eine Anhöhe emporgelaufen.

Ich gab ihm eine Ohrfeige. Das war keine Anstands-Ohrfeige, wie sie Damen nun mal zu verteilen pflegen, wenn man sie in ihrer Ehre kränkt. Nein, mit aller Kraft schlug ich zu, sodass ich fast das Gleichgewicht verlor. Meine Krallen rissen Edmunds Wange auf. Er schrie, ließ seine Leuchte fallen, krümmte sich, hielt sein blutendes Gesicht. Schon vorher hatten meine Finger in der Kälte geschmerzt; jetzt brannten sie erst recht.

Ich sagte kein Wort, rührte mich nicht. Ich dachte, Edmund würde über mich herfallen, sowie er den Schlag verwunden hatte. Stattdessen begann er zu weinen.

»Es tut mir leid!«, winselte er. »Ich wollte das nicht! Ich mache immer alles falsch …«

Er ließ die Schultern hängen, sackte in sich zusammen, schluchzte.

Meine Empörung verrauchte. Die Gefühle, die an ihrer Statt in mein Herz drängten, waren ungleich schwerer zu ertragen: Da waren Mitleid und Scham, Wut und Beklemmung und Ekel. Ich wollte nichts von alldem empfinden; ich wollte überhaupt nichts für Edmund empfinden.

»Kommt, es ist nicht mehr weit«, sagte ich und drehte mich weg.

Nachdem ich etwa hundert Schritte gegangen war, schloss Edmund zu mir auf. Er war gerannt, um mich einzuholen. Das Licht seiner Laterne hüpfte und sprang, und als es sich mit dem Schein meiner Leuchte mischte, wirbelten gespenstische Schatten durch den Bodennebel.

»Da vorne, an der Kreuzung …«, sagte ich, halb zu ihm, halb zu mir selbst.

Ich hatte denselben Weg gewählt, den Mykar, Scara und ich in der Nacht der Gespensterversammlung genommen hatten; Edmund und ich waren also weitestgehend querfeldein gelaufen, und ich verspürte doch eine gewisse Erleichterung darüber, dass ich uns nicht in die Irre geführt hatte.

»*Jetzt* verachtet Ihr mich bestimmt!«, sagte Justinius' Bruder, wobei aus seiner Stimme eine Art triumphaler Verbitterung klang.

»Ihr scheint ja sehr viel Wert darauf zu legen, dass man Euch verachtet«, erwiderte ich gereizt.

»Gebt zu, dass es stimmt! Wie könnte es auch anders sein? Was ich gesagt habe … So etwas ist unverzeihlich!«

»Plustert Euch bitte nicht so auf, ja, Edmund? Was Ihr gesagt habt, war dumm und unwürdig. Unverzeihlich sind ganz andere Dinge.«

Natürlich hatte er recht: Ich verachtete ihn geradezu inbrünstig und hatte durchaus nicht die Absicht, ihm seine Beleidigung zu verzeihen. Aber noch weniger gönnte ich ihm die Genugtuung, dass er sich bestätigt fühlen durfte.

»Und was ist Eurer Meinung nach unverzeihlich, meine Dame?«, wollte Edmund nun wissen. Auf einmal klang etwas Lauerndes in seiner Stimme.

»Ich sage nur so viel: Wir beide sind uns nicht unähnlich!« Ich hörte die Worte und spürte, wie etwas Eisiges an meine Seele griff. Wie kam ich dazu, so etwas zu behaupten? Edmund und ich hatten nichts, aber auch gar nichts gemein. Ich hatte gelogen ... gelogen ... Mir wurde schwindelig.

»Wie? Ich verstehe nicht? Was meint Ihr damit: Wir sind uns nicht unähnlich?«

Mit einem Mal nahm der Wind an Heftigkeit zu, und ein Heulen wie von einem Sturmriesen, der aus den Wolken stürzte, ging über uns hinweg. Es lag aber nicht an diesem Getöse, dass ich Edmund anschrie: »Haltet den Mund und geht weiter!«

Tatsächlich schwieg er – und folgte mir.

Bald darauf kamen wir zu der Kreuzung, an der das Gespenstergasthaus gelegen war. Ich hielt inne und sah mich im Laternenschein um. Der Nebel hing hier noch dichter über der Straße, den Wiesen und Feldern. Dennoch erkannte ich genug, um zu wissen, dass sich nichts verändert hatte. Nach wie vor standen die turmhohen, schwarzen Galgen an der Kreuzung. Sie ragten weit in die Dunkelheit, verloren sich in der Nacht. Doch ich hörte das Quietschen und Knarren der Skelette, die zu Dutzenden an den Querbalken baumelten. Und auch Groleks Herberge war sich gleich geblieben: ein kleines, windschiefes Häuschen, das an eine Scheune oder einen Schuppen gemahnte; abgesehen davon natürlich, dass jemand zwei Skelette, die einander mit Bierkrügen zuprosteten, an die Wand über der Eingangstür gemalt hatte – zusammen mit dem Namen der Schenke: *Zum Fröhlichen Toten.*

Ich fragte mich, wie viel Edmund wohl von all dem sah. Vermutlich bot sich ihm dasselbe Bild, das auch ich erblickt hatte, als ich einmal am Morgen zu der Kreuzung spaziert war, um einen Eindruck von der Tagseite des Ortes zu bekommen: Da waren ein paar morsche Galgen, die seit vielen Jahren nicht mehr benutzt wurden

(und zweifellos zusammenbrächen, wenn jemand an ihnen aufgeknüpft würde), und ein Häuflein erbärmliche Überreste, die darauf
hindeuteten, dass irgendwann einmal eine Kapelle am Straßenrand
gestanden haben mochte.

Allerdings schien sich Justinius' Bruder sowieso nicht für seine
Umgebung zu interessieren; er hatte gewissermaßen nur Augen für
mich.

»Sind wir da?«, fragte er.

Ich nickte.

»Und was soll ich jetzt tun?«

Ich hielt an und griff in die Seitentasche des Mantels. Dort hatte
ich die Feldflasche aus gehärtetem Leder verstaut, die Scara irgendwo
aufgetrieben hatte. Glücklicherweise waren die Taschen riesig, sodass ich nicht nur Platz für die Feldflasche und zahlreiche Tierknochen gefunden hatte, sondern auch meine vor Kälte tauben Hände
abwechselnd in ihnen wärmen konnte.

»Hier, trinkt davon«, sagte ich zu Edmund, obwohl ich wusste,
dass sich seine Frage auf etwas anderes bezogen hatte.

»Muss ich wirklich?«, fragte er kleinlaut, indem er die Feldflasche
entgegennahm.

»Wir haben das doch lang und breit besprochen. Wenn Ihr es nicht
tut, werden die Gespenster und Spukwesen für Euch unsichtbar bleiben. In dem Fall hättet Ihr genauso gut daheimbleiben können.«

»Ich frage mich sowieso, warum ich überhaupt mitgekommen
bin ...«

»Ja. Ich mich auch. Aber jetzt seid Ihr nun einmal hier. Also bitte!«

Missmutig zog Edmund den Holzpfropfen aus dem Flaschenhals.
»Skargats Lebertran ... Wie kommt Justinius nur auf so etwas?«,
murmelte er dann – und trank.

Der Anblick, wie Edmund das Gesicht verzog, röchelte, ächzte, in
Schweiß ausbrach und von Kopf bis Fuß erzitterte, entschädigte
mich für einiges. Er beugte sich vor, würgte, als wollte er sich über-
geben, richtete sich stattdessen wieder auf und blickte mich aus trä-
nenden Augen an.

»Was … bei allen … Göttern … ist das …«, fragte er mühsam, und seine Stimme klang wie die eines Greises, der kurz vor dem Erstickungstod steht.

»Nun, was es ist, kann ich Euch auch nicht erklären. Aber wir beide wissen ja, was es bewirkt, nicht wahr?«

Edmund hustete noch ein wenig. Nachdem er sich beruhigt hatte, hielt er mir die Feldflasche hin. »Hier. Ich wünsche Euch viel Vergnügen«, sagte er.

»Ich brauche das nicht«, erklärte ich unwillig.

»Warum nicht?«, wollte er wissen.

Warum nicht? – so eine einfache, schlichte Frage. Doch in der Sekunde, als Edmund sie stellte, wusste ich, dass er mein Todesurteil gesprochen hatte. Oder vielmehr: Ich selbst hatte es gesprochen, würde es sprechen, bald, sehr bald schon – ich öffnete den Mund und mir war klar, dass mich nur noch wenige Sätze von meinem Untergang trennten.

»Warum nicht? Nun, das ist ganz einfach …«, begann ich. »Ihr wolltet doch eben wissen, was ich damit meinte, wir beide seien uns gar nicht unähnlich? Ich werde es Euch sagen: Auch ich werde von allen verachtet, genau wie Ihr. Das Lustige ist, dass die Leute mich verachten, selbst wenn sie glauben, sie würden mich bewundern oder begehren. Sie verachten mich. Mehr noch: Sie ekeln sich vor mir. Ich widere sie an. Findet Ihr nicht auch, dass das lustig ist?«

»Ich verstehe nicht …«

»Oh, keine Sorge, bald werdet Ihr verstehen!«, kicherte ich. Im selben Moment war es, als würde ich in einem lichtlosen Äther schweben, als läge ich im Nichts und sähe, wie in der Schwärze ein Fallbeil auf mich zukam. »Zunächst einmal müsst Ihr wissen, dass ich gar nicht in Ahekrien geboren bin. Nein, ich komme von weit her, aus dem Süden. Kennt Ihr die Insel Enjahla? Dort bin ich geboren. Meine Familie ist unermesslich reich – da trifft es sich gut, dass ich unermesslich schön bin, oder? Allein, wie das Leben so spielt, es hat nicht sollen sein mit mir und dem Glück. Ungefähr in dem Alter, in dem Ihr feststellen musstet, dass neben Eurem großen Bruder kein

Platz für Euch bleibt, habe nämlich auch ich etwas festgestellt. Wisst Ihr was?«

Edmund schüttelte den Kopf; er sah ziemlich verstört aus.

»Nun, ob Ihr es glaubt oder nicht, ich habe festgestellt, dass ich verflucht bin! Ist das nicht überaus komisch? Gewissermaßen zum Totlachen!«

»Verflucht ... *Ihr?* ... Vanice, wenn Ihr Euch einen Scherz erlaubt ...«

»Nein, mein teurer Edmund, Ihr missversteht mich! Ich scherze nicht mit Euch, sondern mit mir selbst. Der Witz geht auf meine Kosten – hört Ihr, ganz alleine auf meine Kosten!« Ich sah die Klinge des Fallbeils blitzen; alles, was ich tat, war, den Hals zu recken. »Und wollt Ihr wissen, was der Witz ist?«

»Vanice ... ich ...«

»Wie liebenswürdig von Euch, dass Ihr mir Eure Aufmerksamkeit schenkt! Also, hört gut zu, der Witz ist, dass ich ...«

»Ja ...?«

Edmunds Stimme klang ganz verdruckst. Aber ich konnte ihn ohnehin nicht hören. Denn nun zerriss das Zischen des Fallbeils die leere, schwarze Luft.

»... dass ich Leichenfleisch essen muss!«, rief ich und breitete die Arme aus.

Diesmal war es Edmund, der zurückwich. »W-w-wie bitte?«, stammelte er.

»Leichenfleisch«, sagte ich noch einmal, indem ich auf ihn zuging. »Verwestes, madiges, stinkendes Fleisch. Ich ersehne es, ich liebe es, ich brauche es. So wie Ihr es braucht, dass Euch jemand für einen ganzen Mann hält.«

»Das ... das ist nicht witzig, Vanice.«

Ich griff ihm in den Nacken, drückte ihn in meine Richtung. Er versuchte, sich mir zu entwinden, doch auf einmal barst ich vor Kraft. Unsere Gesichter waren einander nun sehr nah, so als wollten wir uns küssen. Ich lächelte verführerisch, strich mit den Lippen über Edmunds blutige Wange, hauchte ihm ins Ohr: »Der Witz ist, dass es keiner ist, versteht Ihr? Stellt Euch vor, Ihr wärt tot. Ich würde Euch ein paar Tage liegenlassen und dann anfangen, Euch zu verspeisen. Vielleicht würde ich mit Eurem Schwanz und Euren Eiern anfangen – würde Euch das gefallen?«

Edmund stieß einen entsetzten Schrei aus. Er versuchte, mich von sich zu stoßen. Ich ließ es zu. Er taumelte zurück, rutschte aus im Straßenmatsch, fiel und landete auf dem Hintern. Seine Laterne fiel neben ihm in den Dreck.

Ich lachte; lachend drehte ich mich um; lachend ging ich zum Eingang des *Fröhlichen Toten*; und lachend öffnete ich die Tür.

3

BAUER OTBERT UND DER BÖSE

Mykar

Dieses Mal rasteten Danje und ich zwei Tage. Am Morgen nach unserer Ankunft ließ ich meine Kleider waschen. Der Gestank und die Dunkelheit von Mandris hafteten an ihnen. Natürlich waren sie ohnedies schmutzig. Aber das hätte mich nicht gestört.

Die meiste Zeit blieben wir auf unserem Zimmer. Es war gut, allein zu sein. Es war gut, keine fremden Gesichter zu sehen, keine lauten Stimmen zu hören. Ich ging nur zum Essen in den Schankraum. Dann setzte ich mich in eine Ecke. Während ich meinen Eintopf löffelte, hielt ich den Blick gesenkt. Ich sprach so wenig wie möglich.

Als wir aufbrachen, regnete es. Ich wandte mich um. In der Richtung, aus der wir gekommen waren, wurde der Himmel von einer gewaltigen schwarzen Wolke verhangen. Ich fragte mich, ob sie sich je auflöste. Vielleicht war Mandris selbst während des Sommers in Nebel und Rauch eingeschlossen.

Schecke hatte die Rast gut getan. Auch Danje hatte sich erholt; sie schwärmte schon wieder von all den herrlichen Dingen, die wir sehen und erleben würden. Ich lauschte ihrem fröhlichen Geplapper und spürte, wie mir das Herz aufging.

Mittlerweile hatte ich erfahren, dass die Straße, auf der wir nun reisten, die *Straße der Tausend* genannt wurde. Das war die Zahl der Männer, die Elgart – der Blutige Elgart, wie Danje sagte – vor Hunderten von Jahren in den Krieg gegen die Warek geführt hatte. Ich kannte mich nicht aus mit der Vergangenheit. Ich wusste nicht viel über Elgart und seine Kriege. Ich wusste auch nicht, was genau es mit den Warek auf sich hatte. Aber die Straße wies nach Südosten, und dort schien die Luft lichter als anderswo.

Tatsächlich führte unser Weg nun durch sanfte, schöne Gefilde. Es gab hier viele Bäche und Flüsschen; sie plätscherten durch Wiesen und Felder und Dörfer. Die Dörfer bestanden aus Holzhütten mit gemauerten Kaminen. Und der Rauch, der aus den Kaminen quoll, war hell. Hier und da sammelten sich die Gewässer in kleinen Seen. Dort lebten Enten, Reiher und Haubentaucher. Man konnte ihr Geschnatter und Quaken bis zur Straße hören. An einigen Stellen waren die Uferböschungen mit langen Reisigbündeln befestigt. So etwas hatte ich noch nie gesehen. Ich staunte darüber, wie wohlgeordnet dieser Landstrich war. Selbst die Erlenhaine, die bei den Seen wuchsen, schienen umhegt. Fast, als lebten hier gärtnernde Riesen.

Am ersten Tag mussten wir durch den Regen reiten. Dann aber änderte sich das Wetter. Der Himmel war stets bewölkt, und ein kalter Wind ging. Doch es blieb trocken, und das Licht war von einem leuchtenden Grau.

Vanice' Geld war beinah zur Neige gegangen. Ich wollte die restlichen Münzen nicht ausgeben, für den Fall, dass wir auf dem Weg nach Donost in Not geraten würden. Daher beschloss ich, keine Herbergen mehr aufzusuchen. Wir schliefen jetzt unter freiem Himmel, im Gras oder am Straßenrand. Dass ich auf manche Bequemlichkeit verzichten musste, störte mich nicht. Schließlich war ich zu Beginn meiner Reise wochenlang durch die Wildnis geirrt. Es war nicht annähernd so kalt wie in den Windmarken, und meine Vorräte würden eine ganze Weile reichen. Auch Schecke hatte nichts dagegen, außerhalb von Ställen zu übernachten. Und Danje freute sich daran, wie der Nachtwind in den Baumkronen raschelte. Das machte unser Abenteuer noch abenteuerlicher.

Am Morgen des dritten Tages kamen die Berge in Sicht. Zunächst waren sie nur kleine Erhebungen am Horizont. Doch sie wuchsen mit jeder Meile, die wir zurücklegten. Im selben Maße, wie wir uns den Bergen näherten, wurde das Land hügeliger und rauher. Die Seen und Weiler verschwanden. Zu beiden Seiten der Straße erstreckte sich jetzt ein harsches, felsiges Heideland, von schroffen Anhöhen durchzogen. Und die Berge wuchsen und wuchsen. Bald schon ragten sie hoch in den Himmel. So weit das Auge reichte, zogen sie sich nach Nordosten und Südwesten. Die niedrigeren Regionen waren von dunklem Grün bedeckt: Kiefern, Föhren, Lärchen. Weiter oben prangte grau-brauner Fels. Die Spitzen und Gipfel waren bereits in Schnee gehüllt.

Ich wusste nicht, wie diese Berge hießen. Sie waren nicht so gewaltig wie das Fokris-Massiv. Aber etwas an ihnen war herausfordernd und boshaft. Als würden sie die Reisenden locken, sich in ihnen zu verlieren, und alle jene verlachen, die in der wildfremden Kargheit ihrer Klüfte und Schluchten zugrunde gingen.

Wenn es dunkel wurde, blinkten einsame Lichter in den Höhen. Ich fragte mich, ob sie von abgeschiedenen Katen stammten, von winzigen, göttervergessenen Dörfern oder von Tempeln, die weltmüde Mönche am Himmelsrand errichtet hatten. Manchmal erweckten diese Lichter eine wehmütige Sehnsucht in mir. Manchmal empfand ich Angst, wenn ich sie betrachtete.

Meinen Gefährten machten die Berge weniger zu schaffen. Schecke fand sie offenbar nicht sehr beeindruckend; er würdigte sie kaum eines Blickes. Danje war hingegen ganz beglückt, wenn die eisigen Gipfel im Sternenlicht bleich erglänzten oder die Strahlen der Morgensonne sie zum Funkeln brachten. Diese Fähigkeit, überall das Schöne zu entdecken, erweckte Neid in mir. Ich war versucht, Danje daran zu erinnern, dass sie der Mörderin ihrer Eltern blutige Rache geschworen hatte. Doch ich schwieg.

Bald fanden wir heraus, dass die *Straße der Tausend* geradewegs zwischen den Bergen hindurchführte. Da war ein weites Tal, wie eine Einbuchtung oder Mulde in der Erde, an deren Rändern sich die Steinmassive erhoben. In dieses Tal zogen wir nun ein, und wir brauchten fast drei Tage, um an sein Ende zu gelangen. Es unterschied sich kaum von dem Heideland, das wir zuvor durchquert hatten. Allerdings war es noch leerer. Ganz selten zweigte ein Pfad oder Feldweg von der Straße ab. In der Ferne erblickte ich dann Gehöfte. Aber sie waren so weit weg, dass ich nicht sagen konnte, ob dort überhaupt jemand lebte. Oder ob das Ruinen waren, die stumm und geduldig ihren Verfall erwarteten.

Schon bevor wir die Senke erreicht hatten, waren wir nur wenigen Reisenden begegnet. Jetzt hätte man meinen können, außer uns wäre überhaupt niemand auf der *Straße der Tausend* unterwegs. Abgesehen von Scheckes Iahen und Wiehern und dem Rauschen des Windes waren kaum Geräusche zu vernehmen – vielleicht mal ein Vogelschrei oder das Murmeln eines Bächleins, das nah der Straße floss.

In den Stunden vor Einbruch der Dämmerung, ehe die Sonne hinter den westlichen Gipfeln verschwand, warfen die Berge einen riesenhaften Schatten über das Tal. Mir war, als würde er alles verschlingen, was mit ihm in Berührung kam.

Schließlich konnten wir die Senke hinter uns lassen. Ich atmete auf. Zwar führte die Straße auch jenseits der Berge durch karges Heideland. Doch nun passierten wir wieder Siedlungen. Es machte mich froh, Kinder zu sehen, die lachend und schreiend zwischen den Steinbrocken spielten, oder Bauern, die mit der Kiepe auf dem Rücken über die Bühel wanderten.

Ein paar Tage später – die Berge hinter uns waren schon beinah mit dem Horizont verschmolzen – kamen wir in ein großes Dorf. Das heißt: Ich war der Meinung, es sei ein Dorf. Danje war da anderer Ansicht. In ihren Augen war das Dorf eine Stadt. Sie begründete dies damit, dass sich die Siedlung über mehr als drei Hügel hinzog. Ich fand ihre Begründung wenig überzeugend. Man konnte schließlich nicht immer sagen, wo ein Hügel endete und der andere begann. Außerdem gab es große und kleine Hügel; und natürlich Gegenden, die völlig flach waren. Meinerseits hatte ich immer gedacht, man würde nur dann von einer Stadt sprechen, wenn eine Mauer die Häuser umgab, so wie bei der Perle. Aber ich wollte nicht mit Danje streiten. Ich spürte, dass auch sie Lust auf ein wenig Gesellschaft hatte.

Also machte ich mich auf die Suche nach einem Gasthof, in dem wir zu Abend essen, ein Bad nehmen und unsere Vorräte auffrischen konnten. Die Luft hier roch feucht. Es hatte vor kurzem geregnet. Die Wege waren matschig. Und Nässe hatte den weißgrauen Stein gedunkelt, aus dem die Häuser gefertigt waren. Es dämmerte bereits. Durch die Ritzen der Türen und Fensterläden drang Lichtschein nach draußen. Einmal hörte ich Gesang. Doch die Straße war leer. Alle Geschäfte waren geschlossen; Schenken sah ich keine. Erst am Ausgang der Siedlung fand ich, was ich suchte.

Die Herberge war ein flaches, langgezogenes Steingebäude. Sie lag gleich neben einem Bauernhof; ich roch das Vieh und den Dung. Zu meiner Überraschung standen ein paar Handvoll Männer – und sogar Frauen – vor dem Eingang zum Schankraum. Alles schwatzte durcheinander; die Leute schienen aufgeregt und vorfreudig. Auch aus dem Inneren klang lautes Stimmengewirr.

Ich ahnte, dass es schwer werden würde, jemanden zu finden, der sich um Schecke kümmerte. Doch zu dem Bauernhof gehörte eine offene Koppel, wo bereits einige Esel, Maultiere und Pferde angebunden waren. Was immer heute Abend in der Herberge vor sich ging – offenbar hatte es auch Besucher aus benachbarten Ortschaften angezogen. Ich führte Schecke auf die Koppel. Obwohl der Herbst weit fortgeschritten war, schien das Gras frisch und saftig, und es gab eine Tränke. Ich ließ Schecke saufen, nahm ihm dann den Sattel ab und machte sein Halfter an einem Balken der Umzäunung fest.

Als alles getan war, ging ich zur Wirtsstube hinüber. Ich war neugierig geworden, was der Grund für die Aufregung sein mochte. Im Inneren der Herberge war es drängend voll und sehr warm, sodass alle Fenster geöffnet worden waren. Ich zog meinen Wolfsmantel und den Kapuzenumhang aus und bahnte mir einen Weg zur Theke. Dort legte ich meine Sachen ab und sah mich um. Über zwei großen Feuerstellen hingen Kessel, in denen Eintopf blubberte. Schankmägde mit geröteten, schweißnassen Gesichtern eilten zwischen den Tischen und Bänken umher; sie trugen große Holzplatten mit Bierhumpen. Die Gäste legten Kupferstücke auf die Holzplatte und griffen sich einen Humpen. Ich fand passende Münzen und nahm mir ebenfalls ein Bier, als eine der Mägde an mir vorbeikam.

Unterdessen hatte ich herausgefunden, dass die Aufregung mit einem übermannshohen, vier oder fünf Schritt breiten Holzkasten zusammenzuhängen schien. Er stand an einem Ende des Schankraums, das nur von wenigen Lampen beleuchtet war. In den Kasten war eine große Öffnung eingelassen; ein roter Vorhang versperrte den Blick darauf, was sich hinter dieser Öffnung verbarg. Zu beiden Seiten des Kastens waren Tücher aus einem schweren, dunkelblauen Stoff aufgespannt, die vom Boden bis zur Decke reichten. Über ihm war ebenfalls ein solches Tuch angebracht. Das Ganze erinnerte mich an die Bühne, auf der die Gaukler, die einmal durch unser Dorf gekommen waren, ihre Schwänke vorgeführt hatten. Dafür sprach auch, dass vor dem Kasten – oder der Bude – ein Dutzend Bankreihen aufgestellt worden waren. Aber natürlich war die Öffnung nicht groß genug, um Platz für die Schausteller zu bieten.

Ich legte das Bündel, in dem Danje verborgen war, auf der Theke ab. Vorsichtig öffnete ich das Tuch, ganz wenig nur, sodass Danje zwischen den Stofffalten hindurchlugen konnte. Dann trank ich einen Schluck und wartete, was geschehen würde.

Bald kamen die Männer und Frauen, die bislang vor dem Gasthof gestanden hatten, ins Innere. Die Bänke vor dem Kasten waren nun bis auf den letzten Platz gefüllt. Die Luft roch nach Schweiß und Bier; es war noch wärmer geworden.

Plötzlich sprang ganz vorne, in der ersten Reihe, ein Mann von der Bank auf, den ich bislang nicht bemerkt hatte. Der Mann trug ein rotes Hemd mit einem breiten Rüschenkragen, sehr weiten Ärmeln und geschnürten Aufschlägen. Er hatte hellbraunes Haar, das zu einem Zopf zusammengebunden war, und um seinen Hals hing eine Laute. Indem er aufsprang, ließ er die Laute erklingen und stimmte einen Gesang an:

Hört ihr guten Leute,
die ihr von nah und fern
gekommen seiet heute,
unsre Geschicht' zu hörn!

Darin wir euch erzählen
von einem braven Mann,
der wo es galt zu wählen
stets auf die Tugend sann.

Die Stimme des Sängers war laut und hell. Es gelang ihm mühelos,
den Lärm zu übertönen. Während er seine Verse anstimmte, hielt er
ein Lächeln auf den Lippen und schritt die Bankreihen ab.

Otbert war sein Name,
hold sein Weib, gesund das Vieh,
und kräftig auch sein Same.
Bei Tag die Bälger schrien ...

... und nachts das Weib laut jauchzte.
Ilda hieß sie – übrigens.

Als von Otberts Samen die Rede war, begannen die Leute zu kichern.
Und als es dann um das Jauchzen der Bäuerin ging, brach der ganze
Schankraum in Gelächter aus; sogar die Frauen. Der Gaukler hatte
diese Zeilen ohne Lautenbegleitung gesungen, und die Melodie nach
und nach verflachen lassen, sodass das »übrigens« nur noch gesprochen
wurde, mit betretener Stimme und ratlosem Gesicht. Das sah
wirklich lustig aus. Mir waren solche Witze aber unangenehm. Verschämt
senkte ich den Blick – und war erstaunt, Danje giggeln und
glucksen zu hören.

Nachdem das Gelächter verstummt war, verneigte sich der Sänger
mit übertrieben ungelenker Steifheit und begann sein Spiel von
neuem.

So könnt das Lied hier enden,
das wär' doch nur zu schön.
Dann hätt' es sein Bewenden
mit dem Hoch auf Tugendlöhn'.

Doch ach! der Ewigen Belieben
ist oftmals rätselhaft.
Derweil die Schurken siegen
Dem Anstand geht es schlecht.

Desgleichen muss auch unser Held
Der Unbill viel bestehen.
Zunächst geht's um das liebe Geld
Doch bald schon um die Seel.

Der Böse nämlich ruhet nicht,
auf Verderben ist er aus.
Zuschanden bringen will der Wicht
noch jedes ehrbar' Haus.

Dunkle Wolken sammeln sich
schon über Otberts Haupte.
Trollen itzo muss ich mich
Beiseite tun die Laute.

So lauschet denn der schaurig Mär,
sie will euch wohl erbauen
Indem sie stärket eure Wehr
gegen Skargats Klauen.

Beim letzten Vers senkte der Sänger seine Stimme zu einem furcht-
samen Zittern. Dabei rollte er die Augen, als würde er vor Angst den
Verstand verlieren. Das fand ich eher albern. Vermutlich sollte es das
auch sein. Jedenfalls lachten die Gäste. Und sie applaudierten fröh-

lich. Die Darbietung hatte ihnen gefallen. Zum Dank verneigte sich der Gaukler. Dann trat er zur Seite, lehnte die Laute neben sich an die Wand und richtete den Blick auf die kleine Bühne, über der sich soeben der Vorhang hob.

Es war, als ob sich hinter dem Vorhang eine andere Welt auftäte. Da war ein blauer Sommerhimmel, betupft mit weißen Wölkchen, in dem eine runde, gelbe Sonne hing. Vor einem Steinhaus mit schrägem Holzdach ging ein Mann auf und ab, und im Hintergrund erkannte man Felder und Haine. Der Mann trug schlichte, braune Kleidung; sein Bart und seine Haare waren dunkelblond. Offenbar war das der Bauer Otbert. Es ging ihm gut, sehr gut sogar. Er breitete die Arme aus, machte kleine Hüpfer und begann, den Gästen im Schankraum von seinem Glück zu erzählen: Das Korn wuchs, das Vieh gedieh, Frau und Kinder waren prächtig anzusehen, Schnaps und Bier schmeckten.

Otbert erzählte noch mehr, aber es fiel mir schwer, zuzuhören. Natürlich wusste ich, dass der Himmel, die Landschaft und das Haus gemalt waren. Und ich wusste sogar, dass der Bauer eine Marionette war, die an – wenigstens von meiner Warte aus – unsichtbaren Fäden hing. Aber das waren Dinge, die ich bislang nur vom Hörensagen gekannt hatte. Jetzt sah ich mit eigenen Augen, wie Otberts Geschichte lebendig wurde. Es kam mir vor wie Zauberei.

Als Nächstes trat Ilda auf. Sie hatte ein rotwangiges Gesicht und blonde, zu einem Zopf geflochtene Haare. Obwohl sie nur eine Puppe war, errötete ich bei dem Gedanken daran, was der Sänger über ihr nächtliches Jauchzen hatte verlauten lassen. Auch Ilda war guter Dinge. So sehr freute sie sich ihres Lebens, dass sie einen kleinen Tanz vollführte. Ich hatte noch nie derart fröhliche Bauern gesehen. Aber da es sich um eine Geschichte handelte, nahm ich an, dass man den beiden Glauben schenken durfte.

Dann jedoch geschah ein Unglück. Mit einem Mal fiel blaues Licht über die Bühne. Es war, als hätte sich der Himmel verdunkelt. Erst in diesem Moment wurde mir klar, dass es irgendwo hinter der Vorderwand der Bude Lampen geben musste – die gemalte Sonne zwischen den gemalten Wolken konnte ja nicht für Helligkeit sorgen.

Nun schrien Otbert und Ilda aufgeregt durcheinander. Ein Sturm war aufgezogen; fürchterlich heulte und toste es. Ich wusste nicht, wie die Gaukler diesen Lärm erzeugten. Ebenso wenig wusste ich, wie sie die Veränderung des Lichts hervorgebracht hatten. Aber die Wirkung war groß. Obwohl die Sonne nach wie vor am Himmel stand, und auch das Haus, die Felder und Bäume dieselben waren, hatte sich die Welt von Bauer Otbert verwandelt. Von den Bankreihen her klangen Huchs und Achs. Und als der Vorhang fiel und der Sänger wieder vortrat, um ein düsteres Zwischenspiel auf der Laute anzustimmen, herrschte gebanntes Schweigen.

Im zweiten Teil der Geschichte standen Otbert und Ilda vor der Ruine ihres Hauses. Ihre Heiterkeit war restlos verschwunden. Der Sturm hatte ihr Leben zerstört: Ihr Hof lag in Trümmern; Hagel hatte die Schafe und Ziegen erschlagen; die Kühe hatten panikartig die Flucht ergriffen und waren in den nahen Fluss gestürzt.

Otbert konnte nicht fassen, was über ihn gekommen war. In Gestalt einiger Nachbarn schien Rettung zu nahen. Doch es erwies sich, dass die anderen Bauern, die nacheinander auftraten, zwar tröstende Worte übrig hatten, aber nicht viel mehr. Man begriff, dass sie Otbert beneidet hatten – um sein Haus oder seine Frau, seine Kinder oder das Vieh – und sich klammheimlich an seinem Unglück freuten. Zwar versprachen sie, beim Wiederaufbau des Hauses zu helfen. Man hatte allerdings nicht den Eindruck, dass es ihnen ernst damit war. Bald zogen die Nachbarn von dannen. Otbert und Ilda blieben allein zurück.

Wieder fiel der Vorhang; wieder folgte ein Zwischenspiel, noch düsterer diesmal. Der dritte Teil der Geschichte spielte an einem Kreuzweg. Es war dunkle Nacht. Der Mond schaute hinter den Wolken hervor, und ein paar krüppelige Bäume, die eher nach Winter aussahen, standen am Straßenrand. Otbert schien verängstigt. Er hielt eine Rede, in der er erklärte, dass er sich entschlossen habe, einen unheiligen Pakt einzugehen, um seiner Familie zu helfen. Um Mitternacht werde er Skargat selbst an diesem Kreuzweg treffen.

Woher Otbert wusste, dass der Böse tatsächlich erscheinen würde, war mir nicht klar. Doch es geschah so, wie er vorhergesagt hatte.

Skargat betrat die Kreuzung. Er trug eine schwarze, bodenlange Kapuzenkutte. Man konnte weder sein Gesicht noch seine Hände oder Füße sehen. Ohne große Umschweife kam er zur Sache und verkündete, dass er Otbert Reichtum und Gesundheit schenken werde. Im Gegenzug verlangte er die Seele des Bauern. Nach sieben Jahren werde er sie beanspruchen: Wiederum um Mitternacht müsse Otbert zu selbiger Kreuzung kommen; Skargat werde dann seine Geißeln senden, um ihn zu holen. Der Bauer hielt eine weitere Rede, in der er sein elendes Los beklagte, willigte aber in den Pakt mit dem Bösen ein. Einer der Zuschauer rief: »Nein! Tu das nicht!« Doch es war schon zu spät.

Zum dritten Mal fiel der Vorhang. Es folgte ein erstaunlich lustiges Lied des Sängers, das davon erzählte, wie Otbert und Ilda einige glückliche Jahre verbrachten, an deren Ende der Hof um einiges gewachsen war. Sowohl was das Vieh, als auch was die Kinder betraf; offenbar hatte die Bäuerin noch mehr Grund zum Jauchzen gehabt. Irgendwann aber, die von Skargat gesetzte Frist war beinah abgelaufen, verplapperte sich Otbert in betrunkenem Zustand.

Und hier ging die Geschichte weiter. Wir befanden uns nun in einer Bauernstube. Das Zimmer war so schön eingerichtet – es gab tatsächlich einen Tisch und Stühle und ein hölzernes Regal mit Küchengerät –, dass ich einige Momente brauchte, bis ich begriff, wie verzweifelt Otbert und Ilda waren. Der Bauer saß am Tisch und hatte den Kopf auf die Arme gelegt. Seine Frau ging händeringend in der Stube umher. Sie konnte nicht fassen, was Otbert da getan hatte, und machte ihm bittere Vorwürfe. Doch plötzlich hielt sie inne. Ilda wunderte sich, warum sich weder Otbert noch sie selbst je gefragt hatten, wie es mitten im Hochsommer hageln konnte – als hätten sie unter einem Bann gestanden.

Kaum waren die Worte gesprochen, da sprang Otbert auf. Er

schlug sich an den Kopf. Jetzt fiel ihm alles wieder ein: Eine böse Hexe namens Marga war in ihn verliebt gewesen. Er hatte ihre Zudringlichkeiten abgewiesen. Und als Marga sah, dass sie nicht bekommen würde, was sie begehrte, schwor sie Rache. Die Hexe war es, die den Sturm geschickt hatte! Das war nun sonnenklar!

Da knallte es, und eine kleine Rauchwolke bildete sich auf der Bühne. Im selben Moment kam die Hexe herab, als wäre sie durch die unsichtbare Decke des Bauernhauses geschwebt. Marga sah ganz anders aus als die Hexen, die ich bislang kennengelernt hatte. Ihr Haar war wirr und grau; ihr Gesicht warzig; ihre Nase höckerig und die Zähne krumm. Ich fragte mich, wieso sie ausgerechnet diesen Augenblick gewählt hatte, um sich Otbert und Ilda zu offenbaren.

Nachdem Marga den Bauern und seine Frau verflucht hatte – mir schien, dass sie von einem Mann gesprochen wurde, der seine Stimme kreischend verzerrte –, entwickelte sich auf der Bühne eine wilde Keilerei, bei der die Hexe den Besen benutzte, auf dem sie in die Stube geflogen war, während sich Ilda eine gusseiserne Pfanne griff und Otbert mit einer tönernen Schnapsflasche zuschlug. Am Ende war Marga besiegt. Ächzend lag sie auf dem Boden. Zum Zeichen seines Triumphs schob Otbert ihren Besen in den Ofen. Indessen war das Unheil keineswegs abgewendet. Denn Skargat wartete darauf, die Seele des Bauern in Empfang zu nehmen. Wiederum drohte unser Held, der Trübsal zu verfallen; wiederum kam Ilda der rettende Gedanke. Als sie begann, Otbert ihren Plan auseinanderzusetzen, senkte sich der Vorhang …

Das letzte Bild zeigte die beiden, wie sie zusammen an dem nächtlichen Kreuzweg standen. Auch die Hexe war da. Sie lag gefesselt am Boden und trug – die Kleider von Otbert. Seinerseits hatte sich der Bauer in eine Frauentracht gezwängt. Das sorgte wieder einmal für großes Gelächter. Nun war klar, dass die Geschichte gut ausgehen würde. Und tatsächlich: Als Skargats Geißeln auftauchten – merkwürdigerweise kamen sie wie die Hexe vom Himmel herab –, erwies es sich, dass sie zwar fürchterlich aussahen, wie schwarze Ziegenböcke auf zwei Beinen, aber nicht die Klügsten waren. Kurzerhand nahmen sie Marga mit, ohne auf deren verzweifelten Widerspruch zu achten.

Zurück blieben Otbert und Ilda. Sie sanken einander in die Arme, schworen sich ewige Liebe und beschlossen, von jetzt an immer glücklich zu sein. Damit war das Stück beendet.

Begeisterter Applaus und Jubelrufe ertönten. Ich starrte den nunmehr geschlossenen Vorhang an. Mir war, als würde ich aus einem Traum erwachen. Ich hielt meinen Bierkrug mit beiden Händen umfasst und stellte fest, dass ich vor Aufregung vergessen hatte, daraus zu trinken.

Ich dachte über die Hexe Marga und über die Hexe Aiona nach. Ich dachte über Rache nach und darüber, was es bedeutete, ein Leben zu vernichten, einen Namen auszumerzen. Aus irgendeinem Grund gingen mir die Worte *Seele ist Seele* durch den Kopf. Und während ich mich noch fragte, was das alles zu bedeuten hatte, war es, als würde ich erneut in einen Traum eintauchen und sinken, tiefer und tiefer, bis zum Grund des Schlafes. Was ich dort fand, war wunderschön und erschreckend.

Während der Applaus erklang, traten die Spielleute hinter ihrer Schaubude hervor: Es waren zwei Männer und eine Frau. Sie fassten sich an den Händen. Sie verneigten sich tief. Sie lächelten und lachten und verneigten sich erneut. Die Männer schienen einander sehr ähnlich. Einer von beiden hatte allerdings einen ergrauten Bart und eine Halbglatze. Vielleicht waren es Vater und Sohn. Aber ich sah sie und sah sie doch nicht. Ich hatte nur Augen für die Frau in der Mitte. Sie hatte rote Haare, und eine Brücke von Sommersprossen zog sich über ihren Nasenrücken.

Dort hinten, im Halbdunkel des Schankraums, stand Danje.

4

FLEISCH UND KNOCHEN

Vanice

Ich fühlte mich frei.

Zum ersten Mal seit einem Jahrzehnt fühlte ich mich frei.

Natürlich würde Edmund mich verraten. Es war nur eine Frage der Zeit, bis die ganzen Windmarken wussten, dass ich in Wahrheit ein abstoßendes Ungeheuer war. Ich versuchte, mir die Gesichter von Justinius und Scara vorzustellen, wenn sie es erfuhren. Das wollte mir nicht recht gelingen. Dann versuchte ich, mir mich selbst vorzustellen, wie ich in einigen Wochen oder Monaten leben würde. Auch das gelang mir nicht.

Ich wusste nur eines: dass ich alles verloren hatte.

Aber vielleicht war ja gerade das die Freiheit. In Zukunft würde ich mich nicht mehr darum scheren, schön zu sein oder duftige Anmut auszustrahlen. Teure Kleider wären ebenso überflüssig wie Schminke. Niemand würde mehr Wert darauf legen, dass ich ihn liebreizend anlächelte oder seine Witze mit perlendem Gelächter beantwortete. Und natürlich würde niemand mehr versuchen, mit mir ins Bett zu gehen. Vielleicht war das sogar das Beste von allem.

Ja, ich war frei und verloren; erlöst und verdammt. Wie lange war ich vor mir selbst davongelaufen, war geflohen, immer gehetzt, zu Tode erschöpft? Jetzt kam ich endlich zum Stehen. Und sah, dass das größte Geschenk, welches ich mir machen konnte, ebendies war: der Friede der Verworfenheit.

All das ging mir durch den Kopf, während ich das Wirtshaus *Zum Fröhlichen Toten* betrat. Wie erwartet, hatte sich Groleks Herberge seit meinem letzten Besuch nicht verändert. Im Kamin brannte dasselbe blaue Feuer, und auch die Kerzenflammen hatten nach wie vor die Farbe von Veilchen. Allerdings war die Schankstube deutlich leerer als in der Nacht der Versammlung: An den Tischen und Stühlen, die kreuz und quer im Raum verteilt waren, saßen heute nur ein paar der hageren, glosenden Schatten und vier oder fünf vermoderte Greise. Auf der Theke hockte ein schwarzäugiges Baby, das eine kleine Holzschale in den Händen hielt, und Grolek war gerade damit beschäftigt, eine dunkle Flüssigkeit in diese Schale zu füllen.

Ich öffnete die Klappe der Sturmlaterne, blies die Kerze aus, die im Inneren des metallenen Gehäuses brannte, schloss die Klappe wieder und stellte die Laterne auf einem freien Ecktisch ab. Meine Fellmütze legte ich daneben. Dann trat ich an die Theke.

»Guten Abend, Grolek«, sagte ich.

Der Wirt hob die Augen. »Ah, die Dame Vanice!«, sagte er lächelnd. »Ich muss Euch tadeln: Ihr habt Euch lange nicht mehr blicken lassen!«

»Ich habe mich bislang überhaupt erst ein einziges Mal blicken lassen. Das war in der Nacht der Gespensterversammlung.«

Groleks Lächeln verzerrte sich. »Richtig!«, rief er. »Eine denkwürdige Nacht, nicht wahr?«

»Hm, so kann man es ausdrücken. Übrigens ist das noch gar nicht lange her.«

»Lang genug, meine Dame, lang genug! Aber lassen wir das. Jetzt seid Ihr ja da! Sie kommen alle wieder, sage ich immer.«

»Nun, das wisst Ihr wohl am besten.«

»O ja! Ich weiß allerhand ... Doch sagt mir, liebe Vanice, wollt Ihr auch ein Schlückchen Thaalas Tau?«

Ich warf einen Blick auf die Holzschale, die Grolek soeben gefüllt hatte. Bei näherer Betrachtung sah die Flüssigkeit darin klumpig, zäh und ölig aus.

»Nein danke. Ich nehme ein Krüglein Wein.«

Der Wirt setzte eine enttäuschte Miene auf. »Wein? Ach, Vanice, Ihr brecht mir das Herz! Wenn Ihr wüsstet, mit wie viel Liebe dies hier zubereitet ist ...« Er hob den Kübel, aus welchem er dem schwarzäugigen Baby eingegossen hatte. »Aber gut, für meine Gäste tue ich alles, sage ich immer.«

Grolek drehte sich um und machte sich an dem Zapfhahn eines Fasses zu schaffen, das hinter der Theke auf einer Anrichte stand.

Ich tauschte einen Blick mit dem Baby. Es lächelte mich boshaft an, führte die Schale zum Mund und trank laut schlürfend.

»So, hier ist Euer Wein, meine Dame!«, sagte Grolek, indem er sich wieder mir zuwandte. »Wohl bekomm's! Ach, übrigens … Schuldet Ihr mir nicht noch etwas, von Eurem ersten und bislang letzten Besuch?«

»Doch, das tue ich. Hiermit sollte die Schuld aber beglichen sein, oder?« Ich griff in meine Manteltaschen und holte ein paar Handvoll Tierknochen hervor. Ehe mich die Schwermut ins Bett gezwungen hatte, war ich einige Male zu kleinen Erkundungsreisen in die Nebengebäude von Justinius' Landsitz aufgebrochen. Es schien, als hätte sich eine wahre Heerschar von Tieren in die dunklen Winkel der verfallenen Häuser zurückgezogen, um dort zu sterben. So konnte ich Grolek nun also die Überreste zahlreicher Nager und Vögel anbieten.

»Oh, das reicht! Mehr als das!«, rief der Wirt erfreut und griff nach den Knochen.

»Das ist gut«, erwiderte ich. »Ich hätte nämlich noch einen anderen Wunsch.«

»Ah … Und der wäre?« Grolek hatte einen geflochtenen Weidenkorb hinter der Theke hervorgeholt, in den er die Knochen warf.

»Leichenfleisch … Ich hätte gerne Leichenfleisch«, sagte ich. Trotz allem war ich erstaunt, wie leicht mir das Wort über die Lippen ging.

»Leichenfleisch? Ah, *so* eine seid Ihr!« Er grinste breit.

»Ganz genau. So eine bin ich.«

»Na, dann darf ich ja hoffen, zukünftig mehr von Euch zu sehen, meine Dame!«

»Das hängt davon ab, wie gut das Fleisch schmeckt.« Ich war unsagbar froh, dass Grolek mir geben konnte, was ich so dringend brauchte; aber natürlich wollte ich mir das nicht anmerken lassen.

»Wie hättet Ihr es denn gerne? Roh? Auf Brot? Gebraten mit Zwiebeln? Vielleicht als Eintopf?«

»Hm …«, machte ich. »Ein schöner heißer Eintopf wäre eine gute Sache. Draußen ist ein scheußliches Wetter, müsst Ihr wissen.«

Grolek strahlte jetzt übers ganze Gesicht. »Oh, das ist mir nicht entgangen, Vanice! Ein Eintopf …. wie fein! Ich habe lange nicht mehr für einen Gast gekocht, stellt Euch vor.«

»Ich hoffe, Ihr habt es nicht verlernt?«

»Keine Sorge, meine Dame! Macht es Euch mit Eurem Wein bequem. Ich kümmere mich um den Rest!«

Ich lächelte Grolek an, bedachte auch das schwarzäugige Baby mit einem Lächeln – es beachtete mich allerdings nicht, weil es voll und ganz damit beschäftigt war, seine Schale sauberzuschlecken – und drehte mich zur Gaststube um.

Unterdessen war mir Edmund in den *Fröhlichen Toten* gefolgt; er hatte sich an den Tisch gesetzt, auf dem ich die Laterne abgestellt hatte. Es überraschte mich ein wenig, dass er überhaupt den Mut gefunden hatte, die Gespensterherberge zu betreten. Das Naheliegende wäre doch gewesen, die Beine in die Hand zu nehmen, nachdem ich mich ihm offenbart hatte. Aber vielleicht war er nicht gar so ein Jämmerling – um den Schwarzen Jäger zu zitieren –, wie ich vermutet hatte.

Ich durchquerte den Schankraum, Krug und Becher in der Hand, und nahm gegenüber von Edmund Platz. Es dauerte einige Momente, bis er sich meiner Gegenwart bewusst wurde; er war zu beschäftigt damit, die übrigen Gäste anzustieren, die sich glücklicherweise nicht weiter um ihn kümmerten.

Schließlich wandte Edmund sich mir zu. Er schaute drein, als ob ihm jemand soeben einen dreiohrigen Hasen gezeigt hätte, und in gewisser Weise traf das ja auch zu. Anscheinend war er Rudrick nicht allzu weit in die jenseitige Dunkelheit gefolgt; da konnte er von Glück reden.

»Wie ich sehe, seid Ihr meiner Gesellschaft noch nicht überdrüssig«, säuselte ich und übte mich an einem berückenden Augenaufschlag.

Der Blick, mit dem mich Justinius' Bruder bedachte, unterschied sich nur unwesentlich von dem, welchen er den dürren, spitzigen Schatten zugeworfen hatte. »Vanice ... was geht hier vor?«, murmelte er.

»Was soll hier vorgehen? Wir sind in einer Gespensterherberge.«

Edmund schüttelte den Kopf. »Nichts von all dem ...« Er wies mit hilfloser Geste auf den Schankraum. »Ich meine, wirklich *nichts* ... war von draußen zu sehen oder zu hören.«

»Man könnte wohl sagen, dass wir hier in einer anderen Welt sind.«

»Und ... die anderen ... ich meine ... gewöhnliche Menschen ... sehen nichts?«

»Doch, sie sehen schon etwas. Ich bin einmal am Tag bei der Kreuzung gewesen. Für die gewöhnlichen Menschen, wie Ihr so schön sagt, stehen da drei morsche Galgen, und außerdem die Überreste einer Kapelle, in der Wanderer früher einmal zu Elaah oder Sorin beten konnten. Ich denke, es ist das, was die Leute sehen, egal zu welcher Stunde.«

»Das heißt, dieser ... Gasthof war einmal eine Kapelle?«

»Nein, er war immer ein Gasthof. Aber hier stand einmal eine Kapelle. Eine Kapelle, wo vermutlich ... nun ja, wo vermutlich etwas sehr Ungutes passiert ist.«

In diesem Moment ertönte ein lauter Knall, gleichsam zur Untermalung meiner Worte. Ich zuckte zusammen und fuhr ruckartig herum – gerade rechtzeitig, um zu sehen, wie Grolek hinter der Theke verschwand, als würde er in den Boden sinken. Er hatte mein Erschrecken bemerkt und zwinkerte mir kurz zu; dann war er weg. Offenbar hatte der Wirt eine hölzerne Luke geöffnet und war in den Keller hinabgestiegen; ich nahm an, dass das Leichenfleisch dort unten lagerte. Mir lief das Wasser im Mund zusammen. Zugleich wurde mir schlecht.

»Ich verstehe das alles nicht«, murmelte Edmund. Seine Verwirrung nahm ihn so sehr in Beschlag, dass ihm Groleks Geschäftigkeit völlig entgangen war.

»Das ist auch nicht zu verstehen«, sagte ich. »Schaut Euch zum Beispiel die Tür des Gasthofs an ...«

»Was ist mit ihr?«

»Das ist eine ganz gewöhnliche Tür, richtig?«

»Ja. Was soll sie sonst sein?«

»Habt Ihr schon mal den Schwarzen Jäger gesehen?«

Edmund wurde steif auf seinem Stuhl. »Nein ... aber Rudrick hat mir von ihm erzählt, und natürlich kenne ich die Geschichten. Er ist der Anführer der Horde, nicht wahr?«

»Ja, das ist er. Hat Euch Rudrick auch erzählt, wie groß der Schwarze Jäger ist?«

»Nein ... das hat er nicht.«

»Ich versichere Euch, er ist gewaltig. Selbst Justinius wirkt schmächtig neben ihm.«

»Aha ...« Edmund machte eine säuerliche Miene. »Und was hat das alles mit der Tür zu tun?«

»Ganz einfach, als ich das letzte Mal hier war, ist der Schwarze Jäger durch diese Tür gekommen. Soweit ich mich erinnere, musste er sich nicht einmal bücken. Wie, meint Ihr, ist das möglich?«

»Ich habe keine Ahnung«, sagte Edmund und verschränkte die Arme vor der Brust. Er sah nun aus wie ein trotziges Kind und zog sogar eine Schnute. Ein wenig albern fand ich das schon.

»Seht Ihr, ich habe auch keine Ahnung. Das ist es, was ich Euch sagen wollte. Wenn wir die Welt der Spukwesen und Nachtgestalten betreten, geschieht etwas mit uns. Oder vielleicht sind es gar nicht wir, die sich verändern. Vielleicht sind es die Zeit und der Raum selbst, die eine Wandlung durchlaufen. Es sind nicht mehr die Zeit und der Raum der Lebenden, sondern jene der Toten. Vielleicht verwesen auch Zeit und Raum, wenn sie ins Zwielicht des Schattenreichs eingehen. Sie werden dann zu etwas Weichem und Verfallendem, das sich Stück um Stück auflöst.«

Justinius' Bruder betrachtete missmutig die Tischplatte. »Könnt

Ihr Euch nicht klarer ausdrücken? Ihr redet so umständlich wie ein zahnloser Gelehrter, der von morgens bis abends über Schriftrollen brütet. Ich verstehe kein Wort«, murrte er.

Da musste ich lachen. Ohne es zu wissen, hatte er mir ein sehr schönes Kompliment gemacht. Wobei ich natürlich wusste, dass es nicht stimmte. Ich redete einfach wie jemand, der zu lange zwischen den Welten herumgeirrt war.

Nach diesem Wortwechsel verfielen wir in Schweigen. Edmund schien keine Lust mehr zu haben, sich mit mir zu unterhalten. Ich wunderte mich darüber, dass er gar nicht auf das schreckliche Geheimnis zu sprechen kam, das ich ihm enthüllt hatte. Aber ich vermutete, dass das schon noch kommen würde, früher oder später.

Einstweilen beschloss ich, meine neu gewonnene Freiheit zu genießen. Leider wusste ich nicht recht, wie ich das anstellen sollte. Ich trank meinen Wein schneller als gewöhnlich, das war schon alles. Zu meinem Bedauern war in dieser Nacht wirklich nicht viel los im Wirtshaus *Zum Fröhlichen Toten*. Nicht einmal die beiden fidelen Schankmägde waren zu sehen, die sich bei meinem letzten Besuch um das Wohl der Gäste gekümmert hatten. Mag sein, dass ich auf den Tischen getanzt hätte, wenn die Gespenster heute in Feierlaune gewesen wären, wer weiß. So begnügte ich mich damit, mir selbst zuzusehen, wie ich langsam angeheitert wurde, und sann darüber nach, ob sich Groleks Schankmägde gelegentlich eine Nacht freinehmen durften; und wenn ja, was sie in einer solchen Nacht taten.

Edmund und ich hatten wohl eine halbe Stunde schweigend dagesessen, als mir plötzlich der Duft von Verwestem in die Nase stieg; das Süßlich-Scharfe durchdrang den Geruch des gekochten Gemüses und der Gewürze, mit denen Grolek seinen Eintopf angereichert hatte. Augenblicklich überkam mich eine wohlbekannte Erregung; zugleich steigerte sich der Hunger, der mich schon so lange gepeinigt hatte, bis ins Unerträgliche: Der Schweiß brach mir aus, eine Gänsehaut überlief meinen Körper, und mein Magen begann so laut zu knurren, dass es sich für eine Dame eigentlich geziemt hätte, rot anzulaufen.

Dann hörte ich, wie die Bodenluke hinter der Theke zuklappte. Grolek schien nicht nur Vorräte im Keller zu lagern; auch seine Küche hatte er dort untergebracht. Kurz fragte ich mich, wo und wie genau der Rauch von dort abzog. Im selben Moment wusste ich jedoch, dass diese Frage, diese und jede andere, unsagbar unwichtig war. Denn jetzt würde ich endlich essen.

Mit zittrigen Fingern umklammerte ich die Tischkante und starrte die edelsteinbesetzten Goldringe an, die meine Hände schmückten. Lust und Gier und Abscheu und Freude und Ekel erfüllten mich – wie immer, wie immer –, erfüllten mich bis zum Rand, und mir war, als müssten meine Knochen splittern und meine Haut aufplatzen.

»Die Dame haben Glück! Ich hatte sowieso etwas auf dem Feuer und –«

Grolek hatte noch nicht zu Ende gesprochen, da riss ich ihm schon die Schüssel aus der Hand. Ich beugte mich tief über den Eintopf, griff in die heiße Brühe, spießte die Fleischbrocken mit meinen Krallen auf, durchbohrte sie, schlug meine Zähne in sie, schlang sie herunter. Ich hörte mich selbst schmatzen, schlürfen und keuchen.

»Hm ... Vielleicht wäre gebraten mit Zwiebeln doch besser gewesen ...«, sagte Grolek.

5
TOTENNÄCHTE

Halig

Zwei Nächte der Toten, für die zwei Kinder Thaalas.
Firlenn und Minga. Der Herr des Vergessens und die Königin der Dämmerung.

Zwei Nächte der Toten, und in der ersten hatte es begonnen …

Seitdem war Haligs Leben zu etwas geworden, worin er sich nicht mehr auskannte. Etwas Fremdes und Bedrohliches; etwas, das auf Spinnenbeinen lief. Er schauderte. Rückte seinen Schemel näher an den Kamin heran. Beugte sich nach vorne und spürte, wie die Wärme der Feuerstelle sein Gesicht und seine Hände, seinen Oberkörper, seine Arme und Beine umfing. Doch die Flammen konnten zwar die Kühle vertreiben, die in der Stube herrschte. Nicht aber den schwarzen Schrecken, der nach Haligs Seele griff. Denn nun, da die Dunkelheit kam, verwandelte sich seine Angst: Ihr wuchsen Zähne und Klauen; sie lauerte darauf, ihn zu zerfleischen, war schon sprungbereit …

Ein Geräusch ließ Halig zusammenzucken. Ein Geräusch wie ein leises Ächzen. War es von draußen oder von drinnen gekommen? Angespannt lauschte er in die Stille hinein – die Holzscheite im Kamin knackten, und beim Atmen pfiff es in seiner Nase.

Es war nichts; er war allein.

Noch.

Halig vergrub das Gesicht in den Händen. Schloss die Augen; rieb seine Lider. Er wusste ja nur zu gut, dass ihm die Zeit davonlief.

In der ersten Nacht der Toten hatte es begonnen. Würde es in der zweiten enden?

Mit einem Ruck erhob er sich. Er begann, in seiner spärlich einge-
richteten Hütte auf und ab zu gehen. Viel zu gehen gab es da freilich
nicht; und auch, nachdem er bestimmt zwanzig Mal zwischen Bett
und Tür hin- und hergelaufen war, war ihm keine Antwort auf seine
Frage zugeflogen. Die Frage, wie, bei Sorins Weisheit, er sein Leben
und sein Seelenheil retten konnte.

Halig blieb stehen und betrachtete mit einem sehnsüchtigen Seufzer sein Arbeitsgerät: die Schippen und Schaufeln, die in einer Ecke
der Hütte an der Wand lehnten, darunter auch die beiden mit den
Metallblättern. Die würden ihm gute Dienste leisten, jetzt, da der
Herbst in den Winter überging. Schon hatte es den ersten Frost gegeben. Da brauchte man starke Arme, um jemanden unter die Erde zu
befördern. Bald jedoch, wenn Thaalas Eisatem über die Welt wehte,
würde selbst ein gestandener Totengräber nichts mehr ausrichten
können. Denn dann wurde der Boden so hart wie das Herz der iskrischen Kaiserin.

Natürlich war auch im tiefsten Winter auf Halig Verlass. Es war
einfach so, dass die Toten, ganz wie die Lebenden, auf gewisse Be-
quemlichkeiten verzichten mussten, wenn nachtschwarze Kälte
über dem Land lag.

Während der Weihezeit Thaalas trug Halig die Leichen der jüngst
Verstorbenen in den Schuppen, wo er mit Säge und Hammer und
Nagel und Hobel die Särge für die halbwegs begüterten Bauern zu
zimmern pflegte. Der Schuppen war ziemlich geräumig; man konnte in ihm einige Dutzend Tote unterbringen, das nötige Geschick
vorausgesetzt. Über das verfügte Halig allemal; er stapelte die gut
verpackten Leichen aufeinander, und wenn Thaala das Feld den
freundlicheren Göttern räumte, bedeutete dies, dass wochenlang
eine Beerdigung auf die nächste folgte.

Daran wiederum hatte Halig nicht das Geringste auszusetzen.
Beerdigungen brachten nämlich Münzen in seinen Beutel. Und außerdem fiel von dem Leichenschmaus, der im Anschluss an das Be-
gräbnis gehalten wurde – außer natürlich, der Verstorbene zählte zu
den Ärmsten der Armen –, meist etwas für den treuen Totengräber

ab. Eine der Frauen kam noch einmal zum Friedhof heraus, während Halig das Grab zuschüttete, um ihm einen Teller Kohlsuppe zu bringen, oder ein paar mit süßem Quark gefüllte Teigtaschen; und an kalten Tagen gab es dazu häufig ein Krüglein Schnaps …

Genießerisch strich sich Halig über den strubbeligen, rot-braunen Kinnbart.

Plötzlich jedoch zuckte er zusammen. Denn das war ja das Elend! Der Schnaps, der Schnaps war an allem schuld! Oh, dass Skargats Geißeln den Mann, der das höllische Zeug erfunden hatte, dreieinhalb Ewigkeiten durch die Seelenmühle drehten! Aber wahrscheinlich taten sie das schon längst – und auch Halig würden sie in die Schlünde der Finsternis werfen, wenn nicht ein Wunder geschah! Dabei war er doch ein anständiger, fleißiger Mann, der nichts anderes wollte, als den Toten zu einer sittsamen Ruhekammer zu verhelfen, und der niemals gegen die Göttergebote verstoßen hatte …

… bis zu jener Nacht.

Das Fest von Firlenns Erwachen.

Sein ganzes Leben lang hatte Halig die Geschichten gekannt; jeder kannte sie …

Die Welt war stets ein Ort der Schmerzen gewesen – selbst damals, als das Gewicht der Jahrtausende noch nicht so schwer auf ihr lastete, als das Licht reiner von den Himmeln herabkam und das Wasser der Bäche so süß schmeckte wie Honig. Firlenns Herz aber war zart, viel zu zart für das, was er auf seinen Wanderungen erblickte. Ein Menschenalter lang durchstreifte er, so hieß es, die Länder, die Elaah seinen Kindern geschenkt hatte; denn er wollte wissen, was es bedeutete, ein Leben unter der Last der Vergänglichkeit zu führen. Er sah große, glitzernde Städte, und er sah Dörfer, die wie schwärende Wunden waren. Er sah die Prasser und Schwelger, deren Tafeln sich nie zu leeren schienen, und er sah die Bettler und Tagelöhner, die endlose Kreise der Mühsal zogen. Er sah Mächtige, deren Herrlichkeit die Götter verhöhnte, und er sah Demütige, die in Erdlöchern hausten und Wasser aus Pfützen tranken.

Doch wohin immer er seine Schritte lenkte, es machte keinen

Unterschied. Das grelle Licht offenbarte Firlenn dasselbe wie die schwärzesten Schatten: Überall begegneten ihm Leid und Einsamkeit. Ungestillte Sehnsucht, in der die Seele verödete. Liebe, die an sich selbst verzweifelte. Die Bitterkeit am Ende der Hoffnung.

Und Firlenn weinte.

Er weinte Tag und Nacht, ohne Unterlass. Weinend ging er zu seiner Mutter. Er flehte sie an, Tod und Schmerz von der Welt zu nehmen. Das konnte Thaala nicht tun. Doch die Trauer ihres Sohnes berührte sie – sie, die Strenge, die Unerbittliche, sie empfand Mitleid. Und sie beschloss, Firlenn ein Geschenk zu machen; das kostbarste Geschenk, das sie zu geben hatte. Sie gewährte ihm einen Schlaf, tief wie der Tod, aber voll von nie geahnten Träumen. Träume, die waren, als schlüpfte man unter den Zipfeln des Mantels der Nacht hindurch und träte in das Licht dahinter. Diesen Schlaf also schlief Firlenn. Während Reiche aufstiegen und Reiche fielen und die Weltenalter einander ablösten, schlief Firlenn.

Und Thaala versprach ihm, dass er erst dann erwachen würde, wenn sich seine Bitte erfüllt hätte.

Würde sie sich je erfüllen? Die Bauern hofften das noch immer. Deshalb feierten sie Firlenns Erwachen, Jahr für Jahr, in einer Nacht im Frühling, wenn der Winter endgültig verscheucht war, die Erde nach Fruchtbarkeit duftete und die Wiesen und Felder in Blüte traten. Es war eine Vorahnung auf eine Zeit, die einmal kommen sollte: eine Zeit, in der heilen würde, was vor Ewigkeiten zerbrochen war.

Eigentlich war das ja eine schöne Sache.

Deshalb konnte sich Halig beim besten Willen nicht ausdenken, warum all die Gespenster, Dämonen und friedlosen Toten ausgerechnet in dieser Nacht ihren Schabernack treiben durften. Es wäre doch viel sinniger gewesen, das getrennt zu halten: Wenn die Menschen ihren Spaß hatten, sollten die unheiligen Schattenwesen bitteschön Ruhe geben; schließlich ließen sich genug Nächte finden, in denen brave Leute in ihren Betten lagen, und dann konnte die Skargatbrut nach Herzenslust über die Landstraßen und durch die Wälder toben …

Aber nein! Es musste ja alles durcheinandergehen – und das hatte man dann davon!

Dabei waren die Regeln einfach.

In der Nacht der Toten durfte man nicht allein sein.

Entweder man verbrachte die Stunden von der Abenddämmerung bis zum Morgengrauen mit den Seinen, daheim in der Hütte. Dann galt es, bis Mitternacht zu wachen und zu beten. Kein Licht brannte, und auf der Schwelle zur Haustür stellte man einen Humpen Bier oder einen Becher voll Wein ab, dazu einen Kanten Brot und eine Schüssel mit Grütze. Das war Nahrung für die Toten. So wussten die bleichen Gäste, die in der Dunkelheit durchs Dorf zogen, dass sie an diesem Ort geehrt wurden. Sie konnten sich an den Gaben erfreuen, die ihnen dargebracht worden waren. Und wenn Elaah sich gnädig zeigte, gingen sie weiter, sobald sie ihren Hunger und ihren Durst gestillt hatten, ohne einen Groll gegen die Lebenden zu hegen, die sich einstweilen noch an der Wärme erfreuen durften, die ihnen eine Umarmung oder die Strahlen der Sonne schenkten.

Das war die eine Möglichkeit, die Nacht der Toten zu verbringen. Die andere bestand darin, sich auf den Dorfplatz zu begeben, sowie das Tageslicht schwand. Dort wurde dann ein großes Feuer entzündet: Man aß und trank und tanzte, bis der Morgen zurückkehrte. Erst nachdem der dritte Hahnenschrei ertönt war, war es erlaubt, den Festplatz zu verlassen und sich zur Ruhe zu legen. Das war das oberste Gebot. Und wenn die Mädchen hübsch waren und die Musikanten etwas taugten und der Schnaps schmeckte, war das durchaus auszuhalten.

Fand Halig.

In der bewussten Nacht nun waren die Mädchen nicht hübscher gewesen als sonst auch. Und die Lauten und Schellentrommeln hatten gewiss nicht besser geklungen; ebenso wenig der Gesang, der von Stunde zu Stunde heiserer und trunkener wurde, wie sich das bei einem solchen Anlass gehörte. Allein der Schnaps, der hatte dem Totengräber ganz besonders gut geschmeckt. Allzu gut, um die Wahrheit zu sagen.

So kam es, dass Halig irgendwann nach Mitternacht zu der Überzeugung gelangte, dass er jetzt eine Mütze voll Schlaf verdient hatte und ihm sämtliche Gespenster den Buckel runterrutschen konnten.

Vielleicht wäre es trotzdem gutgegangen. Schließlich hatte Jelkar ein Herz für rechtschaffene Trunkenbolde. Schon manches Mal hatte er verhütet, dass Halig im Dunkeln den falschen Weg einschlug und etwa einen Abhang hinunterstürzte, anstatt wohlbehalten nach Hause zu torkeln. Aber in dieser Nacht waren ihm die Ewigen offenbar gar nicht wohlgesinnt. Mag sein, dass er bei der einen oder anderen Gelegenheit großzügiger hätte opfern sollen. Oder besser acht darauf geben, dass seine Särge den Toten auch wirklich genügend Platz boten, um sich zu strecken oder am Rücken zu kratzen …

Das Unglück war jedenfalls, dass Firlenns Erwachen nicht in jedem Dorf gefeiert wurde. Sondern nur in Marktflecken, wo es wenigstens einen kleinen Elaah-Tempel gab. Also hatte sich Halig am Nachmittag gemeinsam mit ein paar Handvoll anderen Männern und Frauen auf den Weg ins Nachbardorf gemacht. Hier sorgte ein junger Geweihter namens Dagian dafür, dass den göttlichen Gesetzen Genüge getan wurde. In jener Nacht bedeutete dies, dass er einige Gebete sprach und fromme Hymnen anstimmte, ehe er das Freudenfeuer entzündete, das in Erwartung von Firlenns Erwachen die Dunkelheit herausforderte.

Leider war weder Dagian noch sonst jemand an Haligs Seite gewesen, als er sich anschickte, auf dem Weg zurückzugehen, den er gekommen war. Nicht, dass der Totengräber Angst gehabt hätte. Ganz im Gegenteil. Er war betrunken genug, um völlig sorglos durch die Nacht zu schwanken.

Hätte er Angst gehabt, alles wäre anders gekommen. Dann nämlich hätte er sich zu Boden geworfen. Hätte sein Gesicht gegen die Erde gedrückt und wäre bis zum Morgengrauen nicht mehr aufgestanden, als er das tiefe Dröhnen des Jagdhorns hörte. Es klang so alt und fremd und machtvoll, dass Halig sofort wusste – selbst in seinem Zustand –, dass es kein Lebender geblasen hatte. Ein Schauer lief ihm über den Rücken. Aber das war ein beinah wohliges Gefühl.

Er blieb stehen, mitten auf der Landstraße. Blieb stehen und wartete. Der Gesang und die Musik vom Dorffest hatten sich längst in der Ferne verloren; ein leichter Wind strich durch die Blätter der Linden, die sich am Wegesrand aufreihten – ansonsten herrschte Stille.

Für zwei oder drei Atemzüge.

Dann plötzlich wurde die Nacht von Hufgedonner, dem Bellen einer Hundemeute und wilden, rauhen Schreien zerrissen. Es war ein Lärm, der aus der tiefsten Hölle zu kommen schien und doch schon ganz nah war. Halig fragte sich, ob er nicht irgendwo in Deckung gehen oder besser noch die Beine in die Hand nehmen sollte. In einiger Entfernung stand ein Bauernhof, von Kornfeldern umgeben, den hätte er durchaus erreichen können. Allein, ihm wurde klar, dass er eigentlich gar keine Lust darauf hatte, sich zu verstecken oder davonzulaufen. Das fand er selbst ein bisschen merkwürdig. Denn es konnte kein Zweifel daran bestehen, welche Jagdgesellschaft hier nahte.

Aber so war es nun einmal; alles, was der Totengräber spürte, war eine fast beschwingte Neugier.

Also verharrte er an Ort und Stelle. Und er rührte sich noch immer nicht vom Fleck, als über den Feldern ein dunkles Leuchten aufschien, das sich schnell in seine Richtung bewegte. Er stand einfach da, hielt den Atem an und starrte in Richtung des Leuchtens. Je näher es kam, desto ohrenbetäubender wurde das Getöse. Eine Hundertschaft von Wehrknechten hätte Mühe gehabt, dagegen anzubrüllen. Schon konnte Halig einzelne Gestalten erkennen … Zaghaft regte sich eine Stimme in ihm: War es nicht doch Grauen, was seine Seele erfüllte?

Dann waren sie über ihm.

Skargats Jäger.

Zuerst kamen die Hunde. Schneeweiß waren sie, und groß wie Kälber. Sie hatten rote, gezackte Ohren und bleckten schwarze Dolchzähne, während sie durch die Nacht preschten, auf drei oder auf vier Läufen, etwa einen Schritt über Haligs Kopf. Ohne Unterlass bellten die Hunde, und ihr Gebell klang, als würden sich die Toten in der Erde voller Hass und Zorn selbst zerfleischen. Der Rotte folgten die Pferde. Das waren riesige Dämonenrösser, deren Galopp – auch von ihnen waren einige dreibeinig – die Luft spaltete. Ihr Fell war weiß, während ihre Augen und Hufe in dunkelstem Rot glühten. Rauch stob aus ihren Nüstern, und es war, als bohrten sich gewaltige Haken und Zacken durch ihre Haut. Auf den Pferden saßen die Jäger. Schatten allesamt, schwarz wie Albträume, hüllten sie sich in schwarze Felle, und ihre Leiber waren schartige Klingen. Während ihres wilden Ritts schwangen sie grausame Jagdwerkzeuge: Beile, Säbel und Spieße, aus unirdischem Metall geschmiedet. Und sie stießen furchteinflößende Schreie aus, in einem heillosen Durcheinander, das keine Ordnung und keine Regeln zu kennen schien; Halig hätte nicht einmal sagen können, ob sie sich gegenseitig verfluchten oder anfeuerten, oder ob die Blutgier in einem wortlosen Gebrüll aus ihnen hervorbrach.

Schlimmer aber als sämtliche Geisterreiter zusammengenommen war derjenige, der sie anführte: Er trug einen Umhang aus Dornenranken, der sich jetzt wie eine vielfingrige Kralle hinter ihm ausstreckte; über seiner Stirn ragten drei gebogene Hörner auf – die Dämonenkrone dieses Schattenkönigs; ein Blick von ihm genügte, um einen Mann zum Greis werden zu lassen, und wenn er wollte, dass sich deine Seele in welkes Laub verwandelte, so musste er nur ein Wort sprechen.

Halig wusste all das. Denn seit er alt genug war, um den Geschichten zu lauschen, die an Winterabenden beim Ofen ausgetauscht wurden, kannte er ihn: den Schwarzen Jäger. Er wusste, dass der Höllische Waidmann mit seinem Gefolge in den Nächten der Toten übers Land zog. Und er wusste, dass solche, wie er selbst einer war – die Unverfrorenen und Überheblichen, die weder die Gesetze dieser noch der anderen Welt achteten –, die bevorzugte Beute von Skargats Jägern abgaben.

Einen Lidschlag lang glaubte der Totengräber, er wäre wieder ein kleiner Junge. Gleich würde sein Vater kommen und ihn mit dem

Riemen verprügeln, weil er von der Schweinepastete genascht hatte, die für Elaahs Lichtfest bestimmt war.

Da blies der Schwarze Jäger erneut in sein Horn. Unendlich langgezogen schien der harsche, klagende Laut.

Halig gefror das Blut in den Adern.

Und er – lachte.

Er lachte, und er rief: »He! Jäger! Lass mir ein Stück deiner Beute!«

Halig konnte sich selbst kaum verstehen, so übermächtig war der Lärm, der sich aus dem Knallen der Hufe, die gegen die Nachtluft schlugen, dem grimmigen Hundegebell und dem Schreien der Nachtgeister zusammenballte.

Doch indem er über ihn hinweg- und an ihm vorbeigaloppierte, riss der Schwarze Jäger den Kopf herum.

Und er blickte Halig in die Augen.

Der Totengräber heulte auf. Riss die Arme vors Gesicht. Stolperte nach hinten, verlor das Gleichgewicht und fiel zu Boden. Dort lag er und krümmte sich, als spürte er schon die schrecklichen Schmerzen, die er würde erleiden müssen, wenn sich die schwarzen Spitzen der Jagdspieße in sein Fleisch bohrten.

Erst nachdem einige Minuten vergangen waren, ohne dass etwas geschah, wagte es Halig, wieder aufzustehen. Die friedvolle Stille einer Frühlingsnacht umgab ihn. Im Sternenlicht (war es die ganze Zeit so hell gewesen?) konnte er sehen, wie sich die Landstraße zwischen den Feldern und Wiesen entlangzog. Der Anblick des Bauernhofs mit seinen Scheunen und Ställen erweckte plötzlich eine Sehnsucht in ihm; sie saß nah bei seinem Herzen, das noch immer heftig in seiner Brust schlug. So heftig, dass es wehtat. Verschwunden waren Skargats Jäger. Viele Dutzend Pferde, Hunde und Reiter … wie vom Erdboden verschluckt.

Halig wischte sich den Schweiß von der Stirn. War das alles wirklich geschehen? Hatte er gesehen, was er gesehen, und gehört, was er gehört hatte? Vielleicht war er kurz eingenickt, und der Schnaps hatte einen bösen Traum in seinem Geist entfesselt? Konnte es das sein? Halig sandte ein Dankesgebet zu Elaah, der sogar über einen nichtsnutzigen Totengräber seine schützende Hand hielt. Und er bat inständig darum, dass ihm dieser Schutz weiterhin gewährt werden würde. Denn auch wenn die Sterne vom Himmel blinkten und der Mond kühle Strahlen über die Erde ergoss – noch immer war es die Nacht der Toten.

Auf einmal fühlte sich Halig ganz ausgenüchtert, als hätte er ein Eiswasserbad genommen. Er bereute bitterlich, dass er nicht bei dem wärmenden Feuer und den lachenden Gesichtern im Nachbardorf geblieben war. Aber nun war es zu spät, um umzukehren. Der Totengräber klopfte sich den Staub von den Kleidern und ging zügigen Schrittes weiter. Er wollte nur noch nach Hause.

Vor ihm auf der Straße stand ein altes Weib.

Halig erschrak dermaßen, dass er glaubte, er müsse tot umfallen.

Die Greisin trug ein dunkles Kapuzengewand. Ihr Gesicht war in Finsternis verborgen; nur einige dürre Haarsträhnen ragten unter dem schweren Stoff hervor. Mit weißen Händen, von Falten wie Spinnenweben überzogen, hielt sie einen Stab umfasst. Lange Finger, aus denen schwarz-gesplitterte Nägel wuchsen, waren um das Holz gekrümmt.

Eine Angst, wie er sie nie gekannt hatte, nahm von Halig Besitz.

»Wer seid Ihr?«, wollte er fragen.

Allein, er brachte keine Worte hervor, sondern nur das kehlige Stöhnen eines Sterbenden.

»Du wirst bekommen, was du dir gewünscht hast«, flüsterte die Alte.

Es war, als hätte sie ihm ins Ohr gehaucht.

Halig stieß einen Entsetzensschrei aus und wirbelte herum. Er würde laufen, ohne ein einziges Mal innezuhalten, laufen, bis er im Dorf vor dem Geweihten Dagian stand, und dann würde er sich auf die Knie werfen und –

Ein Wolf versperrte ihm den Weg. Er kauerte auf der Straße und starrte Halig an. Kerbige Knochensplitter bohrten sich durch sein weißes, stinkendes, zottiges Fell, er hatte rotglimmende Augen und war so groß, dass er dem Totengräber gerade ins Gesicht blicken konnte. Jetzt hob er die Lefzen, fletschte Zähne, die rot waren wie seine Augen, und stieß ein Knurren aus …

Wieder schrie Halig. Er rannte querfeldein in die Felder, ohne zu wissen, wohin er rannte. Sein Fuß blieb irgendwo hängen; er stürzte der Länge nach zu Boden, rappelte sich hoch, rannte weiter; stürzte wieder, kam wieder auf die Beine. Er rannte und rannte. Es dämmerte bereits, als er seine Hütte erreichte. Keuchend taumelte er ins Innere. Er stützte sich auf dem Tisch ab. Tauchte die Kelle in den Eimer. Trank gierig, goss sich Wasser über den Kopf. Dann füllte er einen Tonstamper mit Schnaps, leerte ihn in einem Zug und sank auf seine Bettstatt.

Ein unruhiger Schlaf ergriff ihn, in dem er von bösen Schatten gehetzt wurde.

Als Halig wieder erwachte, stand die Sonne bereits hoch am Himmel. Sein Kopf dröhnte, seine Glieder schmerzten; er fühlte sich fiebrig und zerschlagen. Doch inmitten dieses Elends regte sich erneut die Hoffnung: Konnte es nicht sein, dass er alles nur geträumt hatte?

Der Totengräber erhob sich mühsam. Er wollte zum nahen Brunnen gehen, um frisches Wasser zu holen, denn sein Mund war verklebt und seine Kehle ausgedorrt.

Er öffnete die Tür seiner Hütte.

Auf der Schwelle lag ein abgehackter Arm.

Halig fiel in Ohnmacht.

Später weinte er.

Doch er erzählte keiner Menschenseele von diesem Fund. Auch, was in jener Nacht geschehen war, verschwieg er. Er versuchte, sein Leben weiter zu leben – das schlichte Dasein eines ehrbaren Totengräbers.

Allein, da war etwas, das ihm dies nicht erlauben wollte.

6
UNSCHULD

Vanice

Als ich fertig war, sackte ich erschöpft auf dem Stuhl zusammen. Das verweste Fleisch lag schwer und hart in meinem Bauch, und nun, da der Hunger gestillt war, wurde mir übel von dem fauligen Nachgeschmack in meinem Mund. Ich hatte den Eintopf über den halben Tisch verspritzt und mein Kleid besudelt. Einige Momente lang hielt ich den Löffel in der Hand und fragte mich, ob ich anstandshalber die restliche Brühe mit den Gemüsestückchen aufessen sollte. Ich ließ es bleiben, legte den Löffel ab, wischte mir über die Lippen und betrachtete Edmund.

Der hatte in dem flackernden, blauen Kerzenlicht mittlerweile selbst eine geisterhafte Anmutung. Wächsern schien seine Haut, glasig und leblos sein Blick. Ich war mir nicht sicher, ob er mich anschaute oder durch mich hindurchsah.

»Ihr habt es nicht geglaubt, oder?«, fragte ich vorsichtig.

Er schüttelte den Kopf.

Ein wenig enttäuschte es mich, dass Edmund meinen großen Auftritt für ein Possenspiel gehalten hatte. Da schüttete ich ihm mein Herz aus, kehrte mein Innerstes nach außen, und er sah nur ein überreiztes Frauenzimmer. Ich war mir sicher, dass ihn falsche Tränen seinerseits zu Tränen gerührt hätten. Aber möglicherweise war ich auch zu streng mit mir: Es gab Männer, die sahen immer nur, was sie sehen wollten; und wenn etwas geschah, das ihre Vorstellungen von der Beschaffenheit der Welt zu erschüttern drohte, bogen sie sich die Tatsachen so lange zurecht, bis alles wieder für sie stimmig war. Edmund gehörte eindeutig zu dieser Sorte.

Abgesehen davon bestand kein Zweifel, dass er im ersten Moment, als ich ihm die Wahrheit ins Gesicht schrie, aufrichtig entsetzt gewesen war. Und jetzt hatte ich ihn wieder so weit.

»Ich nehme an, ich konnte Euch mittlerweile eines Besseren belehren.«

»Ja«, sagte er tonlos.

Ohne ein weiteres Wort stand ich auf und ging zur Theke hinüber. Mein Anfall hatte keine große Aufmerksamkeit erregt; die Schatten und Leichname fuhren fort zu tun, was sie auch vorher getan hatten. Grolek allerdings erwartete mich mit einem breiten – und, wie mir schien, höhnischen – Grinsen, das seine großen, spitzen Zähne sehen ließ.

»Und? Haben die Dame gut gespeist?«

»Ganz ausgezeichnet. Dank der Nachfrage«, sagte ich lächelnd.

»Das heißt, Ihr werdet mich von nun an häufiger beehren?«

»Möglich ist es«, erwiderte ich. »Jetzt hätte ich aber ein anderes Anliegen.«

»Ah, wollt Ihr vielleicht doch noch ein Schlückchen Thaalas Tau? Das ist gut für die Verdauung, ich kann es nur empfehlen!«

Ich warf einen Blick auf das schwarzäugige Baby, das schon wieder damit beschäftigt war, dunkel-klumpige Flüssigkeit aus einer Schale zu lecken.

»Nein, Ihr könnt mir Wein nachschenken«, sagte ich und stellte meinen Becher auf die Theke. »Aber eigentlich geht es um etwas anderes.«

»Und das wäre?«

»Prinz Gereon – ist er nach wie vor Euer Gast?«

Grolek verzog das Gesicht. »Ja, Vanice. Das ist er.«

»Schön. Ich möchte gerne noch einmal mit ihm reden. Geht das?«

»Und warum, bei Skargats Finsternis, möchtet Ihr mit ihm reden?«

»Aber Herr Wirt, schaut doch bitte nicht so sauertöpfisch drein. Dafür gibt es nun wirklich keinen Anlass.«

»Ich habe Euch eine Frage gestellt.«

»Eine Frage, deren Antwort Ihr kennt. Oder habt Ihr vergessen, was während der letzten Versammlung geschehen ist?«

»Nein, das habe ich nicht. Ich würde nur gerne wissen, was das mit Euch zu tun hat.«

»Was das mit mir zu tun hat? Nun, wenn es stimmt, was der Prinz sagt, dann ist unser aller Leben bedroht, nicht wahr? Ich wundere mich, dass Ihr dem so gleichgültig gegenübersteht. Oder glaubt Ihr Gereon etwa nicht?«

Anstatt zu antworten, nahm Grolek meinen Becher, drehte sich um, füllte den Becher, drehte sich wieder um und reichte ihn mir.

»Euer Wein«, knurrte er.

»Jetzt habt Ihr *meine* Frage nicht beantwortet.«

Auf einmal schien Grolek sehr traurig. Es hatte etwas Verstörendes zu sehen, wie ein Schatten schmerzlicher Wehmut auf seine harschen, roh-vergnügten Züge fiel. Einige Herzschläge lang hielt er die Augen gesenkt. Als er den Blick wieder hob, war sein Gesicht ausdruckslos.

»Doch. Ich glaube ihm«, sagte er mit dumpfer Stimme. Dann wies er mit dem Kopf auf die Tür hinter der Theke. »Er ist da drin. Die erste Tür links.«

Ich zog die Brauen zusammen. »Danke … Ehrlich gesagt bin ich überrascht, dass Ihr gar keine Einwände gegen meinen Wunsch habt. Ich hatte damit gerechnet, dass wir uns ein bisschen raufen müssten.«

Jetzt lächelte Grolek. Das war ein seltsames Lächeln, irgendwie mutlos und fügsam. »Oh, Einwände hätte ich schon. Aber darum geht es nicht. Die Hexe hat gesagt, dass ich Euch und Euren Freunden helfen soll.«

»Ihr meint Aiona? Ich hätte nicht gedacht, dass Ihr Befehle von einer Hexe entgegennehmt.«

»Niemand befiehlt mir!« Grolek schüttelte gereizt den Kopf. »Es ist einfach … nicht gut, es sich mit ihr zu verscherzen.«

»Ist sie denn so mächtig?«, fragte ich erstaunt. Ich hatte keine Ahnung, warum ich das so dringend wissen wollte. Schließlich war ich wegen Prinz Gereon hier. Und dennoch …

»Mächtig? Habt Ihr nicht gesehen, dass sogar der Schwarze Jäger vor ihr kuscht? Sie ist die Königin.«

»Ach, wirklich …?« Unschlüssig stand ich da, den Becher Wein in der Hand. Ich war verwirrt. Und mehr als alles andere verwirrte mich meine eigene Verwirrung; schließlich gab es dafür überhaupt keinen Anlass.

»Nun, wie dem auch sei …«, sagte ich zögernd. »Ich gehe jetzt und rede mit dem Prinzen, wenn Ihr nichts dagegen habt.«

Grolek betrachtete mich mit einem durchaus prüfenden Blick. »Tut das!«, sagte er. »Derweil werde ich ein paar Krüge leeren. Das ist das Beste, was man tun kann, bis alles zur Hölle fährt!«

Trotz seiner markigen Worte hatte der Wirt langsam und gedehnt gesprochen. Doch dann nahm er einen Schluck Thaalas Tau – er machte sich nicht die Mühe, eine Schale oder einen Krug zu füllen, sondern trank gleich aus dem Kübel – und war sofort wieder der Alte. Breit grinsend zwinkerte er mir zu. Dabei entblößte er seine spitzen, zackigen Zähne, die nun bräunlich schimmerten. Mir schoss ein Bild durch den Kopf: Was wäre, wenn Grolek gar keine Zähne im Mund hätte, sondern tote Käfer mit fremdartig geformten Leibern und Köpfen? Schaudernd wandte ich mich ab.

Der Gang war so dunkel, dass ich die Hand kaum vor Augen sah. Dennoch spürte ich, dass er sehr lang war und in eine noch tiefere Dunkelheit hineinführte. Ich war erleichtert, dass das Zimmer von Prinz Gereon am Anfang des Ganges lag. So musste ich mich nicht weit von dem vergleichsweise anheimelnden Schankraum mit seinem schummerigen blauen Licht entfernen.

Ich schickte mich an, gegen die Tür zu klopfen, hinter der ich den Prinzen vermutete, hielt jedoch inne. Noch immer erfüllte der modrige Geschmack des Leichenfleisches meinen Mund; der Wein hatte nicht vermocht, ihn zu vertreiben. Plötzlich war mir der Gedanke unerträglich, dass sich Gereon vor mir ekeln könnte. Ehe ich mich versah, hatte ich aus dem Täschlein an meinem Gürtel eine Handvoll getrockneter Minzblätter genommen. Gedankenlos begann ich, sie zu zerkauen, und nahm erleichtert wahr, wie sich mein Atem erfrischte.

Im nächsten Moment überfiel mich allerdings eine andere Art Scham: Hatte ich nicht noch vor wenigen Minuten meine neugewonnene Freiheit gefeiert? Die Erlösung von Gefallsucht und Liebedienerei? Und jetzt hatte ich schon wieder keine größere Sorge, als dass mich der Prinz schön und begehrenswert fand?

Mit einem Mal empfand ich rasenden Neid auf die Hexe Aiona. Ich war mir sicher, dass sie nicht stundenlang vor dem Spiegel stand und ihren verlorenen Mädchenjahren nachtrauerte. Ich war mir auch sicher, dass sie nicht Unsummen für Duftwasser und Schminke und Minzblätter verschleuderte, aus Angst, jemand könnte ihre Nähe als unangenehm empfinden. Die Selbstverachtung würgte mich, so heftig, dass ich zu ersticken meinte. Ich musste etwas tun, irgendetwas … Ich bekam kaum mit, wie ich die Tür zu Gereons Zimmer aufriss, ohne auch nur geklopft zu haben, mich ins Innere flüchtete und die Tür hinter mir zuschlug.

Der Raum, den ich derart überstürzt betreten hatte, war klein und unscheinbar. Es gab eine Bettstatt und einen Tisch mit einem Schemel. Auf dem Tisch stand eine Kerze; sie warf einen matten, blauen Schimmer, der viel zu schwach war, um die dunklen Ecken und Winkel des Raums zu erreichen. Hinter dem Tisch war ein Fenster in die Wand eingelassen; die Läden waren verrammelt, und etwas sagte mir, dass man jeden Versuch, sie zu öffnen, tunlichst unterlassen sollte. Was immer jenseits dieser Wand lag – es war nicht für die Lebenden bestimmt.

Auf dem Bett saß Prinz Gereon. Er stützte den Kopf in die Hände. Es hatte den Anschein, als säße er schon sehr lange so da. Nicht einmal mein wenig manierlicher Auftritt bewog ihn dazu, sich zu regen.

Ich atmete tief durch und machte einen Schritt auf den Prinzen zu. Der Neid und die Selbstverachtung verschwanden; an ihre Stelle trat eine Art beklommenes Mitleid. Schwer vor Kummer war die Luft in dem kleinen Zimmer. Mit jedem Atemzug trank ich den

Schmerz, der Gereons Seele überflutet hatte und nun aus ihm heraus in die Welt strömte.

»Eure Hoheit …«, sagte ich vorsichtig.

Langsam hob Gereon die Augen. »Oh …«, machte er. »Besuch …«

»Mein Name ist Vanice Devecraux. Wir sind uns schon einmal begegnet. Vielleicht erinnert Ihr Euch – es war in der Nacht der Gespensterversammlung.«

»Ja … ja, ich erinnere mich!« Er schien sich wirklich darüber zu freuen, dass er sich an mich erinnerte; nun umspielte ein Lächeln seine Lippen. »Ihr seid schön! Kommt zu mir … Wusstet Ihr, dass ich schöne Frauen mag?«

»Das habe ich mir gedacht … Eure Hoheit.« Ich verspürte den unwiderstehlichen Drang, umzudrehen und davonzulaufen. Stattdessen machte ich noch einen Schritt auf das Bett zu.

»Natürlich – natürlich habt Ihr Euch das gedacht!«, rief Gereon. Begeisterung schwang in seiner Stimme. »Ihr seid schön *und* klug! Ja, schön und klug!« Dann lachte er; es war ein erleichtertes, befreites Lachen.

»Eure Hoheit, ich muss mit Euch reden!«, sagte ich.

»Reden? Ja – reden! Selbstverständlich!«

Ich setzte mich neben Gereon aufs Bett. Bislang hatte ich es vermieden, mir den Prinzen allzu genau anzusehen. Nun nahm ich allen Mut zusammen und wandte ihm den Blick zu.

Es war nicht so schlimm, wie ich erwartet hatte. Gereon war noch immer von einer skeletthaften Magerkeit; seine Haut war gefleckt wie die eines alten Mannes und hatte die Farbe vergilbter Knochen – wobei das vielleicht nur eine Illusion war, die von dem blauen Kerzenlicht herrührte –, und seine Haare waren so schütter, dass der Schädel überall durchschien.

Doch immerhin: Sein Körper wurde nicht mehr unablässig von Zittern ergriffen, und auch sein Blick schien fester. Außerdem hatte er sich gewaschen und frische Kleidung angezogen. Er trug jetzt eine braune Lederhose und ein schlichtes, weißes Hemd. Vor allem aber war Leben in sein Gesicht zurückgekehrt: ein Leben jenseits

270

des Grauens und der Trostlosigkeit, welche die Züge des Prinzen hatten erstarren lassen.

Ich erinnerte mich daran, dass Justinius gesagt hatte (oder vielleicht hatte ich es von jemand anderem gehört), Prinz Gereon habe eine gewisse Berühmtheit als Lebemann und Schürzenjäger erreicht. Jetzt, da ich in seine grünen, seine *sehr* grünen Augen schaute, konnte ich mir gut vorstellen, dass ihm das Herz mancher Dame zugeflogen war.

Er griff nach meiner Hand und streichelte sie. »So zart ... zart und weich«, flüsterte er.

Ich sagte nichts.

»Und Eure Fingernägel, wie schön sie sind ...«

Ich räusperte mich. »Das sind keine Fingernägel, Eure Hoheit. Nicht wirklich ...«

»Nein?«, fragte Gereon, ohne damit aufzuhören, meine Hand zu streicheln.

»Nein. Ihr müsst wissen, dass ich verflucht bin.«

Der Prinz riss die Augen von meiner Hand los und sah mir ins Gesicht. »Verflucht? Wirklich?«

»Ja. Ich muss Leichenfleisch essen.«

»Oh, das tut mir sehr leid!«, sagte der Prinz in mitfühlendem Ton.

»Mir tut es auch leid. Aber wisst Ihr, was das Komische ist?«

»Nein. Sagt mir, Vanice, was ist das Komische?«

»Meine Krallen haben gar nichts mit dem Fluch zu tun. Zumindest nicht unmittelbar.«

»Ihr solltet sie nicht Krallen nennen. Sie sind so schön. Aber sagt mir ... Woher habt Ihr sie?«

»Nun, ein ... ein böser Geist ... hat mich damit – damit gestraft. Das war, als ich einmal versucht habe, mich von dem Fluch zu befreien.«

»Wirklich?«

»Wirklich.

Gereon hob meine Hand an seine Lippen und hauchte einen Kuss auf die Haut. »Ihr habt Schweres durchgemacht, Vanice. Wollt Ihr mir davon erzählen?«

»Ja … später. Ich bin allerdings aus einem anderen Grund hierhergekommen. Ich wollte Euch fragen, was wirklich in Ahekris geschehen ist.«

»Was wirklich in Ahekris geschehen ist?«, echote er mit weicher, leiser Stimme.

»Ja. Warum Ihr geflohen seid – und was genau es mit diesem … Bösen auf sich hat.«

Der Prinz blickte zur Seite. Er schien nachzudenken. Schließlich sagte er: »Ich werde es Euch erzählen. Und dann sprechen wir über Euren Fluch. Aber zuerst müsst Ihr etwas für mich tun.«

»Was kann ich für Euch tun, Hoheit?«, fragte ich.

Gereon sah mir wieder in die Augen. »Ihr müsst Euch ausziehen. Das versteht Ihr doch … oder?«

Ich nickte. »Ja, das verstehe ich.«

Kurz zauderte ich. Dann stand ich auf.

Es war, als würde ich mich durch die Augen eines Dritten betrachten; eines ungesehenen Beobachters, der sich irgendwo im Dunkeln versteckt hielt. Ich sah, wie ich mit ruhigen, gelassenen Bewegungen den Mantel und die Wildlederjacke ablegte und auf den Boden fallen ließ. Ich sah, wie ich mir an den Rücken griff und begann, die Heftel des weinroten Kleides zu öffnen, immer noch mit ruhigen, gelassenen Bewegungen. Ich sah, wie das Kleid an mir hinabrutschte und eine leichte Gänsehaut die nackten Arme überzog; wie ich die Verschnürung des Mieders löste – ein wenig nur, nicht allzu sehr; wie ich schließlich den Unterrock anhob und aus der seidenen Unterwäsche schlüpfte. Die Stiefel und Strümpfe behielt ich an; offenbar schien mir das passend.

Dann öffnete ich den Mund und hörte mich die Frage stellen: »Ist es gut so, Hoheit?«, und im selben Augenblick kehrte ich in meinen Körper zurück.

Prinz Gereon saß auf dem Bett. Zunächst zeigte er eine nachdenkliche Miene. Dann nickte er. »Ja. Es ist gut so«, sagte er.

Ich schluckte; das Geräusch, als der Speichel durch meine Kehle floss, erschien mir sehr laut und irgendwie unanständig. Gereon lächelte mich an. Ich legte mich auf den Rücken. Ich schob den Rock hoch, bis über die Hüften. Ich spreizte die Beine. Ich wandte den Kopf und suchte den Blick des Prinzen.

Der hatte mittlerweile seine Hose ausgezogen. Er legte sich auf mich; so spillerig war er, dass ich sein Gewicht kaum spürte. Er betrachtete mich, nachdenklich, ruhig, gelassen.

»Ihr müsst mir helfen, Vanice«, sagte er.

Ich nickte und streckte meine Hand aus. Das Glied des Prinzen war schlaff. Ich rieb und streichelte es, langsam, vorsichtig, und spürte, wie es unter meinen Berührungen anschwoll.

»Ist es gut so?«

»Ja. Es ist gut so.«

Ich schob meinen Unterleib nach vorne, hob ihn an, damit Gereon leichter in mich eindringen konnte. Das tat er – und begann sofort, zu zittern und zu zucken. Er stieß ein Ächzen aus und sackte auf mir zusammen. Etwas Samen rann aus meinem Geschlecht und tropfte aufs Bett.

»Ihr seid schön Vanice, so schön …«, seufzte der Prinz.

Er nestelte an meinem Mieder, nahm die linke Brustwarze in den Mund, nuckelte und saugte an ihr.

»Schön … so schön …«, wisperte er, wieder und wieder.

»Was jetzt, Hoheit?«, fragte ich nach einer Weile. Mein Po kribbelte und begann, sich taub anzufühlen. Doch ich wagte nicht, mich zu bewegen. Ich hatte Angst, dass der vogeldürre Gereon zwischen meinen Schenkeln hindurchrutschen und irgendwo verschwinden könnte.

»Ich bleibe nicht länger hier. Ich komme mit Euch, wohin immer Ihr geht.«

»Wie bitte? Eure Hoheit, ich verstehe nicht …?«

Gereon bettete sich an meine Brust. »Ich liebe Euch, Vanice. Habt Ihr das nicht gewusst? Ich habe Euch schon immer geliebt … Versteht Ihr? Schon immer …«

»I-ihr liebt … liebt mich?«, stammelte ich.

»Ja, Vanice. Von ganzem Herzen.«

Ich brachte kein Wort heraus.

»Es wird alles gut werden«, sagte der Prinz. Seine Stimme war jetzt so leise, dass ich ihn kaum verstehen konnte. »Ich werde Euch heiraten, und Ihr werdet meine Königin sein. Wir werden in einem Schloss mit weißen Türmen wohnen. Das Schloss wird an einem blauen Wasser liegen. Ich sehe Boote mit weißen Segeln und weiße Wolken, die sich im Wasser spiegeln. Jeden Tag wird die Sonne scheinen. Wir werden weiße Gewänder tragen und große Feste feiern. Unser Singen und Lachen wird meilenweit übers Land schallen, und wenn es dämmert, werden hundertelf Lichter in unseren Fenstern erstrahlen … Es wird alles so kommen, wie ich es sage, Vanice. Alles wird gut. Würde Euch das gefallen?«

»Ja, das würde mir gefallen …« Vorsichtig strich ich Gereon durchs Haar. Ich versuchte, lautlos zu weinen.

»Schlaft jetzt, mein Prinz …«, hauchte ich. »Schlaft jetzt …«

»Ja, schlafen …«

Ich drehte den Kopf zur Seite.

Die blaue Kerze war beinah erloschen. Kleiner und kleiner wurde ihr Licht. Zuletzt war es nur noch ein flimmernder Punkt. Dann senkten sich Stille und Schwärze über den Raum. Ich schloss die Augen. Nichts unterschied die Dunkelheit hinter meinen Lidern von jener, die mich umgab. Nichts trennte sie. Es war, als würde ich durch eine Nacht ohne Ende schweben.

7
SPATEN, SCHNAPS UND WEIHRAUCH

Halig

Es begann damit, dass er seltsamen Wanderern begegnete, wenn er über die Felder oder durch den Wald ging. Mal waren es Männer, mal Frauen. Manchmal waren sie in kleinen Gruppen unterwegs, meist jedoch allein. Stets kamen sie Halig bekannt vor, auch wenn er sich nie daran erinnerte, wo er ihnen schon einmal begegnet sein mochte.

Die Fremden waren sehr bleich und hatten Ringe unter den Augen, so breit und dunkel, als wären sie mit Kohle gezogen worden. Wenn Halig seine schwarze Kappe abnahm, um den Göttergruß zu entrichten, schwiegen sie. Sie schwiegen, stierten geradeaus und gingen mit steifen Schritten ihres Weges. Und er musste sich dazu zwingen, die Fremden nicht allzu genau zu betrachten, wenn sie seinen Pfad kreuzten. Denn ihre Gestalt flirrte an den Rändern, als würden sie sich jeden Moment auflösen.

Zunächst war das alles. Doch dann kam ein Abend im Frühherbst. Halig hatte in einem anderen Nachbardorf (dem im Norden, nicht im Westen) einen reichen Bauern begraben und war zum Leichenschmaus geladen worden. Selbiger zog sich über viele Stunden hin, da die Söhne des Hauses geradezu inbrünstig von ihrem alten Herrn Abschied nahmen. Als Halig schließlich den Heimweg antrat, hatte er vielleicht ein, zwei Becher über den Durst geleert, war aber bester Laune. Sodass er es sich nicht nehmen ließ, seine Lieblingslieder zu trällern – in ihnen war viel von roten Lippen die Rede –, während er durch die Nacht stolzierte.

Sowohl das Trällern als auch das Stolzieren vergingen ihm aber, als er die Kreuzung mit den drei Galgen erreichte. In Haligs Kindheit war es eine beliebte Mutprobe gewesen, nach Einbruch der Dunkelheit hierher zu schleichen, um einige Stunden in Gesellschaft der morschen Gerippe zu verbringen, die an den Galgen baumelten.

Hätte die Kreuzung damals so ausgesehen wie in dieser Nacht, kein Mensch wäre freiwillig dort hingegangen: Die Galgen waren schwarz wie Pech; sie reichten weit höher als die mächtigsten Bäume, die Halig in seinem Leben gesehen hatte, und mit den Skeletten, die an ihnen hingen, hätte man mühelos einen Dorffriedhof bestücken können.

Doch der Totengräber fürchtete sich nicht. Bei der Kreuzung stand ein Häuschen – dort, wo sonst die Ruinen der alten Kapelle waren –, von dem fühlte er sich unwiderstehlich angezogen. Fast nur ein Schuppen war es, windschief und völlig unscheinbar. Es sah so lustig aus, dass er lachen musste. Er lachte noch immer, als er merkte, dass ihn seine Schritte in Richtung des Häuschens führten … Und als er begriff, dass er nicht der Einzige war, der diesen Weg eingeschlagen hatte, war es bereits zu spät …

Seitdem kam Halig fast jede Nacht in den Gasthof *Zum Fröhlichen Toten*. Denn darum handelte es sich bei dem kümmerlichen Häuschen: eine Gespensterherberge. Stunde um Stunde verbrachte er in der Gesellschaft von Spukwesen und Wiedergängern: Da waren Frauen, die Rüschenkleider trugen und ständig in Tränen aufgelöst schienen, und kleine, gelbliche Wölfe, die bevorzugt mit schwarzäugigen Babys anstießen. Es gab Tattergreise, die ihr Leichentuch spazieren führten, und spitzige Schatten, in deren Brust es rot und grün und gelb und blau leuchtete – der reinste Blumenstrauß! Nicht zu vergessen Grolek, der Wirt. Grolek war ein Hüne, der über das hässlichste Gesicht und die haarigsten Arme verfügte, die Halig je untergekommen waren. Er hatte den Totengräber bereits in der ersten Nacht angeraunzt, dass er gefälligst bezahlen sollte, und zwar mit Knochen, wenn er etwas zu trinken haben wollte.

Nun, mit Knochen konnte Halig dienen.

Von Grolek abgesehen, redete niemand je mit dem Totengräber.

Fast hätte man meinen können, *er* wäre der Geist. Und von dem, was die Gäste der Herberge sagten, verstand er sowieso kaum ein Wort. Manchmal war sich Halig nicht einmal sicher, ob er die Sprache kannte, in der sich all die Nachtgestalten und Schattenwesen unterhielten. Eigentlich wollte Halig immerzu gehen. Was, bei Elaahs Gnade, hatte er an diesem Ort verloren? Doch er blieb an seinem Platz sitzen und leerte einen Krug nach dem anderen, während er in unheimliche Augen und leichenfahle Gesichter blickte und sich gelegentlich am Kopf oder hinter den Ohren kratzte …

Wenn die ersten Sonnenstrahlen das Graublau der Dämmerung aufhellten, pflegte er im taufeuchten Gras zu erwachen, oder auf der Landstraße, oder gar in einem offenen Grab, das er am Vorabend für eine Beerdigung ausgehoben hatte. Verkatert fühlte er sich nie, aber er war überzeugt davon, dass er in jeder dieser Nächte ein Stück seiner Seele versoff. Halig schwor dann bei allen Göttern, dass er niemals wieder einen Fuß in Groleks Gespensterschenke setzen würde, verbrachte manche Stunde mit zerknirschten Gebeten – und konnte es dennoch kaum erwarten, sich in die Gesellschaft unheiliger Zecher zu begeben, sowie die Dunkelheit hereingebrochen war und Elaah seinen Blick von dem Treiben der Menschen abgewendet hatte.

Halig tröstete sich damit, dass trotz allem noch eine Grenze erkennbar war, die sein Dasein als rechtschaffener Totengräber von jenen fluchwürdigen Ausschweifungen trennte. Schließlich konnte er bei Gurth, dem Bauern, eine Kanne Milch und ein Stück Räucherschinken kaufen wie jeder andere auch; und wenn er der Witwe Elsa, die für ihre Liebesfreudigkeit bekannt war, im Vorbeigehen einen Klaps auf den Hintern gab, kicherte sie vergnügt. Kein Mensch wäre auf den Gedanken gekommen, Halig für etwas anderes zu halten als er eben war, und solange er nicht von sich aus bei der Skargatbrut anklopfte, hatte er im Großen und Ganzen seinen Frieden.

Doch dann galt auch das nicht mehr.

Nachdem heftige Regenfälle auf die Dörfer niedergegangen waren und kalte Nachtwinde an den Hütten gerüttelt hatten, kehrte die Sonne zur allgemeinen Überraschung noch einmal zurück. Es wurde wieder wärmer, und drei, vier Tage lang hätte man fast meinen können, die Welt würde den Sommer erwarten, nicht den Winter. Während dieser Zeit hatte Halig viel zu tun. Er vermutete, dass sich die Leute mit dem Sterben beeilten, in der Hoffnung, vielleicht noch bei schönem Wetter begraben zu werden. An einem Abend war er so müde, dass er beschloss, auf dem Friedhof ein kleines Nickerchen zu halten, ehe er … nach Hause gehen und sich ins Bett legen würde. Als letzte Tagespflicht hatte Halig alles für die morgigen Beerdigungen vorbereitet. Nun streckte er sich neben einer Grube, die er im Schweiße seines Angesichts geschaufelt hatte, im Gras aus und ließ sich das letzte Licht der sinkenden Sonne aufs Gesicht scheinen, während er am Stengel eines besonders langlebigen Löwenzahns kaute.

Eigentlich wollte er nur ein bisschen dösen, doch als er die Augen wieder aufschlug, war es bereits tiefe Nacht. Und wahrscheinlich hätte er noch einige Stunden geschlummert, wenn ihn nicht Geräusche aus seinen Träumen gerissen hätten, die zwischen Dämmerung und Morgen kaum auf einen Friedhof gehörten. Verwirrt rieb sich Halig den Schlaf aus den Augen. Er machte Anstalten, aufzustehen. Doch etwas mahnte ihn zur Vorsicht. So beschloss er, hinter dem Erdhaufen, den er bei der Grube aufgeschichtet hatte, in die Hocke zu gehen, um im Schutz dieses Verstecks zu erkunden, was da vor sich ging.

Zu seiner Überraschung sah er, dass sich jemand auf den Friedhof geschlichen hatte. Dieser Jemand hatte einen Spaten mitgebracht und schaufelte ein Grab. Er war bereits tüchtig bei der Sache und … Doch halt! Beim Schwanz des Gehörnten! In der Grube, die da gegraben wurde, lag doch schon wer! Ein Bauernbursche, jung und kräftig, vor etwa einer Woche war er tot umgefallen, aus heiterem Himmel. Halig konnte sich gut an die Beerdigung erinnern, die Mutter hatte geheult, dass er dachte, ihm würde gleich der Schädel zerspringen ... Aber das war jetzt ja völlig unwichtig. Viel wichtiger war, dass ... dass ... dass das so nicht ging.

Der Totengräber fühlte sich geneigt, zu protestieren: Man konnte doch nicht einfach die Leute ausgraben! Außerdem war es offensichtlich eine Frau, die da schaufelte. Und wer hätte je gehört, dass ... Übrigens, keine gewöhnliche, sozusagen dahergelaufene Frau! Alles, was recht war! Das Mondlicht schien hell genug, um Halig erkennen zu lassen, dass er hier eine richtige Dame vor sich hatte: blonde Locken, wie sie einem Waschweib in hundert Jahren nicht wachsen würden, ein Gesicht von makelloser Schönheit und ...

Aber warum, bei Sorins Weisheit, hob eine Dame mitten in der Nacht ein Grab aus? Dafür gab es doch ihn, Halig! Da könnte ja jeder kommen! Mal abgesehen davon, dass auch er zu dieser Stunde – Allerdings musste er zugeben, dass sich die Frau gar nicht ungeschickt anstellte. Sie war wohl kräftiger, als es ihre zarte Erscheinung vermuten ließ. Schon hatte sie die Leiche freigelegt ... Gut, vielleicht hätte Halig da ein bisschen tiefer graben können, doch es starb ja ständig irgendwer, und manchmal wusste man vor lauter Beerdigungen nicht mehr, wo einem der Kopf stand. Außerdem hatten sich diese armen Schlucker nicht mal einen Sarg leisten können, und da war es nun wirklich ein bisschen viel verla-

Halt! Was machte sie denn jetzt, die Gnädigste? Sie löste die Schnüre an dem Tuch. Und zwar nicht *irgendwelche* Schnüre an *irgendeinem* Tuch – es ging hier um das Grabtuch! Aber wieso denn ... und wie das stinken musste! Nun griff sie nach dem Arm, will sagen: dem Arm der Leiche! Ohne mit der Wimper zu zucken! Potztausend! Von so einer Dame hätte Halig eigentlich anderes erwar-

Was sollte denn *das*, in Dreidämonsnamen!? Mit ihren Fingernägeln – *mit ihren Fingernägeln* – schnitt sie Fleischstücke aus dem Arm?! Und ... und ... aß sie ... die Stücke ... immer rein in den Mund ... das Leichenfleisch ... Also, das ging nun wirklich nicht! Durfte man das denn?

Es konnte kein Zweifel bestehen: Die Dame war verrückt wie ein schwangerer Sar'Anaam-Priester! Da musste man doch einschrei-

ten, etwas unternehmen … Schließlich gab es Regeln, Gesetze …
Das war ja allerhand …

Plötzlich wurde Halig klar, dass er der Fremden schon einmal
über den Weg gelaufen war.

Er hatte gesehen, wie sie sich Wein geben ließ, von Grolek dem
Wirt, und mit einem ziemlich großen und kräftigen Burschen plauderte, während sich um sie herum die Schatten drängten. Das war
die Nacht der Gespensterversammlung gewesen, und Haligs Herz
wäre beinah stehengeblieben, als plötzlich der Schwarze Jäger in den
Fröhlichen Toten spaziert kam. Nachdem es zuvor bereits Purzelbäume geschlagen hatte, als dieses Ding … der Prinzipal, oder wie sie es
nannten … aufgetaucht war. Den Göttern sei Dank war weder der
Anführer der Horde noch der Dämon hinter ihm her gewesen.

Doch was machte das jetzt noch für einen Unterschied?

Halig sackte hinter dem Erdhaufen zusammen. Die Erkenntnis,
dass eines der götterverfluchten Spukwesen geradewegs in sein Leben hineinspaziert war, und sei es auch in derart ansprechender Gestalt, traf ihn wie ein Schlag. Wenn das nämlich eines von ihnen
konnte, warum nicht auch alle anderen? Was hinderte beispielsweise den Schwarzen Jäger daran, in der nächsten Nacht der Toten
an seine Tür zu klopfen? Dann würde Halig für die Frevel büßen, die
er begangen hatte! Dann würden bald *seine* Arme und Beine auf ir-
gendjemandes Schwelle liegen! Oder aber der Höllische Waidmann
würde ihn in die Gespensterwelt entführen, wo er – Halig schlug die
Hände vors Gesicht. Er spürte, wie ihm das Entsetzen in die Knochen fuhr. Gewiss leckten sich Skargats Geißeln bereits die Finger
nach ihm! Er war unrettbar verloren, wenn nicht … ja … wenn nicht
was?

Der Totengräber wollte davonlaufen, so weit ihn die Beine trugen.
Aber er schaffte es nicht einmal, seine Augen abzuwenden. Halb sit-
zend, halb liegend verharrte er, blickte über den Rand des Erdhau-
fens hinweg und sah dabei zu, wie die Frau, nachdem sie den Arm
vom Handgelenk bis zum Ellbogen abgenagt hatte, die Leiche wieder in das Tuch hüllte (offenbar mit einem gewissen Widerwillen)

und die Grube zuschüttete. Dabei ging sie sehr sorgfältig zu Werke, und als ihre Arbeit verrichtet war, sah sie sich mehrmals um, entzündete eine Laterne und verschwand in der Dunkelheit.

Halig hingegen blieb auf dem Friedhof.

Er hockte bei der offenen Grube, bis ihm vor Kälte die Zähne klapperten. Dann erhob er sich, schlich von einem Grab zum nächsten und flehte die Toten um Verzeihung an.

Ihm war, als würde er niemals mehr schlafen können.

Tatsächlich war sein Schlummer seit jenem Erlebnis eine Abfolge wilder und grausamer Träume. Und als die zweite Nacht der Toten nahte – das Fest von Mingas Verhüllung –, war es mit Halig so weit gekommen, dass er selbst einem lebenden Leichnam glich: Er ging nicht mehr vor die Tür, sprach mit niemandem, aß und trank kaum noch, blieb tagelang im Bett, ohne zu merken, wie die Zeit verging. Derweil begann der Herbst, sich dem Winter zuzuneigen, und während es draußen stürmte oder dichter weißer Nebel durch die Straßen waberte, starrte Halig die Decke an und erwartete das unvermeidliche Verhängnis.

Erst als die gefürchtete Nacht herangekommen war (übermorgen! Schon übermorgen!), besann er sich.

Denn war nicht Minga selbst seine einzige Hoffnung?

Sie, die Ewig-Trauernde, die den Einsamen und Verlorenen die Hand reicht und sie auf den schmalen Pfad der Hoffnung zurückführt; sie, die sich, in den blauen Schleier des Zwielichts gehüllt, zu denen hinabbeugt, die kein Trost mehr erreicht, und noch die letzten Tränen trocknet …

Auch diese Geschichte kannte Halig seit seiner Kindheit. Vor langer, langer Zeit war ein Jahr der Großen Prüfung über Ebera gekommen. Die Seuche wütete, im Norden wie im Süden, im Osten wie im Westen. Kein Dorf, keine Stadt blieb verschont. Viele starben, allzu viele, und bald wusste niemand mehr zu trauern. Die Toten stapelten sich in den Straßen, weil den Lebenden die Kraft fehlte, um sie zu begraben. Überall stank es nach Verwesung. In ihrer Not hoben die Leute große Gruben aus, und wochenlang hing der schwarze Rauch der Leichenfeuer über dem Land; so dicht war er, dass man kaum noch die Sonne sah.

Ritter machten Jagd auf die Hexen und Zauberer und erschlugen sie wie Hunde – doch daher kam keine Rettung. Weise Männer brüteten über Schriftrollen, bis sie vor Anstrengung erblindeten – doch daher kam keine Rettung. Könige hüllten sich in Sackkleider, schoren sich die Haare und knieten in Tonscherben – doch auch daher kam keine Rettung.

Königin Pest schwang ihr Knochenzepter, und ihr Gelächter klang wie das Krächzen der Aasvögel, die über faulende Leichname herfielen, oder wie das Summen der Fliegen, das in manchen Dörfern der einzige Laut war, den man noch vernahm. Ja, Xynadra hatte ihre Herrschaft angetreten, Skargats schöne Tochter, und Elaah ließ sie gewähren, wie es manchmal sein Wille ist. Die übrigen Ewigen aber gehorchten der höchsten Gottheit: Vergeblich flehten die Heiler um Erleuchtung, wie sich die Seuche besiegen ließe; vergeblich flehten die Krieger um eine Klinge, die den Dämonen der Plage Einhalt gebieten würde … Sorin und Hekir schwiegen.

Wer weiß, wie hoch er in diesem Jahr gewachsen wäre, der Gebeinberg, auf dem Xynadras Thron steht?

Vielleicht hätte er die Sterne berührt, wenn Minga nicht gewesen wäre.

Die hatte sich in einen Sterblichen verliebt, einen Schmied, und lebte mit ihm zusammen wie eine Frau aus Fleisch und Blut. Der Name ihres Geliebten war Eib; und es heißt, dass er ein Mann war wie alle anderen, vielleicht ein wenig tugendhafter, vielleicht auch nicht.

Nun kam es so weit, dass Xynadra ihre bleichen Finger nach dem Dorf ausstreckte, in dem Eib geboren war und in dem die Schmiede stand, die vor ihm seinem Vater gehört hatte, und davor seines Vaters Vater. Bald schon klang Jammer aus allen Hütten. Auch Eib vergoss bittere Tränen, und als Minga das sah, wurde sie von einem Schmerz ergriffen, wie ihn keiner der Ewigen je gekannt hatte.

Sie eilte zu ihrer Mutter und erzählte ihr von dem Unglück, welches über das Dorf ihres Geliebten gekommen war. Doch sie vermochte nicht, das Herz der Dunklen Göttin zu rühren. Da warf sich Minga zu Boden; sie küsste den Saum von Thaalas Gewand und flehte sie an, sich Elaahs Wort zu widersetzen und Xynadra in ihre Schranken zu weisen. Die Angst machte Minga listig: Sie schmeichelte Thaala, sagte ihr, dass sie allein die Macht besäße, die höchste Gottheit herauszufordern.

Und das war die Wahrheit.

Denn nur Thaala kannte das Geheimnis des Todes – der Tod aber war immer gewesen und würde immer sein, solange es Leben gab.

Die Dunkle Göttin war stolz in ihrer Kälte. Mingas Worte gefielen ihr, und sie beschloss, die Bitte ihrer Tochter zu gewähren. Thaala wusste jedoch, dass ihr Ungehorsam einen Preis haben würde; und sie fragte Minga, ob sie bereit wäre, diesen Preis zu bezahlen. Ihre Tochter erklärte, dass kein Preis zu hoch wäre, wenn Eib von der Pest verschont bliebe und die Menschen wieder in Frieden ihre Tage fristen könnten.

Thaala nickte. Sie ließ Minga allein und begab sich ins Herz ihres Königreichs aus Wind und Schatten. Dort betrat sie einen Saal, den niemand außer ihr je betreten hatte; und sie sprach ein Wort, das niemand außer ihr je gesprochen hatte. Das war ein furchtbares Wort; sein Klang hätte einen Gott töten können.

Von dieser Stunde an war die Macht der Seuche gebrochen. Der Tod kam nicht mehr zu den Kranken, und als sie das merkten, wurden sie wieder gesund.

Xynadra tobte, und auch ihre Diener befiel Raserei: Die Dämonen zerfleischten sich gegenseitig, bis keiner von ihnen übrig blieb. Da begriff die Herrin der Plage, dass ihre Zeit vorbei war. Sie legte ihre Krone nieder und zog sich in die Finsternis zurück, die Skargat und den Seinen vorbehalten ist.

In ganz Ebera lachten und tanzten die Menschen. Die Straßen und Marktplätze waren von Gesang erfüllt.

Auch in Eibs Dorf wurde ein großes Fest gefeiert. Mehr als alle anderen freuten sich Minga und ihr Geliebter.

Doch ihr Glück währte nur kurz.

Denn als der letzte Becher geleert war und alle schliefen, kam Thaala in das Dorf. Sie weckte Eib und legte den Finger auf seinen Mund, sodass er schweigen musste. Dann nahm sie ihn bei der Hand und führte ihn fort.

Niemand weiß, wohin sie ihn brachte.

Unterdessen wurde Minga wach. Sie erschrak sehr, als sie sah, dass Eib nicht an ihrer Seite lag. Sofort begann sie, im ganzen Dorf nach ihm zu suchen. Sie schaute in alle Hütten und weckte die Schlafenden, um zu fragen, ob sie ihren Geliebten gesehen hätten. Aber der Schmied blieb verschwunden. Da bekam Minga Angst. Wieder eilte sie zu ihrer Mutter, und sie fand Thaala an den Orten, wo sie immer war.

Die Dunkle Göttin hatte ihre Tochter bereits erwartet.

Und so erfuhr Minga, welchen Preis sie dafür zu zahlen hatte, dass die Herrschaft Xynadras gebrochen worden war und der faule Atem der Pest nicht mehr übers Land wehte.

Der Preis war ihre Liebe. Da ihre Liebe ohne Ende war, denn so stand es um Mingas Herz, würde jetzt auch ihre Trauer ohne Ende sein. Sie würde Eib suchen und ihn doch nie finden. Für immer würde sie die Welten durchstreifen – die Welt der Lebenden, die Welt der Toten, und das Reich dazwischen –, ohne Unterlass, ohne Ruhe und ohne Rast. Auf allen Wegen würde sie gehen, jeden Pfad erkunden, aber ihre Straße würde nie ans Ziel führen.

Dies war es, was Thaala ihrer Tochter auferlegte.

Und Minga hüllte sich in ihren blauen Schleier, trat hinaus in die Dämmerung und begann ihre Suche.

Wenn er es recht bedachte, war sich Halig unsicher, was genau eigentlich in der zweiten Nacht der Toten gefeiert wurde. Gedachte man Mingas Edelmut? Wünschte man ihr Glück für die nächsten tausend Jahre? Freute man sich, dass die Pestilenz damals nicht ganz Ebera verschlungen hatte?

Das war gar nicht so leicht zu sagen.

Doch worum immer es sich handeln mochte – Halig begriff auch in diesem Fall nicht, was das alles damit zu tun hatte, den friedlosen Toten, Rachegeistern und sonstigen Spukwesen eine Nacht lang freie Hand zu lassen. Schließlich hatte Minga ihre schwere Bürde auf sich genommen, um Xynadras Pestdämonen zurückzuschlagen. Er wusste natürlich, dass die Tochter der Dunklen Göttin eine Tür öffnete, wann immer sie von einer Welt in eine andere übertrat – zumeist im Morgengrauen oder in der Abenddämmerung –, und dass manch ungebetener Besucher durch diese Tür hindurchschlüpfte. Trotzdem konnte er sich keinen Reim darauf machen, wie die Dinge zusammenpassten.

Aber das war ja auch unwichtig.

Wichtig war nur, dass Minga in dieser Nacht ganz nah sein würde.

Und wenn irgendwer Erbarmen mit ihm hätte, dann doch wohl Thaalas unglückliche Tochter: Sie würde ihm den Weg weisen; sie würde ihm zeigen, was zu tun war.

Der Gedanke machte Halig Mut. Er schaffte es, sich aus dem Bett zu hieven, irgendwo zwischen Morgen und Nachmittag. Zunächst entzündete er ein Feuer im Kamin, denn es war bitterkalt in der Hütte. Dann schaute er, ob sich noch etwas Essbares fand. Tatsächlich waren ein paar verschrumpelte Äpfel übrig geblieben, sowie ein Stück altes Brot und ein Töpfchen mit Erdbeermarmelade, das ihm die Witwe Elsa geschenkt hatte. Zu seiner Überraschung stellte Halig fest, dass er Hunger hatte.

Nach kurzem Überlegen entschied er, dass das ein gutes Zeichen war.

Doch als der Totengräber sein spärliches Mahl eingenommen hatte, begann das Licht bereits zu schwinden. An diesem Tag war sowieso kaum ein Sonnenstrahl durch die Wolken und den Dunst gedrungen, und Halig spürte, dass sich seine Seele in dem Maß verdunkelte, wie die Nacht herabkam. Am liebsten wäre er wieder ins Bett gekrochen. Hätte sich in sein Schicksal gefügt und auf das Ende gewartet. Stattdessen zwang er sich, seinen Geist mit immer denselben Fragen, immer denselben Gedanken zu martern.

Mal saß er bei der Feuerstelle, den Kopf in die Hände gestützt, mal lief er in seiner Stube auf und ab, musterte die Wände und den Boden, als hoffte er darauf, dass sich plötzlich irgendwo ein Geheimgang auftäte, der ihn weit weg von Skargats Jägern und allen Spukgestalten bringen würde …

Halig zuckte zusammen, als ihm klar wurde, dass er minutenlang seine Schaufeln und Spaten angestarrt hatte.

Dann sah er, dass sich die Nacht nunmehr endgültig übers Land gesenkt hatte; längst war die Hütte von undurchdringlicher Schwärze umgeben.

Der Totengräber fragte sich, ob er vielleicht schon dabei war, den Verstand zu verlieren. Begann sie so, die Strafe des Schwarzen Jägers? Suchte er ihn bereits jetzt heim, obwohl noch zwei Tage bis zu Mingas Verhüllung fehlten. Halig konnte keinen klaren Gedanken mehr fassen. Dabei spürte er die ganze Zeit, dass die Lösung nah war … zum Greifen nah … alles, was er tun musste, um gerettet zu werden … es war so einfach … es war … Aber da war etwas Schlaffes und Willenloses in ihm, das sich immer weiter ausbreitete. Und vergeblich schrie seine Seele, die das Grauen mit Glutnadeln stach, gegen diese klebrige Trägheit an.

Ein Stöhnen entrang sich ihm. Halig stützte sich auf der Tischplatte ab. Dann griff er nach dem letzten Krug Schnaps, den er noch in der Hütte aufbewahrt hatte. *Du hast mir das eingebrockt, du ganz allein!*, dachte er erbittert, während er den öligen Holzstopfen aus dem Krug zog. *Aber du wirst ja sehen, was du davon hast! Wart nur ab, Freundchen!* Er goss die klare, süßlich-scharfe Flüssigkeit in seinen Tonstamper.

Halig schluckte schwer. Er kippte den Schnaps hinunter. Verzog das Gesicht. Goss sich nach. Wollte wieder trinken.

Es klopfte an der Tür.

Der Tonstamper schlug mit einem hellen Knall auf den Tisch; ein Geruch nach Mirabelle erfüllte die Luft, als der Schnaps über die Tischplatte floss.

Entsetzen packte Halig. War es schon so weit? Hatte er sich etwa im Datum geirrt? »Erbarmen! Bei Elaahs Gnade, Erbarmen!«, schrie er, indem er auf die Knie fiel.

»Ich bin es, Halig, mach auf!«, sagte die Stimme des Geweihten Dagian.

Plötzlich wusste der Totengräber, was es war, das er die ganze Zeit über nicht hatte sehen können. Dagian! Natürlich! Nur ein paar Meilen entfernt lebte er, der Diener Elaahs! Und gewiss kannte er hilfreiche Gebete und Rituale, verfügte über Tränke und Amulette, die man in einem solchen Fall zur Anwendung bringen konnte. Halig hätte einfach nur zu ihm gehen, sich ihm anvertrauen müssen … Wieso war er nicht früher darauf gekommen …

Dennoch zitterte er am ganzen Leib, als er die Hand an den Türriegel legte. »Seid Ihr es wirklich, Ehrwürden?«, fragte er zaghaft.

»Wer sollte ich sonst sein? Mach auf, in Elaahs Namen!«

Halig stellte fest, dass der Geweihte nun schon deutlich strenger klang. Hastig schob er den Riegel zur Seite, lehnte ihn gegen die Wand, öffnete die Tür, wich im selben Moment zurück und fiel erneut auf die Knie.

Der Duft von Weihrauch umhüllte ihn, vermischte sich mit jenem des Branntweins, und der Totengräber wusste, dass es tatsächlich der Diener Elaahs war, der zu ihm gekommen war. Halig kannte den Geweihten gut – schließlich trafen sie sich ständig auf den Beerdigungen –, und das strenge, hagere Gesicht mit den grauen Augen und dem dunklen, kurzgeschnittenen Bart war ihm wohl vertraut. Doch er wagte nicht, den Blick zu heben.

Denn da waren noch andere Schritte.

Dagian war nicht allein.

In diesem Moment sagte der Geweihte: »Hier ist jemand, der mit dir reden möchte, Halig.«

Der Totengräber legte sich flach auf den Boden. Breitete die Arme aus. Drückte sein Gesicht gegen den kalten Lehm.

»Herr …«, flüsterte er.

Wieder die Schritte, die *anderen* Schritte. Halig hörte das Klingeln von Sporen; er meinte, Stahl zu riechen. Tränen tropften aus seinen

Augen; er zitterte noch immer. Auf einmal war ihm, als hätte er das, was ihm jetzt widerfuhr, schon einmal im Traum erlebt.

Da begriff er, dass er erlöst war.

Erlöst und verloren.

»Erzähl mir von den Schatten, Halig«, sagte eine sanfte Stimme.

8
ANGENEHME GESELLSCHAFT

Vanice

Als ich die Augen aufschlug, war es wieder heller in dem Zimmer. Gereon hatte irgendwo neue Kerzen gefunden, sie entzündet und auf den Tisch gestellt. Es waren drei an der Zahl; auch sie warfen ein bläuliches Licht. Der Prinz selbst stand am Fenster und betrachtete die geschlossenen Läden, als ob er durch sie hindurch nach draußen blicken könnte.

Mein Mund war trocken, mein Kopf schwer. Ich vermutete, dass ich einige Stunden geschlafen hatte. Doch sonderlich erholsam war sie nicht gewesen, die nächtliche Ruhe. Ich hatte verkrümmt dagelegen; als ich mich aufsetzte, tat mein Rücken weh.

Immerhin schien es, dass ich von den Krämpfen und Anfällen verschont bleiben würde, die mich häufig überkamen, wenn ich das Leichenfleisch zu gierig in mich hineinschlang. Und das war schon eine Gnade.

Gereon schien nicht zu bemerken, dass ich aufgewacht war. Er war ganz versunken in seine Gedanken oder Erinnerungen. Dabei bleib sein Gesicht ausdruckslos. Vielleicht waren seine Ängste und Schmerzen, seine Reue und Schuld so tief eingegraben in seine Seele, dass sie keinen Weg nach außen fanden.

Leise begann ich, meine Kleider zusammenzusuchen. Als ich vollständig angezogen war, fühlte ich mich sicherer.

»Mein Prinz ...?«, begann ich.

Gereon drehte sich zu mir um. Zunächst fand ich in seinem Gesicht kein Zeichen des Wiedererkennens, nur eine gleichmütige Entrücktheit. Ich begann zu fürchten, dass er einer von denen war, die eine begehrte Frau schon aus Prinzip verachteten, wenn sie ihre Lust gestillt hatten. Doch dann veränderten sich seine Züge. Auf einmal lächelte er mich freudig an – so, als ob wir für längere Zeit getrennt gewesen wären und nun den Faden einer innigen Verbundenheit wieder aufnehmen könnten.

»Vanice!«, rief er. »Da seid Ihr ja!«

»Da bin ich«, bestätigte ich.

»Ich hatte schon Sorge, dass Ihr es nicht zur rechten Zeit schaffen würdet.«

»Ja, es war … nicht leicht, den Weg zu Euch zu finden.«

»Nun, jetzt seid Ihr ja da, ganz wie Ihr sagt.« Gereon machte einen Schritt auf mich zu, nahm meine Hand in die seine, beugte sich vor und hauchte einen Kuss auf meine Haut.

»Wollen wir gehen?«, fragte er dann. »Ich bin reisefertig.«

»Ja, ich denke, es wird Zeit.«

»Gut, gebt mir nur noch eine Minute oder zwei, um Abschied von diesen Gemächern zu nehmen. Wie Ihr wisst, habe ich hier lange Jahre verbracht.«

»Nehmt Euch alle Zeit, die Ihr braucht, Hoheit. Ich warte vorne auf Euch.«

Ich machte einen Knicks und wandte mich zur Tür. Als ich im Begriff war, das Zimmer zu verlassen, sagte Gereon hinter mir: »Vanice?«

»Ja, mein Prinz?« Ich drehte mich noch einmal zu ihm um.

Aus einigen Schritten Entfernung war von Gereon kaum mehr als der hagere Umriss zu erkennen, von bläulichem Licht verschattet.

»Ich danke Euch.«

»Wo-wofür?«

»Eure Schönheit ist wie eine Fackel, die mir den Weg weist in dieser Dunkelheit. Ich spüre, dass jetzt ein neues Leben beginnt. Von nun an wird alles anders.«

Wieder knickste ich. »Es freut mich, wenn ich Euer Hoheit behilflich sein konnte«, erwiderte ich und verließ das Zimmer. Meine Antwort war natürlich absurd unangemessen. Aber auf einmal verspürte ich das dringende, oder eher noch verzweifelte Bedürfnis, einen Abstand zu schaffen zwischen mir und dem ahekrischen Thronfolger mit seinem Wahn und seiner Zärtlichkeit.

Der Schankraum des *Fröhlichen Toten* war mittlerweile fast vollständig verwaist. Das zechfreudige Baby war auf der Theke eingeschlafen. Es lag auf der Seite, benutzte das umgedrehte Holzschälchen als Kopfkissen und schnarchte wie ein verschnupfter Fuhrknecht. Ein spitziger Schatten, in dessen Brust es rötlich glomm, saß ganz allein in einer Ecke; er machte einen geknickten Eindruck. Davon abgesehen hielten sich nur Grolek und Edmund in der Herberge auf. Ersterer war damit beschäftigt, Tongefäße mit einem Tuch abzutrocknen; Letzterer hatte meine Abwesenheit offenbar dazu genutzt, sich tüchtig zu betrinken. Darauf ließen zumindest die Weinkrüge schließen, die vor ihm auf der Tischplatte standen.

»Ah, die Dame Vanice!«, sagte Grolek zu mir. »Ihr wart recht lange weg. Hattet Ihr Spaß?«

Erst jetzt kam mir zu Bewusstsein, dass ich mit meinen zerzausten Haaren, der verschmierten Schminke und dem zerknitterten Kleid einen recht liederlichen Eindruck machen musste. Obendrein hatte ich die Neigung, stark zu schwitzen, wenn ich schlief, und roch vermutlich entsprechend. Aber daran ließ sich jetzt nichts ändern, und im Grunde war es mir sowieso herzlich egal, was Grolek von mir hielt.

»Selbstverständlich«, erwiderte ich und stellte mich an die Theke, »ich habe immer Spaß.«

»Das ist aber schön. Euer Freund hatte auch Spaß.« Er wies mit dem Kopf auf Edmund.

»Was diesen Herrn betrifft, kann von Freundschaft keine Rede sein«, sagte ich.

»Freund oder nicht Freund – jedenfalls hat er drei Krüge Wein gesoffen. Der Vorschuss an Knochen, den Ihr mir gegeben habt, ist aufgebraucht, Vanice. Wenn Ihr wieder von den Köstlichkeiten meiner Küche naschen wollt, müsst Ihr mir mehr bringen.«

Der Becher, aus dem ich getrunken hatte, stand noch immer auf der Theke. »Dafür, dass Ihr mir ein letztes Mal nachschenkt, wird es doch noch reichen, oder?«, fragte ich neckisch.

»Meinetwegen!«, knurrte der Wirt. Er nahm den Becher und wandte sich dem Fass zu, aus dem er den Wein zu zapfen pflegte. »Euch bleibt sowieso nicht viel Zeit, um meine Gutmütigkeit auszunutzen. Es wird bald hell, und Ihr wisst, was dann passiert.«

Ich nickte. »Ich warte nur noch auf den Prinzen, dann gehen wir.«

Grolek reichte mir den Becher. Dabei zog er ein missmutiges Gesicht. »Wie – Ihr wartet nur noch auf den Prinzen? Heißt das, er weiß meine Gastfreundschaft nicht mehr zu schätzen?«

»So würde ich das nicht sagen. Mir scheint eher, dass er meine Gesellschaft noch mehr zu schätzen weiß.«

»Das ging aber schnell, alles was recht ist! Was habt Ihr mit ihm gemacht, bei Skargats Finsternis?!« Grolek betrachtete mich mit einem halb anerkennenden, halb herablassenden Ausdruck.

Ich trank einen Schluck Wein. Er schmeckte mir noch immer; das änderte allerdings nichts daran, dass ich wütend wurde. »Ich habe überhaupt nichts mit ihm gemacht!«, sagte ich. »Die Frage ist vielmehr, was *Ihr* mit ihm gemacht habt! Gereon hat für Eure sogenannte Gastfreundschaft mit seinem Blut bezahlt, so ist es doch, oder?«

»Nun, bezahlen muss man, da stimmt Ihr mir doch sicher zu? Und Euer Prinz hat ja auch eine Menge verlangt. Unterkriechen wollte er bei mir, Obdach und Nahrung hat er sich erbeten. Dabei sind diese Zimmer eigentlich nicht … nun ja, für Menschen gedacht. Das zu hören, ist gewiss keine Überraschung für Euch.«

»Anstatt seine Not auszunutzen, hättet Ihr ihm ein wenig Freundlichkeit erweisen können. Oder sind Euch Mitgefühl und Erbarmen völlig fremd?«

»Nein, keineswegs … wobei ich mir sicher bin, dass man von Euch noch etwas lernen kann, was Mitgefühl und Erbarmen betrifft. Sagt mir, Vanice, worin genau bestand eigentlich die Freundlichkeit, die Ihr dem Prinzen erwiesen habt?« Groleks Grinsen war ebenso breit wie anzüglich.

Ich betrachtete ihn mit einem harten, kalten Blick. »Fahrt zur Hölle!«, zischte ich hinter zusammengebissenen Zähnen. Dann drehte ich mich um und ging zu dem Tisch hinüber, an dem Edmund saß.

Nachdem es Justinius' Bruder immerhin geschafft hatte, den Abend über nüchtern zu bleiben, befand er sich jetzt wieder in dem Zustand, in dem ich ihn am Mittag angetroffen hatte, als ich den Speisesaal des Landsitzes betrat. Er war auf seinem Schemel zusammengesunken und schien sich am Becher festzuklammern. Seine Augen waren blutunterlaufen, sein Gesicht verquollen.

Edmund starrte einen Weinfleck auf der Tischplatte an. »Ihr habt mich allein gelassen …«, sagte er langsam. Es sollte wohl anklagend klingen, doch in seinem Zustand brachte er nur ein Quengeln zustande.

Ich setzte mich, zupfte an meinem Kleid herum, entgegnete dann: »Ihr seid zur Zeit nicht die angenehmste Gesellschaft. Sollte Euch das entgangen sein?«

Jetzt hob Edmund den Blick. Er musterte mich einige Momente lang. »Weißt du, wie du aussiehst?«, fragte er dann.

»Nein. Aber Ihr werdet es mir sicher gleich sagen.«

»Wie eine Hure.«

Als ich nichts erwiderte, neigte sich Edmund über den Tisch; dabei stieß er beinah seinen Becher um.

»Ich habe ja von Anfang an gewusst, dass du genau das bist … eine dreckige Hure!«, lallte er.

Es lag etwas Auftrumpfendes in Edmunds Stimme, und ich dachte, dass er einem wirklich leid tun konnte. Sicher war er überzeugt davon, dass mich seine Worte im Innersten erschüttert hatten. Vielleicht erwartete er sogar, ich würde auf die Knie fallen, ihm seine Stiefel ablecken und ihn unter Tränen um Verzeihung für meine Unbotmäßigkeit anflehen – alles, um zu verhüten, dass er ein derart furchtbares Urteil fällte. Der Ärmste konnte ja nicht ahnen, wie oft ich in den letzten zehn Jahren mit diesen und ähnlichen Schmähungen bedacht worden war.

Seufzend schüttelte ich den Kopf. »Es tut mir leid, Edmund, aber bei mir hat sich noch niemals jemand über mangelnde Sauberkeit beklagen müssen«, sagte ich. »Wenn überhaupt bin ich also eine reinliche oder meinetwegen auch frisch geputzte Hure.«

Offensichtlich hatte er etwas anderes erwartet. Sein Mund klappte auf; er rang nach Worten.

»Hure bleibt Hure …«, brachte er schließlich hervor.

Es war ein eher kümmerlicher Versuch, die Oberhand zu behalten, und Edmund war nicht so betrunken, dass ihm das entgangen wäre. Er tat mir sogar die Ehre, ein wenig zu erröten.

Ich ahnte, dass ich gut daran täte, es hierbei bewenden zu lassen. Doch ich konnte nicht an mich halten; in mir brodelte der Zorn. Ich beugte mich vor und tätschelte Edmund die Hand. »Aber sicher«, sagte ich mit lieblichem Lächeln. »Und ich bin eine, die du dir nicht leisten kannst.«

Edmund zuckte zurück. Er krümmte sich, hob die Schultern, verrenkte den Kopf – ganz so, als erwarte er Prügel. Dann jedoch vollzog sich eine Veränderung an ihm. Innerhalb weniger Sekunden verzerrte sich sein Gesicht; nackter Hass trat in seine Augen; er fletschte die Zähne. All das geschah, ohne dass er einen Laut von sich gegeben hätte.

Mein Lächeln erstarrte. Hastig stand ich auf und drehte mich zur Theke um.

Glücklicherweise erschien in diesem Moment Prinz Gereon.

Er hatte seine Kleidung nicht gewechselt. Er hatte kein Schwert, trug nicht einmal einen Umhang, nur einen alten, halbzerlumpten Mantel, den er irgendwo gefunden hatte. Und natürlich war er noch immer ein bejammernswertes Gerippe, an Leib und Seele von grausamen Verletzungen gezeichnet.

Doch er durchmaß den Schankraum mit ausgreifenden Schritten, als wäre er ein Feldherr, der seine Truppen begrüßt. »Seid Ihr bereit zum Aufbruch?«, rief er in die Leere hinein, ohne jemanden anzusehen.

9

EIN GESICHT AUS NEBEL

Mykar

Ihr Name war nicht Danje, sondern Cillia.
Die zwei Männer, die ich für Vater und Sohn gehalten hatte, hießen Marlo und Alwin. Tatsächlich war Cillia mit beiden verwandt: Alwin war ihr Bruder, Marlo der Onkel. Es gab auch eine Mutter – Caddra –, die daheim wartete. Der Vater war tot.

Der Barde hörte auf den merkwürdigen Namen Fissach. Welches Verhältnis er zu dem restlichen Trupp hatte, wusste ich nicht.

Überhaupt dauerte es eine Weile, bis ich auch nur die Namen der Schausteller herausfand. Am Abend nach der Aufführung war ich viel zu verwirrt, um mich mit etwas anderem als meiner Verwirrung zu beschäftigen. War es möglich, dass da eine Frau stand, die genauso aussah, wie ich mir Danje immer vorgestellt hatte? Danje – die echte Danje – war überhaupt nicht verwirrt. Das Puppenspiel hatte ihr so gut gefallen, dass sie unbedingt darüber reden wollte. Vielleicht bemerkte sie auch nicht, dass ihr die Frau wie aus dem Gesicht geschnitten war.

Die Herberge war noch voller geworden. Es war ein Schieben und Drücken. Bewunderer drängten sich um die Puppenspieler. Ein junger, großgewachsener Bauer machte der Rothaarigen schöne Augen. Die grinste spöttisch, ließ sich das Getändel aber gefallen.

Ich verbarg Danje wieder vollends in dem Bündel. Dann nahm ich Mantel, Umhang und Sattel und suchte uns ein Zimmer.

Die halbe Nacht lang erzählte mir Danje von Otbert, Ilda und Marga. Fast, als hätte ich nicht dasselbe Stück gesehen wie sie. Ich hatte erwartet, die Darstellung der Hexe als hässliche und obendrein dumme Schurkin würde sie ärgern. Aber aus irgendeinem Grund schien sie sich nicht daran zu stören. Vielleicht genoss sie im Untergang *dieser* bösen Hexe die Vorfreude auf die Strafe, die einer *anderen* bösen Hexe zuteil werden würde – wobei ich keinerlei Ähnlichkeit zwischen Marga und Aiona erkennen konnte.

Jedenfalls plapperte Danje in einem fort. Mir war es recht, weil ich ohnedies nicht schlafen konnte. So lag ich da, lauschte auf ihre Worte und wartete, bis Stille die Dunkelheit in Besitz nehmen würde.

Am Morgen stellte ich fest, dass sich die Puppenspieler bereitmachten, ihre Reise fortzusetzen. Offenbar hatten sie schon mehrere Vorstellungen in diesem Dorf gegeben und wollten nicht riskieren, ihr Publikum zu langweilen. Während ich Rührei mit warmem, knusprigem Brot aß und einen Krug Bier trank, sah ich den Schaustellern dabei zu, wie sie ihre Sachen verluden. Sie waren guter Dinge, scherzten und schäkerten miteinander. Die Rothaarige war am lustigsten von allen. Nun war ich mir nicht mehr sicher, ob sie Danje gar so ähnlich sah, wie ich am Vorabend geglaubt hatte. Vielleicht sah sie auch nur sich selbst ähnlich.

Einmal hörte ich sie sagen: »Ich freu mich ja, dass es den Leuten gefällt. Aber beim nächsten Stück möchte ich gerne mal eine Amazone spielen. Oder eine dämonenjagende Geweihte. Was mit Schmackes, verstehst du?«

Sie rief das über die Schulter, während sie eine abgegriffene, mit einem Tuch bedeckte Kiste zur Tür der Herberge trug. Ihre Worte galten dem Barden, der hinter ihr ging und ebenfalls eine Kiste schleppte.

Der grinste daraufhin: »Eine berühmte Kurtisane könnte ich dir anbieten, meine Holde. Na, wie wär's?«

»Und du spielst dann den reichen Tattergreis, den Skargat in die Eier zwickt, oder was?!«, lachte die Rothaarige.

Eigentlich hatte ich vorgehabt, eine längere Rast einzulegen. Doch in diesem Moment wusste ich, dass ich den Spielleuten folgen würde. Ganz gleich, wohin sie ihre Reise führen mochte.

So kam es, dass Danje, Schecke und ich eine Stunde später wieder unterwegs waren. Cillia und die Ihren waren bereits vor uns aufgebrochen. Allerdings hatten wir sie schnell eingeholt.

Ihr Wagen hatte ein bogenförmiges Dach, dessen Plane aus bunten Flicken bestand; er wurde von zwei Eseln gezogen und war mit Glocken und Schellen behängt. Anfangs dachte ich, der Lärm würde mich verrückt machen. Bald jedoch stellte ich fest, dass ich das Bimmeln und Klirren kaum noch wahrnahm.

Um die Mittagszeit verließen wir die *Straße der Tausend*, die sich jetzt pfeilgerade in südliche Richtung erstreckte. Der Weg der Schausteller führte hingegen nach Osten. Mit einigem Abstand folgten wir dem bunten Wagen. Es war ein gemächliches Reisen. Da Schecke schneller war als die beiden Esel, die ja eine schwere Last zu ziehen hatten, mussten wir uns nicht eilen. Ein- oder zweimal verloren wir den Wagen kurzzeitig aus den Augen. Aber er war nie so weit voraus, dass uns der Klang der Glocken und Schellen nicht mehr erreicht hätte. Da die Straße mit grobgebrochenem, schadhaftem Pflaster ausgelegt war, drang zudem ein beständiges Rumpeln an mein Ohr, das sogar noch lauter war als das Gebimmel.

Über uns breitete sich ein schiefergrauer Himmel aus, von dem ein leichter Nieselregen niederkam. Zu beiden Seiten umgaben von Steinen und Felsen durchsetzte Wiesen die Straße. Hier und da leuchteten Ginstersträucher in Gelb, Rot und Orangebraun. Wir mussten manche Anhöhe erklimmen; wenn die Straße den Hügel wieder hinabführte, machte sie wilde Kurven. Einmal flog ein Gänseschwarm von einem nahegelegenen, spiegelglatten See auf, zog Kreise und Wirbel durch die Luft, verschwand dann in den Wolken.

Trotz des Regens war es erstaunlich warm. Ich zog meinen Wolfsmantel aus und legte ihn quer über den Sattel. Bis zum Abend änderte sich weder das Wetter noch die Landschaft.

Als die Dämmerung hereinbrach, hielten die Spielleute an. Den Tag über hatten sie zwei längere Rasten eingelegt. Jetzt spannten sie die Esel aus, errichteten ein kleines Zelt und entzündeten ein Feuer.

Ich hielt einen gehörigen Abstand zum Lager der Schausteller, so-

dass ich kaum mitbekam, was dort vor sich ging. Mir schien allerdings, dass Cillia und die Ihren nichts anderes taten als ich: essen,
trinken und die dunkelnde Welt betrachten. Lautenspiel und Gesang
hörte ich keine; nicht einmal Gelächter. Ich hatte mir vorgestellt,
dass das fahrende Volk jede Gelegenheit zu einer trunkenen Feierlichkeit nutzen würde. Doch zumindest an diesem Abend schien
den Puppenspielern der Sinn nach Ruhe zu stehen. Mir war das
recht. Ich wäre traurig geworden, wenn ich gespürt hätte, dass ich
von Cillias Freude ausgeschlossen war.

Die Nacht war nicht kalt. Ich meinte, auf ein Feuer verzichten zu
können, wenn ich mich in meinen Wolfsmantel hüllte. Danje hatte
nicht viel geredet, seit wir am Morgen aufgebrochen waren. Wahrscheinlich war sie noch mit Otbert, Ilda und Marga beschäftigt. Es
gab keinen Grund, den Schlaf hinauszuzögern. Also hing ich meinen Gedanken nach, bis ich müde wurde, und legte mich dann hin.

Ich träumte von einer Frau in einem Wald. Aus irgendeinem
Grund fürchtete ich, von der Frau entdeckt zu werden. Zugleich
wollte ich unbedingt wissen, wer sie war. Vorsichtig schlich ich an
sie heran. Als ich nur noch wenige Schritte von ihr entfernt war,
stellte ich fest, dass sie gar kein Gesicht hatte. Ihre Haare umrahm-
ten eine leere Fläche, als würde man auf eine Nebelbank starren.
Etwas bewegte sich in dem schweren, weißen Dunst. Plötzlich war
da eine unwiderstehliche Kraft, die mich in das Gesicht aus Nebel
hineinziehen wollte.

Ich schreckte hoch aus meinem Traum. Es dauerte lange, bis ich
wieder einschlafen konnte.

Der nächste Tag brachte Sonne und frische Winde. Schecke gefiel das
so gut, dass er ständig sein vergnügtes Möh machte. Danje hingegen
war noch immer still. Die Spielleute ließen sich Zeit mit dem Aufbruch. Doch als wir dann erst einmal unterwegs waren, kamen wir
gut voran. Die Hügel und Anhöhen waren niedriger und sanfter als
am Vortag. Bald durchquerte die Straße eine weite Ebene. Bis zum
Horizont erstreckten sich Wiesen und Weideland. Es gab einige

große, mit Palisaden befestigte Gehöfte, zu denen Feldwege und Straßen aus gestampfter Erde führten.

Die Reise verlief ereignislos. Wiederum folgte ich dem bunten, klingelnden Wagen, der bis zum Einbruch der Abenddämmerung über das Pflaster rumpelte. Wiederum ließ ich Schecke in einer Entfernung von etwa hundert Schritt halten, als die Schausteller ihr Nachtlager errichteten.

Ich hatte Hunger und packte meine Vorräte aus. Da geschah etwas Unerwartetes. Gemächlich schlenderte der Barde in meine Richtung. Zunächst hoffte ich, er wolle vielleicht im nahegelegenen Hain nach Feuerholz suchen. Doch dahin waren bereits Cillia und der graubärtige Mann unterwegs. Nein, der Barde kam geradewegs auf mich zu. Ich fühlte mich ertappt. Obwohl ich ja eigentlich nichts zu befürchten hatte, ergriff mich Angst.

Siehst du, das hast du nun davon!, sagte Danje aus dem Tuch heraus. Ihre Stimme klang schneidend und gehässig. Ich konnte nicht begreifen, warum sie in einem derartigen Ton mit mir sprach. *Was ist los? Stimmt etwas nicht?*, wollte ich fragen. Aber der Barde war nun schon so nahe, dass er meine Worte gehört hätte. Ich biss mir also auf die Zunge und wartete, was er von mir wollte.

»Guten Abend, Freund!«, sagte er heiter. Und wie um zu unterstreichen, dass er nichts Böses im Schilde führte, streichelte er Schecke am Hals; der ließ sich das gerne gefallen.

»Sorin mit Euch«, sagte ich.

Der Barde schüttelte grinsend den Kopf. »Ich sehe hier keine hohen Herren, Freund! Nenn mich einfach Fissach!«

»Ich bin Mykar«, erwiderte ich und schüttelte die Hand, die er mir hinstreckte.

Der Barde trug noch immer sein rotes Rüschenhemd. Allerdings fiel ihm das hellbraune Haar jetzt offen über die Schultern. Er hatte ein kantiges, leicht verkniffenes Gesicht und war sehr sauber rasiert. Man sah ihm an, dass er gerne und viel lachte. Ich stellte fest, dass ich ihn mochte. Dabei war ich mir gar nicht sicher, ob ich ihn mögen wollte.

»Schön, dann wissen wir jetzt ja, wie wir heißen! Und das ist ja schon fast das Wichtigste!«

»Was kann ich für Euch tun, Herr Fissach?«

»Nur Fissach, bitte – alles andere wäre ehrenrührig! Erwähnte ich das nicht bereits? Was du für mich tun kannst, ist jedenfalls ganz einfach: Nimm dein Maultier und deinen restlichen Kram und begib dich ein Stück weit in diese Richtung!« Hier zeigte er auf den Flickenwagen. »Wir haben ein Lagerfeuer – oder werden bald eins haben, wenn die verehrten Herr- und Damenschaften Marlo und Cillia mit Holz zurück sind –, und wir haben Wein, den wir gerne teilen. Schließlich sind wir alle Wanderer in der Wildnis. Und da muss man zusammenhalten, oder?«

Ich wusste nicht recht, was ich darauf sagen sollte. »Danke«, murmelte ich.

»Schön, dann sind wir uns ja einig! Also, spute dich – und bring ein paar Geschichten mit!«

Fissach drehte sich um und ging zurück zu seinen Leuten. Ich sah ihm kurz hinterher. Dann räumte ich Brot und Käse wieder in die Satteltasche.

Du willst doch wohl nicht da hingehen?, fragte Danje.

»Aber warum denn nicht? Dir hat das Stück doch auch gefallen.«

Schon, aber das heißt doch nicht, dass man sich gleich mit ihnen verbrüdern muss.

»Wer will sich denn verbrüdern? Wir haben so lange mit niemandem mehr gesprochen. Was kann es schaden, einen Abend in Gesellschaft zu verbringen?«

Wir haben miteinander *gesprochen. Oder zählt das auf einmal nicht mehr?*

Ich traute meinen Ohren nicht. »Danje! Was redest du denn da?!«, rief ich.

Ich wickelte sie aus dem Tuch und nahm sie in die Hand. Ich hoffte, dass wir einander wieder verstehen würden, wenn ich ihr ins Gesicht blicken konnte. Doch dort sah ich eine bittere Härte.

»Was habe ich getan?«, fragte ich verständnislos – und nun auch selbst ein wenig verärgert.

Danje gab keine Antwort.

Ich wiederholte meine Frage. Doch noch immer schwieg sie.

Ich ahnte, dass sie all meinen Versuchen, sie zu erreichen, von nun an mit eisigem Schweigen begegnen würde. Wie damals, nachdem ich sie bei der Jagd auf Rudrick in den Tunneln unterhalb der Totenstadt der Perle vergessen hatte.

»Danje, bitte!«, flüsterte ich eindringlich.

Doch offenbar hatte sie sich bereits in einen dunklen Winkel ihrer Seele zurückgezogen, wo sie still für sich sein und ihrem Grimm frönen konnte.

Der Gedanke erschreckte und schmerzte mich.

Dennoch packte ich meine Sachen zusammen und führte Schecke zu dem Lager der Spielleute. Als ich mich näherte, kamen Cillia und Marlo aus dem Wäldchen zurück. Sie hob die Hand und winkte lächelnd.

10
DIESE DINGE

Vanice

D er kalten Nacht folgte ein kalter Morgen. Bläulich-gelbes Licht
fiel auf die Felder und Wiesen, wohingegen der Horizont von
purpurnen, violetten und rosa Streifen durchzogen war. Der Waldrand und die Hügel waren in Nebel gehüllt, und Dunstfäden umweb-
ten die kahlen Bäume. Außer den unvermeidlichen Krähenrufen war
kaum ein Geräusch zu vernehmen. Stille lag über dem Land.

Sie wog schwer. Umso schwerer, als man das, was zwischen Edmund von Hagenow, dem Prinzen und mir entstanden war, beim
besten Willen nicht als geselliges Schweigen bezeichnen konnte.
Justinius' Bruder hatte kein Wort gesagt, seitdem wir den Gasthof
Zum Fröhlichen Toten verlassen hatten, und Gereon war nach seinem schwungvollen Auftritt im Schankraum in grüblerisches –
oder auch völlig gedankenleeres – Nachsinnen verfallen.

Ich ging zwischen den beiden (in Anbetracht der Schwäche des
Prinzen und meiner eigenen Erschöpfung hatten wir einen kleinen
Umweg gemacht, um auf eine Straße zu kommen) und mühte mich,
weder den Grimm des einen noch die Verlorenheit des anderen auf
meine Schultern zu nehmen. Doch das war gar nicht so leicht. Auch
wenn ich es vermied, Edmund anzusehen, so spürte ich doch seine
hasserfüllten Blicke, und gelegentlich lächelte mich Gereon auf eine
zarte, wehmütige Art an, die in mir eine Empfindung erweckte, als
hätte ich mich an ihm versündigt. Das machte mir noch mehr zu
schaffen als Edmunds Feindseligkeit.

Ich hatte mich so oft schuldig gefühlt – ich wollte nicht mehr.

Wahrscheinlich war das der Grund, weshalb ich Justinius' Bruder am Leben ließ. Seit ich gegessen hatte, durchströmte mich eine dunkle Kraft, und es wäre ein Leichtes gewesen, kurzen Prozess mit ihm zu machen. Dadurch hätte ich mir einiges erspart. Schließlich konnten die Toten (wenn sie denn wirklich tot waren) weder Verrat noch Rache üben. Aber abgesehen davon, dass ich keine Ahnung hatte, wie Prinz Gereon auf eine Meuchelei meinerseits reagieren würde, wollte ich mein Gewissen nicht mit Edmunds Blut belasten. Ich fand ihn widerlich, und er stellte eine Gefahr für mich dar; doch irgendwie reichte das nicht.

Und vielleicht hätte mir sein Tod am Ende auch gar nichts genutzt. Jetzt, da ich einmal damit angefangen hatte, mich zu meiner Wahrheit – meinem Fluch, meiner Verworfenheit – zu bekennen, würde ich nicht mehr damit aufhören können. In mir wirkte ein Zwang: der Zwang, mich frei zu machen von allen Maskeraden und Vorspiegelungen, um endlich nackt und bloß vor der Welt zu stehen.

So wie ein Trunkenbold seinen Schnaps brauchte, würde ich mich selbst preisgeben; wieder und wieder und wieder.

»Meine Dame, wir müssen reden!« Dass Gereon mich ansprach, kam völlig unerwartet; ich schreckte aus meinen Gedanken hoch.

»J-ja, mein Prinz?«

»Seid Ihr Euch darüber im Klaren, was die Pflichten einer Königin sind?« Gereon hatte eine strenge Miene aufgesetzt. Bei seinem jungen Greisengesicht und seiner dünnen, hohlen Stimme wirkte das freilich eher erbarmungswürdig.

»Die Pflichten einer Königin?«

»Die Pflichten einer Königin«, bestätigte Gereon. »Wenn Ihr mich heiratet, werdet Ihr schließlich Königin. Oder vielmehr Kaiserin. Jedenfalls habt Ihr dann eine Krone auf dem Kopf und sitzt auf einem Thron.«

Ich nickte zögernd. »Ja, Hoheit. Ich glaube, ich kenne die Pflichten einer Kaiserin.«

Edmund stieß ein leises, hämisches Lachen aus, aber Gereon schien es gar nicht mitzubekommen.

»Das ist gut. Denn mit Krone und Thron ist es keineswegs getan. Krone und Thron sind sogar nur der kleinste Teil davon.«

Ich nickte wieder. »Ansonsten könnte ja auch jeder Kaiserin sein.«

Meine Anmerkung gefiel Gereon nicht schlecht. »Jawohl, so ist es!«, rief er. »Und nichts ist weiter von der Wahrheit entfernt! Denn genaugenommen kann *niemand* Kaiserin sein.«

»Oh.«

»Oder Kaiser. Könnt Ihr mir folgen?«

»Ja, mein Prinz.«

»Doch zurück zu Euch, Vanice. Sagt mir, habt Ihr eine gute Ausbildung genossen?«

Mir fielen Siya und ihr albernes *Buch der häuslichen Tugend* ein. »Ich denke schon«, entgegnete ich.

»Das heißt, Ihr versteht Euch zu benehmen, bei einem Bankett beispielsweise? Es ist nicht gut, wenn die Kaiserin rülpst und furzt, müsst Ihr wissen. Das mögen die Gäste nicht, vor allem dann nicht, wenn sie aus fernen Ländern stammen, wo man nur Luft isst, was übrigens sehr gesund sein soll.«

»Ich … äh … werde mich bemühen, dergleichen zu unterlassen.«

»Schön, sehr schön.« Gereon lächelte kurz; dann jedoch legte er die Stirn in tiefe Falten und betrachtete mich prüfend: »Noch etwas … vielleicht das Allerwichtigste …«, sagte er langsam.

»Ich höre …«

»Könnt Ihr gebären?«

»Ob ich …?« Mit dieser eigentlich naheliegenden Frage – naheliegend aus der Logik dieses absonderlichen Gespräches – hatte ich nicht gerechnet; sie gab mir einen Stich ins Herz. »Natürlich kann ich gebären«, log ich.

»Nun, breit genug sind Eure Hüften ja«, stellte der Prinz fest, während er sich kennerhaft mit dem Daumen übers Kinn fuhr, und Edmund ließ erneut sein niederträchtiges Kichern hören. Ich fragte mich, ob es nicht doch eine gute Idee wäre, Justinius' Bruder umzubringen – und Gereon gleich mit.

»Ich freue mich, dass Ihr mit mir zufrieden seid«, murmelte ich.

»Ja. Sehr zufrieden …« Der Prinz hob einen mahnenden Zeigefinger. »Allerdings dürft Ihr das Gebären keinesfalls unterschätzen, Vanice.« Jetzt schlug er mit der Kante der rechten Hand in die offene Fläche der Linken. »Das muss nämlich schnell gehen – zack! – zack! – zack!«

Mir wurde es endgültig zu viel. »Wenn Ihr mich weiterhin mit solch zügelloser Leidenschaft übermannt wie in der vergangenen Nacht, mache ich mir da nicht die geringsten Sorgen, Hoheit!«

Meine Stimme troff vor Spott; allein Gereon lächelte selbstzufrieden. »Ja, auch ein Regent hat Pflichten!«, verkündete er und warf sich in die Brust.

Erwartungsgemäß giggelte Edmund; ich atmete tief durch und beschloss, dem Gespräch eine andere Wendung zu geben, ehe ich mich vergaß.

»Aber sagt mir, mein Prinz …«, begann ich.

»Ja?«

»Hat sich nicht etwas Böses in Ahekris eingenistet? Das ist doch der Grund, weshalb Ihr aus der Stadt geflohen seid, oder irre ich mich da? Müssen wir denn dieser Bedrohung nicht Herr werden, ehe ans Gebären zu denken ist?«

Jäh verdüsterte sich Gereons Gesicht. Sein Lächeln zerfiel, ein Schatten senkte sich über seine Augen, und es war, als würden sich die Falten noch tiefer in seine Haut graben. Zugleich veränderte sich seine Haltung; er schien zu schrumpfen, wurde irgendwie labbrig. Das alles geschah innerhalb weniger Sekunden.

Ich erschrak, als ich die Wandlung des Prinzen sah, und Edmund blieb sein idiotisches Kichern im Hals stecken.

»Es tut mir leid, Gereon!«, sagte ich. »Aber ich fürchte, es führt kein Weg daran vorbei, dass wir über diese Dinge reden.«

Der Prinz hob die Hand in einer vagen Geste, die möglicherweise beschwichtigend gemeint war. »Ihr habt recht, meine Dame«, entgegnete er.

»Also stimmt es …«, fragte ich vorsichtig, »… es gibt dieses Böse?«

»Ja … so ist es …«

»Ihr habt etwas Merkwürdiges gesagt, in der Nacht der Gespensterversammlung. Ihr meintet, es wolle die Welt nach seinem Bild formen – das waren doch Eure Worte, oder?«

»Das ist möglich. Es gibt so viele Worte, man vertut sich da leicht«, antwortete Gereon, dessen Stimme immer heller und brüchiger wurde.

»Bitte, mein Prinz, erklärt mir, was das zu bedeuten hat – etwas Böses, das die Welt nach seinem Bild formt?«

Gereon nahm eine Grüblerpose ein: Er legte die Hände auf dem Rücken zusammen und blickte auf das Stück Erde vor seinen Füßen. »Was das zu bedeuten hat …? Was das zu bedeuten hat …? Nun, meine Dame, es bedeutet, dass die Hölle über uns kommt. Wisst Ihr, was die Hölle ist?«

»Nein, ich glaube nicht.«

»Die Hölle ist wie ein Raum, wo alles geschehen kann. Es geschieht auch tatsächlich alles. Aber immer nur das, was niemals hätte geschehen dürfen. Immer nur das, was eigentlich undenkbar ist. Versteht Ihr?«

Ich schüttelte den Kopf.

»Oh, macht Euch keine Sorgen! Ihr werdet verstehen! Bald, bald schon werdet Ihr verstehen! Kylion sagt das. Und Kylion weiß, Kylion weiß …«

»Kylion ist Euer Bruder, richtig?«

»Ja.«

»Und er ist mit dem Bösen im Bunde?«

Der Prinz lachte schallend: »Wie dumm Ihr seid, Vanice! Wahrscheinlich wäre es besser, Ihr würdet Euch aufs Gebären beschränken! Kylion ist natürlich *nicht* mit dem Bösen im Bunde. Da gibt es keinen Bund. Wie könnte es da einen Bund geben? Ihr habt wirklich kein Wort von dem begriffen, was ich gesagt habe!«

Ich errötete; ob vor Scham oder vor Ärger, war mir selbst nicht klar. »Gut, meinetwegen! Dann gibt es eben keinen Bund!«, sagte ich gereizt. »Aber Kylion *hilft* dem Bösen, oder stimmt das etwa auch nicht?«

»Es ist nicht ganz der richtige Ausdruck«, entgegnete Gereon.

»Aber wenn ich es mir recht überlege, könnte man das schon sagen: Er hilft.«

»Wie schön, dass ich wenigstens *eine* Sache richtig mitbekommen habe!«, giftete ich. »Vielleicht seid Ihr so gnädig und erklärt mir noch, warum Euch Euer Bruder hat laufenlassen, wenn er doch dem Bösen hilft?«

Wiederum änderte sich das ganze Gebaren des Prinzen; wiederum vollzog sich die Veränderung in der Spanne zweier Atemzüge; und wiederum verrauchte mein Unmut, als ich von neuem erahnte, welch tiefe Wunden Gereons Seele geschlagen worden sein mussten.

Seine Züge waren von einer heillosen Traurigkeit gezeichnet, als er sich mir zuwandte: »Aber das ist es ja gerade ...«, sagte er leise. »In Ahekris wird niemand zu etwas gezwungen. Alle handeln aus freien Stücken. Es ist einfach so, dass sie vergessen ... ja, sie vergessen so viele Dinge ... so viele Dinge ... Was meint Ihr, Vanice, was passiert, wenn man eines Tages mehr vergisst, als man jemals gewusst hat? Nichts Gutes, nehme ich an. Aber stellt Euch vor, Kylion hat mich sogar aufgefordert zu gehen! Das hier ist kein Ort für dich, hat er gesagt. Er meinte auch, ich solle mich keiner Menschenseele zu erkennen geben, sonst würde ich niemals frei sein von Ahekris. Und ich solle, wenn möglich, bei den Gespenstern unterschlüpfen. Dort würde man keine Fragen stellen – und vor allem würde das Böse die Gespenster nicht in der Weise berühren wie die Menschen. All das hat er mir gesagt, mein lieber kleiner Bruder. Und er hatte recht. Aber eines hat er doch nicht bedacht: Ich war zu lange in Ahekris, Vanice, allzu lange. Ein Stück der Stadt ist mit mir mitgekommen. Und hat das aus mir gemacht ...«

Er hob die Hände und lächelte mich an. Sein Lächeln brach mir das Herz.

»Und dann hat Grolek, dieser ekelhafte Grobian, auch noch Euer Blut genommen!«, rief ich aus, mit einem Mal zutiefst empört.

»Ja, aber dafür bin ich ihm sogar dankbar«, erklärte der Prinz, noch immer lächelnd. »Ich wusste ja schon längst nicht mehr, wer ich war. Ich stand vor dem Spiegel und fragte mich: Wer ist das, der mich da ansieht? Als er mich aufgeschnitten hat, hat mir das geholfen, mich zu besinnen.«

Ich wollte lieber nicht über das nachdenken, was Gereon gerade gesagt hatte. »Doch was war das Ziel Eurer Flucht?«, fragte ich stattdessen. »Man kann doch nicht immer nur davonlaufen.«

Noch während ich sprach, wurde mir klar, dass man dieselbe Frage mit demselben Recht auch mir hätte stellen können. Vermutlich hätte ich sogar dieselbe Antwort gegeben.

»Ach, ich glaube schon, dass man das kann. Ich jedenfalls wollte einfach nur weg.«

»Und warum seid Ihr nach Westen gegangen?«

»Ich dachte, die Fokris-Berge sind so groß, wenn ich die zwischen mich und Ahekris bringe, dauert es vielleicht länger, bis das Böse mich findet. Das Klügste wäre natürlich gewesen, ein Schiff zu nehmen. Aber das konnte ich nicht tun. Ich hatte nämlich Angst vor dem Meer. Wisst Ihr auch, warum ich Angst hatte?«

»Nein, Gereon.«

»Weil ich dachte, dass ganz Ebera eines Tages so sein würde, als wäre der Himmel gar kein Himmel, sondern Meer. Wenn das Böse gekommen wäre, versteht Ihr? Dann wäre es so, als wäre das alles hier auf den Grund des tiefsten Meeres gesunken. Dort unten muss es doch schrecklich dunkel sein, oder?«

»Ich vermute schon.«

»Ja, ich bin ganz sicher. Dort unten ist es schrecklich dunkel. Oder aber es gibt Lichter. Dann aber sind die Lichter noch furchtbarer als die Dunkelheit.«

Plötzlich bekam ich keine Luft mehr. Alles drehte sich um mich; ich fürchtete, in Ohnmacht zu fallen. Ich schloss die Augen und streckte hilfesuchend die Hand aus. Edmund – ausgerechnet – kam, um mich zu stützen.

»Ist Euch wohl, Vanice?«, fragte er.

Ich öffnete die Augen wieder und sah, dass Edmunds Gesicht keine Spur von Gehässigkeit zeigte. Auch aus seiner Stimme hatte aufrichtige Besorgnis geklungen. Verwundert betrachtete ich ihn. Mag sein, dass ihn die Worte des Prinzen daran erinnert hatten, dass es Dringlicheres gab, als mich zu hassen und zu verachten.

»Ja, danke … Aber was sollen wir nur tun?«

Natürlich hatte Justinius' Bruder keine Antwort auf diese Frage.

Doch in dem Moment, als ich sie stellte, fanden die ersten Sonnenstrahlen ihren Weg zu uns. Sie waren warm und kräftig und lösten den Dunst auf, der über dem Straßenpflaster hing.

Ich wollte das für ein gutes Omen nehmen; ein Zeichen, dass Elaah oder Sorin oder sonst ein guter Gott an uns dachte. Dann allerdings wandte ich den Blick nach vorne. Ich sah, dass da ein Reiter kam, von einem Wandersmann begleitet; mehr noch: ich sah, *was* da für ein Reiter kam.

Und ich begriff, dass es Thaala war, die den klammen Schleier lüftete, der die Windmarken verhüllte.

Sie trug Sorge, dass mein Verderben nicht lange Ausschau halten musste, ehe es mich entdeckte.

11

AM LAGERFEUER

Mykar

Die Sonne war noch nicht ganz untergegangen. Im Westen zeigte der Himmel leuchtende Töne von Rot und Gelb. Hingegen hatte sich im Osten schon die Dunkelheit herabgesenkt. Ein rostiger Widerschein des schwindenden Tageslichts versank in der bleiernen Flut der Nacht.

Nachdem ich meine Sachen abgelegt hatte, brachte ich Schecke zu den Eseln, damit sich die drei anfreunden konnten. Dann setzte ich mich an das Feuer, das mittlerweile in einigen Schritten Entfernung von dem bunten Wagen brannte.

»Hallo, ich bin Mykar«, sagte ich.

Die Spielleute hatten es sich bereits bequem gemacht. Sie hockten auf Decken und Tüchern. Ein Weinschlauch machte die Runde; dunkle Flüssigkeit strömte glucksend in Holzbecher. Auch ich bekam etwas zu trinken.

»Begrüßt unseren Ehrengast!«, rief Fissach, der seine Laute quer über die Knie gelegt hatte.

Seine Gefährten stellten sich mir vor – so erfuhr ich, dass Cillia und Alwin Geschwister waren, und Marlo beider Onkel –, und wir stießen mit den Holzbechern an. Es war schön, den starken, leicht harzigen Wein zu schmecken und die Wärme der Flammen zu spüren. Nebenbei stellte ich fest, dass ich mich mittlerweile an das Ahekrisch der Mandurier gewöhnt zu haben schien: Mühelos verstand ich die Spielleute.

»Du warst bei der Vorstellung in Auenbrück, nicht wahr?«, fragte Marlo.

310

»Auenbrück? Ach, so heißt das Dorf. Dort gibt es aber keine Brücke.«

»Von Auen ganz zu schweigen. Aber wie heißt es so schön? Mannigfach sind die Rätsel der Welt.« Fissach setzte eine gedankenschwere Miene auf.

»Vielleicht gab es früher eine Brücke und Auen?«, meinte ich.

»Jedenfalls haben wir das Stück gesehen. Es hat uns sehr gut gefallen.«

»Uns?«, fragte Cillia mit hochgezogener Augenbraue. Sie saß mir gegenüber, auf der anderen Seite des Feuers.

Ich hoffte, dass man im Zwielicht nicht sah, wie ich errötete. »Ich und ... äh ... Schecke, m-mein Maultier.«

»Das Maultier war auch im Schankraum? Das muss mir entgangen sein. Schecke heißt er? Ein schöner Name. Mag Schecke Bier und Braten?«

»Nein, Schecke war ... äh ... nicht im Schankraum. Ich ... ich habe ihm nachher davon erzählt.«

»Und? War er uns ein strenger Kritiker?«, wollte Fissach wissen.

»Es hat ihm wirklich gut gefallen. Vor allem der Kampf gegen die Hexe.«

»Ah ...« Der Barde lächelte selig. »Es ist schön, wenn des Dichters Mühsal durch das Lob einer verwandten Seele entlohnt wird.«

»Vielleicht schreibt das Maultier ja auch Stücke – oder gar Epen?« Cillia lächelte spitzbübisch. Ich war mir nicht sicher, ob ihr Spott mir oder Fissach galt.

»Nun, sollte das zutreffen, werde ich mich mal mit meinem Poetenbruder zusammensetzen. Vielleicht findet sich ja ein Garn, das wir zusammen spinnen können.«

»Oder eine Flasche, die ihr zusammen leeren könnt.«

»Bekanntlich schließt das eine das andere nicht aus, meine Holde. Man entzündet die Schöpferkraft an der Flamme des Weines. Dann dichtet man.«

»Es soll auch solche geben, die ihre Schöpferkraft in der Flamme des Weines verbrannt haben.«

Alwin, der bislang geschwiegen hatte, unterbrach das Geflachse der beiden. »Du bist nicht aus dieser Gegend, oder?«, fragte er an mich gewandt.

Er war klein und stämmig und sah Marlo wirklich ziemlich ähnlich. Sein blondes Haar war bereits schütter. Dafür hatte er dichte, schwere Augenbrauen und einen buschigen Kinn- und Backenbart.

Irgendwie fühlte ich mich ertappt bei seinen Worten. »Ist das so leicht zu erkennen?«, erwiderte ich.

Er zuckte die Achseln. »Wir sind Spielleute. Wir kommen herum und treffen eine Menge Leute. So wie du redest, würde ich sagen, du stammst aus den Windmarken.«

»Oder aus Brandenwall«, warf Cillia ein. »Bei denen da oben klingt es ähnlich.«

»Mir ist auch schon aufgefallen, dass ich anders spreche als die Leute hier. Ich bin tatsächlich nicht weit von der Perle geboren«, sagte ich.

»Ah, wusste ich's doch!« Alwin lächelte; offenbar war er zufrieden mit sich. »Und was verschlägt dich ans Beskalische Meer?«

»Das ist eine lange Geschichte«, sagte ich zögernd.

»Kein Problem, Freund!«, erklärte Fissach. »Wir lieben lange Geschichten. Ich habe dir doch gesagt, du sollst ein paar davon mitbringen.«

Ich senkte den Blick und dachte nach. Unmöglich konnte ich den Schaustellern erzählen, was wirklich vorgefallen war; aber ich wollte sie auch nicht anlügen. Dann, mit einem Mal, wusste ich, was ich zu sagen hatte.

»Ich habe mein Dorf verlassen …«, begann ich.

»Tja, so weit hatte ich mir die Sache schon selbst zusammengereimt.« Fissach schmunzelte, vielleicht ein wenig herablassend. »Ich hoffe, die Geschichte wird noch besser.«

»Ich habe mein Dorf verlassen, nachdem meine Verlobte ermordet wurde.«

»Oh«, machte Cillia.

»Ja, sie wurde ermordet. Es hieß, ich hätte es getan.«

»Und? Was ist dann passiert?«

»Ihr Vater und seine Freunde machten Jagd auf mich. Sie wollten mich töten.«

»Aber du bist ihnen entkommen?« Cillia sah aus, als bekümmerte sie mein Los. Ich fand das rührend. Schließlich war ich nur ein Fremder, der zufällig an ihrem Feuer saß.

»Ja und nein. Sie kriegten mich zu fassen und schlugen mich ohnmächtig. Mein Glück war, dass sie dachten, ich wäre bereits tot. Sie haben mich im Wald liegenlassen. Irgendwann bin ich wieder zu mir gekommen. Was blieb mir übrig, als zu fliehen? Zuerst habe ich mich eine Weile im Wald versteckt. Danach bin ich durch die Windmarken gezogen.«

Fissach pfiff durch die Zähne. »Zugegeben, so etwas hört man nicht alle Tage«, sagte er anerkennend.

»Mach keine Witze darüber!«, fauchte Cillia. »Das ist verdammt ernst und traurig!«

Der Barde hob entschuldigend die Hände. »Ich mache keine Witze!«, versicherte er. »Ich stelle nur fest, dass unser Freund hier allerhand erlebt hat!«

»Es tut mir leid zu hören, dass es dir so schlimm ergangen ist, Junge«, sagte Marlo nun. »Was hat dich dann in diese Ecke der Welt geführt?«

»Ein fahrender Händler hat einmal ein paar Tage bei uns im Dorf verbracht. Er hat von seinen Reisen erzählt und meinte, Donost ist sehr schön.«

»Das stimmt.« Cillia nickte. »Donost ist wirklich sehr schön.«

»Ihr – du kennst die Stadt?«, fragte ich.

»Und wie ich sie kenne! Ich bin dort geboren.«

»Wirklich?«

»Wir alle sind dort geboren«, sagte Marlo.

»Und dort spricht man auch Ahekrisch?«

»Sicher«, entgegnete er. »Was sollte man sonst sprechen?«

Ich nickte erleichtert. »Natürlich … was sonst?«

»Übrigens kannst du dich bald selbst davon überzeugen, was für ein kaisertreuer, gut-ahekrischer Flecken Erde Donost ist«, warf Fissach ein. »Wir sind nämlich auf dem Weg dorthin.«

»Ach … Ist es noch weit?«

»Nein, übermorgen müssten wir in Donost ankommen. Begleite uns doch den restlichen Weg. Dein Schecke mag ein großer Dichter sein, aber ich bezweifle doch, dass er als Zechkumpan taugt.«

»Oh, ich könnte mit euch mitreisen? Vielen Dank, da habe ich aber Glück.«

»Warte nur, bis du Marlo schnarchen gehört hast, Freund. Dann reden wir noch mal über Glück und Unglück.«

»Keine Sorge, Mykar«, sagte Cillia. »Wenn dich Marlos Schnarchen um den Schlaf bringt, musst du nur an Fissachs Füßen schnuppern. Das würde eine Horde Wildschweine umhauen.«

Zu meiner Überraschung lachte der Barde lauter als alle anderen über Cillias Witz. »Wer will noch mal?«, fragte er vergnügt, indem er nach dem Weinschlauch griff.

Wir stießen erneut an und tranken.

Dann wurde es still um das Lagerfeuer.

Die Flammen prasselten und das Holz knackte; gelegentlich schnaubte ein Esel, oder es raschelte im Gras. Sonst war nichts zu hören.

Das Schweigen war allerdings nicht unangenehm. Im Gegenteil. Immer wieder schenkte jemand Wein nach, und ich konnte spüren, dass die Spielleute schon viele behagliche Stunden im wortlosen Miteinander verbracht hatten. Danjes grimmiges Verstummen war da etwas ganz anderes.

Nach einer Weile wünschten Marlo und Alwin eine gute Nacht. Gähnend zogen sie sich in das Zelt zurück, das sie miteinander teilten. Cillia, Fissach und ich blieben am Feuer sitzen.

Ich hob die Augen und betrachtete den Nachthimmel. Der Mond schien hell in der von zahllosen Sternen gesprenkelten Schwärze. Es war ein halber, sich langsam rundender Mond. Ich erinnerte mich: In einer Neumondnacht war ich aufgebrochen. Das hieß, jetzt waren etwa anderthalb Monate vergangen, seit ich mit dem Elenden Ede über die Lichtung im Wald und die immergrüne Linde gesprochen hatte.

Ich dachte an Grolek und den *Fröhlichen Toten*. An den Prinzipal und den Schwarzen Jäger.

Und ich dachte an Scara, Justinius und Vanice.

Wie es ihnen wohl ergangen war? Ich glaubte nicht daran, dass sie es geschafft hatten, Rudrick zu bezwingen. Nein, nur ich konnte ihn vernichten. Was aber bedeutete das? Hatten die drei vielleicht selbst den Tod gefunden beim Versuch, meinen Feind zur Strecke zu bringen? Ich hatte mir kaum je die Frage gestellt, wie es ihnen wohl erging. Aber sie waren mir nicht gleichgültig.

In den Windmarken hatte bestimmt längst schon der Winter begonnen. Die Vorstellung, dass der Schnee auf die erstarrten Leichen meiner Freunde fiel – denn das waren sie doch, oder? –, machte mich traurig. Jetzt aber trennten uns schon fast siebenhundert Meilen. Siebenhundert Meilen voll von Bergen, Hügeln und Tälern, Auen, Flüssen und Sümpfen, Wäldern, Hainen und Wiesen, Städten, Dörfern und Höfen. Was immer in den Windmarken vor sich ging, es hatte nichts mit mir zu tun. Nicht hier, nicht heute. Auch wenn Scara, Justinius oder Vanice vielleicht denselben leuchtenden Halbmond betrachteten, zu dem ich in diesem Moment aufsah.

Ein Schnarchen riss mich aus meinen Gedanken.

Fissach hatte sich auf einem Lager aus Decken und Taschen ausgestreckt. Er schlief mit offenem Mund. Merkwürdig verbogen lag er da; die Laute war von seinen Beinen auf den Boden gerutscht. Für mich sah das nicht sehr bequem aus.

»Oh«, machte ich.

»Keine Sorge …« Cillia nippte lächelnd an ihrem Wein. »Es ist immer dasselbe mit Fissach. Er bleibt am Feuer, bis ihm die Augen zufallen. Irgendwann nachts wird ihm dann kalt und er legt sich richtig hin.«

»Warum tut er das?«, fragte ich, einfach um etwas zu fragen. Ich stellte fest, dass ich mich gerne mit Cillia unterhalten wollte.

»Tja, eine gute Frage. Ich glaube, er findet Schlaf doof, oder so …
Nun, ich möchte mir noch ein wenig die Beine vertreten, ehe ich
mich aufs Ohr haue. Kommst du mit?«

Ich warf einen kurzen Seitenblick auf meine Satteltaschen. Dort
lag Danjes Schädel; von ihr selbst fehlte jede Spur.

»Gerne«, sagte ich und erhob mich.

Der bunte Flickenwagen stand gleich am Straßenrand. Längst war
das Feuer zu einem Häuflein aus Asche, verkohltem Holz und rötlich glimmender Glut zusammengesunken. Es warf noch einen
schwachen Widerschein auf den schnarchenden Barden, das Zelt,
Schecke und die beiden Esel. Alles schlief. Cillia und ich machten ein
paar Dutzend Schritte. Man hätte meinen können, wir wären ganz
allein in der weiten, stillen Nacht. Mit dem Mondlicht senkte sich
ein geisterhafter Schimmer auf uns herab, dunkle Töne von Blau
und Grau. Doch immerhin konnte ich Cillias Gesicht erkennen.

Ohne es zu wollen, musste ich daran denken, dass da andere
Nächte gewesen waren – Nächte, in denen die schwärzeste Schwärze
vor meinen Augen leuchtete, in denen mir die Dunkelheit hell war
wie das Gleißen eines Sommermittags.

Die Nacht, in der ich versucht hatte, Cay zu befreien …

Ein Schwert, das niedersauste …

Verzerrte Gesichter …

Blut.

Ich schauderte.

»Ist alles in Ordnung?«, fragte Cillia.

»Ja … es ist nur … Manchmal ist da … ist da auf einmal eine Erinnerung in meinem Kopf …«

»Es tut mir leid«, sagte sie.

Ich versuchte zu lächeln.

»Hat das etwas mit dem zu tun, was dir … damals geschehen ist?«
Sie zeigte auf meine Hände.

Verwundert folgte ich ihrem Blick. »Was soll etwas – ach so.«

Meine Fingernägel. Ich hatte fast vergessen, dass sie schwarz waren. Während meiner Reise hatte ich die meiste Zeit über Hand-

316

schuhe getragen. Das hatte sich erst im Verlauf der letzten Woche geändert, als es wieder wärmer geworden war.

»Ja«, bestätigte ich. »Das ist so, seit sie auf mich losgegangen sind. Es muss eine ... eine Art Wunde sein.«

»Und das auch?« Jetzt zeigte sie auf meine Stirn.

»Ja, das auch.« Die fahle, wulstige Narbe hatte ich nicht vergessen. Ebenso wenig wie meine krumme Nase und die gebrochenen Zähne. »Ich bin wohl ... ziemlich hässlich«, murmelte ich. Obendrein fiel mir jetzt wieder auf, dass ich leicht lispelte.

»Unsinn – du bist überhaupt nicht hässlich.« Cillia blieb stehen und betrachtete mich nachdenklich. Da musste ich natürlich ebenfalls stehenbleiben. Zaghaft erwiderte ich ihren Blick; im unwirklichen Gespensterlicht schien da etwas in ihren Augen zu glimmen, das mir fremd und beunruhigend vorkam. »Wenn man dich ansieht, hat man das Gefühl, dass du aus einem Geheimnis herauskommst.«

»Ein Geheimnis? I-ich verstehe nicht ...«

Das Fremde und Beunruhigende wurde stärker. In mir stieg ein Gefühl auf, das der Angst ähnelte, aber doch – das spürte ich – etwas ganz anderes war. Plötzlich war mir flau im Magen, und meine Knie zitterten. Ich wollte umdrehen und davonlaufen. Zugleich fühlte ich den Drang, die Hand auszustrecken und ... und was eigentlich?

Für Cillia muss meine Ratlosigkeit recht lustig ausgesehen haben. Jedenfalls lachte sie. Sie legte den Kopf in den Nacken und lachte mit offenem Mund. Dann schüttelte sie sich, als wollte sie etwas verscheuchen. »Bei Jelkars Huren! Vielleicht hatten wir doch einen Becher zu viel ...«

Und da war noch etwas anderes, das mich verwirrte. Jetzt konnte ich es mir nicht mehr verhehlen: Cillia sah überhaupt nicht aus wie Danje. Zwar hatte sie rote, lange Haare und Sommersprossen. Das war aber auch die einzige Gemeinsamkeit. Sie kam so unbekümmert daher und strahlte doch auch etwas Feines und Zartes aus. Und ihre Haut war derart hell, dass sie im Mondschein von innen her zu leuchten schien. Ich fragte mich, wie es sich wohl anfühlte, mit den Fingern über ihre Wangen zu streichen.

Dann war es, als würde ich meine eigenen Gedanken hören; als stünde da jemand, der sie laut wiederholte, um mich der Lächerlichkeit preiszugeben.

Von jäher Scham erfüllt wandte ich mich ab.

»Wollen wir zurück zum Lager?«, fragte Cillia.

Ich nickte.

Während wir langsam die Straße entlanggingen, hielt ich den Blick gesenkt. Cillia war mir so nah, dass sie mich fast berührte.

»Wie hieß sie?«, fragte sie unvermittelt.

»Wer?«

»Deine Verlobte.«

»Danje – sie hieß Danje.« Ich hatte die Worte ausgesprochen, ehe ich begriff, was ich da sagte.

»Ich werde für sie beten.« Cillia flüsterte jetzt fast. Eine Sekunde lang spürte ich ihren Atem an meinem Hals, als sie sich mir zuwandte.

»Danke.«

»Sicher vermisst du sie sehr?«

Noch einmal blieb ich stehen. Ich legte den Kopf in den Nacken. Da waren der Mond und die Sterne und ein paar schmale Wolken wie Streifen von dunklem, halbdurchsichtigem Tuch.

Von irgendwoher kam ein Windstoß. Es rauschte und raschelte in den Zweigen der Pappeln, die am Straßenrand standen. Herbstblätter trudelten durch die Luft, dürr und faserig. Eins davon blieb an meinem Ärmel hängen.

»Nein, nicht mehr«, sagte ich.

12

THAALAS GNADE

Vanice

E in Elaah-Kreis, in dem zwei Sicheln prangen; am unteren Rand kreuzen sich die Griffe, das obere Halbrund wird von den gekrümmten Klingen durchbrochen.

Ich hatte es oft gesehen, dieses Zeichen. Meistens in meinen Albträumen. Denn der Kriegerorden, zu dem es gehörte, war Thaala geweiht. Im Namen der Dunklen Göttin verfolgte und vernichtete er das unheilige, das verbotene Leben: alle, die zwischen der Welt der Menschen und jener der Gespenster stehen; die dem Tod hätten anheimfallen sollen und doch irgendwie weiterexistieren; die das Licht und die Wahrheit scheuen und sich in Dreck, Moder und Finsternis verkriechen: in Gräbern und Grüften, verwunschenen Wäldern und längst verfallenen Ruinen.

Werwesen und Schattengänger. Fluchwürdige Ungeheuer. Missgeburten.

Kreaturen wie ich.

Ich wusste allzu genau, was geschehen würde, wenn sie mich zu fassen kriegten, die Streiter der *Bruderschaft des Zweiten Todes*. Sie würden mich in eine ihrer Ordensburgen bringen – die nächstgelegene erhob sich an den Ufern der Taar-Seen, wenn ich nicht irrte – und mir dort den Prozess machen. Mein Prozess würde strengen Regeln folgen. Ich müsste nicht befürchten, willkürlichen Quälereien ausgesetzt zu sein; es würden auch keine nach Schweiß und billigem Wein stinkenden Kerkerwächter in meiner Zelle über mich herfallen.

Nein, was mich erwartete, war die erbarmungslose Rechtschaffenheit derjenigen, die wissen, dass jede ihrer Taten immer schon geheiligt ist.

Wer die Folter dritten Grades überstand, ohne seine Sünden zu bekennen, galt bei der *Bruderschaft des Zweiten Todes* als unschuldig – das war bekannt. Es war auch bekannt, dass der Orden die Pflege der fälschlich Angeklagten übernahm. Denn was von einem übrig blieb, wenn man aus den Kellern der Thaala-Streiter entlassen wurde, taugte nicht dazu, in die Welt zurückzukehren.

In meinem Fall würde es kaum so weit kommen. Ich war nicht geschaffen, Feuer und Eisen zu widerstehen. Ich würde auf dem Scheiterhaufen oder dem Rad enden und durfte allenfalls darauf hoffen, dass mich die Henker betäubten, ehe die Martern begannen.

Seit vielen Jahren schon hatte ich gefürchtet, dass dies mein Los sein würde. Oft genug hatte ich das Schicksal herausgefordert, wenn ich mich umschwärmen und bewundern ließ, in Theaterlogen oder Ballsälen. Doch das hier war schon ein lachhafter Zufall.

Ich kam soeben aus einer Gespensterschenke, hatte ein halbverdautes Mahl von Verwestem im Magen und befand mich in Gesellschaft zweier Männer, die beide zu viel über mich wussten – und ausgerechnet jetzt musste ich einem Paladin der Dunklen Göttin begegnen.

Denn das war der Reiter, der sich uns näherte.

Ich erkannte es an dem Wappenrock, den er über seinem Kettenhemd trug. Auf weißem Tuch prangte schwarz der Elaah-Kreis mit den Zwillingssicheln. Bei den gewöhnlichen Kriegern der *Bruderschaft des Zweiten Todes* waren die Farben Mitternachtsblau und Rot.

Ein Paladin also. Etwas Schlimmeres hätte nicht passieren können.

Ich starrte den Reiter an. Ich blieb nicht stehen. Ich begann nicht, zu schreien und zu weinen. Doch in mir brach etwas zusammen. Es war, als hätte sich in meiner Seele ein Loch aufgetan, in das mein Leben hineinstürzte: alles, was ich je gewesen war, was ich getan und gefühlt und gesagt hatte. Die Angst füllte die Leere, füllte sie rasend schnell; füllte sie bis zum Rand und brachte sie zum Bersten.

»Vanice, seid Ihr Euch sicher, dass alles in Ordnung ist?«, fragte Edmund noch einmal. Er hielt meinen Arm umfasst.

Ich sagte nichts, starrte nur geradeaus.

Der Paladin und sein Begleiter waren vielleicht auf vierzig Schritte herangekommen. Es würde nicht mehr lange dauern, dann hätten sie uns erreicht.

Ich versuchte, die Angst niederzuringen. Doch jeder meiner Gedanken war ein Teil von ihr. Warum war ich nicht querfeldein gegangen, wie am Vorabend, um Justinius' Landsitz auf schnellstem Wege zu erreichen? Warum hatte ich die Straße gewählt? Sollten die Müdigkeit und der Wunsch, es ein wenig bequemer zu haben, meinen Untergang besiegeln? Und der Paladin? Was vermochte er? Würde ihm ein Blick genügen, um mich zu enttarnen? Konnte er es vielleicht sogar riechen oder gleichsam in der Luft schmecken, das madige Fleisch, das ich verschlungen hatte?

Ich kannte die Geschichten über die Elitekrieger der Bruderschaft. Es hieß, dass sie einen Eid geleistet hatten, vor keinem Kampf zurückzuschrecken, der dem Gesetz der Dunklen Göttin diente. Sie zogen stets allein durch die Lande und nahmen nur von den Provinzialen ihres Ordens und dem Kaiser selbst Befehle entgegen. Nacht für Nacht vertieften sie sich ins Gebet und warteten darauf, dass Thaala ihnen ein Zeichen schickte, wohin sie sich wenden sollten. Wenn sie ein solches Zeichen empfangen hatten, ruhten sie nicht eher, bis sie in dem Winkel Eberas, wohin sie gesandt worden waren, das Böse aufgespürt und ausgemerzt hatten.

War es möglich, dass der Paladin wegen mir in die Windmarken gereist war?

Fast schmeichelte mir der Gedanke.

Wieder war der Ordenskrieger ein Stück näher herangekommen. Er ritt auf einem Schimmel; ein Packpferd hatte er am Sattel festgebunden. An seiner Seite hing ein Langschwert; einen Helm trug er nicht. Der Mann, der neben dem Schimmel herging, war ganz in Schwarz gekleidet. Konnte es sich bei ihm um einen Knappen handeln? Aber das passte so gar nicht zu dem, was man sich über die

Bruderschaft des Zweiten Todes und ihre Paladine erzählte. Außerdem –
ein Knappe würde doch wenigstens einen Esel haben, oder?

Unterdessen war auch Edmund auf den Reiter und seine Begleitung
aufmerksam geworden.

Er stutzte, murmelte dann: »Ist das nicht …?«, noch immer, ohne
mich loszulassen. Allerdings veränderte sich sein Griff. Er wurde
fester, war nun nicht mehr stützend, sondern umschlingend; tatsächlich packte Edmund so hart zu, dass mir der Arm schmerzte.

Es war dieser Schmerz, der mich zu mir brachte.

»Lasst mich los! Ihr tut mir weh!«, fuhr ich Justinius' Bruder an.

Edmund wandte mir den Blick zu, und ich wusste sofort, dass die
Stunde gekommen war – die Stunde, da er sich für die Demütigung
rächen würde, die ich ihm zugefügt hatte. In seinen Augen war jetzt
wieder ein gehässiges, höhnisches Flackern; es verband sich mit einem Ausdruck siegesgewisser Boshaftigkeit.

»Ah, was haben wir denn da? Die *Bruderschaft des Zweiten Todes* –
wer hätte das gedacht?«, säuselte er.

Hastig sah ich mich um. Die schmale Straße, eigentlich mehr ein
Feldweg, führte zwischen Wiesen hindurch. Im Norden erstreckte
sich die Hügelkette, die man auch von Justinius' Landsitz aus erblickte. Vielleicht hätten mir die Hügel Schutz geboten, aber sie waren zu weit weg. Deutlich näher war der Wald – jener Wald, der sich,
wenn ich nicht irrte, bis zu Mykars Heimatdorf hinzog. Ihn könnte
ich erreichen. Wenn ich Edmund wegstieß und losrannte … Aber
nein. Der Paladin würde es sehen und eingreifen. Vermutlich in der
hehren Absicht, einer Dame beizustehen, die offenbar in Bedräng-
nis geraten war. Dass er selbst den Anlass zu meiner Flucht gegeben
hatte, würde er dann bald genug herausfinden.

Konnte Gereon helfen? Immerhin war er ja der Meinung, dass er
mich liebte; und wenn von mir nichts als ein Aschehäuflein übrig
blieb, war es wohl schlecht tunlich, mich auf einen Thron zu setzen. Doch auch hier hatte ich kein Glück: Der Prinz schlurfte neben
Edmund und mir her, wieder – oder immer noch – in Denkerpo-

se, mit auf dem Rücken zusammengelegten Händen und grüblerisch gesenkten Augen. Die trübe Hohlheit seines Blickes ließ befürchten, dass alles, was er sah, die vergangenen und zukünftigen Grauen waren, die ihn in ihrer unentrinnbaren Gegenwart gefangen hielten.

Ich hatte keine Wahl; ich musste mich auf Edmunds Spiel einlassen.

»Ihr sollt Eure Hand wegnehmen, habe ich gesagt!«, zischte ich.

»Wie war das, Euer Bekenntnis von letzter Nacht? Ihr braucht und ersehnt verwestes Fleisch? Ihr habt es ja auch bekommen, nicht wahr? Und wenn man genau hinsieht, stellt man fest, dass Euer Kleid ganz fleckig davon ist. Hmm, was meint Ihr? Würde das die Bruderschaft interessieren?«

»Bei Elaahs Gnade, Edmund! Ihr seid noch immer sturzbetrunken! Seht Ihr nicht, dass Ihr uns alle in Gefahr bringt, wenn der Paladin auf uns aufmerksam wird?«

»Uns alle? Seid Ihr Euch da sicher, Vanice? Geht es hier nicht doch vor allem um Euch selbst?«

Wieder blickte ich gehetzt um mich: Aber aus dem morgendlichen Schweigen des Landes erwuchs mir keine Rettung; weder aus dem klaren, harten, fast gleißenden Herbstlicht, das den Frost von den Blättern und Halmen schmolz, noch aus dem Windhauch, der mit kalten Fingern an meinen Haaren zupfte.

Dafür war der Ordenskrieger jetzt so nahe, dass ich sein Gesicht erkennen konnte. Er war ein beinah junger Mann, mochte ein paar Jahre mehr zählen als Justinius. Sein Haar war kurz und dunkel; sein Bart sauber geschnitten. Er hatte schöne, stolze Züge; vielleicht ein bisschen hager, und irgendwie auch traurig.

Ganz anders sein Begleiter: Bei genauerer Betrachtung stand zweifelsfrei fest, dass es sich bei selbigem nicht um einen Knappen handelte. Der Wandersmann hatte ein breites, grobes Gesicht und einen rötlich-braunen, struppigen Kinnbart; er schwang einen Wanderstock, trug ein Bündel über der Schulter und schaute durchaus vergnügt, zugleich ein wenig verwirrt drein.

Was mich meinerseits verwirrte, war, dass ihn seine schwarze Kleidung und vor allem die schwarze, schmucklose Kappe – die ein wenig wie ein Stapel geknickter Pergamente aussah – als Totengräber ausweisen. Das warf natürlich die Frage auf, weshalb um alles in der Welt ein Paladin der *Bruderschaft des Zweiten Todes* in solcher Gesellschaft reiste.

Ich hatte keine Antwort auf diese Frage, und das beunruhigte mich; vor allem, weil ich ein Gefühl nicht loswurde, als hätte ich den Totengräber schon einmal irgendwo gesehen.

Tatsächlich schien das auf Gegenseitigkeit zu beruhen. Der Mann warf mir nämlich seinerseits einen ziemlich unverhohlen forschenden – um nicht zu sagen: unverschämt stierenden – Blick zu, der von etwas anderem zeugte als Bewunderung für meine Schönheit.

Ich wich dem Blick des Totengräbers aus, allzu schnell, und hoffte, dass diese Geste nicht schon das Ausmaß der Angst verriet, die mich nun wieder zu überwältigen drohte. Der Schweiß lief mir den Rücken hinunter, das Herz hämmerte in meiner Brust; jetzt ging es darum, Edmund zu besänftigen. Ich musste unbedingt verhindern, dass er mich verriet; ja nicht einmal die kleinste Feindseligkeit zwischen uns durfte spürbar sein, wenn ich sichergehen wollte, dass unsere kleine Reisegruppe – die ohnedies merkwürdig genug war – nicht das Misstrauen des Paladins erregte.

»Gut, Edmund, was wollt Ihr von mir?«, flüsterte ich und sah Justinius' Bruder eindringlich an.

Der versuchte nicht einmal, seine Triumphgefühle zu verbergen. »Oh, dir liegt wohl doch etwas an deinem Leben!«, sagte er mit lüsternem Grinsen. »Bist bereit, alles zu tun, um es zu behalten, nicht wahr? Wie sich das für ein braves, kleines Hürchen gehört.« Er ließ meinen Arm los, legte die Hand um meine Hüfte und zog mich an sich. »*Alles* – oder?«

Der Paladin und sein Totengräber waren jetzt höchstens einen Steinwurf entfernt; ein paar Momente noch und sie hätten uns erreicht. Der Ziegenbärtige starrte mich unverwandt an, als ob ich ein Rätsel darstellte, das er ganz dringend lösen müsste.

»Ja, alles ...« Mir war, als müsste ich die Worte aus meinem Mund herausbrechen; mein Magen drehte sich um.

Edmund beugte sich vor und hauchte mir seinen sauren Weinatem ins Gesicht. »Warum erzählst du mir nicht, was du alles tun willst?«, fragte er in zärtlichem, neckend-verlockendem Tonfall, während er zugleich meine Hüfte knetete.

Ich traute meinen Ohren nicht. Hätte er mir Gewalt angedroht oder seine Macht über mich dreist ausgespielt – wahrscheinlich hätte ich ihm gegeben, was er von mir wollte. Aber diese Parodie auf Begehren und Verführung war so trostlos, so abstoßend und abgeschmackt und lächerlich, dass es mir auf einmal aussichtsreicher erschien, in den Folterkellern der *Bruderschaft des Zweiten Todes* zugrunde zu gehen, als ein Leben fortzuführen, auch nur einen Tag, eine Stunde länger, das einem solchen Gesetz unterstand.

Was war aus mir geworden, dass sich Edmund einbildete, so mit mir reden zu dürfen? Und wie war es möglich, dass ich mich allen Ernstes auf derartige Spielchen einließ? Was hatte ich mir nur angetan?

Ich blieb stehen, umfasste Edmunds Handgelenk und schob seinen Arm weg. Dann sah ich ihm in die Augen. »Nur zu, verratet mich«, begann ich. »Erzählt dem Paladin von meinem Hunger auf Leichenfleisch. Aber wagt es nicht, mich noch einmal anzurühren. Hört Ihr? Und noch etwas solltet Ihr wissen: Auch ich habe einiges zu erzählen. Vielleicht interessiert sich der Paladin ja für die Verbrechen, die Ihr zusammen mit Rudrick begangen habt. Vielleicht findet er es nicht so lustig, dass Ihr mit Euren Taten etwas Böses nach Ebera eingeladen habt.«

Edmund wich einen Schritt zurück; wieder vollzog sich einer dieser jähen, irritierenden Umbrüche seines Gemüts: Nun betrachtete er mich mit einem Blick, als wäre er ein kleiner Junge – und ich seine wutentbrannte Mutter, drauf und dran, ihm ein paar Maulschellen zu verpassen.

Mag sein, dass ich wirklich handgreiflich geworden wäre (sein Gesicht zeigte ja schon die Spuren meiner Krallen), doch nun war es zu spät. Der Ordenskrieger und der Totengräber waren auf einer

Höhe mit uns angekommen. Dumpf schlugen die Hufe der Pferde auf die unbefestigte Straße, und man hörte das Knarren von Leder, als sich der Reiter im Sattel umdrehte.

»Sorin mit Euch!«, sagte er mit heller, kraftvoller Stimme.

»Und mit Euch, mein Herr!«, entgegnete ich. Dabei machte ich sogar einen Knicks. Eigentlich war es nicht am Platz, dass ich dem Paladin antwortete, aber ich hielt es einfach nicht aus, stumm und steif dazustehen.

Edmund und Gereon hingegen schwiegen. Der eine schien noch immer ganz verstört von meinen Worten, der andere war mit seinen Gedanken, und wahrscheinlich auch mit seinem Herzen, ohnehin an einem anderen Ort. Allerdings galt Letzteres gleichermaßen für den Ordenskrieger. Als sich unsere Augen trafen, sah ich, dass er geradewegs durch mich hindurchschaute, obwohl ich in meinem Zustand doch einen recht seltsamen Eindruck erwecken musste. Ebenso wenig erregte die fahrige Überspanntheit von Justinius' Bruder oder das eigenartige Gebaren des Prinzen – der mittlerweile am Straßenrand kniete, als hätte er dort im Gras etwas ungemein Faszinierendes entdeckt – das Misstrauen des Paladins.

Er wandte den Kopf und richtete den Blick wieder auf die Straße; bereit, seinen Weg wohin auch immer fortzusetzen.

Ich konnte mein Glück kaum fassen und musste mich zusammennehmen, um nicht einen erleichterten Seufzer auszustoßen.

Aber natürlich hatte ich mich zu früh gefreut. Denn im Gegensatz zu seinem Herrn (wenn er das denn war) hatte der Totengräber keineswegs das Interesse an mir verloren. Er war kaum zwei Schritte von mir entfernt – doch der elende Kerl kniff die Augen zusammen, als ob er mich so besser erkennen könnte. Dabei zupfte er an seinem Ziegenbart herum und murmelte etwas Unhörbares; eigentlich war es lächerlich.

»Möge Thaala Euch ein langes Leben schenken, Herr Totengräber!«, sagte ich.

»Jaja … mh-mh …«, entgegnete er.

Am liebsten hätte ich ihm seinen götterverdammten Bart abgeschnitten und in den Rachen gestopft. Doch ich mühte mich nach Kräften, eine freundliche Miene zu machen. Und hoffte inständig, dass der Totengräber einfach weitergehen würde.

Da plötzlich hieb er mit der Faust in die flache Hand: »Sapperlot! Sie ist es!«, schrie er.

Ich zuckte zusammen, schüttelte heftig den Kopf. »Nein … bitte nicht …«, flehte ich.

Edmunds Blick sprang wild vom Totengräber zu mir und wieder zurück; der Ausdruck seiner Züge schwankte zwischen Angst und neuerlichem Triumph.

Gereon blieb am Straßenrand hocken, ganz versunken in die Betrachtung der taufeuchten Erde.

Der Paladin ließ sein Pferd halten. »Wer ist was? Wovon redest du, Halig?«, fragte er und zog am Zügel, sodass sich das Tier umdrehte.

»Die Frau … also, die Dame, wenn Herr Tamelon erlauben … ist die Dame mit der Leiche!«

»Verstehe ich dich richtig – dies hier soll die Dame sein, die du auf dem Friedhof gesehen hast?« Mit einer kurzen Kopfbewegung wies er auf mich; es hatte nicht den Anschein, als würden ihn die Worte des Totengräbers in Aufregung versetzen.

»Ja, und wie sie das ist!«, bestätigte Halig eifrig. »So eine … mit Verlaub … so eine sieht man doch nicht alle Tage! Und übrigens … nicht nur auf dem Friedhof, auch im Gasthof … also, bei den Gespenstern, will ich sagen.«

Der Ordenskrieger runzelte die Brauen. »Das sind schwere Anschuldigungen, die du erhebst«, sagte er leise. »Bist du dir darüber im Klaren, Halig?«

»Nein, nein!« Halig fuchtelte abwehrend mit den Händen; er klang erschrocken. »Keine Anschuldigungen! Nur Tatsachen! Ich stelle Tatsachen fest, wenn's recht ist, beschuldigen tu ich niemand!«

»Ich fürchte, das läuft auf dasselbe hinaus.« Der Paladin stieg aus dem Sattel; er hielt sein Pferd am Zügel, während er ein paar Schritte auf mich zu machte.

Vor wenigen Sekunden mochte er abwesend und gedankenverloren gewirkt haben – jetzt strahlte der Ordenskrieger eine einschüchternde Autorität aus. Die Wehmut in seinen Augen und die Sanftheit seiner Stimme vergrößerten noch das Gewicht dieser Autorität. Es war, als hätte er so viel gesehen, dass er keinen Zweifel daran hegte, was nun geschehen würde; als wären in seinem Geist alle denkbaren Entwicklungen ausgefaltet, die sich aus der jetzigen Lage ergeben könnten; und als wären sie samt und sonders schwarze Steine der Trauer, von denen einer bald schon auf seiner Seele lasten würde.

Mit einem Mal begriff ich, dass ich unfähig war, den Paladin anzulügen.

Auch Edmund schien etwas zu spüren von der seltsam anstrengungslosen, im selben Moment gleichmütigen und unerbittlichen Ausstrahlung von Macht, die dem Ordenskrieger eignete. Er senkte die Augen. In seinem Gesicht zeigten sich Erschöpfung und Reue.

Nur der Prinz blieb unbeeindruckt vom Auftritt des Paladins und meinem drohenden Untergang. Er rührte sich nicht vom Fleck, blieb knien, wo er war, und musterte weiterhin den Boden zu seinen Füßen.

»Mein Name ist Tamelon von Brunnenthal«, sagte der Ordenskrieger zu mir, indem er eine Verneigung andeutete.

»Ich heiße Vanice Devecraux«, antwortete ich, fast gegen meinen Willen.

»Meine Dame«, fuhr Tamelon fort (als ob Edmund und Gereon gar nicht da wären; als gäbe es nur uns und den Totengräber und den düsteren Steinbruch unserer Herzen), »Ihr werdet schwerer Vergehen gegen die göttlichen Gesetze beschuldigt. Ihr sollt Euch nachts auf einen Friedhof geschlichen und dort ein Grab geschändet haben. Schlimmer noch, Euch wird vorgeworfen, Leichenfleisch gegessen zu haben. Außerdem sollt Ihr in der Gespensterherberge *Zum Fröhlichen Toten* verkehren. Was sagt Ihr zu den Vorwürfen?«

Ich spürte, wie mir Tränen in die Augen schossen; ich schüttelte den Kopf und schwieg.

Dafür hatte Edmund die Sprache wiedergefunden. Er fiel vor Tamelon auf die Knie und rang die Hände, während es aus ihm hervorbrach: »Habt Erbarmen, Herr Paladin!«, schrie er. »Mein Name ist Edmund von Hagenow, ich bin der jüngste Sohn des Barons Gernot von Hagenow! Ich habe mich furchtbar versündigt, habe schreckliche Schuld auf mein Haupt geladen – schreckliche Schuld, jawohl! Aber ich bin nicht halb so schlimm wie dieses Weib da!« An dieser Stelle riss er die Hand hoch und bohrte den langen Zeigefinger in die Luft. »Lasst Euch nicht von ihrem holden Antlitz täuschen! Sie ist ein Ungeheuer, eine Hexe! Gestern Nacht habe ich gesehen … mit eigenen Augen … habe gesehen und kann bezeugen, dass sie verwestes Fleisch – Menschenfleisch, jawohl! – in sich hineinschlang! In einem Höllenloch von Gespenstergasthof, ganz wie Ihr sagt, Herr Paladin! Und sie hat Schlimmeres getan, viel Schlimmeres!« Nun wies der Finger auf Gereon. »Seht Ihr diesen Mann, diesen bemitleidenswerten, vom Schicksal geschlagenen Mann? Dabei handelt es sich um niemand anderen als Prinz Gereon. Jawohl, den Thronfolger Ahekriens! Oh, glaubt mir, Herr Paladin, er ist es! Ich lüge nicht! Seine Hoheit sind aus der Hauptstadt geflohen vor etwas Bösem … ich wollte das nicht … das Böse … ich schwöre! Nie, nie! … ist geflohen … und diese – diese Dämonenhure hat ihn zur Unzucht verführt, hat seinen Samen geraubt, um –«

Edmund unterbrach sich. Offenbar wusste er selbst nicht recht, was ich mit Gereons Samen anfangen wollte. Natürlich machte das keinen Unterschied: Ich war verloren, so oder so. Während Edmund seine Anklagen gegen mich vorbrachte, hatte ich begonnen zu weinen. Auf einmal kam mir alles so grauenhaft leer und sinnlos vor – das Leben, die Welt, unsere Liebe und unser Hass, ja die Hoffnung selbst –, dass ich mir wünschte, Tamelon hätte mir an Ort und Stelle den Kopf abgeschlagen, ohne viel Federlesens zu machen.

Doch das entsprach anscheinend nicht der Absicht des Paladins. Er hatte sich Edmunds Ausbruch mit sehr ernster, zunehmend widerwilliger Miene angehört. Jetzt trat er einen Schritt zurück. »Steht auf«, sagte er leise zu Edmund.

Als Justinius' Bruder dem Befehl gefolgt war, fragte der Ordenskrieger: »Wäret Ihr bereit, diese Anschuldigungen vor den Sonnen-richtern zu wiederholen?«

»Ja! Ja! Ich habe die Wahrheit gesprochen! Die Wahrheit!«

Tamelon wandte sich nun Halig zu. »Und du? Wirst auch du deine Anschuldigungen wiederholen, wenn wir vor dem heiligen Gericht stehen?«

Der Totengräber machte einen betretenen Eindruck. Er hatte seine Mütze vom Kopf genommen und knautschte sie zwischen den Fingern. »Ich wollte niemanden beschuldigen …«, murmelte er. »Wirklich nicht …«

»Darum geht es nicht, Halig. Wirst du deine Worte wiederholen?«

Halig nickte. »Wenn es denn unbedingt sein muss, Herr Tame-lon …«

Der Paladin drehte sich erneut zu mir um. »Meine Dame, ich habe zwei Zeugen, die bestätigen, dass Ihr gegen die göttliche Ord-nung verstoßen habt. Die Vorwürfe habt Ihr gehört. Ich frage Euch zum zweiten Mal: Weist Ihr sie zurück, oder bekennt Ihr Euch schuldig?«

Ich schwieg noch immer, weinte nur.

Tamelons Gesicht zeigte weder Zorn noch Verachtung; vielleicht lag sogar etwas wie Mitleid darin. Aber ich wusste, dass es auch darum nicht ging.

»Gut«, sagte er. »Es ist meine Pflicht, Euch den Sonnenrichtern vorzuführen. Möge die Wahrheit ans Licht kommen.«

Er ging zu seinem Packpferd, öffnete eine Satteltasche, holte ein Bündel hervor – einen in weißes Tuch gewickelten Gegenstand. Mit einer Kopfbewegung gab er Halig ein Zeichen. Der Totengräber folgte dem Wink und nahm das Bündel. Sorgfältig, fast ehrerbietig faltete Tamelon das Tuch auf. Doch erst, als er wieder an mich her-antrat, den schweren, metallenen Halsreif in Händen, begriff ich, was mich nun erwartete.

Thaalas Gnade.

Ein Hohes Heiligtum der Bruderschaft.

Man sagte, die Halsreife seien aus den Waffen und Rüstungen von

330

Märtyrern gefertigt worden, die vor Zeiten eine Ordensburg gegen den Ansturm höllischer Kreaturen – welche beauftragt worden waren, einen eingekerkerten Nekromanten zu befreien – verteidigt hatten und dabei bis auf den letzten Mann niedergemacht wurden. In Anerkennung des Opfers der Krieger hätte Thaala selbst dem damaligen Generaloberen offenbart, was mit den blutigen Schwertern und Zweihändern, den zertrümmerten Schilden und Helmen und Brustpanzern zu geschehen habe: Sie sollten eingeschmolzen und zu Halsreifen umgeschmiedet werden, auf denen fortan der Segen der Dunklen Göttin ruhen würde. Für jeden Krieger, der sein Leben hingegeben hatte, sollte ein Halsreif entstehen. Deshalb hatte man nur sechzehn Stück angefertigt; und von diesen sechzehn war mehr als die Hälfte in den Jahren verlorengegangen oder durch Feindeshand zerstört worden.

Die Schattenwesen und Nachtgestalten, Verderbten und Verirrten, die dazu gezwungen wurden, einen der Halsreife anzulegen, verloren, so hieß es, sofort ihre sämtliche Macht, jegliche ihrer Kräfte. Und der dunkle Stahl brannte sich in ihre Haut, fraß ihr Fleisch, sodass sie schon eine Vorahnung der ewigen Verdammnis erhielten, die Thaala dereinst über sie verhängen würde.

Wer aber unschuldig war, reinen Herzens und lauterer Seele, der konnte die Halsreife tragen, als wären sie ein Schmuckstück.

»Ihr wisst, was das ist?«, fragte Tamelon, indem er sie mir zeigte: die Gnade der Dunklen Göttin.

Ich nickte.

»Ich muss Euch diesen Reif jetzt anle-«

Ich schluchzte auf. »Bitte nicht …«, wimmerte ich. »Ich bin schuldig … ich bekenne es … ich habe alles das getan … ich bekenne alles …!«

Der Paladin flüsterte fast, als er sagte: »Es tut mir leid, es muss sein.«

Er machte einen weiteren Schritt auf mich zu; ich wich zurück.

»Meine Dame, wenn Ihr Euch widersetzt, wird es umso schlimmer. Besser, Ihr fügt Euch.«

Da war eine Bitte, ein Ersuchen in Tamelons Stimme; doch ich schluchzte nur noch lauter.

Plötzlich stürzte sich Edmund auf mich. Er packte mich an den Schultern, rief: »Ich halte sie fest, Herr Paladin!«

Ich schrie, hieb seine Hände zur Seite, wollte wegrennen.

Er griff nach meinen Haaren, riss mich zurück. »Jetzt geht's dir an den Kragen, du Luder!«, jubilierte er. »Jetzt wirst du sehen, was du davon hast!«

Wieder schlug ich um mich. Allein, es war, als hätte mir der schiere Anblick von Thaalas Gnade das Blut und das Leben ausgesaugt. Edmund war zu stark für mich.

»Lass sie los, Mann!«, donnerte Tamelon.

Aber Justinius' Bruder schien ihn gar nicht zu hören. Er schüttelte mich, spuckte mir ins Gesicht, keifte: »Hörst du, du wirst sehen, was du davon hast!«

Da hörte ich jemanden brüllen, lauter noch als Edmund, Tamelon oder mich selbst: »Meine Kaiserin! Ich komme!«

Gereon rannte in Edmund hinein, schleuderte ihn zu Boden, hockte sich über ihn, prügelte ihn mit den Fäusten. Ich sah all das und konnte es dennoch nicht glauben. Auf einmal war der Prinz, dieser halb durchsichtige, bis auf die Knochen abgemagerte Mann, von einer wilden, geradezu übermenschlichen Kraft erfüllt: Edmund, der ja annähernd die Statur seines Bruders hatte, war ihm hilflos ausgeliefert, versuchte verzweifelt, sein Gesicht gegen die immer heftigeren Schläge zu schützen.

Tamelon wollte eingreifen, wusste aber offenbar nicht, wohin mit seinem Heiligtum. Einige Sekunden blickte er hastig um sich. »Hier, Halig, nimm!«, rief er schließlich und drückte dem armen Totengräber, der sichtlich überfordert war, den dunklen Reif in die Hände.

Dann versuchte er, den Prinzen von Edmund wegzuschleifen. Doch das gelang nicht. Er zerrte an ihm, die Adern an seiner Stirn und seinem Hals traten fingerdick hervor, aber Gereons Körper schien sich in Stein oder Stahl verwandelt zu haben. Unverrückbar saß er auf seinem Opfer, schlug zu, wieder und wieder.

Und dann geschah es: Als hätte er plötzlich begriffen, dass er mit Fausthieben allein nicht den Schaden wirken konnte, nach dem es ihn verlangte, rammte er jählings den Daumen in Edmunds linkes Auge, während er dessen Kopf mit der freien Hand niederdrückte. Die Schreie von Justinius' Bruder, zuvor schon erbarmenswürdig, wurden nun unerträglich schrill und gequält.

Entsetzlich war der Prinz anzusehen. Sein totendürres Gesicht war schweißüberströmt, die schütteren Haare klebten am Schädel; er fletschte die Zähne und der Geifer troff ihm aus dem Mund, während er seinen Daumen tief und tiefer in die Augenhöhle bohrte; Blut quoll hervor, und mit einem letzten Kreischen fiel Edmund in Ohnmacht.

Noch immer zog und zerrte der Paladin vergeblich an Gereon. Indessen drehte sich der Prinz zu mir um, den Daumen in Edmunds linker, nunmehr leerer Augenhöhle vergraben. Ganz ruhig schien er jetzt; er sah mich an und lächelte.

Mir aber war, als könnte ich durch Gereons Pupillen hindurchschauen, mitten hinein in einen bodenlosen Abgrund von unendlicher Schwärze und Einsamkeit.

Ich wandte mich ab, hastig, panisch, und begann zu rennen.

13

WIRR UND IRR

Halig

Halig verstand die Welt nicht mehr.

Im Grunde war das für ihn kein Anlass zur Bekümmernis. Er war schon seit längerem mit sich übereingekommen, dass die Welt nicht dazu da war, verstanden zu werden. Schon gar nicht von einem wie ihm.

»Halig, du bist und bleibst ein Holzkopf«, hatte seine Mutter – Elaah habe sie selig! – oft und gerne zu ihm gesagt; vorzugsweise dann, wenn er wieder einmal irgendeinen Unfug angestellt hatte. Und Halig zweifelte nicht daran, dass seine Mutter in dieser Angelegenheit, wie in fast allen anderen auch, recht gehabt hatte.

Ihren weisen Worten folgend hatte er versucht, sich das Leben so einzurichten, dass alles schön überschaubar blieb. Da war es ihm zupassgekommen, dass sein Vorgänger als Totengräber, der gute Plauranz, eines Tages in ein Grab kippte, welches er für jemand anderen geschaufelt hatte, und nicht mehr daraus hervorkam. Das Ableben des Totengräbers war eine große Überraschung, hatte es sich bei ihm doch um einen Mann gehandelt, der in der Blüte seiner Jahre stand und nur so strotzte vor Saft und Kraft; und alldieweil sich niemand vordrängelte, das ehrenwerte Amt zu übernehmen, war Halig in die Hosen gestiegen, wie man so sagte.

Das hatte sich gewissermaßen ganz natürlich ergeben, weil er Plauranz bereits des Öfteren bei diesem und jenem zur Hand gegangen war. Zwar verspürte Halig keine besondere Neigung zu Leichen und Särgen, aber sie störten ihn auch nicht weiter, und Plauranz selbst war ein lustiger Geselle gewesen, der gerne Geschichten erzählt und ihn stets freundlich behandelt hatte, was durchaus nicht selbstverständlich war. Jedenfalls hatte Halig die längste Zeit keinen Grund gehabt, seinen Entschluss zu bereuen. Die Leichen nahmen keinen Anstoß daran, dass er ein Holzkopf war, und auch er selbst sah keinen Grund, sich darob zu grämen. Zumal beispielsweise die Witwe Elsa genug Lobenswertes an ihm fand, um ihn gelegentlich mit Marmelade und Küssen zu bedenken.

Aber ach!, dann war es wirr und irr geworden, sein Leben. Angefangen hatte alles mit jener fluchwürdigen Nacht, in der er trunken den Schwarzen Jäger foppte. Es folgten die bleichen Wanderer, die Gespensterschenke, die schöne blonde Frau auf dem Friedhof und schließlich, als er schon meinte, er würde fortan mit Skargats Jägern durch die Finsternis ziehen müssen, eine weitere verlorene Seele im Zug der Verdammten, war *er* aufgetaucht: der Herr Tamelon.

Irgendwie hatte Halig gewusst, noch ehe er den Paladin erstmals erblickte, dass da jemand gekommen war, der über die Macht verfügte, ihn vor dem Höllischen Waidmann und seiner Gespensterhorde zu beschützen. Zugleich hatte ihn die überaus beunruhigende Ahnung beschlichen – schon als er begriff, dass der Geweihte Dagian nicht alleine war –, dass sich sein Dasein nun von Grund auf ändern würde; dass nichts, aber auch gar nichts so bliebe, wie es vordem gewesen war.

Die düstere Ahnung bestätigte sich bald, als Tamelon anhob, zu erklären, was ihn in diese Gegend verschlagen und namentlich dazu bewogen hatte, das bescheidene Heim des unglücklichen Totengräbers aufzusuchen.

Der Ordenskrieger sagte: »Mein Name ist Tamelon von Brunnenthal, Halig. Ich bin ein Paladin der *Bruderschaft des Zweiten Todes*. Weißt du, was das ist? Gut, dann will ich gleich zur Sache kommen. Vor einigen Wochen hat mir die Herrin Thaala im Gebet offenbart, dass es in den Windmarken für mich zu tun gibt. Ich war damals in Benorien unterwegs und habe eine Weile gebraucht, um meine Geschäfte dort zu einem Abschluss zu bringen und hierher zu kommen. Meine Herrin war gnädig genug, mir den Weg in diesen Landstrich zu weisen. Ich bin von Dorf zu Dorf gezogen und habe mit den Geweihten und Ältesten gesprochen, um herauszufinden, wo Skargat sein hässliches Haupt reckt. Schließlich habe ich Ehrwürden Dagian getroffen.« An dieser Stelle nickte Tamelon dem Elaah-Geweihten zu, der ihm – wie Halig jetzt auffiel – mit seinem kurzen dunklen Bart, der hohen Stirn und den leicht eingefallenen Wangen wie aus dem Gesicht geschnitten schien. »Er hat mir erzählt, dass du, Halig, in der letzten Nacht der Toten weit vor Morgengrauen den Festplatz verlassen hast. Und dass seitdem eine Veränderung mit dir vorgegangen ist. Immer häufiger haben dich die Bauern gesehen, wie du in der Dämmerung auf den Wiesen oder der Straße lagst, in tiefstem Schlaf versunken. Den Leuten, denen du begegnet bist, kamst du verschreckt und fahrig vor. Schließlich hast du angefangen, deine Arbeit zu vernachlässigen. Auch hast du kaum noch dein Haus verlassen …«

Halig senkte schuldbewusst die Augen.

»Das alles ist Dagian nicht entgangen. Er hat sich Sorgen um dich gemacht. Aber erst mein Auftauchen hat den letzten Anstoß gegeben, bei dir nach dem Rechten zu sehen. Die Art, wie du uns empfangen hast, lässt mich befürchten, dass wir uns nicht geirrt haben. Offenbar ist dir Schlimmes widerfahren. Vielleicht hast du auch selbst Schlimmes getan. Ich kann dir helfen. Und ich will dir helfen. Dazu ist es aber nötig, unbedingt nötig, dass du mir die Wahrheit sagst. Die ganze Wahrheit.«

Der Totengräber war wenig erpicht darauf, vor Tamelon und Dagian das volle Ausmaß seines Elends auszubreiten. Noch viel weniger verlockte ihn allerdings die Vorstellung, dass ihm in der Nacht von Mingas Verhüllung der Schwarze Jäger einen Besuch abstatten mochte – und dass er den grausigen Gast dann mutterseelenallein empfangen müsste, wenn der Paladin nicht überzeugt war von seinem Bekennereifer.

Also begann er zu erzählen. Er ließ nichts aus, verschwieg und beschönigte nichts. Es ging leichter, als Halig erwartet hatte. Tatsächlich purzelten die Wörter nur so aus seinem Mund. Mit einer gewissen Inbrunst schlug er sich an die Brust und zieh sich selbst der Niedertracht; ja es bereitete ihm sogar Vergnügen, sich vor den hohen Herren zu demütigen.

Als er geendigt hatte, tauschte der Ordenskrieger einen Blick mit dem Geweihten. Halig war sich nicht sicher, was dieser Blick ausdrücken sollte; doch schien ihm nun, dass er sich geirrt hatte, als er meinte, zwischen den beiden eine brüderliche Ähnlichkeit ausmachen zu können. In Wahrheit war es doch so, dass Tamelon wie eine Fichte aussah, Dagian eher wie ein Apfelbaum; oder vielleicht auch ein Quittenbaum – was immer das jetzt wieder bedeuten sollte.

Der Paladin unterbrach Haligs Grübeleien. Seine Stimme war leise und streng, als er sagte: »Du hast große Fehler begangen. Fehler, die dich leicht dein Leben kosten könnten. Dein Leben und vielleicht sogar dein Seelenheil. Du hättest niemals allein durch die Nacht der Toten wandern dürfen, Halig. Dass du den Schwarzen Jäger herausgefordert hast, will ich dir nicht anrechnen. Diese zweite Verfehlung ist wohl eine Folge der ersten. Du warst schutzlos den bösen Geistern und Dämonen ausgesetzt und eine leichte Beute für Skargat. Er hat deinen Geist verwirrt, wie er es gerne tut. Schlimm ist hingegen, dass du angefangen hast, in der Gespensterschenke zu verkehren. Vor allem, weil dir dieses widerwärtige Tun offenbar nur zu gut gefallen hat – gibst du doch zu, dass du immer wieder an den unheiligen Ort zurückgekehrt bist. Und das ist noch nicht das Schlimmste. Ich sage dir, Halig, du hast eine nahezu unverzeihliche Sünde begangen, als du einfach fortfuhrst, dich in deiner Verworfenheit zu suhlen wie das Schwein in seinem Pfuhl, anstatt Ehrwürden Dagian aufzusuchen und um Hilfe anzuflehen. Du hättest längst schon in Reue und Demut vor die Götter treten sollen ...«

Der Totengräber begann zu schluchzen, als er die harten Worte hörte. »Es tut mir leid ... es tut mir so leid! Habt Erbarmen, Herr Tamelon!«

»... doch ich glaube nicht, dass mich die Herrin Thaala an diesen Ort geführt hat, um dich zu strafen. Ich glaube, dass sie mich zu dir geführt hat, um dich zu retten. Und weil du der Schlüssel bist, der mir die Tür zu etwas Größerem öffnen wird: etwas Größerem, Dunklerem und Bedrohlicherem. Etwas, wobei ich gebraucht werde.«

Halig, der sich schon vorgestellt hatte, wie Skargats Geißeln mit glühenden Zangen sein Gemächt malträtierten, wischte sich erleichtert die Augen. »Ich danke Euch, Herr Tamelon! Ich danke Euch von Herzen! Und ich verspreche, ich werde von nun an alles anders machen und mein Lebtag –«

»Mit Dank und Versprechungen ist es nicht getan«, unterbrach ihn der Paladin. »Du musst Buße tun.«

»B-b-buße?«, stammelte der Totengräber, der erneut die glühenden Zangen vor sich sah, wie sie seine besten und zartesten Stücke zwackten. »W-was für eine Buße?«

»Du wirst mich auf meiner Queste begleiten, Halig. Ich werde dein Herr sein und du mein Diener. Du wirst dich nach Kräften bemühen, das Gute zu stärken und das Böse zu schwächen, und nicht ruhen in diesem Bemühen, auch wenn es bedeuten sollte, dass du dich in Gefahr begibst. Denn manchmal muss man sein Leben verlieren, um es zu retten.«

»A-aber was wird aus den Toten … ich m-m-meine die Leichen, will sagen: die Särge …«

»Wenn erst der Winter hereingebrochen ist, wirst du doch sowieso niemanden mehr beerdigen können, Halig. Aber du hast recht: Man soll die Verstorbenen ehren. Ich werde mit Ehrwürden Dagian darüber sprechen, dass in deiner Abwesenheit jemand anders dafür Sorge trägt, dass sie einen Ruheort finden …« Selbiger brummte etwas Zustimmendes, obgleich er keinen sonderlich begeisterten Eindruck machte. »… und wenn alles geschafft ist, kannst du vielleicht in dein altes Leben zurückkehren. *Vielleicht*, Halig. Nun, das wäre alles. Ich werde heute Nacht bei dir bleiben und morgen brechen wir auf, ehe der Tag graut.«

»Aufbrechen? Wir? Ehe der Tag graut? Wohin – wohin geht es denn, Herr Tamelon?«

»Zunächst wirst du mir den Ort zeigen, wo sich dieser Gespenstergasthof befindet.«

»Der ist doch nur ein paar Meilen entfernt. Da könnten wir doch ein bisschen länger schla-«

»Zum Schlafen ist keine Zeit. Hast du nicht gehört, was ich dir eben gesagt habe? Ich werde die Stunden, solange uns Elaahs Antlitz leuchtet, zu Vorbereitungen nutzen. Und wenn die Götter gnädig sind, schenken sie mir vielleicht die Kraft, diese unheilige Schenke ein für alle Mal dichtzumachen, wenn die Nacht kommt. So beginnen wir, und dann schauen wir weiter.«

Halig wagte es nicht, den Ordenskrieger mit weiteren Fragen zu belästigen. Während Tamelon und Dagian das Übrige besprachen, bereitete er dem gewichtigen, sprich erhabenen Gast das Bett und zog sich in eine gemütliche Ecke beim Kamin zurück, wo er selbst sein Haupt niederlegen wollte. Bald darauf fiel er in tiefen Schlummer; einige Stunden brachte er in segensreichem Vergessen zu, unbehelligt von den Drangsalen, die sein Leben bestürmten – bis ihn der Paladin dann vor Tagesanbruch weckte. Halig verkniff sich jegliches Seufzen und packte geschwind seine Siebensachen.

Bald darauf traten die beiden ihre Reise an; der Ordenskrieger auf seinem edlen Schimmel, Halig zu Fuß. Und tatsächlich kam alles so, wie Tamelon es geplant hatte.

Das heißt, die Dinge entwickelten sich völlig anders, um die Wahrheit zu sagen, aber zweifelsfrei wäre alles entsprechend den Plänen des Paladins abgelaufen, wenn, ja wenn ihnen nicht die blonde Frau mit ihrer seltsamen Begleitung über den Weg gelaufen wäre.

Nun stand Halig da, starrte offenen Mundes auf das blutige Durcheinander, das ihn umgab, und fragte sich, was bei Sorins Weisheit soeben geschehen war.

Er sah die Blonde – genauer gesagt: ihren Rücken –, die mit wehendem Mantel und hüpfendem Haar auf den nahen Waldrand zurannte; die Dame Vanice Dev-irgendwas, die sie doch eigentlich hatten gefangen nehmen wollen. Wobei sich Halig nicht so sicher war, ob sie das wirklich wollten (weder was ihn selbst, noch was den Herrn Tamelon betraf), weshalb er ihre Flucht halb erleichterten Ge-

müts beobachtete. Leichen ausbuddeln und verspeisen schickte sich
nicht, das stand außer Frage. Da war zweifellos eine Zurechtweisung angebracht. Aber ob man die Gnädigste deshalb in den Kerker
werfen und am Ende gar auf den Scheiterhaufen bringen musste …?

Auch die Tatsache, dass die wüste Rauferei zu seinen Füßen endlich ein Ende gefunden hatte, erleichterte Halig. Sehr sogar. Auf einer Gauklerbühne wäre das alles ja ganz lustig gewesen. Aber wenn
sich dergleichen im echten, sozusagen wahren und wahrhaftigen
Leben zutrug, hörte der Spaß auf. Nachdem der Baronssohn (*der Baronssohn?!?*) Edmund von Hagebutte auf so unerquickliche Weise seines rechten Auges verlustig gegangen war, hatte ihn Ohnmacht umfangen, was unter den gegebenen Umständen sicherlich die beste
Lösung war. Hingegen hatte der Prinz (*der Prinz??!??!*) keinen Grund
gesehen, von seinem nunmehr vollends wehrlosen Opfer abzulas-
sen, hatte vielmehr begonnen, den Unglücklichen nach Herzenslust
zu würgen.

Da war es denn auch dem Herrn Tamelon zu bunt geworden. Der
Paladin hatte nicht länger versucht, Gereon wegzuschleifen (und
warum zum Henker hatte das nicht geklappt? Seine Hoheit waren
doch nur Haut und Knochen!), sondern zum Schwert gegriffen. Entschlossen hatte er selbiges aus der Scheide gezogen und mit der flachen Seite auf das gesalbte Haupt gezielt, hatte auch gut getroffen,
sodass der Prinz kaum die Zeit fand, ein dumpfes Ächzen auszustoßen, ehe er über dem bedauernswerten Edmund zusammenbrach.

Nun stand Tamelon da, schwer atmend und mit gerötetem Gesicht, und schien sich dieselbe Frage zu stellen, die auch den Totengräber umtrieb: ebenjene, was bei Sorins Weisheit – oder bei Elaahs
Gnade, oder, vielleicht passender noch, bei Skargats Finsternis – gerade geschehen war.

Halig beschloss, den Stier gewissermaßen bei den Hörnern zu
packen, indem er bewusste Frage an den Ordenskrieger richtete.
Zumindest versuchte er es; allerdings vermochte er nur, ein irgendwie flehentliches »Herr Tamelon …« hervorzubringen.

Der Angesprochene verstand ihn trotzdem. »Ich wünschte, ich

wüsste es«, entgegnete er kopfschüttelnd, steckte sein Schwert weg und betrachtete zwei, drei Herzschläge lang die beiden Bewusstlosen, die vor ihm auf der schlammigen Straße lagen.

Plötzlich besann sich Halig seiner Pflicht, das Gute zu stärken und das Böse zu schwächen, und zwar nach Kräften.

»Herr Tamelon«, begann er noch einmal. »Die Gnädigste … also die Dame Vanice Do- … ähm … jedenfalls hat sie Fersengeld gegeben.«

»Ja, das ist mir nicht entgangen …« Nachdenklich blickte Tamelon in Richtung des Waldrands; die Blonde hatte bereits die Wiese überquert und war drauf und dran, zwischen den schützenden Bäumen zu verschwinden. »Aber ich fürchte, das ist jetzt nicht unser größtes Problem.«

»Ah … und was ist unser größtes Problem?«

»Wie gesagt: Ich wünschte, ich wüsste es. Ich weiß nur, dass hier etwas sehr Seltsames vorgefallen ist. Etwas, das mich beunruhigt.« Der Paladin gab sich einen Ruck. »Komm, wir wollen uns um den Verletzten kümmern. Vielleicht kann er uns Aufklärung verschaffen, wenn er wieder zu sich kommt.«

Er trat an Halig heran, nahm ihm den dunklen, unheimlichen Metallreif und das weiße Tuch aus den Händen, hüllte das Heiligtum sorgsam ein, ging dann zu dem Packpferd und verstaute den Reif ebenso sorgsam in einer Satteltasche. Als er zu dem Totengräber zurückkehrte, hatte er Verbandszeug und einen hölzernen Tiegel bei sich.

Auf Tamelons Geheiß hin hob Halig den Kopf des Baronssohns an, langsam, vorsichtig, und bettete ihn in seinem Schoß, nachdem er zuvor den Prinzen ein Stückchen zur Seite geschafft hatte, wobei er durchaus darauf achtete, es beim Manövrieren des erlauchten Erschlafften nicht an Ehrerbietung fehlen zu lassen.

Den Paladin bei der Versorgung Edmunds zu unterstützen, war da die deutlich schwierigere Aufgabe. Der Umgang mit Leichen war Haligs täglich' Brot, und er hielt sich etwas darauf zugute, nicht eben zimperlich zu sein. Aber der Anblick des blutigen Schleims, der aus der Augenhöhle floss, sorgte dafür, dass ihm die Galle hochkam, und er fürchtete, er werde alsbald die halbverdauten Reste seines (eher kümmerlichen) Frühstücks über dem unglücklichen Baronssohn verteilen.

Tamelon war da weniger heikel. »Später sollten wir die Wunde ausschaben und etwas Steinschweiß darauftun, damit sie nicht brandig wird. Wir werden auch die Lider zunähen müssen …«, erklärte er, indem er etwas Salbe um die Augenhöhle schmierte und den Verband anlegte, »… aber für den Anfang sollte das reichen.«

»Ganz wie Ihr wünscht, Herr Tamelon«, murmelte Halig, der dazu übergegangen war, den an diesem Morgen blassblauen Herbsthimmel anzustarren. Er versuchte verzweifelt, sich etwas Schönes vorzustellen. Leider hatte gegenwärtig sogar die Erdbeermarmelade der Witwe Elsa – so wenigstens kam es dem Totengräber vor – eine unleugbare Ähnlichkeit mit auslaufenden Augen.

Vielleicht wäre es wirklich so weit gekommen, dass Halig einen Brei aus Brot, Apfel und eben Marmelade über Edmund ergossen hätte, doch in diesem Moment regte sich der Verletzte.

Genauer gesagt: Er stöhnte. »H-h-helft mir … helft mir …«

»Wir tun, was wir können, Edmund«, sagte Tamelon. »Das Beste wäre, wir würden Euch ins nächste Dorf bringen. Vielleicht finden wir irgendwo einen Heiler. Könnt Ihr Euch bewegen?«

Mühsam schüttelte Edmund den Kopf. »Nein, kein Dorf …«

»Ihr seid schwer verletzt und braucht eine gründlichere Versorgung. Unmöglich könnt Ihr auf offener Straße bleiben!«

»Der Landsitz … der Landsitz …«

Der Paladin zog die Brauen zusammen. »Was für ein Landsitz?«

Edmund schluckte schwer. Dann krächzte er: »Mein Bruder Justinius … bringt mich zu seinem Landsitz.«

14
WIE TSCHILPENDE VÖGLEIN

Halig

Es dauerte eine Weile, bis sie besagten Landsitz erreichten. Oder vielmehr: Es dauerte eine Weile, bis sie überhaupt aufbrachen.

In seinem Zustand konnte Edmund ja weder gehen noch reiten. Auch fiel er immer wieder in Ohnmacht; und wenn er bei Sinnen war, war er vollauf damit beschäftigt, zu jammern, zu klagen und zu seufzen. Das war natürlich völlig verständlich, schließlich wurde einem nicht alle Tage ein Auge ausgedrückt, den Göttern sei Dank! Halig, dem dergleichen glücklicherweise noch nicht widerfahren war, war sich sicher, dass er an Edmunds Stelle ebenso laut gestöhnt hätte – wahrscheinlich sogar noch viel lauter. Er war ja nicht der Sohn eines Barons, sondern eines Tagelöhners (Tagediebs, wie manche behaupteten), da lag einem die kriegerische Tapferkeit nicht so im Blut.

Schließlich entschied Tamelon, dass es das Beste wäre, eine Trage für den Verwundeten zu bauen. Zu diesem Zweck schickte er Halig in den nahegelegenen Wald, wo auch die holde Blonde verschwunden war. Ein wenig mulmig war dem Totengräber bei dem Gedanken, der Dame Vanice Di-und so weiter allein zwischen Büschen und Bäumen zu begegnen. Er konnte nur hoffen, dass sie die Leute nicht eigenhändig umbrachte, wenn sie Magenknurren bekam, sondern sich auf die bereits Toten beschränkte. So oder so – er sorgte sich umsonst. Von der Gnädigsten gab es weit und breit keine Spur. Dessen ungeachtet beeilte sich Halig, geeignete Stöcke für die Trage zu finden, und war froh, als er zu dem Paladin zurückkehren konnte, der in der Zwischenzeit bei Edmund gewacht hatte – gemeinsam mit Prinz Gereon, der nach seinem Anfall von Mordlust in einen Zustand schafiger Gleichmut verfallen war.

Tamelon war zufrieden mit der Auswahl des Totengräbers. Er holte ein Schnurknäuel und ein Seil aus der Satteltasche hervor, zückte ein Messer, das an seinem Gürtel hing, und schnitzte ein wenig an den Stöcken herum, ehe er sie zusammenband und das Seil an der obersten Querstrebe verknotete. Prüfend betrachtete der Paladin sein Werk; dann nickte er.

»Gut, Halig, das wird reichen. Wir wollen ihn auf die Trage legen.«

Gesagt, getan. Edmund stöhnte erneut, öffnete aber nicht die Augen; oder vielmehr das Auge. Dieses Mal schien ihn die Ohnmacht länger umfangen zu halten, und Halig hoffte für alle Beteiligten, dass sie auch während der ungemütlichen Reise, die den Baronssohn erwartete, anhalten würde.

»Und was jetzt, Herr Tamelon?«, fragte er, nachdem sie den Verletzten bestmöglich plaziert hatten.

»Jetzt wirst du dieses Seil nehmen und die Trage ziehen.«

»I-ich? Die Trage? Und was ist mit –« Halig hob bereits die Hand, um auf den Prinzen zu zeigen, besann sich dann allerdings eines Besseren, als ihm Tamelon einen überaus strengen Blick zuwarf. »Äh, ich meine natürlich … selbstverständlich, a-also, es ist mir eine Ehre! Allein … wohin denn?«

»Nun, du hast Edmund doch gehört. Zum Landsitz seines Bruders Justinius.«

»Aber … aber Seine Hochwohlgeboren haben uns doch gar nicht gesagt, wo das ist!«

»Das ist auch nicht nötig. Ich bin nicht zum ersten Mal in den Windmarken. Und es gibt hier nur wenige Adelshäuser.« Der Paladin erlaubte sich ein leises Lächeln. »Da ist es nicht schwer, den Überblick zu behalten, wer wo haust.« Das Lächeln verblasste. »Eine Sache allerdings verwundert mich …«

»Und die wäre, Herr Tamelon?«

»Warum der Landsitz? Warum nicht die Burg derer von Hagenow?«

»Oh, und ich dachte Hagebutte!«, platzte Halig heraus.

»Wie bitte?«

»N-n-nichts, Herr Tamelon! Und warum … äh … ist das verwunderlich … das mit der Burg?«

»Justinius' Landsitz ist nicht weit entfernt. In ein, zwei Stunden sollten wir da sein. Je nachdem, wie viel Mühe du mit der Trage hast. Aber auch die Burg derer von Hagenow liegt kaum eine halbe Tagesreise von hier. Und man müsste doch meinen, dass Edmund auf der Burg seines Vaters die allerbeste Pflege zuteil werden würde. Verstehst du, Halig?«

»Ah«, machte der Totengräber und hoffte, Tamelon werde nicht merken, dass er keine Ahnung hatte, wovon die Rede war.

Bald hatte er aber auch andere Sorgen. Edmund war recht groß geraten und entsprechend schwer, da machte ein Auge mehr oder weniger keinen nennenswerten Unterschied; entsprechend hatte Halig seine liebe Müh, mit der Trage, die ja genaugenommen eher eine Bahre war, im Schlepptau voranzukommen. Dass die Straße verschlammt und mit Schlaglöchern übersät war, machte die Sache nicht besser. Zumal der Baronssohn immer wieder drohte, von seiner Bahre zu kippen. Schon nach kurzer Zeit brach Halig der Schweiß aus; bald schnaufte er zudem wie ein schwindsüchtiger Holzfäller. Und als dann endlich der Gutshof in Sicht kam – seiner Empfindung nach hatten sie sich deutlich länger als »ein, zwei Stunden« über Landstraßen und Feldwege gemüht –, war es obendrein so weit gekommen, dass ihm das rauhe Hanfseil die Handflächen aufgescheuert hatte.

Tamelon war die ganze Zeit vor dem Totengräber hergeritten, ohne ein Wort zu sagen und ohne sich auch nur ein einziges Mal umzudrehen. Offenbar machte er sich keine Sorgen darum, dass Gereon auf den Gedanken kommen könnte, davonzulaufen oder einen anderen Weg einzuschlagen – und tatsächlich hielt sich der Prinz an Haligs Seite; wobei man sich in Anbetracht seines Blicks, der tief und leer war wie ein ausgetrockneter Brunnen, schon fragen konnte, ob er überhaupt wusste, wo er langging.

Auch als der Paladin jetzt die Hand ausstreckte und verkündete: »Da ist es!«, zeigte Gereons Gesicht nicht die allerkleinste Regung.

Dem Totengräber, der sich mittlerweile fragte, ob er nicht gern sein rechtes Auge drangegeben hätte, wenn er sich dafür auf die Bahre hätte legen dürfen, fiel hingegen ein Stein vom Herzen. Er stieß einen erleichterten Seufzer aus, war allerdings zugleich auch erstaunt. Denn das Anwesen, das sich in einigen hundert Schritten Entfernung aus dem Herbstdunst erhob, machte auf ihn keinen sonderlich herrschaftlichen Eindruck. Da fiel ihm ein, dass er ein paar Mal merkwürdige Geschichten über Justinius von Hagebu- … von Hagenow gehört hatte: Er sei im Suff mit dem Schwert auf seinen armen, alten Vater losgegangen und dafür verstoßen worden; jetzt friste er sein Dasein in einer göttervergessenen Ruine.

Nun, eine Ruine war der Landsitz nicht gerade, wie Halig erkannte, als er näher an das Gemäuer herangekommen war. Zwar schien alles ein wenig schäbig, und bei einem Nebengebäude war sogar ein Teil des Daches eingestürzt. Dennoch hatte das Anwesen etwas Einladendes und Gemütliches. Wobei Halig gegenwärtig auch einen Schweinestall einladend und gemütlich gefunden hätte – ihm war alles recht, wenn er nur aufhören konnte, diese vermaledeite Bahre hinter sich herzuschleifen.

Tatsächlich sah es so aus, als hätte seine Mühsal ein Ende. Schon durchschritt er ein halbvermodertes Tor. Dahinter lag ein teils mit Steinplatten ausgelegter Hof. Halig blieb neben einer von grünlich-weißen Flechten überwucherten Statue stehen, ließ das Hanfseil los und atmete tief durch. Neben seinen Händen schmerzten auch sein Rücken und seine Füße, und er schickte ein Stoßgebet zu Sorin, dass es irgendwo auf dem Landsitz eine gute Seele gäbe, die ihm ein Bier und einen Kanten Brot anbieten würde (Wurst und Käse wären auch nicht schlecht, wenn er es recht bedachte). Während der Totengräber verschnaufte, führte Tamelon, der bereits aus dem Sattel gestiegen war, sein Pferd zu den am Rand des Hofes untergebrachten Stallungen. Vielleicht wollte er es dort anbinden; vielleicht suchte er auch einen Knecht, der ihm weiterhelfen konnte.

Halig lauschte auf Kuhgemuhe, Schweinegrunzen und Hühnergackern und fragte sich müßig, welcher hohe Herr da wohl auf dem Sockel neben ihm verewigt worden war und den Tauben nun als Plumpsklo diente.

Dann schwanden sämtliche hohe Herren der Welt, lebende wie tote, aus seinem Geist. Auch seine Schmerzen waren vergessen. Denn die Sonne ging auf. Genaugenommen war die Sonne ja bereits vor einigen Stunden aufgegangen, und diese Sonne hier – eine andere, schön runde, will sagen: weibliche Sonne – ging auch nicht auf, sondern kam die Treppe vor dem Herrenhaus hinunter, aber –

Halig machte ein paar erstaunlich behende, leichtfüßige Schritte auf die Sonne zu (er merkte es selbst, am liebsten wäre er gehüpft und gesprungen), die unterdessen ihre Hände an die Hüften legte und ihm mit zweifelndem Blick entgegensah.

»Ich bin Halig«, flötete er.

»Ja, so siehst du auch aus«, erwiderte die Sonne.

»Und du?«

»Scara.«

»Scara?«

»So heiße ich.«

Scara – was für ein Name! Klang er nicht wie zwei (oder drei) tschilpende Völein, die einander im Abendlicht umflattern, nachdem sie ihrer Brut Würmer und vielleicht Käfer in den Schnabel gestopft haben, die flattern und singen, bis einer von ihnen aus Versehen gegen einen Baum fliegt, woraufhin er zu Boden stürzt und von einem Fuchs gefressen wird, der dabei so schwungvoll zu Werke geht, dass die Federn aufs drolligste durch die Luft schwirren?

»Scara«, wiederholte Halig, und sein Herz frohlockte.

Die nächsten Stunden verbrachte er hinter einem Schleier der Entzücktheit. Wobei strenggenommen nicht viel Entzückendes geschah: Edmund wurde geschwind ins Haus und zu Bett gebracht. Bei diesem Bett handelte es sich offenbar um dasselbe, in dem für gewöhnlich sein Bruder Justinius zu nächtigen pflegte, und Halig war ein wenig enttäuscht, dass in dem blaublütigen Schlafgemach so wenig Gold und Silber zu finden waren. Oder vielmehr: Er wäre enttäuscht gewesen, wenn nicht Scara das Zimmer – und jedes einzelne Staubkorn, das durch die Luft trudelte – mit ihrer Anwesenheit zum Leuchten gebracht hätte. Sie ließ es sich auch nicht nehmen, dem Paladin zur Hand zu gehen, als der sich wieder an Edmund zu schaffen machte. Was wiederum dazu führte, dass Halig, dessen Unterstützung ebenfalls benötigt wurde, trotz allem Schaben und Zunähen keinerlei Neigung zeigte, in Ohnmacht zu fallen.

Nachdem Edmund versorgt war, verfügten sie sich allesamt in den Speisesaal. Hier gab es einen mächtigen Kamin, einige angerostete Ritterrüstungen und eine lange Tafel, an der Tamelon Platz nahm. Er forderte auch Gereon, Halig und Scara auf, sich zu setzen. Wahrscheinlich hatte er eine Aussprache im Sinn. Doch dazu kam es zunächst nicht. Denn plötzlich begann Prinz Gereon, wie am Spieß zu schreien. Alle Versuche, ihn zu beruhigen, fruchteten nicht. Dann bekam er einen Weinkrampf, verfiel schließlich wieder in erstarrtes Schweigen. Tamelon beauftragte die Diener, Gereon nach draußen zu geleiten und im Hof spazieren zu führen.

Ulla, Egbert und Stane – der Totengräber kannte sie von manchem Dorffest und hatte die Ehre gehabt, Stanes Oheim zu begraben – leisteten diesem Befehl halb widerwillig, halb erleichtert Folge. Zwischenzeitlich hatten sie Halig mit Fragen bestürmt: Wo war die Dame Vanice abgeblieben? Was, bei Elaahs Gnade, war mit dem Herrn Edmund geschehen? Wer war die seltsame, spindeldürre Gestalt, dieser jungenhafte Greis? Und was zum Kuckuck hatte er, Halig, eigentlich auf dem Landsitz des Herrn von Hagenow verloren? Wahrscheinlich ahnten Ulla, Egbert und Stane, dass sie auf manche ihrer Fragen nun überhaupt keine Antwort mehr bekommen würden; nicht von Halig, der sowieso nicht recht wusste, was er ihnen entgegnen sollte, und auch von sonst niemandem.

Aber vielleicht war das den dreien gar nicht so unlieb.

Sowie sich die Türen des Speisesaals geschlossen hatten, richtete der Paladin das Wort an Scara.

»Ich hatte noch keine Gelegenheit, dich nach deinem Namen zu fragen, Mädchen«, begann er.

»Sie heißt Scara«, hauchte Halig.

Tamelon betrachtete ihn mit irritierter Miene, wandte sich dann wieder Scara zu. »Ich danke dir für deine Hilfe. Ich habe manchen Krieger gekannt, der den Anblick einer derart schrecklichen Wunde nicht ertragen hätte. Aber sag mir: In welchem Verhältnis stehst du zu den von Hagenow?«

»Ich sorge dafür, dass Justinius schön Abendbrot isst, ehe er zu Bett geht, und nicht ständig in Pfützen patscht.«

Unwillig zog Tamelon die Brauen zusammen. Sein Ton schwankte zwischen Ärger und Verwunderung, als er fortfuhr: »Das heißt, du bist seine Dienerin?«

Scara wiegte den Kopf. »So würde ich das nicht sagen, o edler Ritter.«

»Aha. Und was *würdest* du sagen?«

»Dass Justinius denkt, ich sei seine Dienerin, o edler Ritter.«

»Jedenfalls kennst du Justinius und Edmund von Hagenow und auch die Dame Vanice Devecraux, richtig? Gut, dann kannst du mir vielleicht erklären, was hier vor sich geht.«

»Ich kann. Soll ich auch, o edler Ritter?«

»Ja, du sollst«, entgegnete Tamelon.

»Würdet Ihr mir vorher noch sagen, wo das liebe Mädchen abgeblieben ist, o edler Retter?«

»Das liebe …«

»Das liebe, *blonde* Mädchen, o edler Ritter.«

»Die Dame Vanice? Nun, sie wird beschuldigt, Leichenfleisch gegessen zu haben. Ehe ich sie gefangen setzen konnte, hat sie die Flucht ergriffen. Und ich habe entschieden, sie vorerst ziehen zu lassen.«

Scara machte ein bekümmertes Gesicht. »Leichenfleisch? Hätte sie bloß auf mich gehört und sich zur rechten Zeit die Haare geschnitten …«

»Gut, Mädchen, dem sei, wie ihm wolle. Ich warte auf deine Erklärung.«

»Sofort, o edler Ritter …«

Kurz wünschte der Totengräber, dass er Ulla, Egbert und Stane einfach hätte folgen dürfen. Doch natürlich ging das nicht an. Denn zum einen war ihm ja aufgetragen worden, sich nach Kräften für das Gute einzusetzen, und zum anderen wollte er natürlich nicht, dass die Sonne ohne ihn schien, ihre Strahlen sozusagen in seiner Abwesenheit erglänzen ließ.

Dennoch fühlte sich Halig unwohl. Oder besser gesagt, es breitete sich eine tiefe, zugleich friedfertige und untröstliche Traurigkeit in ihm aus. Er wusste, dass das, was es hier zu hören gab, ihn noch weiter von dem geruhsamen Totengräber-Leben entfernen würde, das er bislang geführt hatte.

Und irgendwie wusste er auch, dass ihm der Rückweg für immer versperrt war.

DAS ZWEISEITIGE DREIECK

Halig

In Scaras Miene veränderte sich etwas. Sie sah auf einmal sehr ernst aus, als sie sagte: »Es gab hier einige böse Jungs. Die bösen Jungs haben böse Dinge getan. Dann beschlossen sie, dass sie sterben wollten. Sie sorgten dafür, dass sie umgebracht wurden. Sie wollten nämlich nach ihrem Tod weiterhin böse Dinge tun. Deshalb wollten sie sich dem Mann mit den Hörnern anschließen und –«

»Halt!«, unterbrach Tamelon. »Der Mann mit den Hörnern – redest du vom Schwarzen Jäger?«

»Ja«, bestätigte Scara. »Aber der Mann mit den Hörnern hat sich geirrt. In Wirklichkeit wollten sie sich ihm gar nicht anschließen. Sie hatten sich nämlich schon etwas anderem angeschlossen …«

»Etwas anderem?«

»Ja. Ich weiß nicht, wie ich es nennen soll.«

»Und was hat es mit diesem … anderen auf sich?«

»Es ist böse, o edler Ritter.«

»Böser als diese … bösen Jungs?«

»Ich fürchte.«

»Und woher weißt du das?«

»Von dem armen Jungen.«

Ein Schatten der Gereiztheit fiel über Tamelons Züge. Doch seine Stimme war weiterhin ruhig und leise, als er fragte: »Und wer ist dieser arme Junge?«

Scara wies mit dem Kopf zur Tür.

»Gereon? … Also der Prinz … Seine Hoheit?«, fragte Halig verwundert.

»Ja.«

»Bist du sicher, dass er wirklich ein Prinz ist – und nicht einfach … nun, ein armer Junge?«

»Justinius sagt, es ist der Prinz. Man soll zwar nicht alles glauben, was Justinius sagt, aber in diesem Fall hat er wohl recht. Er hat den armen Jungen nämlich mal getroffen, als er eben noch kein armer Junge war. Vor vielen Jahren in Mandris.«

Tamelon schwieg einige Momente, ehe er fragte: »Und jetzt ist er dem Prinzen wieder begegnet, ja? Wo genau war das?«

»In der Schenke von dem hässlichen Mann. Das ist dort, wo die toten Leute hingehen.«

»Der Gespenstergasthof? Prinz Gereon verkehrt in einem *Gespenstergasthof?!*«

»Das tut er, o edler Ritter.«

Tamelon starrte sie ungläubig an.

»Das sind schon Sachen«, sagte Halig, ohne zu wissen, was er eigentlich damit meinte.

»Und was hatte er da verloren?«, fragte der Paladin, nachdem es ihm gelungen war, sich zu fassen.

»Er hat versucht, sich zu verstecken. Vor dem Bösen. Das Böse ist nämlich nach Ahekris gekommen, und da ist er davongelaufen.«

Tamelon sprang so heftig auf, dass sein Stuhl umfiel und knallend gegen den Steinboden schlug. Er ballte die Fäuste, und eine Sekunde lang dachte Halig, er würde losbrüllen, wütend, verschreckt, empört. Doch stattdessen berührte er die Tischplatte mit den noch immer geballten Fäusten, eine seltsam sanfte Bewegung, und als er sprach, war es beinah ein Flüstern: »Das glaube ich nicht.«

»Es ist die Wahrheit«, sagte Prinz Gereon.

Tamelon, Halig und Scara drehten sich gleichzeitig zur Tür des Speisesaals um. Sie stand offen, und Gereon hatte bereits ein paar Schritte auf die Tafel zu gemacht, gefolgt von den Dienern, die sich anscheinend unsicher waren, ob sie einen Fehler begangen hatten, als sie ihm seinen Willen ließen. Doch der Prinz war wie verwandelt. Jetzt konnte man es fast glauben, dass er der Thronerbe war, dachte Halig; aufrecht und stolz hielt er sich; klar war der Blick seiner Augen. Wenn nur nicht seine grausige Magerkeit gewesen wäre, die fahlgelbliche Farbe seiner Haut, die dürren, fast durchsichtigen Haarbüschel, die von seinem Schädel abstanden ...

Tamelon trat einen Schritt von der Tafel weg, zögerte, ließ sich dann auf ein Knie sinken: »Eure Hoheit«, sagte er.

Halig fiel auf, dass er noch immer seine Mütze trug. Er nahm sie vom Kopf, knautschte sie zwischen den Fingern, fiel dann hastig auf die Knie, als er sah, dass es Ulla, Egbert und Stane – die allesamt ziemlich verwirrt aussahen – dem Paladin bereits gleichgetan hatten. Nur Scara war ungerührt sitzen geblieben, aber sie war schließlich auch ... tja, was immer.

»Es ist die Wahrheit«, wiederholte Gereon. »Das Böse ist nach Ahekris gekommen. Vor vielen Jahren schon. Ich weiß nicht, wann und wie es angefangen hat. Ich glaube, das weiß niemand. Aber es ist da ... Nun, erhebt Euch, Herr Paladin. Und auch ihr anderen. Es gibt einiges zu besprechen.«

Tamelon stand auf, desgleichen die Bediensteten und Halig.

»Ich weiß nicht, was das Böse will«, fuhr der Prinz fort. »Vielleicht will es überhaupt nichts. Aber eines will es doch: wachsen. Mehr werden, immer mehr. Das müssen wir verhindern, Herr Paladin.«

»Verzeiht, Eure Hoheit.« Tamelon sprach langsam und womöglich noch leiser als zuvor. »Ich habe mein Leben dem Kampf gegen das Böse geweiht. Aber dem Bösen bin ich nie begegnet. Bösen Menschen – ja. Fluchwürdigen Kreaturen, deren Blut durchtränkt war vom Bösen – ja. Aber dem Bösen? Gibt es das überhaupt? Lehren nicht die Tempel, dass nichts, wirklich gar nichts, rein und restlos böse sein kann, weil alles von Elaah kommt, also noch in dem Dunkelsten und Verworfensten ein letzter Rest von Geheiligtem bleibt?«

»Genau das lehren sie, Herr Paladin«, bestätigte Prinz Gereon. »Aber wenn man Euch ein zweiseitiges Dreieck zeigte, würdet Ihr den Verstand verlieren und schreiend davonrennen – oder würdet Ihr dem Zeugnis Eurer Augen trauen und anerkennen, dass die Welt nicht das ist, wofür Ihr sie gehalten habt?«

»Unsere Augen können uns täuschen, Hoheit.«

»Ja, ich weiß. Glaubt mir, ich weiß es allzu gut. Aber meistens sind es doch unser Herz und unser Geist, die uns betrügen und dafür sorgen, dass wir nur sehen, was wir sehen wollen und sehen müssen. Ist es nicht so, Herr Paladin?«.

»Vielleicht ist es so. Aber bitte sagt mir, Hoheit, erinnert Ihr Euch daran, was heute Morgen geschehen ist?«

Zu Haligs Überraschung lächelte der Prinz. »Ja, das tue ich«, sagte er. »Ich habe getan, was ich getan habe, und Ihr konntet mich nicht daran hindern. Und jetzt stehe ich hier und spreche zu Euch von dem Bösen. Findet Ihr nicht, dass es ein Beweis für die Wahrheit meiner Worte ist?«

Tamelon blickte zur Seite; er antwortete nicht.

»Im Grunde ist es aber auch gleichgültig, ob Ihr mir glaubt oder nicht. Was zählt, ist, dass wir das Böse aufhalten.«

»Und auf welche Weise soll das geschehen, Euer Hoheit?«

»Nun, wie gesagt, es gibt nur eine Sache, bei der ich mir sicher bin: dass das Böse mehr werden will. Wir dürfen das nicht zulassen.«

Tamelon war jetzt endgültig beim Flüstern angekommen; zugegeben, das war ein ziemlich lautes und eindringliches Flüstern, und Halig fragte sich, ob er umso leiser sprach, je wütender er wurde.

»Ich kann meine Frage nur wiederholen«, sagte der Paladin. »Auf welche Weise soll das geschehen? Selbst wenn ich jedes Eurer Worte glaube, Hoheit, weiß ich immer noch nicht, wie sich das Böse zeigt, welche Gestalten es annimmt, welche Waffen es führt, auf welchem Wege es sich in Ahekris eingeschlichen hat. All das muss ich wissen, denn man kann nur einen Gegner besiegen, dessen Stärken und Schwächen man kennt.«

Prinz Gereon lächelte noch immer: »Oh, aber ich spreche nicht von Ahekris! Zunächst bleiben wir in den Windmarken. Denn das Böse hat hier einen Handlanger.« Er drehte sich zu Scara um. »Wie war sein Name?«, fragte er.

»Rudrick von Nordwiesen.«

»Ist das einer der bösen Jungs?«, wollte Tamelon wissen.

Sie nickte.

»Die von Nordwiesen sind eine alte ahekrische Adelsfamilie …«, sagte der Paladin nun. Aus seinem Tonfall ließ sich nicht erkennen, ob das eine Frage oder eine Feststellung, eine Klage oder eine Anklage (gegen wen auch immer) sein sollte.

Halig dachte, dass nun eine günstige Gelegenheit wäre, eine Erkenntnis einzustreuen, die ihm Plauranz einmal beim Bier zugeraunt hatte: *Den Würmern schmecken wir alle gleich gut.* Für Halig war augenblicklich klar gewesen, dass sich in diesen wenigen Worten nicht nur die Gesamtheit der menschlichen Weisheit verbarg, sondern dass sie obendrein auch eine Art Wegweiser zu einem heiteren und rechtschaffenen Leben darstellten. Allerdings hegte er einen leisen Zweifel, ob der Herr Tamelon in geeigneter Stimmung für Tiefsinnigkeiten war, und hielt also schweren Herzens den Mund.

»Das ist richtig«, bestätigte Prinz Gereon. »Die von Nordwiesen sind alter Adel. Wichtiger ist allerdings, dass Rudrick jetzt mit dem Schwarzen Jäger reitet. Ich nehme an, das macht ihn zu einem unbezwingbaren Gegner?«

Tamelon straffte sich. Er legte die Hände auf dem Rücken zusammen und nahm eine Haltung an, die Halig soldatisch vorkam. »Ich bin ein Paladin der *Bruderschaft des Zweiten Todes* und führe von Thaala geweihten Stahl, Eure Hoheit«, sagte er, wobei er die Stimme hob. »Jeden Gegner, den ich mit meiner Klinge verletzen kann, kann ich auch besiegen.«

»Das ist gut zu wissen«, erwiderte Prinz Gereon. »Aber vielleicht sollten wir uns trotzdem zunächst mit Rudricks Freunden beschäftigen …« Er wandte sich erneut zu Scara. »In der Nacht der Gespensterversammlung hast du gesagt, zwei seiner Spießgesellen würden noch leben, richtig?«

»Strenggenommen habe nicht ich das gesagt, sondern das liebe Mädchen hat daran erinnert, dass Justinius dergleichen behauptet hat. Wenn mich mein Gedächtnis nicht täuscht, wiederholte Justinius daraufhin die Namen der beiden bösen Jungs. Radulf von Rodingen und Laghras vom Hohen Teich, wenn Ihr es genau wissen wollt. Meinerseits möchte ich darauf hinweisen, dass man uns nicht verwechseln sollte. Beispielsweise neigt das liebe Mädchen zur Albernheit, was man schon daran erkennen kann, dass sie ihre Haare als Vogelnest nutzt. Mir liegt dergleichen fern. Und Justinius hat sein Lebtag noch kein Brot gebacken, soviel ich weiß. Wenn ihm das Brot so gut gelingt wie alles andere, ist das natürlich kein großer Verlust. Oder doch nur ein Verlust für sein Seelenheil. Worauf ich hinauswill: Der Bär und der Jäger naschen nicht gern aus dem gleichen Honigtopf, wie es so schön heißt.«

Prinz Gereon schien nun doch ein wenig erstaunt, oder gar verdutzt, und tauschte einen rätselnden Blick mit dem Herrn Tamelon.

Hingegen fühlte sich Halig versucht, vor Glückseligkeit die Hände zu ringen. *Wie klug und verständig sie ist*, dachte er.

Nach kurzem Schweigen räusperte sich der Paladin. »Gut, es wäre sicherlich vorteilhaft, wenn wir der Herren von Rodingen und vom Hohen Teich habhaft werden könnten«, begann er. »Wenn die beiden mit Rudrick von Nordwiesen im Bunde sind und Rudrick wirklich Eurem Bösen dient – was immer es damit in Wahrheit auf sich haben mag –, dann könnten sie vielleicht etwas Licht ins Dunkel bringen. Und falls dieses Böse doch etwas anderes ist, als Ihr Euch vorstellt, Hoheit, dann ist das Mindeste, dass wir zwei Verbrecher zur Strecke bringen. Allein, wie sollen wir die Herren finden? Wenn bekannt ist, wer und was sie sind, werden sie wohl kaum auf ihren Burgen sitzen und das Gericht der Sonnenrichter erwarten.«

»In der Tat …«, sagte Scara. »Wenn man Justinius Glauben schenken will, sind die beiden bösen Jungs seit mancher Woche verschwunden. Das macht aber gar nichts, o edler Ritter. Denn der liebe gute Edmund hat uns kürzlich verraten, wo sich Laghras vom Hohen Teich versteckt hält.«

»Aha. Und wo soll das sein?«

»In einem Städtchen namens Dreieichen, o edler Ritter. Es liegt am Fuß der grauen Berge, soviel ich weiß. In einem Tal, das den schönen Namen Melcher trägt. Auch wenn ich nicht zu sagen vermag, wie es zu dieser Ehre kommt.«

»Dreieichen?« Tamelon legte die Stirn in Falten. »Ich kenne Dreieichen. Und ich kenne auch das Melchertal. Es heißt so nach dem Händler, der als Erster den Weg über die Fokrisberge gefunden hat. Auch die Passstraße ist nach ihm benannt. Aber warum sollte sich jemand dort … Hm, ich verstehe, er ist bei Rhun von Ketten untergekrochen.«

»Der liebe gute Edmund erwähnte diesen Namen.«

»Hat er auch erwähnt, warum sich der Herr von Ketten darauf eingelassen hat, einen schändlichen Verbrecher in seiner Burg zu beherbergen?«

»Ich glaube nicht. Vielleicht hat er Langeweile? Die Menschen tun allerhand aus Langeweile, o edler Ritter. Fast alles, wie mir manchmal scheint.«

»Du bist gar nicht dumm, Scara. Aber sag mir, was hat Edmund von Hagenow mit der ganzen Angelegenheit zu tun?«

»Der liebe gute Edmund hat den Fehler gemacht, unter Rudricks Decke zu kriechen«, erklärte Scara. »Dann hat er allerdings festgestellt, dass es dort arg stickig ist, und jetzt möchte er wieder hervorkommen und frische Luft schnuppern.«

»Das heißt, Edmund meint, sein Bruder könne ihn besser beschützen als sein Vater …«, murmelte der Paladin nachdenklich.

»Aber das ist doch ganz egal, was das heißt! Jedenfalls wissen wir jetzt, was wir zu tun haben! Auf nach Dreieichen!«

Prinz Gereon klang vergnügt, als er das sagte; bei den letzten Worten klatschte er sogar in die Hände.

Halig betrachtete den ahekrischen Thronfolger, sein Gesicht, das mit einem Mal ganz sorgenfrei und unbekümmert wirkte – und plötzlich wurde ihm klar, dass er, Halig, Totengräber und Holzkopf, im Begriff war, gegen adelige Mordbuben, die Reiter der Wilden Horde und ein namenloses Böses, das bereits die Kaiserstadt verschlungen hatte, in den Kampf zu ziehen.

»O weh! Meiner Seel', o weh!«, krächzte er, während bunte Lichter vor seinen Augen zu tanzen begannen.

TEIL III

Stets war dies ein besonderer, ich möchte sagen feierlicher Moment: Wenn ich eine Hügelkuppe überschritten hatte und auf ein Städtchen hinabblickte, oder aus einem Waldstück heraustrat und die ersten Hütten eines Dorfes vor mir sah. Nach Tagen, manchmal gar Wochen in der Einsamkeit wieder braven Leuten zu begegnen, die ihren alltäglichen Verrichtungen nachgingen, Freuden und Kummer miteinander teilten, ihre Stimmen zu hören, vielleicht ein paar Worte über das Wetter zu wechseln – jedes Mal gab mir dies das Gefühl, in der Fremde heimgekehrt zu sein. Und noch der schlichteste Weiler schien dann eine Verheißung zu bergen.

Die Verheißung aber war einfach dies: Dass es das wahre, göttergefällige Leben gebe und dass es in nichts anderem bestehe als sich morgens zu erheben, freudig sein Tagwerk zu beginnen und in der Welt ein Mensch zu sein, der seinen Platz gefunden hat.

Egreeo von Winderling, Ahekrische Wanderungen

I

FELS UND MEER

Mykar

Es war eine schöne Reise bis nach Donost. Auf einmal war mir leicht ums Herz. Obwohl Danje weiterhin schwieg. Und obwohl ich in der Stadt am Meer würde töten müssen.

Damit Ede zufrieden war. Damit sich alles erfüllte.

Ich ritt neben dem bunten Wagen. Schecke gefiel die Gesellschaft der Esel. Das beruhte offenbar auf Gegenseitigkeit. Um die Tiere zu entlasten, gingen immer zwei der Spielleute vor dem Wagen her. Wenn Fissach auf dem Bock saß, zupfte er die Laute und stimmte gelegentlich ein Lied an. Er beendete diese Lieder nie. Vielleicht komponierte er sie beim Spielen und Singen. Cillia hatte sichtlich Spaß daran, den Wagen zu lenken. Ihr fiel immer etwas ein, worüber sie reden wollte. Sie lachte viel. Marlo und Alwin waren ernster und schweigsamer. Ich hatte den Eindruck, als würden die zwei gewichtige Gedanken wälzen.

Ein böiger Wind trieb Wolken über den Himmel. Obwohl sich die Sonne selten zeigte, war das Licht hell und klar. Manchmal schmeckte die Luft nach Frühling, für einen oder zwei Atemzüge. Dann fühlte ich eine Sehnsucht, die zugleich süß und schmerzlich war. Ich stellte mir vor, dass etwas ganz Zauberhaftes auf uns wartete. Gleich hinter der nächsten Wegbiegung. Es war immer die nächste Wegbiegung, hinter der dieses Zauberhafte wartete.

Die Gegend war dichter besiedelt als noch am Vortag. Wir kamen nicht nur an einzelnen Höfen vorbei, sondern auch wieder an kleineren Ortschaften. Krähen hüpften über die Wiesen und pickten mit ihren Schnäbeln in der Erde.

Gegen Abend hielten wir in einem Weiler, wo Cillia und die anderen ihr Stück um Bauer Otbert aufführen wollten. Es erwies sich, dass sie den Dörflern keine Unbekannten waren. Obwohl nur wenige Stunden zwischen ihrer Ankunft und der Vorstellung vergingen, war das Wirtshaus, in dem das Stück gegeben wurde, gerammelt voll. Die Zuschauer waren mindestens so vergnügt und applaudierfreudig wie in Auenbrück. Mir aber machte es Kummer, dass Danje dieses Mal nicht da war, um sich an dem Treiben der Puppen zu erfreuen.

Nach der Aufführung saß ich noch lange mit den Spielleuten zusammen. Wir tranken Bier und frischen, herbsüßen Apfelwein. Dabei redeten wir über alles mögliche. Ich hatte keine Ahnung gehabt, dass es so einfach sein konnte, sich gut zu fühlen. Niemand verachtete oder verurteilte mich. Niemand hatte Angst vor mir. Niemand fragte sich, wer oder was ich war. Fissach und Cillia kabbelten sich wieder. Der Barde erklärte, dass sich Cillia auf einem Schlachtfeld zur Ruhe legen und die süßesten Träume haben könnte; es sei nahezu unmöglich, sie wachzukriegen, sowie sie einmal im Schlummer versunken war. Obwohl ich eigentlich nichts Lustiges daran finden konnte, wenn jemand einen tiefen Schlaf hatte, lachte ich laut. Cillia schien sich darüber zu freuen, dass ich guter Dinge war.

Am nächsten Morgen half ich den Schaustellern dabei, ihre Sachen in den Wagen zu verladen. Damit es schneller ging, stapelte ich mehrere Kisten übereinander. Alle wunderten sich, dass ich so viel tragen konnte. Da ich eher klein und schmächtig war, hatten sie gedacht, ich wäre schwach.

Der letzte Tag meiner langen Reise verlief ereignislos. Flach und feucht war jetzt das Land. Wir passierten weitläufige Hochmoore, deren Ausläufer von Gräben durchzogen waren. Männer mit Spaten und spitzen Eisenstangen machten sich dort zwischen den trüben, öligen Tümpeln und uralten Weiden zu schaffen. Ich wusste, was die Arbeiter taten: Sie stachen Torf. Ich sah auch einige schuppenartige Darren, wo man den Torf zum Trocken aufbewahrte.

Schon am Morgen wurde der Wind stärker; er zog an den Kleidern und blies manchmal so laut, dass wir fast schreien mussten, um uns zu verständigen. Graue Wolken trieben über den metallisch glänzenden Himmel. Mir fiel auf, dass sämtliche Bäume ihre kahlen, dunklen Äste landeinwärts streckten. Als würden knorrige Riesenhände aus dem Boden wachsen und nach etwas greifen.

Ich sprach Cillia darauf an.

»Daran merkst du, dass wir bald da sind!«, rief sie.

Ich war ganz aufgeregt. Heute noch würde ich das Meer sehen! Doch dann ging es mir wie mit der Perle und Mandris. Ich konnte zunächst nicht fassen, was ich sah, als sich das Meer endlich zeigte.

Die Straße hatte uns über eine grasbewachsene Ebene an den Rand schroffer Klippen geführt. Viele Klafter ging es hier in die Tiefe. Und jenseits dieser Tiefe erstreckte sich das Meer. Obwohl mir der Wind um die Ohren heulte, war das Meer seltsam unbewegt. Es war eine Unendlichkeit von graublauem Wasser, über der sich eine andere graublaue Unendlichkeit ausbreitete. Das Meer und der Himmel schienen ineinanderzufließen. Sie waren wie zwei riesige, verkeilte Spiegel. Nur am Fuß der Klippen, wo Felsen und Riffe in die Brandung ragten, brachen sich die Wellen, schäumte die Gischt.

Weißgraue Vögel schwirrten durch die wild wirbelnde Luft, stürzten aufs Wasser hinab und schossen wieder in die Höhe. Diese Vögel hießen Möwen, wie ich später herausfand. Sie stießen harsche Klageschreie aus, die mir durch Mark und Bein gingen. Für mich bestand kein Zweifel, dass es eine Verbindung gab zwischen ihnen und den vielen kleinen Fischerbooten, die draußen auf dem Meer schwammen. Vielleicht galten jene wehmütig-rohen Rufe denen, die dort auf den Jollen ihr Tagwerk verrichteten? Vielleicht waren die Möwen selbst einmal Fischer gewesen? Vielleicht waren sie während eines Sturmes gekentert und in den kalten Fluten ertrunken? Gewiss wollten sie ihr bitteres Los betrauern und diejenigen, die das Meer bislang nicht geholt hatte – ihre Brüder, Onkel, Söhne und Väter –, daran gemahnen, dass auch auf sie ein nasses Grab warten mochte.

»Und? Wie gefällt dir das Meer?«, wollte Cillia wissen.

»Es ist … viel Wasser«, entgegnete ich über den Wind hinweg.

Sie fiel fast vom Bock vor Lachen, als sie das hörte.

Auch Donost selbst war an diesem Tag graublau. Ein Teil der Stadt war in die Felsen am Meer gebaut; ein anderer Teil – dort, wo das Land abflachte – folgte dem Lauf der Küste. Wir kamen von den Hügeln her und blickten auf das Häusergewirr hinab. Steile Treppen und in langen Kurven sich windende Straßen verbanden die unteren mit den oberen Quartieren. Alle Gebäude hatten dicke, ungetünchte Mauern, enge Fenster und Türen. Ihre Dächer bestanden aus Holz oder getrocknetem Schilfrohr. Die Plätze und Straßen waren mit buckligem Pflaster ausgelegt. Manchmal konnte ich kaum unterscheiden, wo der Fels endete und das Menschenwerk begann.

Der Himmel war mit schweren, purpurnen Wolken bedeckt, die hier und da von dunkelgoldenen Lichtspeeren durchbohrt wurden. Draußen über dem Meer hing ein lila Schleier, der darauf hindeutete, dass dort ein schwerer Regen niederging. Ein schwarzblaues Band durchschnitt die Stadt. Das war ein Ausläufer des Nantis, der sich weiter nördlich mit dem Hauptstrom verband. Eine Reihe von Brücken überspannte den Fluss, auf dem Einmaster und Ruderboote fuhren.

Alles roch nach Salz, Fisch und Torffeuern.

Mir gefiel Donost. Die Stadt strahlte eine rauhe Würde aus; sie war hart und kantig und gewiss nicht reich, aber ich hatte das Gefühl, die Leute lebten gerne hier. Ganz sicher galt das für Cillia, Fissach, Marlo und Alwin. Den Spielleuten war anzumerken, dass der heutige Tag für sie nicht einfach das Ende ihrer Reise, sondern eine Heimkehr bedeutete.

Ich beneidete sie.

»Wie lange wart ihr eigentlich unterwegs?«, fragte ich Marlo, der es übernommen hatte, den Flickenwagen durch die engen Gassen von Donost zu lenken.

Er hob die Schultern. »Was meinst du wohl, warum die Leute zu unsereinem fahrendes Volk sagen?«, erwiderte er. »Wir sind immer unterwegs!«

»Um die Wahrheit zu sagen: Dieses Jahr waren wir eigentlich ziemlich lange daheim«, verbesserte ihn der Barde, der neben ihm hockte. »Manchmal platzt die Stadt aus allen Nähten, weil sich so viele Reisende und Seeleute hier herumtreiben«, erläuterte er, an mich gewandt. »Dieses Jahr war das so, da hat es sich gelohnt.«

»Gut, das stimmt«, sagte Marlo. »Aber meistens läuft es anders. In der Regel brechen wir im Frühling auf, sind dann im Sommer ein paar Monate hier und ziehen noch mal los, wenn der Herbst naht.«

»Ihr seid im ganzen Reich unterwegs?«

»Nicht gerade im ganzen. Manchmal kommen wir hoch bis nach Ahekris, oder es verschlägt uns in deine Gegend. Aber am liebsten bleiben wir in Mandurien. Hier kennt man uns, und wir sind willkommen. Dann noch ein paar Abstecher nach Gythania, und schon ist ein halbes Jahr rum.«

»Und – ist das ein schönes Leben?«

»Eine lustige Frage, Freund«, sagte Fissach, der wieder die Saiten seiner Laute zupfte. »Darüber, was ein schönes Leben ist, lässt sich trefflich philosophieren und spintisieren. Sagen wir doch einfach: Es ist ein Leben. Die Bauern freuen sich, dass es uns gibt, und wir sind so frei, wie arme Leute eben sein können. Manch einer unter der Sonne empfängt für größere Mühen einen kargeren Lohn.«

»Mit anderen Worten«, seufzte Marlo, »es geht uns auch nicht beschissener als dem ganzen Rest.«

Ich nickte und schwieg.

Mittlerweile hatte ich herausbekommen, dass Caddra, die Mutter von Cillia und Alwin, ein Wirtshaus in Donost betrieb. Dieses Wirtshaus war unser Ziel. Es lag nicht weit vom Hafen, an einem Marktplatz, wo Fisch feilgeboten wurde. Von den Waren ging ein säuerlich-scharfer Geruch aus, der dafür sorgte, dass mir flau im Magen wurde. Und wenn ich mir die Auslagen der Stände ansah, konnte ich mir höchstens bei der Hälfte der Meereswesen vorstellen, dass sie essbar waren. Unter anderem gab es da rötlich-weiße …

Dinge, die für mich wie eine Mischung aus riesigen Spinnen und Kaulquappen aussahen. Sie hätten mir gewiss Albträume bereitet, wenn ich noch der kleine Junge gewesen wäre, der im Hof bei den Ziegen schlief.

Die Donoster hatten offenbar keine derartigen Vorbehalte. Der Markt war so voll, dass wir mit dem Wagen kaum durchkamen. Mehrmals wurden wir von stämmigen Fischern und ihren nicht minder stämmigen Frauen angeschnauzt, dass wir ihnen die Kunden wegnahmen, wenn wir vor ihrem Stand hielten – als ob wir da eine Wahl gehabt hätten.

Ich war jedenfalls froh, als wir den Trubel hinter uns gelassen hatten und bei Caddras Wirtshaus ankamen. Es hieß *Zur Zechenden Puppe*. Tatsächlich hing eine große, rotwangige Marionette, die breit grinsend einen Krug zum Mund führte, an einem Metallarm über dem Eingang. Wir stellten den Wagen im Hinterhof ab, wo es auch einen Unterstand für Schecke und die Esel gab, und betraten das Haus durch eine Seitentür. Die Seitentür führte unmittelbar in die Küche.

Caddra war damit beschäftigt, Fische auszunehmen. Sie war klein, kugelrund, trug ein Kopftuch und hatte einen strengen Gesichtsausdruck. Eine Ähnlichkeit zu Cillia, Alwin oder Marlo konnte ich nicht erkennen.

»Hallo, Mama! Da sind wir wieder«, sagte Cillia fröhlich.

Ihre Mutter arbeitete mit schnellen, genauen Bewegungen; auf und ab ging die Messerklinge. Die Fischköpfe und -eingeweide ließ sie in einen Eimer fallen; zwei schwarze Katzen streiften um ihre Beine.

»Das wird auch Zeit! Seht zu, dass ihr eure Flöhe und Läuse loswerdet, dann gibt es etwas zu essen.« Sie sagte das in mürrischem Tonfall, ohne ihre Tätigkeit zu unterbrechen oder aufzusehen.

»Gern, Mama!« Cillia drehte sich grinsend um; sie zwinkerte mir zu.

»Jaja. Jetzt geht schon! Ich habe zu tun!«

»Die Freude ist ganz meinerseits, Schwesterherz!«, brummte Marlo. Sogar er musste sich ein Lachen verkneifen.

2

SIEBEN JAHRE

Vanice

E rst als ich den Waldrand erreichte, erlaubte ich mir, kurz Atem zu
schöpfen. Ich war gerannt, so schnell mich die Beine trugen, wohl
schneller als je zuvor in meinem Leben, und die kalte Morgenluft
brannte in meinen Lungen.

Ich drehte mich um, stützte den Arm gegen einen Baumstamm
und blickte auf die Wiese zurück, über die ich gekommen war. Niemand folgte mir. Ich kniff die Augen zusammen. Tamelon hatte es
geschafft, Prinz Gereon niederzuringen; nun kniete er gemeinsam
mit dem Totengräber bei Edmund, um dessen Wunde zu versorgen.
Aber die Gruppe war schon zu weit von mir entfernt, als dass ich
hätte erkennen können, was dort hinten im Einzelnen vorging. Jedenfalls schien Justinius' Bruder mit dem Leben davongekommen
zu sein; was wohl hieß, dass er den Paladin früher oder später zu
dem verfallenen Landsitz führen würde.

Ich versuchte, nicht daran zu denken, was ich dort alles zurückließ. Ich war mit dem Leben davongekommen. Das musste mir genügen.

Ich eilte weiter, noch immer keuchend. Der Saum meines weinroten Kleides war nass vom Tau des Grases und mit Dreck bespritzt;
es klebte vor Schweiß am Rücken. Meine Fellmütze war verrutscht,
als Edmund an mir herumgezerrt hatte; irgendwann während meines Laufs über die Wiese hatte ich sie verloren. Doch das war jetzt
meine geringste Sorge.

Was mich wirklich beunruhigte, war der Umstand, dass ich lächerlich ungeeignet für diese Art von Abenteuer war. Zwar hatte ich

es vorläufig geschafft, den Kerkern und Folterkammern der *Bruderschaft des Zweiten Todes* zu entrinnen – aber was sollte nun werden? Ich hatte in meinem Leben kaum je unter freiem Himmel genächtigt, schon gar nicht bei dieser Kälte. Ich besaß keine Waffe, nicht Pfeil und Bogen, nicht einmal ein Messer. Und selbst wenn das anders gewesen wäre: Ich verstand mich weder aufs Jagen noch aufs Fischen; ich wusste nicht einmal, wie man essbare Wurzeln fand.

Wenigstens hatte ich warme Kleidung. Jetzt war ich heilfroh, dass ich außer der Wildlederjacke auch Mykars dicken Mantel angezogen hatte. Zudem war ich nicht völlig mittellos. Wenn ich es bis zur Perle schaffte, konnte ich meine Ringe und meine Halskette verkaufen. Doch bis dahin war es ein weiter Weg. Wo sollte ich schlafen? Was essen? Wie der Verfolgung durch den Paladin entgehen?

Nein, es sah nicht gut aus. Auf mich allein gestellt würde ich es nicht schaffen. Ich brauchte Hilfe.

Aber wer würde mir schon helfen? Ich hatte mehr Geliebte gehabt, als ich erinnern konnte oder wollte. Zu Freunden hatte ich es nicht gebracht – und zu Freundinnen noch weniger. Die Einzigen, die mich wohl halbwegs mochten, trotz allem, waren Mykar, Justinius und Scara. Es tat weh, an die drei zu denken.

Mykar irrte durch die Lande, irgendwo auf dem Weg nach Donost, und die Götter allein wussten, ob er je von dieser wahnwitzigen Reise zurückkehren würde. Justinius war vermutlich gerade dabei, mit Gelfrat die Verteidigung des Thannhofs gegen Rudrick und seine Gespensterhorden zu planen – aber hatten sie auch nur die geringste Chance, in diesem Kampf zu bestehen? Und Scara hockte in dem halbverfallenen Landsitz und wartete darauf, dass sich einer von uns blicken lassen würde, damit sie wieder jemanden hätte, den sie maßregeln und belehren könnte. Nun, immerhin würde sie bald Besuch von einem Paladin, dem ahekrischen Thronfolger und Justinius' malträtiertem Bruder bekommen, wenn ich die Lage richtig einschätzte.

Ein Gefühl quälender Reue überkam mich. Ich blieb stehen, sah mich um und fand einen moosbewachsenen Baumstumpf. Ich setzte mich und vergrub das Gesicht in den Händen. Plötzlich war ich mir sicher, dass Scara und ich hätten lernen können, einander zu vertrauen. Dass es da eine schwesterliche Verbundenheit zwischen uns hätte geben können. Aber ich hatte auch diese Chance vertan – wie so viele andere. Welcher Dämon hatte mich geritten, als ich Edmund aufforderte, mich in den *Fröhlichen Toten* zu begleiten?

Die Versuchung war groß, dort auf dem Baumstumpf sitzenzubleiben, bis ich selbst irgendwann Wurzeln schlug. Dennoch erhob ich mich und ging weiter; einfach deshalb, weil mir ganz unverhofft klar geworden war, dass es nur eine einzige Person gab, die mir gegenwärtig helfen konnte. Und dass diese Person gar nicht weit von hier lebte.

Frau Maeva, Mykars Mutter.

Ich erwartete zwar nicht, dass sie in Jubelschreie ausbrechen würde, wenn ich aus heiterem Himmel an ihre Tür klopfte. Aber ich zählte ja auch nicht auf ihre Güte und Freundlichkeit. Schließlich hatte ich meine Goldringe; wenn ich auch nur einen davon verkaufte, könnte ich ihr mehr Geld geben, als eine arme Bauernfamilie sonst in einem Jahr – ach was, in fünf Jahren – zu Gesicht bekam. Eigentlich erwartete ich gar nicht so viel im Gegenzug: Sie musste mich vielleicht für eine Nacht verstecken, mir neue Kleidung besorgen und jemanden auftreiben, der mich mit seinem Viehwagen in die Perle bringen würde. Nichts, was sie in Gefahr gebracht hätte oder was unmöglich zu bewerkstelligen gewesen wäre.

Der Gedanke machte mir Mut. Wenn ich ein paar hundert Meilen zwischen mich und Tamelon von Brunnenthal gebracht hatte, konnte ich mich immer noch fragen, was die Zukunft bringen würde.

Entschlossen schritt ich aus. Nun machte es sich bezahlt, dass ich manch einen Spaziergang in der Umgebung von Justinius' Landsitz unternommen hatte. Zumindest hatte ich eine ungefähre Vorstellung davon, in welche Richtung ich mich halten musste. Vermutlich hätte ein Jäger oder eine Pilzsammlerin den Weg zu Mykars Dorf in weniger als einer Stunde zurückgelegt; ich aber schaffte es doch, mich einige Male zu verirren.

Um die Mittagszeit – ich war mittlerweile hungrig und durstig und noch sehr viel verschwitzter als zuvor – stieg mir der Geruch von Rauch und Viehdung in die Nase. Ich wusste jetzt, dass ich nahe einer Siedlung war.

Ich beschleunigte meine Schritte, raschelte über den von bunten Blättern bedeckten Waldboden … jetzt rannte ich fast … warum hatte ich es eigentlich so eilig? … mein Atem stieß kleine Wölkchen in die Herbstluft … schon hatte ich den Waldrand erreicht … halt! … da war jemand … ganz nahe … ich hielt inne … mein Herz schlug bis zum Hals … ich spähte hinter einem Baumstamm hervor … traute meinen Augen nicht … unterdrückte einen Aufschrei …

Seltsamerweise flog in diesem Moment eine Biene an mir vorbei. Fast streifte sie meine Nasenspitze, sodass ich gar nicht anders konnte, als sie zu bemerken. Unwillkürlich wunderte ich mich, was diese Biene hier verloren haben mochte – es war doch viel zu spät im Jahr für sie. Das hinderte sie aber nicht daran, mich kurz zu umschwirren, ehe sie sich summend entfernte und an dem Mann vorbei, der da bei irgendeinem Gesträuch stand, in den Wald hineinflog.

Ich blinzelte, wie um ein Traumbild zu verscheuchen.

Dann trat ich hinter dem Baum hervor und ging auf Cay zu.

Er hatte die Hände vor dem Bauch gefaltet, hielt den Blick gesenkt. Er trug braune Schaftstiefel, eine braune Lederhose mit breitem Gürtel, eine wattierte Weste aus dunklem Samt, deren Knöpfe in der Herbstsonne blinkten, darunter ein weißes Hemd und darüber einen schweren, schwarzen Mantel, der fast bis zum Boden reichte und mit einem auffällig großen, steifen Kragen besetzt war. So versunken in seinen Gedanken war Cay, er hatte gar nicht mitbekommen, dass ich da war.

Niemand hatte ihm den Schädel rasiert; sein weizenblondes Haar war zu einem Zopf zusammengebunden, und er hatte sich einen Bart wachsen lassen. Es hatte ihm auch niemand die Augen ausgestochen; klar und blau waren sie, wie ich sie in Erinnerung hatte.

Also war ich nicht verrückt, hatte mir nicht eingebildet, Cay gesehen zu haben. Er lebte, und er war tatsächlich in dieser seltsamen kleinen Kutsche an mir vorbeigefahren. Auch damals hatte er mich nicht bemerkt; ebenso wenig, wie er mich jetzt bemerkte.

Mein Herz wollte einen Freudensprung machen. Doch das gelang ihm nicht recht. Stattdessen sank es, fiel, stürzte ins Bodenlose.

Kein Glücksgefühl stieg in mir auf, sondern eine schwarze Bitterkeit. Ich dachte an die glühenden Stunden, die ich im Traum mit Cay verbracht hatte – daran, wie er meinen nackten Körper mit Küssen bedeckte, wie er sich zwischen meine Schenkel grub –, und wäre am liebsten gestorben, so sehr quälte mich die Scham.

Wieder war ich betrogen und verraten worden! Vielleicht schlimmer als je zuvor. Denn was tat Cay hier? Was tat er, wenn er nicht am Grab seiner Alva stand – einer Frau, die vor mehr als sieben Jahren gestorben war. Ich aber war nicht tot. Ich lebte und atmete und alles in mir winselte vor Schmerz.

Wie konnte er mir das nur antun?

»Cay!«, rief ich. So laut und harsch klang meine Stimme, dass ich sie selbst kaum erkannte.

Er hob die Augen, rasch, aber nicht hastig. Doch als er mich erkannte, zuckte er zurück. Immerhin war ich nicht die Einzige, die unsere Begegnung auf dem falschen Fuß erwischte.

»Vanice? Was macht Ihr denn hier?«

»Was *ich* hier mache? Wie wäre es, wenn *Ihr* mir diese Frage beantwortet. Schließlich bin nicht ich diejenige, die auf ihre Hinrichtung gewartet hat, als wir uns das letzte Mal gesehen haben. Da wäre eine Erklärung angebracht – oder etwa nicht?«

»Ja, es ist alles anders gekommen.«

»Das sehe ich!«, fuhr ich ihn an. »Ich kann ein Häuflein Asche von einem Mann unterscheiden, ob Ihr es glaubt oder nicht!«

Cay schaute verwundert drein. »Habe ich Euch verärgert, Vanice?«

»Ach, wie kommt Ihr denn darauf?«, fragte ich und hoffte, dass meine Stimme vor Spott troff.

»Nun, Ihr klingt verärgert.«

»Vielleicht liegt das ja daran, dass Ihr uns alle zum Narren gehalten habt! Während wir Euren Tod betrauerten, habt Ihr Euch offenbar von einem Schneider neu einkleiden lassen. Eine schicke Weste übrigens – der Herr trägt Velours, ich bin beeindruckt!«

»Es tut mir leid …« Er schüttelte den Kopf. »Ich wollte Euch eine Nachricht zukommen lassen. Aber sie haben es nicht erlaubt.«

»Sie haben es nicht erlaubt? Wer mag wohl *sie* sein? Jedenfalls scheint es, dass sie Euch zu einem Hündchen gemacht haben, das brav kuscht, wenn man es ihm befiehlt. Vielleicht aus Dank für all den edlen Zwirn?«

Befriedigt stellte ich fest, dass meine Gehässigkeit ihre Wirkung nicht verfehlte; Cay sah nun doch leicht irritiert aus. Freilich stärkte das nur mein Verlangen danach, ihn zu beleidigen und zu kränken.

»Ich werde Euch alles erklären, Vanice. Aber nicht hier, und nicht jetzt. Sagt mir, was ist mit Euch geschehen? Ihr seht aus, als wärt Ihr stundenlang durch den Wald geirrt.«

»Das muss etwas damit zu tun haben, dass ich stundenlang durch den Wald geirrt bin.«

»Seid Ihr in Schwierigkeiten?«

Ich stieß ein Lachen aus. »Sicher bin ich in Schwierigkeiten! Wenn jemand davonläuft, ist er doch meist in Schwierigkeiten, oder?«

»Ihr seid davongelaufen? Sind Eure Verfolger nahe?« Noch während er sprach, schlug Cay seinen Mantel zurück. Erst jetzt bemerkte ich, dass ein Schwert an seinem Gürtel hing. Die Bewegung, mit der er die Hand an den Griff der Waffe legte, zeugte von einer ruhigen Sicherheit, die mir verriet, dass er tatsächlich zu kämpfen verstand. Wo, wann und auf welche Weise er – nach allem, was ich wusste, der Sohn eines Elaah-Geweihten, der die meiste Zeit seines Lebens als Handwerker gearbeitet hatte – diese Fähigkeit erworben hatte, war mir freilich ein Rätsel.

»Nein, sie sind nicht nahe«, erwiderte ich. »Im Übrigen frage ich mich, was Euch das schert.«

»Ihr habt mir geholfen. Jetzt will ich Euch helfen. Nicht weit von hier, ein Stück abseits des Dorfes, wartet eine Kutsche auf mich. Ich bin auf dem Weg in die Perle. Kommt mit mir mit, dann können wir unterwegs alles besprechen. Gebt mir nur ein wenig Zeit, damit ich tun kann, wofür ich hierher gekommen bin ...«

Ich wünschte mir nichts mehr, als auf Cays Vorschlag einzugehen. Bei allen Göttern – wie ich es mir wünschte! Die Vorstellung, Stunden und Tage in seiner Gesellschaft zu verbringen, erschien mir als das höchste Glück auf Erden. Aber seine letzten Worte ließen dieses Glück in der Spanne eines Herzschlags verdorren. Es war, als ob der Frost des tiefsten Winters über einen Frühlingstag gekommen wäre; die Blüten starben ab, ehe sie sprießen konnten.

»Oh, entschuldigt bitte!«, sagte ich mit einem Lächeln, das sich ziemlich boshaft anfühlte. »Ich ahnte ja nicht, dass ich Euch bei etwas Wichtigem gestört habe. Worum geht es denn, wenn ich fragen darf?«

Cay sah mich an. Sein Blick war fest; jetzt, da er den Verliesen des Dorn entronnen war und die Kleidung eines Edelmannes trug, kam mir seine Schönheit fast unerträglich vor. Ich sehnte mich danach, ihn zu berühren und von ihm berührt zu werden. Das war keine wonnige Empfindung. Nein, ganz und gar nicht. Es war ein schmerzliches Drücken im Unterleib und ein bleiches Feuer, das mich von Kopf bis Fuß überlief und meine Haut mit eisigen Flammen versengte. Es war würdelos und erniedrigend, dieses Begehren. Ich hasste Cay dafür, dass er mich so fühlen ließ. Und ich hasste mich selbst dafür, dass ich ihm erlaubte, mich so fühlen zu lassen.

»Ich glaube, Ihr wisst, worum es geht, oder, Vanice?«, fragte er.

»Ja, das weiß ich«, sagte ich, noch immer lächelnd. Indem ich es sagte, wurde mir mit einem Mal klar, was ich zu tun hatte. Ich würde Cay zur Weißglut treiben, ihn so lange herausfordern und erzürnen, bis er gar keine andere Wahl mehr hatte, als mich grün und blau zu schlagen. Das wäre die Strafe für uns beide.

»Es geht um Eure Alva, nicht wahr?«

Er nickte. »Ja, sie wurde an diesem Ort ermordet.«

»Und Ihr seid hier, um für sie zu beten?«

»Ja.«

»Ich dachte, nach sieben Jahren wird der Seelenruf begangen?«

»Ja. Aber ich war nicht da, als das geschah. Außerdem ändert es nichts.«

»Woran ändert es nichts?«

»An meiner Trauer.«

Ich ließ einen bedauernden Seufzer hören. »Sagt, Cay, findet Ihr das nicht ein bisschen lächerlich?«

Einige Sekunden lang war er sprachlos. »Was soll ich lächerlich finden?«, fragte er dann, während seine Züge langsam erstarrten.

»Dass Ihr dieser Alva immer noch hinterherweint, nach über sieben Jahren.«

»Ich habe sie geliebt«, flüsterte Cay.

»Ich weiß, das ist ja auch alles schön und gut«, säuselte ich. »Aber überlegt doch mal: Sieben Jahre sind eine lange Zeit. Stellt Euch vor, sie wäre am Leben geblieben, und Ihr hättet sie geheiratet. Dann hättet Ihr Eurer Alva gewiss ein paar Kinder gemacht, ihr Fleisch wäre jetzt schlaff und aufgedunsen und Ihr würdet heimlich die dralle Müllerstochter aus dem Nachbardorf vögeln. Zwischendurch würdet ihr euch anöden oder streiten oder davon träumen, wie schön das Leben sein könnte, wenn alles anders gekommen wäre – sagt selbst, ist es da nicht besser, dass das Mädchen zugrunde gegangen ist, als ihr beide noch an das Glück geglaubt habt?«

»Ihr wisst nicht, was Ihr sagt, Vanice.«

»O doch, ich weiß sehr wohl, was ich sage!«, schrie ich. »Ich sage, dass Ihr ein lächerlicher Feigling seid, der jahrelang einem toten Mädchen nachweint, das er wahrscheinlich kaum gekannt hat!«

Cay wich einen halben Schritt vor mir zurück. »Bitte, Vanice, kommt zu Euch!«, sagte er eindringlich.

»NEIN, ICH BERUHIGE MICH NICHT!«, brüllte ich. Ich wusste gar nicht, dass ich so brüllen konnte; jedenfalls tat es wohl, zu brüllen.

Ich trat auf Cay zu und fasste ihn am Mantelkragen. Ich wollte ihm die Worte ins Gesicht spucken und hoffte, dass mein Atem nach verwestem Fleisch stank: »Du läufst doch nur davon, wie wir alle! Aber anstatt es zuzugeben, redest du dir ein, dass du alles für die Liebe tust! Was ist das sonst – wenn nicht lächerlich und feige?«

Er stieß mich zurück. Erschrocken schrie ich auf; zugleich jubilierte ich innerlich, denn ich wusste, dass ich ihn fast so weit hatte. Wir standen einander gegenüber und starrten uns an. Cay war bleich geworden, doch sein Blick brannte.

Mittlerweile wusste ich wirklich nicht mehr, was ich sagte. Aber es war mir auch gleichgültig. »Komm schon, Cay«, zischte ich, »zahlst du deinen Huren ein paar Silbergulden mehr, damit du sie Alva nennen darfst? Oder damit sie dir ins Ohr flüstern, wie sehr sie dich lieben?«

Ich war mir sicher, dass er sich jetzt auf mich stürzen würde; mit einer Art panischer Wollust erwartete ich seine Schläge.

Doch in diesem Moment geschah etwas: Cays Blick veränderte sich; er senkte die Augen, sah zur Seite. Ich spürte seinen Schmerz, seine Traurigkeit. Und plötzlich wusste ich mit absoluter Gewissheit, dass er niemals eine Frau angefasst hatte. Ich hätte nicht sagen können, wie ich darauf kam, aber ich hatte keinen Zweifel daran: Cay hatte der toten Alva sieben Jahre die Treue gehalten.

Ich wollte ihn auslachen; ihn verhöhnen, dass er nicht nur ein Feigling, sondern obendrein ein Schlappschwanz sei. Allein, ich bekam den Mund nicht auf. Die Erkenntnis, welcher Versagung sich Cay unterworfen hatte, verschlug mir die Sprache. Irgendwie ging mir das noch schwerer in den Kopf als die Vorstellung, dass ein namenloses Böses Ebera verwüstete.

Jedenfalls löste sich etwas zwischen Cay und mir – ein Gespinst, in dem wir uns miteinander verstrickt hatten – und mir wurde klar, dass er mich nicht schlagen würde. Das enttäuschte mich. Ja, eine kleine Weile lang empfand ich tiefes Bedauern darüber. Hier und heute wollte mir niemand Gewalt antun; das war doch ein Jammer.

Unterdessen hatte sich Cay weggedreht. Er war einige Schritte in den Wald hinein gegangen. Dort stand er nun, wiederum in tiefes Sinnieren versunken. Zumindest hatte es den Anschein, als wäre es das, womit er beschäftigt war.

Meinerseits begann ich mich zu fühlen wie ein Trinker, der aus einem schweren Rausch erwacht: Er liegt in einer Lache aus Wein und Bier, umgeben von schnarchenden, etwas abgerissenen Fremden, zwischen umgestürzten Stühlen und Essensresten, und er fragt sich, was bei Elaahs Gnade er da angestellt hat. Während sich sein Herz ebenso ausgelaugt anfühlt wie sein Körper und ihm der Schädel zerspringen will vor Pein.

Tatsächlich begann es quälend zu pochen, hinter meiner Stirn und meinen Schläfen. Dafür war ich aber sogar dankbar. Dass mein Kopf sich anschickte, in tausend Stücke zu brechen, half mir dabei, nicht zu denken.

Schließlich kehrte Cay zurück zu mir. Seine Stimme war kalt, als er sagte: »Was ist jetzt, Vanice, kommt Ihr mit?«

»Ja, ich komme mit«, murmelte ich und nickte.

Die folgenden Stunden zählen zu den unglücklichsten, derer ich mich erinnern kann. Bei der Kutsche, in der wir fuhren, handelte es sich um eine ganz gewöhnliche Reisekutsche. Cay war in einer der Relaisstationen zugestiegen, die bei verschiedenen, an der Reichsstraße gelegenen Herbergen untergebracht waren, und da der Kutscher gerade keine anderen Fahrgäste hatte – das kam häufiger vor, wenn sich das Jahr dem Winter zuneigte –, hatte er eingewilligt, einen kleinen Umweg zu fahren. Vielleicht hatte er sich gewundert, warum er eine Meile von der nächsten Ortschaft entfernt halten und jetzt auch noch eine einigermaßen lädierte Dame mitnehmen sollte. Aber Cay zahlte dem Kutscher gewiss genug Geld, um ihm dabei zu helfen, seine Neugier zu bezähmen; wenn es dem guten Mann nicht sowieso gleichgültig war, warum sein Gast vermeiden wollte, von den Dörflern erkannt zu werden, und sich entschieden hatte, in so zweifelhafter Begleitung zu reisen.

Eigentlich hätte es eine schöne Fahrt sein können. Der Tag war hell und in milde, im leichten Dunst verschwimmende Farben getaucht. Um uns breitete sich ein flaches, weites Land aus, und da die Kutsche kaum beladen war, kamen wir schnell voran. Nicht zum ersten Mal empfand ich die Leere der Windmarken als wohltuend; sie hatte etwas Befreiendes und Befriedendes an sich.

Doch heute half mir das alles nichts. Cay und ich sprachen kein Wort. Das Schweigen war schwer und hart; es machte den Wagen enger und nahm mir die Luft zum Atmen. Ich spürte noch immer die Sehnsucht nach ihm. Mittlerweile fühlte sie sich allerdings nur noch nach Verzweiflung an. Es drängte mich danach, Cay um Vergebung anzuflehen, aber mein Stolz hielt mich zurück – mein Stolz und das Wissen darum, dass ich es keinem von uns beiden je würde verzeihen können, wenn ich mich weiter vor ihm demütigte. Also saß ich da, presste die Zähne so fest aufeinander, dass sie zu schmerzen begannen, und wartete darauf, dass wir irgendwo ankommen würden.

Als es zu dämmern begann, erreichten wir ein größeres Dorf. Die Kutsche rumpelte über die gepflasterte Hauptstraße und hielt auf einem Platz, der von einem Bachlauf geteilt wurde, den eine Holzbrücke überspannte. Bei der Einfahrt in das Dorf war mir ein rothaariges Mädchen in einem grünen Kleid und einem groben Wollumhang aufgefallen, das eine kleine Gänseherde von einem nahegelegenen Weiher zurück ins heimische Gehege trieb. Das Mädchen war recht hübsch – eine Brücke kecker Sommersprossen zog sich über seine Nase –, und ich bildete mir ein, ich hätte es schon einmal gesehen, doch mir wollte nicht einfallen, wo das gewesen sein sollte.

Natürlich hatte ich weder Muße noch Kraft, um dieser Frage nachzugehen. Cay, der die Fahrt über unentwegt nach draußen geschaut hatte, wandte sich mir zu, als wir vor dem Gasthof am Dorfplatz hielten.

»Ich schaue, ob es Zimmer gibt«, sagte er. »Bleibt so lange im Wagen, Vanice.«

Ich gab ihm keine Antwort; es war ja klar, dass er so wenig wie möglich mit mir gesehen werden wollte.

Einige Minuten später fand ich mich in einer Kammer wieder, die im Obergeschoss des Wirtshauses – es hieß *Zum Kranich* – gelegen war. Cay hatte mir in geschäftsmäßigem Ton mitgeteilt, er werde dafür sorgen, dass ich frische Kleidung bekäme und ein Bad nehmen könne. Nachdem ich seine Frage, ob ich etwas essen wolle, verneint hatte (in Wahrheit war ich halb verhungert), zog er sich zurück, ohne ein weiteres Wort zu verlieren.

Mein Zimmer war sauber und geräumig. Es gab ein großes Bett, einen Tisch, auf dem ein Wasserkrug und ein Becher standen, ein paar Stühle und eine Waschschüssel. Wenn ich das Fenster öffnete (es hatte eine dicke, halbdurchsichtige Glasscheibe), konnte ich auf den Dorfplatz hinausblicken, der jetzt im letzten Tageslicht dalag und von einem warmen, durch die Holzläden der umliegenden Hütten und Häuser dringenden Schimmer beschienen wurde. Auch die Gaststube selbst hatte keinen üblen Eindruck gemacht, mit ihrem gemauerten Kamin und den langen Holztischen. Das Klappern von Besteck drang von unten her an mein Ohr, ebenso wie die Stimmen der Bauern und Händler, die sich ein paar Biere oder Schnäpse genehmigten, ehe es Zeit zum Schlafengehen war.

All das strahlte eine wohlige Behaglichkeit aus. Doch natürlich machte es das nur schlimmer. Wie oft hatte ich mich in meinem Leben so gefühlt? – grausam getrennt von allem, was gut war und schön; ohne Hoffnung, ohne Heil.

Eigentlich wäre spätestens jetzt ein Weinkrampf am Platze gewesen. Indessen war ich sogar dafür zu erschöpft. Ich entzündete die Öllampe, die auf dem Tischchen stand, warf Mantel und Wildlederjacke in eine Ecke, trank zwei Becher Wasser und ließ mich aufs Bett sinken. Es war einer dieser Momente, wo alles derart unerträglich ist, dass sich die ganze Welt auf die eigene Qual zusammenzuziehen scheint: Es gibt keine Zeit und keinen Raum mehr; nur noch diese Qual.

So lag ich also da und wünschte, ich könnte mich in Luft auflösen und zwischen den Schatten an den Zimmerwänden verlieren. Wahrscheinlich wäre ich früher oder später eingeschlafen, wenn es nicht plötzlich geklopft hätte. Unwillig erhob ich mich, strich gewohnheitsmäßig mein Kleid glatt und fuhrwerkte kurz an meinen Haaren herum.

»Ja, bitte?«, sagte ich in der Erwartung, es wäre eine Schankmagd, die mir mitteilen wollte, dass die Badestube für mich bereit sei.

Die Tür ging auf; herein kam Cay.

»Kann ich kurz mit Euch sprechen, Vanice?«, fragte er.

»Ja, natürlich«, antwortete ich, obwohl ich am liebsten im gestreckten Galopp davongelaufen wäre.

»Unser Gespräch vorhin – wenn Gespräch das richtige Wort ist …«

»Ich höre«, verkündete ich und streckte den Rücken durch, während ich gleichzeitig versuchte, eine kühle, hochmütige Miene aufzusetzen. Ich rechnete damit, dass die üblichen Schmähungen, wie sie Edmund heute vorgebracht hatte – ich sei eine dreckige Hure, der man und so weiter –, im Vergleich zu dem, was ich mir jetzt würde anhören müssen, der reinste Minnesang waren. Und ich wollte Cay um keinen Preis wissen lassen, dass er die Macht besaß, mich in der tiefsten Seele zu verletzen.

»Ihr habt da eine Menge Unsinn geredet …«, begann er, nur um sich gleich wieder zu unterbrechen. Er atmete tief ein und aus, ehe er sagte: »Aber im Grunde habt Ihr recht.«

Ich war mir sicher, ich hätte mich verhört. »W-w-wie bitte?«, stammelte ich.

Cay sah mir gerade in die Augen. »Ihr habt recht, Vanice. Ich habe schon lange gewusst, dass ich Alva gehen lassen muss. Die Trauer darf nicht zu Fesseln werden, die man den Toten anlegt. Damit tut man ihnen nichts Gutes. Und den Lebenden auch nicht. Wie gesagt, das habe ich schon lange gewusst. Aber mir fehlte die Kraft, um nach meinem Wissen zu handeln. Es ist wahr, was Ihr mir vorgeworfen habt: Ich war ein Feigling, und wie jeder Feigling hatte ich gute Gründe, die meine Feigheit vor mir und der Welt rechtfertigten. Eure harschen Worte haben mir das gezeigt, Vanice. Ihr habt mir den Kopf zurechtgerückt, und dafür danke ich Euch.«

Nachdem er zu Ende gesprochen hatte, deutete er eine Verneigung an. Dann verließ er das Zimmer und zog die Tür hinter sich zu.

Ich aber stand noch mindestens drei Minuten da, mit offenem Mund und zitternden Knien, und starrte auf den Fleck, wo Cay gestanden hatte.

3

HAFENARBEIT

Mykar

Die nächsten Stunden verbrachten wir damit, den Wagen auszuladen und uns zu waschen. Es gab eine Badestube mit zwei Zubern. Zuerst waren Cillia und Alwin an der Reihe, dann Marlo und Fissach, schließlich ich.

Eigentlich hatte ich erwartet, dass mich einer der Männer mehr oder weniger unverhohlen auffordern würde, weiterzuziehen. Aber nichts dergleichen geschah. Stattdessen reichte mir Alwin einige Kleidungsstücke, als ich aus der Badestube kam.

»Hier, schau mal, ob das passt«, sagte er.

Ich konnte meine Überraschung nicht verbergen. »Danke …«, murmelte ich.

Ich ging zurück in die Badestube und zog mich um. Alwin hatte mir Unterwäsche, zwei paar graue Wollhosen und -hemden, eine Weste aus Lammfell und eine Öltuchjacke gegeben. Die Sachen waren nicht neu, aber sauber. Und sie passten. Es war das erste Mal, seit mich die Linde aus der Erde entlassen hatte, dass ich nicht ganz in Schwarz gekleidet war.

Ich wickelte meine alten Sachen und das Bündel mit Danjes Schädel in den Wolfsumhang ein, klemmte mir diesen unter den Arm und ging in den Schankraum. Der Schankraum hatte einen Steinboden, Steinwände und eine von schweren, rauchgeschwärzten Balken gestützte Steindecke. Die Tische und Stühle waren aus Eichenholz gezimmert und ebenso wie der Boden mit getrocknetem Wachs bespritzt. Kerzen und Talglampen spendeten Licht; außerdem brannte ein Feuer in einem gemauerten Kamin.

Cillia, Fissach, Alwin und Marlo saßen am größten Tisch beisammen. Auf dem Tisch stand ein Holzeimer voll dunklem Bier. Mit einer Kelle schöpfte Fissach das Bier in fünf Humpen. Als ich mich setzte, schob er mir einen der Humpen herüber.

Wir stießen an und tranken. Das Bier war köstlich. Es hatte einen weichen, bitter-malzigen Geschmack.

»Was hast du jetzt vor, Freund?«, fragte der Barde.

»Ich werde mir Arbeit suchen«, sagte ich, nachdem ich mir den Mund gewischt hatte.

»Wenn du willst, kannst du erst mal hierbleiben«, sagte Cillia. »Alwin und ich haben mit unserer Mutter gesprochen. Es gibt ein Zimmer, das du nehmen könntest.«

Ich fühlte mich beschämt durch so viel Großzügigkeit. »Danke … ihr seid wirklich sehr – sehr gut zu mir …« Ich senkte den Blick. »Aber ich habe fast kein Geld mehr und –«

»Nun, wenn du arbeitest, wird sich das ja ändern«, warf Marlo ein.

»Vielleicht finde ich keine Arbeit«, erwiderte ich.

»Geh zum Hafen«, meinte Fissach. »Hier unten fahren die Schiffe das ganze Jahr über. Da müssen viele Kisten und Säcke geschleppt werden. Das ist natürlich eine Schufterei sondergleichen, aber besser als nichts. Jedenfalls brauchen die immer Leute, die anpacken können.«

»Ich habe mir auch gedacht, dass ich am Hafen mein Glück versuche. Denkt ihr wirklich, dass sie mich nehmen werden?«

»Nun, wir haben ja gesehen, dass du stark bist«, meinte Alwin.

»Zumindest für so eine Schiffsjungenportion«, ergänzte Fissach.

»Gut, dann gehe ich gleich morgen zum Hafen«, sagte ich. Plötzlich fühlte ich eine tiefe Traurigkeit in mir. Ich brauchte einige Momente, um zu begreifen, dass sie von dem Gedanken an den Hafenmeister Ludger herrührte. Wie schön wäre es, wenn ich wirklich Arbeit suchen würde!

»Du kannst Mama auch erst in einer Woche oder zwei bezahlen, das ist kein Problem«, sagte Cillia. »Sie tut immer so grimmig, aber eigentlich ist sie eine gute Seele.«

»Danke …«, sagte ich noch einmal.

Cillia lächelte mich an. »Gern geschehen«, erwiderte sie. Ihr Lächeln und ihre Worte reichten, um mir Tränen in die Augen zu treiben.

»Und was ist mit euch?«, fragte ich schnell, um meine Gefühle zu verbergen. »Wie verbringt ihr den Winter?«

»Nun«, sagte Cillia, »auch im Winter gibt es viel zu tun. Wir schreiben und proben neue Stücke …«

»Um genau zu sein: *Ich* schreibe neue Stücke«, unterbrach Fissach.

»… schreiben und proben neue Stücke«, wiederholte Cillia, »basteln an den Puppen und Szenebildern herum und erledigen zwischendurch die nötigen Reparaturen an dem Wagen und dem Schaukasten.«

»Dann gibt es im Winter immer viele Aufführungen in den Herbergen hier in Donost«, sagte ihr Bruder. »Nicht zu vergessen in den Häusern der Reichen: Kaufleute, die Eigentümer von Werften, Kapitäne großer Handelsschiffe – so Leute eben. Wenn es ständig dunkel ist und regnet, kommt schnell Langeweile auf. Da sind wir gefragt.«

»Wir sind eigentlich immer gefragt«, sagte Fissach.

»Ah«, machte ich.

»Und wenn wir nicht gefragt sind, ist es auch nicht schlimm«, fuhr er fort. »Dann wälzen wir uns eben durch die Schenken und Betten. Ein netter Zeitvertreib, wenn sonst nichts geht.«

»Wirklich?«, fragte ich zögernd, da ich mir nicht sicher war, ob er einen Witz gemacht hatte.

»Wirklich«, bestätigte er. »Nimm zum Beispiel Cillia. Die hat fünf Liebhaber an jedem Finger. Selbst wenn sie sehr fleißig ist, kommt sie an kein Ende.«

Cillia lief dunkelrot an. »Was redest du denn da?!«, rief sie wütend und schlug den Barden gegen die Schulter. »Hör auf, so einen Schwachsinn zu erzählen!«

»Ich spreche nur die Wahrheit, meine Holde«, erklärte Fissach ungerührt. »Wirklich, du könntest mir ruhig ein paar davon abgeben … Ah, hier kommt unser Willkommensmahl! Danke, Frau Ceddra!«

Ohne ein Wort zu sagen, tischte die Wirtin Eintopf in großen Tonschüsseln auf. Kaum stand das Essen vor mir, merkte ich, wie hungrig ich war. Den anderen ging es offenbar ähnlich. Das Gespräch verstummte, und wir machten uns eilig über die dicke, sämige Suppe her, in der Stücke von verschiedenen Fischen und Meerestieren sowie Grünzeug (»Algen«, erklärte Marlo) schwammen. Ich vermutete, dass auch etwas von den Ungetümen, die ich auf dem Markt gesehen hatte, den Weg in meine Schüssel gefunden hatte. Der Eintopf schmeckte aber so gut, dass mir das egal war. Dazu hatte uns Frau Ceddra in dicke Scheiben geschnittenes Brot gegeben. Das Brot war braun und krümelig und fast so süß wie Honigkuchen.

Schon nach einem Teller Fischsuppe war ich satt. Ich kratzte meine Schüssel mit einer Scheibe Brot aus und leerte meinen Humpen. Dann lehnte ich mich zurück und betrachtete die Deckenbalken.

»Ah!« Fissach rieb sich behaglich den Bauch. »Was sind schon die Freuden der Kunst und der Liebe gegen einen Eintopf von Frau Ceddra?«

Niemand gab ihm eine Antwort. Außer uns war der Schankraum leer, und eine Weile lang war nur das Klacken und Schaben der Tonlöffel zu hören.

Die Häuser in Donost waren schmal und hoch gebaut. Das galt auch für die Herberge *Zur Zechenden Puppe*. Sie hatte drei Stockwerke. Mein Zimmer lag ganz oben, im Dachstuhl. Eigentlich war es ein Alkoven mit einem Bett, einem Schränkchen und einer Waschschüssel. Von dem restlichen, mit Gerümpel angefüllten Raum trennte ihn ein Tuch, das an Schnüren aufgespannt war. Ich vermutete, dass der Alkoven nur dann an Gäste vermietet wurde, wenn das restliche Haus gerammelt voll war. Davon konnte im Moment keine Rede sein. Ich vermutete sogar, dass überhaupt keine anderen Zimmer vermietet waren. Aber ich beschwerte mich nicht. Ich mochte die Stille und Dunkelheit in dem fensterlosen Alkoven. Sowie ich mich hingelegt hatte, schlief ich ein.

Einmal erwachte ich, da war der Morgen noch einige Stunden entfernt. Mich plagte das Gefühl, dass etwas fehlte. Danje, natürlich. Sie war noch immer in ihr Tuch gewickelt; und das Tuch war noch immer in dem Mantelbündel, das ich in einer Ecke abgelegt hatte.

Mit keinem Wort hatte sie verlauten lassen, dass sie zu mir ins Bett kommen wollte. Dabei hatte sie die ganze Reise über an meiner Seite gelegen, wann immer wir uns ein Zimmer in einer Herberge genommen hatten.

Ich drehte mich um und versuchte, wieder einzuschlafen. Ich sagte mir, dass ich mich nicht darum scherte, wie es Danje ging. Natürlich stimmte das nicht. Aber ich wollte ihr zeigen, dass auch ich beleidigt und gekränkt sein konnte.

Alwin hatte mir geraten, mich bereits bei Tagesanbruch am Hafen einzufinden. Da es Frau Ceddra nicht mochte, so früh aufzustehen, hatte er mir einen Schlüssel für die Eingangstür gegeben.

Ich erhob mich im Dunkeln und entzündete eine Kerze. Nachdem ich mich gewaschen und angezogen hatte, verließ ich den Alkoven. Ich stieg die knarrenden Treppen hinab, die Kerze in der Hand, und durchquerte den leeren Schankraum, in dem es nach Rauch und schalem Bier roch. Das Schloss an der Eingangstür lärmte dermaßen, dass ich fürchtete, das ganze Haus aufzuwecken. Ich war froh, als ich die *Zechende Puppe* verlassen hatte.

Ein trübes, verwischtes Zwielicht erfüllte die Straßen von Donost. Nebel waberte durch die Gassen und über den Fischmarkt. Die Luft war kühl. Es nieselte. Ich war allein; nur ein paar Stadtwachen patrouillierten zwischen den geschlossenen Ständen.

Mühelos fand ich den Weg zum Hafen. Irgendwie schienen alle Wege dorthin zu führen. Der Hafen war gewaltig. Dutzende von Schiffen lagen an den Pieren vor Anker. Dräuend wie Riesen ragten die Masten aus dem Dunst, erhoben sich in den langsam aufhellenden Himmel. Das Holz und die Takelage knarrten, wenn die Wellen die Schiffe leicht schaukelten. Es gab auch Lastkräne, mit denen die schwersten Frachten verladen werden konnten. Und es gab Lagerhäuser. Sie kamen mir so groß vor, dass ich dachte, alle Reichtümer der Welt würden darin Platz finden.

Vor einem der Lagerhäuser standen die Männer. Es war eine Gruppe von Tagelöhnern – Herumtreiber und Hungerleider wie ich –, die darauf hofften, am Abend mit ein paar Münzen im Beutel heimzukehren. Die meisten Männer waren kaum älter als ich. Aber es gab auch einige unter ihnen, die ergraute Bärte und von tiefen Falten gefurchte Gesichter hatten. In vielen Augen sah ich etwas Hartes und Bitteres; eine vergrämte Trübsal, die weder Trost noch Freude suchte. Ohne Ausnahme waren die Männer mindestens einen Kopf größer als ich.

Neben dem Lagerhaus gab es einen Verschlag. Gerade öffnete sich die Tür. Hinaus in den Dämmer des frühen Morgens traten zwei Männer. Einer der beiden war ein in braunes Leder gekleideter Hüne. Er hatte kurz geschorenes Haar und einen schwarzen Bart und trug in jedem Ohr einen großen goldenen Ring. Seine mächtigen, nackten Oberarme waren mit Tätowierungen bedeckt. Ich wusste, dass es so etwas gab, hatte dergleichen aber noch nie mit eigenen Augen gesehen. Diese Tätowierungen kamen mir seltsam vor. Man hätte meinen können, die Oberarme des Hünen wären mit dünnen, schwarzen Ketten oder gewundenem Draht umwickelt. Neben dem Hünen ging ein alter Mann. Er war hager, trug Kleider aus Öltuch und hatte eine Schiefertafel unter den Arm geklemmt. Kreidestaub befleckte seine Finger.

Zweifellos war es an diesen beiden, die Arbeit zuzuteilen. Sicherlich mussten gewisse Vorgänge eingehalten und Regeln befolgt werden. Dafür sprach auch, dass die Wartenden mucksmäuschenstill verharrten, während der Hüne vor ihnen auf- und abschritt und sie streng musterte. Mich kümmerte das alles nicht.

Ich war selbst erstaunt, dass ich keinerlei Angst verspürte, als ich an den Mann mit den Goldohrringen herantrat. Ich war nicht einmal aufgeregt.

»Habt Ihr Arbeit für mich?«, fragte ich ihn.

Der Hüne blieb stehen und starrte mich an. Was immer er in

mir sah – es beeindruckte ihn offenbar nicht. Er setzte eine finstere Miene auf; seine kleinen, grauen Augen blickten kalt und harsch. Hingegen umspielte ein feines Lächeln die Lippen des Hageren mit der Schiefertafel. Unter den übrigen Männern wurde gereizt-empörtes Fluchen laut.

»Er will Arbeit! Habt ihr das gehört?«, rief der Hüne schließlich, indem er die Fäuste in die Hüften stemmte. Seine Stimme war rauh und dröhnend.

»Nun, da bist du nicht der Einzige, Jungchen«, sagte er dann an mich gewandt. »Willst du mir verraten, warum ich dir nicht lieber eine Tracht Prügel verpassen sollte?«

»Ich bin stark. Ich werde nicht müde. Wenn Ihr mich nehmt, könnt Ihr Euch zwei andere schenken.«

»Stark bist du? Wirst nicht müde, eh? Für mich siehst du eher aus, als würdest du unter einem Daunenkissen zusammenbrechen …«

Nun lachten die Wartenden. Das Lachen klang eher wie das Bellen eines hungrigen Hundes: kurz, heiser und verdrießlich.

»… aber von mir aus. Wollen doch mal sehen, was du kannst. Siehst du den Anker da?«

Er zeigte auf eine Stelle an der Wand des Lagerhauses, wo ein Haufen zerbrochener und vermoderter Bretter, einige dicke, faserige Taue und ein großer, rostiger Anker lagen.

»Trag den mal dahinten hin und zurück.« Jetzt zeigte er auf eine Landungsbrücke am Ende des Hafens, die mehrere hundert Schritte entfernt war. »Und zwar so!« Mit einer Geste deutete er an, dass ich den Anker über den Kopf stemmen sollte. »Sonst verlier ich dich noch aus den Augen, klein wie du bist!«

Wieder kam ein Gebell und Gekläffe von den Arbeitern.

»Wenn du das geschafft hast, schauen wir weiter!«

Ich nickte und ging zu dem Anker hinüber. Es kam mir so vor, als wäre dieses Stück rostigen Metalls größer als ich. Das stimmte nicht. Aber es reichte.

Ich blieb stehen. Ich atmete tief durch. Ich umfasste den Anker an einer Flunke und dem Schaft. Als ich ihn anheben wollte, schien mir ein Herzschlag lang, als ließe er sich überhaupt nicht bewegen; als wäre er irgendwie mit dem Boden verschmolzen: unauflösbar, unwiderruflich.

Dann hielt ich ihn plötzlich über meinem Kopf, mit leicht angewinkelten Armen. Auf einmal war der Anker ganz leicht. Fast hätte ich gelacht. Doch ich hatte meine Last noch ein gutes Stück zu schleppen, ehe die Aufgabe des Hünen erfüllt war.

Ich drehte mich um und ging los.

Ich hörte ungläubiges Murmeln, sah ungläubiges Staunen in den Gesichtern. Ein Schritt folgte auf den anderen. Ich wusste, ich würde es schaffen. Ich wusste auch, dass mir die anderen Tagelöhner niemals verzeihen würden, was ich an diesem Morgen getan hatte. Es war mir gleichgültig.

Jemand stellte mir ein Bein.

Ich geriet ins Stolpern, der Anker rutschte mir aus den Händen. Ich schaffte es gerade noch, ihn zu Boden zu werfen, ehe er mir auf den Kopf fiel. Funken stoben, als das Metall mit einem ohrenbetäubenden Krachen gegen den Stein schlug.

Zähnefletschend drehte ich mich um. Die Männer wichen meinem Blick aus. Doch das Lachen, das jetzt ertönte, klang erleichtert.

»Ich hätte es geschafft!«, rief ich wütend. »Lasst es mich noch einmal versuchen!«

Kurz betrachtete mich der Hüne. Dann schüttelte er langsam den Kopf. »Das ist nicht nötig. Stell dich dahinten hin.«

Ich war zu verwundert, um ihm etwas erwidern zu können. Auch die restlichen Arbeiter schienen verwundert; jedenfalls hörte ich weder Murmeln noch Fluchen.

Ich ging zu der Stelle, die mir angewiesen worden war.

Da klatschte der Mann mit den Goldohrringen in die Hände. »So, ihr faulen Hunde!«, röhrte er. »Wir haben nicht den ganzen Tag Zeit! Wer von euch will Arbeit?«

4
TRÄUME

Vanice

Ich nahm dann tatsächlich noch ein Bad an diesem Abend. Es tat mir unsagbar wohl, in das dampfende Wasser zu sinken und mich eine Weile lang der Wärme und Stille zu überlassen, die die Badestube erfüllten. Nachdem ich mich gründlich mit einem Stück steinharter Seife gewaschen hatte, entstieg ich der Wanne, trocknete mich ab, zog das weinrote Kleid wieder an (das erstaunlich frisch roch) und kehrte auf mein Zimmer zurück. Unterwegs traf ich eine Schankmagd, die mir auf meine Bitte hin versprach, mich noch mit einem Eintopf und Dunkelbier zu versorgen.

Nicht lange darauf kroch ich unter die Decken – satt, sauber und vor allem mit einem Gefühl von Frieden im Herzen, das mir wenige Stunden zuvor noch gänzlich unerreichbar erschienen wäre. Cay hatte Wort gehalten und mir frische Kleidung besorgt. Jetzt trug ich ein warmes, wollenes Nachthemd; offenbar hatte man es in einer Kiste zusammen mit ein paar getrockneten Lavendelzweigen aufbewahrt, die den Stoff duftig halten sollten. Mich erinnerte der Geruch an meine Kindheit, und noch während ich mich fragte, ob meine eigene Wäsche damals in ähnlicher Weise versorgt worden war, schlief ich ein.

Meine Träume sind ein selten ungereimtes Zeug. Das weiß ich sogar, während ich mitten in ihnen drinstecke. Die Ungereimtheit ändert allerdings nichts daran, dass ich sie erlebe, als ob sie Wirklichkeit wären. Auch über diesen merkwürdigen Widerspruch denke ich träumend nach.

Da sind zunächst Edmund und Aluin, der Thaala-Geweihte aus

der Perle, dem ich immer schwermütige Liebeslyrik vorlesen sollte. Wir befinden uns auf einer riesigen, sonnenhellen Waldlichtung, über die ganze Bienenschwärme schwirren. Die Herren fallen vor mir auf die Knie; sie wollen um meine Hand anhalten. Ich weise Aluin darauf hin, dass Thaala-Geweihte nicht heiraten dürfen; Edmund rufe ich ins Gedächtnis, dass er mich noch vor wenigen Stunden aufs übelste beschimpft hat. Er meint, ich solle nicht so nachtragend sein, und ist gekränkt. Nun stehen wir auf dem Ascheberg der Perle; ein Ring aus rauchenden Scheiterhaufen umgibt uns. Meine Freier stecken die Köpfe zusammen; die beiden erklären mir, es wäre das Beste, wenn sie gegeneinander im Duell antreten würden. Daraus wird allerdings nichts, weil Edmund und Aluin auf Schaukelpferden reiten und ihre Schwerter so schwer sind, dass es keiner von beiden schafft, sie anzuheben.

Dann taucht mit einem Mal der Schwarze Jäger auf. Ich fürchte, er werde wieder mit seiner riesigen Männlichkeit prahlen, und beschließe, einen Keuschheitsgürtel anzulegen. Doch auch der Schwarze Jäger will um meine Gunst werben; er schenkt mir eine Rose, deren Blätter zerfließen, als ich sie berühre. Zuerst meine ich, dass sie sich in Blut verwandeln; tatsächlich ist es aber Weißwein, den ich aus der Hand des Schwarzen Jägers schlürfe, ehe ich davoneile.

Jetzt bin ich in meinem Elternhaus. Ich weiß das, obwohl sich das Haus in eine Burg verwandelt hat, durch deren lange, kalte, dunkle Gänge ich wandeln muss. Immer wieder begegnen mir Diener, die mir verwestes Fleisch anbieten wollen; sie alle sehen aus wie Grolek oder der Elende Ede. Ich lehne ab, obwohl das Fleisch offenbar mit einiger Kunstfertigkeit zubereitet worden ist. Die Diener sind zunächst beleidigt, aber als ich ihnen erkläre, dass ich noch zu einem Bankett müsse, strahlen sie vor Begeisterung.

Am Ende lande ich allerdings nicht in einem Festsaal, sondern vor einer Theaterbühne. Ich kann die Schauspieler weder erkennen, noch verstehe ich, was sie sagen. Das ärgert mich sehr, doch dann entdecke ich Mykar und Justinius unter den Zuschauern (tatsächlich sind sie die einzigen Zuschauer) und setze mich zu ihnen. Beide tragen schwarze Samtwesten – wie Cay, denke ich zärtlich – und schauen sehr streng drein. Mykar verschränkt die Arme vor der Brust, lehnt sich zu Justinius hinüber und sagt: »Nein, das nehme ich ihnen nicht ab. Ein echter Mensch würde so etwas niemals sagen. Das ist schlecht geschrieben.«

Justinius nickt bestätigend. »Sie wollen vor der Wirklichkeit fliehen. Das ist ihr Problem. Die kaiserlichen Schatztruhen sind leer, überall tobt Krieg, und sie erzählen uns etwas von Drachen. Tz,tz,tz.«

Mykar tippt sich nachdenklich mit einem Finger gegen die Nase. »Aber vielleicht ist der Drache gar kein Drache, sondern eine Allegorie«, sagt er. »Dann will es uns etwas lehren.«

»Ich glaube, der Drache ist ein riesiger Scheißhaufen«, meint Justinius.

»Ah, daran habe ich noch gar nicht gedacht …« Mykar furcht die Stirn und blickt versonnen zur Decke.

Mir wird es langsam zu bunt. Ich will mir einen Schneider suchen, der neue Kleider für mich macht. Doch plötzlich finde ich mich auf der Theaterbühne wieder. Ich habe schreckliche Angst, jemand könnte verlangen, dass ich singe. Denn als Sängerin bin ich völlig unfähig; ich kann nur die Fischerweisen trällern, die mir Siya beigebracht hat, als ich noch ein Mädchen war. Glücklicherweise steht Boven vom Wolfstritt neben mir, Aluins Lieblingsdichter. Boven ist bereits vor einigen hundert Jahren gestorben, aber das stört mich nicht weiter. Allerdings finde ich es erstaunlich, dass er spitze, fellige Ohren hat und einen wolligen Bart, der ihm bis an die Knie reicht.

Der Dichter tritt vor und deklamiert mit feierlicher, weit hallender Stimme:

Gesänge aus Thaalas Tau
verspiesen eine lange Winterzeit.
Stumme Fliegen,
ein ganzer Fischschwarm davon,
klopften ans Hafentor von Enjahla,

laut furzend und fluchend.
Doch schneeweiße Röcke
von tintenschwarzer Farbe
schlugen sie zusammen
ein Glück
und flüsterten ihnen ins Gebein:
Sollt für immer geleimet ihr sein!

Anstandshalber lasse ich ihn seinen Vortrag beenden, obwohl ich sehr verärgert bin. Als er fertig ist, ziehe ich Boven am Bart und verkünde: »Ihr Gedicht ist Lügenwerk, mein Herr! Nur die Kaiserin darf furzen. Außerdem ist das Gedicht kein Gedicht. Ein Gedicht muss sich nämlich reimen, das weiß doch jedes Kind. Bei Euch aber reimen sich nur die letzten beiden Zeilen, und auch das nur zufällig, wie ich fürchte. Ihr solltet Euch also in die Brust werfen und dazu bekennen, dass Ihr ein Traktat verfasst habt! So viel Tugend muss sein; ich gehe ja auch nur mit Männern ins Bett, die ich nicht ausstehen kann.«

Glücklicherweise erwachte ich, ehe Boven dazu kam, etwas auf meine Rede zu erwidern. Trotz meiner wirren Träume fühlte ich mich ausgeruht und munter. Ich streckte mich, gähnte herzhaft und stieg aus dem Bett. Es war recht kalt im Zimmer, doch irgendwie gefiel mir das. Ich öffnete das Fenster, warf einen Blick hinaus – und stellte fest, dass die Sonne bereits hoch am Himmel stand. Ich hatte offenbar zwölf Stunden und mehr geschlafen.

Kurz, ganz kurz nur, befürchtete ich, dass Cay die günstige Gelegenheit genutzt haben könnte, um ohne mich weiterzureisen. Dann aber wurde mir klar, dass er so etwas nie tun würde; wenn er mich zurücklassen wollte, würde er mir die Gründe für seine Entscheidung ins Gesicht sagen. Ich war mir dessen so sicher, dass ich mich augenblicklich beruhigte.

Obwohl ich den halben Vormittag verschlafen hatte, wollte ich mich nicht hetzen. Ich wusch mich also in aller Ruhe und inspizierte dann das Kleid, das Cay für mich besorgt hatte. Zunächst war ich enttäuscht: Das Kleid war sauber, aber keineswegs neu. Es wies Flicken auf und schien geradewegs dem Besitz einer Bäuerin zu entstammen, so schlicht – und ehrlich gesagt auch unförmig – war es. Dann jedoch schalt ich mich selbst: Zum einen stellte sich natürlich die Frage, wo Cay gestern Abend eine edlere Gewandung hätte hernehmen sollen; zum anderen sagte ich mir, dass ich doch froh darüber sein konnte, heute einmal nicht die geheimnisvoll-verführerische Schöne geben zu müssen.

Ich beschloss also, gar nicht erst zu versuchen, Schminke oder Duftöl aufzutreiben, und verzichtete auch auf die Goldringe und die Halskette mit dem Edelsteinanhänger, die ich während der letzten Tage getragen hatte. Stattdessen begnügte ich mich mit dem, was für mich bereitgelegt worden war: das Kleid und ebenso schlichte, wollene Unterwäsche; meine Haare band ich zu einem Knoten am Hinterkopf zusammen.

Etwas zaudernd ging ich daran, das Ergebnis meiner Bemühungen in dem Handspiegel zu betrachten, den man mir zusammen mit der Kleidung gebracht hatte. Doch ein kurzer Blick zeigte mir, dass ich mir keine Sorgen hätte machen müssen. Ich stellte sogar fest, dass ich mich ganz gerne mochte, in dieser unauffälligen Einfachheit. Das ermutigte mich, und mit einem Gefühl, das zwischen Angst und freudiger Erwartung schwankte, verließ ich mein Zimmer.

Ich hörte Cays Stimme schon, als ich die Treppe hinabstieg. Das alte Holz knarrte unter meinen Stiefeln, und ohne recht zu wissen warum, versuchte ich, mich leise, fast schleichend zu bewegen. Zu beiden Seiten schloss die Treppe an Wände an, sodass ich die Wirtsstube nicht einsehen konnte, doch sowie ich den Fuß auf den Boden aus gestampftem Lehm gesetzt hatte, den eine Schankmagd gerade mit frischem Sägemehl bestreute, spinkste ich vorsichtig um den Mauerwinkel.

Cay saß mit dem Wirt zusammen – einem großen, bemerkenswert gut rasierten Mann mit aschblondem Strubbelhaar – und trank Bier aus einem Holzkrug. Durch die offenen Fensterläden drang kühle, frische Luft in den Raum und ein Sonnenstrahl fiel schräg über den Tisch, an dem es sich die beiden bequem gemacht hatten. Gerade lachte Cay über irgendetwas; und wie ich ihn so sah, in diesem Moment alltäglicher Geselligkeit mit dem Wirt, wusste ich, dass es nun endgültig um mich geschehen war.

Was wäre wenn? – Ich hatte mir sie lange verboten, diese schlichte Frage. Nun aber traf sie mich mit einer Wucht, die mein ganzes Dasein erschütterte.

Was wäre wenn?

Wenn ich ein Zuhause hätte? Wenn ich nicht mehr davonlaufen müsste? Wenn jeder Morgen so sein könnte? Ich hätte vielleicht ein wenig verschlafen, würde aufstehen und zu Cay gehen. Er säße bereits beim Frühstück oder würde irgendwelche Arbeiten verrichten. Ich würde ihm einen Guten-Morgen-Kuss geben, und er würde mich anlächeln und meine Hand eine Sekunde länger halten, als es nötig wäre.

Was, wenn dies mein Leben wäre?

Natürlich war das eine alberne Vorstellung. Woher sollte ich ein Zuhause nehmen? Wer oder was besaß die Macht, mich von meinem Fluch zu befreien? Und selbst wenn das geschähe – wer würde eine wie mich schon heiraten? Etwa Cay?

Ja, es war eine Albernheit, die sich da in meinem Kopf festgesetzt hatte. Und dennoch gab sie den letzten Ausschlag für meine Entscheidung. Ich war es müde, unsagbar müde, mich durch dieses Spiegellabyrinth aus Lüge und Verstellung zu tasten. Sie war mir schon lange vertraut, diese Müdigkeit. Aber jetzt erst wurde mir vollends bewusst, dass es ihre erstickende Schwere war, die den letzten Funken Freude in meinem Herzen zum Erlöschen brachte. Nein, so ging es nicht weiter. Ich wollte endlich wahrhaftig sein.

In diesem Moment schien mir, das wäre die wichtigste Entscheidung, die ich je getroffen hatte und je treffen würde. Wer weiß, vielleicht stimmte das sogar.

Der Wirt war im Begriff aufzustehen, als ich an den Tisch herantrat, wo er mit Cay geplaudert hatte.

»Guten Morgen, die Dame«, sagte er freundlich und schob mir einen Stuhl hin.

»Guten Morgen, Vanice«, sagte Cay und lächelte mir zu.

Ich erwiderte das Lächeln. »Guten Morgen! Mein Dank, Herr Wirt.«

»Kann ich Euch etwas zum Frühstück bringen?«

»Ja, gerne. Ich nähme auch ein Bier, aber bitte nur einen halben Krug. Und hättet Ihr vielleicht ein Rührei?«

Wie der Zufall es wollte, öffnete sich die Eingangstür des *Kranich*, kaum dass ich zu Ende gesprochen hatte, und herein kam das Gänsemädchen. Sie trug dasselbe grüne Kleid wie am Vorabend und hatte einen Weidenkorb in die Armbeuge gehängt, der mit einem Tuch zugedeckt war.

»Sorin mit Euch, Herr Wirt!«, sagte sie. »Hier sind die Eier, die mein Vater versprochen hat!«

Aus der Nähe besehen stellte ich fest, dass das Mädchen genaugenommen schon eine junge Frau war. So oder so – ein hübsches Ding war es jedenfalls.

Das fand offenbar auch der Wirt, der seine Besucherin mit unverhohlenem – aber, wie ich fand, nicht zudringlichem – Wohlgefallen betrachtete. »Danke, Arla«, antwortete er ihr. »Du kommst gerade zur rechten Zeit, die Dame hier hat sich ein Rührei erbeten.«

Arla warf mir einen neugierigen Blick zu und errötete, als sie feststellte, dass ich sie ebenfalls aufmerksam ansah.

»Nun, Herr Wirt, ich gehe dann mal besser wieder!«, sagte sie eilig. »Es gibt noch viel zu tun auf dem Hof.«

Ein weiteres Mal wandte sich Arla nach Cay und mir um; sie knickste unbeholfen, errötete noch mehr, und verließ den Gasthof.

»Gut, meine Dame«, erklärte der Wirt aufgeräumt, »ich mache mich dann schnell an Eure Eier.«

Er verschwand in der Küche, und ich stellte fest, dass sich auch die Schankmagd einer anderen Tätigkeit zugewandt hatte. Cay und ich waren allein.

»Habt Ihr gut geschlafen, Vanice?«, erkundigte er sich.

»Ja, etwas zu gut … Ich habe Euch wohl schrecklich aufgehalten?«

»Nein, eigentlich nicht. Bei dem, was ich in der Perle zu tun habe, kommt es auf einen Tag nicht an. Und der Kutscher, der schon seit vielen Jahren die Reichsstraße befährt, meint, das Dorf hier wäre nicht der schlechteste Ort, um die Nacht der Toten zu verbringen. Die Leute hier sind wohl im ganzen Landstrich bekannt dafür, dass sie erst richtig in Feierlaune geraten, wenn sie von Spukwesen belagert werden.«

»Das heißt, wir bleiben heute Nacht hier?«

»Ja.«

Ich musste an Justinius und Gelfrat denken und fragte mich, wie es ihnen wohl ergehen würde, wenn Rudrick mit seinen Geisterreitern den Thannhof bestürmte; mein Magen zog sich zusammen.

Cay entging meine Besorgnis nicht. »Stimmt etwas nicht, Vanice?«, fragte er.

Ich nickte.

»Hat es etwas mit der Nacht der Toten zu tun? Vielleicht auch mit Rudrick von Nordwiesen?«

Ich nickte wieder.

»Hm … Es gibt wohl einiges, was ich nicht weiß.« Cay strich sich nachdenklich durch den Bart; daran, wie er das tat, erkannte ich, dass er sich erst noch an den Wildwuchs in seinem Gesicht gewöhnen musste. Allerdings stand er ihm gut, der Bart.

»Ehrlich gesagt glaube ich, dass Ihr durchaus im Bilde seid, Cay«, erwiderte ich.

Er schien überrascht. »Wie kommt Ihr denn darauf?«

»Nun, es hängt natürlich alles davon ab, wo und wie Ihr die Zeit seit Eurer vermeintlichen Hinrichtung verbracht habt.«

»Das klingt so, als hättet Ihr eine Vermutung?«

»Die habe ich in der Tat.«

»Wollt Ihr sie mit mir teilen?«

»Gerne«, begann ich, hielt jedoch sofort inne, weil der Wirt aus der Küche kam und mit meinem Bier in der Hand an den Tisch trat.

Ich dankte ihm, trank einen Schluck und betrachtete eingehend den Holzkrug (zugegeben, ich genoss es, Cay ein wenig warten zu lassen), ehe ich sagte: »Als Justinius um Euretwillen beim Dorn vorsprach, fragte ihn der Herrscher der Perle, ob er den *Stern der Mitternacht* kenne. Justinius verneinte, und daraufhin forderte ihn der Dorn auf, nach Norden zu schauen und zu lernen. Ich habe ein wenig darüber nachgedacht, was das alles zu bedeuten hat, und bin zu dem Schluss gekommen, dass nur eine Antwort Sinn macht …«

»Die wäre?«

»Dass der *Stern der Mitternacht* eine Art Geheimbund ist, der dem Dorn untersteht. Welchem Zweck dieser Bund dient und warum er im Verborgenen wirkt, weiß ich natürlich nicht. Aber auch hier habe ich eine Vermutung. Ich denke, es geht darum, Rudrick zu bekämpfen – und vor allem das, was möglicherweise hinter ihm und den Seinen steht. Die Geheimhaltung wäre dann nötig, weil zu befürchten ist, dass einige der einflussreichsten Adelsfamilien der Windmarken in die Sache verstrickt sind. Zumindest so weit, dass sie die Wahrheit lieber im Dunkeln belassen wollen.«

»Und was habe ich mit all dem zu tun?«

»Ganz offensichtlich ist der Dorn zu dem Schluss gekommen, dass er Euch gut für den *Stern der Mitternacht* gebrauchen kann. Wie sollte es anders sein? Schließlich hat man Euch nicht nur aus dem Kerker befreit, sondern obendrein dafür gesorgt, dass keiner etwas von Eurer Befreiung mitbekam, indem man eine andere arme Seele an Eurer Statt folterte und verbrannte.«

»Ja, das hat man getan. Wobei ich nicht weiß, ob diese Seele so arm war. Aber ich nehme an, dass das letztlich keinen Unterschied macht. Sei es drum – jedenfalls habt Ihr recht, Vanice, mit allem. Was meint Ihr, muss sich der Dorn Sorgen machen, dass man seinem Geheimbund zu leicht auf die Schliche kommt?«

Ich merkte, dass Cay von meiner Findigkeit beeindruckt war, und freute mich darüber wie ein kleines Mädchen, das von seinem Hauslehrer gelobt wird und obendrein noch eine Zuckerstange bekommt. Selbstredend ärgerte ich mich maßlos darüber, dass ich so empfand;

wahrscheinlich war dies der Grund, weshalb ich mir einbildete, Cay habe sich über mich lustig gemacht.

»Mir ist klar, dass Ihr mich für eine unerträglich dumme, selbstgerechte und liederli-«

»Nein.«

Cay sprach das Wort mit einer solchen Festigkeit und Entschiedenheit aus, dass ich zu meiner eigenen Verwunderung verstummte. Eine kleine Weile lang schwiegen wir.

»Ich halte Euch für eine Frau, die Schweres durchgemacht hat«, sagte Cay dann. »Und ich denke, dass Ihr Wunden an Euch tragt, die schlecht verheilt sind. Ohne es zu wissen oder zu wollen, habe ich diese Wunden gestern aufgerissen. Das tut mir sehr leid, und ich bitte Euch dafür um Verzeihung.«

Ich war es gewohnt, dass die Galanterie der Männer nur so weit reichte, wie ich mich einigermaßen gefällig oder wenigstens verrucht (oder am besten beides) benahm. Mein Auftritt vom Vortag erfüllte wohl keines dieser Erfordernisse, und so hatte ich einige Mühe, mich durch Cays Bitte nicht erst recht verhöhnt zu fühlen.

»Es gibt nichts, wofür Ihr Euch entschuldigen müsstet«, begann ich. »Eher wäre es an mir, um Entschuldigung zu bitten. Wenn Ihr Eure Worte aber ernst meint, dann will ich Euch um einen Gefallen bitten ...«

»Ich tue, was ich kann, Vanice.«

»Gut, dann bitte ich Euch, mir heute Abend eine Stunde Eurer Zeit zu schenken. Ich möchte Euch etwas sagen. Und wenn Ihr es ... in Euch finden könntet, mich nicht zu verurteilen oder zu verachten, nachdem Ihr mich angehört habt, wäre ich Euch aus tiefstem Herzen dankbar.«

Es war nicht zu übersehen, dass meine Bitte ihn erstaunte. »Ich höre Euch jederzeit gerne zu, Vanice. Aber wie kommt Ihr darauf, dass ich Euch verachten könnte? Worum geht es überhaupt?«

Ich dachte an den kleinen, unsinnigen Traum vom Glück, den ich bei meinem Eintritt in den Schankraum geträumt hatte. Er war bereits verblasst, wie es die Art der Träume ist. Doch seine Kraft reichte noch, meinen schwankenden Entschluss – denn ich hatte Angst, o ja, die hatte ich – zu festigen.

»Um alles«, sagte ich.

5
ALLE LIEBE, ALLER HASS

Mykar

Ich hatte nicht gelogen. Ich wurde tatsächlich nicht müde. Viele Stunden schleppte ich Kisten und Säcke und Fässer und Tuchballen. An diesem Tag und den folgenden. Ich musste kaum einmal innehalten. Trotz der Kälte und des Regens trugen die meisten Männer nur ein dünnes Hemd. Ich wollte Alwins Kleidung nicht beschmutzen und entschied mich, mit bloßem Oberkörper zu arbeiten. Meine Handschuhe behielt ich an.

Ich bekam kaum mit, was ich tat. Von den Laderäumen der Schiffe ging es über Landestege an den Quai und quer über den Quai zu den Lagerhallen. Oder der Weg führte umgekehrt von den Lagerhallen über den Quai und die Landestege zu den Schiffen, wenn diese nicht ent-, sondern beladen wurden.

Die anderen Arbeiter mieden mich. Viele von ihnen waren tätowiert – das waren schlichte Bilder: Anker, Schiffe, Säbel, halbnackte Frauen –, und ich hatte den Eindruck, sämtliche Männer kannten einander. In den Pausen hockten sie sich auf Kisten und würfelten. Abends gingen sie zusammen in irgendwelche Kaschemmen. Mich fragten sie nie, ob ich mitkommen wollte. Natürlich hätte ich sowieso abgelehnt.

Ich verbrachte die Zeit mit Grübeln. Grübeln konnte ich auch, wenn ich einen schweren, mit Getreide gefüllten Sack oder ein Weinfass wuchtete. Immer wieder dachte ich dieselben Gedanken: Gedanken an Danje und an Cillia, an Cay und an Rudrick.

Wenn ich meiner Grübeleien müde wurde, betrachtete ich das Treiben am Hafen. Es gab immer etwas zu sehen: Die Schiffe, die ein-

und ausliefen; die Holzkräne, die ich manchmal sekundenlang für geheimnisvolle Wesenheiten hielt; die Matrosen und Seeleute, Arbeiter und Kaufmänner, Fischer und Dirnen, die von morgens bis abends ihren verschiedenen Geschäften nachgingen; schließlich die Unzahl an Möwen, die die Masten und Segel umflatterten oder sich auf die Spieren und Quaimauern hockten, um von ihren Flügen auszuruhen. Mittlerweile mochte ich auch ihre gramvollen Schreie. Mir war, als könnte ich sie nur zu gut verstehen: ihre Wut und ihre Trauer.

Der Einzige, der während jener langen Tage mit mir redete, war der Hüne mit den Goldohrringen. Einmal fragte er mich, wie ich hieß und wo ich herkam. Ich sagte es ihm. Bei der Gelegenheit nannte er mir auch seinen Namen: Ofrick. Er war einer der Vorarbeiter, die am Quai das Sagen hatten. Ich überlegte, ob er mir helfen konnte, an den Hafenmeister Ludger heranzukommen.

Doch dafür war es noch zu früh.

Wenn ich in das Gasthaus *Zur Zechenden Puppe* kam, nahm ich zunächst ein schnelles Bad, um den Schweiß und den Staub abzuwaschen. Zwar regnete es täglich, und der Nebel schien sich kaum je von den Straßen Donosts zu heben. Doch ich hatte trotzdem das Verlangen danach, zu spüren, wie eiskaltes Wasser über meinen Körper lief.

Die Abende verbrachte ich im Schankraum. Bald fand ich heraus, dass Fissach und Marlo anderswo in der Stadt lebten; die zwei Kinder Caddras hatten hingegen Zimmer in der *Zechenden Puppe*. Wenn viel zu tun war, halfen Cillia und Alwin in der Küche oder im Schankraum aus. Meistens aber saßen wir am Kamin zusammen. Wir aßen die sämige Fischsuppe, tranken das schwarze Bier und vertrieben uns die Zeit mit Würfel- oder Kartenspielen. Ich verstand mich nicht auf diese Spiele. Die beiden waren aber geduldig mit mir. Ab und an gewann ich sogar.

Irgendwie kam es häufig dazu, dass Cillia und ich noch im Schankraum hockten, obgleich sich alle anderen schlafen gelegt hatten. Wenn wir alleine waren, sprachen wir nicht viel. Ich schob meinen Bierhumpen über den Tisch; Cillia betrachtete ihre Fingernägel. Gelegentlich murmelte einer von uns etwas Unverbindliches. Mit Alwin war es eigentlich viel lustiger. Dennoch war ich außerstande, ins Bett zu gehen, solange Cillia im Schankraum saß. Ein paar Mal fielen mir die Augen zu, während ich noch überlegte, was ich zu ihr sagen könnte.

Einmal, als wir besonders lange im Schankraum waren, sagte Cillia plötzlich: »Was Fissach über mich erzählt hat, das ist wirklich Unsinn, weißt du?«

Ich nickte.

»Zugegeben, ich hatte wilde Zeiten, aber das ist schon eine Weile her.«

Ich sah sie an und fragte mich, wie alt sie wohl war. Vielleicht so alt wie Vanice?

»Als er sagte, du könntest ihm ein paar Liebhaber abgeben – was sollte das eigentlich?«, wollte ich wissen.

Cillia verzog das Gesicht. Dann lachte sie: »Dein Dorf ist ziemlich weit weg von allem, oder?«

»Ja«, sagte ich.

»Ich könnte es dir erklären, aber ich habe eine bessere Idee …«

»Und die wäre?«

Sie sprang auf: »Lass uns tanzen!«, sagte sie mit einer Stimme, die in der Stille des nächtlichen Hauses herausfordernd laut klang.

Vor Schreck hätte ich beinah meinen Humpen umgestoßen.

»I-ich kann nicht …«, stammelte ich.

»Kein Problem. Ich zeige es dir.« Sie streckte die Hände aus.

Auf einmal kam es mir unerträglich heiß vor im Schankraum. Ich begann zu schwitzen. Mühsam erhob ich mich vom Stuhl.

»Ich glaube, ich sollte lieber ins Bett gehen«, murmelte ich. »Es ist spät, und morgen früh muss ich wieder an den Hafen.«

»Bei Jelkars Huren, ich weiß, wie spät es ist! Komm!« Noch immer hielt sie mir ihre Hände entgegen.

Langsam ging ich auf sie zu.

Frau Ceddra hatte die Gewohnheit, sämtliche Kerzen und Lampen zu löschen, ehe sie ins Bett ging. Cillia und mir blieb dann nur das Kaminfeuer, das langsam herunterbrannte, während wir darauf warteten, dass die-Götter-wissen-was geschah.

Zu dieser Stunde waren von dem Feuer nur ein paar halb verkohlte, glimmende Scheite übrig, aus denen kleine, zitternde Flämmchen züngelten. Der Schankraum lag im Halbdunkel da.

Dennoch konnte ich Cillia deutlich erkennen. Mir war, als hätte ich sie noch nie so klar gesehen wie in diesem Moment, als ich zögernd ihre Hände fasste. Ihr rotes Haar war zu einem Zopf zusammengebunden; einzelne Strähnen hingen ihr in die Stirn. Sie trug ein grünes Hemd mit bauschigen Ärmeln, das an der Brust locker verschnürt war; darüber eine fellbesetzte Weste aus gelbem Leder; schließlich weite, schwarze Tuchhosen, braune Schaftstiefel und einen schmalen braunen Gürtel, der eine goldene Schnalle hatte und mit Gravuren versehen war.

Nun schloss sie die Augen. Sie begann, sich sacht in den Hüften zu wiegen. Mit ganz heller, leiser Stimme sang sie:

Es kommt ein Ritter hoch zu Ross,
Der hat manch Kampf gesehen.
Er reitet hin zum Königstross
Wo stolz die Fahnen wehen.

Das war ein schlichtes, wehmütiges Lied. Ich kannte es nicht. Aber so, wie Cillia das Lied sang, klang es weder schlicht noch wehmütig. Ihre Stimme verzauberte das flackernde, verlöschende Licht. Sie ließ die dicken Steinmauern verschwinden und öffnete den Schankraum hin auf eine andere, fremde Welt, die ich noch nie gesehen oder gar betreten hatte. Einen Blick auf diese Welt zu erhaschen war so süß und wonnig, dass mein Herz zerriss.

Ich wollte Cillia anflehen, nicht mit ihrem Gesang aufzuhören. Ich wusste, wenn das Lied immer weiterginge, weiter und weiter, könnte ich glücklich sein.

Sagt: Herr, ich weiß, der Feind ist nah,
Sein Schritt die Erd' lässt beben.
Doch zürne nicht, denn ich sprech' wahr:
Es hat zu viel Blut gegeben.

Ich bitt' dich, zügle deine Wut,
Die Klingen alle soll'n schweigen.
Denn manchmal ist's der größte Mut
Dem Schurken Gnad' zu zeigen.

Da lacht der König voller Grimm,
Befiehlt den Ritter zu binden –

Cillia verstummte. Mit geschlossenen Augen und leicht geöffneten Lippen stand sie da, den Kopf in den Nacken gelegt. Sie ließ meine Hände nicht los.

Dann trat sie auf mich zu und umarmte mich.

Sie legte ihren Kopf an meine Schulter. Vorsichtig fasste ich sie an der Hüfte. Ich wagte kaum, sie zu berühren, so zerbrechlich fühlte sie sich an. Sie hingegen drückte mich fest an sich. Ich roch ihre Haare und ihre Haut. Ich zitterte.

Ich weiß nicht, wie lange wir uns umarmt hielten. Schließlich begann Cillia, sich erneut sacht zu wiegen, von links nach rechts, von rechts nach links. Ich versuchte, ihren Bewegungen zu folgen.

Plötzlich ließ sie mich los. Sie ließ mich los, drückte mir einen Kuss auf die Wange und trat einen Schritt zurück.

»Gute Nacht«, sagte sie und lächelte spitzbübisch.

Ehe ich wusste, wie mir geschah, hatte sie den Schankraum verlassen. Kurz hörte ich ihre Schritte im Treppenhaus. Dann war es still.

Ich blieb noch lange im Schankraum. Ich betrachtete die schwindende, rötlich-graue Kaminglut und wartete – auf alles und nichts. Irgendwann schlich ich zu meinem Alkoven. Ich machte kein Licht und zog mich nicht aus. Wieder einmal war ich eingeschlafen, kaum dass ich die Rosshaarmatratze berührt hatte.

Ein Schrei weckte mich, mitten in der tiefsten Nacht. Ich sprang aus dem Bett. Danje lag am Boden und krümmte sich. In der Schwärze des Dachbodens schien sie zu leuchten. Sie war ein kleines Mädchen, nackt und von furchtbaren Wunden versehrt. Flehentlich streckte sie die Hand nach mir aus. Ich ging auf die Knie, wollte sie an mich ziehen. Doch als ich sie berührte, zersetzte sich ihr Körper: Sie wurde zu einem stinkenden Schleim, voller Fäulnis und Würmer.

Ich hörte ihre Stimme. Es war ein schrilles, wortloses Wimmern; von allen Seiten bestürmte es mich. Es hallte durch den winzigen, dunklen Alkoven, hallte und hallte; es nahm kein Ende, schien niemals verklingen zu wollen.

Ich erstarrte vor Grauen.

Erst, als ich unten in der *Zechenden Puppe* die ersten Anzeichen morgendlicher Betriebsamkeit vernahm, konnte ich mich wieder rühren.

Ich taumelte die Treppe hinunter. Es gelang mir, das Haus zu verlassen, ohne Frau Ceddra, Cillia oder Alwin zu begegnen.

An diesem Morgen kam ich später als gewöhnlich zum Hafen. Die Sonne war bereits ein Stück weit aus dem Meer emporgestiegen. Die Luft und das Wasser leuchteten; eine frische, salzige Brise wehte. Eigentlich hätte die Arbeit längst beginnen sollen. Deshalb war ich erstaunt, als ich vor dem Lagerhaus, wo wir uns üblicherweise versammelten, um unsere Anweisungen entgegenzunehmen, niemandem begegnete. Das heißt, ganz allein war ich nicht. Der hagere Alte stand an den Schuppen gelehnt. Er trug wie immer Kleider aus Öltuch, hatte aber ausnahmsweise keine Schiefertafel dabei.

»Ah, da bist du ja! Wir dachten schon, du würdest nie kommen!«, sagte er, kaum dass er mich erblickt hatte. Dabei schwenkte er tadelnd den Zeigefinger, grinste aber, als ob wir beide ein leicht anrüchiges Geheimnis teilten, das der restlichen Welt verborgen war.

»Wo sind die anderen?«, fragte ich.

»Heute früh haben wir im Lagerhaus zu tun«, erwiderte der Alte. Er kratzte sich an seinem fast kahlen, gelblichen Schädel, noch immer grinsend, und führte mich in den Schuppen, und durch den Schuppen hindurch in das Lagerhaus.

Ich war oft im Lagerhaus gewesen. Kisten, Fässer, Säcke und Stoffballen stapelten sich an den Wänden und in langen Reihen, die gleichförmig die Halle durchzogen. Nicht wenige davon hatte ich aus den Laderäumen irgendwelcher Schiffe hierhergebracht. Im Lagerhaus roch es nach Staub und Holz, Gewürzen und Schweiß. Ich mochte den Geruch. An diesem Morgen roch es auch nach Bier, Schnaps und frischem Sägemehl.

Die Männer bildeten einen Kreis um den Kampfplatz. Es waren einige Dutzend. Viele Gesichter waren mir von der täglichen Arbeit vertraut. Andere sah ich zum ersten Mal. Sie waren guter Dinge. Sie tranken, plauderten, lachten. Alles wartete nur auf mich.

Der Alte sagte: »Die Wetten stehen gegen dich. Das heißt, wenn du gewinnst, verdienst du nicht schlecht dabei.« Er grinste noch einmal, wuschelte mir durchs Haar und ging zurück in seinen Verschlag.

Als mich die Männer erblickten, begannen sie zu johlen und zu pfeifen, zu grölen und zu applaudieren.

Sie öffneten den Kreis, um mich durchzulassen. Hier war der Boden mit Sägemehl bestreut. Auf einem Tisch am Rand des Kampfplatzes lagen je zwei Knüppel und lange, schwere Eisenketten.

Auch Ofrick, der Vorarbeiter, war da. Er trug sein übliches braunes Leder und die zwei goldenen Ohrringe. Er stand lässig gegen den Tisch gelehnt und betrachtete mich mit ruhigem Blick. Kurz nickte er mir zu.

Dann rief er: »Los geht's!«, rief es mit seiner rauhen, starken Stimme. Einfach so. Ohne jede Vorrede.

Mein Gegner stand auf der anderen Seite des Kreises. Er war mir fremd. Ich wusste nicht, wer er war und warum man ihn dazu bestimmt hatte, gegen mich zu kämpfen. Er war ein Berg von einem Mann, hatte eine Glatze und keinen Bart. Seine Nase war plattgedrückt, seine Ohren wie von einem Geschwür entstellt. Er trug schwarze Hosen und schwarze Stiefel. Oberhalb des Gürtels war er nackt. Seine Brust, seine Arme, seine Schultern und seine Hände waren mit dichten, dunklen Haaren bedeckt. Irgendwie passten sein Kopf und sein Körper nicht zusammen.

Die Zuschauer brachen in begeistertes Geschrei aus, kaum dass Ofricks Ruf verklungen war. Mein Gegner ballte die Fäuste und ging auf mich los.

Den ersten Schlag konnte ich abwehren. Der zweite traf mich seitlich gegen die Schläfe. Ich ging zu Boden. In meinem Kopf tobte ein Sturm von bunten Lichtern. Ich blinzelte, hob die Augen, sah, wie ein Stiefel auf mich zukam. Hastig drehte ich mich weg. Der Tritt traf mich in den Rücken. Ich schrie auf. Ein zweiter Tritt bohrte sich mir in die Seite. Ich fühlte, wie meine Rippen knackten. Er griff mir in die Haare, zog mich auf die Beine, schlug mir in die Nieren. Ich stolperte nach vorne, fiel. Ein paar der Arbeiter hielten mich. Sie schrien mich an und stießen mich zurück auf den Kampfplatz. Die Faust traf mich ins Gesicht. Einmal, zweimal. Wieder fiel ich.

Gekrümmt lag ich in den Sägespänen. Ich konnte mein rechtes Auge nicht mehr öffnen. Ich starrte die Decke des Lagerhauses an, mit seinen Verstrebungen und Stützbalken. Da war ein Tuch, aus Schatten gewoben. Langsam senkte sich das Tuch auf mich herab. In den Schatten regte sich etwas: noch ein Schatten, größer und dunkler als die übrigen.

Mein Gegner hatte sich einen Knüppel gegriffen. Er stand über mir, mit weit ausgebreiteten Armen.

»Und jetzt?«, rief er.

»Schlag ihn tot!«, brüllte jemand. Andere stimmten in das Gebrüll ein.

Einige Momente lang geschah gar nichts. Ich hörte rasselnde Atemzüge; sie klangen fremd in meinen Ohren.

Er hob den Knüppel über seinen Kopf.

Der Schatten hatte mich erreicht. Sanfte, tröstende Finger berührten mich; sie wiegten mich in Schwärze.

Ich trat ihm gegen die Kniescheibe. Er jaulte. Er knickte ein. Erneut trat ich zu. Der Stiefelabsatz rammte gegen seinen Wangenknochen. Blut spritzte. Ich zog mich auf die Beine. Auch er stand wieder. Ich hieb die Fäuste in sein Gesicht. Die linke, die rechte, die linke. Da war mehr Blut. Der Knüppel sauste nieder. Er traf mich an der Schulter. Unter der Wucht des Schlages krümmte ich mich. Ehe er wieder zuhauen konnte, rammte ich ihm den Kopf in den Magen. Er fiel rückwärts um. Ich warf mich auf ihn, packte seine Ohren, knallte seinen Kopf auf den Boden. Ein Ohr riss ein; es baumelte am Schädel. Mein Gesicht war nur wenige Fingerbreit über seinem. Kurz hielten wir inne, keuchten, stießen heißen Atem aus. Er fletschte die blutigen Zähne, hämmerte seine Stirn gegen mein Nasenbein. Der Knorpel brach. Mir wurde schwarz vor Augen. Ich fiel zur Seite.

Plötzlich berührte ich den Boden nicht mehr. Er hatte mich gepackt und über den Kopf gestemmt. Er brüllte, schleuderte mich gegen den Tisch mit dem Knüppel und den Ketten. Das Holz krachte. Inmitten der gesplitterten Bretter schlug ich hart zu Boden. Ich bekam keine Luft mehr. Meine Arme und Beine zuckten.

Er hatte sich erneut den Knüppel gegriffen. Jetzt schrie er seine Wut heraus. Meine Hand schloss sich um eine der Eisenketten. Er schlug zu. Im letzten Moment wälzte ich mich zur Seite. Staub und gebrochenes Holz wirbelten durch die Luft. Dann war ich auf den Beinen. Die Kette zischte. Sie hinterließ einen blutigen Riss auf seinem rechten Arm. Diesmal schrie er vor Schmerz. Er ließ den Knüppel fallen. Verzweifelt versuchte er, sein Gesicht zu schützen. Wieder traf ihn die Kette. Unter dem dritten Schlag duckte er sich weg. Er griff nach dem Knüppel. Ich war schneller.

Die Kettenglieder zerfetzten die Haut, zertrümmerten die Knöchel. Er heulte auf. Der nächste Hieb zerschlitzte seine Wange; Zahnsplitter und Blutstropfen flogen. Es war eine klaffende Wunde, die fast bis an sein eingerissenes Ohr reichte. Ich ließ die Kette fallen und stürzte mich auf ihn.

Noch einmal schlug er zu. Der Hieb holte mich von den Beinen. Ich landete auf dem Bauch und versuchte, wegzukriechen. Sein Stiefel stampfte gegen mein Rückgrat. Irgendwie schaffte ich es, aufzustehen. Er traf mich am Kinn. Ich schwankte, rammte ihm die Faust in den Magen. Seine riesigen, schwarzbehaarten Hände schlossen sich um meinen Hals. Er drückte zu. Alles wurde weiß und rot: die Halle, die tobenden, jubelnden Männer, das Gesicht meines Gegners;

Blut in seinen stierenden Augen und in seinem verzerrten Mund: Blut und Wahnsinn.

Ich bohrte meinen Daumen in den Schlitz seiner Wange, riss die Wunde noch weiter auf. Er gab ein Winseln von sich. Sein Griff lockerte sich. Ich stieß ihn von mir. Er schwankte. Brüllend schlug ich zu. Sein Kiefer knirschte. Wieder splitterten Zähne. Er fiel um.

Ich nahm den Knüppel. Mein Blut befleckte das Holz. Das Sägemehl unter meinen Füßen war rot.

Ich taumelte zu ihm. Er gab ein schwaches Stöhnen von sich. Langsam hob er die Hand; als hätte er sich im warmen Gras ausgestreckt und die Sonne würde ihn blenden.

»Du musst ihn nicht töten, Mykar.«

Ofrick und ich, wir sahen uns in die Augen. Sein Blick war noch immer ruhig. Ich wunderte mich darüber, dass ich seine Stimme so deutlich hören konnte. Das gierige Johlen der Männer um ihn herum war mittlerweile ohrenbetäubend laut.

Ich nickte, riss den Knüppel hoch und schlug zu.

Einmal. Zweimal. Dreimal. Viermal.

Der Schädel meines Gegners war nur noch ein breiiger Klumpen von Blut, Knochen und Hirn.

Ich ließ den Knüppel fallen, drehte mich um und ging weg.

Man klopfte mir auf die Schulter, gratulierte mir. »Ich habe auf dich gewettet! Wusste doch, dass du ihn fertigmachst! Du verdammter Teufel, du!«, rief ein Mann, der vor Begeisterung in die Luft hüpfte.

Ich sagte nichts.

Der Alte saß an einem Tischchen im Verschlag und schrieb etwas auf seine Kreidetafel. »Du kannst dir dein Geld nachher abholen«, sagte er, ohne aufzusehen.

Ich ging zum nächstgelegenen Pier. Niemand hielt mich auf; niemand sprach zu mir. Am Rand des Steges setzte ich mich und ließ die Beine über dem schmierigen Wasser baumeln, in dem Algen und Unrat schwammen.

Mein Gesicht, mein Oberkörper und meine Arme waren mit

Staub, Schweiß und Blut verklebt. Das Hemd und die Fellweste waren zerrissen und ebenfalls blutbesudelt. Ich spürte keine Schmerzen.

Nach einer Weile kam Ofrick zu mir. Ich hörte seine dumpfen Schritte auf den Planken. Er hockte sich neben mich.

Wir schwiegen.

»Weißt du, was das Haus der Tausend Farben ist?«, fragte er schließlich.

»Nein«, sagte ich.

»Egal. Kennst du den *Schlachter*?«

»Nein.«

»Das ist eine Schenke gleich beim alten Schlachthof. Daher der Name. Triff mich da in fünf Tagen. Nach Sonnenuntergang bin ich da.«

»Gut.«

Er legte einen Lederbeutel zwischen uns auf das feuchte Holz. »Hier, deine Gewinne von heute. Und noch etwas obendrauf, mit besten Grüßen vom Hafenmeister Ludger. Ruh dich ein bisschen aus, ja?«

Ich sagte nichts.

Ofrick stand auf und ging weg.

Ich blieb am Pier sitzen. Heute war der erste trockene Tag, seit ich nach Donost gekommen war. Die Sonne war ein blassgelber Ball, halb verborgen hinter dünnen, grauen Wolken. Ein paar Fischerboote schaukelten auf den Wellen. Ich roch das Meer und den Wind. Ich hörte den üblichen Arbeitslärm von den Hafenkränen und der nahegelegenen Werft. Die Möwen schrien, und das Wasser schwappte gurgelnd gegen die Quaimauern, brach sich an den Stützpfosten des Piers.

Ich schloss die Augen und ließ mich auf die Planken sinken.

Und dachte an Mord.

6
AUCH KEIN SPASS

Justinius

Alles war dunkel. Ich fror.

Dann wurde es hell. Hell und warm. Ich stand auf einer Wiese. Ich kannte sie, diese Wiese. Sie lag nahe unserer Burg, dem Stammsitz derer von Hagenow. Aber sie war viel größer, als ich sie in Erinnerung hatte. Leuchtend grün. Mit irgendwelchen bunten Blumen betupft. Ein warmer Wind ging. Zumindest nahm ich das an. Ganz sicher war ich jedoch nicht. Ich hatte nämlich keinen Körper. Was wahrscheinlich auch der Grund war, weshalb mir nichts wehtat. Das war ja an sich recht erfreulich. Ließ allerdings ungute Befürchtungen in mir aufkeimen.

Ich konnte mich zwar nicht daran erinnern, was bei allen Höllen passiert war. Mein Geist war in einen schweren, grauen Nebel gehüllt – ungefähr so, wie wenn man nächtelang durchgesoffen hat und dann an einem Ort erwacht, an dem man nie zuvor gewesen ist. Allerdings wusste ich, dass ich mächtig eins auf die Schnauze bekommen hatte. Und wenn man windelweich geprügelt worden ist, aber keine Schmerzen hat, und obendrein körperlos durch die Gegend schwebt, spricht einiges dafür, dass man tot ist.

Das hatte mir gerade noch gefehlt.

Missmutig sah ich mich um: Blauer Himmel, grünes Gras, Sonnenschein … Blumen, so weit das Auge reichte, hier und da ein schmucker Hain … laue Lüftchen wehten und nicht mal die Bäume werfen Schatten … Sollten das etwa Elaahs Lichte Auen sein? In dem Fall würde ich ein ernstes Wörtchen mit der höchsten Gottheit reden müssen. Da hatte ich doch mehr erwartet. Wenigstens ein paar halbnackte, honigärschige Jungfrauen, die ganz wild darauf waren, mir zu zeigen, was ich mein Leben lang verpasst hatte. Wie auch immer sie das hätten anstellen wollen, da ich ja nur ein Lufthauch war, der nicht mal vermochte, einen Grashalm zu biegen.

Aber, wie gesagt, von Jungfrauen keine Spur.

Stattdessen war da …

Edmund.

Das kann doch wohl nicht euer Ernst sein!, wollte ich mich empören.

Leider war niemand da, der mir ein mitfühlendes Ohr geliehen hätte.

Dafür hatte ich jetzt einen Körper. Juchhe, juchhei. Mit Armen, Beinen und allem, was dazugehört. Vielleicht würde es ja doch noch etwas werden, mit mir und den Jungfrauen. Allerdings lag auch hier so einiges im Argen. Bei dem Körper, meine ich. Denn wenn ich mich und Edmund so ansah, hätte ich ums Verrecken nicht sagen können, ob wir Jungen oder Männer oder etwas ganz anderes waren.

Die Jungfrauen mit ihren birnenförmigen Hintern und apfelfesten Brüsten (verdammt, wahrscheinlich gab es hier nicht mal was zum Fressen!) rückten wieder in weite Ferne. Dafür hätte ich jetzt meinen vielgeliebten Bruder umarmen können.

Wenn ich gewollt hätte.

Wollte ich aber nicht.

»Was in Dreidämonsnamen hast du denn hier zu suchen?«, schnauzte ich.

Edmund sah gekränkt aus. »Dasselbe könnte ich dich fragen!«, gab er zurück.

»Hast du aber nicht. Außerdem bin ich hier der große Bruder und stelle die Fragen.«

»Wo sind wir überhaupt? Ich meine … was bedeutet *hier*?«, fragte Edmund, und ich bemerkte, dass sich ein leicht furchtsamer Unterton in seine Stimme geschlichen hatte.

»Na, wonach sieht es denn für dich aus?«

»Wie die Wiese, wo wir als Kinder immer mit Stöcken gekämpft haben, oder?«

»Ja, nur dass es in Wirklichkeit Spätherbst ist, und nicht Frühling. Und wenn das hier die Wiese unserer Kindheit wäre, müssten außerdem irgendwo ein paar Dutzend Kühe stehen, die alles vollkacken!«

»Kühe? Noch um diese Jahreszeit?«

Ich schüttelte gereizt den Kopf. »Darum geht es nicht, Edi! Worum es geht, ist, dass das hier nicht die Wirklichkeit ist, sondern irgendeine verfickte … Einbildung. Wenn wir Glück haben.«

Er schlug eine Hand vor den Mund und starrte mich mit weitaufgerissenen Augen an. »Oder das Jenseits …«, hauchte er ängstlich.

»Oder das Jenseits«, bestätigte ich.

Eine Weile lang betrachteten wir abwechselnd unsere Füße und die Wiese, die uns umgab. Ich stellte fest, dass ich nirgendwo auch nur die kleinste Spur eines Tieres entdecken konnte: Da war kein Käfer, kein Grashüpfer, keine Biene, kein Vogel … von Kühen ganz zu schweigen. In all ihrer leuchtenden Heiterkeit kam mir die Welt, in der ich hier gelandet war, ziemlich tot vor. Als wäre den Göttern die Puste ausgegangen, nachdem sie sich an Himmel, Auen und Bäumen abgearbeitet hatten. Irgendwie hatte ich das Gefühl, dass diese sonnendurchflutete Mittagsstunde niemals enden würde und ich laufen könnte, bis mir die Füße abfielen, ohne je den Rand der Wiese zu erreichen.

Keine Weiber, keine Schenken. Nur mein Bruder und ich. Offensichtlich war die Ewigkeit auch kein Spaß.

»Bleiben wir jetzt immer zusammen, Justinius?«, fragte mein Bruder.

»Ich hoffe nicht«, knurrte ich. »Sonst schaue ich mal bei Skargat vorbei und frage, ob er ein Plätzchen in den Niederhöllen frei hat.«

Edmund sah zur Seite. »Vielleicht ist das hier ja die Hölle.«

»Das hier? Die Hölle? Hmm, ehrlich gesagt hatte ich mir die ein bisschen handfester vorgestellt, so mit Blut und Folter, weißt du?«

»Vielleicht sieht die Hölle ja *gerade so* aus«, beharrte er, nun mit leicht quengelnder Stimme. »Es ist alles schön. Aber es ist alles nichts. Nichts – verstehst du?«

Ich hatte noch keine fünf Minuten mit meinem Bruder gesprochen, und es reichte mir schon. »Weißt du was, Edmund, du kannst dir deinen Tiefsinn in den Arsch schieben«, sagte ich. »Geh du nach Osten, ich gehe nach Westen. Wir sehen uns irgendwann, irgendwo mal. Mach's gut!«

Ich drehte mich um und wollte in der Tat losmarschieren – im Wissen, dass er recht hatte; dass ich niemals einen anderen Ort, irgendeinen Ort erreichen würde –, als sich etwas Wildes, Dunkles in mir zu regen begann. Mit einem Mal wurde mir klar, dass ich Edmund töten musste. Ich spürte einen Hass und eine Qual in mir, so gewaltig, nichts anderes hatte dagegen Bestand.

Schon wirbelte ich herum. Schon fletschte ich die Zähne, streckte die Hände aus, bereit, mich auf ihn zu stürzen.

Und plötzlich war alles weg.

Oder vielmehr: Es war alles da.

Mein Körper, zerschlagen, müde, verschwitzt. Ein Geruch, irgendwie fremd und vertraut zugleich. Nicht unangenehm. Ganz und gar nicht. Aber ein wenig rätselhaft.

Ich öffnete die Augen. Flackerndes Zwielicht umgab mich. Ich lag auf einem Bett, eingehüllt in Decken und Felle. Mein Oberkörper war nackt, von ein paar Verbänden abgesehen. Auch meine Beine waren nackt. Ich trug nur einen Lendenschurz. Zu meiner Linken eine Holzwand, eine Fensteröffnung, geschlossene Läden, ein leichter Luftzug, kalt. Zu meiner Rechten leerer Raum. Nein, kein leerer Raum. Da standen ein Tisch und ein paar Stühle. Grob geschnitzt, aber stabil. Auf dem Tisch eine Kerze, die nicht brannte.

Ich war in einer Hütte. Ganz eindeutig. Weniger eindeutig war, wie ich hierher gekommen war. Und wieso überhaupt.

Mühsam drehte ich den Kopf. Da war ein großer, gemauerter Kamin. In dem Kamin brannte ein Feuer. Und über dem Feuer hing ein Kupferkessel. Jetzt nahm ich auch den Geruch von gekochtem Wirsing war. Er überlagerte jenen anderen, sehr viel schwächeren, fremd-vertrauten Geruch.

Aber da war noch mehr. Ich sah eine Küche. Es gab reihenweise Regalbretter, in denen zahllose Tongefäße standen. Kleine, von langem Gebrauch gedunkelte Krüge und Dosen, Töpfe und Flaschen. Von der Decke hingen Ketten von Knoblauchzehen, getrocknete Kräuterzweige und Schoten. Und da war eine Frau. Sie drehte mir den Rücken zu. War über eine Art Anrichte gebeugt und offenbar dabei, etwas zu zerschnippeln – ich hörte das Tschack, Tschack, wenn die Messerklinge das Holzbrett traf. Sie trug einen langen, dunklen Rock und ein helles, nicht ganz sauberes Wollhemd, darüber eine Wildlederweste. Die schwarzen Haare, in die blaue und rote Bänder geflochten waren, fielen ihr weit über den Rücken, und als sie den Kopf drehte, um nach einem Schälchen zu greifen, sah ich, wie sie sich eine weiße Strähne aus dem Gesicht strich …

»Aiona«, krächzte ich.

Seltsam, es überraschte mich nicht einmal, dass sie da war.

»Ah, du bist wach«, sagte sie, indem sie sich zu mir umdrehte.

Ich freute mich daran, dass sie immer noch ihre dunkelgoldene Weinbrandstimme hatte. Und sie gab mir reichlich Gelegenheit, mich daran zu freuen.

Denn anstatt gleich zu mir zu kommen, wie ich eigentlich erwartet hatte, fuhr sie damit fort, was-immer zu zerschneiden. Als sie mit dieser anscheinend überaus wichtigen Tätigkeit fertig war, ging sie zu einem anderen Tisch, auf dem eine Tonkanne und ein paar Holzbecher standen, nahm einen der Becher und füllte ihn.

Erst dann trat sie an mein Bett und hockte sich auf einen Schemel, der dort bereitstand.

Unterdessen hatte ich es geschafft, mich aufzusetzen. Auch jetzt, da ich der Ewigkeit mit Edmund – es war ein Traum, sagte ich mir, nur ein Traum – glücklich entronnen war, fühlte ich mich noch so, als hätte ich einen Bottich Schnaps geleert. Etwas war geschehen. Etwas, das nicht hätte geschehen dürfen. Und ich konnte mich einfach nicht daran erinnern, was es war.

Allerdings gaben mir die Verbände um meine Oberarme und meinen Kopf einen schwer zu übersehenden Hinweis. Da war ein dumpfer, pochender Schmerz in mir: Er durchdrang meinen Körper und meine Seele.

Ich hatte gekämpft – und verloren?

»Hier, trink das«, sagte Aiona und gab mir den Becher.

Ich nahm den Becher. Schnupperte an der dampfenden Flüssigkeit. Verzog das Gesicht. »Was zur Hölle ist das?«, fragte ich. »Wenn es so schmeckt, wie es riecht, kannst du mir gleich Gift geben.«

»Genau das ist es«, entgegnete sie ungerührt.

Ich hatte den Becher bereits an die Lippen gesetzt, hielt jetzt aber inne.

»Gift? Soll das ein Witz sein?«

»Es gibt heilende Gifte, wusstest du das nicht?«

»Nein, das wusste ich nicht. Und was für Gifte sollen das sein?«

»Du hast eine Menge zu lernen, Justinius von Hagenow. Diese Gifte hier heißen Windsturz, Koboldzahn und Schattenfang. Das sind unsere Namen. Eure kenne ich nicht.«

Ich schnaubte. »Hübsche Namen. Ihr Hexen seid ja richtige Poeten.«

Aiona zuckte mit den Schultern. »Wir lernen diese Dinge, wenn wir sehr jung sind. Da helfen solche Namen. Man kann sich Geschichten dazu ausdenken. Und sie geben Hinweise, wo die Kräuter wachsen. Trink jetzt.«

Ich gehorchte. Trank also. Einen kleinen Schluck. Das reichte auch.

»Pfui Dämon!«, machte ich. »Das ist ja noch schlimmer als Skargats Lebertran!«

»Skargats Lebertran?«

»Ach, das ist so ein Gebräu, das Rudrick von Nordwiesen meinem feinen Bruder angedreht hat. Wenn man davon trinkt, kann man Geister und Gespenster sehen.«

»Ah, Totenwasser.«

»Totenwasser? Du kennst das Zeug also?«

»Natürlich kenne ich es. Aber ich muss sagen, dass mir dein Name besser gefällt. Du bist offenbar auch ein Poet.«

»Ja, und ich werde immer besser. Wahrscheinlich hängt das damit zusammen, wie oft ich grün und blau geschlagen werde. Wenn das so weitergeht, bringe ich noch ein Epos zustande.«

»Wenn du dich jetzt nicht schonst, bringst du in diesem Leben überhaupt nichts mehr zustande. Also trink den Tee und schlaf.«

Ich leerte den Becher. Ganz fügsam. War eben nicht nur ein Poet, sondern auch ein braver Junge. Dann ließ ich mich in die Kissen sinken.

»Und wozu sind deine Gifte gut?«, fragte ich, nachdem ich es mir bequem gemacht hatte.

»Sie betäuben deinen Geist und deinen Körper. Das hilft dir, die Schmerzen zu ertragen und zu heilen.«

»Das Letzte, woran ich mich klar erinnere, ist, dass ich mit Vanice gesprochen habe. Wie immer bei ihr war es ein endloses Um-den-heißen-Brei-herum-Reden. Danach bin ich irgendwo hingeritten … Aber ich weiß nicht mehr, wie es dann weiterging. Liegt das an deinen Giften?«

Sie zögerte, nickte dann. »Ja, auch«, sagte sie.

»Was soll das heißen?«

»Das soll heißen, dass sich deine Seele nur an das erinnert, was sie ertragen kann. Und im Moment kann sie nicht viel ertragen. Meine Gifte helfen ihr dabei, sich zu schützen.«

Ich schluckte. »Es ist also … etwas Schlimmes passiert.«

»Ja.«

»Wie schlimm?«

Die Hütte war dunkel bis auf den Widerschein des Kaminfeuers. Ein rötlicher Halbschatten fiel über Aionas Gesicht. Ich sah das Mitleid und den Kummer in ihren Augen. Irgendwie wusste ich, dass sie wollte, dass ich das sah – dass sie mich es sehen ließ. Aber sie wollte auch, dass ich etwas anderes sah: die Härte, die Entschlossenheit. Sie hatte sich längst entschieden, was sie mir sagen würde. Und es gab nichts, was ich tun konnte, um ihren Entschluss zu ändern.

»Du wirst dich erinnern, wenn du stark genug bist für die Erinnerung«, sagte Aiona. »Dann reden wir. Du musst Geduld haben; und auch ich muss Geduld haben. Denn es ist sehr wichtig, dass du mir genau erzählst, was geschehen ist, was du gesehen und getan hast. Aber nicht jetzt. Jetzt musst du schlafen.«

Sie machte Anstalten, aufzustehen. Aber ich wollte nicht, dass sie ging.

»Was hast du dahinten geschnitten?«, fragte ich.

»Erdäpfel.«

»Erdäpfel?«

»Ja. Für einen Eintopf.«

»Und ich dachte immer, Hexen essen kleine Kinder.«

Aiona lächelte. »Ich muss dich enttäuschen. Kleine Kinder gibt es bei mir nur zu Elaahs Lichtfest. Das ist doch die rechte Art, eure Götter zu ehren, oder?« Sie legte ihre Hand auf die meine, und ich stellte fest, dass sich ihre Haut viel weicher anfühlte, als ich erwartet hätte. »Schlaf jetzt«, sagte sie noch einmal. Und erhob sich.

Tatsächlich fühlte ich mich müde. Aionas Kräuter hatten etwas mit mir angestellt. Ich spürte das Schreckliche, das ich zurückgelassen hatte und das mich erwartete. Ich spürte die Angst davor. Ebenso, wie ich meine Wunden spürte. Als wären mir Einsamkeit und Trauer ins Fleisch geschnitten worden.

Aber all das schien nicht so wichtig zu sein. Es war Teil von mir und doch weit weg. Ich fühlte mich besänftigt; eingelullt wie von einem Schlaflied, gesungen mit leiser, sachter, liebevoller Stimme.

Indessen hatte ich nicht vor, diesem Gefühl gleich nachzugeben. Die Hexe sollte sehen, dass ich nicht so schwach war, wie sie glaubte.

»Ist es denn Nacht?«, fragte ich gähnend.

»Ja«, antwortete Aiona, die sich schon wieder in ihrer Küche zu schaffen machte. »Die Nacht der Toten.«

»Hm …«, machte ich. Mir war klar, dass mich ihre Worte hätten beunruhigen sollen: Die Nacht der Toten, das hieß, der Schwarze Jäger und sein Gefolge ritten über den tintenschwarzen Himmel, während allerlei gespenstisches Kroppzeug durch die Wälder und Hügel tobte. Doch ich fühlte mich nicht beunruhigt, ganz und gar nicht.

»Ich dachte, in der Nacht der Toten soll man nicht schlafen?«

»Das zeigt nur, wie wenig Ahnung eure Geweihten von diesen Dingen haben«, erklärte Aiona, während sie dieses oder jenes Gemüse kleinschnitt. »Schlafen ist überhaupt das Beste, was man in der Nacht der Toten tun kann. Das ganze Feiern und Beten erweckt nur die Neugier der Jenseitigen. Und manchmal ihren Zorn.«

»So ist das also.«

»Ganz genau. So ist das.«

»Und du musst dich nicht auf deinen Besen schwingen und zu irgendwelchen wüsten Orgien fliegen? Das macht ihr Hexen doch so in diesen Nächten?«

Jetzt lachte Aiona. Allerdings ohne ihr Schnibbeln zu unterbrechen. »Wie ich schon sagte, Justinius, du musst eine Menge lernen. Den Besen benutze ich zum Kehren. Und für meine wüsten Orgien suche ich mir wärmere Nächte aus. Abgesehen davon wären wir dumm, unsere Feste genau dann zu feiern, wenn alle Welt denkt, dass wir es tun, oder nicht?«

»Stimmt auch wieder«, murmelte ich.

Und drehte mich auf die Seite.

Später dann – ich hatte gewiss ein paar Stunden geschlummert – weckte mich eine jähe Kühle an meinem Rücken. Unter gewöhnlichen Umständen wäre ich sofort hellwach gewesen. So aber dauerte es einen Augenblick, bis mir klar wurde, dass jemand die Decken angehoben hatte. Einen weiteren Augenblick brauchte ich, ehe ich begriff, dass sich Aiona zu mir legen wollte.

Unwillkürlich drückte ich mich gegen die Wand.

»Du hast doch nicht im Ernst geglaubt, dass ich auf dem Boden schlafe?« Obwohl sie flüsterte, hörte ich eine gewisse Vergnügtheit in ihrer Stimme. »Mach dir keine Sorgen, die ersten zwei Nächte hast du auch überlebt. Außerdem kannst du dich auf diese Weise nützlich machen, wenn du schon hier bist – gegen Morgengrauen wird es ziemlich kalt.«

Ich wusste nicht, was ich entgegnen sollte. Und auch Aiona sagte nichts mehr.

Nun, da sie so nahe bei mir lag, wurde mir auch klar, woher der

Geruch stammte, den ich beim Erwachen wahrgenommen hatte. Er gehörte zu ihr. Ich schnupperte verhalten und musste plötzlich an einen Wald denken, der seltsamerweise zugleich herbstlich und frühlingshaft war. Es gab da eine Ahnung von fallenden Blättern und dunkelndem Moos, aber auch etwas, das wie ein Bächlein war, in dem sich das frisch-verspielte Licht eines blühenden Morgens bricht.

Sie hatte ihre Widersprüche, diese Frau.

Aus irgendeinem Grund fand ich das ganz beruhigend.

Und schlief wieder ein.

7
BEKENNTNISSE

Vanice

Das Feuer auf dem Dorfplatz brannte mehrere Meter hoch, und obwohl die Nacht gerade erst begonnen hatte, war die Feier bereits in vollem Gange. Wohl zwei Dutzend der jüngeren Männer und Frauen hatten sich bei der Hand gefasst und tanzten in einem weiten Kreis um die lodernden Flammen, deren Widerschein ihre verschwitzten, glücklichen Gesichter erhellte. Das Holz knackte und zischte, und ein leichter Wind trieb wirbelnde Funken in den tiefblauen Himmel, wo zwischen grauen und purpurnen Wolkenfäden die blassen Sterne blinkten. Lauter als das Geprassel des Feuers war aber das Spiel der Musikanten; mit zwei Fiedeln, einer Flöte und einer Handtrommel trieben sie den Tanz an, gaben ihm den Rhythmus; und das machten sie gar nicht schlecht.

Diejenigen, die sich zu alt für das Gehüpfe fühlten oder zunächst ihren Hunger stillen wollten, hockten an den langen, reichgedeckten Holztischen, die, teils eine Leihgabe des *Kranich*-Wirtes, über den Platz verteilt waren. Bei den Tischen standen offene Wein- und Bierfässer, aus denen jeder nach Belieben schöpfen konnte, und Spanferkel brieten über einer Handvoll kleinerer Feuer, die etwas abseits errichtet worden waren.

Ich vermutete, dass heute Nacht die wenigsten nüchtern und keiner hungrig ins Bett gehen würde. Verglichen mit Mykars Geburtsort war der Wohlstand dieses Dorfes beinah märchenhaft, und kurz sinnierte ich darüber, wie eigentlich triviale Zufälligkeiten – etwa die Frage, ob man ein paar Dutzend Meilen weiter nördlich oder südlich geboren wurde – mitunter das ganze Leben bestimmen konnten.

Derartige Gedanken waren nicht dazu angetan, meine Stimmung zu heben. Um die stand es sowieso nicht zum Besten, da die Sorge, wie Cay auf meine Bekenntnisse reagieren würde, im Lauf des Tages stetig gewachsen war. Zwar hatte er mich schon einige Male gründlich überrascht, aber was ich ihm heute Abend sagen wollte, hatte ich mit gutem Grund noch niemals jemandem anvertraut.

Aber nun war es zu spät. Ich hatte Cay angekündigt, ich werde mit ihm über »alles« reden, und genau das hatte ich vor. Während er uns zwei Becher Wein holte, stand ich auf der Brücke, betrachtete die Lichtspiegelungen, die über das schwarze Kräuseln des Baches huschten, und fragte mich, wie ich beginnen sollte.

»Hier, Vanice, Euer Wein!«

Ich hatte gar nicht mitbekommen, dass Cay zurückgekehrt war, und schaffte es knapp, nicht zusammenzufahren.

»Danke«, sagte ich und nahm den Becher entgegen.

»Nun, was habt Ihr auf dem Herzen?«, fragte er, kaum dass ich einen Schluck getrunken hatte.

»Nicht so schnell, Cay …«

»Gut. Vielleicht könntet Ihr mir noch ein oder zwei Fragen beantworten, bis Ihr so weit seid?«

»Einverstanden.«

Cay lehnte sich an das Brückengeländer und nippte an seinem Wein. »Als Ihr bei mir in der Zelle wart, habt Ihr etwas über Mykar gesagt. Dass er all die Jahre im Wald gelebt hätte, bis er von meiner Verhaftung erfahren hat. Richtig?«

»Ja, das habe ich wohl gesagt …«, murmelte ich.

»Entschuldigt, Vanice, aber ich kann das nicht glauben. Ich habe gesehen, was sie ihm angetan haben. Das überlebt niemand.«

»Wollt Ihr die Wahrheit hören?«

»Ja. Was sonst?«

»Gut. Die Wahrheit ist, dass Mykar irgendwo zwischen Leben und Tod, Diesseits und Jenseits hängt. Es hat etwas mit einer uralten, irgendwie verwunschenen Linde zu tun, die in der Nähe Eures Dorfes wächst, auf einer Lichtung, wo früher einmal Hexen gelebt haben.«

»Da bin ich beruhigt.«

Bei Cay kam ich aus dem Staunen nicht heraus. »Wie bitte? Ihr seid … *was*?«, fragte ich ungläubig.

»Ich hatte gefürchtet, Ihr hättet mich angelogen und Mykar würde in Wahrheit gar nicht mehr leben.«

»Ihr habt schon gehört, was ich gesagt habe, oder?«

»Ja. Aber vielleicht ist diese Art von Leben besser als gar keins. Wer weiß.«

»Wer weiß, in der Tat. Allzu sehr freuen solltet Ihr Euch aber nicht. Nach Eurem vermeintlichen Tod hat sich Mykar nämlich … verdunkelt. Alles, was er jetzt noch will, ist Rache. Er wird alles daransetzen, Rudrick endgültig zu vernichten. Es ist schwer vorstellbar, dass daraus etwas Gutes kommt.«

»Wahrscheinlich habt Ihr recht. Aber jemand, dem so viele Ungerechtigkeiten widerfahren sind wie Mykar, muss sich wohl irgendwann – nun, verdunkeln, wie Ihr sagt. Auf sich allein gestellt, findet man nur schwer aus einer solchen Dunkelheit heraus, wenn man sich erst einmal in sie hineinbegeben hat.« Kurz unterbrach sich Cay. »Es war Mykar, der sie angegriffen hat, oder?«, fragte er dann mit unveränderter Stimme.

»Angegriffen? Wen?«

»Die Männer des Dorn. In der Nacht, bevor ich sterben sollte, haben sie mich an einen anderen Ort gebracht, von wo sie mich leichter aus der Perle herausschaffen konnten. Mykar muss das beobachtet haben. Wahrscheinlich hat er gedacht, dass sie Böses im Schilde führen. Es ist ihm nicht gelungen, sie alle zu besiegen, aber einige hat er getötet. Nachher vermuteten sie, Rudrick oder einer der Seinen hätte sie angegriffen. Niemand konnte sich wirklich einen Reim auf die Sache machen.«

Ich presste die Lippen zusammen. Wenn ich mich erinnerte, in welchem Zustand ich Mykar am Morgen der Hinrichtung in der Totenstadt der Perle vorgefunden hatte, zweifelte ich nicht daran, dass Cays Schlussfolgerungen zutrafen.

Er ließ ein paar Sekunden verstreichen. »Es ist in Ordnung,

Vanice«, sagte er dann. »Ihr müsst Euch nicht dazu äußern, wenn Ihr nicht wollt. Vielleicht ist es am Ende sowieso nicht so wichtig, wer es getan hat.« Er sagte das mit einem Schulterzucken, und seine ruhige Gleichmut wirkte keineswegs aufgesetzt. Offenbar fand es Cay durchaus annehmbar, dass sich sein Freund aus früheren Tagen in einen blutgierigen Rachegeist verwandelt hatte, der bereit war, jeden zu töten, der – tatsächlich oder vermeintlich – in seinem Weg stand.

»Ich bin in der Tat sprachlos!«, versetzte ich. »Euch scheint das ja alles ziemlich kalt zu lassen!«

Nun nahm sich Cay das Recht zu schweigen. Ich hielt es nicht lange aus, dieses Schweigen. »Ihr seid ganz anders, als ich mir Euch vorgestellt hatte!«, platzte ich heraus.

Cay blickte von seinem Wein auf. Er betrachtete mich forschend. »Seid Ihr enttäuscht?«, fragte er.

»Nein … Aber Ihr seid … seid so … so *kalt*. Wisst Ihr noch, als ich bei Euch im Kerker war – die Art, wie Ihr über Euren Tod gesprochen habt. Als ob Euch das nichts anginge.«

»Ja, das war schon immer mein Problem.«

»*Was* war schon immer Euer Problem, Cay?«

Wieder schwieg er eine kleine Weile. Schließlich sagte er: »Ich glaube, das ist auch der Grund, weshalb mein Vater von mir enttäuscht war.«

»Jetzt verstehe ich überhaupt nichts mehr«, entgegnete ich mit einem Kopfschütteln. »Von welchem Problem redet Ihr? Und wieso sollte irgendjemand von Euch enttäuscht sein? Bei Mykar klang das ganz anders. Er hat erzählt, dass Ihr ihn vor den Grausamkeiten anderer Kinder bewahrtet. Irgendwie habe ich den Eindruck gewonnen, alle im Dorf hätten Euch heiß und innig geliebt.«

»Mykar hat von Berin, Garth und Ansel erzählt?« Cay schmunzelte. »Nun, es stimmt, ich habe ihm geholfen. Ich habe auch mal einen Landstreicher vertrieben und eine Frau gerettet, die von einer Schlange gebissen worden war. Aber ob sie mich deshalb heiß und innig geliebt haben? Vielleicht haben einige gedacht, ich würde einmal ein Held werden. Wenn man in so einem göttervergessenen Dorf lebt, hat man bescheidene Maßstäbe.«

»Und seid Ihr das nicht geworden?«

»Was – ein Held?«

»Ja.«

»Ich? Ein Held!?« Cay legte sich eine Hand auf die Brust und lachte. Er hatte ein hinreißendes Lachen; es machte sein Gesicht ganz weich und jungenhaft, und ich musste mich bezähmen, ihm nicht um den Hals zu fallen und ihn zu küssen.

Das kostete mich einige Mühe. Doch das war nicht der Grund, weshalb ich mich schwertat, den Sinn der Worte zu erfassen, die Cay als Nächstes sprach.

»Wenn ich ein Held gewesen wäre, hätte mein Vater vielleicht weniger dagegen einzuwenden gehabt. Er war ja der Elaah-Geweihte bei uns im Dorf. Ich weiß nicht, ob Mykar auch das erzählt hat. Jedenfalls wollte er, dass ich seine Nachfolge antrete. In meinem dreizehnten Jahr hat er angefangen, mich auf die Fahrten mitzunehmen, die ihn übers Land geführt haben. Einmal sind wir von drei Wegelagerern überfallen worden. Das waren zerlumpte, halbverhungerte Bauern oder Wilderer, die sich vor den Bütteln irgendeines Adeligen in den Wäldern versteckt hatten. Sie bedrohten uns mit Keulen, in die sie Nägel eingehauen hatten – die Götter wissen, wie sie darauf kamen. Ich nahm dem ersten seine Waffe weg und schlug nach den beiden anderen. Eigentlich wollte ich ihnen nur Angst einjagen, aber die Sache ging schief. Ich traf einen von ihnen so gegen den Kopf, dass sich die Nägel in die Schädeldecke bohrten. Mein Vater war entsetzt. Wir unterbrachen unsere Reise zwei Tage lang, um den Mann zu pflegen. Es half nichts, am Ende starb er.«

Ich starrte Cay an. »Wie …? Ich verstehe nicht, was Ihr sagen wollt …«

»Habt Ihr schon mal einen Menschen getötet, Vanice?«

»Ja«, sagte ich leise. »Das habe ich. Mehrmals sogar. Beim ersten Mal war es ein Unfall, ich wollte es nicht. Doch er ist durch meine Hand gestorben, und bis heute verfolgt mich die Tat.«

»Sehr Ihr? Mich hat der Tod dieses Wegelagerers keine Sekunde lang verfolgt. Mein Vater war ein guter Mann. Wirklich. Er wollte den Bauern helfen, die Not der Armen lindern. Und er glaubte daran, dass die Menschen lernen können, einander beizustehen. Doch als er begriff, wie gleichgültig es mir war, dass ich ein Leben auf dem Gewissen hatte, zerbrach etwas in ihm. Ich weiß noch, wie er mich ansah und sagte: *Elaah steh uns bei, du bist ein Mörder, Cay.* Das waren seine Worte. Und es stimmte. Mein Vater hat nie verwunden, was Alva und Mykar angetan worden war. Wahrscheinlich hat ihn das ins Grab gebracht. Aber auch ich habe meinen Teil dazu beigetragen.«

»Ich bin … mir nicht sicher, ob ich – ob ich verstehe, was Ihr sagt.«

»Es ist ganz einfach, Vanice. Ich sage, dass ich ein Mörder bin. Töten ist alles, was ich jemals wirklich konnte.«

Mir war, als hätte jemand meinen Geist und mein Herz leer gewischt. Ich fand keinen einzigen Gedanken mehr, und auch meine Empfindungen schienen sich aufgelöst zu haben. »Aber wie kann das sein?«, war alles, was ich herausbrachte.

»Das habe ich mich auch oft gefragt. Ich habe ja niemals wirklich gelernt, zu kämpfen und zu töten. Ich vermute allerdings, es liegt daran, dass ich keine Angst habe. Wenn Blut fließt, bekommen die meisten Angst: Angst vor dem Schmerz, Angst vor dem Tod, Angst vor dem, was andere ihnen antun könnten und davor, was sie selbst anderen antun könnten. Das schwächt sie. Ich kenne diese Ängste nicht. Zumindest nicht, wenn es um mich geht.«

»Aber das ist unmöglich!«, wandte ich empört ein, und es erleichterte mich sehr, dass ich diese Empörung fühlte.

»Ich weiß. Wahr ist es dennoch.«

»Jeder Mensch hat Angst!«

»Ich sage ja auch nicht, dass ich keine Angst habe. Nur fürchte ich mich nicht vor den Dingen, vor denen ich mich fürchten sollte. Eigentlich ist es ein Wunder, dass ich noch lebe.«

Ich wollte Cay etwas überragend Kluges entgegnen, das alles, was er mir erzählt hatte, als den Unsinn entlarven würde, der es war. Ich öffnete den Mund und schloss ihn wieder.

Unterdessen hatten die Musikanten und Tänzer eine Pause eingelegt. Gelächter und Stimmengewirr klangen von den Feiernden zu uns herüber, und der Duft der gebratenen Spanferkel drang in meine Nase. Die kleine Holzbrücke, auf der Cay und ich standen, war schon fast am Rand des Lichterscheins gelegen. Links von ihr warteten die Feuer mit ihrer Wärme und ihrer Helligkeit, rechts von ihr die Dunkelheit. Denn wie es der Brauch verlangte, waren alle Hütten des Dorfes verrammelt worden. Keine Kerze, keine Lampe durfte brennen, und als ich am Nachmittag einen kleinen Spaziergang unternommen hatte, sah ich, wie die Leute Teller mit Brot, Fleisch und Käse sowie Krüge mit Milch oder Bier vor ihre Türen stellten – Wegzehrung für die wandernden Toten, welche die Nacht jenseits des Festplatzes durchstreiften.

Cay lächelte mich an. »Nun, Vanice, heute Morgen habt Ihr mich gebeten, ich möge Euch nicht verachten oder verurteilen, wenn ich Eure Geschichte gehört hätte. Könnt Ihr dasselbe für mich tun?«

»Ich bitte Euch, Cay!«, sagte ich in beinah gereiztem Tonfall. »Selbstverständlich verachte ich Euch *nicht*! Wie könnte ich? Es ist nur …« Meine Stimme wurde sanfter; ich hörte, wie Verzagtheit in sie hineinkroch. »Es ist nur manchmal schwer zu ertragen, dass alles so voller Schmerz sein muss.«

»Vielleicht heißt es ja das, ein Mensch zu sein: mit dem Schmerz zu leben und trotzdem daran zu glauben, dass der Schmerz nicht alles ist.«

»Vielleicht.«

»Aber ist das nicht komisch? Ich rede und rede – dabei wolltet Ihr mir doch eigentlich etwas erzählen! Seid Ihr bereit, Vanice?«

Ich seufzte. »So bereit, wie ich je sein werde.«

»Gut. Ich höre.«

»Als ich Euch im Gefängnis besuchte, sagte ich, mein Name wäre Vanice von Raban. Es stimmt, dass ich in Raban geboren bin. Aber mein Name lautet anders. Ich heiße Devecraux.«

»Der Name kommt mir bekannt vor.«

»Es ist ein bekannter Name. Ich entstamme dem größten und bedeutendsten Handelsgeschlecht von Enjahla. Vielleicht habt Ihr einmal unser Wappen an einem Schiff gesehen: Es zeigt einen Berg und einen Fluss. Jedenfalls könnte mein Vater die halben Windmarken kaufen, wenn er wollte. Ich weiß, dass das wie die reinste Prahlerei klingt. Es ist aber wahr.«

»Dann stellt sich natürlich die Frage, warum Ihr nicht auf Eurer Insel seid und das Leben einer Prinzessin führt.«

»Diese Frage stellt sich tatsächlich. Seid Ihr sicher, dass Ihr die Antwort hören wollt?«

»Ja«, sagte Cay.

Plötzlich wurde mir klar, dass mein Herz heftig schlug und meine Hände schweißnass waren. Mein Mund hingegen fühlte sich auf einmal staubtrocken an.

Ich nahm alle Kraft zusammen. Und begann zu erzählen.

8
DIE FLUCHT

Vanice

Nach meiner Genesung führte ich äußerlich beinahe dasselbe Leben, das ich vorher gekannt hatte. *Vorher* – ehe ich mich an jenem Nachmittag von Siya und den anderen Dienern getrennt hatte, um den Spaziergang in der Sonne anzutreten, der bei dem verwesenden Hundekadaver endete.

Es versteht sich von selbst, dass sich die Sache mit den Freiern und dem Heiraten vorerst erledigt hatte. Aber ich las viel, und Siya setzte ihren Unterricht fort. Auch wenn ihr niemand einen Vorwurf machte – weder ausgesprochen noch unausgesprochen, denke ich –, war nicht zu übersehen, dass sie sich schuldig fühlte an dem, was mit mir geschehen war. Wobei kein Mensch zu sagen wusste, was sich tatsächlich ereignet hatte, als ich in der *Macchicha* auf das tote, madenwimmelnde Tier stieß. Die Ärzte vermuteten, ich sei von einem jener bösen Geister angefallen worden, die bei Sonnenglut aus der Tiefe des Erdreichs aufstiegen und das Heideland heimsuchten. Ihr dringender Rat war, dass ich im Inneren des Hauses bleiben möge; die schattige Kühle würde mich vor weiteren Angriffen schützen.

Zwar nahte bereits der Herbst, doch auf Enjahla hieß das nicht viel. Die Hitze war weicher und weniger drückend als in den Sommermonden des Jahres; doch noch immer schien die Sonne von morgens bis abends. Für mich bedeutete dies, dass ich eigentlich nur während der Dämmerstunden in den Garten hinausdurfte. Tatsächlich war ich froh darüber. Denn schon bei meinem ersten Gang durch den weitläufigen Park, der Teil unseres Anwesens war, entdeckte ich eine tote Taube, die einige Schritte vom Weg entfernt verendet war. Um genau zu sein: Ich witterte sie. Der Gestank der Verwesung ließ mir augenblicklich das Wasser im Mund zusammenlaufen; zugleich wurde mir derart übel, dass ich meinte, ich müsste meine Eingeweide auswürgen. Siya brachte mich sofort zurück ins Haus, doch noch als ich im Bett lag, bestürmte mich die Lockung des verfallenden, sich zersetzenden Fleisches.

Jede Hoffnung darauf, mein Erlebnis mit dem Hirtenhund sei ein einmaliger Vorfall gewesen, hätte sich spätestens in diesem Moment zerschlagen. Doch tatsächlich hatte ich diese Hoffnung niemals gehegt. Irgendwie wusste ich immer, dass der Albtraum, der in der *Macchicha* begonnen hatte, von nun an mein Leben sein würde – so viele Jahre sind seitdem vergangen, und ich bin immer noch nicht erwacht.

Auch dies war mir stets klar gewesen: Dass mir nur die Flucht blieb. Ich hätte es nicht ertragen, wenn die unaussprechliche Schande bekannt geworden wäre, dass ich, ausgerechnet ich, dem Hunger auf verwestes Fleisch verfallen war. Wie hätte ich meinen Eltern oder meinen Brüdern noch ins Gesicht sehen können? Die Liebe und Zärtlichkeit, die sie für mich hegten, wären aus ihren Augen geschwunden; da wären nur noch Enttäuschung, Kummer und Ekel gewesen. Keine schlimmere Qual war mir vorstellbar, als tagein, tagaus mit dieser Scham, dieser Verworfenheit leben zu müssen.

Daran, dass ich verflucht war, hegte ich keinen Zweifel. Nun kam mir mein ganzes Dasein wie eine Aneinanderreihung von kleinen Gemeinheiten vor. Hatte ich je etwas anderes gekannt als Selbstsucht und Eitelkeit? War mir die Not der anderen auch nur einen abgebrochenen Fingernagel wert gewesen? Nein, ich hatte es tausendmal verdient, verflucht zu werden. Und wenn ich mich aus dem Leben meiner Familie entfernte, war es immerhin möglich, dass sie eine schöne Erinnerung an mich bewahrte.

Das war meine Überzeugung. Und ich handelte nach ihr.

Kein einziges Mal kam mir der Gedanke, dass es auch anders sein könnte.

Ich hatte mir die Nacht, in der das *Fest der Masken* begangen wird, für meine Flucht erwählt. Zu Beginn der dunklen Jahreszeit dankten wir Elaah dafür, dass er uns von dem Irrglauben erlöst hatte, dem die kleinen braunen Fischer verfallen waren, ehe die Siedler, zu denen auch meine Vorfahren zählten, aus dem Norden nach Enjahla gekommen waren. Das war der Sinn dieses Festes. Man trug Dämonenmasken, die die schändlichen und nichtswürdigen Wesenheiten darstellen sollten, die vor Zeiten auf unserer Insel verehrt worden waren. Solcherart verkleidet, zechte und tanzte man bis zum Morgengrauen – und zeigte damit, dass man die alten Götter weder fürchtete noch bereit war, ihnen zu huldigen. Die lärmende, ausgelassene Trunkenheit sollte sie vielmehr verhöhnen.

Nun verlangte es der Brauch, dass die Großen Familien – allen voran die Noirrcrombant, die Serramys und natürlich wir – anlässlich des *Festes der Masken* die Pforten ihrer Villen öffneten und dem Volk von Raban diese eine Nacht Gastrecht einräumten. In den Sälen wurden lange Tische aufgestellt, die sich unter der Last von Speis' und Trank bogen; im Garten spielten Musikanten zum Tanz auf.

Trotz meiner Krankheit wollte und konnte mein Vater das Haus am *Fest der Masken* nicht verschlossen halten; andererseits war natürlich undenkbar, dass ich in meinem Zustand an den Feierlichkeiten teilnahm. Das brachte meine Eltern in einen Zwiespalt: Eigentlich wurden alle Diener benötigt, um unsere zahllosen Gäste zu bewirten (und zu bewachen), indessen konnten sie es doch kaum vertreten, mich die ganze Nacht allein und unbeaufsichtigt zu lassen?

Ich musste einige Mühe darauf verwenden, meinen Vater davon zu überzeugen, dass das durchaus anging. Ich erklärte ihm, ich sei im Grunde schon wieder wohlauf, würde mich gewiss nicht langweilen und auch keine Angst bekommen; und wenn ich Lust dazu hätte, könnte ich ja von meinem Altan aus den Tanz im Garten beobachten. Zunächst bestand er darauf, wenigstens Siya als meine Gesellschafterin abzustellen. Als ich jedoch darauf hinwies, dass meine bedauernswerte Zofe über Wochen hinweg kaum von meiner Seite gewichen und obendrein ganz ausgezehrt war vor Kummer, hatte er ein Einsehen. Tatsächlich könnte Siya ein paar Stunden Zerstreuung gut gebrauchen, meinte auch Carleo, mein ältester Bruder.

Um mich darüber hinwegzutrösten, dass ich allein auf meinem Zimmer sein musste, während alle Welt lachte und fröhlich war, wurde ein paar Tage vor dem *Fest der Masken* eine andere, kleine Feier begangen – die Feier zu meiner Genesung.

Ich erinnere mich genau, was es an diesem Abend zu essen gab: als Vorspeise gebackenen Ziegenkäse, der mit Honig übergossen worden war; dann in Kräuter eingelegten, gebratenen Schwertfisch und Muscheln in pikantem Tomatensud; dazu kalter Spinat mit Olivenöl, Süßbohnen und ofenfrische, knusprige, mit Rosmarin bestreute Brotfladen aus Eichelmehl. (Seit ich meine Heimat verlassen musste, vergeht kaum ein Tag, an dem ich diese hauchdünnen Brotfladen nicht vermisse.) Zum Nachtisch schließlich wurden kandierte Kirschen in einer Vanille-Zimt-Soße gereicht.

Während wir tafelten, tranken wir einen kräftigen Weißwein, der so schmeckte, wie manche Frühlingsblumen riechen, und aus Trauben gekeltert worden war, die wir selbst angebaut hatten. Und zum Abschluss genossen wir einen süßen, schweren Likör, der Radulé genannt wurde, weil er angeblich in Rhadulos erfunden worden war, und einen beinah schwindelerregend intensiven Duft nach Rosinen und Mandeln verströmte.

All die Speisen waren nach meinen Vorlieben zusammengestellt worden; sie schmeckten köstlich. Vor allem aber war es die Zuwendung meiner Familie – meines Vaters, meiner Brüder, meiner Großeltern, sogar meiner Mutter –, die diese Feier für mich unvergesslich machte. In jedem Wort, jeder Geste zeigte sich die Freude darüber, dass ich genesen war. Auch wenn es albern klingen mag: einige Stunden lang wollte mein Herz überfließen vor Liebe, und obwohl ich die ganze Zeit über an den von Maden wimmelnden Kadaver des Hirtenhundes denken musste, lachte ich viel und aß für zwei; wie ein Netzflicker, meinte Carleo.

Ja, ich glaube tatsächlich, dass ich glücklich war an diesem Abend. Vielleicht wusste ich sogar, dass es das letzte Mal sein würde.

Sowie die Feierlichkeiten im Erdgeschoss des Hauptflügels richtig begonnen hatten – aus einer solchen Ferne schienen die Stimmen und die Musik zu kommen, dass es war, als müssten sie viele Jahre und Meilen überwinden, ehe sie an mein Ohr dringen konnten –, begann ich, meinen Plan ins Werk zu setzen. Eilig huschte ich durch die halbdunklen Gänge bis zum Arbeitszimmer meines Vaters. Ich wusste, dass er stets einige Goldstücke in einer Kassette auf seinem Schreibtisch aufbewahrte. Damals hatte ich kaum eine Vorstellung vom Wert des Geldes; ich dachte, wenn ich sämtliche Münzen aus der Kassette nähme, würde ich gewiss einige Tage überleben können – tatsächlich hätte das Gold für Monate gereicht.

Nachdem ich bei meinem Vater fertig war, schlich ich zum Ankleidezimmer meiner Mutter. In einer Ecke dieses Zimmers stand eine große Truhe; dort drinnen lagerten jene Kleider, die ihr nicht mehr so gut gefielen oder bereits ein wenig abgetragen waren, sodass sie selten Verwendung fanden. Das Ankleidezimmer war nur durch das Schlafgemach meiner Mutter zu erreichen. Ich hatte gefürchtet, dass die Tür verschlossen wäre, und atmete auf, als ich feststellte, dass es sich nicht so verhielt. Ein wenig wunderte ich mich auch darüber, dass die Türen sämtlich offen standen, aber ich sagte mir, dies liege wohl daran, dass die Diener alle Durchgänge vom Haupthaus zu den Seitenflügeln bewachten.

Zuunterst in der Truhe fand ich ein dunkelblaues Kleid, das mir für meine Zwecke geeignet schien, da es recht warm und eher schlicht gehalten war. Meine Mutter hatte ungefähr meine Größe und auch eine ähnliche Figur wie ich, sodass ich mir keine Sorgen darum machte, ob das Kleid passen würde. Ich war bereits im Begriff, das Ankleidezimmer mit meiner Beute zu verlassen, als ich noch einmal innehielt. Offenbar war meine Mutter in Eile gewesen, als sie sich für das *Fest der Masken* bereitgemacht hatte: Auf dem Tisch vor ihrem Spiegel lagen einige Ketten, Ringe und Ohrringe, die sie anprobiert und dann beiseitegelegt hatte. Etwas an diesen Schmuckstücken zog mich in den Bann; sie waren aus Gold, fein gearbeitet und mit bleichen Perlen besetzt – nichts Besonderes, verglichen mit den Schätzen, die die Frauen meiner Familie sonst an sich trugen. Doch darum ging es wahrscheinlich auch nicht.

Mein Verhältnis zu meiner Mutter war niemals herzlich gewesen. Sie hatte mich meist mit kühler Gleichmut behandelt (fast, als ob ich eine entfernte Verwandte wäre, die zufällig unter ihrem Dach wohnte), und die Krankheiten, die sie häufig plagten, nahmen fast alle ihre Kräfte in Anspruch, sodass sie oft zerstreut und abwesend war, wenn man das Gespräch mit ihr suchte. Heute denke ich, dass eine unheilbare Schwermut auf ihrer Seele lastete und sie hart und bitter machte; damals aber trieb mich die Vorstellung um, meine Mutter sei eifersüchtig auf mich, weil ich viel schöner war als sie und meinen Vater im Gegensatz zu ihr durch mein bloßes Dasein beglückte.

Man hätte also meinen können, dass mir der Gedanke daran, meine Mutter niemals wiederzusehen, kaum zu schaffen machte. Doch plötzlich, wie ich in ihrem Ankleidezimmer stand, das von dem Geruch ihres Duftöls erfüllt war, und ihren achtlos beiseitegelegten Schmuck betrachtete, brach in mir ein solcher Abgrund von Schmerz und Reue auf, dass mir schwindelte. Ehe ich noch wusste, was ich tat, griff ich mir den Schmuck und lief aus dem Raum, so überhastet, dass die Kerze erlosch, die mir bislang geleuchtet hatte.

Erst, als ich wieder in meinem eigenen Schlafzimmer war, beruhigte ich mich. Es galt jetzt, mich für meine Flucht bereitzumachen. Zunächst zog ich das Kleid meiner Mutter an; den Schmuck und das Gold verstaute ich in einer Tasche, die ich an meinem Gürtel befestigte. Am Vortag hatte ich Carleo gebeten, mir einige besonders scheußliche Larven zu bringen, damit ich mich – so sagte ich ihm – wenigstens zum Spaß in meinem Zimmer verkleiden konnte. Das Problem, wie ich mich unerkannt unter die Feiernden mischen konnte, war also auch gelöst. Ich wählte eine schwarz-rote Maske, die die obere Gesichtspartie bedeckte und einen Dämon darstellte, der vage an einen Hund oder einen Wolf gemahnte; irgendwie schien mir das passend. Meine allzu auffälligen Haare verbarg ich unter einem Kopftuch, nachdem ich sie zusammengebunden hatte. Zum Schluss schlüpfte ich in halbhohe Stiefel aus weichem, braunem Leder, in denen ich erfahrungsgemäß gut gehen konnte.

Nun war alles fertig. Ich war bereit, das Haus zu verlassen, in dem ich mein ganzes Leben verbracht hatte.

Tatsächlich tat ich das, ohne auch nur einen Blick zurückzuwerfen. Noch immer frage ich mich, woher ich die Kaltblütigkeit nahm, meinen doch recht aberwitzigen Plan ohne Schwanken und Zaudern auszuführen. Aber vielleicht war selbst dies noch ein Teil des Fluches – dass mir von irgendwoher eine dunkle, ruchlose Kraft zuwuchs, die mich befähigte, alles zu überstehen.

In der Erinnerung sehe ich mich, wie ich an den verdutzten Dienern vorbeischreite, die den Durchgang zum Haupthaus bewachen. Sie wissen nicht, wer ich bin, und fragen sich, ob ich in einem unaufmerksamen Moment an ihnen vorbeigeschlüpft sein könnte. Doch mein herrschaftliches Gebaren verunsichert die Diener; sie wagen es nicht, mich aufzuhalten, und ehe sie sich versehen, bin ich zwischen den anderen Gästen verschwunden.

Der Geruch nach Wein, verschwitzten Leibern und einem gleichsam richtungslosen Begehren ist überwältigend. Um mich herum drängen sich die Dämonen: Sie scherzen, necken und lachen. Da sind keine Gesichter – nur Hörner und Schnauzen, gekrümmte Riesennasen und zottelige Bärte. Greulich ist ihr Tanz; und greulich sind die Sprünge und Hüpfer, die ihre Schatten in dem flackernden Lampenschein vollführen. Es kommt mir so vor, als sei die Luft in den Festsälen diesig, wie von feinem Nebel durchzogen, und ich bin froh, als ich das Haus verlassen habe.

Draußen ist es kühler. Zahllose bunte Lampions tauchen den Garten in unwirkliches Licht. Blau, rot, gelb, grün. Die Farben kriechen über die Stämme der Pinien und Zedern, der Lorbeer- und Olivenbäume. Es gibt auch Musik. Sie kommt mir schrill und verzerrt vor, als hätte der Wahnsinn die Spielleute gepackt. Ein paar der Dämonen grinsen mich an. Sie wollen mich verspotten oder herausfordern – herausfordern wozu? Ich gehe einfach weiter. Noch immer stellt sich mir niemand in den Weg.

Wo ist mein Vater? Wo meine Mutter? Meine Brüder? Die Großeltern? Ich weiß es nicht, und ich werde es niemals wissen. Da sind nur die bösen Geister, und ich bin einer von ihnen. Wir tun so, als wären wir die Herren dieses Festes, aber ich weiß, dass da noch etwas anderes ist: etwas Furchtbares, das man aus den Augenwinkeln erspäht, das aber immer schon verschwunden ist, wenn man sich ihm zuwendet.

Die Tore des Anwesens stehen offen. Schon bin ich auf der anderen Seite. Jetzt betrete ich eine neue, fremde Welt. Eine vielfach gewundene Straße führt den Hügel hinab nach Raban. Unter gewöhnlichen Umständen wäre es stockdunkel, doch überall schwirren die Dämonen herum: Sie tragen Fackeln, schwenken Lichter, grölen und singen. Ich bin diese Straße stets nur in Kutschen entlanggefahren. Erst jetzt begreife ich, wie weit der Weg in die Stadt ist. Als ich die palmengesäumte Prachtstraße von Raban erreiche, kann ich mich kaum noch auf den Beinen halten. Dabei habe ich noch so weit zu gehen.

Auch hier wimmelt es von Dämonen und bösen Geistern. Hunderte Lampen stehen in den Loggien der Häuser, die die Prachtstraße säumen. Die Tünchungen der Gebäude – orange und ockerfarben, rot und gelb – glänzen im Widerschein dieser Lampen, als wären sie mit irgendeiner dicken, klebrigen Flüssigkeit begossen worden. Ein Schreien und Kreischen umgibt mich. Die Ohren tun mir weh, und mein Kopf beginnt zu schmerzen.

Aber ich muss weiter. Die Prachtstraße endet beim Platz der Väter, an dessen Südseite sich der Stadtpalast erhebt; hier tagen der Hohe und der Große Rat; hier findet der Ball zum Fearn-Tag statt, an dem ich dieses Jahr zum ersten und zum letzten Mal teilgenommen habe. Nun liegt das mächtige Gebäude schwarz und still da; das *Fest der Masken* mit seinen durchaus zweifelhaften Vergnügungen passt nicht zu dem ehrwürdigen Ort.

Ich bleibe stehen und atme tief durch. Für mich heißt es jetzt, in die Dunkelheit von Raban vorzudringen. Ich kenne nur die schöne, leuchtende Seite der Stadt. Dennoch weiß ich, wohin ich meine Schritte lenken muss. Nicht weit vom Platz der Väter erhebt sich ein Turm; früher einmal lebte hier ein berühmter Sterndeuter, nun aber ist er schon viele Jahre verwaist. Am Fuß dieses Turms findet sich eine Schenke, und über der Eingangstür der Schenke ist ein schwarzer Eber an die weiße, bröcklige Wand gemalt. Mein Vater hat mir oft von der Schmuggler-Kaschemme erzählt; so oft, als hätte er sicherstellen wollen, dass ich im Zweifelsfall wüsste, wie ich dort hingelange.

Offiziell ist das Schmuggeln selbstredend verboten und wird hart bestraft. In Wahrheit liegen die Dinge etwas anders. Denn das Wort der Oberhäupter der Großen Familien ist Gesetz auf Enjahla, und keiner von uns hat ein Interesse daran, dass den Paschern das Handwerk gelegt wird.

Mein Vater hat es mir einmal erklärt, und obwohl ich damals noch sehr jung war, hat er ganz offen mit mir gesprochen: Ehrbare Kaufleute dürfen gewisse Waren nicht anrühren, sagte er, obwohl sie gutes Geld einbringen. Sollten die Großen Familien diese Einkünfte anderen überlassen? Viel sinnvoller ist es doch, dafür zu sorgen, dass die Schmuggler stets auf einen Vorrat an diesen Waren zugreifen können, um sie dann auf ihren eigenen Wegen in die Städte Eberas zu bringen. Die Waren, um die es hier geht, sind natürlich Rauschkräuter wie Sternstaub oder Wüstenwind – lauter poetische Namen –, die das *Haus der Tausend Farben* im Auftrag der Großen Familien über die Stadtstaaten an der Nordküste Qheezans nach Enjahla bringt.

Jenseits der Prachtstraße zeigt Raban sein zweites, vermutlich wahres Gesicht: die Gassen sind eng, steil und schmutzig; zwischen halbverfallenen Steinhäusern fiepen die Ratten, und der Gestank nach Exkrementen ist so durchdringend, dass ich die Luft anhalte, so lange ich es vermag. Hier sind keine Dämonen unterwegs; doch immer wieder höre ich ein Schnaufen und Stöhnen aus dunklen

Winkeln. Ich weiß nicht, was das bedeutet, und will es auch gar nicht wissen.

Sorin sei Dank ragt schon bald der Turm des Sterndeuters vor mir auf; stolz erhebt er sich über die Dächer der Stadt, als wollte er an Zeiten erinnern, in denen dieses Viertel noch von Gelehrten und Dichterinnen bewohnt wurde. Es ist nun auch nicht mehr weit zum *Schwarzen Eber*. Eigentlich habe ich vor, meinen Auftritt noch einmal zu durchdenken und mir geeignete Worte zurechtzulegen, ehe ich die Kaschemme betrete. Doch das tue ich nicht. Ich halte nicht einmal inne, öffne die Tür, mache einen Schritt, dann noch einen, und schließe die Tür hinter mir, als ob es auf der Welt nichts Selbstverständlicheres gäbe.

Ich bin überrascht davon, wie gut besucht der *Schwarze Eber* ist – derart leer waren die umliegenden Straßen. An einem halben Dutzend großen Tischen drängen sich die Gäste; sie trinken ihren Wein aus Steinkrügen, greifen mit den Fingern in Schüsseln voll gebratenem Fisch, spucken die Gräten auf den Boden. Hier beteiligt sich niemand an der Maskerade, und ich sehe mich, wie ich meine eigene Larve abnehme und achtlos zur Seite werfe. Ich errege so gut wie kein Aufsehen (ich bin sicher, das wäre anders, wenn ich meine Haare offen trüge) und beschließe, dass das eine gute Sache ist.

Wenn mein Vater von den Schmugglern sprach, ließ er meist nicht unerwähnt, dass es die geschickteren unter ihnen vermochten, im Schutze der Dunkelheit die Bucht von Raban zu verlassen und an die Gestade Eberas zu gelangen, ehe sie der Morgen dem Tageslicht preisgab. Die Nacht ist noch jung, und ich sage mir, dass ich keine Zeit verlieren sollte.

Was nun geschah, kam mir selbst damals, als ich es erlebte, unwirklich vor; und später fragte ich mich oft, ob mich nicht vielleicht ein Fieber ergriffen hatte, als ich das Haus meiner Eltern verließ, und sich meine Flucht in Wahrheit ganz anders zutrug. Aber wie soll sie sich zugetragen haben?

Das ist es jedenfalls, was ich erinnere:

Ich trete an den erstbesten Tisch. Die Männer – da sind nur Männer – schauen auf. *Was willst du, Mädchen?*, fragt einer von ihnen, ohne jede Umschweife.

Ich brauche eine Überfahrt nach Ebera, erwidere ich. Einfach so.

Wann?, fragt er.

Sofort, sage ich.

Das kostet.

Ich habe Gold.

Er zieht eine Augenbraue hoch. *Wie viel Gold?*

Ich lächele. *Genug.*

Bist du allein?

Ja.

Der Mann führt seinen Steinkrug an den Mund, nimmt einen tiefen Zug, erhebt sich dann von der Bank, auf der er gesessen hat. *Gut, dann lass uns gehen*, brummt er.

Kaum eine Stunde später sitze ich in einem leichten, schnellen Boot; es hat ein geschwärztes Segel, lange Riemen und ein Heckruder.

Ich bin die einzige Passagierin, die einzige Fracht. Und ich begreife, dass meine Flucht nun eine Tatsache geworden ist; etwas, das nichts und niemand mehr zurücknehmen kann.

9
EIN HAUS MIT ZWEI MONDEN

Vanice

Dennoch ging es einige Stunden gut. Das Wissen um meine Verlorenheit berührte mich nicht wirklich. Da war eine Leere in mir; früher oder später würde etwas sie füllen müssen, doch im Moment glich mein Herz der kalten, stillen Tiefe, über die das Schmugglerboot hinwegglitt.

Ich hockte auf der Querducht am Bug des Bootes und betrachtete den Pascher, der schweigend am Heckruder saß. Er war ein fast junger Mann mit einem kantigen, bartlosen Gesicht. Seine Haare und seine Augen waren schwarz, seine pockennarbige Haut hatte einen dunklen Bernsteinton. Offensichtlich war er ein Abkömmling der Fischer, die meine Vorfahren von ihren nichtswürdigen Göttern befreit hatten. Ich fragte mich, ob er wohl Dankbarkeit empfand – immerhin reichte es, um mir nicht einfach mein Gold abzunehmen und mich über Bord zu werfen.

Mir war klar, dass er das jederzeit hätte tun können, doch ich verspürte keine Angst. Die Frage, ob ich lebte oder starb, hatte etwas eigentümlich Abstraktes an sich; als beträfe sie mich gar nicht.

So verging die Zeit. Die Winde wehten günstig, und wir kamen schnell voran. Mittlerweile war der Mond hoch an den Nachthimmel gestiegen.

Es war ein fahler, runder Mond, von Rissen und Sprüngen gezeichnet wie eine angebrochene Eierschale. Unzählige Sterne umgaben ihn, aber plötzlich kam er mir vor wie ein gigantisches Auge. Ich dachte, das Wesen, dem dieses Auge gehörte, müsste jeden Moment über den Rand des flachen, endlosen Horizonts steigen; es würde sich erheben, den Himmel verdunkeln, jeden einzelnen Stern auslöschen und die Welt verschlingen.

Panik überkam mich. Und diese Panik war wie eine Sturmbö, die mir Kopf und Herz klärte. Ich hatte ja bereits seit unserer Abfahrt in Richtung der Insel geblickt. Aber erst jetzt begriff ich wirklich, was ich da sah. Die Gestade Enjahlas, die Silhouetten seiner Hügel, Wälder und Berge; die Lichter von Raban, die Feuer, die auf dem Leuchtturm am Ende der Landzunge brannten; so viele Düfte und Geschmäcker; eine Sonne, die nur hier so schien, ein Regen, der nur hier so fiel, Wolken, die nur hier in dieser Art vorüberzogen; all meine Erinnerungen, all meine Liebe – meine für immer verlorene Heimat.

Ich stieß ein Gewimmer aus, krümmte mich, begann zu weinen. Nach einer Weile hörte ich die Stimme des Schmugglers: »Mädchen …«

Ich hatte das Gesicht in den Händen vergraben, blickte jetzt zögernd auf, in der Erwartung, für meinen Ausbruch gemaßregelt zu werden.

Der Schmuggler warf mir eine Flasche aus gehärtetem Leder zu. »Trink«, sagte er.

Ich zog den Pfropfen ab, der mit einem Riemen an der Flasche befestigt war, und tat wie mir geheißen. Der Branntwein war so stark, dass mir schwarz vor Augen wurde. Ich hustete und würgte. Als ich mich wieder gefasst hatte, nahm ich noch einen Schluck, dann noch einen.

Bald sackte ich auf dem Deck zusammen. Das Boot schwankte leicht, und manchmal spritzte etwas Seewasser über die Beplankung; dann spürte ich das Salz auf der Haut. Ich schloss die Augen und hoffte, ich müsste sie niemals wieder öffnen.

»Mädchen! … Mädchen!«

Erst, als mich der Pascher mit dem Fuß in die Seite stieß, erwachte ich. Ich blinzelte in das graue, trübe Dämmerlicht. Noch immer lag ich auf dem Bootsdeck. Mein Kopf schmerzte, dass es fast nicht zum

Aushalten war; meine Zunge fühlte sich geschwollen an und mein Mund war so trocken, als hätte ich Sand gegessen. Auch mein Rücken und meine Glieder taten weh – eigentlich tat alles weh.

Ich stöhnte, rieb mir die Augen und versuchte, mich hochzurappeln. Da entdeckte ich, dass mir das Kleid im Schlaf verrutscht war; meine Beine waren fast bis zu den Oberschenkeln unbedeckt. Entsetzt versuchte ich, meine Gewandung zu ordnen, doch die ruckartige Bewegung sorgte dafür, dass mir schlecht wurde; ich sackte in mich zusammen und starrte ihn furchtsam an, den Mann, der über mir stand.

Etwas Grimmiges und Empörtes zeigte sich in seinem Gesicht; zugleich eine gequälte Traurigkeit. »Du musst aufpassen, Mädchen«, sagte er leise. »Du musst wirklich aufpassen.«

Dann mit veränderter Stimme: »Komm, steh auf, wir sind da.«

Er hielt mir die Hand hin. Ich nahm sie – was hätte ich auch sonst tun sollen? – und ließ mich auf die Beine ziehen. Der Griff des Schmugglers war hart und fest; seine Haut fühlte sich so rauh an wie ungegerbtes Leder.

Ich stand wackelig, doch ich stand. Mit zittrigen Fingern öffnete ich meine Gürteltasche. Achtlos holte ich einige Münzen hervor.

»Ist das genug?«, fragte ich und stellte beschämt fest, dass meine eigentlich recht schöne Stimme zu einem Krächzen verkommen war.

In meiner Handfläche lagen vier Münzen. Der Schmuggler nahm drei davon. Dann gab er mir einige Kupfer- und Silberstücke. »Zahl hiermit«, sagte er. »*Nur* hiermit.«

Ich hatte keine Ahnung, was das sollte, vermutete aber, dass mir der Mann auf irgendeine Weise einen Gefallen getan hatte. Welche Reaktion meinerseits war wohl am Platze? Was sagte eine Dame in so einem Augenblick? »Ich danke Euch, mein Herr«, begann ich. »Es ist sehr freundlich von Euch, dass Ihr –«

Weiter wusste ich nicht, und der Schmuggler ließ mich sowieso nicht ausreden. »Halt den Mund und verschwinde, Mädchen. Ich wünsche dir Glück«, brummte er.

Das Alleinsein schreckte mich mehr als alles andere. Aber natürlich hatte ich keine Wahl. Ich drehte mich um und stieg vorsichtig über Bord. Das Boot lag am Strand, doch ich musste noch einige Schritte durch die Ausläufer der Brandung waten. Frierend kalt schien das Seewasser, das meine Stiefel und mein Kleid durchdrang und meine Haut netzte.

Obwohl nur die mygherische Meerenge – die an ihrer schmalsten Stelle kaum ein Dutzend Meilen maß – Enjahla von der Südküste Eberas trennte, kam es mir vor, als hätte es mich in eine andere Welt verschlagen. An diesem Morgen war alles grau: der Himmel und die Wolken, die See und die Wellen, die schroff-felsigen Klippen und die spärlich bewachsenen Anhöhen. Der Strand selbst bestand aus glitschigen, schleimigen und natürlich ebenfalls grauen Steinen, zwischen denen sich Algen und stinkendes Wasser sammelten. Mühsam suchte ich mir meinen Weg in die Dünen; mehrmals geriet ich ins Rutschen, einmal stürzte ich und schürfte mir die Hand auf.

Als ich es geschafft hatte, ins Heideland jenseits des Strandes vorzudringen, war ich bereits zu Tode erschöpft. Ich hatte schrecklichen Hunger und noch schrecklicheren Durst; ich fror und fühlte mich so elend, dass ich mir nicht vorstellen konnte, auch nur einen weiteren Schritt zu tun. Das Einzige, was mich aufrecht hielt, war, dass sich mein Ziel bereits am Horizont zeigte.

Ich wusste wenig über Alkessa. Es war uralt, fast so alt wie Num'ar, die Stadt des Lebens – so genannt, weil sie bereits in der Wüste erblühte, als ringsum noch unendliche Ödnis herrschte. Auch Alkessa hatte viele Jahrhunderte kommen und gehen sehen. Die Stadt, wie sie heute existierte, war auf den Ruinen einer anderen, älteren Stadt erbaut, deren Fundament wiederum aus den verfallenen Resten einer noch älteren Stadt bestand. Es hieß, dass sich unterhalb von Alkessa ein weit verzweigtes, nahezu unerschlossenes System von Katakomben erstreckte, die sich Stockwerk um Stockwerk in die Erde bohrten und manch grauenvolles Geheimnis bargen. Die Stadt selbst war von Dutzenden Kanälen zerfurcht, die zahllose steinerne Bogenbrücken überspannten. Paläste und Herrenhäuser säumten die

Kanäle, und wenn die Gerüchte zutrafen, dann wurde hinter schweren, von der Zeit geschwärzten Mauern manch eine Gottheit verehrt, deren Name anderswo längst vergessen war und die Opfer von Blut und Eingeweiden forderte.

Ungefähr das war es, was ich über Alkessa gehört hatte. Nun erfüllte mich das Bewusstsein, wie kümmerlich meine Kenntnisse waren, mit Verzagtheit. Wenigstens konnte ich mich damit trösten, dass die Stadt nicht allzu groß sein sollte; deutlich kleiner als Raban, wenn ich nicht irrte.

Ich ging also davon aus, dass ich mich schon irgendwie zurechtfinden würde. Das war der erste Irrtum, dem ich an diesem Tag aufsaß; es sollte nicht der letzte sein.

Nach einem Fußmarsch von etwa zwei Stunden – zuerst umgab mich karge Heide, dann karges, herbstliches Ackerland – betrat ich Alkessa durch das östliche Tor. Die Wachen beachteten mich nicht; das hielt ich für ein gutes Zeichen. Ich stellte schnell fest, dass es eine große, gepflasterte Straße gab, die die Stadt schnurgerade durchschnitt. Allein auf dieser Straße, die an beiden Seiten von zahllosen Buden und Ständen gesäumt war, herrschte bereits zu dieser Stunde ein fürchterliches Gedränge, und die Vorstellung, mir meinen Weg durch Massen von ungewaschenen, übelriechenden Menschen bahnen zu müssen, raubte mir die letzte Kraft. Ich beschloss also, mich an einem der Kanäle zu orientieren, die ja zweifellos – meinte ich wenigstens – solcherart angelegt waren, dass sie Alkessa gewissermaßen in Rechtecke und Quadrate unterteilten.

Vielleicht stimmte das sogar (ich weiß es nicht, denn ich bin niemals wieder in die Stadt zurückgekehrt, nachdem ich ihr einmal entronnen war), aber all' meine schönen Überlegungen halfen mir nichts. Ich musste nämlich feststellen, dass man nach ein paar hundert Metern unweigerlich auf ein Eisentor stieß, wenn man an einem der Kanäle – ganz egal welchem – entlangging. Dort empfingen einen finster dreinblickende Büttel, die einem erklärten, hier liege das Haus des ehrenwerten Soundso, und nur geladene Gäste oder ehrbare Bürger, die einen Passierschein besäßen, dürften weitergehen. Das gemeine Volk, zu dem offenbar auch ich zählte, konnte sehen, wo es blieb.

Als ob das nicht schon schlimm genug gewesen wäre, musste ich nach ein, zwei kurzen und unerfreulichen Gesprächen mit den Bütteln obendrein feststellen, dass mein Ahekrisch zwar für die Festtafeln und Ballsäle der Reichen taugen mochte, ganz sicher aber nicht für die Gassen von Alkessa: Es war Schwerstarbeit, die Männer zu verstehen; und das beruhte auf Gegenseitigkeit, mit dem Unterschied, dass sie keineswegs gewillt waren, viel Mühe auf eine Unterhaltung mit mir zu verwenden. Stattdessen verscheuchten sie mich mit ruppigen Worten.

Ich schlich also davon, den Tränen nahe und zutiefst gekränkt über die harsche Gleichmut, die mir plötzlich begegnete.

Mein Versuch, mich in den Seitenstraßen zurechtzufinden, geriet dann vollends zum Desaster. Zwar bestand mein ganzer Plan darin, mich irgendwie zu den feinen, gehobenen Vierteln Alkessas durchzuschlagen und dort einen hinreichend vornehmen Gasthof zu finden, in dem ich ein paar Tage ausruhen konnte – aber selbst an diesem lächerlich simplen Vorhaben scheiterte ich. So einfach, geradezu verstörend einfach, die Flucht aus meiner Heimat vonstatten gegangen war, so unüberwindlich waren die Hindernisse, denen ich nun auf Schritt und Tritt begegnete.

Zu sagen, die Gassen von Alkessa seien eng und verwinkelt, ist nämlich eine überaus höfliche Untertreibung. An den Kanälen traf man alle naselang auf bewachte, schmiedeeiserne Tore – hier waren es zugemauerte Durchgänge, Straßen, die in Hinterhöfen endeten, und mannshohe, verriegelte Holzpforten. Abgesehen davon hatte man den Vierteln von Alkessa allem Augenschein nach erlaubt, sich über Jahrzehnte und Jahrhunderte hinweg ohne irgendeinen ordnenden Eingriff zu einem heillosen Durcheinander auszuwachsen: die Gassen krümmten und bogen sich nach Lust und Laune, und ich hatte schon nach zehn Minuten keine Ahnung mehr, von woher ich gekommen war.

Zu allem Überfluss war es ein trüber, feuchter Tag: Dunst hing über dem krummen Pflaster, und wenn sich die Häuser gegeneinander neigten – was sie ständig taten –, hätte man meinen können, man liefe durch einen dunklen Wald aus gewaltigen versteinerten Bäumen. Mal schien dieser Wald wie ausgestorben; mal herrschte das reinste Gewimmel. Immer aber kamen mir die Menschen feindselig und gehetzt vor, ohne eine Freundlichkeit für sich und andere.

Am Ende kam das gerade Gegenteil von dem heraus, was ich geplant hatte. Irgendwie führte mich mein Weg in ein Armenviertel, das schlimmer war als alles, was ich mir je hätte vorstellen können. Ganz am Rand der Stadt lag es, abgesondert wie Kranke in einem Siechenhaus, um die sich weder Familie noch Freunde kümmern; sie können ihren Geschwüren zusehen, wie sie anschwellen und platzen, und ansonsten darauf warten, dass ihnen Thaala den letzten Frieden schenkt.

Die Straßen waren hier ein Brei aus Matsch, Kot und Unrat; die Häuser bestanden aus Stein, waren aber allesamt halbe Ruinen: Hier fehlte das Dach, dort eine Seitenwand, und überall gähnten schwarze Tür- und Fensteröffnungen. Gruppen von Männern und Frauen hockten beisammen und brieten gehäutete Ratten über kümmerlichen Feuern. Selbst die Kinder sahen alt und mürbe aus; sie schlichen durch die Straßen wie ungeliebte Hunde oder prügelten sich unter lautem Geschrei. Bettler erblickte ich keine – wer hätte ihnen auch etwas geben sollen? –, dafür wimmelte es von Krüppeln, Verstümmelten und Verwachsenen. Offenbar hatten die Stadtwachen Besseres zu tun, als in diesem Viertel nach dem Rechten zu sehen. Man überließ die Menschen einfach ihrem Elend, und es entsetzte mich, als ich an einer Ecke die fast nackte Leiche eines Greises erblickte, die offenbar schon einige Tage lang dort lag. Es kam mir so vor, als wäre ich in die Niederhöllen hineinspaziert.

Ich wollte weg hier, nur weg. Doch ich gab mich keinen Illusionen darüber hin, dass ich mir diesen Wunsch würde erfüllen können. Denn ich war am Ende, schlicht und einfach. Ich zitterte vor Schwäche, Müdigkeit und Kälte. Einmal hatte ich Wasser aus einem Brunnen getrunken, der auf einem engen, verschatteten Platz stand – das war alles. Der Hunger quälte mich wie nie zuvor in meinem Leben, und ich fühlte eine derart schwarze Verlassenheit, dass ich hätte schreien mögen. Schreien, schreien, schreien.

Obwohl ich höchstens eine Handvoll Stunden durch die Straßen von Alkessa geirrt sein konnte, umgab mich eine gelbliche, irgendwie eitrige Scheindämmerung. Ich bekam schreckliche Angst, dass die Nacht hier vielleicht schon am Nachmittag begann. Das war freilich Unsinn, aber in meinem Zustand traute ich dieser Stadt jede Gemeinheit zu, und ich wusste mit absoluter Sicherheit, dass ich den Verstand verlieren würde, wenn mich die Dunkelheit in den Gassen des Armenviertels anfiel. Also ging ich in die erstbeste Schenke. Es war ein feuchtes, stinkendes Loch, und der Anblick der Gäste hätte unter gewöhnlichen Umständen dafür gesorgt, dass ich auf dem Absatz kehrtgemacht und das Weite gesucht hätte. Aber diese Möglichkeit stand mir nicht mehr offen. Ich musste hierbleiben, ich musste einfach.

Also ließ ich mich an einen schmierigen Tisch fallen und bat den Wirt – eine wahre Jammergestalt mit Triefaugen, krummen Zähnen und sackiger Haut, die sich mir gegenüber allerdings seltsam höflich und zuvorkommend zeigte –, er möge mir etwas zu essen bringen. Sorin sei Dank verstand mich der Mann; er meinte, ich mache einen recht hungrigen Eindruck, und er werde dafür Sorge tragen, dass ich eine große Portion bekäme. Ich nickte dankbar und brachte sogar ein Lächeln zustande.

Als der Wirt gegangen war, wurde mir auf einmal unerträglich heiß, und ich legte mein Kopftuch ab. Es tat wohl, meine Haare frei über die Schultern fallen zu lassen; mich scherte auch nicht, dass alle Männer augenblicklich begannen, mich anzustarren und zu tuscheln. Schließlich gab es hier kaum blonde Frauen, da war das nicht weiter verwunderlich. So sagte ich mir.

Bald darauf kam mein Retter zurück; er gab mir einen Humpen warmes, saures Bier und einen Teller, auf dem ein halbes Dutzend schwarze Würste lagen (sie wurden mit Blut und Sägemehl gekocht; eine bevorzugte Armenspeise in den Städten des südlichen Ebera, wie ich später herausfand). Ich schlang alles hinunter, und so wahr mir die Götter helfen: Niemals hat mir eine Mahlzeit besser geschmeckt.

Als der Wirt abräumte, fragte ich ihn, ob er ein Zimmer hätte, in dem ich die Nacht verbringen könnte. Der Mann bejahte meine Frage; es liege gleich neben dem Schankraum. Allerdings müsste ich im Voraus zahlen. Ich nickte und griff an meine Gürteltasche. Im letzten Moment fiel mir der Rat des Paschers ein, und ich tastete mit den Fingern, bis ich einen Silbergulden erwischte. Selbst das war offenbar ein ungewohnter Anblick für den Wirt, wenn ich seine hochgezogenen Augenbrauen richtig deutete. Der bedauernswerte Mann brauchte eine halbe Ewigkeit, um die Kupferstücke zusammenzusuchen, die er mir zu geben hatte. Seine Ehrlichkeit rührte und beschämte mich zugleich – ich will wirklich gerne glauben, dass der Wirt nichts mit dem zu tun hat, was später geschah.

Ich dankte ihm und machte Anstalten, mich auf mein Zimmer zu begeben. Zwar war ich immer noch ein wenig hungrig, aber das Verlangen nach Schlaf war mittlerweile so stark, dass nichts anderes mehr zählte. Das Zimmer lag hinter einem Durchgang, der mit einem Vorhang aus Holzperlen verhängt war. Als ich den Durchgang erreichte, stellte sich mir ein Mann in den Weg. Er war sehr viel größer und doppelt so breit wie ich; Schweiß glitzerte auf seinem kahlen Schädel, er trug einen silbernen Ohrring und lächelte mich mit erstaunlich weißen Zähnen an. Für seine Heldentat erntete er ein paar Lacher. Immerhin hatte er sich so plaziert, dass ich mich an ihm vorbeidrücken konnte. Das tat ich denn auch. Ich spürte, wie sein Glied in der Hose anschwoll, als ich mich unfreiwilligerweise an ihm rieb. Das fand ich widerlich, aber eigentlich war es mir egal. Ich war so furchtbar müde.

Ich schloss die Zimmertür hinter mir, legte den Riegel vor und ließ mich auf die Strohsäcke fallen, die als Schlafstatt dienten. Das Zimmer war eher eine Kammer oder ein Verschlag; außer den Strohsäcken war es völlig leer. Ein wenig Licht fiel durch die Ritzen der Holzläden, mit denen das Fenster verrammelt war, doch das störte mich nicht. Ich muss augenblicklich eingeschlafen sein, und es kommt mir beinah unglaublich vor, dass ich von dem kaum merklichen Geräusch erwachte, das einige Stunden später an mein Ohr drang.

Mittlerweile war es dunkel in der Kammer. Einige Momente lag ich einfach da und lauschte auf das Geräusch: ein Kratzen und Klicken, das sich mehrmals wiederholte. Ich meinte auch, Geflüster zu hören. Im Grunde genommen ist es ja durchaus nicht verwunderlich, dass in einem Wirtshaus auch abends keine Ruhe herrscht. Indessen war es gerade die Abwesenheit jeglichen Lärms, die mich erschreckte: Aus dem Schankraum waren keine Stimmen zu hören; kein Klirren von Geschirr. Wahrscheinlich war die Nacht weiter vorgerückt, als ich zunächst gedacht hatte, und der Wirt hatte seine Gäste bereits vor die Tür gesetzt. Was aber hatte dann das kratzende, schabende Klicken zu bedeuten?

Plötzlich begriff ich. Jemand schob sein Messer durch den Spalt der grob gezimmerten Tür und versuchte, den Riegel anzuheben. Ich war sofort hellwach. Mit einer Nüchternheit, die mich selbst verwunderte, stellte ich fest, dass es dieser Jemand zweifellos auf mich abgesehen hatte. Was die Heimlichtuerei bedeuten sollte, wusste ich nicht – man hätte ja auch einfach die Tür eintreten können –, doch sie verschaffte mir einige Sekunden, die ich zu meiner Rettung nutzen konnte. Leise erhob ich mich und schlich zum Fenster. Die Läden waren verriegelt; vorsichtig öffnete ich sie. Dahinter lag eine enge, lichtlose Gasse, in der es zum Göttererbarmen stank. Ohne zu zögern, stieg ich durch das Fenster und lief los.

Erst jetzt begriff ich, wie verzweifelt meine Lage war. Es gab in dem Armenviertel keine Straßenbeleuchtung. Die Nacht war wolkenverhangen, und das einzige Licht kam von Feuern, die in den Ruinen oder an Straßenecken brannten. Trunkenes Gelächter erfüllte die Dunkelheit; da waren auch Wut- oder Schmerzensschreie; irgendwo schluchzte jemand.

Ich hatte nicht die geringste Ahnung, wohin ich mich wenden sollte. Ich würde mich heillos verlaufen und früher oder später irgendwelchen Schlägern, Räubern oder Schlimmerem in die Arme stolpern. Auch ahnte ich, dass mich der Mann – oder vielmehr die Männer; warum sonst das Geflüster? –, dass mich also die Männer verfolgen würden, die sich an meiner Zimmertür zu schaffen gemacht hatten, wenn sie bemerkten, dass ich vorerst entwischt war. Wahrscheinlich würden sie sich sagen, dass ein dummes, verängstigtes Mädchen auf die Dauer keine Chance hatte, ihnen in ihrem eigenen Viertel zu entkommen. Ich hatte wenig Hoffnung, dass sie sich irrten.

Aber was konnte ich tun?

Ich versuchte, mich zur Ruhe zu zwingen. Wenn ich wie ein aufgescheuchtes Huhn durch die Straßen rannte, würde ich mich erst recht als Beute für sämtliche nächtlichen Jäger anbieten. Ich eilte zur nächsten Ecke, blieb stehen, blickte mich um. Linkerhand war ein Hof, in dem allerlei Kisten und sonstiges Gerümpel herumstanden, wie ich dank des trüben Lichtes erkannte, das durch ein offenes Fenster fiel. Hastig überlegte ich: nicht der Hof, dort säße ich in der Falle. Was dann? Rechterhand und geradeaus gab es mehr dunkle Gassen, irgendwo dahinter eine größere Straße. Immerhin: Wenn schon ich kaum die Hand vor Augen sah, schien es wahrscheinlich, dass auch andere –

Ein harsches Bellen: »Da ist sie!«

Ich zuckte zusammen. Wie war es möglich, dass mich meine Verfolger schon jetzt entdeckt hatten? Ich war doch gerade erst –

»Schnell! Hinterher!«, rief eine zweite Stimme.

Entsetzen ergriff mich. Ich rannte los. Durchs Dunkle rannte ich. Jeden Augenblick erwartete ich, dass gierige Hände nach mir greifen würden. Ich stolperte in den Flammenschein eines größeren Feuers. Darum herum lagen einige Männer und eine Frau; alle schnarchten. Ich rannte weiter, stieß gegen einen Säufer, der aus dem Schatten einer Hauswand trat und seine rutschende Hose mit einem Gürtel festband. Der Geruch nach Urin, Schweiß und Schnaps, den er verströmte, war überwältigend.

»Bei Skar-Skargatsch Finschta ...«, lallte der Mann.

Ich sprang zur Seite und rannte weiter. Schon keuchte ich. Meine Beine wurden schwer; die Luft schmerzte in meinen Lungen.

Wohin? Wohin?

Wieder stieß ich mit einem Mann zusammen. Er schien aus dem Nichts gekommen.

Er fasste mich an den Armen. Ich schrie auf und wollte mich losreißen.

»Beruhigt Euch, meine Dame!«

Ich starrte den Fremden an. Er war hochgewachsen und von kräftiger Statur, seine vollen graubraunen Haare fielen ihm bis auf die Schultern. Er hatte dunkle Augen, ein breites Kinn und einen langen, gepflegten Schnurrbart.

All das erkannte ich, weil der Fremde nicht allein war. Ein Diener – so vermutete ich – begleitete ihn; und dieser zweite Mann führte eine Laterne mit sich.

Ich war völlig verwirrt: Wie konnte es sein, dass ich die beiden übersehen hatte? Und was machten sie überhaupt hier? Der Schnurrbärtige trug einen knöchellangen Mantel aus einem edlen Stoff, darunter ein rüschenbesetztes Samthemd; auch sein Diener war gut gekleidet. Was hatten zwei solche Männer mitten in der Nacht …

»Beruhigt Euch!«, sagte der Fremde noch einmal. Er hatte eine tiefe, klingende Stimme; die Art, wie er sprach, forderte Gehorsam, und ich fühlte mich tatsächlich sofort ruhiger.

»Bitte helft mir …«, brachte ich hervor.

»Was ist Euch geschehen, meine Dame?«

»Zwei Männer … sie verfolgen mich …«

Er betrachtete mich prüfend. Etwas an seinen Augen gab mir das Gefühl, er könnte geradewegs in meine Seele hineinsehen.

»Ihr seid aus Enjahla, nicht wahr?«

Mein Mund klappte auf. Ich muss ziemlich albern ausgesehen haben, wie ich dastand und den Fremden anstarrte. »Wo-woher w-w-wisst Ihr …?«, stammelte ich.

»Der Klang Eures Ahekrisch, meine Dame. Bei den meisten verliert er sich nach einer Weile. Daraus schließe ich, dass Ihr Eure Insel vor nicht allzu langer Zeit verlassen habt. Vielleicht sogar erst vor wenigen Tagen? Die Stickereien auf dem Saum Eures Ärmels zeigen mir jedenfalls, dass Euer Kleid auf Enjahla gefertigt wurde. Solche Muster findet man hier nicht.«

Ich machte einen Schritt zurück. Ich fühlte mich entblößt und gedemütigt. Ich wollte umdrehen und davonlaufen. Doch um mich herum war nichts als Dunkelheit – was wartete dort?

»Da Ihr mir nicht widersprecht, liege ich wohl richtig mit meinen Annahmen. Dann aber müsst Ihr aus einer der Großen Familien stammen. Serramys vielleicht? Oder Devecraux?«

Ich wollte etwas sagen – was, war mir selbst nicht klar –, biss mir aber auf die Zunge.

»Ah, Devecraux also. Dann müsst Ihr Vanice sein, die einzige Tochter von Macceo. Stellt Euch vor, die Gerüchte über Eure Schönheit sind bis zu uns nach Alkessa gelangt. Ich sehe, sie sind nicht übertrieben.«

Dass der Schnurrbärtige meinen Namen kannte, überraschte mich schon nicht mehr. Ich wurde von einem schwindelerregenden Drang erfasst, mich ganz preiszugeben – nicht unähnlich der Empfindung, die einen überkommt, wenn man am Rand eines Abgrundes steht und in die Tiefe blickt.

»Es bleibt die Frage, was Euch in diesen übelbeleumdeten Teil der Stadt geführt hat – obendrein zu dieser Stunde. Eine Devecraux irrt nicht allein durch ein Armenviertel. Außer, sie hat den Schutz ihrer Familie aufgegeben. Aber warum solltet Ihr von zuhause weglaufen? Nun, dafür kann es viele Gründe geben, nicht wahr? In Eurem Fall scheint es sich nicht um eine verbotene Liebe zu handeln …« Er hob die Hand, wie um sich selbst Einhalt zu gebieten. »Aber genug – ich will nicht in Euch dringen.«

»Werdet Ihr mich … verraten?«, fragte ich mit schwacher Stimme.

»Euch verraten, Vanice?« Der Fremde lächelte. »Nein, das werde ich nicht. Ihr habt mich um Hilfe gebeten, und Hilfe werdet Ihr bekommen.«

Er streckte die Hand aus. Einen Lidschlag lang bildete ich mir ein, seine Finger wären zu lang, hätten zu viele Glieder.

»Mein Name ist Kelmon.«

Kelmons Hand war kräftig, aber seine Haut war weich. Er trug einen Ring, in den ein Rubin eingelassen war, und hatte sehr gepflegte Nägel.

»Gehen wir«, sagte er.

Der Diener schritt voran und leuchtete den Weg. Ich war immer noch von schwarzen, stinkenden Gassen umgeben, aber ich wusste, dass von dort keine Gefahr mehr drohte.

Bald – überraschend bald – kamen wir an einen Kanal. Der Laternenschein spiegelte sich in dem schwarzen Wasser, ebenso wie das Licht der Fackeln, die bei dem Tor angebracht waren, das wir kurz darauf erreichten.

Der Mann, der dort Wache stand, ließ uns wortlos ein. Wenige Schritte, und schon hatten wir ein zweites Tor erreicht. Dahinter lag ein Haus. Es war alt und wuchtig, aus dunklem Stein gefertigt. Ein Kiesweg führte zum Eingangsportal. Der Diener steckte einen Schlüssel in das Schloss, krachend schwangen die Flügel auf, und ich sah, dass etwas in das Gesims über dem Portal eingemeißelt war: zwei Sichelmonde, die einander zugewandt waren.

Auf einmal war der Diener verschwunden. Kelmon selbst trug nun eine Lampe. Er führte mich in ein großes Gemach im oberen Stockwerk. Er entzündete die Kerzen, und ich sah, dass alles so war, als ob meine Ankunft erwartet worden wäre. Es gab ein großes gedecktes Bett, auf dem ein Nachthemd lag. Es gab einen Spiegel und davor einen Tisch, auf dem eine Bürste lag, und einiges mehr. Ich stellte fest, dass das Fenster zwar verglast war, aber eher einer Schießscharte glich. Und die Tür hatte weder einen Riegel noch ein Schloss. Sie schien nicht dafür gemacht, abgesperrt zu werden.

Kelmon stellte die Lampe ab, zog seinen Ring aus und schlug mir ins Gesicht. Ich taumelte zurück, stützte mich gegen die Wand. Er schlug wieder zu, diesmal mit der Faust. Ich fiel zu Boden. Er trat mir in die Seite, packte mich an den Haaren und schleifte mich zum Bett.

Er warf mich auf die Matratze, ohrfeigte mich und zerriss mein Kleid.

Später, als ich allein im Dunkeln lag, ging mir immer wieder derselbe Gedanke durch den Kopf: *Das bin nicht ich, das ist nicht mein Leben.* Ich wusste, ich würde im Haus meines Vaters erwachen; da wären meine Alabasterpuppen, für die ich eigentlich schon viel zu groß war; bald würde Siya kommen, um mich über irgendetwas zu belehren.

Am nächsten Morgen stellte ich fest, dass das Fensterglas getönt war. Blaue und rote, ineinander verschwimmende Lichtkreise fielen auf den Steinboden.

Ich durfte die Bibliothek benutzen. Darin fand ich mehr Bücher, als ich je zuvor gesehen hatte. Vermutlich besaß Kelmon noch eine zweite, geheime Bibliothek. Aber diese reichte schon. Es gab dichterische Werke, politische, historische und philosophische Abhandlungen, einiges über den rechten Götterglauben. Und es gab Bücher, die sich der Nachtseite der Welt widmeten. Dutzende von ihnen. Bald wollte ich nichts anderes mehr lesen. Diese Lektüre brachte mich zum ersten Mal auf den Gedanken, dass ich eine Leichenfresserin war.

Ich durfte auch in den Garten gehen. Der Garten war von einer hohen Mauer umgeben, die mit Eisenzacken versehen war. Es gab einen Steinpavillon und steinerne Bänke. Man konnte spazierengehen, sich auf die Bänke setzen und die alten, knorrigen Bäume betrachten, deren Name mir einfach nicht einfallen wollte.

Meist aß ich allein. Die Diener warteten mir auf, als ob ich eine Fürstin wäre. Ich aß erlesene Speisen, trank erlesene Weine. Kelmon gab mir Schmuck und schöne Kleider. Bald bekam ich Hunger auf verwestes Fleisch. Die Diener brachten es mir, obwohl ich nicht darum gebeten hatte.

Es war etwas Merkwürdiges mit diesen Dienern. Ich bekam niemals heraus, wie viele es waren. Ihre Gesichter, ihr Gebaren und ihre Kleidung glichen sich. Sie sprachen kaum je ein Wort und folgten mir auf Schritt und Tritt.

Ich wusste nie, wann Kelmon zu mir kommen würde. Manchmal ließ er mich wochenlang in Ruhe. Manchmal fiel er mehrmals in derselben Nacht über mich her. Es kam vor, dass er mich beim Baden überraschte, oder während meiner Spaziergänge. Wenn ich fauliges Fleisch gegessen hatte, ekelte er sich vor mir. »Du stinkst«, zischte er dann und drückte mein Gesicht in die Kissen.

Ich sagte mir, dass Kelmon in mich verliebt war. Ich nahm mir vor, seine Überfälle zu genießen. Einmal schaffte ich es beinah. Als er das merkte, geriet er außer sich. Er schlug mich derart zusammen, dass ich eine Woche lang nicht aufstehen konnte. Ich pinkelte Blut und dachte, ich würde jetzt sterben. Aber Kelmons Diener pflegten mich gesund. Das taten sie immer. Obwohl er mich bevorzugt ins Gesicht schlug, schafften sie es, dass keine Spuren zurückblieben.

Einmal brach ich vor den Dienern zusammen. Kelmon hatte das Haus für einige Tage verlassen, und ich flehte sie an, mich freizulassen. Sie gaben mir keine Antwort. Als Kelmon zurückgekehrt war, kam er in mein Zimmer. »Das hättest du nicht tun sollen. Jetzt muss ich dich strafen«, sagte er. Dann schickte er seine Diener zu mir.

Am nächsten Tag behandelten mich die Diener, als ob nichts geschehen wäre. Aber ich stellte mir vor, dass sie mein Wimmern hörten und innerlich lächelten, wenn sie mich ansahen.

Aus den Wochen wurden Monate. Der Winter kam. Fast täglich regnete es; Nebel lag über dem Garten. Trotzdem verbrachte ich Stunden im Freien. Ich bekam einen Schirm und warme Fellmützen.

Ich stellte fest, dass mein Mondblut nicht mehr wie früher floss. Ich nahm an, dass auch das an meinem Fluch lag.

Was Kelmon davon hatte, dass er mir all das antat, konnte ich nicht begreifen. Meistens war er schnell mit mir fertig. Ich hatte auch nicht den Eindruck, dass er sich für meinen Körper interessierte. Mich zu schlagen, schien ihm größere Lust zu bereiten. Aber er schlug mich immer seltener, je mehr Zeit verging.

Manchmal lag ich nachts wach und fragte mich, wer und was er war. Ich erzählte mir Geschichten über ihn. Jede einzelne dieser Geschichten machte mir Angst.

Gegen Ende des Winters gab Kelmon ein Festmahl. Zu dem Anlass trug ich ein besonders schönes Kleid. Die Gäste sprachen mit mir und fragten mich dies und jenes. Nach dem Essen musste ich mit ihnen in ein Zimmer gehen, das ich noch nie betreten hatte. Als ich auf mein eigenes Zimmer zurückkam, graute der Morgen. Ich ging gekrümmt und mit schleppenden Schritten, wie ein altes Mütterchen. Ich legte mich auf das Bett und sagte mir, dass ich sterben wollte. Aber ich wusste, dass ich nicht einmal zum Sterben genügend Kraft hatte.

Von dieser Nacht an gab mich Kelmon öfters an andere. Meist waren es Männer, manchmal auch Frauen. Soweit ich wusste, waren sie alle mit mir zufrieden. Manchmal war ich stolz darauf.

Ich ging jetzt seltener in die Bibliothek. Ich phantasierte darüber, das bunte Glas in meinem Fenster zu zerbrechen, eine große, scharfkantige Scherbe zu nehmen und mir das Gesicht und die Brüste und das Geschlecht zu zerschneiden. Niemand hinderte mich daran. Ich weiß nicht, warum ich es nicht tat.

Ich begann, Kelmon zu langweilen. Das war nicht zu übersehen, und ich fragte mich, wie es enden würde. Dass er mich verschenkte, konnte ich mir nicht vorstellen. Wahrscheinlich würde er mich umbringen, so vermutete ich.

Das Ende kam ganz unerwartet, und es war ein anderes, als ich gedacht hatte. Unterdessen war der Sommer zurückgekehrt. Ich verbrachte jetzt ganze Vormittage mit dem Schmuck meiner Mutter. Ich befühlte die Ringe, Ketten und Ohrringe, drehte sie in den Fingern, betrachtete sie von allen Seiten. Seltsamerweise hatte sich Kelmon niemals für meine Gürteltasche interessiert. Doch einmal betrat er das Zimmer, als ich den Schmuck in Händen hielt.

»Was ist das?«, fragte er. »Ein Andenken an daheim? Ich glaube, das brauchst du nicht mehr.«

Ich wusste nicht, was er mit dem Schmuck vorhatte. Ich wusste nur, ich würde nicht zulassen, dass er mir auch das wegnahm. Kelmon müsste mich totschlagen, wenn er ihn haben wollte. Ich begann zu schreien. Ich sprang auf und stieß ihn vor die Brust. Am Tag zuvor hatte ich verwestes Fleisch gegessen. Nun begriff ich, dass mein Fluch auch ein Geschenk war. Es holte Kelmon von den Beinen. Er flog rückwärts gegen die Wand, schlug sich den Kopf auf und begann zu bluten.

Als er sich gefasst hatte, betrachtete er mich einige lange Momente – so forschend und prüfend wie am ersten Abend. »Ich denke, es ist an der Zeit, dass wir unsere Abmachung überdenken«, sagte er und verließ das Zimmer.

Ich dachte, er würde seine Diener zu mir schicken. Doch niemand kam. Ich verließ das Zimmer und ging nach unten. Ich sah, dass das Eingangsportal offen stand. Ich wagte kaum zu atmen.

Ich zählte bis drei und rannte los. Irgendwie wusste ich, dass mich die Wächter an den Kanaltoren nicht aufhalten würden. Und das taten sie auch nicht. Ich stieß die Tore auf und rannte weiter.

Der faulige Gestank des Wassers, das schwere, klebrige Licht des schwülen Sommertages, die uralten Steinhäuser und die ölig glitzernden Pfützen – alles war so schön, dass ich lachen wollte. Ich lachte und ich weinte. Dann eilte ich zum Hafen. Vor einem Jahr hätte ich Angst gehabt, dass dort eines der Schiffe vor Anker läge, die mir mein Vater bei unseren Besuchen im Hafen gezeigt hatte; ein Schiff, das von Enjahla kam oder dorthin fuhr. Jetzt scherte mich das nicht mehr.

Eine Karavelle namens *Schwertfisch* nahm mich als Passagierin auf. Sie segelte nach Syrathanis.

Mir war es recht.

Ich sagte mir, dass ich jetzt ganz neu anfangen würde.

Natürlich war das eine schöne Lüge, die ich mir erzählte, weil ich mir eben irgendetwas erzählen musste.

In Wahrheit habe ich es nie verlassen, das Haus mit den zwei Monden. Ebenso wenig wie der Augenblick jemals geendet hat, in dem ich mich über den verfaulenden, von Fliegen und Maden wimmelnden Hundekadaver in der *Macchicha* von Enjahla beugte.

Er dauert fort und fort. Er wird fortdauern, so lange ich lebe.

10

DIE SUMME UNSERER TAGE

Vanice

Die Musik und der Tanz hatten von neuem eingesetzt. Längst waren die Spanferkel zerteilt und verzehrt worden. Ich hatte wohl über eine Stunde lang gesprochen und die Sätze dabei immer stockender und fahriger aneinandergereiht. Jedenfalls kam es mir so vor. Die ganze Zeit hörte mir Cay zu, ohne mich zu unterbrechen oder eine Frage zu stellen. Dann plötzlich konnte ich nicht mehr. Ich verstummte und senkte die Augen. Ich betrachtete meine Stiefel und lauschte auf das Wasser, das unter der Brücke plätscherte.

Aber eigentlich sah und hörte ich etwas ganz anderes.

Cay löste ein Tuch, das er an seinem Gürtel festgebunden hatte. Er reichte es mir.

Ich blickte verwundert auf.

»Ihr weint, Vanice«, sagte er leise.

Ich berührte meine Wangen und stellte fest, dass er recht hatte. »Oh«, machte ich und lachte. Dann nahm ich das Tuch und wischte mir die Tränen ab.

»Danke«, sagte ich.

Er lächelte mich an.

»Und was haltet Ihr jetzt von mir?«, fügte ich hinzu. Ich wollte diese Frage eigentlich nicht stellen; etwas zwang mich dazu.

»Dasselbe, was ich vorher von Euch gehalten habe.«

»Ihr habt den Rest ja auch noch nicht gehört …«

»Wollt Ihr ihn mir erzählen?«

»Ich glaube, das schaffe ich jetzt nicht mehr.«

»Gut. Vielleicht ist das auch nicht nötig. Ich kann mir ungefähr denken, wie es weitergeht. Was ändert das?«

»Glaubt Ihr wirklich, dass Ihr Euch das denken könnt?«

»Ja.«

»Wenn das so ist, muss ich Euch auch nicht sagen, wie … wie *erbärmlich* mein Leben war. Und was sind wir anderes als die Summe unserer Tage?«

Cay schüttelte den Kopf. »Ihr wisst nicht, was Ihr da redet, Vanice.«

Seine Stimme war sanft, doch die Worte schnitten mich wie Messerklingen. Alles in mir drängte darauf, ihm zu widersprechen; ich wollte ihm zeigen, wie sehr ich mich verachtete; und ich wollte ihn dazu bringen, dass er diese Verachtung teilte. Mit äußerster Anstrengung zwang ich mich dazu, den Mund zu halten.

»Soll ich Euch noch einen Becher Wein holen?«, fragte er nach einer Weile.

»Ja, gerne.«

Als Cay gegangen war, hielt ich mir das Tuch an die Nase und atmete seinen Geruch ein. Ich schloss die Augen und stellte mir vor, ich würde morgens aufwachen und Cay läge neben mir, und ich könnte mich an ihn kuscheln, und alles wäre gut.

Wieder eine dieser albernen Phantasien.

Jäh schämte ich mich, schämte mich so sehr, dass es kaum zum Aushalten war. Beinah hätte ich das Tuch in den Bach geworfen.

Cay kam zurück. Er reichte mir meinen Wein, stellte sich neben mich und schob die Daumen in die Armöffnungen seiner Samtweste. Ich machte Anstalten, ihm sein Tuch wiederzugeben, aber er schüttelte den Kopf.

»Ihr habt diesen Kelmon niemals wiedergesehen – weder ihn noch einen seiner Diener?«, fragte er.

»Nein.«

»Und Ihr seid auch niemals nach Alkessa zurückgekehrt?«

»Nein.«

Da war ein dunkles Brennen in Cays Augen, es loderte auf und verlosch.

»Ich glaube, Kelmon ist sehr gefährlich, Cay«, murmelte ich.

Er schien mich gar nicht zu hören. »Was gestern geschehen ist, hat nichts damit zu tun, was Euch in Alkessa widerfahren ist?«, fragte er.

»Was gestern geschehen ist?«

»Ihr seid doch vor jemandem geflohen, als Ihr mich getroffen habt.«

»Nein, nein … das ist etwas ganz anderes. Ich bin einem – einem Paladin der *Bruderschaft des Zweiten Todes* begegnet. Er hat herausgefunden, dass ich eine Leichenfresserin bin. Während der letzten Wochen habe ich auf dem Landsitz von Justinius von Hagenow gelebt, aber dahin kann ich jetzt nicht mehr zurück.«

»Ein Paladin? Hat der nichts Wichtigeres zu tun als Euch zu jagen?«

»Bitte, Cay … ich bin müde. Können wir es nicht dabei belassen?«

»Gut, vergessen wir den Paladin fürs Erste.«

»Von mir aus können wir ihn auch gern dauerhaft vergessen. Es ist sowieso ziemlich absurd, nicht wahr?«

»Was ist absurd?«

»Na, zuerst laufe ich einem Paladin über den Weg, und dann, auf der Flucht vor ihm, treffe ich Euch. Das sind ziemlich viele Zufälle auf einmal, oder?«

»Ich weiß nicht, ob es so etwas wie Zufall gibt. Das ist doch nur ein anderes Wort für das Geheimnis unseres Lebens. Für alles, was wir nicht begreifen können.«

Cay sprach so nüchtern, als hätte er festgestellt, dass dunkle Wolken nun mal Regen bringen. Was immer man von seinen Äußerungen halten wollte – er selbst war ganz zweifellos ein »Geheimnis des Lebens«.

»Es ist aber auch nicht wichtig, ob uns ein Zufall zusammengeführt hat oder etwas anderes. Wichtig ist, was wir daraus machen. Und deshalb muss ich mit Euch noch über eine Sache reden, Vanice. Jetzt gleich.«

»Muss das sein?«

»Ja.«

Ich zuckte resigniert die Achseln. »Gut, von mir aus …«

Cay betrachtete mich – mindestens so eindringlich, wie es Kelmon an jenem Abend im Armenviertel von Alkessa getan hatte.

»Eure Geschichte – sie macht keinen Sinn.«

Ich traute meinen Ohren nicht. »Was redet Ihr da?«, rief ich. »Meint Ihr, ich hätte gelogen?«

»Nein, Vanice. Hört mit zu: Ich glaube Euch jedes Wort. Ich habe gesagt, Eure Geschichte macht keinen Sinn. Das ist etwas anderes.«

Plötzlich hatte ich das Gefühl, ein winziges Tierchen zu sein, auf das ein gewaltiger, grausamer Schatten fällt. »W-w-wovon re-redet Ihr?«, stotterte ich.

»Ihr sagt, dass ein Fluch auf Euch lastet. Aber wer sollte Euch verflucht haben? Und warum?«

»Vielleicht die Götter selbst? Ich habe Euch doch erzählt, wie ich als Mädchen war, so eitel und dumm und –«

»Wenn die Götter jemanden verfluchen würden, weil er eitel und dumm ist, wären wir alle verloren, Vanice. Und außerdem: Wie lange ist es jetzt her, dass Ihr den Hundekadaver verschlingen wolltet? Ungefähr zehn Jahre?«

»Ja, zehn Jahre. Was hat das –«

»Zehn Jahre also. Ihr sagt, Ihr seid eine Leichenfresserin. Die Leichenfresser haben mehr Ähnlichkeit mit tollwütigen Tieren als mit Menschen, oder?«

»So würde ich es nicht ausdrücken. Aber ja, sie verwandeln sich.«

»Ihr habt Euch nicht verwandelt.«

»Ich habe also recht gehabt! Ihr denkt, ich lüge! Wollt Ihr etwa sehen, wie ich fauliges Fleisch verschlinge? Ist es das?«

»Noch einmal, Vanice: Ich glaube Euch. Aber ich tue mich schwer, an Euren Fluch zu glauben. Sehe ich recht, dass Ihr niemals mit jemandem darüber gesprochen habt?«

Ich schüttelte den Kopf.

»Und Ihr habt auch nie versucht herauszufinden, was dahintersteckt?«

»Was gibt es da herauszufinden? Ich muss essen. Am besten ver-
rottetes Menschenfleisch, zur Not gehen auch Tiere. Das ist alles!«

»Ihr habt den Fluch also angenommen, als ob er ein Schicksal
wäre?«

Mittlerweile floss der Schweiß in Strömen über mein Gesicht und
meinen Rücken; ich zitterte so stark, dass ich den Weinbecher fallen
ließ und mich am Brückengeländer abstützen musste. »Warum quält
Ihr mich so, Cay?«, ächzte ich. »Was habe ich Euch getan?«

»Es gibt eine Lüge in Eurer Geschichte, Vanice«, sagte er. »Die Lüge
ist nicht Eure. Ich werde herausfinden, was die Wahrheit hinter dieser Lüge ist. Das verspreche ich Euch. Und noch etwas verspreche
ich …«

Ich wünschte, Cay hätte geschwiegen. Aber er schwieg nicht. Er
sagte: »Von meinem Vater habe ich gelernt, dass es keinen Fluch gibt,
der nicht gebrochen werden kann. Keinen einzigen. Am Ende ist der
Segen stärker. Trotz allem.«

Cays Stimme klang ruhig und fest – wie immer –, doch zu meiner
Überraschung stellte ich fest, dass er Tränen in den Augen hatte.

Seine Worte rissen den Abgrund der Trostlosigkeit in meinem
Herzen noch weiter auf. »Habt Ihr Euch mal angesehen, wie es in der
Welt zugeht, Cay?«, fragte ich flüsternd.

Er nickte. »Ja, das habe ich.«

»Und meint Ihr nicht, dass es eher umgekehrt ist?« Ich umklammerte das Holz des Brückengeländers; so fest, als wollte ich es zer-
quetschen. »Dass es keinen Segen gibt, der nicht zunichte gemacht
werden kann? Schaut Euch doch um: Die Bauern verkriechen sich in
ihren Häusern, oder sie tanzen um ein Feuer und betrinken sich bis
zur Besinnungslosigkeit, um ihre Angst zu vergessen. Darum herum
ist Dunkelheit. Sie wird von den Gespenstern und bösen Geistern
beherrscht, und niemand kann etwas daran ändern. Ich weiß, heute
ist die Nacht der Toten. Aber im Grunde ist jede Nacht eine Nacht
der Toten, oder etwa nicht?«

»Das hat er auch gesagt.«

»Wie? Wer hat was gesagt?«

»Der Dorn. Sie haben mich aus meiner Zelle zu ihm gebracht. Er hat mir einige Fragen gestellt. Dann hat er vom Stern der Mitternacht gesprochen. Er sagte: Jede Nacht ist eine Nacht der Toten, also müssen wir dafür sorgen, dass in jeder Nacht die Feuer brennen.«

Ich konnte mir ein Schmunzeln nicht verkneifen. »Das sind schöne Worte. Aber was sollen sie bedeuten?«

»Nun, in meinem Fall bedeuten sie, dass ich in die Perle gehe, um Radulf von Rodingen zu töten.«

Mein Schmunzeln verschwand. »Radulf von Rodingen? Rudricks Spießgeselle?«, fragte ich ungläubig.

»Ja. Es gibt in der Perle eine Gruppe von Nekromanten. Sie treiben schon seit langem ihr Unwesen, doch der Dorn hat sie gewähren lassen. Das ist nun vorbei. Radulf von Rodingen ist der Anführer der Nekromanten, und es ist meine Aufgabe, ihn unschädlich zu machen.«

»Aber warum ausgerechnet Ihr?«

»Niemand weiß, wer ich bin. Wenn ich scheitere, ist das Scheitern allein meines. Der Dorn will nicht, dass der Stern der Mitternacht bekannt wird. Das kann ich verstehen.«

Ich ließ das Brückengeländer los und richtete mich auf. »Was redet Ihr denn da?! Ihr allein gegen die Nekromanten – das ist doch ein Aberwitz!«

»Ich habe in meinem Leben schon manches Mal allein gekämpft.«

»Nein, Cay!« Entschlossen schüttelte ich den Kopf. »Ich werde Euch helfen.« Noch indem ich die Worte aussprach, wusste ich, dass ich nicht gelogen hatte: Ich konnte Cay helfen, und ich würde ihm helfen. Einen Herzschlag lang fühlte ich mich stark und frei.

»Ich danke Euch, Vanice. Aber wie solltet Ihr –«

»Das ist ganz einfach«, unterbrach ich ihn. »Als ich das letzte Mal in der Perle war, hat mich Xra gebeten, ihm gegen die Nekromanten beizustehen. Xra ist der Anführer einer Gruppe von Leichenfressern, die in einem gewaltigen Grabmal hausen. Das Grabmal liegt im ältesten Teil der Totenstadt, und ich vermute, dass dort vor Zeiten die Mitglieder irgendeiner Herrscherfamilie die letzte Ruhe gefunden haben. Jedenfalls hat nicht nur der Dorn genug vom Treiben der Nekromanten. Sie haben begonnen, die Leichenfresser zu rauben, wenn sich diese in den Tunneln unterhalb des Friedhofs herumtreiben. Wahrscheinlich brauchen sie Xras Leute für irgendwelche scheußlichen Experimente. Keiner von ihnen ist zurückgekehrt.«

»Ich verstehe nicht, inwiefern mir das –«

»Ich nehme an, der Dorn weiß, wo die Nekromanten ihren Unterschlupf haben?«

Cay nickte.

»Schön, aber das allein bringt Euch wenig. Ihr müsst ja noch einen Weg finden, an sie heranzukommen. Oder wollt Ihr mit gezogenem Schwert durch die Vordertür stürmen?«

»Ich dachte eher, ich würde mich einschleichen.«

»Nun, wenn wir mit Xra gemeinsame Sache machen, könnt Ihr Euch ganz wunderbar einschleichen. Ihr müsst nur den Handlangern der Nekromanten folgen, wenn sie wieder einmal einen der Unterirdischen entführen, und die Männer dann zum richtigen Zeitpunkt ausschalten. Vielleicht könnt Ihr Euch sogar als einer von ihnen verkleiden und so tun, als ob Eure Gruppe in einen Kampf geraten wäre, den nur Ihr überlebt habt. Wenn Ihr es geschickt anstellt, wäre die Überraschung sicherlich auf Eurer Seite.«

Cay sah zur Seite und rieb sich das bärtige Kinn. »Ihr habt recht, das könnte gehen«, sagte er.

»Außerdem kenne ich einen Thaala-Geweihten namens Aluin, der uns vielleicht auch weiterhelfen könnte. Schließlich sind die Geweihten und die Nekromanten ja irgendwie miteinander verstrickt. Obgleich ich zugegebenermaßen nie ganz durchschaut habe, in welcher Weise ...«

»Ihr kennt einen Thaala-Geweihten? Und warum sollte der uns helfen?«

»Ich habe ihm öfters mal Gedichte vorgelesen.«

»Ihr habt ihm *Gedichte* vorgelesen?« Ich meinte, einen Anflug von Eifersucht in Cays Stimme zu hören. Diesmal machte mein Herz tatsächlich einen Freudenhüpfer.

»Dem sei, wie ihm wolle«, verkündete ich in gleichmütigem Tonfall. »Was zählt, ist doch, dass ich Euch helfen kann. Ich würde Euch bitten, meine Hilfe anzunehmen.«

Cay hatte sich schnell wieder gefasst. »Das werde ich tun«, sagte er. »Und ich möchte dieselbe Bitte an Euch richten.«

Ich nickte. »Auch ich nehme Eure Hilfe gerne an«, erwiderte ich und lächelte.

»Bis zur Perle ist es noch ein weiter Weg«, sagte Cay nach kurzem Schweigen, »und was wir dort vorhaben, wird unsere ganze Kraft fordern. Was meint Ihr, Vanice – sollten wir uns nicht schlafen legen?«

»Ja, das sollten wir. Ich glaube allerdings, ich muss noch ein wenig Nachtluft atmen, ehe ich schlafen kann. Geht nur vor; Ihr müsst nicht auf mich warten.«

»Einverstanden. Gute Nacht, Vanice«, sagte er.

»Gute Nacht, Cay.«

Gedankenverloren stellte er seinen Becher auf das Brückengeländer, drehte sich um und ging in Richtung des Gasthofes.

Nach ein paar Schritten machte er kehrt.

Ich hatte gehofft und gefürchtet, dass er das tun würde.

Cay blieb stehen und sah mich an. Ich erwiderte seinen Blick.

»Ich habe keine Angst vor der Dunkelheit, Vanice«, sagte er. »Auch nicht vor Eurer.«

Mein Herz schlug heftig. Ich schluckte schwer.

»Seid Ihr Euch da sicher?«, erwiderte ich mit heller, brüchiger Stimme. »Von mir ist nichts übrig. Ich bin ganz zerstört.«

»Nein. Das ist nicht wahr«, sagte er – und fasste meine Hand.

Panik überkam mich. Meine Haut war klebrig, und meine Krallen kamen mir auf einmal doppelt so lang und widerwärtig vor wie sonst. Ich wusste, Cay würde sich schaudernd abwenden, von Ekel geschüttelt, wenn er mich berührte. Doch ich zuckte nicht zurück.

Er hielt meine Hand; er hielt sie und ließ nicht los.

Ich weiß nicht, wie lange wir auf der nächtlichen Brücke standen, Hand in Hand. Es kam mir vor wie eine Ewigkeit, und ich wünschte, der Moment hätte tatsächlich ewig angedauert.

Irgendwann lösten sie unsere Finger, wie von selbst. Cay nickte mir zu; dann ging er.

Allein blieb ich zurück.

Noch immer tanzten die Bauern um das Feuer. Auch der Kutscher und das Gänsemädchen Arla und sogar der Wirt des *Kranich* waren dabei. Ich hörte ihr Lachen und Rufen, die trunkenen Freudenschreie, und war mir nicht mehr sicher, ob es wirklich ihre Furcht war, was die Leute dazu trieb, so wild und zügellos zu feiern.

Jenseits der Hütten des Dorfes – dieses Dorfes und tausend anderer – begann die schwarze, hungrige Nacht. Dort herrschten die friedlosen Toten, die Gespenster und Spukwesen. Sie machten Jagd auf alle, die es wagten, ihnen die Finsternis streitig zu machen; sie hetzten die Verirrten und Verlorenen durch die tiefsten Wälder und lauerten ihnen an einsamen Kreuzwegen auf; sich lockten mit vertrauten Stimmen und Lichtern in den rauhen, windgepeitschten Hügeln und weglosen Mooren, mit Stimmen und Lichtern, die Geborgenheit verhießen, aber den Untergang brachten.

Ja, viele würden zuschanden werden in dieser Nacht.

Doch Cay hatte recht. Es gab noch etwas anderes. Ich hatte es berühren dürfen und hoffte, dass noch viele andere es berühren würden in den Stunden, ehe der Morgen graute.

Ich dachte an ihn: den Blick seiner Augen, den Klang seiner Stimme, die Wärme seiner Hand.

»Ich liebe dich«, flüsterte ich.

II

NACHTRUHE

Halig

Am Ende vergingen noch fast zwei Tage, bis sie endlich in Richtung Dreieichen aufbrachen.

Zunächst einmal wollte der Herr Tamelon ganz genau wissen, was Rudrick und seine Spießgesellen alles angestellt hatten. Offenbar traute er Prinz Gereon und Scara nicht so ganz, und das erstaunte Halig, da für ihn sonnenklar war, dass beide die Wahrheit sagten. Allerdings schien sich Scara nicht daran zu stören, dass der Paladin ihre Worte anzweifelte. Wiederum mit sehr ernster Miene berichtete sie ihm von Rudricks Verbrechen. Sie sprach von »armen Kindern ohne Blumen«, aber nach einer Weile begriff auch Halig, worum es ging: Die Adeligen hatten Dutzende von jungen Bäuerinnen, Köhlers- und Jägertöchtern vergewaltigt und ermordet. Und sie hatten noch mehr getan: Wenn Halig richtig verstand, waren die Leichen der Ermordeten geschändet worden; es schien da ein Zeichen oder ein Mal zu geben, das Rudrick und seine Spießgesellen in das erkaltende Fleisch geschnitten hatten.

Als Halig sich vorstellte, wie das zuging, wurde ihm flau zumute – flauer als flau. Er murmelte eine Entschuldigung, stand auf und verließ eilig den Speisesaal. Im Hinausgehen hörte er noch, wie Scara von einer »Dame mit Bändern im Haar« sprach, die der Meinung war, dieses Zeichen diene dazu, irgendjemanden oder irgendetwas zu rufen.

Halig war froh, dass er keine Ahnung hatte, was das bedeuten sollte.

Draußen angekommen atmete er die klare, kühle Herbstluft in

tiefen Zügen. Er überquerte den Hof, verließ das Anwesen durch das morsche Tor und stellte sich auf die Feldstraße, die von dem Gutshof wegführte. Eine Weile lang betrachtete er die Hügel, die sich in einiger Entfernung erhoben und als bläuliche Silhouetten unter dem weißgelben Himmel abzeichneten. Der Tag war klar. Weiter nördlich konnte man das Fokris-Gebirge erkennen, dessen ehrfurchtgebietende Gipfel teils von Wolkenbänken umhüllt wurden, die, von der hochstehenden Sonne beschienen, einen eigentümlich metallischen Glanz abstrahlten.

Halig konnte sie durchaus würdigen, die entrückte Pracht der Hügel, Berge und Wolken. Aber was ihm wirklich guttat, war, den beiden Maultieren und dem leicht gebrechlichen Esel, die auf einer Koppel gegenüber dem Landsitz standen, beim Grasen zuzusehen. Er lehnte sich gegen den Zaun, der zweifellos erst vor kurzem gezimmert worden war (die Schnittstellen waren ganz hell, und das Holz roch sogar noch nach Harz) und betrachtete die friedfertigen, geruhsamen Tiere.

Der Anblick beruhigte ihn. Und dennoch: Wenn er an all die hübschen Mädchen dachte, denen er tagein, tagaus begegnete – aus irgendeinem Grund kamen sie ihm auf Beerdigungen immer am hübschesten vor –, und sich vorstellte, dass diese zarten Geschöpfe einem derart garstigen Mordbuben in die Hände fallen könnten … Nein, also wirklich! Halig selbst war ja keineswegs abgeneigt, so ein Mädchen in den Hintern zu zwicken, wenn sich die Gelegenheit dazu ergab … aber das war etwas ganz anderes … man konnte doch nicht … kurz und gut … es war eine *Verschwendung!* Halig wog das Wort in seinem Geist und kam zu dem Schluss, dass es gewissermaßen das richtige Gewicht hatte. Ja, dieser Rudrick von Nordwiesen und seine feinen Freunde hatten sich einer gemeinen und obendrein ganz und gar nutzlosen Verschwendung schuldig gemacht! So etwas tat man einfach nicht! Schluss, aus!

Jetzt, da er den Kern der Sache benennen konnte, war ihm leichter ums Herz. Die Erleichterung machte sich in einem tiefen Seufzer Luft, welcher den alten Esel dazu bewog, ihm einen verständnisvollen Blick zuzuwerfen. Halig nahm sich vor, die Namen des Esels und der Maultiere in Erfahrung zu bringen, drehte sich um und kehrte zum Gutshaus zurück.

Unterwegs begegnete ihm Tamelon, der auf den Stall zuhielt. Sein Gesicht war hart und dunkel, sein Blick grimmig. Augenscheinlich benötigte auch er ein wenig Zeit, um mit dem zurande zu kommen, was Scara ihm erzählt hatte. Halig wünschte dem Paladin im Stillen einen guten Ausritt; wenigstens stand jetzt wohl außer Frage, dass Scara keine Lügnerin war.

Der Rest des Tages verlief ereignislos. Der Prinz hockte stundenlang auf der Freitreppe vor dem Haus, die Diener gingen ihren verschiedenen Verrichtungen nach und Scara saß strickend beim Kamin im Speisesaal. Seinerseits zog sich Halig in die Küche zurück, legte sich dort auf die Ofenbank und döste, was alles in allem eine seiner Lieblingsbeschäftigungen war. Tamelon kehrte bei Einbruch der Dämmerung zurück, und bald darauf wurde im Speisesaal ein schlichtes, aber durchaus schmackhaftes Abendmahl eingenommen, das im Wesentlichen aus einem Linseneintopf und frisch gebackenem Brot bestand.

Als alle gesättigt waren, galt es, das Problem zu lösen, wo man Prinz Gereon unterbringen sollte. Das Zimmer des Hausherrn war ja bereits an Edmund vergeben, der übrigens die meiste Zeit schlief – wohl auch dank einer rätselhaften Tinktur aus Tamelons unerschöpflicher Satteltasche, die man auf dessen Geheiß hin Edmunds Kräutertee beigegeben hatte. Schließlich wurden dem Prinzen die Gemächer der Dame Vanice Do- zugewiesen, die höchstwahrscheinlich nicht vorhatte, sich so schnell wieder auf dem Gutshof einzufinden.

Halig musste zugeben, dass er es nicht unaufregend gefunden hätte, in einem Bett zu schlafen, wo eine solche Frau, nur mit einem hauchdünnen Nachthemd bekleidet (hohe Damen trugen doch hauchdünne Nachthemden, oder etwa nicht?), ihren duftigen Leib ausgestreckt hatte. Aber Gereon ließ das offenbar völlig kalt. Überhaupt verwunderte es Halig, wie wenig sich der Prinz um Vanice'

Schicksal zu bekümmern schien. Immerhin hatte er sie doch als seine Kaiserin bezeichnet und obendrein Edmund ein Auge ausgedrückt, um ihre Ehre, oder was immer, zu verteidigen.

Allerdings fesselte dieses Rätsel den Totengräber nicht so sehr, dass es ihn um den Schlaf gebracht hätte. Ganz im Gegenteil, Halig war derart müde, dass er sich kaum noch auf den Beinen halten konnte, und seine Ofenbank kam ihm vor wie der kuscheligste Ort auf Erden. Zu seiner Freude durfte er sich auch tatsächlich auf selbiger zur Ruhe begeben, denn der Herr Tamelon hatte entschieden, dass er sein Nachtlager auf dem Boden des Speisesaals einrichten würde – ein überaus bescheidenes Nachtlager, wie Halig vermerkte, bestand es doch aus kaum mehr als ein paar Decken.

Nachdem Halig ein Gute-Nacht-Bier und einen Schnaps für den hohlen Zahn getrunken hatte, schloss er die Lider in der Gewissheit, dass er zum ersten Mal seit dem Fest von Firlenns Erwachen süß schlummern würde. Und wirklich hatte er überaus angenehme Träume, in denen er mit Scara über Wiesen, durch Heuschober und riesige, bis zum Rand mit Schinken und Würsten gefüllte Speisekammern tollte … bis er plötzlich aus dem Schlaf aufschreckte und keuchend ins Dunkel stierte, während ihm der kalte Schweiß ausbrach.

Die zweite Nacht der Toten stand an! Wenn die Sonne das nächste Mal unterging, würde sie beginnen, jene fluchwürdige Nacht! Mingas Verhüllung! Irgendwie hatte er das völlig vergessen … Und was … was wäre dann? Rudrick von Nordwiesen – der Schwarze Jäger – die Horde – das Böse … Schockschwerenot! Konnte der Herr Tamelon mit all dem fertig werden? Nein, das war unmöglich … unmöglich …

Zitternd und bibbernd lag Halig da. Bis zum Morgengrauen tat er kein Auge mehr zu. Als dann die Dämmerung kam und sich die Diener zu regen begannen, war er einerseits erleichtert, andererseits zutiefst verzweifelt. Denn für ihn schien ausgemacht, dass soeben der letzte Tag seines Lebens angebrochen war.

Umso erstaunter war er, als er feststellte, dass niemand sonst viel

Aufhebens um das nahende Grauen machte: die Diener, Scara, Prinz Gereon und sogar der Herr Tamelon – sie alle waren im Großen und Ganzen nicht weniger vergnügt oder missmutig, geschäftig oder abwesend, nachdenklich oder leichtherzig als gestern.

Was Edmund von Hagenow betraf, so konnte man natürlich schwer sagen, wie es ihm zumute war. Aber wenn Halig die Äußerungen von Ulla und Egbert, die mit der Pflege des Baronssohnes betraut waren, richtig deutete, hatte sich wenig an seinem Zustand geändert. Die Nacht der Toten mochte dräuen, so viel sie wollte; das Gestöhn, das Edmund in seinem fiebrigen Schlaf ausstieß, wurde darum auch nicht gequälter.

Halig drängte sich die Vermutung auf, dass sie alle, der Verwundete eingeschlossen, sich verschworen hatten, um ihn in Sicherheit zu wiegen, zu welchem Zweck auch immer.

Dann allerdings stellte sich heraus, dass zumindest der Paladin wusste, was die Stunde geschlagen hatte.

Er rief die Diener, Scara und Halig im Speisesaal zusammen und erklärte: »Wie ihr wisst, wird heute das Fest von Mingas Verhüllung begangen. Das bedeutet, dass unsere Welt den friedlosen Toten, Gespenstern und Spukwesen geöffnet wird, sowie die Sonne untergeht. Ich bin zu dem Schluss gekommen, dass die Bedrohung, von der du, Scara, sprichst, ernstgenommen werden muss. Deshalb werden wir die Nacht gemeinsam in diesem Raum verbringen. Von Einbruch der Dunkelheit an wird niemand mehr diesen Saal verlassen, es sei denn auf meinen ausdrücklichen Befehl hin. Wir müssen also Vorbereitungen treffen. Ich will, dass ihr, Ulla, Egbert und Stane, für den Prinzen und Edmund von Hagenow hier im Speisesaal Lager bereitet. Außerdem brauchen wir Essen und Trinken und genügend Holz, um das Feuer die ganze Nacht brennen zu lassen. Gibt es Fragen?«

Tamelon blickte in die Runde.

Als niemand etwas sagte, schloss er: »Gut. Ich werde den Tag im Gebet verbringen. Ihr solltet das Gleiche tun.«

Der Ratschlag des Paladins wurde indessen nicht von jedermann beherzigt. Scara sah anscheinend keinen Grund, sich durch die Nacht der Toten davon abbringen zu lassen, der-Himmel-weiß-was zu stricken, und Halig war viel zu aufgeregt, um zu beten. Er beneidete die Diener, die eine ganze Weile murmelnd vor dem Elaah-Kreis knieten, der an der Küchenwand hing (warum eigentlich die Küchenwand?), schaffte es aber selbst nicht einmal, seine Gedanken so weit zu ordnen, dass er den *Sonnengruß* hätte sprechen können, von dem *Wachet über mich* oder gar dem *Großen Götterpreis* ganz zu schweigen. Am Ende behalf er sich damit, wiederum dem Esel und den Maultieren beim Grasen zuzuschauen. Es war ein strahlender Herbsttag, und die Tiere genossen sichtlich, wie ihnen die Sonne aufs Fell schien; als wüssten sie, dass sie das Licht bald für lange Zeit missen würden.

Tamelon hatte es offenbar vorgezogen, sich in die Wildnis zu begeben, um Einkehr zu halten. Am späten Nachmittag kam er zurück, und Halig war erleichtert zu sehen, dass es der Paladin nicht beim Beten bewenden ließ. Er entzündete Räucherkerzen, die einen süß-herben Duft verbreiteten, und schritt mit ihnen das ganze Haus ab, wobei er geheimnisvolle Worte vor sich hin murmelte. Als Nächstes nahm er zwei Stücke Kreide, das eine schwarz, das andere weiß, und malte nicht minder geheimnisvolle Schutzzeichen an die Türrahmen. Dann stellte er einen Krug Bier, eine Schüssel Milch, sowie einen Teller mit Brot, Wurst und Käse auf den Absatz der Freitreppe, die zum Haupteingang des Herrenhauses führte. Nachdem er sich vergewissert hatte, dass alle Tiere gut versorgt waren und sich Prinz Gereon – dem mittlerweile irgendjemand ein Wollwams gegeben hatte, um es über sein dünnes Hemd zu ziehen –, Edmund, die Diener, Scara und Halig im Speisesaal eingefunden hatten oder hineingetragen worden waren, schloss und verriegelte er die drei Türen, durch die man selbigen betreten konnte, und legte je einen silbernen Dolch auf die Schwelle.

»Das sollte reichen«, sagte er, als alles getan war.

Und zu Haligs großer Überraschung reichte es tatsächlich.

Was immer in jener Nacht draußen vor sich ging – auf den Feldern und Wiesen, den Landstraßen und Waldpfaden, in aufgegebenen Weilern und götterverlassenen Tälern –, hier im Speisesaal war davon nichts zu spüren. Tamelon verbot ihnen, Kerzen und Öllampen zu entzünden. Nur im Kamin durfte ein Feuer brennen; es tauchte den Saal in ein wohliges Halbdunkel und knackte und prasselte so gemütlich, dass Halig bald schon mit dem Schlaf kämpfen musste.

Freilich duldete der Paladin keine Ausflüge ins Reich der Träume. Er wollte, dass sie die Zeit im gemeinsamen Gebet verbrachten. Dieses Mal fügten sich alle seinem Wunsch, auch Scara und Prinz Gereon, der einen Moment lang entgeistert in die Runde geschaut hatte, als er die Aufforderung vernahm. So saßen sie im Halbkreis um den Kamin und beteten. Bisweilen stimmte Tamelon ein Lied an. Diese Lieder waren in einer fremden Sprache, die alt und ehrwürdig klang. Halig lauschte ihr gerne, der hellen, zugleich sanften und kraftvollen Stimme des Paladins, und musste manches Mal eine Träne aus dem Auge drücken.

Noch lieber waren ihm allerdings die Mahlzeiten, die den Kreislauf aus Gebet und Gesang unterbrachen. Immer wieder forderte Tamelon sie dazu auf, an der Tafel Platz zu nehmen und eine (nur eine) Scheibe Brot zu essen und einen (keinesfalls mehr) Becher Wein zu trinken. Wozu diese kleinen Speisungen dienten, wusste Halig nicht. Jedenfalls floss im Laufe der Stunden eine erkleckliche Menge Wein die Kehlen hinunter (zum Glück hatte jemand daran gedacht, einen Nachttopf bereitzustellen!), und als der Paladin schließlich erklärte, sie alle könnten sich jetzt ohne Bedenken schlafen legen, war Halig gewiss nicht der Einzige, der sich beschwipst fühlte. Ulla und Stane jedenfalls machten den Eindruck, als seien sie leicht unsicher auf den Beinen. Im Übrigen konnte von »legen« keine Rede sein, da nur Prinz Gereon und Edmund über Lagerstätten verfügten, die es erlaubten, das Haupt zu betten. Alle anderen richteten sich auf den Stühlen und Sesseln ein, und glücklicherweise gelang es Halig, trotz der unbequemen Lage einige Stunden Schlaf zu ergattern.

Als im Speisesaal Ruhe einkehrte, war die Dämmerung nicht

mehr fern, und die Sonne war bereits ein gutes Stück in den Himmel geklettert, ehe das Leben auch auf dem Landgut des Justinius von Hagenow wieder begann, seinen Gang zu gehen.

Tamelon verfügte, dass die Abreise am morgigen Tag stattfinden sollte. Auch dieses Mal schien Prinz Gereon einverstanden damit, wie der Paladin die Dinge regelte; zumindest widersprach er ihm nicht. Halig war dankbar, dass er sich noch ein wenig ausruhen konnte, bevor er sich ins Abenteuer stürzte (und wahrlich, er wäre sehr viel lieber in ein Bierfass oder einen riesigen Topf voll Marmelade gehüpft), und zog sich auf seine Ofenbank zurück, wo er die Zeit bis zum Aufbruch zu verbringen gedachte. Nun, da die gefürchtete Nacht der Vergangenheit angehörte – und Halig war fast ein wenig enttäuscht darüber, dass sie so friedlich verlaufen war –, wollte er nur noch schlafen. Tatsächlich gelang es ihm, trotz des Geweses der Diener, ebendieses zu tun.

Volle dreizehn Stunden lang.

12
WILLKOMMEN IN DREIEICHEN!

Halig

Sie hatten sich ein arges Wetter ausgesucht, um ihre Reise anzutreten. Von der Herbstherrlichkeit der letzten Tage war nichts mehr zu spüren. Das graue Land verschmolz mit der grauen, diesigen Luft und den grauen Wolken, die den Himmel belagerten und nicht den kleinsten Sonnenstrahl passieren ließen. Immerhin war es windstill, und kein Regen fiel.

Sie waren zu viert. Der Herr Tamelon, Prinz Gereon, Halig und Scara. Irgendwie war der Totengräber stets davon ausgegangen, dass auch Scara die Reise nach Dreieichen antreten würde, und erst, als er sie auf dem Bock hocken sah, gewahrte er mit einer Art erstauntem Schrecken, dass es auch ganz anders hätte kommen können. Die übrigen Diener blieben nämlich auf dem Gutshof. Tamelon hatte angeordnet, dass sie Edmund pflegen und zu diesem Zweck auch die Hilfe des Geweihten Dagian in Anspruch nehmen sollten, der ja ganz in der Nähe lebte. Eine Überraschung war das natürlich nicht; irgendjemand musste sich ja um den Baronssohn kümmern. Erstaunlich war vielmehr, dass Scara nicht ebenfalls das Haus und den Verwundeten hütete, sondern in die große, weite Welt hinauszog – zumal Halig nicht recht verstand, auf wessen Wunsch oder Anweisung das geschah. Freilich tat er einen Gehörnten, den Herrn Tamelon etwa darauf aufmerksam zu machen, dass man Scara ebenso gut hätte daheimlassen können. Schließlich war ihm überaus wohlig zumute, wenn er sich in ihrer Nähe befand. Und er wollte zu gerne herausfinden, ob sich dieses angenehme Gefühl vielleicht in dem Maße verstärkte, wie auch die Nähe zunahm.

Zumindest ein Gutes hatte ihre Reise: dass er hierzu jede Menge Gelegenheit haben würde.

Der Paladin bot Gereon sein Packpferd an, doch der Prinz zog es vor, auf dem Bock zu sitzen. Halig hätte das auch gerne getan, war jedoch beordert worden, eines der Maultiere zu reiten. Unterdessen hatte er herausgefunden, dass Scara die Maultiere Kornelius und Lorenz, den Esel hingegen Schlappi getauft hatte, und er musste zugeben, dass die Namen durchaus passend waren. Allerdings war er sich dessen ungeachtet nicht sicher, ob er jetzt Kornelius oder Lorenz unter dem Hintern hatte. Dafür stand fest, dass das andere Maultier gemeinsam mit Schlappi den Wagen zog – eine Pflicht, der die beiden zuverlässig nachkamen; und wenn es nicht sonderlich schnell voranging, so war dies wohl vor allem Schlappis fortgeschrittenem Alter zuzuschreiben.

Das Gemächliche ihrer Reise erlaubte Halig, eingehend darüber nachzudenken, was ihm widerfuhr. Sein bisheriges Leben hatte sich zwischen einer Handvoll Dörfern abgespielt, die im Abstand weniger Kilometer in der Weite der Windmarken verteilt waren. Er wusste wohl, dass es ferne Länder und ungeahnte Wunder zu entdecken gab, war aber immer der Meinung gewesen, dass ein warmes Bett und ein voller Bauch dem Zauber der Fremde vorzuziehen seien. Tatsächlich war er – von ein, zwei Ausnahmen abgesehen – nicht einmal geneigt gewesen, befreundete Bauern auf ihren Fahrten in die Perle zu begleiten. Wenn man ein Holzkopf war, sollte man keine großen Sprünge wagen und möglichst wenig Aufmerksamkeit auf sich ziehen. So sah Halig die Sache, und er fand, dass es ihm nicht schlecht ergangen war, solange (o jene fluchwürdige Nacht von Firlenns Erwachen!) er sich an seine eigene Weisheit gehalten hatte.

Abgesehen davon gelangte er im Lauf der kommenden Tage zu der Überzeugung, dass sowieso zu viel Aufhebens um ferne Länder und ihre Wunder gemacht wurde. Immer nördlich ging es: zunächst in sanftes, dann in wilderes Hügelland, schließlich durch dunkle Tannenwälder, zwischen denen sich kleine und größere Seen verteilten, deren Wasser beinah schwarz schien. Das alles kam Halig ungemütlich und sogar feindselig vor. Viel schöner war es da doch, bei Glühwein in der Schenke zu sitzen und dem alten Klem zu lauschen, der nach dem vierten Schnaps unfehlbar begann, Soldatenlieder aus der Zeit des Großen Krieges gegen Iskrien zu grölen; oder sich mit der Witwe Elsa in den Laken zu wälzen und sich des Nachts an ihrer molligen Wärme zu erfreuen. Und die Reise wurde auch nicht angenehmer davon, dass der Himmel von Tag zu Tag schwerer und düsterer wurde und sie bald schon mit Regen, Graupeln und feuchtem, klebrigem Schnee bedachte.

Natürlich gab es Scara, die in ihrer Eigenschaft als Sonne einigen Glanz verbreitete. Davon, sich mit ihr in den Laken oder sonstwo zu wälzen, konnte allerdings keine Rede sein. Als der Totengräber sie einmal versuchsweise fragte, ob ihre zarten Füßchen nicht sehr kalt würden, so allein in den langen Nächten, antwortete sie, ein reines Herz sei der beste Ofen und im Übrigen hätte sie schöne, dicke Wollstrümpfe gestrickt; er könne gerne mal ein Paar anprobieren.

Immerhin stellte Halig fest, dass es durchaus seine Vorteile hatte, mit einem Paladin zu reisen. Anfangs hatte er befürchtet, sie müssten unter freiem Himmel schlafen, Wind und Wetter trotzend. Doch erfreulicherweise hatte der Herr Tamelon andere Pläne. Mit einer Selbstverständlichkeit, die Halig staunen machte, klopfte er, wenn es Abend wurde, an die Türen von Bauern und Jägersleuten, um für sich und seine Gefährten ein Nachtquartier zu erbitten. Noch verwunderlicher war, dass ihm dieses Ansinnen kein einziges Mal verwehrt wurde. Ganz im Gegenteil: Offenbar war es den Leuten eine Ehre, einen Paladin der *Bruderschaft des Zweiten Todes* und sein Gefolge zu beherbergen. Oder aber – das konnte Halig nicht ausschließen – sie hatten einfach Angst. Der Herr Tamelon tat nichts, um diese Angst, wenn es sie denn gab, zu rechtfertigen oder zu steigern. Allerdings unterließ er es, sich mit seinen Gastgebern gemein zu machen. Er war ernst und still; und wenn er Bitten äußerte oder Anweisungen gab, tat er es mit der gelassenen Sicherheit desjenigen, der wusste, dass man seinen Worten Folge leisten würde. Halig stellte jedoch auch fest, dass der Paladin niemals vergaß, den Bäuerinnen und Jägersfrauen ein paar Münzen für die Bewirtung in die Hand zu drücken, wenn er sich verabschiedete.

Trotz der kleinen Annehmlichkeiten, die sich der Gegenwart Tamelons verdankten, war Halig die Reise bald sterbensmüde. Und so machte sein Herz einen kleinen Sprung, als der Paladin nach einer doch recht mühseligen Woche verkündete, dass sie noch vor Einbruch der Dunkelheit das Melchertal erreichen würden.

Während der ganzen Zeit hatten sie kaum miteinander gesprochen. Anfangs unternahm Tamelon einige Versuche, den Prinzen über die Lage in Ahekris auszufragen. Doch er erhielt entweder gar keine oder überaus mundfaule Antworten. Und da es ja nicht anging, so eine Hoheit gewissermaßen gegen den Strich zu bürsten, gab er die Sache bald auf. Scara summte gelegentlich ein Liedchen (Halig erkannte sie nie, diese Lieder, auch wenn er noch so sehr die Ohren spitzte), schien es aber ansonsten nicht für nötig zu befinden, sich mit ihren Reisegefährten zu unterhalten. Am meisten sprach sie wohl mit dem Esel, dessen Antworten sich allerdings naturgemäß auf Iahs in verschiedenen Tonlagen beschränkten. Seinerseits war Halig zu sehr damit beschäftigt, unter seinen bald schon wundgescheuerten Schenkeln und seinem ewig schmerzenden Hinterteil zu leiden, um viele Worte zu verlieren; auch wenn ihm die beklommene Stille schwer zu schaffen machte.

Nun aber – sie durchquerten wieder einmal einen dunklen Nadelwald, der aus Föhren, Eiben und anderen unfreundlichen Bäumen bestand – sprach der Prinz plötzlich.

»Wisst Ihr, was das Schlimmste ist, Herr Paladin?«, fragte er.

Halig zuckte zusammen, derart trostlos klang die Stimme Gereons.

»Nein, Hoheit«, entgegnete Tamelon, nachdem einige Momente verstrichen waren. »Sagt mir, was ist das Schlimmste?«

»Das Schlimmste ... nun, das Schlimmste ist, dass man es nicht bemerkt. Das Böse. Versteht Ihr? Es kommt nicht mit Schwefelgestank, hat keine Krallen und Hörner und glühende Augen.«

»Manchmal schon.«

»Oh, das mag sein! Aber Ihr wisst, wovon ich rede, nicht wahr? Das Böse in Ahekris – es kommt wie ein Dieb in der Nacht. Oder wie ein Windhauch. Und dann begreift man, dass es gar kein Windhauch war, sondern ein Sturm, ein alles verwüstender Sturm. Aber dann ist es zu spät.«

»Erklärt Euch, Hoheit – bitte.«

»Es ist ganz einfach, Herr Paladin! Stellt Euch vor, Ihr wollt Wein trinken, aber es fließt Blut aus der Flasche. Stellt Euch vor, Ihr wollt ein Gewand anlegen, aber es ist aus Fleisch und Eingeweiden gefertigt. Stellt Euch vor, Ihr wollt Eure Diener fragen, was vor sich geht, aber sie sind alle tot. Und dann wird Euch plötzlich klar, dass Ihr es gewesen seid, Ihr selbst – Ihr habt gemordet, geschlachtet, verhöhnt.«

»Habt Ihr dergleichen getan, Hoheit?«, fragte Tamelon langsam.

»Ich weiß es nicht. Das ist es ja, wovon ich rede.«

»Ihr meint … man vergisst sich? Weiß nicht mehr, was man tut?«

Prinz Gereon schwieg. Er schwieg so lange, dass Halig dachte, und wohl auch hoffte, er würde überhaupt nicht mehr antworten. Doch dann sagte er: »Man käme niemals auf den Gedanken, dass das, was man tut, etwas Schlimmes oder Verwerfliches sein könnte. Man tut es einfach. Dann begreift man, was man getan hat. Doch das ändert nichts. Der Faden ist zertrennt. Er ist zertrennt, hat sich aufgelöst. Man findet ihn nicht mehr.«

»Wenn das so ist, wie konntet Ihr dann entkommen?«

Nun lachte der Prinz. Halig wünschte, er hätte es nimmer gehört, dieses Lachen; und er wünschte, er hätte sie nimmer gehört, die Worte, die Gereon dann sprach: »Entkommen? Aber wo denkt Ihr hin, Herr Paladin? Ich bin nicht entkommen! Das Böse ist hier. Hier bei mir.«

Dieses Mal erleichterte Halig die Stille, die sich nun wieder über die Gruppe senkte.

Noch erleichterter war er, als sich der Wald endlich zu lichten begann und tatsächlich Dreieichen vor ihnen auftauchte. Wobei er eine Weile brauchte, um das Vorhandensein der Stadt zu bemerken. Was seine Aufmerksamkeit zunächst voll und ganz beanspruchte, waren die Berge.

Während der letzten Tage war es stets neblig und diesig gewesen, sodass er gar nicht bemerkt hatte, wie nah sie dem Fokris-Massiv gekommen waren. Heute aber hatte sich der Himmel endlich geklärt, und nun fiel kupfriges Abendlicht auf die ungeheuren Felswände, die Kare und Hochtäler, die schwindelnden Grate und Gipfelkämme, die sich gegen eine blaue Endlosigkeit abzeichneten, in der schon die ersten Sterne und der blasse, fast durchsichtige Mond schimmerten. Tatsächlich sorgte die klare, frostreine Luft dafür, dass die Berge allzu nah schienen. Halig war, als würden sie sich bewegen, würden sich ihm langsam zuneigen – und nachdem er den dräuenden Steinmassen kurz standgehalten hatte, beschloss er, den Blick lieber nach vorne zu richten, auf die Ortschaft, die sie bald schon beherbergen und hoffentlich mit einer herzhaften Mahlzeit willkommen heißen würde.

Da beruhigte es Halig, dass Dreieichen einen behaglichen – und obendrein überaus wohlhabenden – Eindruck machte. Zahlreiche Lichter blinkten in der Dämmerung. Auf weißgetünchten Steinfundamenten ruhten Holzhäuser, deren Balkone, Fensterläden und Dachfirste mit allerlei Schnitzereien verziert waren. Ein kleiner Fluss strömte an der Stadt vorbei. Er wurde von einer Brücke überspannt, wie sie Halig noch nie gesehen hatte. Diese Brücke war ein hölzerner Tunnel, den man durchqueren musste, um auf die andere Seite zu gelangen: Die Wände, in die eine Reihe von Luken eingelassen war, und das Spitzdach wurden von massivem Balkenwerk gehalten; hohl und dumpf tönten die Hufe auf dem Holz. Jenseits der Brücke führte sie eine gepflasterte, leicht ansteigende Straße in die Stadt hinein, vorbei an mit kunstvollen Steinbrunnen und schmiedeeisernen Pumpen geschmückten, kreisrunden Plätzen. Das Volk, das um diese Stunde noch Gänge zu erledigen hatte, war wohlgenährt und sauber. Niemand schien es sonderlich eilig zu haben, und obwohl heute kein Elaah-Tag war, lag der Duft von gebratenem Fleisch in der Luft.

Ja, alles in allem war Halig, dem schon das Wasser im Mund zusammenlief, durchaus zufrieden mit diesem Dreieichen. Fast hätte es gereicht, ihn die nebeldurchwirkten, lichtlosen Wälder und den Prinzen mit seinem Gerede von dem Bösen vergessen zu lassen. Nur die Burg, die in den Blick rückte, nachdem die Straße eine weit geschwungene Kurve genommen hatte, trübte seine Laune etwas. Auf einem Hügel vor der Stadt ruhend, dem letzten Ausläufer des Gebirges, hatte sie etwas Unheilverheißendes, dunkel und schroff wie sie war. Halig vermutete, dass Seine Hochwohlgeboren Rhun von Ketten dort oben hausten. Was nichts anderes bedeutete, als dass der Herr Tamelon – und damit auch er, der bedauernswerte Totengräber – jener Burg früher oder später einen Besuch abstatten würden.

Halig beschloss, sich erst wieder mit derlei unerquicklichen Aussichten zu beschäftigen, wenn er etwas im Magen hatte. Und dazu, sich mit Speis und Trank zu stärken, gab es in diesem erfreulichen Städtchen reichlich Gelegenheit. Gerade hatten sie einen größeren Platz erreicht, an dem gleich mehrere Gasthöfe standen, die allesamt gut besucht schienen. Und tatsächlich zügelte Tamelon sein Pferd, woraufhin auch Scara den Wagen halten ließ. Halig, der sich plötzlich unsagbar erschöpft fühlte, war im Begriff, einen Ächzer der Erleichterung auszustoßen, als er Tamelons finstere Miene bemerkte. Einen Lidschlag lang gab er sich der Hoffnung hin, dass die gefurchten Brauen des Paladins einfach darauf hindeuten mochten, dass sich sein Herr und Meister mit der Auswahl der Herberge schwertat.

Doch dann begriff er, was die Ursache für Tamelons Missvergnügen war.

Er selbst. Also, natürlich nicht er selbst. Sondern seinesgleichen. Will sagen: solche wie er. Mit anderen Worten: die Bruderschaft.

Nun, da er sich umsah, fiel Halig auf, dass es nur so von ihnen wimmelte. Wohl ein Dutzend Ordenskrieger waren auf dem Marktplatz unterwegs: Rot war der Elaah-Kreis mit den zwei gekreuzten

Sicheln, von tiefem Blau das Tuch, worauf man das Zeichen genäht hatte. Und die Streiter der *Bruderschaft des Zweiten Todes* waren keineswegs müßig, o nein. Einige von ihnen führten Pferde am Zügel, vielleicht auf dem Weg zu irgendwelchen Stallungen; andere beaufsichtigten Knechte, die Kisten und Säcke und Körbe mit Vorräten von hier nach dort schleppten; mitunter packten die Krieger auch selbst mit an. Kurzum, es war ein emsiges Treiben, und nachdem er sich einige Sekunden des Nachdenkens gegönnt hatte, kam Halig zu dem Schluss, alles deute darauf hin, dass kürzlich ein Trupp Ordenskrieger in Dreieichen Einzug gehalten hatte. Offenbar wurden gerade die nötigen Vorkehrungen getroffen, um all die wackeren Recken (samt ihren Pferden) mit einem Nachtlager zu versorgen.

Wobei sich von selbst verstand, dass einem das schönste Nachtlager wenig half, wenn man sich vor dem Schlafengehen nicht tüchtig an Leib und Seele gestärkt hatte – ein überaus sinnreicher Gedanke, fand Halig, der ihm in Erinnerung rief, dass er sich nur zu gerne ein Stück Braten oder einen wärmenden Eintopf zu Gemüte geführt hätte.

»Äh, Herr Tamelon, sollten wir nicht vielleicht ein wenig –«, begann er vorsichtig.

»Schweig, Halig!«, war alle Antwort, die er erhielt, wobei die Zurechtweisung seiner Meinung nach deutlich unwirscher ausgefallen war, als es der Anlass verlangte.

Ohne vom Pferd zu steigen, wandte sich Tamelon an einen der Ordenskrieger, der gerade einen Kartoffelsack über den Platz schleppte.

»Möge Thaala dir ein gutes Ende schenken, Bruder!«, sagte er, wiederum mit ungewohnt lauter und harter Stimme.

Der Mann ließ seine Last zu Boden sinken. Dann verneigte er sich, indem er die zur Faust geballte linke Hand an die Fläche der geöffneten rechten legte, und erwiderte: »Und Euch, Bruder!«

Halig wunderte sich noch darüber, dass es unter den Ordenskriegern anscheinend üblich war, einander zur Begrüßung ein schönes Sterben zu wünschen, als Tamelon auch schon fortfuhr: »Sag mir, was geht hier vor, Bruder?«, fragte er.

»Wir sind zu Hilfe gerufen worden. Skargat ist mächtig in dieser Gegend.«

»Ja, ich weiß. Aber wer hat uns gerufen?«

»Das ist mir nicht bekannt.«

Tamelon sah mit jedem Augenblick unzufriedener aus. Ein wenig überraschend war das schon. Man müsste ja meinen, es wäre ein Grund zur Freude für ihn, wenn er unverhofft so vielen seiner Ordensbrüder begegnete. Andererseits: Halig selbst wäre auch nicht unbedingt begeistert gewesen, aus heiterem Himmel einem Haufen Totengräber in die Arme zu laufen. *Es gibt zwar stets genug Leichen, selten aber genug Schnaps für alle* – das war nicht umsonst eine andere Weisheit des guten Plauranz.

»Ich sehe hier an die zwanzig Brüder. Wer führt die Mission?«

»Provinzial Galbahr.«

»Provinzial Galbahr«, wiederholte Tamelon. Er sprach jetzt wieder gewohnt leise, dafür in einem scharfen, fast zischelnden Tonfall. Halig vermutete, dass das kein gutes Zeichen war.

»Der Provinzial ist in Dreieichen?«

»Ja, Bruder«, bestätigte der Krieger.

»Und ihr seid den ganzen Weg von den Tarr-Seen gekommen? Wegen dieses Rufs?«

»Ja.«

»Der Orden ist erst seit heute in der Stadt, richtig?«

»Ja, wir sind erst vor wenigen Stunden angekommen.«

»Wo seid ihr untergebracht?«

»Hier am Marktplatz. Im Gasthof *Zur Hohen Straße*.«

»Gut. Du kannst gehen, Bruder.«

Der Mann wiederholte die Geste und die Verneigung, mit denen er Tamelon gegrüßt hatte, schulterte erneut seine Kartoffeln und setzte dann seinen Weg fort, der ihn, wie Halig vermutete, wohl in die Küche oder den Keller der *Hohen Straße* führen würde. Zumindest bestand kein Zweifel, wer hier der große und wer der kleine Bruder war.

»Und was jetzt, o edler Ritter?«, meldete sich Scara zu Wort.

Tamelon saß leicht gebeugt im Sattel, betrachtete nachdenklich die Mähne seines Pferdes. »Wir holen uns Zimmer in dem Wirtshaus, wo auch meine Brüder wohnen«, sagte er.

»Wir alle, o edler Ritter?«

»Ja, wir alle.«

»Meint Ihr, wir kriegen Kornelius, Lorenz und Schlappi in einem Zimmer unter? Oder sollten wir jedem Tier ein eigenes Bett gönnen?«

Langsam hob der Paladin die Augen. Er wandte sich zu Scara um, sah sie an, und etwas Grausiges lag in seinem Blick. Halig stockte der Atem; er fürchtete, Tamelon werde sein Schwert ziehen und Scara niederhauen, hier an Ort und Stelle. Doch als er sprach, klang seine Stimme beinah freundlich: »Mach dich nicht über mich lustig, Mädchen. Bereite dich lieber auf das vor, was dich erwartet. Denn noch heute Abend wirst du vor dem Provinzial das wiederholen, was du mir gesagt hast.«

Scara gab keine Antwort, nickte nur. Doch Halig schien, dass sie mit einem Mal unglücklich und hilflos aussah, als sie den Wagen an ihm vorbei und auf den Gasthof zu lenkte. Irgendwie erschreckte es ihn, dass Scara überhaupt so aussehen *konnte*. Beruhigend war hingegen, dass Prinz Gereon wieder einmal den Eindruck machte, als hätte er nicht das Geringste von den Vorkommnissen um ihn herum mitgekriegt. Halig war sich ziemlich sicher, dass es für alle das Beste war, wenn der Prinz noch möglichst lange in diesem Zustand blieb.

Er wollte gerade sein Maultier – Lorenz, wie er unterdessen herausgefunden hatte – dazu auffordern, dem Wagen zu folgen, als Tamelon sagte: »Die *Bruderschaft des Zweiten Todes* ist ein heiliger Orden, Halig.«

Dem Totengräber fiel auf, dass »Halig« und »heilig« ziemlich ähnlich klangen. Ansonsten war ihm eher unklar, was er mit der zweifellos bedeutsamen Wahrheit anfangen sollte, die ihm da anvertraut worden war. »Äh … ja, gewiss …«, murmelte er.

»Aber ebenso wenig, wie etwas unter der Sonne einfach nur böse sein kann, und das solltest du dir merken, Halig, kann etwas einfach nur gut sein. Was von Menschen angerührt wurde, ist immer beides.

Das Gute und das Böse, das Rechtschaffene und das Verwerfliche, die Wahrheit und die Lüge – diese Dinge lassen sich nicht voneinander trennen.«

»Gewiss, gewiss …«, wiederholte Halig. Er fragte sich allerdings, ob die üppige Mahlzeit, die er sich selbst zum Abschluss dieser unerfreulichen Reise versprochen hatte, nicht doch rundweg gut war.

»Und das gilt eben auch für die Bruderschaft. Es gibt das Heilige, das Lichte, das Reine …«, Tamelon schüttelte schwer den Kopf, »… aber es gibt eben auch Schmutz und Niedertracht.«

»Das ist … äh … natürlich … hm … bedauerlich …?«

Nun lächelte Tamelon, was den Totengräber vollends verwirrte. »Ja, bedauerlich, in der Tat. Sicher weißt du, worauf ich hinauswill, nicht wahr?«

»I-i-ich *ahne* …«, stammelte Halig, der zu gerne gewusst hätte, was er eigentlich ahnte.

»Ganz richtig. Der volle Name des Prinzipals lautet Galbahr vom Hohen Teich.« Tamelon tätschelte den Hals des Schimmels. »Komm, Ferner«, sagte er, drückte dem Pferd die Schenkel in die Seite und ritt los.

Halig hatte immer noch keine Vorstellung davon, was ihm der Paladin eigentlich hatte sagen wollen. Allerdings fiel ihm auf, dass Tamelon sein Pferd zum ersten Mal – wenigstens in seiner, Haligs, Gegenwart – beim Namen genannt hatte. »Ferner« war möglicherweise ein etwas eigenartiger Name für ein Pferd. Aber vielleicht war »Halig« ja auch ein etwas eigenartiger Name für einen Totengräber? Wer vermochte das schon zu sagen? Und, wenn die Anmaßung erlaubt war, »Galbahr vom Hohen Teich« kam ihm, um ganz ehrlich zu sein, nicht unbedingt wie der allerpassendste Na-

Er stutzte: vom Hohen Teich … vom Hohen Teich … irgendwo hatte er das schon einmal gehört.

Halig zupfte seinen Bart; das half beim Nachdenken. Woher kannte er … woher kannte er nur …?

Dann wusste er es.

»Oh«, machte der Totengräber.

13

IMMERGLEICH

Die Luziera

Über der schwarzen, gewaltigen Masse der Fokris-Berge leuchteten die Sterne. Die Luziera liebte es, den Nachthimmel zu betrachten. Manchmal machte sie sich einen Spaß daraus, die Sterne zu zählen. Sie wusste natürlich, dass sie damit an kein Ende kommen würde. Aber gerade das gefiel ihr: Dass es etwas gab, das unendlich größer war als sie selbst; das sie umfasste und umschloss und das sie – mit all ihrer Macht, all ihrem Wissen und ihren ungezählten Jahren – niemals würde begreifen oder gar beherrschen können.

Diesem Etwas fühlte sich die Luziera näher, wenn sie über die Grate und durch die Hochtäler wanderte. Das war der Grund, weswegen sie sich gern in dem Ruinendorf am Melcherpass aufhielt. Von dort aus konnte sie Nacht für Nacht diese Spaziergänge antreten, während die Horde ruhte oder in wildem Ritt auszog. Die Luziera musste dann nicht einmal träumen, um zu erleben, wie Raum und Zeit sich auflösten: Die Gipfel der Fokris-Berge waren ihr alle Gipfel, und der Nachthimmel schien ihr derselbe zu sein, der sich vor aller menschlichen Tändelei über der Welt gespannt hatte und noch da sein würde, wenn niemand – kein Mann, keine Frau, kein Gespenst und kein Dämon – mehr übrig wäre, um seine Schönheit zu bewundern oder vor seiner Kälte und Weite zu erzittern.

Abgesehen von seiner Lage glich das verlassene Bergdorf den anderen Orten, die sich die Horde zum Unterschlupf nahm. Wie in den Ruinen der Schlösser, Burgen, Klöster und Tempel, die die Geisterreiter sonst aufsuchten, war auch hier vor vielen Jahren etwas geschehen, das die Menschen dazu veranlasst hatte, den Weiler fortan zu meiden. Er wurde Wind und Regen, Schnee und Sturm preisgegeben – und dem Bösen, das sich ungehindert in den verfallenden Häusern festsetzen konnte, weil niemand da war, der ihm etwas entgegengehalten hätte.

Wobei es bei dieser Geschichte nach Meinung der Luziera weniger um die Bosheit der Menschen ging, als vielmehr um deren Ohnmacht und Hilflosigkeit. Denn wie fast alle irdischen Verhängnisse war die Tragödie dieses Dorfes zugleich vermeidbar und unausweichlich, lachhaft und erschütternd: Da hatten sich zwei ineinander verliebt, wie es eben geschah, Sohn und Tochter der reichsten Bauern im Ort. Alles hätte so gut gehen können, wie es hienieden möglich war; allein die Väter hatten einander gehasst und verachtet.

Also kam eins zum anderen: Die Jungen wollten nicht von ihrer Liebe lassen, die Alten nicht von ihrer Feindschaft; die Jungen heischten Verständnis, die Alten witterten Trug und List. Bald begannen die Ärmeren im Dorf, sich auf die Seite eines der beiden Großbauern zu stellen. Sie erhofften sich, dass sie ihre Bäuche künftig leichter würden füllen können, wenn die richtige Seite – eben die ihre – den Sieg davontrug. Denn dass die Angelegenheit solcherart war, dass es am Ende Sieger und Besiegte geben musste, schien bereits ausgemacht.

Schlägereien und Messerstechereien häuften sich, ebenso wie merkwürdige Unfälle auf der Alp und im Hochwald. Die ersten Toten waren zu beklagen, und der Hass, der doch ursprünglich nur die beiden starrsinnigen Alten in unnachgiebigem Kampf aneinander gekettet hatte, griff auf das ganze Dorf über, war eine Lawine oder ein Brand, riss alles mit, verschlang, was im Wege war.

Irgendwann begriffen die Liebenden, dass sie diesseits des Grabes nicht auf Glück hoffen durften. Hand in Hand stürzten sie sich in den Tod; tiefe Schluchten gab es ja genügend. Nun aber gerieten die Alten vollends in Raserei. Anstatt ihre grausame Verstocktheit zu bereuen, einander zu verzeihen und gemeinsam daranzugehen, die Wunden des Dorfes zu pflegen, schworen sie sich blutige Rache. Und blutige Rache bekamen sie. Binnen weniger Wochen wurde ein

Schlachtfeld aus dem Ort. Niemand war mehr seines Lebens sicher. Folglich hatte niemand Muße, sich um das Vieh zu kümmern, Käse zu machen, erlegtes Wild ins Tal zu bringen oder sich sonst wie um den Fortgang des Lebens zu scheren. Die Familien, die rechtzeitig zur Vernunft kamen, verließen das Dorf und suchten anderswo den Neubeginn. Die übrigen gingen gemeinsam zugrunde, in der Todesumarmung gefangen.

Am Schluss blieben, wie könnte es anders sein, nur die beiden rachsüchtigen Alten übrig. Und noch viele Jahrzehnte, nachdem der einstmals blühende Ort zu einer Ansammlung winddurchwehter, fluchgeschwärzter Ruinen geworden war, bekämpften sich die Unglückseligen Nacht für Nacht; sogar ihren eigenen Tod vergaßen sie über ihrer Feindschaft.

Das also war sie, die Geschichte des Bergdorfes – eine Geschichte, die sich exakt so in hundert verschiedenen Städten und Weilern zu hundert verschiedenen Zeiten zugetragen hatte und mit rührenden Worten oder donnernder Bitterkeit von hundert verschiedenen Dichtern besungen worden war. Die Wünsche und Hoffnungen, Ängste und Irrtümer waren stets dieselben gewesen, ebenso wie die Handlungen und Verstrickungen, die den Niedergang herbeigeführt hatten. Vermutlich hatten sich sogar die Beschwörungen und Flüche geglichen, die den Gang der Dinge begleitet hatten.

Früher hatte die Luziera diese Wiederholung des Immergleichen zum Lachen gefunden. Nun aber rührte es sie, an die unglücklichen Liebenden, ihre hartherzigen Väter und gierigen Nachbarn zu denken. Eine leise Erinnerung regte sich in ihr; die Erinnerung daran, dass auch sie irgendwann einmal begehrt und gelitten hatte. Unmöglich konnte sie sich die eigene Seele in Aufruhr vorstellen, glich jene doch seit unvordenklichen Zeiten weit eher einem gefrorenen See als dem vom Sturm gepeitschten Meer.

Aber gerade diese Unmöglichkeit ließ die Ahnung einer Ahnung aufsteigen; eine Ahnung davon, wie es dereinst gewesen sein mochte, *wirklich* etwas zu fühlen. Wunderliches vollzog sich mit der Luziera, eine Seltsamkeit, die sie nur erstaunt betrachten konnte.

Da war auf einmal eine schmerzliche Wehmut in ihr – und wurde sie nicht umso schmerzlicher und wehmütiger dadurch, dass die Luziera derartige Empfindungen eigentlich nur als Wetterleuchten über den Hügeln am äußersten Herzrand kannte?

Denn was waren ihre Freude, ihre Erregung, ihre Langeweile? Schatten, die sich in einer ewigen Dämmerung auflösten, die weder zur Nacht werden noch zum Tag zurückkehren wollte.

Jedenfalls begann die Luziera bei ihren Bergwanderungen zu begreifen, dass auch das Neue, das sie sich von dem schwarzen Rudrick und seiner Herausforderung an den Anführer der Horde erhofft hatte, nur eine Täuschung war. Sie hatte versucht, sich selbst darüber zu betrügen, dass das Neue immer nur das Alte war – dass sie alles, was ihr überraschend und aufregend vorkommen wollte, in Wahrheit schon unzählige Male bezeugt hatte, in der einen oder der anderen Gestalt. Denn schlussendlich waren die Horde und der Schwarze Jäger nur eine kleine, nebensächliche Episode ihres unbegreiflich langen Daseins.

Was aber war die Hauptsache?

Auf diese Frage wusste die Luziera keine Antwort. Und sie ärgerte sich, dass sie bereits begonnen hatte, die Nachtstunden mit nutzlosem Brüten zu vergeuden, ganz wie der Herr Jäger und der schwarze Rudrick – und übrigens auch Garoy, der es sich zur Gewohnheit gemacht hatte, allein durch das Dorf zu schleichen und jammervoll den Mond anzuheulen; eine Unart seiner primitiven Artgenossen, der er bislang nicht gefrönt hatte. In den letzten beiden Nächten war von ihm gar nichts zu sehen gewesen. Wahrscheinlich hatte er sich irgendwo verkrochen und winselte. Die Luziera rätselte, was Garoy umtreiben mochte. Zweifellos hatte es etwas mit dem Streit zwischen den beiden Möchtegern-Anführern zu tun. So ein Wolf konnte ernstlich in Not geraten, wenn er nicht mehr wusste, wer sein Herr war. Aber auch ihr selbst war die Lust an diesem Streit bereits vergangen. Nicht, dass es etwas geändert hätte: Der Stein, den sie selbst ins Rollen gebracht hatte, würde bis zum Fuß des Hügels kullern. Ob es ihr passte oder nicht.

Die Luziera war also nicht bester Laune, als sie im ersten Morgengrauen zum verfluchten Bergdorf zurückkehrte und schon am Ortsrand von Rudrick und einigen der Seinen in Empfang genommen wurde. Seit der Nacht des Blutbades auf dem Thannhof, der Nacht der Herausforderung, war etwa eine Woche vergangen. In dieser Zeit hatte sich gezeigt, wie es von nun an sein würde: die einen hielten zum Schwarzen Jäger, die anderen zu seinem Widersacher; die einen wollten das alte Gesetz, die anderen das neue Gesetz – den Bund des schwarzen Rudrick, was immer das sein sollte. Der Riss zog sich mitten durch die Horde, und auf Versöhnung bestand keine Aussicht. Enden würde der Streit erst, wenn der Schwarze Jäger seinen Widersacher im Duell niedergerungen hatte oder er seinerseits bezwungen worden war.

Bislang allerdings hatte der Anführer der Horde keine Anstalten gemacht, den Zeitpunkt des Kampfes zu bestimmen. Dies zu tun, oblag ihm allein, und die Luziera wunderte sich, was er damit bezweckte, das Unvermeidliche immer weiter hinauszuschieben. Hatte er etwa Angst? Das konnte sie sich nicht vorstellen. Vielleicht bezweckte er gar nichts Besonderes, wollte seinen Groll einfach noch ein wenig nähren, um den Feind dann umso sicherer in Stücke zu reißen. Vielleicht unterschätzte er den schwarzen Rudrick, vielleicht auch nicht. Einstweilen jedenfalls hockten beide Anführer in ihrer Ecke des Dorfes, scharten so viele Geisterreiter als möglich um sich und warteten.

Es fehlte nur noch, dass sich der Schwarze Jäger und sein Herausforderer in den Ruinen der Häuser eingenistet hätten, wo einstmals die beiden reichen, verstockten Bauern geherrscht hatten.

»Auf ein Wort, Luziera«, sagte Rudrick.

Er hatte sich ihr halb in den Weg gestellt, und obwohl der Luziera das gar nicht gefiel, lächelte sie. »Ah, Schnuckelchen, wir beide hatten lange keine Worte mehr zusammen, nicht wahr?«

»Nein, nicht seit der Nacht, in der Ihr mich verraten habt.«

Nun kicherte die Luziera. »Der Schwarze Jäger meint, ich hätte *ihn* verraten. Du meinst, ich hätte *dich* verraten. Warum fühlen sich nur alle verraten? Gibt es denn kein Vertrauen mehr? Weder diesseits noch jenseits des Todes? Das ist doch traurig, oder?«

Rudrick war anzusehen, dass er seinen Zorn bezwingen musste, ehe er Antwort gab. So komisch wirkte das, dass sich die Luziera nun doch fast über ihre Begegnung freute. Die Geisterreiter, die Rudrick begleiteten, schienen hingegen ein wenig angespannt; offenbar nahmen sie die Launen ihres Anführers ernst. Es war der Kreis der ersten Getreuen, wenn man so sagen wollte, der sich in dieser frühen Dämmerstunde eingefunden hatte: Arnwald, Reimar, Clas und ... und ... die Luziera war sich immer noch nicht sicher, ob der Schwarze Jäger nun Eorl oder Melchar gegen die Wand des Thannhofs genagelt hatte.

»Ihr habt ein doppeltes Spiel gespielt«, sagte Rudrick gepresst. »Den Schwarzen Jäger habt Ihr verraten, als Ihr Euch mir zugewandt habt. Mich habt Ihr verraten, als Ihr mich davon überzeugtet, dass es gelingen könnte, Justinius von Hagenow auf meine Seite zu ziehen.«

»Aber ich habe dich weder verraten noch angelogen. Es hätte gelingen können. Freilich hättest du es klüger anstellen müssen. Wenn du das Mädchen ... wie war gleich ihr Name – Tanya, richtig? Wenn du das Mädchen Tanya am Leben gelassen hättest, wäre es viel leichter gewesen. Du hättest den Herrn von Hagenow vor die Wahl stellen können: Entweder er führt meine Sichel, um dem Vater den Garaus zu machen, oder du zeigst der Tochter, was echtes Leiden ist, während dein alter Freund zuschauen darf. Du weißt schon: Knöspchen für Knöspchen schneiden, ganz langsam. Eigentlich bist du doch gar nicht schlecht darin, kleine Mädchen zu quälen, oder? Aber an diesem Abend sollte wohl alles ... ein bisschen strenger zugehen. Das liegt an deinem Bösen, nicht wahr? Willst eben zeigen, dass du ein braver Diener bist. Jaja, keine Sorge, ich weiß davon. Ist ja auch verständlich, nur zu verständlich, dass du einen guten Eindruck machen willst. Aber darf ich dir ein Geheimnis verraten, Schnuckelchen? Man muss so einem Bösen gewachsen sein.«

»Dennoch habt Ihr gelogen. Denn Ihr habt genau gewusst, wie alles kommen würde!« Rudricks Stimme hatte sich zu einem erbitterten Zischen gesenkt, und die Luziera dachte, dass er – wenn er nur gekonnt hätte – gewiss gern *ihr* gezeigt hätte, was echtes Leiden war. »Ich habe es in Euren Augen gesehen und in Eurem Lachen gehört, als ich den Schwarzen Jäger herausgefordert habe.«

»Aber du wolltest doch unbedingt diesen Kampf mit dem Herrn Jäger. Ebenso, wie du unbedingt deine Rache an Gelfrat von der Thann wolltest. Hast beides bekommen. Kannst zufrieden sein.«

»Ich mag es nicht, hintergangen zu werden.«

»Och, Schnuckelchen! Diese Jungfrau ist doch längst geschwängert, nicht wahr? Und du bist gewiss nicht hier, um mich über Anstand zu unterrichten. Komm, lass schon hören, was du auf dem Herzen hast! Der Tag graut, und wir haben nicht viel Zeit.«

Rudrick nickte grimmig. »Also gut«, sagte er. »Es geht um meinen Kampf mit dem Schwarzen Jäger. Ich hatte erwartet, dass wir es in derselben Nacht beenden würden. Spätestens in der Nacht darauf. Stattdessen schweigt der Schwarze Jäger. Wir sind in der Nacht der Toten ausgezogen und danach hier hergekommen, als ob nichts wäre. Doch der Schwarze Jäger sammelt seine Krieger um sich, und ich tue das Gleiche. Nun frage ich Euch: Was hat er vor? Wird er sich dem Duell stellen? Oder sucht er einen anderen Weg, mich zu bezwingen?«

»Woher soll ich das wissen, Schnuckelchen? Du hast es doch selbst gesagt: Der Herr Jäger meint, ich hätte ihn verraten. Er zieht mich nicht länger ins Vertrauen. Wenn er das denn je getan hat.«

»Das ist mir klar. Aber ich habe mittlerweile einiges über Euch in Erfahrung gebracht, Luziera. Ich weiß, dass es in Eurer Macht steht, die Zukunft ebenso zu ergründen wie die Vergangenheit. Für Euch ist das Geschick der anderen – seien sie Lebende oder Tote – wie ein Buch, in dem Ihr lesen könnt.«

»Wie ein Buch, in dem ich lesen kann? Das mag so sein. Leider ist das Buch meistens recht langweilig. Und abgesehen davon, warum sollte ich dieses besondere Buch für dich aufschlagen? Doch wohl nicht aus Reue darüber, dass ich dich verraten habe?«

Nun trat Clas vor. Die Luziera erkannte, dass er es war, weil er als Einziger der Geisterreiter seinen rankenartigen Bart in fünf Zöpfe geflochten hatte. »Weil du des Schwarzen Jägers ebenso überdrüssig bist wie wir, Herrin«, sagte er.

»Hm, auch das mag so sein. Allein, ich bin mir unterdessen nicht mehr sicher, ob der schwarze Rudrick die bessere Wahl ist. Eine andere Geschichte, vielleicht. Aber was ist, wenn sie genauso dröge ist wie die, die wir gerade beendet haben? Vom Regen in die Traufe, so sagt man doch in einem solchen Fall? Vielleicht ist es dann besser, man bleibt gleich im Regen?«

»Gib dem schwarzen Rudrick eine Chance, sich zu bewähren, Herrin! Er hat Großes vor mit der Horde. Er will uns zum Pfeiler der neuen Welt machen.« Es war Reimar, der gesprochen hatte. Auch er war leicht von den anderen Geisterreitern zu unterscheiden, weil er so rund war, dass er die Luziera immer an einen Frosch erinnerte, den Kinder mit einem Strohhalm aufgeblasen hatten und gleich zum Platzen bringen würden.

»Eine neue Welt? Ein neues Zeitalter? Hm, ich hätt's ja gern geglaubt, wirklich … Aber gut, Schnuckelchen, ich werde für dich im Schwarzen Jäger blättern.«

»Ich danke Euch«, sagte Rudrick. Ein bisschen angestrengt klang das schon, fand die Luziera.

»Dank mir nicht zu früh – das sollte man nie tun! Noch habe ich ja nichts herausgefunden. Es kann auch sein, dass der Herr Jäger bemerkt, wie ich in ihm herumstöbere. Das wird dann nicht so lustig … Außerdem ist's nicht ganz umsonst …«

Rudricks Züge verhärteten sich. »Nicht ganz umsonst? Was wollt Ihr?«

»Nun, ich möchte gerne auch in deinem Buch stöbern, Schnuckelchen. Und das geht viel besser, wenn du selbst es für mich aufmachst. Würdest du das tun? Ich bin doch recht neugierig, und vielleicht finde ich etwas, das mich dazu bringt, trotz allem an deine neue Welt zu glauben.«

Kurz schwieg der schwarze Rudrick. Doch er konnte ja nicht gut ablehnen, hier, vor seinen Getreuen. Wie leicht hätten sie ihn für einen Feigling halten können; für jemanden, der etwas von anderen forderte, was er selbst nicht zu geben bereit war. Das mochte bei einem Adeligen angehen, der in seinem Schloss hockte und die Dienerschaft herumscheuchte – jemandem, der den Zug der wütenden Toten, die Schar der Geisterreiter führen wollte, hätte es hingegen schlecht zu Gesicht gestanden.

»Einverstanden«, sagte Rudrick schließlich. »Was genau verlangt Ihr?«

»Nicht viel! Gar nicht viel! Komm einfach morgen Nacht zu mir. Dann spazieren wir ein wenig, plaudern miteinander, freuen uns gemeinsam an den Bergen und dem Sternenhimmel. Mag sein, dass ich dir dann schon etwas über die Geheimnisse des Schwarzen Jägers verraten kann.«

»Einverstanden«, wiederholte Rudrick.

»Dann ist es abgemacht«, sagte die Luziera und sah zu, wie der schwarze Rudrick mit seinen Kämpfern von dannen ging.

Mittlerweile hatte sich der Himmel bereits so weit aufgehellt, dass die Welt um sie herum sich zu zersetzen begann: die verfallenen Hütten mit ihren eingestürzten Mauern und Dächern; die von Unkraut überwucherte Dorfstraße, auf der Hirten einst ihre Kühe zur Alp geführt hatten; die kahlen Bäume, die der Morgennebel einhüllte, und die schneebedeckten Gipfel der Berge, die hier und da schon rot erglommen im Licht der aufgehenden Sonne.

Die Luziera betrachtete all das und wurde jäh von einer neuen Erinnerung getroffen – der Erinnerung daran, dass es auch für sie einmal anders gewesen war; dass es auch für sie eine Zeit gegeben hatte, unendlich lang war es her, da die Welt Gestalt annahm, nicht sich auflöste, wenn die Nacht endete.

Und als sie dann in die unermessliche Leere eintauchte, die ihr Tag war – ihrer und aller Spukwesen Tag –, da begriff sie mit einem Schlag, was sie sich wirklich wünschte.

Keine neue Welt. Kein neues Zeitalter.

Sondern, dass es immer so wäre: eine Leere; ein Nichts.

Frieden.

14

DIE WUNDEN DER WELT

Justinius

Die Weisen behaupteten, dass auf Erden nichts von Dauer war. Kein Kummer und keine Freude, kein Sehnen und Begehren, keine Liebe und kein Hass. All das wird von der Zeit verweht, früher oder später, wie eine Handvoll Asche, die man in den Wind streut.

Ich war kein Weiser. Ich wusste nicht, ob das stimmte. Doch in dem Moment, als die Erinnerung zurückkam, wollte ich sterben. Denn ich war mir sicher, dass nichts und niemand jemals vermögen würde, die Qual dieser Schande auszulöschen.

Rudrick und seine Geisterreiter hatten Tanya ermordet. Sie hatten das Mädchen erhängt, in derselben Kammer, wo auch ihre Schwester gestorben war. Sie hatten den alten Veteranen niedergemacht, seine Gäste und Diener abgeschlachtet, sein Heim entweiht und in eine blutige Hölle verwandelt.

All das war vor meinen Augen geschehen. Und ich hatte es zugelassen. Rudrick hatte mich hereingelegt, hatte mich ausgetrickst wie einen dummen Jungen. Dabei hätte ich es wissen müssen. Als ob er jemals nach den Regeln spielen würde. Als ob er sich jemals an das Gesetz des Schwarzen Jägers halten würde.

Ich begann nun zu begreifen, was es mit diesem jenseitigen, namenlosen Bösen auf sich hatte. Begann zu begreifen, dass es kein Gesetz gelten ließ, nicht einmal sein eigenes. Und dass die schlichten Worte, mit denen ich mir diesen Gedanken zurechtlegte, ein Geheimnis bargen, das grauenvoller war als alles, was ich mir vorstellen konnte.

Doch hier und jetzt ließ es mich kalt, dieses Böse. Denn mein Versagen war sehr diesseitig. Es war diesseitig und hatte einen Namen – den Namen von Menschen, denen beizustehen ich geschworen hatte.

Die Erinnerung kam ganz plötzlich. Eigentlich hatte ich mich gut gefühlt an diesem Morgen. Seit meinem ersten Gespräch mit Aiona waren vielleicht vier, fünf Tage vergangen – wenn man dauernd schlief, war das schwer zu sagen –, und ich spürte, wie meine Kräfte zurückkehrten. Offenbar waren sie weit genug zurückgekehrt, um den Schmerz zuzulassen, der meine Seele nun in Stücke riss.

Während ich mich langsam erholt hatte, war Aiona viel unterwegs gewesen. Sie hüllte sich in Schweigen, was diese Gänge betraf, und auch sonst sprachen wir nur wenig. Aber ich fühlte mich wohl bei ihr. Wohl und sicher. Und ich musste zugeben, dass ich begonnen hatte, mich im Stillen auf die Nächte mit ihr zu freuen. Das Bett war ziemlich breit. Sie blieb auf ihrer Seite, ich auf meiner. Doch darum ging es auch nicht. Ich hatte beinah vergessen, wie gut es tat, nachts wach zu werden, eine lastende Beklommenheit im Herzen, und nicht allein zu sein. Darum ging es.

Vielleicht war das der Grund, weshalb ich nicht einfach liegen blieb, als die Erinnerung kam. Die Versuchung war groß, zugegeben. Vielleicht würde sich die Erde auftun und mich verschlucken. Vielleicht würde mich die Bitterkeit von innen her zerfressen, bis nur noch eine leere und fühllose Hülle zurückblieb. Ja, die Versuchung war groß. Wie sollte ich nach dem, was auf dem Thannhof geschehen war, die Kraft finden, Aiona oder irgendjemandem sonst (von mir selbst ganz zu schweigen) in die Augen zu sehen? Besser war es, sich lebendig zu begraben und darauf zu warten, dass man verrottete.

Allein, ich wusste, dass die Hexe anderes von mir erwartete. Und ich wollte sie nicht enttäuschen. Nicht, weil sie mir das Leben gerettet hatte. Sondern weil sie in diesen Nächten bei mir gewesen war. Sie hatte nichts von mir verlangt. Sie hatte sich auch nicht verschenkt. Sie war einfach da gewesen.

Also stand ich auf. Und indem ich aufstand, wurde mir bewusst, dass ich noch einen Grund hatte, mich nicht zusammenzurollen und der Verzweiflung zu überlassen. *Gedenkt meiner Töchter.* Gelfrats letzte Worte. Ein Auftrag an mich. Ein Auftrag, den ich im selben Augenblick angenommen hatte, als der alte Veteran ihn aussprach. Dieses Versprechen wollte ich halten. Auch wenn ich nicht die geringste Ahnung hatte, wie ich das anstellen sollte.

Als ich ohnmächtig wurde, in der Nacht des Massakers, hatte es geschneit. Der Schnee war dann in Regen übergegangen. Fast immer, wenn ich während der letzten Tage erwacht war, hatte ich ihn rauschen gehört. Doch nun schien die Sonne. Aiona hatte die Holzläden an ihren Fenstern geöffnet, um das Licht einzulassen. Meine Kleider lagen auf einem Stuhl, ordentlich zusammengelegt. Soweit möglich, hatte Aiona sie geflickt und gewaschen (oder flicken und waschen lassen). Mein Hemd freilich war nicht zu retten gewesen. Sein Ersatz stammte offenbar von einem Bauern. Der Stoff war rauh und kratzte auf der Haut, aber er wärmte.

Ich zog mich an, stieg in meine Stiefel und trat vor die Tür.

Nachdem ich wohl eine Woche lang im Halbdunkeln verbracht hatte, taten die Sonnenstrahlen meinen Augen weh. Ich schirmte sie mit der Hand ab, ehe ich mich umblickte. Aionas Hütte war ganz aus Holz. Sie hatte einen recht großen, von einer Mauer aus Feldsteinen eingefriedeten Garten, in dem um diese Jahreszeit freilich nicht mehr viel wuchs. Jenseits der Mauer sah ich einen matschigen Weg und einige weitere Katen. In der anderen Richtung, vielleicht dreißig Schritte entfernt, begann der Wald. Aionas Hütte lag also am Rand des Dorfes, war aber noch Teil von ihm. Keineswegs war sie irgendwo im Tannicht oder auf einer verwunschenen Lichtung versteckt. Die meisten Kürschner hausten weit abgeschiedener als sie. Ich war immer davon ausgegangen, dass Hexen – zumal Schwarze Hexen – sich im Verborgenen hielten und den Bauern ihr wahres Wesen tunlichst verheimlichten.

Ein Irrtum mehr. Aber was wusste ich schon davon, wie es in Bauerndörfern zuging?

Aiona jedenfalls hatte nichts Heimlichtuerisches an sich. Sie saß auf einer Bank an der Hauswand, hatte den Kopf zurückgelegt und die Augen geschlossen. Sie lächelte, ließ sich die Sonne ins Gesicht scheinen. Die Luft war kühl und feucht. Aber tatsächlich wärmten die Lichtstrahlen. Ich trat aus dem Schatten und ging zu der Bank hinüber.

»Justinius?«, fragte Aiona, ohne die Augen zu öffnen.

»Ja«, sagte ich. Meine Stimme klang belegt.

Nun blickte sie mich an. Sie blinzelte, zog die dichten, wilden Brauen zusammen, hörte auf zu lächeln. »Du erinnerst dich«, stellte sie fest.

Ich nickte nur. Ließ mich neben der Hexe auf die Bank sinken.

Sie schwieg.

Ich öffnete den Mund. Wollte reden. Es gab so vieles, was ich ihr sagen musste. Doch ich brachte kein Wort heraus.

Aiona schwieg noch immer.

Ich atmete tief durch. Nahm alle Kraft zusammen. »Ich habe mich geirrt«, begann ich. »Ich war sicher, Rudrick würde in der Nacht der Toten zuschlagen …«

Jedes Wort klang falsch. Und das Sprechen tat mit einem Mal weh. Mein Hals, meine Kiefer, meine Zunge schmerzten.

Ich wollte weiterreden. Stattdessen begann ich zu weinen.

Ich heulte und schluchzte. Bebte am ganzen Körper.

»Sie sind tot … sie sind alle tot … es ist meine Schuld … ich habe versagt …«, wimmerte ich und vergrub das Gesicht in den Händen.

Ich fürchtete, Aiona würde mich berühren, würde eine Hand auf meine Schulter legen und mir gut zureden. Doch sie tat nichts davon.

Irgendwann beruhigte ich mich. Ich setzte mich auf. Straffte mich. Wischte mir die Augen. »Entschuldigung …«, murmelte ich.

»Es gibt nichts, wofür du dich entschuldigen müsstest«, entgegnete sie.

Ich stieß ein fiependes Lachen aus. »Erzähl das Gelfrat und Tanya … Verdammte Scheiße!« Meine Stimme brach.

»Ich war auf dem Thannhof, in jener Nacht«, sagte Aiona. »Als diejenigen, die fliehen konnten, ins Nachbardorf kamen, riefen mich die Bauern zu Hilfe.«

Natürlich. Der Wald, der vor Aionas Haustür wuchs, war der Nachtforst. Ihre Hütte stand in dem Dorf mit der Holzbrücke und dem Flüsslein, das ich auf dem Weg zum Thannhof durchquert hatte.

»Hat dieses Dorf einen Namen?«, fragte ich.

»Die Bauern nennen es Altenfurt.«

»Ich wusste nicht, dass du hier lebst.«

»Wie solltest du? Nun hör mir zu, Justinius. Ich war in jener Nacht auf dem Thannhof. Ich verstehe nicht alles, aber ich kann mir doch vorstellen, was dort geschehen ist. Wie viele Geisterreiter waren es? Ein Dutzend und mehr, oder?«

Ich nickte.

»Ihr habt gegen sie gekämpft, du und der alte Junker. Ihr habt sechs von ihnen ins Nichts geschickt. Ich hab es gesehen. Gelfrat ist gestorben, aber du hast überlebt. Und viele konnten fliehen, dank euch. Viele der Gäste, auch der Diener. Männer, Frauen, Kinder. Ohne euch wären sie zugrunde gegangen.«

»Tanya und ihr Vater konnten nicht fliehen. Sie *sind* zugrunde gegangen.«

»Ich weiß. Aber das ist nicht deine Schuld.«

»Ich wollte davonlaufen.«

»Jeder will davonlaufen, wenn er dem Tod ins Auge blickt. Aber du bist nicht davongelaufen.«

Ich wurde wütend. »Verdammt noch mal, erspar mir das Gedusel!«, fuhr ich Aiona an. »Sie haben Tanya aufgeknüpft, vor meinen Augen! Das Mädchen hatte *Hoffnung*, verstehst du? Und bis zuletzt hat sie gehofft, dass ich sie retten würde! Aber ich habe sie nicht gerettet! Sie haben mich fertiggemacht und dazu gezwungen, ihren Tod mit anzusehen! Weißt du, wie das ist, wenn einer erhängt wird? Weißt du, was dann passiert?«

»Ja.«

»DANN ERZÄHL MIR NICHT, DASS ALLES GUT IST, ZUR HÖLLE!«, brüllte ich.

Ich war zwar ein Häuflein Elend. Allerdings ein ziemlich großes Häuflein. Und ich konnte heftig werden, sehr heftig. Das wusste ich. Aiona aber zuckte nicht einmal zusammen, als ich sie anschrie. Sie sah mir in die Augen, ruhig, ohne Angst und ohne Zorn.

Ich wich ihrem Blick aus. Plötzlich fühlte ich mich schäbig. War es so weit mit mir gekommen, dass ich einen letzten Stolz in meinem Versagen fand?

Wieder weinte ich.

Und wieder ließ mich Aiona weinen.

»Nichts ist gut«, sagte sie leise. »Davon rede ich. Die Unschuldigen haben immer gelitten. Sie haben immer geblutet, und sie sind immer geopfert worden. Das war so, seit die Sonne zum ersten Mal aufging. Und es wird noch so sein, wenn sie zum letzten Mal sinkt. Kein König kann etwas daran ändern, kein Kaiser, kein Held und auch keine Hexe. Du wirst die Wunden der Welt nicht heilen, Justinius. Und wenn der Himmel zerbricht, wirst du die Scherben nicht zusammenfügen. Aber du hast getan, was du konntest, und du warst bereit, den Preis zu zahlen. Niemand kann mehr von dir verlangen.«

»Ich hätte sehen müssen …«, begann ich.

Aiona schüttelte den Kopf. »Das reden wir uns gerne ein, nicht wahr? Wir stehen im Jetzt wie auf einem Hügel und blicken zurück ins Tal der Vergangenheit. Wir meinen, sie klar zu erkennen, die Wege und Irrwege, und wir meinen, dass wir sie immer schon hätten erkennen können. Aber das ist eine Lüge, und du weißt es. Es gibt keine Karte und keinen Kompass, die uns den graden Pfad durch diese Wildnis weisen würden.«

Ich sagte nichts mehr.

Aiona blickte über ihren Garten hinweg auf den Wald, die Felder und die Wiesen. Ich betrachtete die dunkle Erde zu meinen Füßen. Wenn sich eine Wolke vor die Sonne schob, fröstelte ich. Das Licht war bleich, und es schien weiter an Farbe zu verlieren, mit jeder Minute, die verstrich.

»Ich hätte nicht gedacht, dass eine Schwarze Hexe so redet«, begann ich schließlich.

Aiona lächelte. »Du hast keine Ahnung, was eine Schwarze Hexe ist, oder?«, fragte sie.

»Erklär es mir.«

»Das werde ich. Aber zuerst musst du mir von jener Nacht berichten. Es tut mir leid, es geht nicht anders.«

»Gut, einverstanden. Bring mir etwas zu trinken, dann rede ich.«

»Bist du sicher, dass das gut ist? Dein Körper ist noch schwach.«

»Erklär mir nicht, was ich zu tun habe, Hexe«, sagte ich. Nicht unfreundlich, wie ich fand. »Wenn ich saufen will, dann saufe ich.«

Aiona musterte mich nachdenklich. »Du hast recht«, erwiderte sie.

Mit diesen Worten ließ sie die Decke von ihren Schultern gleiten, stand auf und ging ins Innere der Hütte.

Während ich darauf wartete, dass Aiona zurückkam, sah ich einem Regenwurm dabei zu, wie er zwischen den Erdklumpen herumkroch. Es stimmte natürlich, was sie sagte: Ich war wirklich noch verflucht schwach. Allein der Gedanke daran, zu meinem Morgenlauf anzutreten, ließ mir übel werden. Und da war ein quälendes Pochen in meinen Armen, unter dem Verband. Auch das wusste ich wieder – was Rudrick mit mir gemacht hatte.

Alles in allem war ich ein Wrack. Ungefähr so brauchbar wie ein zerbeulter, rostzerfressener Helm, bei dem obendrein das Visier abgefallen ist.

Aber etwas trinken wollte ich trotzdem.

Da traf es sich, dass Aiona bald darauf mit einem Tonkrug und zwei kleinen Holzbechern ins Freie trat. Wortlos setzte sie sich neben mich und reichte mir einen der Becher.

»Das ist jetzt aber kein Gift, oder?«, fragte ich.

»Nein. Nussbrand.«

»Klingt gut.«

»Ist es auch.«

Sie goss ein, gestrichen voll, sah mich dann an. »Auf die Toten und die Überlebenden«, sagte sie, indem sie den Stamper hob.

»Auf die Toten und die Überlebenden«, wiederholte ich, und wir tranken.

Der Schnaps war gut: süß und mild, zugleich so stark, dass sich mein Blut bis in die Fingerspitzen erwärmte.

Aiona stellte den Tonkrug und ihren Becher auf der Holzbank ab. »Bist du bereit, Justinius?«, fragte sie.

Ich atmete tief ein. »Ja«, antwortete ich.

15
DANKBARKEIT

Justinius

Ich schaffte es, meinen Bericht zu beenden, ohne erneut in Tränen auszubrechen. Meine Stimme zitterte und meine Augen wurden feucht. Aber ich klappte nicht zusammen. Obwohl ich nichts ausließ. Auch nicht meinen gescheiterten Fluchtversuch. Und ebenso wenig Rudricks Ansinnen, mich zum Mörder des alten Veteranen zu machen.

Was Aiona vor allem interessierte, war indessen das Ende meiner Geschichte: Der Streit zwischen dem Schwarzen Jäger und dem Grafensohn.

»Ich muss genau wissen, was vorgefallen ist, Justinius«, sagte sie eindringlich.

»Schon gut! Ich versuche ja, mich zu erinnern! Aber mir hat's dann bald die Kerzen ausgeblasen, und wenn man verprügelt, zerschnitten und gewürgt worden ist, trübt sich das Gedächtnis ein wenig!« Ich schloss die Augen. Zwang mich, bei den Bildern jener Schreckensnacht zu bleiben. »Also … da waren der Schwarze Jäger und ein paar Handvoll seiner Reiter. Außerdem dieses grässliche alte Weib und der riesige weiße Wolf …«

»Die Luziera und Garoy.«

»Die Luziera? Das ist ja ein hübscher Name für so eine Scheußlichkeit. Und was hat es auf sich mit dieser Luziera?«

»So genau weiß das niemand. Sie ist sehr alt und sehr mächtig. Ich glaube, sie ist so alt, dass sie irgendwann selbst vergessen hat, wer sie ist und was sie in unsere Sphäre verschlagen hat. Jedenfalls untersteht sie nicht dem Befehl des Schwarzen Jägers und … warte einen

Augenblick! Hast du gesagt, Rudrick hätte dir eine Sichel gegeben, als er verlangt hat, dass du den Junker tötest?«

»Ja. Eine Sichel mit schwarzer Klinge. Das war keine gewöhnliche Waffe, so viel steht fest. Als ich sie nahm, ging mir eine eisige Kälte durch Mark und Bein.«

»Das war die Sichel der Luziera. Rudrick wäre nie an sie herangekommen, wenn die Luziera sie ihm nicht selbst gegeben hätte. Wer durch diese Klinge fällt, geht in die Verdammnis ein, so heißt es.«

»Einfach so? Haben die Götter da nicht ein Wörtchen mitzureden?«

»Überlass das den Göttern, Justinius. Wichtiger für uns ist eine andere Frage: Warum hat die Luziera ihre Sichel weggegeben? Was erhoffte sie sich davon?«

»Nun, Rudrick schien sich jedenfalls zu erhoffen, dass ich doch noch auf seine Seite kommen würde. Wir kennen uns ja von der Kriegerakademie zu Mandris und eine Zeitlang waren wir ... fast so etwas wie Freunde. Aus irgendeinem Grund scheint er ... verdammt, was weiß ich ... sich in diese Zeit zurückzusehnen, oder so.«

»Ja, das passt. Die Sichel der Luziera ist eine böse Waffe. Das Böse ist Teil von ihr, ist in sie hineingeschmiedet worden. Und wer eine solche Waffe führt, bleibt nicht unberührt vom Bösen. Rudrick mag darauf gesetzt haben, dass dich der Hass und die Verachtung in die Knie gezwungen hätten, nachdem Gelfrat durch deine Hand gestorben wäre – ein Hass und eine Verachtung, die gegen dich selbst gerichtet wären. Das ist stets die Art des Bösen: Es muss die guten Gefühle verkehren, die Hoffnung, die Liebe. Es muss sie verkehren und auslöschen in der Verneinung.«

»Dann hat mich das Böse wohl schon in seinen Fängen. Ich habe die schwarze Sichel ja sehr wohl benutzt. Wenn auch gegen einen der Geisterreiter.«

Aiona schüttelte den Kopf. »Nein, mach dir keine Sorgen, das ist etwas anderes ...« Sie senkte den Blick. »Eines ist sicher: Die Luziera hat gewusst, dass Rudrick den Thannhof überfallen würde. Und sie wusste auch, dass er dich dort treffen würde. Das überrascht mich nicht: Es heißt, sie könne zwischen den Zeiten, Orten und Welten umherwandern. Wichtig ist vor allem, dass ihr klar gewesen sein muss, dass Rudrick gegen das Gesetz der Jagd verstößt. Sie hat seine Entscheidung also gebilligt, wenn nicht unterstützt. Und das heißt ... das heißt ...« Nun schien sie sehr aufgeregt. »Justinius, versuch dich genau an die Worte zu erinnern, die der Schwarze Jäger zu Rudrick gesprochen hat!«

Ich hob entschuldigend die Hände: »Alles, was ich noch weiß, ist, dass der Schwarze Jäger ziemlich wütend war. Zuerst dachte ich, *ich* hätte ihn so aufgebracht. Da war ich mir ziemlich sicher, dass ich mich bald von dieser kuscheligen Welt verabschieden kann. Aber dann wurde mir klar, dass ich ihm völlig schnurz war und er vielmehr ein Hühnchen mit Rudrick zu rupfen hatte. Es ging in der Tat darum, dass Rudrick das Gesetz gebrochen hat und niemals zum Thannhof hätte kommen dürfen. Schon gar nicht, um dort ein Blutbad anzurichten. An mehr kann ich mich nicht erinnern.«

»Aber Justinius! Du hast doch noch einen der Geisterreiter auf dem Hof getötet! Wenn es dafür gereicht hat, wirst du doch wohl auch gehört ha-«

»Was? Wie? Moment mal! Ich hatte ja gar keine Waffe mehr, als ich auf dem Hof war. Und selbst wenn ich eine gehabt hätte: In meinem Zustand hätte mich ein kleines Mädchen mit einem Daunenkissen niederknüppeln können.«

»Was sagst du da? Aber ich habe doch die Überreste eines Geisterreiters gefunden, dort auf dem Hof.«

»Die Ehre gebührt mit Sicherheit nicht mir. Und Gelfrat kann es auch nicht gewesen sein. Er ist nicht mehr aus der Halle herausgekommen.«

»Aber wer dann?« Aiona blickte durch mich hindurch. Plötzlich sprang sie auf, ging mit eiligen Schritten vor der Bank auf und ab. »Natürlich! Der Schwarze Jäger! Er selbst hat den Reiter getötet! Ich kenne ihn: Der Schwur, der die Seinen an ihn bindet, ist ihm heilig, und auch das Gesetz der Jagd ist ihm heilig. Er muss als Buße verlangt haben, dass sich Rudrick vor den Augen aller unterwirft. Natürlich hat er das nicht getan, und wahrscheinlich haben sich einige Reiter auf seine Seite gestellt. Und da hat der Schwarze Jäger einen von ihnen ins Nichts geschickt, um seine Macht unter Beweis zu stellen. Vorher aber muss es zum Bruch gekommen sein, zum offenen Streit, sonst hätte er das nie getan.« Aiona blieb stehen, setzte ein merkwürdiges Lächeln auf. »Die Horde lehnt sich gegen ihren Anführer auf ... das ist wirklich unerhört«, murmelte sie.

»Bist du sicher, dass er nicht Rudrick selbst getötet hat? Wäre das nicht naheliegend, den Anführer des Aufstands so schnell wie möglich aus dem Weg zu räumen?«, fragte ich. Der Gedanke, dass der Mann, der den Tod Glennas, Tanyas und Gelfrats verantwortete, bereits sein Ende gefunden haben könnte, löste in mir ein Gefühl aus, das irgendwo zwischen Erleichterung und Enttäuschung lag. Ich spürte, wie stark er in mir war: der Wunsch, Rudrick eigenhändig in die Niederhöllen zu schicken.

»Ja, im Grunde wäre das naheliegend«, entgegnete Aiona. »Aber wenn ihm Rudrick wirklich vor allen Geisterreitern getrotzt hat, reicht es nicht aus, ihn einfach schnell zu töten. Dann muss es in einem Duell sein, einem offenen, fairen Zweikampf. Nur so kann er beweisen, dass er wirklich der Stärkere ist, und all jene in ihre Schranken weisen, die sich Rudrick angeschlossen haben.«

»Hm«, machte ich. »Ich kann mir nicht vorstellen, dass es Rudrick auf ein Duell ankommen lassen wird. Zumindest nicht auf ein faires. Da liefe er ja Gefahr, zu verlieren.«

»Eben.« Aiona lächelte längst nicht mehr. »Und deshalb muss ich mit dem Schwarzen Jäger reden. Weißt du, was passiert, wenn Rudrick ihn tötet? Dann wird dein alter Freund der Anführer der Horde.«

Sie sah mir in die Augen. Ihr Blick sagte alles – jedes weitere Wort war überflüssig. Ich hatte nicht so weit gedacht, mir die Frage zu stellen, was Rudrick davon haben könnte, sich mit dem Schwarzen Jäger anzulegen. Jetzt aber wurde mir schlagartig klar, was sein Ziel war:

eine Horde rasender, blutgeiler Gespenster, die auf *sein* Wort hörten, *seinem* Gesetz folgten – und wenn es auch darin bestand, jedes Gesetz, jede Ordnung zu verhöhnen … Was für eine entsetzliche Waffe würde er führen! Selbst als gewöhnlicher Mann, mit einer Bande adeliger Halbstarker im Rücken, hatte er es geschafft, Dutzende von Leben aufs grausamste zu vernichten. Ich dachte an Glenna in ihrer dunklen Kammer: an ihren Wahnsinn und ihre Qual, daran, wie sie sich die Kleider zerriss, ihre Brust entblößte, an das Zeichen des Bösen, den furchtbaren, unfasslichen Blutstern …

Mir wurde schlecht.

»Scheiße …«, murmelte ich.

»Scheiße, du sagst es«, entgegnete Aiona. »Ich muss unbedingt mit dem Schwarzen Jäger reden«, wiederholte sie. »So schnell wie möglich. Ich muss ihn warnen.«

»Aber wie willst du an ihn herankommen?«

»Die Horde zieht in Ask, den Windmarken und dem westlichen Teil von Mandurien umher. Das ist ihr Revier, wenn du so willst. Es gibt hier vielleicht ein Dutzend Orte, an denen sie Quartier nimmt. Verfluchte, unheilige Orte, die kein Mensch aufsucht, der bei klarem Verstand ist. Wir müssen herausfinden, welchen dieser Orte sie sich zum Unterschlupf erwählt hat.«

»Und wie sollen wir das anstellen? Wir können doch nicht fliegen!«

»Das stimmt. *Wir* können nicht fliegen«, sagte Aiona, indem sie sich umdrehte und an die Feldsteinmauer herantrat, die ihren Garten begrenzte.

Während ich mich noch fragte, was diese rätselhafte Bemerkung nun wieder bedeuten sollte, kam er auch schon geflattert – Aionas Rabe. Ihn hatte ich ganz vergessen. Aber da war er. Schwarz und gewaltig, ein heiseres Krächzen ausstoßend, ließ sich der Rabe auf der Mauer nieder.

Was dann geschah, zählte zu den merkwürdigeren Dingen, die ich in meinem an Merkwürdigkeiten ja nicht grade armen Leben bislang hatte bezeugen dürfen. Halb erwartete ich, Aiona würde nun auch anfangen, Vogelschreie von sich zu geben, und die beiden hätten eine gepflegte Unterhaltung nach Art des Federviehs. Stattdessen schwiegen sie, Frau und Vogel. Aiona sah ich nur von hinten. Was in ihrem Gesicht vor sich ging, wusste ich also nicht. Der Rabe jedenfalls legte den Kopf schief und betrachtete seine Herrin mit aufmerksamem und überaus verständigem Blick. So verharrten sie eine Weile, still und unbewegt, ganz versunken in sich, oder ineinander, bis der alte Augenpicker jäh aufflog, wiederum lauthals krächzend, und in der Ferne verschwand.

Aiona sackte kurz in sich zusammen. Schüttelte sich, als überliefe sie ein Schauer. Dann drehte sie sich um und kam zu mir zurück.

»Jacomo wird sich darum kümmern«, sagte sie.

»Jacomo? Dein Rabe heißt Jacomo?«, fragte ich zweifelnd. Es kam mir durchaus gelegen, mich nicht damit beschäftigen zu müssen, dass die Hexe mit Tieren sprechen konnte – oder wenigstens mit *diesem* Tier.

»Ja, warum nicht?«

»Keine Ahnung. Ist einfach ein komischer Name für einen Vogel. Vor allem für so einen. Lässt mich eher an einen Gaukler in bunten Lumpen denken, der mit Fackeln jongliert.«

»Nun, ich hätte gern mehr von der Welt gesehen. Vor allem den Süden: Lihanny, Kutasi, Gythania. Eigentlich ist es mir zu kalt hier oben, weißt du? Aber meine Pflichten haben mich in den Windmarken gehalten. Und daran wird sich auch nichts ändern. Also dachte ich mir, gebe ich meinem Raben einen Namen, der nach Sonne und Olivenhainen klingt.«

»Ah.«

»Jedenfalls nimmt er sich der Sache an. Der nächstgelegene Unterschlupf der Horde ist am Rande der Fokris-Berge gelegen. Ein verfallenes, längst verlassenes Dorf. Dorthin wird er zuerst fliegen. Vielleicht haben wir Glück, und der Schwarze Jäger hat sich für diesen Ort entschieden. Dann wissen wir morgen schon mehr.«

»Morgen? Es sind doch drei, vier Tagesreisen bis zum Fokris-Gebirge!«

»Für uns. Aber Jacomo wird sich kaum an unsere Straßen und Wege halten.«

»Oh, natürlich …«

»Ja, eben. Eigentlich sollte Jacomo morgen allemal zurück sein. Und wenn es dieses Dorf ist, werde ich dann gleich aufbrechen.«

»Du? Du meinst wir.«

»Du wirst hierbleiben und dich erholen, Justinius. Wie ich bereits sagte, du bist noch schwach.«

Ich stand auf. Blickte betont auf Aiona hinab. »Einen Gehörnten werde ich tun«, grollte ich. »Du kannst vielleicht deinem Vogel Befehle geben. Mir ganz sicher nicht.«

»Und was ist, wenn ich dich nicht mitnehmen will?«

»Dann lege ich dich übers Knie und versohle dir den Hintern.«

Aiona grinste übers ganze Gesicht. »Das will ich sehen«, flötete sie. Offenbar war ich nicht sehr furchteinflößend. »Gut, dann kommst du eben mit«, fuhr sie fort, ernster nun. »Aber ich warne dich: Ich weiß nicht, wie der Schwarze Jäger uns empfangen wird. Es kann gefährlich werden.«

»Es kann gefährlich werden? Soll das ein Witz sein? Seit ich diese elende Vogelscheuche – ich meine Mykar, den alten Schwerenöter – kennengelernt habe, sind keine drei Tage vergangen, ohne dass ich meine Knochen oder mein Hirn oder beides neu sortieren musste. Erzähl mir nichts von Gefahr, Hexe!«

»Wie du willst. Dann erzähle ich dir nichts von Gefahr. Aber wenn du schon mitkommen musst, tu mir den Gefallen und leg dich jetzt ins Bett.« Aiona schob sich an mir vorbei, mich leicht zur Seite drückend, und ging zur Tür ihrer Hütte. Ohne sich umzudrehen, fügte sie hinzu: »Ich habe genug zu tun mit dem Schwarzen Jäger und Rudrick. Ich kann nicht auch noch deine Pflegerin sein.«

Es verstand sich von selbst, dass ich diese Bemerkung keiner Antwort würdigte. »Da wir gerade beim Mitkommen sind – was ist eigentlich aus Rhalana geworden?«, fragte ich, während ich ihr folgte.

»Rhalana? Eine deiner zwölf Geliebten?«

»Mein Pferd.« Ich ärgerte mich maßlos, dass ich dabei errötete.

»Dein … Pferd? Ist das nicht ein etwas *komischer* Name – für ein Pferd?«

»Sie hieß schon so, als ich sie gekauft habe. Angeblich ist sie an den Ufern des Rhaln geboren. Du weißt schon: Süden, Sonne, Olivenhaine.«

»Ah. Nun, deinem Pferd geht es gut. Ich bin ja mit einer größeren Gruppe Bauern zum Thannhof gegangen. Wir haben da eine Menge Pferde gefunden. Sie waren verschreckt und verängstigt, aber unverletzt. Die Bauern haben sie dann über die umliegenden Dörfer verteilt. Dort bleiben sie jetzt so lange, bis der Graf von Luchterbruch entschieden hat, was mit ihnen geschehen soll; mit ihnen und den überlebenden Dienern.«

»Richtig, das alles hier gehört ja dem alten Ottel.«

»Zumindest nach *eurem* Gesetz«, entgegnete sie kühl. »Wie dem auch sei, ich habe dafür gesorgt, dass deine Rhalana in den Ställen von dem Bauern unterkommt, der sich auch um mein Pferd kümmert. Wenn Jacomo die Horde findet, können wir also sofort aufbrechen.«

Ich hätte gedacht, dass ich unmöglich würde ruhen können, nach dem, was Aiona und ich über Rudricks Pläne (oder seine möglichen Pläne, aber das machte die Sache auch nicht besser) herausgefunden hatten. Es erwies sich allerdings, dass die Hexe nicht unrecht hatte, was meinen Zustand betraf. Ich lag vielleicht ein, zwei Stunden auf meinem Lager, wälzte Gedanken und mich selbst hin und her, bis ich schließlich in tiefen Schlaf fiel – noch lange, ehe die Nacht hereinbrach.

Am nächsten Morgen allerdings war ich beim ersten Hahnenschrei wach. Ich fühlte mich erfrischt und gestärkt. Bereit zum Aufbruch. Und dazu, dem einen oder anderen Spukwesen zu zeigen, wie Grumber das Korn drischt. Da traf es sich, dass Aiona auch schon auf den Beinen war. Sie hatte uns einen Kräutertee gekocht und etwas Brot und mit Honig gesüßte Dickmilch für unser Frühstück bereitgestellt. Wir aßen schweigend.

Obwohl die Hexe wie immer einen sicheren und gefassten Eindruck machte, merkte ich doch, dass sie angespannt war. So, als ob sie jeden Moment die Rückkehr ihres Raben erwarten würde. Und tatsächlich hörten wir bald darauf das vertraute Krächzen.

Aiona trat eilig nach draußen. Ich folgte ihr, blieb aber in der Tür stehen, sodass ich die neuerliche Unterredung zwischen ihr und Jacomo aus einigem Abstand beobachten konnte. Nicht, dass ich daraus irgendwelche Erkenntnisse gewonnen hätte, wie man es anstellte, mit Vögeln, Spinnen, Wildschweinen oder Mäusen Konversation zu machen. Aber immerhin hatte sich der Rabe dieses Mal auf einem anderen Mauerstück niedergelassen, sodass mir Aiona halb zugewandt war, während sie mit dem Vogel sprach. Ich konnte deshalb sehen, dass die Plauderei wirklich schweigend vonstatten ging – die Hexe öffnete nicht den Mund, schürzte nicht die Lippen, ja sie zog nicht einmal eine Augenbraue hoch. Mit leergefegtem Gesicht betrachtete sie ihren Jacomo.

Als die beiden fertig waren, flatterte der Rabe auf und flog in Richtung des Nachtforstes davon. Aiona hingegen drehte sich um, trat auf mich zu und sagte: »Er hat sie gefunden. Sie sind tatsächlich in dem verlassenen Bergdorf. Bist du dir sicher, dass du diesen Weg mit mir gehen willst, Justinius?«

Ihre Stimme hatte einen beinah feierlichen Klang. Es war, als würden wir einen Pakt eingehen, ein Bündnis schließen, wenn ich ihre Frage bejahte. Und, bei Elaahs Gnade, vielleicht taten wir das auch.

Ich nickte. »Allerdings.«

»Gut. Dann mach dich fertig.«

In diesem Moment wurde mir zweierlei klar – zwei gar nicht unwichtige Dinge, an die ich aus rätselhaften Gründen kein einziges Mal gedacht hatte in all der Zeit, während der ich von Aiona gepflegt und aufgepäppelt worden war.

Zum einen gab es ja nicht nur Rhalana. Sondern auch meine Waffe und meine Rüstung, die ich auf dem Zimmer im Thannhof zurückgelassen hatte, das mir von Gelfrat zugewiesen worden war. Was, wenn sich Langfinger daran vergriffen hatten?

Zum anderen musste ja jemand meine Wunden gewaschen und verbunden haben. Derselbe Jemand hatte mich wohl auch ausgezogen und – vielleicht mithilfe ein paar kräftiger Bauersfrauen – schlussendlich ins Bett gelegt. Aller Wahrscheinlichkeit nach stand mir dieser Jemand gerade gegenüber und sah mich erwartungsvoll an.

»Justinius? Ist dir wohl?«

Ich spürte, wie mir der Schweiß ausbrach. Beschloss, mich auf die praktische Seite des Ganzen zu konzentrieren.

»Äh … meine Sachen … das Schwert und das Kettenhemd … habt ihr die zufällig gefunden?«

»Ich dachte schon, du würdest nie fragen. Aber mach dir keine Sorgen. Wie du schon sagtest: Wenn man verwundet worden ist, kommt es vor, dass sich der Verstand trübt. Und es kann eine Weile dauern, bis sich alles wieder geklärt hat. Gestern ist dir dein Pferd eingefallen, heute dein Schwert. Ich hätte gedacht, bei Kriegern wäre es andersrum. Jedenfalls liegt alles in der Kiste hinten in der Hütte. Dein Schild, Helm, Umhang und ein neues Wams sind auch dort.«

Ich murmelte etwas Unverbindliches und ging ins Innere. Wenige Minuten später war ich angezogen. Es tat gut, das Gewicht des Kettenhemds, des Helms und des Schwertes zu spüren. Zugleich merkte ich, wie sich etwas in mir dagegen wehrte, eine solche Last zu schleppen. Ich versuchte, den Protest zu ignorieren. Aber als ich dann auch noch den Schild wuchtete, ächzte jeder Muskel in meinem Leib.

Aiona trug wieder ihre geschnürten Lederstiefel. Dazu ein moosgrünes Wollkleid, das ziemlich warm aussah, und einen knöchellangen, schwarzen Reitmantel. Schließlich setzte sie sich einen Hut auf. Das war ein Filzhut, ebenfalls schwarz, mit mächtiger, an den Seiten aufgeschlagener Krempe.

»Schicker Hut«, sagte ich.

»Mm-hm. Hilft bei Regen. Ist es nicht unbequem, mit all dem Zeug zu reiten?«

»Dieses Mal will ich nicht überrascht werden.«

Sie nickte, und wir verließen die Hütte.

Der Hof, wo unsere Pferde untergebracht waren, lag auf der anderen Seite von Altenfurt. Schweigend durchquerten wir das Dorf. Und es gab keinen Mann, keine Frau und kein Kind, die nicht einige Momente innegehalten hätten, bei was immer sie taten, um uns anzustarren, mehr oder weniger schlecht verhohlen. Eine Scheu lag in diesen Blicken, aber auch etwas wie Ehrfurcht oder sogar Stolz. Bald wandten sich die Bauern wieder ihren Alltagsgeschäften zu, und die Kinder ihren Spielen. Die wenigen Sekunden, während derer sie uns angeschaut hatten, reichten allerdings, um auch in mir eine eigenartige Empfindung entstehen zu lassen.

Ich hob die Augen zum Herbsthimmel, der an diesem Tag mit dünnen, von der Sonne halb durchleuchteten Wolkenstreifen bedeckt war, und fühlte etwas wie Dankbarkeit.

Dankbarkeit trotz allem.

»Warum hast du mir eigentlich geholfen?«, fragte ich Aiona.

»Hätte ich dich sterben lassen sollen?«

»Nein. Aber ich nehme an, es gibt hier in den Dörfern noch jemand anderen, den du dazu hättest verdonnern können, sich um meine Wunden zu kümmern.«

»Das stimmt. Aber ich wollte es selbst tun.«

»Warum?«

Wieder einmal ließ sie ihr breites, unverschämtes Grinsen sehen. »Weil es mir Spaß macht, an wehrlosen, ohnmächtigen Männern herumzuspielen.«

»Sehr komisch«, knurrte ich.

»Aber es gibt noch einen anderen Grund.«

»Aha. Und der wäre?«

»Du bist es wert. Das wusste ich schon, als ich dich zum ersten Mal in der Gespensterschenke gesehen hatte.«

Es war ein eigenartiges Licht an diesem Morgen. Zugleich leuchtend und trüb. Von einem irgendwie goldenen Grau. Die Art und Weise, wie es jetzt auf Aionas Gesicht fiel, ließ mich deutlich ihr Alter sehen. Sie hatte wenig geschlafen und viele Sorgen. Ein Netz feiner Falten zog sich um ihre stets geröteten Augen. Ihre Stirn war gefurcht, ihre Lippen blass. Zum ersten Mal, seit ich in ihrem Bett erwacht war, kam mir zu Bewusstsein, dass sie viel mehr Winter erlebt hatte als ich. Dass sie überhaupt viel mehr erlebt und gesehen hatte. Und dass sie eine Verantwortung trug, die ich nur erahnen konnte.

Doch sie lächelte. Lächelte ein leichtes, freies Lächeln.

Plötzlich begriff ich – ich war in die Hexe verliebt.

O *verdammt*, dachte ich.

Und stolperte in eine Pfütze, dass mir das Schlammwasser bis hoch an die Oberschenkel spritzte.

16
VON SCHWARZEN UND WEISSEN HEXEN

Justinius

Diese Erkenntnis gab mir dann doch zu denken.

Sodass ich nicht nur wegen der Pfützen die Augen gesenkt hielt, während wir unseren Weg durch das Dorf fortsetzten.

Bald darauf kamen wir zu dem Hof, wo unsere Pferde untergebracht waren. Hier ging es recht lebhaft zu. Knechte und Mägde waren mit allerlei Verrichtungen beschäftigt – ich hörte sie über das »große Unglück« und die »Blutnacht« sprechen –, und Kinder liefen durcheinander. Dass Aiona den Hof besuchte, war offenbar nichts Ungewöhnliches. Wir wurden respektvoll, ja sogar ehrerbietig gegrüßt, aber niemand machte viel Aufhebens um uns. Der Bauer selbst war ein zahnloser Alter, der sich als Falker vorstellte und den Hof zusammen mit seinen Söhnen führte. Einer dieser Söhne brachte mir Rhalana. Während Aiona mit Falker sprach, kümmerte ich mich um sie. Die Stute war gut gefüttert und gepflegt worden. Freute sich dennoch, mich zu sehen. Und nachdem ich ein paar Worte mit ihr gesprochen und sie zwischen den Ohren gekrault hatte, wusste ich, dass ich mir um sie keine Sorgen machen musste. Dann wurde auch Aionas Pferd am Zügel herangeführt. Sie ritt einen mächtigen Hengst: einen selten schwarzen Rappen.

Ich musste lächeln, als ich das sah. Doch erst, als wir uns, von Falker mit allerlei Proviant versorgt, auf den Weg gemacht und Altenfurt bereits ein Stück weit hinter uns gelassen hatten, erlaubte ich mir eine Bemerkung.

»Wie passend«, sagte ich.

»Was?«

»Du und dein Rappe. Schwarze Hexe, schwarzes Pferd.«

Sie lachte.

»Wie nennst du ihn? Nachtwind?«

»Hast du nicht gehört, wie ich ihn nenne? Ich habe doch auf Falkers Hof mit ihm gesprochen?«

»Ich war mit Rhalana beschäftigt.«

Aiona beugte sich vor, als wollte sie ihrem Hengst ins Ohr flüstern. »Hörst du, Honigkuchen – wir sind dem bösen Mann ganz egal«, sagte sie.

Ich hatte so etwas erwartet. »Honigkuchen?«, fragte ich in unbeteiligtem Tonfall, während ich mich mühte, ein Grinsen zu unterdrücken.

Auch Aiona setzte eine nüchterne Miene auf. »Ja. Ich mag Honigkuchen. Du auch?«

»Unbedingt. Sollte man viel öfter essen.«

Nach diesem kleinen Austausch setzten wir die Reise schweigend fort. Wir ritten auf einer engen, unebenen Straße, die uns ein Stück weit durch den Nachtforst und dann ins Hügelland führte. Um den Thannhof machten wir dabei einen großen Bogen. Nicht mal aus der Ferne erspähte ich Gelfrats Landgut, an dem sich nun wahrscheinlich schon die ersten Spuren des Verfalls zeigten. Und das, daran bestand kein Zweifel, bald in dem Ruf stehen würde, eine Heimstatt der friedlosen Toten und boshaften Nachtgestalten zu sein. Ich fragte mich, ob Aiona diesen Weg mit Bedacht gewählt hatte, um mir den Anblick des Thannhofs zu ersparen. So oder so – ich war jedenfalls froh, dass ich es nicht noch einmal sehen musste: das Langhaus, in dem der alte Veteran, seine Tochter und Dutzende mehr ihr Ende gefunden hatten.

Das Hügelland war rauh und zerklüftet. Im Lauf des Nachmittags setzte Nieselregen ein. Nebel waberte aus den Tälern und Mulden. Er legte sich über die Steinfelder, die jetzt immer häufiger Wiesen und Weideland ablösten. Dörfer hatte ich schon länger nicht mehr gesehen. Tatsächlich war weit und breit nicht mal ein einziger Bauernhof zu entdecken. Aber ich ging davon aus, dass Aiona wusste, wo wir für die Nacht unterkommen konnten.

Als der Abend nahte, verließen wir die Straße, der wir bislang gefolgt waren. Am Rand eines Tannenwaldes, dessen Bäume weitgehend im schweren Dunst des Dämmerlichts verschwanden, stießen wir auf eine Schutzhütte. Die Hütte war karg eingerichtet: ein Tisch, ein paar Schemel, eine Feuerstelle – mehr gab es nicht. Aber unter einem Vordach fanden wir Brennholz aufgeschichtet. Der Brauch verlangte, dass jeder, der von diesem Holz nahm, das Genommene auch wieder ersetzte. Reisende, die von der Dunkelheit oder schlechtem Wetter überrascht worden waren, fanden in der Hütte so Zuflucht und Wärme. Nachdem wir Honigkuchen (von Aiona zärtlich »Honi« genannt) und Rhalana versorgt hatten, entzündeten wir ein Feuer.

Das Gewicht meiner Rüstung hatte mir bereits seit Stunden zu schaffen gemacht. Hatte mich ächzen lassen und dafür gesorgt – im Verbund mit dem Regen, der immer stärker geworden war, und der kalten, feuchten Luft –, dass ich beinah aufgegeben hätte. Aber ich wollte nicht, dass mich Aiona für einen Schwächling hielt. Sowieso nicht. Und jetzt schon gar nicht. Also biss ich die Zähne zusammen. Und hielt durch. Nun jedoch, da etwas Entspannung einkehrte, fühlte ich mich so schlapp wie der Schwanz eines Tattergreises, der im Vollrausch besserer Tage gedenkt. Aiona hatte eine Feldflasche aus gehärtetem Leder mit ihrem Nussbrand gefüllt. Nicht einmal das belebte mich. Im Gegenteil: ein paar Schlucke, und ich war vollends erledigt. Schaffte es gerade noch, mich aus dem Kettenhemd zu schälen. Und mir aus Decken und Sattel ein Lager zu bauen. Dann dämmerte ich weg, während der Regen auf das Holzdach der Hütte prasselte.

Irgendwann in der Nacht wurde es ziemlich kalt. Im Halbschlaf bekam ich mit, wie sich Aiona an mich drückte. Kein Grund zur Aufregung. Ich zog meinen Fuß unter die Decke und wollte weiterratzen. Dann schreckte ich hoch und fragte mich, welcher Kobold mir ins Hirn geschissen hatte: *Kein Grund zur Aufregung?!* Die Einzigen, die sich in den letzten Jahren nachts an mich gekuschelt hatten, waren herrenlose Läuse und Flöhe.

Es dauerte mindestens eine Stunde, bis ich wieder einschlafen konnte.

Der Morgen brachte mehr Nebel und Regen. Als ich die Augen aufschlug, war Aiona dabei, das Feuer wieder zu entfachen. Es war kein gutes Zeichen, dass sie um mich herum werkeln konnte, ohne mich zu wecken. Offenbar hatte mich die Reise des Vortags ziemlich erschöpft. Von der Nachtruhe ganz zu schweigen. Wie sollte ich mich in diesem Zustand mit Rudrick anlegen?

»Morgen«, grummelte ich.

»Guten Morgen«, sagte Aiona.

Ächzend stand ich auf. Ging nach draußen, um zu pissen und nach den Pferden zu sehen. Versank bis zu den Knöcheln im Matsch, als ich zu dem Unterstand stapfte, wo Rhalana und Honigkuchen die Nacht verbracht hatten. Bei dem Unterstand gab es eine Art Steintrog, der bis zum Rand mit Wasser gefüllt war. Darin wusch ich mich. Obwohl der Regen das eigentlich schon von selbst übernahm.

»Und? Alles in Ordnung?«, fragte Aiona, nachdem ich wieder in die Hütte gekommen war und meine verschlammten Stiefel ausgezogen hatte. Sie hatte einen kleinen Metallkessel – in dem vermutlich Wasser aus demselben Trog schwappte, den ich als behelfsmäßige Badestube genutzt hatte – aufs Feuer gestellt.

»Bei den Pferden ja.«

»Bei dir nicht?«

»Du hattest recht. Die nächtlichen Vergnügungen mit Rudrick haben mich ziemlich mitgenommen.«

»Ehe wir aufbrechen, sollte ich deine Verbände wechseln.«

»Was? Keine Belehrungen?« Ich stellte mich neben Aiona ans Feuer. Dankbar für die Wärme der Flammen, die nun langsam die Hütte zu erfüllen begann.

»Wozu? Du hast deine Entscheidung getroffen. Jetzt sind wir hier. Und abgesehen davon – Belehrungen sind nicht meins.«

»Aha. Ist das der Grund, weshalb du bei den Bauern so wohlgelitten bist?«

»Wie bitte?«

»Weil du sie nicht belehrst, meine ich. Da kommt jemand zu dir, sagt: Guten Tag, Hexe, ich will meine Nachbarin vögeln – und anstatt ihn zu belehren, braust du ihm einen Liebestrank.«

Ich wunderte mich darüber, dass mein Ton so gehässig war. Als legte ich es darauf an, Aiona zu beleidigen.

Sie aber gluckste vor Vergnügen. »Liebestränke sind auch nicht meins.«

»Hm, ich sehe, ich verstehe immer noch nicht, was eine Schwarze Hexe ist.«

»Weniger denn je.«

»Wie wäre es, wenn du es mir endlich erklärst?«

»Gleich.«

Sie nahm einen alten Lappen, den sie irgendwo gefunden hatte, spannte ihn zwischen den Fingern beider Hände, umfasste dann die Haltegriffe des Metallkessels, in dem das Wasser mittlerweile zu blubbern begonnen hatte, nahm den Kessel vom Rost und ging zu dem leicht schiefen Tisch hinüber, auf dem sie zwei Holzbecher abgestellt hatte. Sie goss das Wasser in die beiden Becher, plazierte den Kessel in der Tischmitte und setzte sich auf einen der Schemel.

Ich griff in den Proviantsack, den Falker für uns gefüllt hatte, holte einen dunklen, knusprigen Brotfladen hervor, nach altahekrischer Art aus gekeimtem Getreide gebacken, dazu ein Stück harten und ziemlich stinkigen Ziegenkäse. Dann nahm ich gegenüber der Hexe Platz. Verteilte Brot und Käse. Begann zu essen.

»Du weißt, dass eure Götter sehr viel jünger sind als das Land, das sie sich unterworfen haben?«, fragte Aiona kauend.

»Aber ja doch. Früher haben die Bauern zu ihrer Feld-, Wald- und Wiesengöttin gebetet. Lemarah, nicht wahr? Bis dann der böse Elgart kam und ihnen den ganzen schönen Aberglauben weggenommen hat.«

»Weggenommen ist ein freundlicher Ausdruck. Er hat alle abschlachten lassen, die sich ihm nicht gefügt haben.«

»Gut, einverstanden. Aber kannst du mir ein einziges großes

Reich nennen, das mit Federn und Wollknäuel erbaut worden ist? Etwa Iskrien? Oder Num'er? Jeder Thron steht auf einem Schädelhaufen. Und wer die Macht hat, bestimmt das Gesetz. Das ist nun mal so.«

»Vielleicht ist das so, Justinius. Ich habe auch nicht vor, dir die Verbrechen des Blutigen Elgart aufzurechnen. Ich will dir etwas über uns Hexen erklären.«

»Schon klar. Ihr seid die Priesterinnen dieser Erdgöttin. So viel habe ich mitbekommen.«

Einige Momente lang betrachtete Aiona den Holzbecher vor ihr auf dem Tisch. Strich mit der Hand langsam durch den Dampf, der von dem heißen Wasser aufstieg.

»Wir sind vieles«, sagte sie dann. »Für die Bauern sind wir vor allem Wächter.«

»Und worüber wacht ihr, wenn ich fragen darf?«

»Die Bauern ehren den Elaah-Tag. Sie gehen in eure Tempel und beten dort. Sie opfern Sorin, um eine gute Ernte zu sichern. Aber das Alte ist nicht tot. Es lebt und atmet, hält sich im Schatten und im Zwielicht verborgen. Wir sorgen dafür, dass die Bauern den Weg zu ihm finden.«

»Das ist ja alles schön und gut, Aiona. Aber etwas genauer musst du schon werden, wenn du willst, dass ich verstehe, was eine Hexe ist.«

Wieder wunderte ich mich. Dieses Mal darüber, dass meine Worte so vertraut klangen. Wann hatten Aiona und ich eigentlich angefangen miteinander zu reden, als ob wir uns schon eine Ewigkeit kennen würden? Und wie zur Hölle kam ich überhaupt darauf, dass ihr so viel daran gelegen war, mich verstehen zu lassen, was es mit ihresgleichen auf sich hatte?

Nun, warum auch immer – offenbar war es ihr ernst mit der Erklärung.

»Denk zum Beispiel an die Toten«, sagte sie. »Für Elaah und seine Anhänger ist die Schattenwelt ein Werk Skargats. Die Seelen, die nicht gleich in die Lichten Auen eingehen – oder wenigstens in

Thaalas Reich aus Wind und Dunkelheit –, sind immer schon verdammt. Wir hingegen wissen, dass es viele Gründe geben kann, weshalb jemand nach seinem Tod an das Diesseits gebunden bleibt. Vielleicht weil er ein furchtbares Verbrechen begangen hat, das er sich nicht verzeihen kann. Vielleicht weil ihm selbst etwas Grauenvolles angetan worden ist. Vielleicht aber auch einfach deshalb, weil er das Leben so sehr geliebt hat, dass er sich nicht davon trennen will. Und stell dir vor, manchmal geschieht es, dass jemand einfach nicht mitbekommen hat, dass er gestorben ist.«

»Was das betrifft, kann ich mir mittlerweile so einiges vorstellen. Aber was hat das mit euch Hexen zu tun?«

»In bestimmten Nächten des Jahres versammeln sich die Bauern an heiligen Orten – eine Lichtung im Wald, das Ufer eines Sees, häufig auch einfach ein Friedhof –, um ihre Ahnen zu rufen. Meinen Schwestern und Brüdern obliegt es, die Seelen zu beschwören und mit ihnen zu reden. Manche müssen besänftigt werden, vielleicht durch eine Liebesgabe ihrer Angehörigen. Andere muss man dazu zwingen, der Wahrheit über ihr eigenes Leben ins Auge zu sehen. Die meisten sind friedlich. Es kommt aber auch vor, dass dunkle und rachsüchtige Seelen aus den Schatten drängen – Seelen, die niemand gerufen hat. Dann sind wir Hexen die Krieger, die die Bauern beschützen.«

»Hm … und was sagen die Geweihten dazu?«

»Die Geweihten, die ihren Dienst in den Dörfern verrichten, wissen um das Leben der Bauern. Es kommt häufig vor, dass sie einen Waffenstillstand mit uns schließen. Wir helfen und unterstützen einander, weil wir ein gemeinsames Ziel verfolgen.«

»Und das wäre?«

»Lasten erleichtern, Not verringern. Ganz einfach, Justinius. Die meisten Adeligen sind zufrieden, wenn sie ihren Zehnten bekommen und die Bauern ruhig bleiben. Wenn die Geweihten ihr Salz wert sind, reicht ihnen das nicht. Sie wissen, dass wir Hexen in vielem ihre Verbündeten sind. Es gibt natürlich auch solche, die uns mehr hassen als Hunger und Krankheit. Deshalb wirken die Schwestern und Brüder häufig im Verborgenen. Sie leben in den Dörfern, als wären sie Bauersleute wie alle anderen auch.«

»Du aber nicht.«

»Nein, ich nicht.«

»Warum nicht?«

Aiona zuckte die Schultern.

»Die Dame übt sich in Geheimnistuerei, soso. Aber wie ist es mit den Bauern selbst? Sind die denn angemessen dankbar für all die Wohltaten, die ihr ihnen erweist?«

»Nicht immer.«

»Aber sie verraten euch nicht?«

»Kein Bauer würde es wagen, eine Hexe zu verraten. Seine Tage wären gezählt.«

»So nett seid ihr also auch wieder nicht.«

»Ich habe nie behauptet, dass wir nett sind. Im Gegenteil: Wir Hexen vergessen es nicht, wenn einer von uns Unrecht angetan worden ist. Wir vergessen nicht, und wir verzeihen nicht.«

Missmutig brach ich ein Stück Brot ab. »Ich nehme das als Warnung.«

»Es war nicht so gemeint.«

»Gut, erzähl mir mehr von eurem Wächtertum.«

»Wir wachen auch über den Frieden in den Dörfern. Wenn eine Bäuerin von ihrem Mann gequält wird, kann sie zu uns kommen.«

»Und dann?«

»Dann hängt es davon ab, ob sie sich an eine Weiße oder an eine Schwarze Hexe wendet.«

Ich trank einen Schluck Wasser. »Ah, jetzt wird es spannend«, sagte ich. »Wie würden denn die Weißen Hexen mit der Sache umgehen?«

»Nun, zunächst einmal würden sie die Worte der Bäuerin prüfen. Wenn sie zu dem Schluss kommen, dass die Frau die Wahrheit spricht, würden sie den Mann zur Rede stellen. Sie würden ihn auffordern, sich zu ändern. Tut er das, ist es gut. Macht er weiter wie bisher, greifen sie zu anderen Mitteln.«

»Und die wären?«

Aiona lächelte. »Das, was du Liebestrank nennst.«

»Und das hilft?«

»Manchmal.«

»Wie muss ich mir das vorstellen?«

»Das ist ein Geheimnis.«

»Ein Jammer … Aber sag mir: Kommen auch Männer zu euch?«

»Natürlich. Ein Frieden, der den einen dient und die anderen verachtet, ist keiner.«

»Zurück zu der gequälten Bäuerin. Was passiert, wenn sie *dich* um Hilfe bittet – und nicht eine Weiße Hexe.«

»Im Grunde dasselbe wie bei meiner weißen Schwester. Mit einem Unterschied …«

»Ich höre.«

»Wenn der Mann beim ersten Mal nicht auf mich hört, rede ich noch ein zweites Mal mit ihm. Dann ist es vorbei.«

»Was heißt das?«

Aiona beugte sich leicht nach vorne. »Ich verfluche ihn«, sagte sie.

»Du … verfluchst ihn?«

»Ja.«

Ich schluckte. Drehte meinen Becher zwischen den Fingern. »Warzen und krummer Rücken – so Sachen?«, fragte ich leichthin.

»Ja. Wenn sein Vergehen nicht zu schwer ist.«

Mir wurde jetzt doch etwas mulmig zumute. »Und die unglückliche Bäuerin weiß, was geschieht, wenn sie zu dir kommt?«

»Sie weiß es.«

»Aber wenn ihr Mann … großen Schaden nimmt, kann es doch sein, dass sie sich allein um den Hof und einen Haufen Kinder kümmern muss … und dass sie ins Elend stürzt, wenn es zu viel wird.«

»Das muss sie sich vorher überlegen.«

»Harte Worte.«

»So ist es eben. Viele, die Tag für Tag ein gepeinigtes und erniedrigtes Leben führen, schrecken aus diesem Grund davor zurück, eine Schwarze Hexe um Hilfe zu bitten. Auch das ist ihre Sache.«

»Du tust einfach, was du tun musst.«

»Richtig.«

Ich dachte, dies wäre der geeignete Zeitpunkt für einen kleinen Scherz. »Ich verstehe, die Schwarzen Hexen sind also die Schlägertrupps.«

Sehr lustig war das nicht, aber Aiona tat mir trotzdem den Gefallen, zu lachen.

»Es gibt aber ein paar Dinge, die ich noch nicht verstehe«, sagte ich zögernd. »Du hast eben behauptet, die Weißen Hexen wären deine Schwestern. Das klang im *Fröhlichen Toten* noch anders. Da hast du gesagt, du musstest die Familie von diesem Mädchen Danje töten, weil die Weißen Hexen deine Feinde sind ...«

Zum ersten Mal wirkte Aiona verunsichert. Verunsichert und bekümmert. Ich hatte den Eindruck, dass sie meinem Blick auswich, als sie sagte: »Ich habe in diesen Tagen manchen Unsinn geredet. Sie drohte, mich zu überwältigen – die Einsicht, dass ich recht hatte, wo ich niemals recht haben wollte. Ich spreche von den Zeichen, die Rudrick an den Leichen seiner Opfer zurückgelassen hatte. Davon, dass sie auf ein Grauen weisen, das nicht von dieser Welt ist. Und dann kam noch Danjes Rückkehr dazu und das Rätsel um deinen Freund Mykar ...«

»Ich würde nicht unbedingt sagen, dass wir Freunde sind.«

Sie schien mich gar nicht zu hören. »... als ich mit ihm sprach, habe ich erklärt, ich würde dem Tod dienen. Das hätte ich nicht tun sollen. Mykar ist sowieso allzu bereit, sich dem Tod zu verschreiben. Außerdem stimmt es nicht. Nur Blutsäufer und Wahnsinnige dienen dem Tod. Und diejenigen, die zu viel gelitten haben. So viel, dass sie nun die ganze Welt zur Rechenschaft ziehen wollen. Nein, dem Tod muss man nicht dienen. Der Tod ist mächtig genug. Er ist mächtig und –«

»Ich freue mich, dass wir einer Meinung sind«, unterbrach ich ihr Sinnieren. »Ich finde auch, dass man lieber gemeinsam den einen oder anderen Krug leeren sollte, anstatt sich den Schädel einzuschlagen. Wobei Letzteres manchmal aus Ersterem folgt. Aber egal. Du warst gerade bei den Weißen und Schwarzen Hexen, Aiona.«

Sie sah mich an, als wäre sie erstaunt, mich an demselben Tisch anzutreffen, wo auch sie saß. Sie blinzelte. Fuhr sich durch die Haare. Lachte wieder. Sagte dann: »Entschuldige, nicht nur du, auch ich könnte ein wenig Ruhe vertragen … Also, was das betrifft, stimmt beides: Wir sind Schwestern und Brüder; und manchmal sind wir auch erbitterte Feinde.«

»Mit Feindschaft unter Geschwistern kenne ich mich aus. Aber was genau heißt das?«

»Wir setzen unsere Kräfte nicht zum Schaden der anderen ein. Es kommt sogar vor, wenngleich selten, dass wir Freunde sind, in unserem alltäglichen Leben. Aber wenn es um die Ernte geht, stehen wir unversöhnlich gegeneinander.«

»Aha. Und was heißt das nun wieder?«

Aiona erhob sich von dem Schemel. Nahm den Kessel, goss uns heißes Wasser nach, setzte sich wieder.

»Eigentlich sind diese Dinge nicht für die Ohren Außenstehender bestimmt, Justinius«, sagte sie.

»Du kannst mir vertrauen«, erwiderte ich. Hielt inne. Überlegte. Stellte fest, dass es stimmte. Und nickte bekräftigend.

Auch Aiona nickte. »Gut. Also, hör zu: Die Schwarzen und die Weißen Hexen kämpfen miteinander. Sie kämpfen um die Ernte. In einer bestimmten Nacht im Frühling, vor der Aussaat, treffen wir uns auf den Feldern. Wir kämpfen mit Ruten. Es gibt Regeln, die alle einhalten müssen. Niemand stirbt. Aber früher oder später muss sich eine Seite geschlagen geben. Gewinnen unsere weißen Schwestern, wird die Ernte gut. Gewinnen wir, wird sie schlecht.«

Zuerst dachte ich, sie würde sich über mich lustig machen. Doch ihr Gesicht blieb ernst. »Moment mal«, sagte ich langsam. »Verstehe ich das richtig? Ihr kommt auf den Feldern zusammen, verprügelt euch mit Weidenruten, und je nachdem, wer zuletzt noch steht, sind die Scheunen am Ende des Jahres voll oder nicht?«

»Das sagte ich.«

»Du kannst doch nicht wirklich so einen Blödsinn glauben!«, platzte ich heraus.

Aiona seufzte. Ihre Stimme wurde noch ein bisschen tiefer und ruhiger, als sie sagte: »Soweit ich weiß, rufen die Geweihten am Elaah-Tag die Sonnenstrahlen in ihren Kelch herab, oder? Zum Ende des Hochgebets lassen sie die Leute aus dem Kelch trinken. Darin ist natürlich kein flüssiges Sonnenlicht, sondern mehr oder weniger saurer Wein. Aber alle sind davon überzeugt, dass Elaah sie segnet, ihnen für die kommende Woche Kraft und Trost spendet, wenn sie einen Schluck von diesem Wein nehmen, richtig?«

»Ja, natürlich, aber –«

»Und wer es sich erlaubt, daran zu zweifeln oder gar darüber zu spötteln, kriegt es mit den Sonnenrichtern zu tun. Ich meine, das ist sogar bei Todesstrafe verboten, nicht wahr? Die Leute trinken Sonnenlicht. Auch wenn das Sonnenlicht wie Wein aussieht und riecht und schmeckt. Sag bloß, du glaubst nicht daran?«

»Aber das ist doch etwas anderes!«

»Ja? Und wieso?«

»Weil – weil –« Ich machte eine wegwerfende Geste. »Ach Scheiße, ist ja auch egal! Erklär mir lieber etwas anderes: Wenn die Schwarzen Hexen gewinnen, wird die Ernte schlecht, sagst du?«

»Ja.«

»Das heißt, wenn du gewinnst, musst du hungern.«

»Wenn unsere Seite zu oft gewinnt, ja.«

»Das ist doch der größte Mist, den ich je gehört habe! Wer in Dreidämonsnamen kämpft denn dafür, dass er nachher einen knurrenden Magen hat?!?«

»Ich sagte: Wenn unsere Seite *zu oft* gewinnt. Doch das geschieht nicht. Mal gewinnen wir, mal unsere weißen Brüder und Schwestern. So war es immer, so wird es immer sein.«

»Von mir aus. Aber warum wollt ihr *überhaupt* gewinnen – lasst euch doch immer schön eins auf die Nase geben, dann geht es allen gut!«

»Nein. Nicht allen.«

»Nicht allen? Einverstanden, wer sich dann vor lauter guter Ernte überfrisst, kriegt vielleicht Verstopfungen oder Dünnschiss, aber –«

»Ich rede nicht von den Menschen, Justinius.«

»Hä? Nicht von den Menschen? Wovon denn so-«

»Hat der Wald nicht das Recht darauf, zu wachsen, wo er will? Sollen die Flüsse und Bäche nicht dort fließen, wo sie zu fließen wünschen? Darf die Erde nicht ruhen, wenn sie müde ist? Und die Tiere – sind sie nur dazu da, uns zu kleiden und zu nähren? Nein, Justinius, wenn es den Menschen zu gut geht, leidet die Welt. Wir müssen zerstören, wir können nicht anders. Aber es muss auch diejenigen unter uns geben, die dem eine Grenze setzen. Dazu sind die Schwarzen Hexen da.«

Ich starrte Aiona an. Wartete immer noch darauf, dass sie auflachte und erklärte, sie hätte mich an der Nase herumgeführt. Allein, das tat sie nicht.

»Also … verstehe ich das richtig …«, begann ich wieder.

Doch Aiona ließ mich nicht ausreden.

»Genug der Worte, Justinius!«, sagte sie mit gebieterischer Stimme. Dann leerte sie ihren Becher und stand auf. »Du willst wissen, was eine Hexe ist? Ich zeige es dir!«

Auch ich stand auf. Etwas hastig, vielleicht. Hörte, wie mein Schemel krachend umfiel. Wich einen Schritt zurück. Dummerweise war die Hütte ziemlich klein – da hatte sich das Zurückweichen bald erledigt.

»Mo-mo-ment mal!«, stammelte ich. »Was soll das heißen?«

Nun umspielte ein Lächeln ihre Lippen. »Was meinst du, was es heißt?«, fragte sie.

Ich stand mittlerweile an der Wand. Fühlte mich ein bisschen albern. Konnte es jedoch nicht leugnen: Mein Herz schlug bis zum Hals. Meine Eingeweide machten Purzelbäume. Heißkalte Schauer liefen mir den Rücken hinunter.

Wovor hatte ich eigentlich Angst?

Aiona sah mir in die Augen

»Küss mich«, sagte sie.

Und genau das tat ich.

Kurz, ganz kurz nur, hatte ich Zweifel. Die Sache ist, man küsst keine Huren. Selbst wenn man ihnen genug bezahlt, dass sie einem ihre Lippen anbieten, ist das etwas völlig anderes.

Wusste ich noch, wie das ging, Küssen? Hatte ich es je gewusst?

Aber ich hätte mir keine Sorgen machen müssen.

Aiona zu küssen war das Leichteste, was ich jemals getan hatte.

17

KOPF AB

Halig

Die Ordensleute hatten die Tische im Schankraum der *Hohen Straße* hufeisenförmig zusammengestellt, sodass er ihnen als eine Art – wie sagt man? – Versammlungssaal diente, wo sie Rat halten konnten. Den übrigen Gästen hatte man wohl die Tür gewiesen; jedenfalls hielt sich außer Tamelons Brüdern niemand in der *Hohen Straße* auf. Einen Grund zur Klage hatte der Wirt dennoch nicht: Wohl ein Dutzend Männer saßen an den Schenkelseiten des Hufeisens, drei an dessen oberem Ende; darunter der Provinzial Galbahr.

Halig hatte festgestellt, dass die *Bruderschaft des Zweiten Todes* ein farbenfroher Haufen war, wenn man sich so ausdrucken durfte. Ihren Wappenrock gab es nicht nur in dem Weiß-Schwarz, das Tamelon als Paladin auszeichnete, und dem Blau-Rot, mit dem sich die gewöhnlichen Krieger schmückten. Nein, die Herren, die an den Tischen versammelt waren, trugen Schwarz und Gold. Im schummerigen Kerzenlicht sah das recht schick aus, wie Halig fand.

Und dann war da noch Galbahr vom Hohen Teich. Der Provinzial gab sich gar nicht erst mit so etwas Handfestem wie einem Wappenrock ab. Er war in eine allem Anschein nach ziemlich lange, weitärmlige Robe gehüllt und trug einen hohen Hut, der ein wenig so aussah, als hätte man ihm ein Holzscheit an den Schädel gebunden. Die Robe war von tiefstem Schwarz, ebenso wie das Schei- äh, der Hut. Wenn Halig genau hinsah, entdeckte er, dass beide, Gewand und Kopfbedeckung, mit eingelegten Stickereien verziert waren. Selbige waren desgleichen in Schwarz gehalten, und Halig war verblüfft, wie viele Abstufungen dieser vermeintlich eindeutigen Farbe es gab: Hellschwarz, dunkelschwarz, glänzendschwarz, blassschwarz …

Auch abgesehen von der schwarzen Pracht war der Provinzial eine stattliche Erscheinung, das musste man ihm lassen. Er mochte um die fünfzig Jahre alt sein. Das braune, von grauen Strähnen durchzogene Haar fiel ihm auf die Schultern; er hatte einen buschigen Schnauzer und einen sorgsam gestutzten Backenbart, eine hohe Stirn und schwerlidrige, irgendwie erhaben blickende Augen. Am eindrücklichsten fand Halig aber seine Stimme. Tatsächlich vermutete er, dass man gar keine Wahl hatte, als Provinzial zu werden (oder notfalls Marktschreier), wenn einem die Götter eine solche Stimme geschenkt hatten: Sie war so tief, dass Halig meinte, ein Kribbeln im Bauch zu spüren, wenn Galbahr sprach, und drang mühelos in den hintersten Winkel des geräumigen Schankraums vor.

Gerade sagte der Provinzial: »Mit Verlaub, Tamelon, Eure Geschichte kommt mir höchst unwahrscheinlich vor.«

»Zunächst ist es nicht meine Geschichte, Hochwürdiger. Und ich sage auch nicht, dass sie wahrscheinlich ist«, entgegnete der Paladin.

Er stand etwa drei Schritte von Galbahr entfernt, gleichsam umrahmt von den schwarzgoldenen Ordensleuten; die Hände hatte er auf dem Rücken zusammengelegt; er hielt sich kerzen- oder vielmehr klingengerade. Scara und Halig hatten sich in hoffentlich hinreichend ehrerbietigem Abstand hinter ihm aufgestellt; Prinz Gereon war zu seiner Rechten.

»Aber noch das Unwahrscheinlichste kann wahr sein«, fuhr Tamelon fort. »Und wenn auch nur ein kleiner Teil von dem zutrifft, was Ihr soeben gehört habt, muss der Orden der Provinz Tarrwall – und nicht nur dort – alle Kräfte darauf richten, der Bedrohung zu begegnen.«

»Es ist nicht Eure Sache, über die Prioritäten des Ordens zu entscheiden. Muss ich Euch wirklich daran erinnern?« Galbahr senkte die Stimme noch weiter, als er diese Antwort gab.

Halig vermutete, dass es da eine Entsprechung zwischen dem Paladin und dem Provinzial gab: Bei dem einen wurde es gefährlich, wenn er zu flüstern begann, bei dem anderen, wenn er seine Worte aus bodenlosen Tiefen heraufholte.

Und tatsächlich hauchte Tamelon seine Entgegnung: »Verzeiht, Hochwürdiger, aber ich führe von Thaala geweihten Stahl. Muss ich Euch *daran* erinnern? Es ist nicht nur mein Recht, sondern meine Pflicht, dafür zu sorgen, dass meine Klinge dort zum Einsatz kommt, wo sie wirklich gebraucht wird.«

Nun lächelte Galbahr. »Ich weiß, Tamelon, ich weiß. Und deshalb bin ich sehr froh, dass die Herrin Euch heute nach Dreieichen geführt hat. Denn hier *wird* Eure Klinge gebraucht.«

»Und wofür wird meine Klinge gebraucht?«, fragte Tamelon.

Bereits seit geraumer Zeit zog es sich hin, dieses eigenartige Ringen zwischen dem Provinzial und dem Paladin, bei dem ausschließlich mit höflichen Worten gekämpft wurde. Zweifellos war Galbahr in der Position desjenigen, der die Befehle gab. Doch ebenso gewiss stand fest, dass dem Paladin ein Ansehen und ein Einfluss zukamen, die die vermeintlich eindeutig verteilten Gewichte verschoben, sie sozusagen von der einen Schale der Waage in die andere beförderten. Offenbar waren da nicht viele von Tamelons Sorte – man konnte das ja schon daran sehen, dass weit und breit niemand sonst den weiß-schwarzen Wappenrock trug –, und der Totengräber musste zugeben, dass er ein wenig stolz darauf war, im Auftrag des Paladins für die Stärkung des Guten einzutreten; und zwar nach Kräften.

Dieser rechtschaffene Stolz änderte allerdings nichts daran, dass ihn Hunger und Durst plagten. Gerne hätte er sich bei den Köstlichkeiten bedient, die auf den Tischen bereitstanden: Zinnkaraffen, bis zum Rand mit gutem Wein gefüllt, Krüge voll frischem, klarem Brunnenwasser, Platten mit knusprigem, dunklem Brot, eingelegten Gurken und Zwiebeln, roter Wurst, rosa-schwarzem Räucherschinken, Käse von saftig-gelber Farbe … Aber da sich nicht einmal die hohen Herren der *Bruderschaft des Zweiten Todes* an Speis' und Trank labten, ging er davon aus, dass es höchst unziemlich gewesen wäre, wenn er – der er nur ein nichtswürdiger Totengräber und obendrein ein Holzkopf war – sich den Bauch vollgeschlagen hätte.

Also beschloss er, zu tun, was auch die Ordensleute in Schwarz-Gold taten: Mit ernstem Gesichtsausdruck beobachtete er den Wortwechsel zwischen Tamelon und Galbahr. Und weil das so spannend nun auch wieder nicht war, vertrieb er sich die Zeit damit, an Scaras Auftritt vor dem Provinzial zurückzudenken. Bei dieser Gelegenheit hatte die Sonne bewiesen, dass sie nicht nur beglückende Strahlen in die Welt hinausschickte, sondern auch das Feuer der Wortmächtigkeit hortete. Halig vermutete, dass das Bild nicht ganz stimmig war, poetisch betrachtet; den Sachverhalt traf es aber.

Denn kaum hatten sie im Gefolge Tamelons das Gasthaus *Zur Hohen Straße* betreten und die Begrüßung zwischen dem Paladin und seinen Ordensbrüdern bezeugt – wieder einmal wünschte man sich reihum einen schönen Tod –, als Scara auch schon an den Speck, oder vielmehr an den Provinzial ran musste. Sie hatte da gestanden, wo Tamelon jetzt stand, und die Geschichte wiederholt, die sie vor etwa einer Woche im Speisesaal des halbverfallenen Landsitzes erzählt hatte. Ihre Stimme war fest und sicher, trotz der ebenso erlauchten wie gestrengen Zuhörerschaft. Und zu Haligs Überraschung verzichtete sie auf sämtliche rätselhaften Umschreibungen, sprach weder von »bösen Jungs« noch von »Kindern ohne Blumen«, sondern benannte gewissermaßen Ross und Reiter. Die Namen Rudrick von Nordwiesen, Bero von Luchterbruch, Gerrik von Felsenkamm und Radulf von Rodingen fielen. Nur Laghras vom Hohen Teich erwähnte sie bemerkenswerterweise nicht. Dafür ließ sie keinerlei Missverständnisse entstehen, was die Untaten der adeligen Mordbuben betraf: Dutzende von Frauen hatten sie geschändet, gequält und ermordet; drei von ihnen hatten dann dafür gesorgt, dass sie einen ehrlosen Tod fanden, in der Hoffnung, im Geisterreich weiter ihr Unwesen treiben zu können: und zwar an der Seite des Schwarzen Jägers, als Reiter seiner Horde. Scara vergaß auch das namenlose Böse nicht, das über die ahekrische Hauptstadt gekommen war und ganz Ebera zu verschlingen drohte, wenn man ihm nicht Einhalt gebot.

Der Provinzial nahm Scaras Erzählung mit einer Miene entgegen, die keinerlei Rückschluss auf seine Gedanken zuließ. Nur als sie erwähnte, der Herr neben ihr sei Prinz Gereon – hier machte sie einen Knicks in Richtung des Prinzen – und könnte jedes ihrer Worte bestätigen, zog Galbahr eine Augenbraue hoch.

»Habe ich Euch richtig verstanden – das Mädchen ist die Magd von Justinius von Hagenow?«, fragte er schließlich an Tamelon gewandt.

»Ja«, bestätigte der Paladin.

»Man hört nicht viel Gutes über den Herrn von Hagenow«, sagte Galbahr, indem er seine Stimme bei jedem Wort ein paar Treppenstufen hinabrutschen ließ.

»Da hört man falsch«, verkündete Scara.

Der Provinzial blinzelte zweimal. Dann sagte er: »Das wäre alles, Mädchen.«

Trotz Scaras heldenmütigem Auftritt und der kühlen Beharrlichkeit des Paladins fürchtete Halig, dass es den beiden nicht gelungen war, Galbahr zu überzeugen. Eine Stille senkte sich über den Schankraum der *Hohen Straße*, nachdem Tamelon die Frage, wozu genau sein Schwert denn gebraucht werde, an den Provinzial gerichtet hatte. Obwohl Galbahr nach wie vor lächelte, wurde diese Stille schnell lastend, geradezu erdrückend. Eine Schankmagd, die hinter der Theke stand und damit beschäftigt war, Tonkrüge auszuwischen, unterbrach ihre Tätigkeit und schaute auf einmal ganz furchtsam drein; einer der Herren in Schwarz-Gold räusperte sich verhalten; und Halig selbst lief es eisig den Rücken hinab, als er zu spüren vermeinte, wie das spinnenartige Etwas, das sein Leben seit der Nacht von Firlenns Erwachen heimgesucht hatte, plötzlich in einer dunklen Ecke der Gaststube auftauchte.

Schließlich brach der Provinzial das Schweigen.

»Um Hexen zu jagen«, sagte er.

»Um Hexen zu jagen«, wiederholte Tamelon.

Soweit Halig wusste, gehörte das doch zu den wichtigsten Aufgaben der *Bruderschaft des Zweiten Todes* – diejenigen zur Rechenschaft zu ziehen, die die schwarzen Künste übten. Dennoch klang der Paladin so, als hätte man ihm angetragen, eigenhändig ein paar Jungfrauen zu schlachten und in ihrem Blut zu baden. Der Abscheu und die Verachtung in seiner Stimme schienen jedenfalls nicht den zu jagenden Hexen zu gelten.

Wiederum senkte sich eine unbehagliche Stille über den Schankraum.

»Was sollen das für Hexen sein?«, fragte Tamelon, nachdem einige Momente verstrichen waren.

»Hexen sind Hexen.«

»Ist das so? Welcher Verbrechen haben sich diese Hexen schuldig gemacht?«

»Der üblichen. Man hat uns zugetragen, dass es in den letzten Monaten eine Reihe von unerklärlichen und erschreckenden Vorfällen in der Gegend rund um Dreieichen gegeben hat: Männer sind plötzlich erblindet; Frauen haben Kinder mit zwei Köpfen zur Welt gebracht; treue Wachhunde haben ihre Herren zerfleischt und aus den Eutern der Kühe kam Blut statt Milch. Das alles sind untrügliche Anzeichen dafür, dass mächtige Hexen einen Fluchbann über Dreieichen verhängt haben.«

»Die Leute hier machen nicht den Eindruck, als würden sie in Angst und Schrecken leben.«

»Das kann täuschen.«

»Und warum sollten derart mächtige Hexen ausgerechnet über Dreieichen einen Fluchbann verhängen?«

»Das herauszufinden sind wir hier, Tamelon.«

»Ihr habt den Orden in voller Stärke mobilisiert, Hochwürdiger. Dafür braucht es handfeste Beweise.«

Langsam erhob sich Galbahr von seinem Sitz; irgendwie drohend wirkte das.

»Noch einmal, Tamelon: Es ist nicht an Euch, die Prioritäten des Ordens zu bestimmen. Und ich bin nicht verpflichtet, meine Entscheidungen vor Euch zu rechtfertigen. Ihr hingegen schuldet mir Gehorsam. Diesen Gehorsam fordere ich jetzt ein. Von morgen an werdet Ihr Euch an der Suche nach den Hexen beteiligen! Ich kann

Euch Namen nennen, und ich kann Euch Orte nennen. Vielleicht ist Euch das Beweis genug?«

Zum ersten Mal hatte der Provinzial die Stimme gehoben. Halig spürte die Macht in seinen Worten – das Zwingende, die Unterwerfung – und zuckte unwillkürlich zusammen.

Doch Tamelon änderte weder seinen Tonfall noch seine Haltung, als er sagte: »Wir können die ganze Nacht so weitermachen, Hochwürdiger. Ich bin nicht weniger zur Treue gegenüber meiner Weihe verpflichtet als Ihr. Ich muss den Zeichen folgen, die mir die Göttin schickt und –«

»Nicht alle Eurer Weihe scheinen dieselben Zeichen zu empfangen wie Ihr«, unterbrach der Provinzial.

Kurz stockte Tamelon. »Nicht alle meiner Weihe? Wollt Ihr sagen, dass ich nicht der einzige –«

»Calyb ist ebenfalls hier.«

Etwas zuckte im Gesicht des Paladins; irgendwie fühlte sich Halig ganz verzagt, als er das sah.

»Calyb? Wo ist er?«, fragte Tamelon ungewohnt laut.

»Wie gesagt: die Herrin Thaala scheint ihm andere Zeichen geschickt zu haben als Euch. Er ist unmittelbar nach unserer Ankunft in Dreieichen mit einigen Brüdern aufgebrochen, um das heilige Werk zu beginnen. Wenn Ihr es genau wissen wollt: Er wird eine besonders ruchlose Hexe namens Ferla gefangen nehmen.«

Der Paladin schien wenig erfreut, um es vorsichtig auszudrücken.

Plötzlich trat Prinz Gereon vor.

»Verzeiht, Hochwürdiger, darf ich etwas sagen?«

Er sprach mit sanfter Stimme, hatte demütig das Haupt geneigt. Sein zerschlissener alter Mantel, seine erbarmenswürdige Magerkeit, sein schütteres, dürres Haar und seine fleckige Haut ließen ihn wie einen Bettler oder gar Aussätzigen wirken unter all den hohen Herren. Und tatsächlich zeugte der Blick, mit dem ihn Galbahr bedachte, auch keineswegs von der Ehrerbietung, die – da war sich Halig sicher – selbst ein Provinzial (oder war es Provalinz?) der *Bruderschaft des Zweiten Todes* dem ahekrischen Thronerben schuldete.

»Ah, und hier hätten wir Prinz Gereon, nicht wahr, Tamelon?«, sagte er zu dem Paladin, während sich ein verächtliches Lächeln auf seinem Gesicht ausbreitete. »Es tut mir leid, Freundchen«, fuhr er fort, nun an den Prinzen gerichtet, »aber ich kenne die Kaiserfamilie. Ich weiß, wie der älteste Sohn von Winand und Manith aussieht. Noch vor wenigen Jahren war ich in Ahekris und habe einen Abend lang mit Gereon über Fragen des rechten Götterglaubens gesprochen. *Du hast nicht die geringste Ähnlichkeit mit ihm!*«

Ehe der Prinz dazu kam, Antwort zu geben, hatte sich Galbahr wieder Tamelon zugewandt.

»Es ist Zeit, dass wir den Mummenschanz beenden, Tamelon!«, rief er, und seine Stimme klang jetzt schroff und kantig. »Was fällt Euch ein, hier mit einer offensichtlich schwachsinnigen Magd und diesem jämmerlichen Hochstapler aufzutauchen? Der einzige Grund, weshalb ich die beiden nicht schon längst in den Kerker geworfen habe, ist der Respekt, den ich vor Euch und Eurem Namen hege! Aber genug ist genug!«

»Das heißt, Ihr glaubt nicht, dass Rudrick von Nordwiesen und seine Freunde die Verbrechen begangen haben, von denen das Mädchen sprach?«, fragte Tamelon, jetzt wieder gewohnt ruhig und leise.

»Meines Wissens hat ein jähzorniger Bauer Rudrick von Nordwiesen erschlagen, und Ihr tätet gut daran, es Euch zweimal zu überlegen, ehe Ihr das Andenken eines Mannes befleckt, der einer der ältesten Adelsfamilien Ahekriens entstammt. Dennoch wäre ich bereit gewesen, die Vorwürfe zu prüfen. Aber diese Mär von einem namenlosen Bösen ist das Lächerlichste, was ich in meinem ganzen Leben gehört habe! Wie könnt Ihr so einen Unfug nur ernst nehmen, Tamelon?«

Der Paladin senkte den Blick. »Mein Verstand möchte Euch recht geben, aber mein Herz sagt etwas anderes«, flüsterte er, und aus seinen Worten klang eine Trauer, so tief und schwer, dass Halig meinte, er würde gleich in Tränen ausbrechen.

»Herr Paladin, glaubt Eurem Verstand, ich bitte Euch!«, rief der Prinz in mitfühlendem Ton.

Tamelon hob die Augen; auch Halig, Scara und der Provinzial sahen Gereon verwundert an.

»Was sagt Ihr da?«, fragte Galbahr mit finster gerunzelter Stirn.

»Es ist wahr, Hochwürdiger …«, er schüttelte reumütig den Kopf. »Ich bin nicht Prinz Gereon. Und das Böse gibt es nicht.«

»Ihr bekennt also Eure Lüge?« Der Provinzial beugte sich vor und stützte die Hände auf den Tisch.

»Ja«, sagte Gereon eifrig. »Ich habe gelogen. Es ist alles Lüge. Alles. Das Böse gibt es nicht. Gibt es nicht. Gibt es nicht. Gibt es nicht. Gibt es nicht. Gibt es nicht. Gibt es nicht. Gibt es nicht …«

»Das reicht! Wir haben Euch verstanden, Mann!« Galbahrs Gesichtsausdruck schwankte zwischen Wut und Verstörung.

»Gibt es nicht. Gibt es nicht. Gibt es nicht. Gibt es nicht. Gibt es nicht. Gibt es nicht. Gibt es nicht. Gibt es nicht …«

Das Zwielicht im Schankraum verdunkelte sich weiter; oder aber es wurde heller, erstrahlte in einem Glühen, das aus den Schatten selbst hervorbrach.

Scara stieß einen klagenden Laut aus. Sie wich einen Schritt zurück, und unwillkürlich griff Halig nach ihrem Arm.

Tamelon schien wie gelähmt.

»ES REICHT, HABE ICH GESAGT!«, schrie der Provinzial. Seine Züge zeigten nun Angst.

Prinz Gereon begann zu kreischen: »GIBT ES NICHT! GIBT ES NICHT! GIBT ES NICHT!« Er griff nach einem der Brotmesser, die auf den Tischen bereitlagen. »GIBT ES NICHT! GIBT ES NICHT! GIBT ES NICHT!« Er setzte die Klinge an seinen Hals; ruckartig, irgendwie fahrig bewegte sich sein Arm … »GIBT ES NICHT! GIBT ES NICHT! GIBT ES NICHT!« … vor und zurück, vor und zurück … »GIBT ES NICHT! GIBT ES NICHT! GIBT ES NICHT!« Blut sprudelte aus der Wunde; dunkelrot ergoss es sich über die Klinge und über die Hand, die die Klinge führte, über den halb zerlumpten Mantel und das Wollwams. »GIBT ES NICHT! GIBT ES NICHT! GIBT ES NICHT!« Der Prinz begann zu grinsen, breit, immer breiter, während das Messer tiefer in seinen Hals schnitt, mehr und mehr Blut hervorströmte, seine Stimme schriller und schriller wurde. »GIBT ES NICHT! GIBT ES NICHT! GIBT ES NICHT!«

Laut krachend fielen Stühle um. Einige der Herren in Schwarz und Gold taumelten vom Tisch weg. Alle Augen waren vor Entsetzen geweitet; die Gesichter schreckverzerrt. Jemand stöhnte: »O nein! O nein!« Die Schankmagd wimmerte.

Der Paladin rührte sich noch immer nicht; auch Galbahr vom Hohen Teich stand erstarrt da.

»GIBT ES NICHT! GIBT ES NICHT! GIBT ES NICHT!« Prinz Gereon zerschlitzte seinen Kehlkopf; Blut sprudelte aus seinem Mund; sein Kopf begann, auf den Schultern zu schlackern. Doch noch immer hallte sein Kreischen durch den Schankraum – »GIBT ES NICHT! GIBT ES NICHT! GIBT ES NICHT!« –, unmöglich, unmöglich, als hätten die Wände den Schrei aufgesogen, wären getränkt mit ihm wie mit dem dunklen Blut, das nun schon Pfützen auf dem Boden bildete, hätten so viel von ihm in sich hineingeschlungen, dass sie ihn nicht mehr in sich halten konnten, dass sie ihn wieder ausstoßen und hinausschleudern mussten, jenen Schrei, jenes Kreischen, jenes grauenvolle Geheul: »GIBT ES NICHT! GIBT ES NICHT! GIBT ES NICHT!«

Und dann, mit einem Mal, riss der Prinz das Messer in die Luft, das blutbesudelte, triefende Messer, holte aus und stieß zu, rammte es in den weit aufgerissenen Mund des Mannes, der rechts neben dem Provinzial stand, bohrte es hinein bis zum Heft, sodass die Klinge den Schädel durchdrang und hinten aus dem Haar hervorragte.

In diesem Augenblick endlich löste sich Tamelon aus den unsichtbaren Fesseln, die ihn gefangen gehalten hatten. Er riss sein Schwert aus der Scheide, ließ es wirbeln, so schnell, dass nur ein silbernes Wischen zu sehen war; so schnell, dass es Halig und Scara kaum schafften, sich rechtzeitig wegzuducken.

»GIBT ES NICHT!« Ein letztes Mal ertönte das Kreischen.

Dann fiel Prinz Gereons Kopf von den Schultern; er flog nicht, kreiselte nicht; nein, nun, da die Sehnen und Muskeln endgültig durchtrennt waren, kippte er sacht zur Seite, landete mit einem dumpfen Plumps auf dem Tisch, während der nunmehr nutzlose Körper in sich zusammensackte.

Indessen blieb der tote Herr an seinem Platz, steif und aufrecht: seine gebrochenen Augen stierten und das blutige Messer steckte ihm nach wie vor im Schlund.

Der Kopf des ahekrischen Thronfolgers landete auf der Kante einer jener mit Brot, Gurken, Zwiebeln, Wurst, Schinken und Käse belegten Platten, die Halig so sehnsüchtig beäugt hatte – und hatte denn doch genug Wucht, dass alles, das braune Brot, die grünen Gurken, die bläulichen Zwiebeln, die rote Wurst, der rosa-schwarze Schinken und der gelbe Käse, in hohem Bogen durch die Luft sauste.

Eine Scheibe Schinken klatschte gegen die Backe des Ordensmannes, der links von Provinzial Galbahr saß und die ganze Zeit über einen unbeteiligten Eindruck gemacht hatte.

Etwa drei Sekunden lang blieb der Schinken dort im Gesicht des hohen Herrn hängen, ehe er sich löste, abfiel und nahezu lautlos auf der Tischplatte landete.

Halig, der alles mit angesehen hatte, musste lachen. Er konnte nicht anders.

Er lachte; dann weinte er.

18
STIMMEN

Die Luziera

Es ging ganz leicht.
Die Luziera war beinah ein bisschen enttäuscht darüber, wie leicht es ging.

Die Seele des Schwarzen Jägers öffnete sich ihr ohne jeden Widerstand. Kein Ringen, kein Bezwingen war vonnöten. Auch wenn sich der Anführer der Horde von ihr verraten fühlte – seine Empörung änderte nichts daran, dass er in seinem Herzen einfältig war wie ein Kalb.

Was also fand die Luziera bei ihrem Blättern und Stöbern?

Zunächst einmal das, was sie erwartet hatte: die Geschichte des Schwarzen Jägers – die Geschichte seines Lebens und Sterbens und Unlebens.

Diese Geschichte war der Luziera längst bekannt. Dennoch wollte sie bei ihr verweilen. Vielleicht in der Hoffnung, wider Erwarten etwas Neues herauszufinden über den Anführer der Horde. Vielleicht auch aufgrund einer leichten Wehmut – derartige Anwandlungen bekam sie jetzt öfters, wie es schien –, einer leichten Wehmut, die damit zusammenhing, dass irgendeine Art von Abschied bevorstand. Das spürte sie ganz deutlich.

Aber ging es da um den Abschied des Herrn Jäger oder ihren eigenen? Oder den des schwarzen Rudrick? Wenn sie gewollt hätte, hätte die Luziera wahrscheinlich eine Antwort auf diese Frage finden können. Allein, sie wollte nicht. Etwas sagte ihr, es wäre besser, sich überraschen zu lassen. Mag sein, dass da einfach der Wunsch in ihr laut wurde, dem stumpfen Überdruss zu entrinnen, der damit einherging, immer schon alle Stücke auswendig zu kennen, die auf der Bühne gegeben wurden – einschließlich der Mimik und der Gestik und des Tonfalls der Schauspieler.

Als sie in die Seele des Schwarzen Jägers hinabstieg, zurück in eine Zeit, die ihm selbst kaum erinnerlich war, war ihr dieser Überdruss jedenfalls nicht fern; obgleich sie sich fest vorgenommen hatte, mit wachen Augen durch das Leben des Anführers der Horde zu gehen. Aber durfte sie wirklich erwarten, auf diesen hundertfach umgeblätterten Seiten ein Geheimnis zu entdecken, das sie bislang übersehen hatte? Zumal die Geschichte, die hier niedergeschrieben war, sogar in den Bauernkaten im Großen und Ganzen richtig erzählt wurde, an den Herbst- und Winterabenden, wenn man beim Feuer zusammensaß und sich ein wenig erschrecken lassen wollte.

Denn tatsächlich war der Herr Jäger einmal ein Adeliger gewesen, der es über alles liebte, auf die Pirsch zu gehen. Er hatte sogar einen Namen gehabt: Welgmar zur Blauenau. Seine Familie war niemals bedeutend gewesen, aber sein Großvater zählte zu den Säufern, Schlägern und Hurenböcken, die Elgart auf seinem Marsch der Tausend begleitet hatten. Dafür war er von dem ersten ahekrischen Kaiser in den Ritterstand erhoben und später – nach vielen Schlachten und Toten – zum Baron ernannt worden. Sein Enkel allerdings sorgte dafür, dass der Stammbaum derer zur Blauenau nicht viele Äste trieb. Man könnte auch sagen: Er hieb ihn eigenhändig um; mit einer Entschlossenheit und Rückhaltlosigkeit, als wäre es das Hauptziel seines Daseins gewesen, das Werk seiner Ahnen zunichte zu machen.

Als seine erste Frau im Kindbett starb und sein Sohn erstickte, kaum dass er den Mutterschoß verlassen hatte, war Welgmar auf der Jagd. Als sein jüngerer Bruder – der ebenso wenig vom Weiberfleisch lassen konnte wie Welgmar selbst von Spieß und Bogen – seine zweite Frau schändete, war er auch auf der Jagd. Welgmar scherte sich nicht um die Klagen und das Flehen seiner Gemahlin; und als diese die Nachstellungen des Bruders nicht mehr ertrug und sich von den Burgzinnen stürzte, war er ebenfalls auf der Jagd. Seine dritte Frau war unfruchtbar. Dass sie ihm keinen Sohn gebären konnte, war Welgmar gleichgültig. Doch als sie ihm Vorwürfe machte, weil er so viel Zeit damit vertat, im dunklen Tannicht umherzuschleichen und Wild zu erlegen, nahm er sein Beil und erschlug sie vor versammelter Dienerschaft.

Danach schickten ihm die Götter (oder wer immer) einen Blutrausch, wie ihn noch kein Waidmann gekannt hatte. Über Wochen und Monate strich Welgmar durch die Lande und tötete jedes Waldtier, das seinen Pfad kreuzte. Stets waren es trächtige, rotfellige Weibchen. Zu Hunderten begegneten sie ihm. Er machte alle nieder. Und als sein Spieß gebrochen, sein Beil stumpf, seine Pfeile verschossen waren, riss er den Tieren mit bloßen Händen die Kehle heraus und wusch sich mit ihrem Blut, als wäre es kühles, klares Quellwasser. Das ging so, bis Welgmars Haar lang und zottelig, seine Haut ledrig und verschorft, seine Zähne schwarz und spitz geworden waren.

Dann eines Tages erblickte er von Ferne einen weißen Hirsch. Der Hirsch war gewaltig; sein Fell leuchtete wie frischgefallener Schnee, und sein dreistangiges Geweih verzweigte sich in Dutzende Spitzen. Welgmar wusste sofort, dass sein Leben, ja seine Seele verwirkt wäre, wenn es ihm nicht gelänge, diesen Hirsch zu erlegen.

So folgte er ihm. Immer weiter folgte er ihm, höher und höher ins Gebirge ging es – denn die zur Blauenau entstammten der Gegend des heutigen Hayfarn, und das Fokris-Massiv warf seine Schatten auf ihre Burg –, bis der Schnee so heftig peitschte, dass der Jäger blind wurde für seine Beute. Dennoch irrte Welgmar weiter entlang der Bergflanken. Und das Glück war ihm hold, so schien es. Plötzlich nämlich legte sich der Sturm, und der zu Tode erschöpfte Waidmann entdeckte den weißen Hirsch auf einer schroffkantigen Klippe, am Rande einer tiefen, schwarzen Schlucht. Nun glaubte sich Welgmar am Ziel. Er stürmte los, stürzte sich auf seine Beute, die ihn in aller Ruhe erwartet hatte, als wollte sie ihn verhöhnen – und griff ins Leere.

Er fiel.

Lange fiel er, lange. Fallend verfluchte er den weißen Hirsch und sämtliche Götter, die Erde, den Himmel und die Berge, seine Ahnen, seine nutzlosen Frauen und seinen Namen, der ihm stets nur eine Last gewesen war.

Welgmars Leib zerschellte in tausend Stücke. Desgleichen seine Seele. Doch er starb ohne Reue. Das Einzige, was ihn dauerte, war, dass er es nicht vermocht hatte, den weißen Hirsch mit in den Untergang zu reißen.

Da kam Skargat (oder wer immer), las die Bruchstücke auf und fügte sie zusammen. Und er machte Welgmar von Blauenau ein Angebot: Von nun an und bis ans Ende der Zeit würde er jagen dürfen. Keine Tiere, Menschen wären seine Beute. Menschen, die das Böse gesucht und herausgefordert hatten, oder die umgekehrt vom Bösen gesucht und herausgefordert worden waren. Solche, die vom Weg abgekommen waren und keinen Schutz fanden; niemanden, der ihnen Trost und Heilung spendete. All diese durfte er jagen. Sein Gefolge dabei wären zornige Tote; Männer, die wie er gestorben waren, ohne Reue oder Sanftmut gekannt zu haben. Ihnen wäre er ein strenger, stolzer Anführer.

Welgmar zögerte keinen Augenblick. Er schlug ein. Er gab seinen Namen.

Und so wurden der Schwarze Jäger und die Horde geboren.

Natürlich wusste Welgmar, dass er die Macht des Fluches, der sein Leben begraben hatte – und der von niemand anderem als ihm selbst verhängt worden war –, in den Tod hinein verlängerte, in den Tod hinein und darüber hinaus; dass er ihn unaufhebbar machte, ihm die letzte Gültigkeit verlieh und sich selbst als Opfer seines Hungers darbrachte. Nicht einmal, wieder und wieder, unzählige Male.

Doch in Wahrheit war es genau das, was er wollte.

So weit, so gut, dachte die Luziera, als sie sich die Geschichte des Mannes, welcher der Schwarze Jäger werden sollte, erneut vor Augen führte. Wenn sie sich den Anführer der Horde heute ansah, konnte sie mühelos in ihm den kleinen, unbedeutenden Adeligen erkennen, dem die Jagd alles gewesen war. Doch lehrte sie diese Geschichte von Fluch und Niedergang – auch dies eine Geschichte, die ihr in tausend Formen und Gestalten begegnet war – etwas darüber, was der Schwarze Jäger jetzt vorhatte?

Vielleicht tat sie das tatsächlich.

Denn als die Luziera noch einmal das Leben von Welgmar zur Blauenau nachverfolgte, in Bildern so eindrücklich, als würde sie die eigene Erinnerung befragen, wurde ihr jäh klar, was die Vorstellung, die Horde zu verlieren, für den Schwarzen Jäger bedeutete: Der Stolz, mit dem er seinen Fluch trug, würde sich in bittere Scham verkehren. Wenn er nicht mehr der Anführer war, der ewige Waidmann, dessen Spieß niemals sein Ziel verfehlte und der mit dem Klang seines Hornes die Dunkelheit erschütterte, wenn er all dies nicht mehr war, sondern einfach nur noch ein gewöhnliches Spukwesen, eine hundskommune Nachtgestalt – dann hatte nichts mehr einen Sinn. Nicht sein Leben und nicht sein Tod. Nicht der Fluch, der auf ihm lastete. Nicht der Dienst, den er über die Jahrhunderte weg verrichtet hatte.

Vielleicht war es für alle anderen stets klar gewesen, dass es sich so verhielt; für Rudrick und die Seinen ebenso wie für Garoy und die übrigen Nachtreiter. Doch die Luziera fand es durchaus überraschend, dass sich jemand mit ganzer Seele einer derart schlichten und vergänglichen Idee von Macht verschreiben konnte. Sie überließ sich ihrem eigenen Erstaunen, und jäh kam ein neuer Gedanke über sie: dass es vielleicht gar nicht um Macht ging, sondern um Rechtfertigung.

Dass der Sinn nicht darin lag, ein gefürchteter, unbezwingbarer Anführer zu sein. Sondern darin, überhaupt jemand zu sein – jemand anderes als Welgmar zur Blauenau, der Letzte dieses Namens, der sein Geschlecht dem Vergessen überantwortet hatte. Konnte es wirklich so einfach sein? Strebte der Herr Jäger danach, *erinnert* zu werden?

Die Vorstellung brachte die Luziera zum Lachen. Zugleich verspürte sie eine gewisse Betrübnis. Denn nun tat sich ihr das Herz des Schwarzen Jägers auf, wie er hier und jetzt fühlte.

Rudricks zugegebenermaßen recht schmeichelhaftes Bild – dass sie nach Belieben in den Geschicken der Lebenden und Toten lesen könnte – traf ja nicht wirklich zu. Eher war es so, dass ihr etwas vorgelesen wurde. Jeden Augenblick ihres Daseins, wachend und träumend, war sie von unzähligen Stimmen umgeben. Sie kamen aus allen Zeiten und Sphären; sie wisperten und schrien, schmeichelten und drohten; einige konnten ausschweifend und blumig erzählen, andere brabbelten wie Säufer im schwersten Rausch. Viele verlangten nach einer Zuhörerin, zumal, wenn sie aus der Vergangenheit stammten. Es gab aber auch solche, die ihre Geschichten lieber für sich behalten hätten, oder sogar wütend wurden, wenn man sie belauschte – ohne dass sie darum hätten schweigen können.

Die Kunst bestand darin zu wissen, wem man lauschen sollte, und vor wem man besser seine Ohren verschloss. Wenn man diese Kunst beherrschte, konnte man den Stimmen folgen wie vielfach ineinander verwobenen Fäden. Worauf es ankam, war, innerhalb der verlockenden Gespinste den richtigen Zwirn aufzunehmen – denjenigen, der einen an die Orte führte, wo man hinwollte.

Es kam allerdings vor, dass sich die Luziera gar keine Mühe geben musste, ihre Findigkeit unter Beweis zu stellen. Manchmal drängte ihr eine Stimme diese oder jene Geschichte regelrecht auf. So war es mit den wiederkehrenden Träumen um Justinius von Hagenow gewesen.

Und so war es jetzt mit dem Schwarzen Jäger.

Sie sah ihn im Zweikampf mit Rudrick. Es war, als hätte er diesen Kampf immer schon geführt. Und als würde er ihn immer wieder führen müssen. So lange, bis er es einmal nicht schaffte, den Widersacher niederzuringen, ihn in den Dreck zu treten und zu zerschmettern. So lange, bis er einmal verlor.

Aber etwas stimmte nicht mit diesem Zweikampf. Die Luziera brauchte eine Weile, bis sie herausfand, was das war.

Dann endlich begriff sie, was der Anführer der Horde vorhatte;

und zugleich auch, warum Garoy nächtelang so kläglich durchs Dorf geschlichen und schließlich verschwunden war – er konnte einfach nicht ertragen, was geschah.

Es bekümmerte sie.

Trotz allem.

»Und?«, fragte Rudrick. »Werdet Ihr mir verraten, was der Schwarze Jäger im Schilde führt?«

Die Luziera nickte. »Ja. Das werde ich.«

Als die Nacht herabgesunken war, hatten sich die beiden auf dem alten Dorfplatz getroffen. Dort gab es zwei Steingebäude, die Reste einer Schenke und eines Langhauses, das für Versammlungen genutzt worden war, und einen verschütteten Brunnen. Sie waren die Hauptstraße entlanggegangen, hatten den Weiler verlassen und waren einen Hang emporgestiegen.

Nun standen sie auf der Anhöhe, die Luziera und der schwarze Rudrick, und ließen den Blick in die südliche Richtung schweifen. Weit unter ihnen breitete sich das Melchertal aus, mit seinen Wäldern, Seen und Dörfern. Wie ein leerer, verrußter Kessel schien es, nur die Lichter von Dreieichen blinkten in den Ausläufern des Tals; dort, am Fuß der Berge, wo die Passstraße begann.

»Ihr macht einen bekümmerten Eindruck …«, sagte Rudrick nach einem Moment des Schweigens, und aus seiner Stimme ließ sich nicht schließen, ob ihm das Sorge oder Genugtuung bereitete.

An diesem Abend ging ein schneidend kalter Wind. Er trieb schwere Wolken über die Berge – sie würden, das roch die Luziera, die ersten starken Schneefälle des Jahres bringen – und schoss von den Gipfeln herab, heulte über die Halden und Grate.

Sie musste lauter sprechen, als es ihre Gewohnheit war, um das Lärmen des Windes zu übertönen. »Das ist nicht deine Sache, Schnuckelchen. Komm jetzt, du wolltest mir etwas erzählen, nicht wahr?«

Ohne eine Antwort abzuwarten, trat die Luziera einige Schritte vom Abhang zurück. Sie drehte sich um, ging zwischen Gestrüpp und Büschen hindurch zu einem Felsen, der so an die Hügelwand anschloss, dass sich eine windgeschützte Nische bildete. Die Luziera lehnte sich auf ihren Stab und wartete, bis Rudrick an sie herangetreten war.

»Und?«, neckte sie.

»Was kann ich Euch sagen? Ihr habt mein Herz geprüft. Ihr habt meinen Namen genommen. Ihr wisst, wem ich in Wahrheit diene. Und ich denke, Ihr wisst auch, was ich mit der Horde will. Ihr habt zugelassen, dass ich einer der Geisterreiter wurde. Also nehme ich an, dass Ihr mit meinen Absichten einverstanden seid. Oder dass Euch diese Dinge gleichgültig sind.«

Die Luziera dachte daran, was sie gesehen hatte, als sie den Stimmen gefolgt war, die sie in die Tiefe von Rudricks Seele führten. Er hatte recht: Sie wusste all das, hatte es von Anfang an gewusst – und letztlich war es ihr in der Tat gleichgültig.

»Dir war klar, dass ich dich prüfen würde, nicht wahr? Was hat dich so sicher gemacht, dass du bestehen würdest? Ebenso gut hätte es damit enden können, dass ich dir meine Sichel ins Herz ramme, oder?«

Rudrick zuckte die Schultern. »Ich war mir nicht sicher, was geschehen würde. Aber die Macht, der ich diene, hat von mir verlangt, dass ich Teil der Horde werde. Ebenso, wie sie von mir verlangt hat, den Schwarzen Jäger herauszufordern und zu töten. Es ist nicht an mir, nach dem Warum zu fragen. Oder nach meinen Chancen. Ich bin ein Soldat. Ich tue, wie mir geheißen.«

»Ein braver Soldat, nichts weiter. So, so. Erzähl mir mehr, Soldat.«

»Worüber?«

»Über die Macht, der du dienst.«

»Was soll ich Euch sagen? Ihr wisst doch alles.«

»Gar nichts weiß ich. Das macht es ja so spannend, dieses Böse. Ich weiß, dass es weder vom schwarzen noch vom weißen Licht ist. Und ich weiß, dass es nach Ahekris kommt. Dass es gekommen ist und nicht aufhört, zu kommen. Dass es mehr wird. Dass Kylion, des Kaisers Sohn, das Tor ist, durch das es kommt. Nur dieses weiß ich. Sonst nichts. Ich sehe nichts und höre nichts, wenn ich versuche, deinem Bösen nachzuspüren. Nichts. Rein gar nichts.«

»Das ist, weil es genau das ist. Es ist nichts, und es ist alles. Und es wird alles, was ist, nach seinem Bild verwandeln.«

Die Luziera beugte sich vor. »Was heißt das?«, fragte sie leise.

»Das heißt, dass es uns die wahre Freiheit schenken wird.«

»Die wahre Freiheit – ein großes, großes Wort. Was soll das sein?«

Rudrick ließ ein kleines Lächeln sehen. »Habt Ihr mich nicht verspottet, dass man dem Bösen gewachsen sein muss? Seid Ihr ihm gewachsen? Wenn ja, dann wisst Ihr, von welcher Freiheit ich spreche.«

»Habe nie behauptet, deinem Bösen gewachsen zu sein. Bin zu klein und zu groß dafür. Zu alt und zu jung. Also komm, Soldat, erstatte Bericht: Wie verhält es sich mit der Freiheit?«

»Die äußerste Freiheit fällt in eins mit der äußersten Knechtschaft«, sagte Rudrick. Er hatte sich gestrafft, hatte gleichsam Haltung angenommen, und in seiner Stimme lag etwas Feierliches, als er sprach. »Wenn wir alles tun *dürften*, wäre es nicht die wahre Freiheit. Wir werden alles tun *müssen*, und darin endlich befreit werden. Von Gut und Böse, Göttern und Dämonen, Leben und Tod.«

»Aha. Dein Böses will uns also von dem Bösen befreien.«

»Es ist ein Böses nur nach den Maßstäben dieser Welt. Wenn es erst in der Welt ist, werden diese Maßstäbe keine Bedeutung mehr haben, weil die Welt dann Teil von ihm wird. Ich bin gefangen in der Wahrheit dieser Welt und kann nicht heraus. Deshalb spreche ich vom Bösen.«

»Schnuckelchen, für meinen Geschmack klingt das alles ein bisschen wirr. Oder sagen wir: philosophisch – nur, um dich und dein Böses nicht zu beleidigen.«

»Auch Ihr könntet ihm dienen, Luziera. Dann würdet Ihr verstehen. Ich bin sicher, es würde Eure Dienste annehmen.«

Sie schüttelte kichernd Kopf. »Wie gesagt: nichts für mich. Bin eine schlechte Dienerin. Bin eigentlich auch eine schlechte Herrin. Doch sag mir, willst *du* sie denn, diese Freiheit?«

Rudrick zögerte keine Sekunde. »Ja, ich will sie.«

»Bist du dir da sicher? Aber wenn du von allem frei sein willst, warum hast du dann so großen Wert darauf gelegt, Justinius von Hagenow auf deine Seite zu ziehen?«

Dieses Mal dauerte es einige Momente, ehe er Antwort gab. »Nun, ich habe bereits bekannt, dass die Wahrheiten dieser Welt mein Gefängnis sind. Ich bin eingesperrt in meine Nöte und Freuden – obwohl ich längst die andere, die wahre Wahrheit kenne. Das war diesseits des Grabes so. Und daran hat sich leider nichts geändert.«

»Ich verstehe, du suchst also –«, begann die Luziera.

»Aber er ist der einzige Mensch, der mir noch etwas bedeutet«, fügte Rudrick eilig hinzu. »Und auch das nur, weil ich ihn aus einer Zeit kenne, als mir mein Weg noch verborgen war. Damals war ich verloren, jetzt bin ich es nicht mehr.«

Die Luziera horchte auf. Allzu schnell und nachdrücklich hatte er gesprochen, der schwarze Rudrick; hatte allzu sehr betont, dass es allein dieser Mann war, der Freund aus längst vergangenen Tagen, der ihn an die unverzeihliche Schwäche der Liebe band.

»Nur der Herr von Hagenow? Wirklich?«, fragte sie.

»Ja, nur er. Und wir haben genug Worte über diese Sache verloren.«

Das harsche Knirschen seiner Stimme fügte sich schlecht dazu, wie seine Augen hastig umherhuschten, um dem Blick der Luziera auszuweichen.

Prüfend betrachtete sie den Mann, der den Schwarzen Jäger herausgefordert hatte und dessen Platz an der Spitze des Zuges der wütenden Toten einnehmen wollte.

Da fand sie ein Bild in ihrem Geist.

»Eine Frau …«, sagte die Luziera. »Blond … und hübsch. *Sehr* hübsch.«

Rudrick zuckte zusammen; einen Lidschlag lang ließ er an einen kleinen Jungen denken, dem Schläge angedroht worden sind.

»I-ich weiß nicht – wovon Ihr redet«, murmelte er.

Ein weiteres Bild. Klarer als das erste.

»Sie heißt Vanice Devecraux«, sagte die Luziera halb zu sich selbst. »Ah … sie war also dabei, als du dich aus den Fesseln gelöst hast, die die Geweihten dir angelegt hatten. Wollte dich aufhalten. Ein mutiges Mädchen. Aber nicht sehr gescheit vielleicht, sich so mit dir anzulegen? Jedenfalls hast du sie ein bisschen verhauen ... Und das hat dir wohl viel Spaß gemacht ... Jetzt willst du mehr. Richtig?«

Sie war sich sicher: Wenn die Nachtgeister und Spukwesen erröten könnten, hätte Rudrick jetzt die Farbe einer schönen, saftigen Kirsche angenommen.

»Das ist nichts ... gar nichts!«

»Hmm ... *etwas* scheint es mir schon zu sein, oder?«

»Niedere Begierden! Das ist alles!« Rudrick spuckte die Worte aus.

»Niedere Begierden also?« Die Luziera lächelte versonnen. »Schon komisch, eben hast du auf die Wahrheiten der Welt geschimpft, jetzt klingst du wie ein Elaah-Geweihter, der unter die Huren geraten ist.«

»Ich habe genug von Euren Spielchen!«, schrie Rudrick. »Werdet Ihr mir nun endlich sagen, warum der Schwarze Jäger nicht gegen mich kämpfen will?!«

»Ja doch, ja doch ...«

Die Luziera lächelte noch immer.

Aber sie sah den schwarzen Rudrick gar nicht mehr. Und auch nicht die düsteren Felsen und Klüfte der Fokris-Berge oder den wolkengepeitschten Nachthimmel mit dem fast vollen Mond.

Was sie sah, war eine Insel.

Eine Insel von weißem Sand und grauem Fels. Lila blühte der Lavendel, von dunklem Grün waren die Eichen- und Kiefernwälder, grün und braun und grau die sonnenverbrannte Heide, türkisblau die Wasser, welche die makellosen Gestade jenes Eilands umspülten.

Es gab dort Gold und Silber, Zink und Kohle. Es gab uraltes Blut und uralte Geheimnisse. Und es gab eine schöne, junge Frau, die sich in verzweifelter Gier auf einen verwesenden Hund stürzte.

All das sah die Luziera.

Und sie sah sich selbst: eine andere schöne, junge Frau, die vor tausend Jahren und mehr über eine andere Insel wanderte – eine kalte Insel, von Eis und Schnee bedeckt –, mit zerrissenem Herzen, ihrem Tod entgegen.

Als sie das sah, begriff sie.

»Ich erzähle dir etwas vom Schwarzen Jäger ...«, begann die Luziera.

Ja, das würde sie. Sie würde Rudrick sagen, was er wissen wollte. Es würde ihr jetzt leichter fallen, das zu tun. Denn in ihr regte sich eine Hoffnung: die Hoffnung, dass sie nur noch das Ende miterleben müsste – nicht mehr den Anfang.

19
GIFT UND HEILUNG

Justinius

Nachher schliefen wir noch eine Weile, Aiona und ich. Ein Stündchen vielleicht. Auf einmal fühlte sich alles sehr weit weg an: Rudrick und der Schwarze Jäger, die Horde und das Böse. Sogar Gelfrat und Tanya und Glenna. Ich wusste aber, dass das nicht so bleiben würde. Wusste, dass bald alles wieder über mich hereinbrechen würde: der Schmerz und der Zorn und die Bitterkeit.

Das war der Grund, weshalb ich mich nur höchst ungern vom Schlummer verabschiedete. Ich hatte mich gut gefühlt mit Aiona. So gut wie seit einer Ewigkeit nicht. Und es war schön gewesen, sie im Arm zu halten, dazuliegen und zu dösen. Ich wollte mehr davon. Viel mehr.

Erstaunlich, wie leicht es manchmal schien, das Leben geradezurücken. Vielleicht hatte sich Aiona geirrt. Vielleicht konnten wir sie doch heilen – nicht die Wunden der Welt, aber unsere eigenen.

Nun, damit war erst mal Schluss. Im Halbschlaf bekam ich mit, wie Aiona aufstand und die Hütte verließ. Beschloss, mich ebenfalls hochzurappeln. Und zu sehen, was sie trieb. Immerhin regnete es nicht mehr. Und ein paar Sonnenstrahlen hatten ihren Weg durch die Wolkendecke gefunden. Wir taten gewiss gut daran, das auszunutzen. Schließlich hatten wir noch einen weiten Weg vor uns.

Ich erhob mich. Wickelte mir eine Decke um die Hüften. Wollte zur Tür stapfen. Doch nach dem ersten Schritt wurde mir schwarz vor Augen. Ich wankte, stützte mich an der Wand ab. Als der Schwindel vorüber war, wartete ich noch einige Sekunden. Ich atmete tief ein und aus. Mühte mich, eine aufrechte Haltung anzunehmen. Dann öffnete ich die Tür und schaute nach draußen.

Aiona stand beim Steintrog. Sie hatte nur ihre Schnürstiefel angezogen. War ansonsten nackt. Die kalte Luft schien sie nicht groß zu stören. Gerade beugte sie sich vor und spritzte sich Wasser unter die schwarzen Achseln. Recht anregend, das. Sie sah nicht aus wie eine Frau, die im Frühling ihrer Jahre stand. Aber sie sah verdammt gut aus.

Plötzlich schämte ich mich. Mein Bauch hatte deutlich an Umfang eingebüßt, dank Schwerttraining und tagelanger Ohnmacht. Er war allerdings immer noch beträchtlich. Auch sonst war ich ziemlich aus dem Leim gegangen. Einige Sekunden lang fühlte ich mich wie eine fette, weiße, wabblige Made.

Doch dann drehte sich Aiona zu mir um und lächelte mich an. Irgendwie wurde ich zu etwas anderem unter ihrem Blick.

Sie kam auf mich zu, ganz unbekümmert um ihre Nacktheit, blieb vor mir stehen und strich mir mit den Fingern über die Brust – das Fleisch war noch immer rötlich und leicht feucht, wo Edmunds Schergen an mir rumgeschnippelt hatten.

»Diese Wunde ist nicht gut verheilt«, sagte sie. »Ich sollte dir eine Salbe machen.«

»Mh.«

»Und ich werde deine Verbände wechseln, ehe wir aufbrechen. Das habe ich dir ja bereits gesagt.«

»Mh-hm.« Ich kratzte mich an der stoppeligen Wange. »Wie wir gerade von Pflege und so reden: Bei all den aufregenden Dingen, die mir widerfahren, hab ich ganz vergessen, dass man sich ab und zu auch mal rasieren könnte.«

»Das könnte man in der Tat.«

»Eigentlich hatte ich auf Widerspruch gerechnet. Ich dachte, ein Bart würde meiner Erscheinung eine gewisse Würde verleihen.«

»Für die Würde brauchst du keinen Bart. Und mir gefällst du ohne besser.«

»Das ist die Hauptsache, nehme ich an.«

Aiona grinste breit. »Ganz genau.«

»Übrigens …«, murmelte ich und legte meine Arme um sie.

»Jaaa?«

»Ich habe schon wieder vergessen, was eine Hexe ist. Kannst du es mir noch mal erklären?«

»Aber sicher«, sagte sie, griff mir in den Nacken und zog meinen Kopf herunter, um mich zu küssen.

Irgendwann schafften wir es dann tatsächlich, unsere Reise fortzusetzen. Da war der Mittag bereits herangerückt. Aber der Regen hatte noch nicht wieder eingesetzt. Und obwohl sich die Sonne von neuem hinter den Wolken versteckt hatte, war das Licht nicht allzu trübe. Kurzum: Es war ein deutlich angenehmeres Vorankommen als gestern. Dazu trug natürlich auch die innere Wetterlage bei. In meinem Herzen blies ein frisches Lüftchen. Endlich mal wieder. Ich hoffte darauf, noch gründlicher durchgepustet zu werden. Einstweilen war ich jedoch recht zufrieden damit, wie der Wind wehte. Und dasselbe schien auch für Aiona zu gelten.

Die erste Zeit ritten wir schweigend nebeneinander. Unser Pfad stieg langsam hügelan. Dabei ging es abwechselnd durch düstere Nadelwälder und über die Kämme kahler Anhöhen, wo wilde Ziegen zwischen den Steinen und Felsbrocken grasten. Wäre der Himmel klar gewesen, hätten wir wahrscheinlich einen guten Blick auf die Fokris-Berge gehabt. Doch die Ferne war hinter einem undurchdringlichen Gespinst aus Dunst und Diesigkeit verborgen.

Erst jetzt bemerkte ich, dass wir nicht alleine waren. Der Rabe Jacomo leistete uns Gesellschaft. Mal flatterte er über unseren Köpfen umher, mal sah ich ihn in einiger Entfernung im Geäst eines Baumes oder auf einem Felsen hocken. Obwohl allerhand dunkles Federvieh durch die Luft kreiste und die Hügel immer wieder von harschen Krähenrufen widerhallten, wusste ich doch stets, dass er es war. Als hätte auch ich begonnen, in ein nicht ganz geheueres Verhältnis zu Aionas Vogel zu treten.

»Können das alle Hexen?«, fragte ich sie, als die Straße breit genug wurde, um nebeneinander zu reiten.

»Was genau?«

»Mit Tieren reden. Oder wie immer du das nennst, was du mit deinem Raben veranstaltest.«

»Es scheint dich ja sehr umzutreiben, was wir so alles können«, neckte sie.

»Eine Antwort ist das nicht.«

»Wenn du es genau wissen willst: Was ich mit meinem Raben veranstalte, können nicht alle Hexen. Meistens beginnt es so, dass eine von uns eine Unruhe in sich spürt, ein Gefühl, als ob etwas fehlt – wie ein leichter Schmerz, der einfach nicht schwinden will. Was dann daraus wird, liegt aber nicht nur an uns, sondern ebenso an den Tieren. Das Tier muss den Wunsch danach haben, ein Teil von uns zu werden, verstehst du?«

»Hm … ich glaube schon.«

»Gut. Häufig ist es so, dass eine Hexe, die dieses Fehlen in sich fühlt, ein ganz junges Tier findet, das von seinesgleichen ausgestoßen wurde, weil es krank oder schwach ist. Dann zieht sie das Tier auf, und die beiden lernen langsam, einander zu vertrauen. Es ist aber auch möglich, dass man einem starken Tier begegnet, das überall akzeptiert wird und dennoch niemals wirklich ein Teil seiner Welt werden konnte. So oder so, was sich zwischen der Hexe und dem Tier vollzieht, kann ich nicht erklären.«

»Du kannst nicht, oder du willst nicht?«

»Ich kann nicht. Sei nicht so misstrauisch, Justinius. Es endet jedenfalls damit, dass man ein Stück weit ineinanderfließt. Ich kann durch Jacomos Augen sehen. Ich weiß, was er denkt und fühlt. Dasselbe gilt auch umgekehrt. Manchmal spüre ich den Raben in mir. Aber ich beherrsche ihn nicht. Das ist wichtig. Ich bin die Herrin, aber dennoch ist er frei. Ich weise ihn an, aber er muss nicht folgen. Was er tut, tut er letztlich aus Liebe. Und übrigens muss es auch kein Rabe sein. Es gibt Schwestern, die sich mit einem Hund, einer Katze oder einem Pferd verbinden, einer Schlange, einem Marder oder einer Eule. Und ich kannte mal einen Hexer, der hatte einen Bären zum Freund.«

»Einen Bären oder eine Bärin?«

»In dem Fall einen Bären. Das ist nicht so wichtig, Justinius.«

»Ah.«

Sie grinste mich an: »Und – zufrieden?«

Zu Beginn des Gesprächs hatten wir die Pferde gezügelt. Jetzt ritten wir im Schritt. Das war eine Erleichterung für meine schmerzenden Knochen. Sie strengte mich wirklich an, diese Reise. Umso mehr, als ich Aiona nach Möglichkeit verheimlichen wollte, wie es um mich stand.

»Schon«, sagte ich.

»Aber?«

»Kein aber ... Es ist nur ...«

»Ich höre?«

»Wenn du über die anderen Hexen sprichst ... Du nennst sie Schwestern und Brüder, allerdings werde ich das Gefühl nicht los, dass du etwas anderes meinst.«

»Aha. Und was meine ich?«

»Keine Ahnung. Ich denke einfach daran, wie der Schwarze Jäger mit dir gesprochen hat. Fast ehrerbietig. Und Grolek, der ja kurz davor war, dir die Stiefel abzulecken ... Die beiden hätten sich ja kaum bei jeder dahergelaufenen Hexe so aufgeführt.«

Sie lachte. »Jede *dahergelaufene* Hexe – du solltest dich reden hören! Aber gut, du hast recht. Ich bin keine dahergelaufene Hexe. Ich bin die Königin der Hexen.«

»Die – was?«

»Die Königin der Schwarzen Hexen.«

»Königin? Aber – ich meine, bei uns auf der Burg ist der Pferdestall doppelt so groß wie deine Hütte. Mindestens.«

Aiona furchte die Brauen. Es lag etwas Hartes in ihrer Stimme, als sie sagte: »Was meinst du, Justinius, ist derjenige ein König, der aus goldenen Pokalen trinkt, eine Krone trägt und ein Zepter schwingt – oder aber derjenige, der die Welt mit seinem Willen gestalten kann?«

»Und das kannst du ... die Welt mit deinem Willen gestalten?«

»Ich sagte doch gerade, dass ich eine Königin bin.« Ihre Stimme wurde sanfter, und sie grinste wieder. »Eigentlich kannst du froh sein, dass ich mich mit dir abgebe, Barönchen.«

Nun musste ich lachen. »Nicht mal das, Majestät! Nur der verachtete Sohn eines Barönchens. Aber ich werde Euch zeigen, wie dankbar ich dafür bin, dass Ihr mir Eure Huld erweist, wenn wir wieder ein Dach über dem Kopf haben.«

Aiona formte einen dunklen Laut in ihrer Kehle, irgendwo zwischen Brummen und Gurren. »Mhh, das klingt vielversprechend.«

»Vielleicht könnest du mir noch sagen, wie man Hexenkönigin wird? Ich meine, gibt es eine Dynastie, oder so?«

»Nein, es gibt Kinder, die unter einem besonderen Stern geboren werden. Meistens sind es Mädchen, aber nicht nur. Wenn die Königin stirbt, folgt ihr das älteste dieser Kinder nach.«

»Und wenn ich fragen darf … was war dieser besondere Stern in deinem Fall?«

»Eigentlich darfst du nicht fragen. Aber ich antworte dir trotzdem. Ich bin in einer Nacht geboren, in der nur eine Handbreit den Himmel von der Erde trennte. In dieser Nacht schienen die Sterne so hell, dass die Vögel sangen.«

»Ah. Ich tue mal gar nicht so, als ob ich wüsste, was das bedeutet. Bist du denn schon lange Königin?«

»Ja. Schon viele Jahre. Meine Vorgängerin starb jung. Ich war noch fast ein Mädchen, als ich Königin wurde.«

Ich verstand etwas, als Aiona das sagte. Meinte, eine Vorstellung davon zu bekommen, wer sie war. Und davon, warum sie war, wie sie eben war.

»Das heißt, du warst schon Königin, als du Danje und ihre Eltern getötet hast, oder?«, fragte ich. »War es … deine Pflicht, das zu tun?«

Sie brachte ihren Rappen zum Stehen. Auch ich ließ Rhalana halten. Ich fragte mich, ob ich die Hexe verärgert hatte. Doch als ich in ihr Gesicht blickte, sah ich dort etwas anderes: einen Kummer, alt und schwer – so wie eine verwitterte Götterstatue am Wegesrand, die auf die Ruine einer Kapelle weist, wo niemand mehr beten kann.

»Sie haben meinen Sohn getötet.«

»W-wie bitte?«

»Hätten sie einfach das Gesetz gebrochen, ich wäre zu ihrer Königin gegangen. Bestimmt hätten wir uns darauf einigen können, welche Strafe angemessen gewesen wäre. Diese Tat aber konnte ich ihnen nicht verzeihen. Es war ein Unfall. Sie hatten die Absicht, mich zu treffen. Ändert das etwas? Vielleicht. Damals jedoch konnte ich das nicht sehen. Ich wollte es auch nicht sehen. Was ich wollte, war Rache. Und die habe ich bekommen. Aber Rache ist kein gutes Heilmittel; sie vergiftet die Wunden, die sie zu lindern verspricht. Das habe ich bald begriffen. Wahrscheinlich ist das der Grund, weshalb ich Ferla verschont habe. Nicht, weil ich das Gesetz halten wollte.«

Ich starrte Aiona an und suchte nach Worten. Ich fragte nicht: *Wie hieß dein Sohn?* Oder: *Hast du noch andere Kinder?* Ich fragte auch nicht nach dem Vater. Oder danach, ob Ferla die Schwester von Danje war.

Obwohl ich all diese Fragen stellen wollte.

Was ich sagte, war: »Es tut mir leid.«

Und verdammt, ich meinte es.

Aiona allerdings schien nicht an meinem Mitgefühl gelegen. Langsam schüttelte sie den Kopf. »Lass uns nicht mehr darüber reden, was in jener Nacht geschehen ist, Justinius«, sagte sie. »Der Schmerz und der Hass und die Liebe von damals sind alt geworden. Alt und müde. Wir brauchen sie nicht mehr.«

»Gut«, erwiderte ich.

»Wir haben sowieso zu viele Worte verloren.« Aiona blinzelte in den Himmel. »Es wird bald wieder regnen. Wir sollten uns beeilen.«

Damit ritt sie los. Ohne dass ich die Gelegenheit gehabt hätte, meinerseits ein paar Weisheiten über das Vergehen der Zeit und den Lauf der Dinge im Allgemeinen von mir zu geben. Aber ich nahm an, dass das kein großer Verlust war.

Kurz sah ich Aiona hinterher, mit ihrem breitkrempigen Hut, ihrem weiten, langen Mantel und ihrem mächtigen Rappen: eine schwarze Gestalt unter grauem Himmel.

Dann gab ich Rhalana einen Klaps. Und folgte der Hexe.

20

IN EINER GÖTTERVERLASSENEN GEGEND

Justinius

Aiona hatte sich nicht geirrt. Bald begann es zu regnen. Und wie es regnete. Hunde und Katzen. Hämmer und Nägel. Abgehalfterte Höflinge und ihre versoffenen Kurtisanen.

Bereits nach wenigen Minuten war ich bis auf die Knochen durchnässt. Der Regen verwandelte die Straße unter den Hufen von Honigkuchen und Rhalana in ein Schlammfeld. Spülte den Schlamm dann weg. Sodass die Pferde ins Rutschen gerieten. Wir ritten langsamer. Bald konnte man kaum noch erkennen, wo der Weg verlief. Obendrein kam ein wilder Wind auf. Er brauste, sauste und heulte. Peitschte uns die kalten Tropfen um die Ohren. Trieb sie waagerecht gegen unsere Gesichter. Wie unzählige kleine, nasse Nadeln.

Zu allem Überfluss beglückte uns schließlich Gevatter Grautuch mit seinem Besuch. Zunächst senkte sich der Nebel in undurchdringlichen Schwaden auf die Gipfel der höchsten Hügel herab. Es dauerte jedoch nicht lange, bis er bei uns angekommen war. Er hüllte uns in waberndes Tuch. Verwandelte die Welt in ein düsteres Zwielichtsreich, in dem noch das Meckern der Wildziegen wie die klagenden Rufe verlorener Seelen klangen.

Zum Glück kannte sich Aiona gut aus in dieser elenden Gegend. Sie verlor nicht die Orientierung. Oder zumindest schaffte sie es, so zu tun, als hätte sie den Überblick behalten. Von mir konnte man das nicht behaupten. Ich hatte keine Ahnung, in welche Richtung wir ritten. Ich wusste nicht einmal, ob wir nach wie vor auf der Straße waren. Wohin ich meine Augen auch wandte – überall war es die gleiche wildfremde, windgepeitschte Öde.

»Haben wir es noch weit?«, fragte ich Aiona. Dabei musste ich fast schreien, um mich verständlich zu machen.

»Vertrau mir!«, rief sie zurück.

»Tu ich! Was anderes bleibt mir auch nicht übrig. Dieser beschissene Regen sorgt dafür, dass ich nicht mal mehr meine eigene Nasenspitze finde!«

Aiona belohnte diesen wackeren, wenngleich ziemlich erfolglosen Versuch, unserer Lage ein bisschen Witzigkeit abzugewinnen, mit einem Lachen.

Mir selbst war da bereits nach Heulen zumute.

Und als wir ein paar Stunden später, bei Einbruch der Dunkelheit, immer noch durch die kalte, nasse, leblose Wildnis platschten, erlaubte ich mir in der Tat, ein paar Tränen zu vergießen. Dank des Regens merkte es ja keiner.

Mein Körper war zu diesem Zeitpunkt nur noch Müdigkeit, Wundheit und Krampf. Längst schon waren meine Finger und Zehen taub. Die Wunden auf meiner Brust und an meinen Armen pochten schmerzlich. Mein Kreuz fühlte sich so an, als hätte man mein Rückgrat durch ein glühendes Eisen ersetzt. Und ich fror so stark, dass meine Zähne klapperten.

Justinius von Hagenow auf dem Weg zur nächsten Heldentat.

Trübe Düsternis senkte sich übers Land, und Aiona hieß mich absteigen. Ich wagte nicht, sie zu fragen, ob sie irgendeine Vorstellung davon hatte, wo wir uns befanden oder in welcher Richtung unser Ziel lag. Ich trottete einfach hinter ihr her, als sie begann, Honigkuchen am Zügel zu führen. Stumpf und schicksalsergeben.

Ein Schritt. Dann noch einer. Immer wieder.

Irgendwann spürte ich meine Erschöpfung nicht mehr. Mir war klar, dass nun der entscheidende Augenblick erreicht war. Entweder würde ich jetzt zusammenklappen. Oder ich würde es schaffen, mich auf den Beinen zu halten – in dem Fall könnte ich noch viele Stunden so weitermachen.

Nun, ich klappte nicht zusammen.

Stattdessen geriet ich in einen Zustand zwischen Wachen und

Ohnmacht. Nahm mich selbst nur noch am Rande meines Bewusstseins wahr. Ging es hügelab oder hügelan? Das war eine Frage, die man nicht so einfach entscheiden konnte. Rhalana stieß mich besorgt mit der Schnauze an. Ich murmelte Worte in einer Sprache, die mir fremd vorkam. Einmal meinte ich, ein Einhorn vorbeigaloppieren zu sehen … aber es gab doch überhaupt keine Einhörner …

Aiona sagte etwas zu mir.

Ich reagierte nicht.

Sie fasste mich an den Schultern. Schüttelte mich. »Wir sind da, Justinius! Hörst du? Wir sind da!«

Eine weitere Schutzhütte. Ich fand mich auf einem Bett liegend wieder. Gehüllt in Wolldecken. Grob und kratzig. Aber sauber. Und trocken. Irgendjemand hatte mich ausgezogen. Vermutlich Aiona. Sie hockte bei einer Feuerstelle. Die Flammen züngelten schon. Dann hielt sie mir einen Becher hin. Heißes Wasser, in dem Kräuter schwammen. Sie gab mir auch zu essen. Unsere Vorräte waren gründlich durchnässt. Aber sie hatte das feuchte, zerbröselte Brot mit dem feuchten Käse und der feuchten Wurst in einer Pfanne über dem Feuer gebraten.

»Das schmeckt richtig gut«, murmelte ich, nachdem ich ein paar Happen gegessen hatte.

Sie lächelte.

»Was ist … was ist mit den Pferden?«, fragte ich.

»Ich habe mich darum gekümmert.«

Ächzend setzte ich mich auf. Das heißt, ich versuchte es. Aiona aber fasste mich an den Schultern und drückte mich wieder auf das Lager zurück.

»Was soll das werden?«, fragte sie.

»Ich … will … helfen …«

»Du hilfst am besten, indem du jetzt schläfst.«

»Ich nehme an … da ist … jeder Widerstand zwecklos?«

»Richtig.«

»Von mir aus …«, murmelte ich.

Und drehte mich zur Wand.

Halb hatte ich erwartet, niemals wieder aufzuwachen. Es gibt Zustände, die kommen einem ziemlich endgültig vor. Aber erstaunlicherweise öffnete ich die Äuglein, kaum dass der Morgen da war. Noch erstaunlicher fand ich, dass ich mich halbwegs bei Kräften fühlte. Ich schaffte es, mich aus dem Bett zu wälzen, meine (sogar einigermaßen trockenen) Kleider zusammenzusuchen, Aiona einen guten Morgen zu wünschen und die Axt, die in einem Schuppen bereitlag, oft genug zu schwingen, um den Brennholzvorrat der Schutzhütte wiederaufzufrischen.

Als das getan war, nahmen wir ein spärliches Frühstück ein. Stiegen dann schleunigst in den Sattel, um den Umstand auszunutzen, dass die Regenfluten des Vortages einstweilen zu einem mickrigen Drippeln geschrumpft waren. Zwar beschwerten sich meine Muskeln und Sehnen bald wieder über die ungebührliche Belastung durch die Rüstung und das holprige Auf und ab des Weges. Zwar streckte der Nebel gehauchte Krallen nach uns aus, und die Pferde versanken manchmal bis zu den Fesseln im Straßenkot, worauf sie heftig mit den Hanken zuckten, um wieder freizukommen. Doch immerhin konnte ich erkennen, in welche Richtung wir uns bewegten. Und hatte nicht das Gefühl, mehr zu schwimmen als zu reiten.

Die Schutzhütte lag auf einer Lichtung, mitten in einem an steilen, felsigen Hängen gelegenen Wald, der von regengeschwellten Wildbächen durchzogen war. Es dauerte etwa eine Stunde, bis wir erneut das offene Land erreicht hatten. Von da an ging es weiter wie gehabt: Dahinrollende Hügel in Grau, Grün und Braun. Nebel, der über die Halden kroch und sich um die Krüppelkiefern wand. Seen und Tümpel, schwarz und schimmernd wie Öl.

Dann, um die Mittagzeit, erlebten wir einen jener jähen Wetterumschwünge, die es in Gebirgsnähe so oft gibt. Auf einmal riss die Wolkendecke auf. Der Nebel verzog sich so schnell, als hätte ihn die Erde eingesogen. Nun breitete sich ein blassblauer Himmel über uns aus, und die Sonne schien derart hell, dass mir vom Licht die Augen schmerzten.

Und jetzt sah ich es deutlich vor mir: das Fokris-Massiv. Höhen über Höhen, Gipfel über Gipfel – einer gewaltiger als der andere –, die sich, in Reihen gestaffelt, bis zum Horizont zogen. Bis zum Horizont und darüber hinaus: als wollten die Berge noch den Himmel selbst durchstoßen und in die schwarze, jenseitige Leere vordringen, die nur Götter und Dämonen zu vermessen wagen.

Als wir eine Anhöhe erreichten, von der aus wir einen weiten, freien Blick hatten, brachte Aiona ihren Rappen zum Stehen.

»Wusstest du, dass ich dort geboren wurde?«, fragte sie, ohne die Augen von dem Fokris-Massiv abzuwenden.

Ich ließ Rhalana neben ihr halten. »Du stammst aus den Bergen?«

»Ja. Aus dem Kyralie-Tal.«

»Ah … Und wo genau liegt das?«

Sie streckte die Hand aus, wies mit dem Finger. »Dort, zwischen diesen beiden Gipfeln: dem großen und dem kleinen Wrren. Es zieht sich wie ein Riss durch das Gebirge.«

»Hm, von den Gipfeln habe ich gehört. Von deinem Tal noch nie.«

»Kein Wunder. Das ist ein wahrlich götterverlassener Ort. Selbst unter den Bergbauern gelten die Einwohner des Kyralie-Tals als wunderlich. An seinem nördlichen Rand verengt sich das Tal immer weiter. Ob du es glaubst oder nicht: Es gibt dort einen Winkel, wo nur einen Monat im Jahr die Sonne hinscheint. Die restliche Zeit herrschen blauschwarzer Dämmer und Kälte.«

»Muss ja lauschig sein. Da lebt aber niemand, oder?«

»Doch, doch. Da leben Leute. Die sind aber mehr als wunderlich. Es heißt, sie seien Menschenfresser. Oder Schlimmeres.«

»Schlimmer als Menschenfresser?«

»Mh-hm. Jedenfalls wird dieser Teil des Tals von allen gemieden, die bei Verstand sind.«

»Das kann ich mir denken. Wer möchte schon gerne in der Speisekammer eines Menschenfressers enden.«

»Zumal sie dich nicht sofort umbringen würden. Ihnen wäre ja daran gelegen, dass dein Fleisch möglichst frisch ist. Also würden sie wohl zuerst ein Bein abhacken oder einen Arm. Und sich dann langsam vorarbeiten.«

Ich verzog das Gesicht. »Aiona, das ist widerlich.«

»Solche Geschichten habe ich mir als Kind ständig anhören müssen. Was meinst du, was man uns angedroht hat, wenn wir unartig waren?«

»Also muss auch eine zukünftige Hexenkönigin erzogen werden?«

Sie gluckste vergnügt. »*Gerade* eine zukünftige Hexenkönigin muss erzogen werden. Als Hexe hat man ohnehin nur Unsinn im Kopf.«

»Das kann ich mir denken.«

»Gar nichts kannst du dir denken. Übrigens ist das Kyralie-Tal auch diesseits der Gehöfte der Menschenfresser ein unheimlicher Ort. Es gibt dort den sogenannten Haydawall. Das ist eine senkrechte Felswand, Hunderte von Fuß hoch, die sich über Kilometer hinzieht. Wenn eine Frau in unser Tal einheiratet, kommt es manchmal vor, dass diese Wand sie ruft. Die Unglückliche steht dann dort und starrt den Fels an, tagein, tagaus. In einem solchen Fall sagen wir: Es hat sie angerührt.«

»Es? Was *Es*?«

Aiona zuckte die Schultern. »Es eben.«

»Und warum heißt das Ding Haydawall?«

»Weil vor Zeiten ein Mädchen namens Hayda in dem Kyralie-Tal gelebt hat, das zwölf Jahre lang vor dem Wall gestanden haben soll, ohne zu essen und zu trinken, ohne zu sprechen und auch ohne zu schlafen oder sich zu bewegen.«

»Da muss Es ihr aber ziemlich eine geknallt haben.«

»Ganz richtig.«

»Wirklich einladend, dein Tal. Erinnere mich daran, dass ich es nie besuche.«

»Das würde ich dir auch nicht raten. Alter ahekrischer Adel ist dort nicht wohlgelitten und wird meist an die Menschenfresser verfüttert. In meinem Fall musst du dir aber keine Sorgen machen. Ich stamme vom Rand des Kyralie-Tals, schon auf halber Höhe zum

Melcherpass. Es gibt da richtige Dörfer, und gelegentlich trifft man jemanden, der sogar den *Großen Götterpreis* kann.«

»Wie beruhigend. Trotzdem würde ich es vorziehen, weitere Geschichten aus deiner Heimat erst dann zu hören, wenn ich mich mit einem Bier und einem Braten gestärkt habe.«

»Dir ist wirklich jede Ausrede für eine Prasserei recht. Aber auch da musst du dir keine Sorgen machen. Ich denke, wir werden morgen im Lauf des Vormittags in Dreieichen eintreffen. Und heute Abend können wir auf die Gastfreundschaft einer meiner Schwestern hoffen.«

»Du meinst: eine deiner Untertaninnen.«

»Nicht ganz«, sagte Aiona. »Es ist eine meiner weißen Schwestern.«

»Ah«, sagte ich.

2 1
WORTE DER MACHT

Justinius

Wir setzten unseren Ritt fort. Näherten uns langsam dem Fokris-Massiv. Zu meinem Erstaunen blieb sie aus, jene beklommene Empfindung von Enge, die mir üblicherweise zu schaffen machte, wenn ich mit den Bergen auf Tuchfühlung ging. Daraus folgte nicht, dass ich nun gerade Lust gehabt hätte, in Aionas Tal zu ziehen. Aber dieses Mal konnte ich mich an der fremden, ehrfurchtgebietenden Schönheit der Gipfel, Gletscher und Kare erfreuen. Wenigstens aus der Ferne.

Noch mehr freute ich mich allerdings an dem schlichten Umstand, dass die Sonne nicht aufhörte, vom Himmel herabzublinken. Die unverhoffte Wärme auf meinem Gesicht gab mir das Gefühl, die albtraumhafte Reise des gestrigen Tages – als die ganze Welt nurmehr aus Nebel, Kälte und Regen zu bestehen schien – liege bereits sehr lange zurück. Es war ja offensichtlich, dass sie nichts zu tun hatte mit der herbstlichen Milde, die uns nun umfing, und dem lauen Lüftchen, das mich an der Nasenspitze kitzelte.

Manchmal schossen sie durch meinen Geist, für die Länge von ein, zwei Herzschlägen: die Bilder von Glenna, die sich die Kleider zerriss und ihre zerschundene Brust entblößte, von Tanya, die verzweifelt um jeden Atemzug kämpfte, während die Schlinge schon ihr Gesicht schwärzte, von Gelfrat, der furchtlos in seinen letzten, bitteren Kampf ging.

Doch selbst diese Schrecken konnten die Hoffnung nicht zerstören, die in mir erstarkte. Ich wusste, was ihr Quell war.

Noch vor wenigen Tagen hätte ich gesagt, dass die ferne Sommerabendstunde, die ich auf einem Balkon von Schloss Luchterbruch mit Glenna hatte verbringen dürfen, die kostbarste Erinnerung meines Lebens war.

Jetzt aber hatte ich andere Erinnerungen. Niemand würde sie mir jemals nehmen können. Nicht einmal Rudrick. Nicht einmal das namenlose Böse – was immer es damit auf sich haben mochte.

Ja, in dieser Stunde war die Hoffnung stark in mir.

Dann kam das Fieber. Zuerst war es nur ein Unwohlsein. Ich dachte, ich hätte vielleicht Hunger und müsste nur einen Happen essen. Doch schnell wurde Übelkeit aus dem Unwohlsein. Meine Glieder schmerzten, und mir war, als müsste ich jeden Moment meine Eingeweide auswürgen.

Dann begannen die Schauer. Heiß und kalt überliefen sie mich. Ich bibberte. Musste alle Kraft aufbringen, um mich im Sattel zu halten. Die Welt entzog sich mir. Die Entfernungen und Zeiten stimmten nicht mehr. Meine Hand, die den Sattelknauf umklammerte, schien zwei Meter weit weg zu sein. Und der Augenblick, den es brauchte, um Rhalana, der die Unruhe über meine Verfassung anzumerken war, durch die Mähne zu streichen, dehnte sich ins Unendliche.

Natürlich entging Aiona nicht, dass etwas im Argen lag.

»Geht es bei dir, Justinius? Du siehst nicht gut aus.«

»Dabei habe ich mir heut Morgen so viel Mühe mit meinen Haaren gegeben …«, entgegnete ich. Hörte das Zittern in meiner Stimme. Merkte, wie erschöpft ich war nach all den Worten. Und fügte leise hinzu: »Scheiße, ich glaube, ich krieg Fieber …«

Aiona betrachtete mich prüfend. »Im Moment kann ich wenig tun«, sagte sie nach einer Weile. »Es dauert jedoch nicht mehr lange, dann sind wir in Ferlas Dorf.«

»Ferla? *Die* Ferla?«

»Ja.«

Sie ist Danjes Schwester, richtig?, wollte ich fragen. Doch plötzlich begannen meine Zähne derart zu klappern, dass ich kein Wort herausbrachte.

»Schaffst du es?«, fragte Aiona mit sorgenvoll gefurchten Brauen. Ich nickte. »Tu dir keinen Zwang an …«, murmelte ich, als ich wieder sprechen konnte.

»Wie bitte?«

»Du willst … sicher sagen, dass du es ja gleich gewusst hast …«

»Nein, das will ich nicht sagen. Belehrungen sind nicht meins – das habe ich dir doch schon erklärt, oder? Außerdem bin ich froh, dass du da bist.«

Danach schwiegen wir. Ritten langsam weiter. Ich fühlte mich mit jedem Moment elender. Einige Male fehlte nicht viel, und ich wäre vom Pferd gefallen. Aiona versuchte mich zu stützen, wenn ich ins Schwanken geriet. So ging es voran. Mühsam und strauchelnd. Aber immerhin.

Irgendwie schafften wir es, das Dorf zu erreichen. Da brach bereits der Abend herein. Die Siedlung war am Ufer eines der zahlreichen Seen gelegen, die es in dieser Gegend gab. Mir kam er mit seinem stillen, schwarzen Wasser eher vor wie ein klaffendes Loch. Und der Geruch nach gekochtem Gemüse – Kohl, Rüben, Kartoffeln –, der aus den Hütten an meine Nase drang, drehte mir den Magen um.

Ansonsten aber war alles in Ordnung. Dachte ich.

Erst, als es fast zu spät war, wurde mir klar, dass überhaupt nichts in Ordnung war.

»Wir sind einfach Reisende auf dem Durchritt«, sagte Aiona leise. »Vielleicht bemerken sie uns nicht, wenn wir ruhig bleiben.«

Ich hörte die Anspannung in ihrer Stimme. Versuchte zu begreifen, was los war. Es gelang mir nicht. Mir war, als hätte ich einen Teil der Unterredung verpasst. Hätte Aiona sprechen gehört und vielleicht auch Antwort gegeben, ohne mitzubekommen, was sie oder ich gesagt hatten.

»Was?«, murmelte ich. Blinzelte. Versuchte, ihr Gesicht besser in den Blick zu bekommen. Als wären ihre Züge ein Rätsel, das ich zu lösen hatte. Doch auch das gelang mir nicht. Auf einmal ritt da eine Fremde neben mir. Ich verschwendete kostbare Sekunden darauf mich zu fragen, ob ich sie erkannt hätte, wenn ich ihr beispielsweise in den Straßen der Perle begegnet wäre.

»Ferlas Hütte liegt am Rand des Dorfes«, sagte Aiona jetzt. »Vielleicht ist das unsere Rettung.«

»Unsere Rettung …«, wiederholte ich. »Unsere Rettung …« Rettung wovor?

Ich sah mich im Dorf um. Konnte nichts Besonderes erkennen. Das Dorf war eben ein Dorf. Es gab hier Bauern. Vielleicht ein paar Fischer – wobei der See viel zu klein war, als dass … Aber halt! Die sinkende Sonne verbreitete warmes, blassgoldenes Licht, und nach dem Mistwetter der letzten Tage hätte man erwarten können, dass die Leute die Heiterkeit des Abends ausnutzen würden, um sich auf eine der Bänke zu hocken, die vor den Häusern standen, und einen Plausch mit den Nachbarn zu halten. Aber niemand war auf der Straße. Die Türen der Hütten waren geschlossen. Ich hörte Kühe brüllen. Offenbar hätten sie bereits gemolken werden sollen, doch das war nicht geschehen … Auch der Dorfplatz war verwaist, obwohl er einen gemütlichen Eindruck machte: In seiner Mitte standen ein paar Ahornbäume, von Steinbänken umgeben, und da war sogar ein Brunnen … Halt! Ich hatte einen Mann gesehen – einen Bauern, der eilig zwischen zwei Katen umherhuschte und ganz eindeutig vermeiden wollte, dass wir ihn entdeckten …

Allein warum?

Ich hatte den Eindruck gehabt, dass Aiona öfters bei dieser Ferla zu Besuch war. Das heißt, man dürfte wohl davon ausgehen, dass die Dorfbewohner sie kannten. Warum also dann die Verstohlenheit und Heimlichtuerei?

Ich versuchte, eine entsprechende Frage zu formulieren. Zermarterte meinen Kopf, um die Worte aneinanderzureihen.

In diesem Moment sagte Aiona: »Wir sind zu spät, Justinius. Es tut mir leid.«

Ich hatte es fast geschafft, mir meine Frage zurechtzulegen, und was Aiona da redete, stürzte mich in größte Verwirrung. Zu spät? Zu spät wofür? Und warum meinte sie, es tue ihr leid? Wollte sie sich entschuldigen? Bei mir? Sie hatte doch gar nichts getan, was eine Entschuldigung verlangte. Außerdem – wenn es zu spät war, weshalb ritt sie dann weiter?

Ein neuerlicher Schauder überlief mich. Ich umklammerte den Sattelknauf. Mir war, als würde ein Riese den Erdboden unter mir wegziehen. Alles drehte sich. Rhalana wieherte. Ich schwankte. Dieses Mal hielt mich Aiona nicht fest. Ich stemmte den Fuß in den Steigbügel. Richtete mich auf.

»Wenn du der Straße folgst, die vom Dorfplatz aus an der Mühle vorbeiführt, kommst du ins Melchertal«, sagte Aiona. »Du wirst es schaffen. Ich weiß, dass du es schaffen wirst. Du bist stark. Aber du musst jetzt gehen.«

»Was redest du da, bei allen Höllen!?«, entgegnete ich wütend. »Ich bleibe natürlich bei dir! Warum sollte ich gehen?«

Aber sie schien mich nicht zu hören. Vielleicht hatte ich es auch nicht geschafft, die Worte auszusprechen.

Jetzt lächelte mich Aiona an. Traurig und ein wenig müde lächelte sie. »Weißt du, es muss immer jemand den Preis zahlen. Für jede unserer Entscheidungen. Und wenn viele dir folgen, müssen viele zahlen. Da tut es fast gut, wenn man selbst an der Reihe ist. Leb wohl, Justinius von Hagenow.«

»Es reicht mir langsam!«, wollte ich aufbrausen. »Schenk dir die tränenreichen Verse und sag mir lieber, was hier gespielt wird, in Dreidämonsnamen!«

Doch sie war schon nicht mehr da. Ich streckte die Hand aus, um sie festzuhalten. Natürlich bekam ich nur leere Luft zu fassen. Aiona war längst weitergeritten. Auf die Hütte zu. Die Hütte der Hexe Ferla. Da war sie. Am Rand des Dorfes, wie Aiona gesagt hatte. Dahinter schon die Felder. Zart sprießender Winterweizen. Und vor der Hütte – drei Pferde. Zwei Braune, ein Rappe. Unwahrscheinlich, dass eine Bäuerin, oder Heilerin oder Kräuterfrau, drei Pferde besaß. Noch dazu solche Pferde. Eher Schlachtrösser als Ackergäule. Was also hatten diese Pferde hier verloren?

Plötzlich begriff ich.

Wie hatte ich nur so dumm –

»Halt, Aiona! Nein!«, krächzte ich.

Sie drehte sich nicht mal um. War gerade aus dem Sattel gestiegen. Flüsterte Honigkuchen, der verängstigt schien, etwas ins Ohr.

Ich folgte ihr. Trieb Rhalana an. Fluchte. Schwang mich aus dem Sattel, als ich zu Honigkuchen aufgeschlossen hatte. Blieb mit dem Fuß hängen. Legte mich der Länge nach in den Matsch. Fluchte noch mehr. Zog mich ächzend auf die Beine. Und taumelte auf Aiona zu.

In diesem Moment öffnete sich die Tür der Kate.

Heraus kamen drei Männer und eine Frau.

Ich war schon nicht mehr überrascht, als ich das Zeichen sah: der Elaah-Kreis, den gekreuzte Zwillingssicheln durchbrachen. Dunkle Töne von Blau und Rot bei den gewöhnlichen Ordenskriegern der *Bruderschaft des Zweiten Todes*. Weiß und Schwarz bei dem Paladin.

Ein Paladin.

Er sah aus, wie man sich so einen Paladin eben vorstellt. Hochgewachsen und sehnig. Lange, schwarze Haare. Glattrasiert.

Ich fürchtete, er würde auch entsprechend kämpfen.

Zwischen ihnen – vom Paladin geführt – die Frau. Vermutlich die Hexe Ferla. Sie war jünger als Aiona. Trug ein Wollkleid, das mehrere Flicken aufwies. Hatte die roten Haare zu einem Knoten zusammengebunden. Ihr Gesicht war von Schlägen gezeichnet. Die Lippe war aufgeplatzt, eine Wange geschwollen. Offenbar hatten die Streiter der Bruderschaft ihr deutlich zu verstehen gegeben, was sie von Hexen hielten. Doch etwas in Ferlas Augen leuchtete auf, als sie sah, wer ihr zu Hilfe gekommen war.

Ich blieb neben Aiona stehen. »Was tust du da?«, zischte ich. »Wenn du die Königin bist, ist es deine verdammte Pflicht zu leben!«

»Später wirst du verstehen«, flüsterte sie, ohne mich anzusehen.

Der Paladin hielt inne. Im Gegensatz zu seinen Männern legte er die Hand nicht an den Schwertgriff.

»Die Götter mit Euch, meine Dame«, sagte er an Aiona gewandt. Seine Stimme war höflich. Zugleich aber lag etwas Kaltes und Schneidendes darin. Um mich kümmerte er sich nicht groß.

»Lasst die Frau frei, Herr Krieger«, entgegnete Aiona.

»Sie ist eine Hexe, meine Dame. Sie wird bezichtigt, schwarze Magie geübt zu haben.«

»Ich weiß, wessen sie bezichtigt wird. Ich weiß auch, dass viele in Eurem Orden das Gute wollen. Wenn ich mir anschaue, wie Ihr Ferla behandelt habt, zweifle ich allerdings daran, ob Ihr dazu zählt. Noch einmal: Lasst sie frei. Ich möchte Euch nicht schaden.«

Aionas Stimme klang noch etwas tiefer und rauher als sonst. Die des Paladins amüsiert und gelassen. Beide sprachen sie fast so ruhig, als ob sie über das Wetter plaudern würden.

»Ihr möchtet mir nicht schaden?« Er lächelte. Das war ein feines, höhnisches Lächeln. »Mein Name ist Calyb. Ich bin ein Paladin der *Bruderschaft des Zweiten Todes*. Bitte schadet mir, meine Dame. Ich bin gespannt.«

»Und ich bin Aiona, Königin der Schwarzen Hexen. Ein letztes Mal, Herr Krieger: Lasst die Frau frei.«

Calyb schüttelte den Kopf. »Es tut mir leid, meine Dame, aber Hexen gehören in den Kerker – besser noch in die Folterkammer oder auf den Scheiterhaufen. Ihr sagt, Ihr seid die Königin der Schwarzen Hexen? Heute muss mein Glückstag sein. Wollt Ihr nicht mit mir nach Dreieichen kommen? Ich würde Euch gerne eine Krone aus glühendem Eisen aufsetzen.«

Aiona antwortete ihm nicht. Stattdessen griff sie an ihren Gürtel und holte ein Messer hervor.

Die beiden Ordenskrieger tauschten einen zweifelnden Blick und zogen ihrerseits die Klingen. Offenbar waren sie nicht so abgebrüht wie ihr Anführer. Der furchte nur kurz die Stirn. Legte noch immer nicht die Hand an den Schwertgriff. Hielt aber nach wie vor Ferlas Arm umfasst.

»Wollt Ihr etwa mit dem Messerchen da gegen mich kämpfen, meine Dame? Ihr rührt mich!«

Seine Gefangene ahnte offenbar, was Aiona vorhatte. Ihr Gesicht zeigte eine verwirrende Mischung aus Bestürzung, Panik und Freude, als sie das Messer sah.

Die Ereignisse der letzten Minuten hatten ausgereicht, um mir neuen Schwung zu geben. Das Herz hämmerte in meiner Brust, trieb mir das Blut durch die Adern. Jeder Muskel meines Körpers war angespannt. Ich wusste, dass das ein letztes Aufflackern war, ehe das Feuer verlöschen würde.

Und das hieß nichts anderes, als dass jeder Augenblick zählte.

Ich machte einen Schritt nach vorne. Gab mir Mühe, trotz des Schlamms, der mein Kettenhemd und mein Gesicht verunzierte, einigermaßen herrschaftlich auszusehen.

Sagte: »Wie wir gerade bei den Vorstellungen sind: Mein Name ist Justinius von Hagenow. Ich weiß Euren Eifer zu schätzen, Herr Paladin, auch wenn ich mir bei den Kerkern, Folterkammern und Scheiterhaufen unsicher bin. So oder so, wir haben größere Sorgen als ein paar Hexen. Es gibt doch bestimmt eine Schenke in diesem hübschen Dorf, oder? Lasst die Frau in Frieden, dann gebe ich Euch ein Bier aus und wir reden über alles.«

Ich war durchaus stolz drauf, dass ich diese Rede bewältigt hatte, ohne in Ohnmacht zu fallen. Bei Calyb rief ich zumindest mildes Erstaunen hervor, wenn ich seine angehobene Augenbraue richtig deutete.

»Justinius von Hagenow? Ich glaube, ich habe Euren Namen schon mal gehört. Wenn ich mich recht erinnere, tauchte er in einem eher unerfreulichen Zusammenhang auf.«

»Wenn es um meine Familie geht, sind die Zusammenhänge selten erfreulich. Tut mir und Euch selbst den Gefallen und nehmt meine Worte trotzdem ernst. Ihr habt vielleicht gehört, dass ich ein versoffener Tagedieb bin. Das stimmt zwar, aber ich weiß, wovon ich rede, wenn ich Euch sage: Im ahekrischen Reich geht es längst nicht mehr mit rechten Dingen zu, und ein Mann wie Ihr wird bald schon seine ganze Kraft brauchen, wenn nicht alles noch viel schlimmer werden soll.«

Calyb betrachtete mich abfällig. Wieder ließ er das höhnische Lächeln sehen. »Es fällt mir schwer, einem Mann Glauben zu schenken, der sich selbst einen versoffenen Tagedieb nennt. Aber selbst wenn ich Euch glaubte, würde es nichts ändern. Ich habe eine Pflicht zu erfüllen. Sie besteht darin, diese beiden Hexen nach Dreieichen zu bringen. Wenn Ihr wollt, könnt Ihr mich gern begleiten. Wir werden sicherlich bald eine hübsche Folterkammer für das Weiberpack einrichten. Vielleicht kann ich Euch dann doch noch davon überzeugen, was für ein nützliches Gerät so eine Streckbank ist.«

»Das glaube ich nicht, Herr Paladin. Ganz und gar nicht«, antwortete ich – und zog mein Schwert.

»Justinius, nein!«, rief Aiona.

Die beiden Ordenskrieger gingen in Kampfstellung, und Ferla stieß einen erschrockenen Laut aus.

Nur Calyb blieb ruhig. »Ihr seid Euch zweifellos darüber im Klaren, dass Ihr in einem ernsthaften Duell mit mir keine zehn Sekunden bestehen würdet«, sagte er in heiterem Tonfall.

»Da wäre ich mir nicht so sicher«, knurrte ich. Und hob meinerseits die Klinge.

»Offenbar seid Ihr nicht nur ein versoffener Tagedieb, sondern auch ein bedauernswerter Narr.«

»Justinius, halt dich da raus!«

»Dieses Mal nicht«, sagte ich zu Aiona, ohne mich nach ihr umzudrehen.

Ferla presste die Lider zusammen. Schweißperlen liefen über ihre Stirn.

»Seid Ihr wirklich so versessen darauf, zu sterben?«, säuselte der Paladin.

»Steck dein Schwert weg, Justinius!«, rief Aiona.

Die Ordenskrieger machten einen Halbschritt auf mich zu. »Sollen wir angreifen, Bruder?«, fragte der linke von beiden.

Calyb hob abwiegelnd die freie Hand. »Nein, noch nicht. Sagt, Ihr seid doch nüchtern, Herr von Hagenow? Ich würde ungern einen Betrunkenen töten, das wäre mir peinlich.«

»HALTET DEN MUND UND KÄMPFT, VERDAMMT!«, brüllte ich.

»Er weiß nicht, was er tut! Ich habe ihn verhext!«

Aionas Worte trafen mich wie ein Schlag. Einen Moment lang war ich fassungslos. Ohne nachzudenken, blickte ich über die Schulter. »Was re-«, begann ich. Noch während ich sprach, begriff ich meinen Fehler.

Der Paladin stieß mich mit der Faust vor die Brust.

Ich stolperte nach hinten. Verlor das Gleichgewicht. Fiel mit dem Hintern in den Dreck.

»Ich fürchte, aus dem Heldentod wird nichts«, sagte Calyb. Dabei sah er mich halb spöttisch, halb mitleidig an.

Ich hätte heulen mögen vor Scham. Fletschte die Zähne.

»Und jetzt, meine Dame, legt Euer Messer weg. Oder zieht Ihr es vor, dass ich Euch an Ort und Stelle niederhaue? Mir ist es gleich. Dann hat Eure Freundin eben den ganzen Spaß für sich alleine …«

Ich wusste nicht, was Aiona tun würde. Aber ich wusste, dass sie nicht gekommen war, um sich gefangen nehmen zu lassen. Ich brachte kein Wort heraus, suchte nur ihren Blick. Irgendwie hoffte ich, das würde reichen – wenn ich ihr in die Augen schauen könnte.

Doch es war zu spät.

Aiona streckte den Arm aus, drehte die Handfläche nach oben, spreizte die Finger, riss das Messer hoch, rammte die Klinge in ihr eigenes Fleisch, ballte die Faust, schleuderte das Blut dem Paladin und seinen Kriegern entgegen, schrie.

Schrie voller Schmerz und Zorn und Dunkelheit: »Höret gut, denn dies sind Worte der Macht! Vergessen ergreift euch! Verloren irrt ihr durch die Welt!«

Die Kämpfer der Bruderschaft heulten auf. Wie kleine Kinder, die erwachen, ganz allein, zu nächtlichen Schrecken. Sie ließen ihre Schwerter fallen, sackten auf die Knie, verbargen ihre Gesichter in den Händen, kreischten. Calyb taumelte zurück, bis er gegen die Wand der Hütte schlug. Sein Gesicht verzerrte sich. Er stieß einen grauenhaften Laut aus, als würde ein Dämon seine Seele in Stücke reißen. Doch er hielt sich auf den Beinen.

Mich wehte eisiges Entsetzen an. Ganz kurz nur. Doch es reichte. Ich rutschte auf dem Hintern durch den Schlamm. Hörte mich winseln.

Sämtliche Pferde – auch Rhalana, auch Honigkuchen – brachen in panisches Wiehern aus. Sie zerrten an ihren Halftern, bäumten sich auf. Und wenn sie nicht angebunden waren, preschten sie davon. Es war reines Glück, dass sie niemanden mit ihren Hufen erschlugen.

Selbst das Licht schien sich zu verändern. Es nahm eine tiefrote, beinah schwärzliche Farbe an. Wie Lebensblut, das aus einer Wunde pulst, die niemals mehr heilen wird.

Als ich mich wieder gefasst hatte, sah ich gerade noch, wie Ferla zwischen den Hütten verschwand. Sie rannte und rannte. Und es schien nicht, als würde sie so schnell wieder stehenbleiben.

Die Ordenskrieger lagen in sich eingerollt da und wimmerten. Calybs Gesicht war totenbleich. Schweiß strömte ihm über die Schläfen. Doch er stand. Und zog sein Schwert.

Aiona war niedergestürzt. Es schien, als hätte sie mit einem einzigen Atemzug all ihre Jahre verbraucht. So erschöpft, so abgezehrt sah sie aus. Nun aber suchte ihr Blick den meinen. Da war etwas in ihren Augen. Ein Gesuch, eine Bitte? Ich wusste es nicht. Ich wusste nur, dass sie nicht weniger allein war als die Männer, die sie verdammt hatte.

Zitternd streckte sie ihre blutige Hand nach mir aus.

Ich kroch zu Aiona hinüber. Langsam, langsam.

»Diese Frau ist wahrlich böse«, hörte ich den Paladin sagen. Seine Stimme war ein heiseres Raspeln. Es klang beinah bewundernd, wie er das sagte.

Noch immer hielt Aiona ihre Hand ausgestreckt. Aus dem zerstochenen Fleisch floss Blut. Es tropfte in den feuchten Schlamm.

Das Licht hatte sich erneut gewandelt. Ein bleicher, kupferblauer Schimmer umgab uns. Der herbe Duft des nahenden Winters erfüllte den Abend.

Ich zögerte. Dann ergriff ich Aionas Hand.

»Ich bin da«, sagte ich.

22
DAS NEUE GESETZ

Die Luziera

Es war so weit.

Seit ihrer Unterhaltung mit Rudrick waren zwei Nächte vergangen, und zunächst begriff die Luziera nicht, dass die Stunde gekommen war.

Als sie dem Nichts des Tages entstieg, verspürte sie keinerlei Lust darauf, das eingestürzte, von Unkraut und Ranken überwucherte Bauernhaus zu verlassen, in welches sie sich zurückzog, wenn der Morgen graute. Nein, heute stand ihr der Sinn nicht danach, über die Grate zu wandern und sich an der harschen Würde der Berge zu erfreuen – und auch die Unendlichkeit des Sternenhimmels barg jetzt keinen Reiz für sie.

Was die Luziera lockte, war etwas anderes.

Zunächst einmal sie selbst. Die Luziera hatte sich nachgespürt in ihren Träumen, war den Stimmen gefolgt: der dunkel leuchtenden Spur der Worte – des Wisperns und Tuschelns und Schreiens –, die sie durch den Sturm der Äonen führte. Und sie war fündig geworden, hatte sich entdeckt, sich gleichsam ausgegraben wie einen kleinen Schatz, der vor Zeiten unter den Feldsteinen am Rain verborgen worden war.

Ja, die Luziera erinnerte sich. Einst hatte sie im Norden von Ebera gelebt, ganz im Norden, auf Fènroe, der kleinsten der Faligna-Inseln. Damals wie heute gab es dort nur ein paar Dutzend Fischerhütten. Sie wusste nicht, noch nicht, was genau in jener Zeit, der Zeit ihres kurzen Lebens, auf Fènroe vorgefallen war. Doch sie wusste, dass es etwas Schreckliches gewesen war. Und sie wusste auch, dass sie damals eine Unschuldige gewesen war; eine Unschuldige, die furchtbar gelitten hatte.

Die Luziera dachte an das Bergdorf, das der Schwarze Jäger zum Unterschlupf der Horde erkoren hatte. Schon erstaunlich, dass den Menschen die unbedeutendsten Anlässe genügten, um ihr alltägliches Leben gegen eine grimmige, zähnefletschende Schlachterei auszutauschen; und wie sehr sie es genossen, dies zu tun. Fast als ertrügen sie es nicht, gewöhnliche Männer und Frauen zu sein, die morgens aufstanden und nachschauten, wie das Wetter war. Vielleicht war das etwas, worüber der Herr Jäger und Rudrick hätten nachgrübeln sollen, während sie ihrem Duell entgegenblickten.

Indessen wären sich die beiden wohl zumindest darin einig gewesen, dass derartige Lektionen sie nicht interessierten. So blieb es der Luziera überlassen, über die Muster zu sinnieren, die der menschlichen Geschichte ihr Maß gaben: all die Entsprechungen, Spiegelungen und Wiederholungen.

Die Zeit war ein Ring – so behauptete doch manch ein Weiser? –, und am Ende verschlang sie alles und jeden.

Eines stand fest: Die Frau, die die Luziera gewesen war, als sie eben noch nicht die Luziera war, war von der Zeit verschlungen worden; schnell, allzu schnell.

Damals war sie, auch das wusste die Luziera, eine von jenen gewesen, denen das Begehren, welches sie hervorrief, zum Verhängnis wurde.

So wie vielleicht, viele hundert Jahre später, die junge Bergbäuerin, deren Andenken sie allein wahrte.

So wie vielleicht auch Vanice Devecraux.

Zu ihrer Verwunderung spürte die Luziera etwas wie Zärtlichkeit, wenn sie an das blonde Mädchen dachte. Und das hatte sie häufig getan, seit ihrer Unterredung mit dem schwarzen Rudrick. Sie hatte sich nicht die Mühe gemacht, herauszufinden, was genau Schnuckelchen in Vanice sah. Ohne Zweifel war das Ganze eine eher unappetitliche Angelegenheit, insofern es ihn betraf; etwas, das mit nackter Haut, Messern, Blut und Tränen zusammenhing.

Die Luziera erblickte freilich etwas anderes, wenn Vanice' Gesicht vor ihr aus dem Nebel aufstieg, zu dem die Zeiten und Räume in ihrem Geist gerannen. Was sie erblickte, war ein Stück von sich selbst.

Ja, sie glaubte, glaubte und hoffte und wünschte, dass die junge Frau, die einstmals auf Fènroe gelebt hatte, in dem blonden Mädchen eine Seelenschwester fand. Wenn das zutraf, könnte die Luziera vielleicht bald aufhören, die Luziera zu sein. Dann müsste sie nichts mehr sein.

Gar nichts.

So viel nämlich hatte sie mittlerweile begriffen: Die Luziera kannte weder Anfang noch Ende; die Frau aber, die vor einem Jahrtausend auf Fènroe gelebt hatte und so grausam betrogen worden war, hatte beides: Sie war einmal geboren worden und sie würde einmal – vielleicht bald schon – sterben. Jemand *musste* die Luziera sein; viele aber *konnten* sie sein.

Wie gerne hätte sich die Luziera auch an diesem Abend in ihre Träume versenkt, wäre in ihnen umhergestrichen, bis sich die Sonne anschickte, die Gipfel des Fokris-Massivs zu erklimmen.

Doch sehr bald schon wusste sie, dass es dazu nicht kommen würde. Denn sie hörte die Stille draußen in dem Bergdorf, das in dem fahlen Dunst des schwindenden Tages dalag. Es war eine Stille der Erwartung. Die Horde wartete auf das blutige Lärmen und Heulen, das bald über sie kommen würde; die Horde wartete auf das Ende.

So verließ die Luziera die Ruine, die als einziges Zeugnis vom Leben namenloser Sennen übrig geblieben war, um das Duell zwischen Rudrick und dem Schwarzen Jäger zu bezeugen. Für einen von beiden war es der letzte Kampf – und die Luziera hegte keinen Zweifel daran, wer es war, der bald in eine andere, dunklere, kältere und fremdere Nacht eintreten würde.

Etwas wie Müdigkeit erfasste sie; vielleicht war es auch Trauer.

Die Luziera stellte fest, dass draußen alles fertig war. Seit sie zur Nacht erwacht waren, mussten die Geisterreiter jede Sekunde genutzt haben, um den Kampfplatz zu bereiten. Offenbar hatte sich die Luziera so weit von der Horde zurückgezogen, dass sie nunmehr die Letzte war, die eine Neuigkeit erreichte. Aber das tat wenig. Denn sie war ja zur rechten Zeit gekommen: zur rechten Zeit, um zu sehen, wie das schwarze Feuer aufloderte; wie seine unirdisch leuchtende Glut in den dunkelnden Himmel stob; wie der Tanz seiner Flammen wild zuckende Schatten auf die halbeingestürzten Wände der Häuser warf, die am Rand des Dorfplatzes standen. Zur rechten Zeit auch, um zu sehen, wie die Geisterreiter einen weiten Kreis formten, der sich an der einen Seite auf den Scheiterhaufen öffnete, und ihm gegenüber zur Hauptstraße hin.

In ihre Felle gehüllt standen die Reiter der Horde da. Und alle trugen sie ihre grausamen, mit Zacken und Widerhaken versehenen Jagdwaffen, Spieß und Messer, Beil und Speer, um den Kämpfenden die Ehre zu erweisen. Die riesigen weißfelligen Hunde lagen bei denen, die sie führten, wenn die Horde ausritt. Sie hatten die roten, gezackten Ohren angelegt und hechelten. Sie wirkten verstört und nervös; Hunde konnten sie eben spüren, die Angst ihrer Herren, ganz gleich, ob sie der Welt der Lebenden oder den Schatten zugehörten.

Gedankenverloren durchschritt die Luziera die Reihen der Horde – selbstredend trat man ehrerbietig zur Seite, wenn sie nahte –, bis sie ganz vorne stand. Sie blickte auf den noch leeren Kampfplatz, erhellt vom Widerschein des schwarzen Feuers, das zu ihrer Rechten brannte. Wie alle anderen auch, wartete sie.

Auf Rudrick und den Schwarzen Jäger.

Lange warten musste sie nicht.

Als Erster kam der Herausforderer, wie es Brauch war.

Ruhig und selbstsicher schritt Rudrick die Hauptstraße entlang. Er trug eine Rüstung aus schwarzem Fell und schwarzem Leder. Seine Hände waren offen: bereit, zu empfangen oder zu geben. Die Getreuen begleiteten ihn: Arnwald und Reimar, Clas und Eorl. (Melchar fehlte – ihn hatte der Schwarze Jäger auf dem Thannhof getötet; es war der Luziera wieder eingefallen.) Drei der Getreuen trugen die Waffen, die beim Duell geführt werden durften: Messer, Beil und Spieß. So wollte es das Gesetz. Ebenso, wie das Gesetz vorschrieb, dass der Herausgeforderte zu entscheiden hatte, mit welcher Waffe der Kampf dann tatsächlich gefochten wurde.

Rudrick betrat den Kampfplatz und stellte sich an den Rand des Kreises; so, dass das Feuer auf seiner linken Seite lag, die Dorfstraße auf seiner rechten. Stille empfing ihn. Aber die Luziera konnte doch spüren, dass er die Geisterreiter, oder doch die meisten von ihnen, auf seine Seite gezogen hatte. War es das Versprechen der Freiheit? War es die Lockung des Bösen, dem Rudrick diente? War es die Angst, einem schwachen Herrn zu folgen? Oder einfach Langeweile? Schließlich waren nicht wenige, die heute hier im Kreis standen, bereits seit hundert Jahren und mehr Teil dieser Jagdgesellschaft.

Wie auch immer – die Horde war bereit für das Neue. Das neue Gesetz; der Bund des schwarzen Rudrick.

Ob das Alte auch bereit war, zu sterben? Und wenn nicht – würde es noch die Kraft haben, dem Untergang zu wehren?

Rudrick schien sich sicher zu sein, wie die Sache ausgehen würde. Er nickte der Luziera kurz zu, ehe er an seinen Platz ging. Dabei ließ er den Hauch eines verschwörerischen Lächelns sehen. Der Luziera wollte das nicht gefallen, diese Anmaßung einer Vertrautheit. War sie etwa die Spießgesellin des schwarzen Rudrick? Doch was ihr gefiel und was nicht, war jetzt zweitrangig. Sie hatte getan, was sie getan hatte. Und am Ende hätte es auch nichts geändert, wenn sie Rudrick ihr Wissen vorenthalten hätte.

Nun kam der Schwarze Jäger.

Er war allein. Oder doch fast. Garoy – der es offenbar über sich gebracht hatte, ins verfluchte Bergdorf zurückzukehren – begleitete ihn. Einen glücklichen Eindruck machte der Wolf nicht. Mutlos trabte er einher, mit gesenkter Schnauze.

War es schon so weit gekommen, dass nicht einmal Garoy an den Herrn Jäger glaubte?

Wieder spürte die Luziera jene Empfindung, von der sie nicht recht wusste, ob es Müdigkeit war oder Trauer.

Trotz allem schritt der Schwarze Jäger stolz einher. Hoch empor ragten seine drei langen, gebogenen Hörner. Sein Dornenumhang und die Haare aus Moos und Flechten und verfaultem Laub wehten im Nachtwind, der von den Gipfeln der Fokrisberge herabkam. Sein Blick war fest, sein Kinn gereckt. Wenn er wollte, konnte der Herr Jäger noch immer der starke, unbezwingliche Anführer sein: größer und dunkler als all die Geisterreiter, die er führte; eingeschlossen den schwarzen Rudrick und seine Getreuen. Nun, da das letzte Sonnenlicht verloschen war, da sich schwere, dunkle Wolken am Himmel ballten und den Mond und die Sterne verbargen, strahlte er in seiner Schwärze, ein Mal noch, ein letztes Mal, heller als das Feuer, das den Kampfplatz beschien.

Eines aber verwunderte die Luziera: Der Herr Jäger trug nur ein Messer bei sich. Nicht den mächtigen Spieß, der ihn über so viele Jahre begleitet hatte, bei ungezählten Ausritten in die Nacht … Aber andererseits … passte dies nicht allzu gut zu der fatalen Entscheidung, die er getroffen, dem verhängnisvollen Fehler, den er begangen hatte?

Nun stellte er sich gegenüber von Rudrick auf. Noch immer war der Wolf an seiner Seite, obgleich man Garoy ansehen konnte, dass er es vorgezogen hätte, diesem einen Kampf fernzubleiben.

Auch den Schwarzen Jäger empfing Stille. Doch das war eine andere Stille als bei Rudrick. Es war eine unbehagliche, beschämte und abweisende Stille: die Stille, die den Verlierer brandmarkt.

Einige Momente warteten die Geisterreiter, warteten Rudrick und seine Getreuen, wartete die Luziera.

Dann rief der Schwarze Jäger: »Ihr alle wisst, warum wir heute Abend hier sind. Der schwarze Rudrick hat mich herausgefordert! Er will der neue Anführer der Horde sein! Wohlan, in dieser Stunde noch wird sich entscheiden, wer der wahre Anführer ist! Aber wisset eines … Ich will nicht gegen Rudrick kämpfen.«

Die Worte des Schwarzen Jägers fielen in die Stille, die über dem Kampfplatz lag, verloren sich in der Lautlosigkeit, mit der das unirdische Feuer brannte, und dem Aufheulen des Windes, der aus dem Norden kam. Allein das Wesen der Stille veränderte sich noch einmal während der langen, langen Sekunden, die nun folgten: Sie wurde schwer von Hohn und Verachtung.

Die Luziera senkte den Blick. Nun war es zweifellos Traurigkeit, was sie fühlte.

Der Schwarze Jäger weigerte sich zu kämpfen; er sprach Rudrick das Recht ab, ihm im Duell zu begegnen. Sie hatte das vorausgesehen. Aber wie konnte er? Wie konnte er nur so dumm sein? Ihm musste doch klar sein, dass es den Geisterreitern ein Zeichen unverzeihlicher Schwäche und Feigheit war, dem Kampf auszuweichen! In diesem Augenblick hatte der Schwarze Jäger die Horde verloren: endgültig und unwiderruflich, was immer die Gründe für seine Entscheidung waren.

Wahrscheinlich wusste er das sogar.

Ganz sicher wusste es Rudrick.

»Ach, und warum willst du nicht gegen mich kämpfen?«, fragte er vergnügt, indem er einen Schritt auf seinen Gegner zutrat – seinen Gegner, den er bereits besiegt hatte.

Der Schwarze Jäger sah Rudrick in die Augen: »Du hast mir gesagt, mein Herr sei nicht dein Herr, und mein Gesetz sei nicht dein Gesetz. Ich sehe nun, wie wahr das ist.«

»Was hat dir die Augen geöffnet, Jäger?«

»Garoy ist für mich in den Norden gezogen. Nächtelang preschte er ohne Rast durch den Nachthimmel, über das Gebirge und die Wälder, über die Ebenen, Sümpfe und Moore. Bis nach Ahekris …« Der Schwarze Jäger streckte die Hand aus und kraulte den Wolf zwischen den Ohren, ganz kurz nur. »Er hat das Werk deines Herrn gesehen. Er kennt jetzt das Gesetz, dem du unterstehst.«

Ein Anflug von Überraschung, vielleicht gar von Gekränktheit, huschte über Rudricks Gesicht. Doch er hatte sich schnell wieder gefasst. »Wirklich? Er war in Ahekris? Nun, ich beneide ihn darum, dass er die Herrlichkeit der schwarzen Sonne bereits mit eigenen Augen schauen durfte. Aber was hat das mit uns beiden zu tun und dem Geschäft, das wir zu erledigen haben?«

»Du bist nicht der schwarze Rudrick. Du warst es nie. Du und die

Luziera, ihr habt mich betrogen. Nur ein Reiter der Horde darf mich herausfordern. Du bist keiner von Skargats Jägern. Darum bist du nicht würdig, gegen mich zu kämpfen.«

Nun lachte Rudrick. Eine beinah jungenhafte Freude schwang in seiner Stimme mit, als er sagte: »Du hast recht, Jäger! Ich war nie der schwarze Rudrick, und ich werde es nie sein! Ich habe dich betrogen! Aber weißt du was? Es macht keinen Unterschied. Das alte Gesetz gilt nicht mehr. Ob ich in deinen Augen würdig bin, ist völlig gleichgültig. Du wirst gegen mich kämpfen, oder ich lasse dich von deinen eigenen Männern niederhauen!«

Der Schwarze Jäger sah ihn fest an. »Ist das so?«, fragte er. Dann legte er die Hände an die Hüften und rief: »Meine Reiter – spricht Rudrick die Wahrheit? Seid ihr einer Meinung mit ihm? Wollt ihr mir nicht mehr folgen? Habt ihr euch wirklich alle gegen mich gewandt?«, rief er mit lauter, weithallender Stimme, während er sich langsam in der Runde umschaute.

Manch einer wich seinem Blick aus, doch niemand sagte etwas.

Einen Herzschlag lang sahen die Luziera und der Schwarze Jäger einander in die Augen. In der Dunkelheit seiner Seele fand sie eine Trauer, die die eigene spiegelte.

»Gut.« Der Schwarze Jäger nickte schwer. »Dann soll es so sein.«

»Schön, dass du es einsiehst, Jäger. Ich habe mich schon lange auf den Kampf gegen dich gefreut.«

»Es kommt alles, wie du es haben willst, Rudrick«, sagte der Schwarze Jäger. »Ich wähle das Messer.«

»Das Messer also«, sagte Rudrick und machte Anstalten, sich zu seinen Getreuen umzudrehen, Arnwald, Reimar, Clas, die seine Waffen bereithielten, und Eorl, der ihn ergeben betrachtete.

Und da geschah es.

Der Schwarze Jäger ließ sich auf ein Knie sinken. Er legte die Rechte – die Hand, die über die Jahre und Jahrzehnte und Jahrhunderte hinweg seinen Jagdspieß geführt hatte – flach auf den Boden, auf die kalten, feuchten, gesprungenen Steine, zwischen denen das

Unkraut spross. Das Messer nahm er in die Linke. Und trennte die andere Hand, die Waffenhand, am Gelenk ab.

Er brüllte, als die schwarze Klinge in das schwarze Fleisch schnitt und das schwarze Blut zu fließen begann. Doch nicht eine Sekunde zögerte er. Nicht eine Sekunde hielt er inne.

Die Geisterreiter echoten den Schrei des Schwarzen Jägers. Schmerz und Schrecken klangen aus ihren Stimmen.

Garoy stieß ein fiependes Winseln aus. Er drehte sich halb weg; trüb waren seine roten Augen.

»Was soll das? Was tust du da?«, rief Rudrick.

Und die Luziera begriff.

Sie hatte sich geirrt, gleich mehrfach. Es gab das Neue, das Unerwartete, das Unverhoffte. Es kam in ganz anderer Gestalt, als sie je erwartet hatte. Es erfüllte sie mit Grauen.

Der Schwarze Jäger erhob sich. Seine abgetrennte Hand, die Waffenhand, die Jagdhand, lag auf dem Dorfplatz, in einer Lache schwarzen Blutes. Noch immer brüllte er. Brüllte und brüllte. Als würde sein Schrei niemals enden. Er brüllte, während sich seine Hörner umbogen und verdrehten, dass sie sich ihm in den Rücken rammten; er brüllte, während sein Umhang in ihn hineinzuwachsen schien, sodass all die ungezählten Dornen seine Haut, seine Muskeln und Sehnen durchbohrten; er brüllte, während sich das schwarze Blut, das aus seinem Handstumpf pulste, verdickte und verwandelte, bis es einem Tentakel glich – oder vielmehr einer Schlange: einer riesigen, zuckenden, peitschenden Schlange, die noch das Nachtdunkel in sich hineinschlang.

Dann, mit einem Mal, hörte der Schwarze Jäger auf zu brüllen.

Er streckte die Glieder wie nach langem Schlaf, stand dann fast gelassen da.

»Was – was ist das?«, keuchte Rudrick.

»Dein Herr hat mich als Diener angenommen. Er braucht dich nicht mehr«, sagte der Schwarze Jäger. Er sagte es mit ruhiger, gefasster Stimme, in der weder Spott noch Triumph lag.

»Nein! Nein! Das kann nicht sein!« Rudrick hob abwehrend die

Hände. Eine letzte Angst, eine letzte Verzweiflung verzerrten sein Gesicht – die Angst und die Verzweiflung, die ein Mann empfinden mag, der in einen bodenlosen Abgrund taumelt; der weiß, dass er in Ewigkeit durch das Nichts und die Kälte stürzen wird.

Der Schwarze Jäger schlug zu.

Die Schlange seines Armes zerfetzte Fell, Leder und Fleisch. Blut spritzte.

»NEIN!« Rudrick krümmte sich und taumelte noch einen Schritt zurück.

Dort waren die Getreuen: Arnwald und Reimar, Clas und Eorl.

Arnwald rammte das Messer in Rudricks Seite.

Reimar hackte das Beil in seine Schulter.

Clas bohrte den Spieß in seine Kniekehle.

Rudrick schrie auf. Er sackte in sich zusammen.

»Was tut ihr da?«, rief Eorl entsetzt.

Da wandten sich Arnwald, Reimar und Clas ihm zu. Die Flammen des schwarzen Feuers ließen das schwarze Metall glimmen. Schnell war Eorls Geheul verstummt.

Rudrick lag am Boden. »Nein …«, wimmerte er.

Plötzlich wandelte sich Garoys Fiepen zu einem Knurren und Fauchen. Nun war ein Glühen in seinen Blutaugen. Mit wenigen, kraftvollen Sätzen hatte er den Kampfplatz überquert. Die schartigen Knochensplitter, die sein Fell durchbohrten, erzitterten, als er Rudricks Kehle zerfleischte und sich seine roten Zähne schwarz färbten.

Die Luziera stützte sich schwer auf ihren Stab. *Was habe ich getan?*, dachte sie. *Was habe ich nur getan?*

Dann stand auch der Schwarze Jäger bei Rudrick. Die Schlange, die sein Arm war, zischte und zuckte, doch seine Züge waren ausdruckslos.

Sein Gegner röchelte und würgte; dunkel blubberte das Blut aus seinem Mund. Ohne ein Wort zu sagen, hob der Schwarze Jäger seinen gewaltigen Stiefel und stellte ihn auf Rudricks Gesicht.

Unterdessen war die Wolkendecke hier und da aufgebrochen.

Man sah den Mond und die Sterne. Doch der Mond war nicht der Mond, und die Sterne waren keine Sterne. Die Sterne waren Risse im Gewebe des Himmels, der Mond ein geplatztes Geschwür. Fahler Eiter troff aus den Wunden, sickerte schwer und klebrig auf die Erde hinab, die in Stille und Einsamkeit den neuen Morgen erwartete.

Irgendwo in der Dunkelheit dachte Rudrick von Nordwiesen an einen fernen Sommertag zurück, als er fast noch ein Junge gewesen war. Er hatte einen Ausritt gemacht und die duftige Wärme genossen, bis er und sein Pferd müde wurden. Dann war er aus dem Sattel gestiegen, hatte einen halben Wasserschlauch über seinem Kopf geleert und sich in einem Kornfeld ausgestreckt. Dösend lag er zwischen den Ähren und knabberte an einem Halm, während er das weite Blau betrachtete, das sich über ihm spannte. Es umfasste die Ränder des Horizonts, das wusste er – obwohl er nur ein kleines Stück davon sehen konnte.

Rudrick erinnerte sich an den Geschmack des Korns in seinem Mund.

Dann starb er zum zweiten und letzten Mal.

23

DAS SCHWARZE WASSER

Mykar

E s ist wirklich unglaublich, wie schnell du heilst!«
Cillia saß an meinem Bett. Sie hatte gerade meine Verbände abgenommen, um die Schürfungen und Prellungen, die ich mir im Kampf zugezogen hatte, mit Salbe einzureiben. Jetzt sah sie, dass es da nicht mehr viel zum Einreiben gab. Verwundert schüttelte sie den Kopf.

»Bei Jelkars Huren – wie geht das?«

Eigentlich war es mir peinlich, dass Cillia immer mit Jelkars Huren anfing. Ich verstand nicht, wie jemand, der so schön und zart war wie sie, derartige Worte gebrauchen konnte. Doch jetzt rührten mich ihr Erstaunen und der beinah empörte Ausruf.

»Was haben die damit zu tun?«, fragte ich lächelnd.

»Gar nichts, nehme ich an«, sagte sie. »Aber unglaublich ist es trotzdem. Als du hier reingestolpert bist, habe ich gedacht, du fällst gleich um und stehst niemals wieder auf.«

Der Kampf in der Lagerhalle am Hafen war jetzt vier Tage her. Nachdem ich mit Ofrick gesprochen hatte, blieb ich noch lange am Pier sitzen. In mir fühlte ich eine Leere. Ich war froh, dass da nichts anderes war.

Erst, als ich mich auf den Rückweg zur *Zechenden Puppe* machte, kamen die Schmerzen. All die Schläge und Tritte schienen mich noch einmal zu treffen. Alles tat weh; ich war fast blind; ich taumelte. Ein Fremder half mir. Er fragte mich, was passiert sei und wo ich hinwolle. Und als meine Beine unter mir wegknickten, stützte er mich. Seine Freundlichkeit war mir unerträglich. Ich stieß den Mann weg und taumelte weiter. Irgendwie schaffte ich es, Frau Ceddras Gasthaus zu erreichen.

Was danach geschehen war – daran konnte ich mich nicht erinnern.

Ich fand mich in einem Bett wieder. Offenbar war ich nicht in meinen Alkoven gebracht worden. Dieses Zimmer hier war geräumig und lag im Erdgeschoss. Das wusste ich, weil ich die Geräusche aus dem Schankraum ganz deutlich hören konnte. Es war wohl bereits Abend, sonst wäre es in der *Zechenden Puppe* nicht so laut zugegangen. Die Stimmen, das Geklapper und Geklirr von Tellern und Bechern, das Scharren von Holz auf Stein – all das drang deutlich an mein Ohr. Die Geschäftigkeit im Schankraum wirkte wie ein Schlaflied auf mich. Bald döste ich wieder ein. Als ich die Augen erneut öffnete, waren Cillia, Alwin und ein Heiler bei mir. Ich schämte mich, dass so viel Aufhebens um mein Wohlergehen gemacht wurde. Aber ich war zu schwach, um mich zu widersetzen. Im Grunde wollte ich das wohl auch nicht. Es war schön, dass da jemand war, der sich um mich kümmerte. Es war schön, nicht allein zu sein mit den Schmerzen und der Traurigkeit.

Tatsächlich nahm Cillia meine Pflege sehr ernst. Vier-, fünfmal am Tag kam sie zu mir. Sie rieb mich mit Salbe ein und wechselte meine Verbände, brachte mir Suppe und Kräutertee. Ich hatte den Eindruck, dass es ihr sogar Freude machte, mich zu umsorgen.

Als ich etwas zu Kräften gekommen war, fragte sie mich, was eigentlich mit mir geschehen sei.

Ich zögerte. »Die anderen Hafenarbeiter … sie mögen mich wohl nicht«, murmelte ich schließlich.

»Wie? Sie haben dir das angetan? Einfach so?«

»Nun, ich habe … habe zurückgeschlagen«, sagte ich kleinlaut.

Cillia schien mich gar nicht zu hören. »Ich kann es nicht fassen!«, rief sie und sprang auf. »Warum müssen die Leute so verdammt *dumm* sein?!« Sie klang wirklich wütend, und in ihrem Ärger schwang sie den Holzbecher, aus dem ich meinen Tee getrunken hatte, als ob er eine Waffe wäre.

Ich hatte keine Antwort auf ihre Frage. Aber auf einmal war ich so glücklich wie noch nie in meinem Leben.

Seitdem waren zwei Tage vergangen. Doch ganz verlassen hatte es mich nicht mehr, dieses Glück. Es musste etwas damit zu tun haben, wie Cillia redete. Wie sie mit *mir* redete.

»Hätte mir jemand gesagt, dass du schon so bald wie neu sein würdest, ich hätte ihn für verrückt gehalten«, fuhr sie jetzt fort.

»Das liegt nur daran, dass du mir geholfen hast«, entgegnete ich.

»Du und Alwin – ihr alle. Wieder mal. Sonst wäre ich bestimmt überhaupt nicht mehr auf die Beine gekommen.«

Mir war natürlich klar, dass ich sie anlog. Ich tat es, weil ich ihr gerne etwas Schönes sagen wollte.

Cillia betrachtete mich nachdenklich. Mir wurde ganz kribbelig zumute unter ihrem Blick.

Plötzlich stand sie auf und wandte sich zur Tür. »Ich bin gleich wieder da – muss noch schnell etwas erledigen.«

»Etwas erledigen? Was denn?«, fragte ich enttäuscht. Ich hätte es gerne gehabt, dass sie mich weiterhin ansah mit diesem Blick.

Indem sie die Tür öffnete, drehte sich Cillia um zu mir. »Rechnen«, sagte sie.

»Rechnen?«

Sie lächelte mich an, verließ das Zimmer und schloss die Tür hinter sich.

Ich sank zurück auf das Kissen und starrte die Decke an. Cillia hatte mich gerade erst allein gelassen – und schon spürte ich ihr Fehlen. Es kam mir vor, als wäre der Raum auf seine doppelte Größe angewachsen, oder aber um die Hälfte geschrumpft.

Eine eigenartige Unruhe erfasste mich. Neben meinem Bett gab es ein Fenster. Die Luft war frisch, aber nicht wirklich kalt, und meistens standen die Läden offen. Wenn ich mich aufsetzte, konnte ich nach draußen schauen. Dort lag ein kleiner Hinterhof, der mit groben Steinplatten ausgelegt war, zwischen denen das Unkraut spross. Manchmal spielten Kinder in dem Hinterhof. Jetzt war er leer. Nur ein paar Straßenkatzen räkelten sich im Licht der Abendsonne. Ich wandte die Augen ab und suchte nach etwas anderem, womit ich mich beschäftigen konnte. Das Zimmer, in dem ich untergebracht war, zählte sicherlich zu den besten in der *Zechenden Puppe*. Es gab einen Schreibtisch, einen Kleiderschrank, zwei Schemel, das breite Bett, in dem ich lag, und sogar einen Waschzuber.

Leider hatte ich mir das alles im Verlauf der letzten Tage schon hundertmal angesehen. Unzufrieden wälzte ich mich auf die Seite. Mir fiel ein, dass ich in der Herberge von Meyk und Rilge auf dem Boden hatte schlafen müssen, weil mir das Bett zu weich gewesen war. Nun fand ich es ganz herrlich, ein wenig in die Matratze einzusinken.

Ich musste an Danje denken. In der *Alten Brücke* hatten wir es gut gehabt. Schon damals hatte ich gewusst, dass wir besser daran getan hätten, bei Meyk und Rilge zu bleiben. Wie schön hätte das werden können! Andererseits – wenn wir uns in der *Alten Brücke* verkrochen hätten, wie es mein Wunsch gewesen war, hätte ich ja niemals Cillia kennengelernt.

Ich hatte länger nicht an Danje gedacht und wollte schnell wieder damit aufhören. Sie lag nach wie vor oben, im Alkoven. Niemand hatte das Mantelbündel heruntergeholt. Wozu auch? Vielleicht wäre es besser, Danje würde immer dort bleiben: eingewickelt in das Tuch, verborgen in den Falten des Mantels. Oder wo immer sie war.

Cillia kam zurück. Ich hatte keine genaue Vorstellung, wie lange sie mich allein gelassen hatte. Da die Sonne noch immer nicht untergegangen war, konnte nicht viel Zeit vergangen sein. Aber irgendetwas war passiert, seit sie die Tür hinter sich geschlossen hatte. Mit ihr oder mir oder uns beiden.

Sie trug heute dieselben Kleider wie in der Nacht, als wir miteinander getanzt hatten: die weiten schwarzen Hosen, das grüne Schnürhemd, die Weste aus gelbem Leder. Irgendwie bermerkte ich das erst jetzt. Allerdings fielen ihr die Haare heute Abend offen über die Schultern.

»Hier, wenn du Hunger hast …«, sagte sie und stellte ein Tablett auf dem Tisch ab. Ich erkannte schon am Geruch, dass sie mir eine Schüssel Fischsuppe gebracht hatte. Das hatte ich fast täglich gegessen, seit ich nach Donost gekommen war. Die Suppe wurde mir aber nie langweilig, weil Frau Ceddra sie jedes Mal ein wenig anders zubereitete.

»Danke«, sagte ich.

Wir sahen uns in die Augen. Ich versuchte zu lächeln; Cillia lächelte nicht.

Stattdessen streckte sie sich und gähnte herzhaft. »Beim Schwanz des Gehörnten, warum bin ich nur so müde?«, seufzte sie.

»Entschuldige, ich w-will dich nicht …«, begann ich.

»Nein, nein!«, sagte sie schnell. »Ich lege mich nur kurz hin, dann werde ich gleich wieder munter.«

Auf einmal rasten meine Gedanken. Warum wollte sie sich denn jetzt hinlegen? Es war ja noch nicht einmal dunkel … Außerdem gab es in diesem Zimmer doch nur … Ich brauchte einige Momente, bis ich begriff, dass sie mein Bett gemeint hatte, als sie vom Hinlegen sprach.

»Oh, natürlich …« Ich machte Anstalten, aufzustehen. Allerdings hatte ich keine Ahnung, wohin ich gehen sollte. Davon abgesehen trug ich nur einen Lendenschurz, wie mir jäh bewusst wurde, als ich die Decken zurückschlug.

»Lass nur …«, sagte Cillia. »Das Bett ist schließlich breit genug, nicht wahr?«

Und schon lag sie neben mir.

Sie verschränkte die Arme hinter dem Kopf, schloss die Augen und brummte zufrieden. Ich wich zurück, bis ich mich ganz gegen die Wand gedrückt hatte.

Eine ganze Weile lag ich da, ohne mich zu rühren. Auch Cillia rührte sich nicht. Ich fragte mich, ob sie eingeschlafen war.

Plötzlich fiel mir auf, dass ihr Hemd verrutscht war, als sie sich hingelegt hatte. Ein Stück ihrer Hüfte war jetzt unbedeckt. Ich wollte den Blick abwenden, doch das ging nicht. Es schickte sich nicht, zu starren. Das war mir klar. Dennoch musste ich immerzu Cillias Hüfte ansehen.

Ich erinnerte mich an die Nacht, in der wir zum ersten Mal miteinander gesprochen hatten. Im Mondlicht war es mir vorgekommen, als ob Cillias Haut von innen her leuchten würde. Jetzt gab es kein Mondlicht. Aber die Sonne war nun hinter die Hausdächer gesunken, und das schwindende Licht hatte eine dunkle, rotgoldene Farbe angenommen. Durch das offene Fenster senkte es sich ins Zimmer, wo die Schatten langsam ineinanderschmolzen.

Ich dachte, dass ich Cillia nicht länger anstarren müsste, wenn ich ihr Hemd ein wenig nach unten zog.

»Entschuldige, da ist etwas verrutscht«, murmelte ich und streckte die Hand aus und legte sie auf Cillias Hüfte. Das war nicht, was ich hatte tun wollen. Ich war entschlossen, meine Hand sofort wieder zurückzuziehen. Aber die Hand wollte bleiben, wo sie war. Cillia regte sich noch immer nicht; sie hielt die Augen geschlossen. Ich fühlte die weiche Wölbung ihrer Hüfte, und mir wurde so heiß, als hätte ich die Strecke von der *Zechenden Puppe* zum Hafen im Spurt zurückgelegt.

Nun endlich tat Cillia etwas. Sie legte ihre Hand auf die meine. Ich fürchtete, sie werde mich wegstoßen, doch stattdessen schob sie meine Hand unter ihr Hemd. Ich sah, wie sich ihre Pupillen hinter den gesenkten Lidern bewegten; unwillkürlich rückte ich näher an sie heran. Cillia führte meine Hand, sodass die Finger in einer langsamen Kreisbewegung über ihren Bauch strichen.

»Ja …«, flüsterte sie.

Nun schob sie meine Hand weiter nach oben, bis sie auf ihrer Brust lag. Ich spürte ihr Herz. Mein eigenes Herz schlug derart heftig, dass ich sein Pochen und Klopfen hörte wie etwas, das von außerhalb meines Körpers kam. Cillias Brust war klein und warm in meiner Hand, und es kam mir ganz unglaublich vor, dass ich so etwas fühlen durfte.

Ich beugte mich über Cillia und küsste sie. Der Geschmack ihrer Lippen erfüllte mich, und mir war, als hätte ich die Antwort auf eine

Frage gefunden, die ich mir mein ganzes Leben lang gestellt hatte, ohne es zu wissen.

Wieder küssten wir uns. Und wieder. Cillia streichelte mein Gesicht, meine Schultern und Arme, meine Brust und meinen Rücken. Das war eine so wohlige Empfindung, dass mich Schauder überliefen. Auch ich durfte sie streicheln, und mit jeder Sekunde, die verstrich, erlebte ich neue Wunder.

Dann lag Cillia nackt neben mir. Irgendwann zwischendurch hatte ich die Fensterläden geschlossen und die Tür verriegelt. Als ob es ganz selbstverständlich wäre, dass ich das tat. Der Schankraum war gut gefüllt an diesem Abend; aber die Geräusche, die von dort her an mein Ohr drangen, kamen von einem Ort, der noch weiter entfernt war als das Dorf in den Windmarken, das früher – es schien Jahrhunderte her – meine ganze Welt gewesen war.

Die einzige nackte Frau, die ich jemals gesehen hatte, war die tote Alva gewesen. Daran wollte ich nicht denken. Nicht an ihre verkrümmten Glieder und ihre weitaufgerissenen Augen. Nicht an ihr geschwärztes, blutiges Gesicht. Und schon gar nicht an das Zeichen des Bösen, das Rudrick in ihre Haut geschnitten hatte.

Ich war froh, dass es im Zimmer mittlerweile fast völlig finster war. Irgendwie half mir das, ganz bei Cillia zu sein.

Allerdings hatte ich ein Problem. »Ich … äh … weiß nicht, wie … wie es jetzt weitergeht …«, bekannte ich, nachdem wir uns noch einmal geküsst hat.

»Wirklich nicht?«, fragte Cillia, und ich meinte, ihr spitzbübisches Lächeln in der Dunkelheit aufblitzen zu sehen. Ihre Finger glitten unter meinen Lendenschurz. »Hm … Da scheint aber jemand anderer Meinung zu sein.«

Die Scham ließ mich zusammenzucken. »E-es tut mir leid … I-i-ich wollte nicht …«, stammelte ich.

»Du bist wirklich süß! Also, mir täte es leid, wenn es nicht so wäre …«

Cillia lachte. Dann löste sie die Verschnürung des Lendenschurzes.

Ich hätte nicht sagen können, wie lange ich schon dalag und auf den Schlaf wartete. Im Schankraum waren sämtliche Geräusche verstummt. Nachdem die letzten Gäste gegangen waren, hatten Frau Ceddra und Alwin noch eine Weile in der Küche gewerkelt. Aber nun war es ganz still im Gasthaus *Zur Zechenden Puppe*. Nur ab und an knackte es im Gebälk.

Cillia schlief. Sie hatte sich auf den Bauch gedreht und schnarchte leise. Die Fensterläden standen wieder offen. Kühle Luft und blasses Mondlicht drangen ins Innere des Zimmers. Wo das Mondlicht Cillias nackte Schultern traf, schien ihre Haut wiederum ein schwaches Leuchten zu umgeben.

Ich dachte daran, dass Fissach gesagt hatte, Cillia wäre in der Lage, inmitten von Schlachtengetümmel süß zu schlummern. Keinesfalls wollte ich sie wecken; doch ich konnte mich nicht enthalten, sie sacht zu berühren. Unter der Decke fuhr ich mit dem Finger über ihre Wirbelsäule, bis hinab zu der Spalte zwischen ihren Pobacken.

Es war mir noch immer unbegreiflich, wie sich jemand, der so schön war wie Cillia, mit mir einlassen konnte.

Aber ich war sehr dankbar dafür.

Und plötzlich wusste ich, was ich zu tun hatte.

Vorsichtig stieg ich aus dem Bett. Cillia schlief ungerührt weiter. Auf einem der beiden Schemel lagen die Kleider, die ich am Morgen des Kampfes getragen hatte. Sie waren verdreckt, zerrissen und blutig, doch das war mir gleich. Ich stellte fest, dass der Schlüssel für die Eingangstür der *Zechenden Puppe*, den mir Frau Ceddra anvertraut hatte, noch immer in meiner Hosentasche war. Nachdem ich mich angezogen hatte, verließ ich auf Zehenspitzen das Zimmer. In dieser Nacht leuchtete mir die Schwärze nicht. Ich musste mich sehr langsam bewegen, um zu verhüten, dass ich stolperte und Lärm machte. So schlich ich hoch zu meinem Alkoven. Ich tastete mich an der Wand entlang, bis ich das Mantelbündel gefunden hatte. Dann stieg ich die Treppen wieder hinab.

Als ich die Tür der Herberge hinter mir geschlossen hatte, atmete ich auf. Nun war es fast geschafft.

Die Straßen von Donost waren leer und dunkel. Aber ich musste nicht weit gehen. Als ich die Brücke erreichte, kam ein leichter Wind auf, und ich roch das Meer. Unterwegs war ich niemandem begegnet. Auch die Brücke selbst – wir hatten sie mit dem Flickenwagen überquert, als wir in die Stadt einfuhren – war verlassen.

Wir waren allein, Danje und ich.

Ich trat an das steinerne Geländer. Ich hielt das Mantelbündel vor mir in die Luft. Danje zog es vor, auch jetzt noch zu schweigen.

»Es tut mir leid«, sagte ich.

Und ließ das Bündel fallen.

Als der Mantel auf die Oberfläche des schwarzen Wassers traf, hörte ich ein Platschen. Doch Danje versank ohne einen Laut. Allein das Flussrauschen störte die Stille, die sich nun abermals über Donost senkte.

Bald darauf war ich wieder in der *Zechenden Puppe*. Ich verschloss die Eingangstür und ging auf mein Zimmer. Cillia lag genauso da, wie ich sie verlassen hatte. Noch immer schnarchte sie leise. Ich stieg zu ihr ins Bett, beugte mich über sie und küsste ihren Scheitel. Zu meiner Überraschung wurde sie wach, als ich das tat.

»Mykar?«, brummte sie. »Schläfst du nicht?«

»Doch. Sofort.«

»Gut. Ich schlafe nämlich auch.«

Cillia drehte sich auf die Seite und legte einen Arm um mich.

Lächelnd schloss ich die Augen.

EPILOG

Es war merkwürdig, durch den Kaiserpalast zu gehen. Egreeo hielt immer wieder an, um sich zu vergewissern, dass er tatsächlich am richtigen Ort war. Aber wo sollte er sonst sein? Abgesehen davon, dass es in ganz Ahekris außer dem Palast kein Gebäude gab, das aus Stein gefertigt war, war ihm ja jeder Fußbreit seines Weges vertraut. Wie oft war er im Lauf der Jahre und Jahrzehnte diese Treppe hinabgestiegen, hatte jenen Gang durchquert! Und eigentlich waren es auch immer noch dieselbe Treppe, derselbe Gang – oder?

Sicher, alles war ein wenig schmutziger und unordentlicher als früher: die Scherben von Vasen oder Karaffen, die Trümmer einer Sitzbank, ein zerfetztes Kissen, ein halbverkohlter Wandteppich, abgestorbene Blätter, die durch gesplitterte Fenster oder von den Balkonen und Wandelgängen her ins Innere geweht waren … Aber das konnte niemanden verwundern. Das war gewissermaßen zu erwarten.

Ebenso wie die Toten. An denen fand Egreeo höchstens die Verschiedenheit ihrer Zustände bemerkenswert. Es gab da nackte Leichname und solche in festlicher Gewandung; manche waren verstümmelt, andere boten sich in makelloser Anmut dar, als wollten sie das Werk eines Bildhauers inspirieren. Nun, zugegeben, nicht nur die Verschiedenheit ihrer Zustände, auch ihre schiere Zahl erstaunte ihn. Mitunter lagen sie so dicht gedrängt herum, dass man einige Gewandtheit brauchte, um nicht auf einen Bauch oder eine Hand oder ein Bein zu treten. Egreeo fühlte sich an eine mit Kuhfladen übersäte Weide erinnert, auch wenn das wohl ein unpassender Vergleich war.

Verwunderlich war außerdem, dass immer noch genug Lebende

im Kaiserpalast übrig geblieben waren, um einen Lärm sondergleichen zu veranstalten. Über das Schrillen der Sägemühle hinweg war dieser Lärm zu hören: ein Gekrach und Geklirr, ein Schreien und Wimmern, Lachen und Kreischen. Wobei all diese Geräusche so ineinander übergingen und miteinander verschmolzen, dass kaum auszumachen war, wo das eine endete und das andere begann: als würden die Steine kichern und die Menschen splittern wie Holz.

Jedenfalls war allem Anschein nach der halbe Hofstaat in Aufruhr. Egreeo allerdings begegnete zunächst niemandem. So hatte er Zeit, darüber nachzudenken, weshalb ihm die vertraute Umgebung bloß so fremd und unfasslich vorkam – wenn diese Sonderbarkeit weder dem Schmutz noch der Unordnung, weder den Toten noch dem Lärm zuzuschreiben war.

Er kam zu dem Schluss, dass es an dem Licht liegen musste.

Das Licht stimmte nicht.

Jenseits der Palastmauern war ein klarer, für den Spätherbst ungewöhnlich sonnenstarker Morgen heraufgezogen. Doch irgendwie schien es keine Verbindung zwischen dem Draußen und dem Drinnen zu geben. Und das lag nicht an der unvermeidlichen Düsternis steinerner Gänge und Gewölbe, deren Weitläufigkeit mit ein paar Kerzen, Fackeln und Lampen kaum auszuleuchten war.

Nein, im Gegenteil. Es war zu hell im Palast. Nicht, dass es wirklich hell gewesen wäre, aber … das Licht hatte die Schwere eines schwülen Sommertags; zugleich das Bläulich-Gleißende einer Winterdämmerung, wenn die Welt von Schnee bedeckt ist. Und dann war da noch etwas anderes: ein Rotton, der Egreeo an jene seltenen, unwahrscheinlichen Sonnenuntergänge erinnerte, wenn es wahrhaftig so aussah, als würde der Horizont in Blut schwimmen.

Dieses Licht hatte hier ganz offenkundig nichts zu suchen, wenn die flapsige Bemerkung erlaubt war … Rätselhaft, ja, rätselhaft war das … Und übrigens gab es da noch mehr Rätsel. Sein Gesicht, zum Beispiel. Beim Blick in den Spiegel hatte er festgestellt, dass die rechte Hälfte desselben verschwunden war. Oder nicht gerade verschwunden; vielmehr zerstört. Der Knochen und das Fleisch lagen also bloß. Aber er verspürte keine Schmerzen. Ging das an? Sogar die Gicht ließ ihn heute Morgen in Frieden. Und außerdem – warum blutete er eigentlich nicht?

Egreeo stieg eine weitere Treppe hinab und bog um eine Ecke. Jetzt hatte er fast das Ratszimmer erreicht. Da begegnete er doch jemandem. Es war eine Frau. Sie trug ein zerrissenes Kleid; ihr Körper war sehr weiß und hatte einen seltsam öligen oder sogar fischigen Glanz. Seltsam war aber vor allem, was sie tat. Sie stand mit schlaff herabhängenden Armen und eingesunkenen Schultern vor der Wand und schlug ihren Kopf immer wieder gegen den Stein, der dunkel war von ihrem Blut. Sie gab keinen Laut von sich, machte nur immer weiter, obwohl sie eigentlich bereits tot oder wenigstens ohnmächtig hätte sein müssen.

Es bestand kein Zweifel, dass Egreeo nicht der Einzige war, bei dem etwas in Unordnung geraten war. Aber worin lag sie begründet, jene verwirrende Fühllosigkeit des Fleisches? Wenn Kibeidon und andere recht hatten, war der Leib ja die Form, welche die Seele sich gab. Hieß das also, die Verbindung zwischen Leib und Seele war irgendwie durchtrennt worden? Aber das war doch unmöglich? Traf es allerdings zu, bedeutete dies, der Leib funktioniere nunmehr selbständig, wie eine jener großen Räderuhren, die man etwa an dem Elaah-Tempel zu Mandris fand? Und sollte das so sein – was dachte und fühlte dann im Leib? Denn ganz offensichtlich war er, Egreeo, ja nach wie vor in der Lage, zu denken und zu fühlen. Das warf natürlich die Frage auf, wofür man die Seele überhaupt brauchte, wenn man ohne sie denken und fühlen konnte?

Höchst interessant, das alles, höchst interessant … Egreeo hing seinen Grübeleien nach, bis er, schon fast auf der Schwelle zum Ratszimmer, einen Mann traf, der gickelnd und glucksend jonglierte. Er meinte, den Mann zu kennen; meinte, ihn sogar recht gut zu kennen. Sicher war er sich allerdings nicht. Denn zum einen war der Mann splitternackt – auch seine Haut hatte jenen fischigen, oder vielleicht wächsernen oder gar marmorhaften Glanz –, und zum anderen jonglierte er … nun, mit seinen Augäpfeln. Die blutigen Kügelchen flogen lustig durch die Luft, und merkwürdig war nur, dass der Mann dabei den Kopf drehte und mit den dunklen, leeren Schädelhöhlen der Bahn seiner Augen folgte, als könnte er nach wie vor sehen.

Egreeo kratzte sich am Bart, wohlweislich auf der linken Gesichtsseite, und ging stirnrunzelnd weiter. Denken und fühlen ohne Seele? Sehen ohne Augen? Was sollte man davon nur halten?

Dann aber betrat Egreeo das Ratszimmer, und all seine Fragen waren vergessen.

Das Gemach, in dem der ahekrische Kaiser mit den Inhabern der Hohen Ämter zu Beratungen zusammenkam, war schlicht und schmucklos gehalten. Es gab eine Tafel aus dunkler Eiche und hochlehnige, mit Schnitzereien verzierte Stühle. Das war alles. Die Kargheit des Ratszimmers sollte daran erinnern, dass das Herrschen selbst noch ein Dienst war: ein Dienst an den Göttern und den Menschen, die ohne eine strenge, fürsorgliche Hand versprengten Schafen glichen.

Egreeo war stets dankbar dafür gewesen, dass das Ratszimmer auf jeglichen Prunk verzichtete. Diese Kargheit hob es etwa vom Thronsaal, dem Audienzzimmer und der Festhalle ab, in denen nicht an Gold und Edelsteinen gespart worden war. Es war aber nicht nur diese verschwenderische Pracht, die dafür sorgte, dass sich ein Teil von Egreeo immer fremd gefühlt hatte im Kaiserpalast. Das lag vor allem, wenn man sich so ausdrücken durfte, an der Gefügtheit des Gefüges selbst. Jedenfalls konnte sich Egreeo in seinen späteren Jahren – als die Annalen der Morgenröte des Reiches und die Betrachtungen und Bekenntnisse von Weggefährten begonnen hatten, ihn jene andere Wahrheit über Elgart zu lehren – des Eindrucks nicht mehr erwehren, die Besessenheit des ersten ahekrischen Kaisers sei hier gleichsam in Stein gegossen worden: eine Besessenheit von Einheit und Ordnung, die ihrer eigenen Unbedingtheit zu erliegen drohte.

Der Palast, der eigentlich ein Kastell war, hatte die Form eines

Sechsecks, mit sechs Türmen, die ihrerseits sechseckig waren. Als die Arbeiten an dem Bauwerk begannen, war Elgart davon überzeugt gewesen, sein Reich werde einmal sechs Provinzen umfassen, sodass ihm diese Zahl geeignet erschien, die unverbrüchliche Zusammengehörigkeit Ahekriens zu symbolisieren. Am Ende hatte der Ahekrische Stern, wie er bald genannt wurde, dann nur fünf Zacken, da es dem Kaiser nicht gelang – weder mit Drohungen noch mit Versprechungen, weder mit List noch mit Waffengewalt –, Lihanny seinem großen Plan einzufügen. Aber als das deutlich wurde, war der Bau des Palasts schon zu weit vorangeschritten, um grundlegende Änderungen an seiner Architektur vorzunehmen. So war die kaiserliche Residenz in gewisser Weise eine Mahnung daran, wie unvollkommen die menschliche Verfügungsmacht über das Wirkliche war; und diese Ironie wiederum konnte Egreeo durchaus würdigen.

Als er aber an diesem Morgen (seinem letzten, wie er sich in Erinnerung rief) die Tür des Ratszimmers hinter sich schloss, musste er an etwas ganz anderes denken. Daran nämlich, dass er in all seinen Jahren kein einziges Mal nackt in einem sommerlichen See oder Flüsschen gebadet hatte. Auf einmal erfüllte ihn dieses Versäumnis mit einer tiefen Wehmut.

Dann aber war auch jene Wehmut oder Traurigkeit vergessen. Denn sein Herr, Kylion der Erste, sechsundzwanzigster (oder siebenundzwanzigster?) ahekrischer Kaiser, Majestät von Göttlichen Gnaden, war bereit, ihn zu empfangen. Er tat einem alten Mann sogar die Ehre, sich zu seiner Begrüßung zu erheben.

»Egreeo, mein Lehrer und Freund, du bist zu mir gekommen!«, sagte Kylion mit seiner hellen, schönen Stimme.

Aus jedem Wort klang die Freude des Kaisers darüber, dass es so war, und Egreeo spürte, wie die Rührung ihn ergriff.

Er sah die Toten, die entlang der Wände des Ratszimmers standen wie eine makabre Ehrengarde oder stumme, stille, verwesende Standbilder. Er sah die hohen Bogenfenster aus dickem, gefärbtem Glas, die über und über mit etwas Dunklem beschmiert waren: Blut oder Kot oder beidem. Er sah den Kämmerer, den Marschall, den Seneschall, den Mundschenk, den Brotmeister und den obersten Kapellan; Männer, die er zum Teil seit Jahrzehnten als Freunde betrachtete, auf deren Namen er sich aber merkwürdigerweise nicht besinnen konnte. Sie waren klaffende Wunden, gemartertes Fleisch, grausig verzerrt und entstellt. Doch sie folgten dem Beispiel ihres Herrn und standen auf, um Egreeo willkommen zu heißen. Dabei lächelten sie – lächelten wie mit einem Gesicht.

Kylion selbst war irgendwie der zarte, schmächtige Junge geblieben, den Egreeo so viele Jahre in den Wissenschaften unterwiesen hatte. Freilich, sein rotblondes Haar, das offenbar lange nicht geschnitten worden war, fiel ihm weit über die Schultern, und die großen grünen Augen blickten ungewohnt heiter. Es lag sogar etwas Schalkhaftes in ihrem Blick. Vielleicht wusste Kylion, dass man ihn sich nur schwer mit Krone, Zepter und Hermelinmantel vorstellen konnte – ein Kind, das Herrscher spielt und sich doch kaum das Lachen verkneifen kann –, und war bereit, den Witz im Stillen mit seinem greisen Lehrer zu teilen. Vielleicht beglückte es ihn auch, dass die Schmerzen und der Kummer früherer Tage jetzt endlich bereit waren, ins Vergessen zu sinken.

Denn Egreeo spürte, dass es so war. Und plötzlich begriff er, dass er sich geirrt hatte. Heute war nicht sein *letzter*, sondern sein *erster* Morgen.

Dieses Versprechen, diese Verheißung, schien ihm auch die Schwärze zu geben, die in Kylions offener Brust pulste. Die Haut war in breiten Streifen zurückgezogen worden; Nägel oder Keile hielten sie im Fleisch, dass es fast aussah, als betrachte man eine Blüte, die sich der Sonne entgegenstreckte. Nur, dass die Schwärze nicht schwarz war, sondern weiß; oder bunt. Eigentlich war sie nichts von alledem; eigentlich hatte sie überhaupt nichts mit irgendeiner Farbe gemein, die Egreeo hätte benennen können, war auch kein Licht und keine Dunkelheit, sondern etwas ganz anderes, wofür es auf der Welt keine Worte gab.

Sie strömte aus dem Knaben, der Kaiser war, füllte das Ratszimmer und den Palast und die Welt – füllte auch Egreeos Geist und Seele, füllte sein Wesen bis zum obersten Rand.

Sie war vollkommen, vollendet.

Absolut.

»Liebst du mich, Egreeo?«, fragte Kylion, noch immer lächelnd.

»Ja, Herr!«, antwortete Egreeo und senkte den Blick. Freudentränen strömten aus seinem Auge.

»Liebst du mich, Egreeo?«, fragte Kylion zum zweiten Mal.

»Ja, Herr!«, antwortete Egreeo. Er stellte fest, dass er dabei war, sich mit einem Messer den Bauch aufzuschlitzen. Woher er das Messer hatte, wusste er nicht.

»Liebst du mich, Egreeo?«, fragte Kylion zum dritten Mal.

»Du weißt, dass ich dich liebe, Herr!«, antwortete Egreeo mit brechender Stimme.

»Auch ich liebe dich, Egreeo«, sagte Kylion. »Willst du mir helfen, der Welt unsere Liebe zu bringen?«

Egreeo schluchzte vor Glück. Er hielt den Kopf gesenkt, umfasste den Messergriff mit beiden Händen, warf sich auf die Knie.

So heftig war die Bewegung, dass die Goldmünze aus seiner Augenhöhle sich löste und mit einem harten Klacken auf den Steinboden fiel. Sie kullerte ein Stückchen in Richtung der Tafel, begann dann, sich sirrend um sich selbst zu drehen und kam schließlich auf einer Seite zum Liegen, sodass das eingeprägte Antlitz von Kaiser Winand die Decke des Ratszimmers betrachtete. In diesem Moment traf ein Lichtstrahl, der seinen Weg durch die verschmierten Fenster gefunden hatte, blinkend das Gold der Münze – als wollte er dem Kaiser, der nunmehr bloß Metall war, den Weg weisen zu einem anderen Reich, das er niemals hatte berühren können, solange sein Herz noch schlug im Rhythmus von Gewinn und Verlust.

PERSONENVERZEICHNIS

Mykar – das Skargat-Kind; wurde von den Bewohnern seines Dorfes des Mordes an Alva beschuldigt und totgeknüppelt; kehrte als ein anderer zurück

Janne – sein Vater

Maeva – seine Mutter

Ebra und Janne – seine jüngeren Brüder

Danje – ein totes Hexenmädchen; Mykars Freundin und Reisegefährtin

Arla – ein Gänsemädchen, mit roten Haaren und Sommersprossen, das so aussieht, wie Mykar sich Danje vorstellt

Schecke – Mykars Maultier

Cay – Mykars Freund aus Kindertagen; hat Rudrick von Nordwiesen getötet; wurde vermeintlich auf dem Ascheberg vor der Perle hingerichtet

Alva – Cays Verlobte; wurde von Rudrick und seinen Freunden ermordet

Illiam –Cays Vater; Elaah-Geweihter in Mykars Dorf

Brogar – ein wohlhabender Bauer; Vater von Alva

Ordalf – ein Säufer; bekam den Auftrag, Mykars Leichnam im Wald zu verscharren

Berin, Garth und Ansel – Jungen aus Mykars Dorf, die es auf ihn abgesehen hatten

Harun – Hirte in Mykars Dorf

Emer – Müller in Mykars Dorf

Vanice Devecraux – Tochter einer der Großen Familien, die über die Insel Enjahla herrschen; wird seit ihrem sechzehnten Lebensjahr von dem Hunger auf verwestes Fleisch gequält; floh deshalb aus ihrer Heimat

Siya – ihre Zofe

Macceo Devecraux – ihr Vater

Carleo Devecraux, Vychan Devecraux – ihre älteren Brüder

Kelmon – ein reicher Mann aus Alkessa; wohnt in einem Haus mit zwei Monden

Elir Noirrcrombant – ein junger Mann aus Raban; hat einmal mit Vanice getanzt

Aluin – ein Thaala-Geweihter aus der Perle; ließ sich von Vanice Gedichte vorlesen

Xra – ein Leichenfresser aus der Perle; Anführer der Unterirdischen; würde Vanice gerne heiraten

Justinius von Hagenow – Sohn des Barons Gernot von Hagenow; wurde von seinem Vater auf einen verfallenen Landsitz verbannt

Scara – seine Magd; gilt als verrückt

Edmund – sein jüngerer Bruder; ein Freund Rudricks von Nordwiesen

Rhalana – sein Pferd

Schlappi – Scaras Esel

Lorenz und Kornelius – Scaras Maultiere

Ulla, Egbert, Stane – Diener auf dem verfallenen Landsitz

Aiona – Königin der Schwarzen Hexen

Jacomo – ihr Rabe

Honigkuchen – ihr Pferd

Ferla – eine Weiße Hexe

Falker – ein hilfreicher Bauer aus Altenfurt, Aionas Dorf

Halig – ein unglücklicher Totengräber

Plauranz – ein früh verstorbener Totengräber

Tamelon von Brunnenthal – Paladin der *Bruderschaft des Zweiten Todes*
Ferner – sein Pferd
Calyb – Paladin der *Bruderschaft des Zweiten Todes*
Galbahr vom Hohen Teich – Provinzial der *Bruderschaft des Zweiten Todes*; Onkel von Laghras vom Hohen Teich

Der Schwarze Jäger (eigentlich: Welgmar zur Blauenau; auch: der Höllische Waidmann) – Anführer der Wilden Horde
Die Luziera – eine *sehr* alte Frau; wird selbst im Geisterreich gefürchtet; hat sich dem Schwarzen Jäger aus einer Laune heraus angeschlossen und beginnt, das zu bereuen
Garoy – ein Dämonenwolf; Getreuer des Schwarzen Jägers
Arnwald, Reimar, Clas, Eorl und Melchar – Reiter der Horde
Grolek – Wirt der Gespensterschenke *Zum Fröhlichen Toten*
Der Elende Ede – ein missvergnügter Wiedergänger; Stammgast im *Fröhlichen Toten*
Der Prinzipal – ein Dämon von einem Ort, für den es keinen Namen gibt; Herrscher über die Spukwesen und Nachtgestalten der Windmarken

Rudrick von Nordwiesen – Sohn des Grafen Erwig und der Gräfin Brida; hat sich dem Dienst an einem jenseitigen Bösen verschrieben; ließ sich von Cay ermorden, um einen Platz in der Wilden Horde einzunehmen
Wendell von Nordwiesen – sein älterer Bruder
Bero von Luchterbruch – ein Freund Rudricks; ließ sich von Gelfrat von der Thann ermorden, um einen Platz in der Wilden Horde einzunehmen
Gerrik von Felsenkamm – ein Freund Rudricks; ließ sich von Gelfrat von der Thann ermorden, um einen Platz in der Wilden Horde einzunehmen
Radulf von Rodingen – ein Freund Rudricks; weigerte sich, ihm ins Geisterreich zu folgen

Laghras vom Hohen Teich – ein Freund Rudricks; weigerte sich, ihm ins Geisterreich zu folgen

Rhun von Ketten – ein verbitterter alter Ritter, dessen Burg bei Dreieichen liegt

Egreeo – ehemaliger Mönch; seit Jahrzehnten Kaiserlicher Lehrer am Hof von Bechtol IV. und Winand

Winand – Sohn von Bechtol und Annlyn; ahekrischer Kaiser; verstarb an einer rätselhaften Krankheit

Manith – Winands Gemahlin; beging Selbstmord

Annlyn, Lumea und Islah – Winands Töchter

Gereon – Winands erstgeborener Sohn; ahekrischer Kronprinz; floh aus der Hauptstadt und geriet an Grolek

Kylion – Winands jüngerer Sohn; Lieblingsschüler Egreeos; Tor des Bösen

Der Dorn (eigentlich: Rutger von Durenwald) – Sohn von Baron Arno, dem Retter der Perle; Held des Großen Krieges gegen Iskrien; Statthalter des ahekrischen Kaisers in den Windmarken; residiert in der Perle

Gelfrat von der Thann – Held des Großen Krieges gegen Iskrien; Waffengefährte des Dorn; wurde von diesem zum Junker ernannt; hat Bero von Luchterbruch und Gerrik von Felsenkamm getötet

Glenna – Gelfrats ältere Tochter; wurde von Rudrick und seinen Freunden ermordet; Justinius war in sie verliebt

Tanya – Gelfrats jüngere Tochter

Cillia – eine Puppenspielerin aus Donost

Marlo – ihr Onkel

Alwin – ihr Bruder

Ceddra – ihre Mutter; Wirtin des Gasthauses *Zur Zechenden Puppe*

Fissach – ein Barde; Vertrauter Cillias

Ludger – Hafenmeister von Donost; steht im Dienst des *Hauses der Tausend Farben*

Ofrick – Vorarbeiter am Hafen von Donost

Meyk – Wirt des Gasthauses *Zur Alten Brücke*
Rilge – seine Frau

Dagian – Elaah-Geweihter in Mykars Dorf; Nachfolger von Illiam
Hindrik – Elaah-Geweihter auf Schloss Luchterbruch

Charis – ein Mädchen, das alles tat, um ihren Bruder Owein zu retten
Owein – Charis' jüngerer Bruder
Odrehan, Saegar – zwei von Charis' älteren Brüdern; wurden von ihrer Familie beauftragt, Charis und Owein zu finden und zurückzubringen
Irvar – ein Jäger; Geliebter von Charis
Der Hungerer – ein furchtbarer Dämon, der Owein als Opfer verlangte

Arn Merlingen – ahekrischer Dichter
Boven vom Wolfstritt – benorischer Dichter
Kibeidon – gythanischer Philosoph
Timon Kalandri – ahekrischer Philosoph

Elgart (auch: Elgart der Unbesiegte, der Blutige Elgart) – Gründer des ahekrischen Reiches und erster ahekrischer Kaiser von Göttlichen Gnaden
Hartrad – der letzte König von Mandurien; wurde von Elgart abgesetzt
Urschel – der letzte König von Ask; wurde vom ahekrischen Kaiser Bechtol IV. unterworfen

DANK

Ich danke allen, die in einem Jahr voller Veränderungen an meiner Seite gestanden, die mir ein offenes Ohr geliehen und eine Stunde ihrer Zeit geschenkt haben, wenn ich sie brauchte.

Ich danke allen, die dem ersten *Skargat* eine Chance gegeben, die das Buch gekauft und gelesen und besprochen und vielleicht sogar weiterempfohlen haben. Ohne euch wäre die Reise schon wieder zu Ende.

Ich danke allen, die dazu beigetragen haben, dass der zweite *Skargat* geworden ist, was er werden konnte. Ein Autor ist wie eine Radioantenne, die versucht, die alten Lieder zu empfangen; ihr habt mir geholfen, meine Antennen richtig einzustellen.

Mein besonderer Dank gilt: meinen Testleserinnen und Testlesern Miki Bender, Tanja Karmann, Lores, Alexandra Minte und Noëmi Vollenweider; Stephan Askani und der Hobbit Presse; Werner Löcher-Lawrence. Und natürlich Hexen, Hochlandrindern und kleinen Tieren.